2018 國際漢語應用文研究高端論壇

國際漢語應用文書籍展覽

書展掠影
澳門大學伍宜孫圖書館一角

應用寫作理論、實踐與教學

——2018 國際漢語應用文研究高端論壇論文集

譚美玲　主編

馬雲駿　張艷蘭　蕭明玉　責任編輯

目次

應用寫作人才素養的當今話題
──應用寫作人才培養的創新研究

新技術背景下的應用寫作研究
──應用寫作文本的時代話題研究

應用文與傳統文化對接研究
——應用寫作理論和實踐的傳承與創新研究

應用文的歷時對比與共時對比
──世界各地漢語應用文對比研究

總結辭

媒體系列報導

開幕辭

國際漢語應用文研究高端論壇開幕致辭

靳洪剛

澳門大學人文學院院長

尊敬的各位來賓，教授、學生，朋友們：

　　請允許我代表澳門大學人文學院向大會暨來賓致以熱烈的歡迎。這次大會是為交流和推廣國際漢語應用文最新研究成果，進一步提升漢語應用文的理論、研究和教學水準而召開的高端論壇。二十一世紀公民的首要能力是溝通能力，漢語應用文寫作則是二十一世紀溝通能力的一個重要方面，涉及表達能力、思辨能力、分析、組織能力及創造性思維能力，這些能力的培養及發展是我們人文教育義不容辭的任務。

　　澳門大學歷來重視漢語應用寫作的研究、教學、應用。從二〇〇八年至今，在鄧景濱、譚美玲教授的帶領下，澳門大學主辦了三次國際漢語應用寫作學術研討會暨中國應用寫作研究會學術年會，澳大成為漢語應用文研究與教學的重要交流平臺之一。澳門大學人文學院中文系在鄧景濱教授這位學術帶頭人的帶領下，開設了實用寫作和當代實用文體兩門應用寫作的課程，此外中文系，特別是鄧景濱教授以身作則，每年定期為全校行政人員舉辦公文寫作培訓班，探索應用文寫

作的標準化、電子法、及智慧化。此外，他還帶領同系教授和研究生，投入漢語應用文研究的行列中。先後多次出版重要學術文章、指導碩士及博士論文，並輔導學生參加比賽。迄今由鄧景濱教授指導的博士生已加入各高校教學隊伍，有些進入管理階層，並來此次會議發表論文。他輔導的學生曾先後獲得十八個獎項，這些成就是學界對澳門大學、對鄧教授貢獻的肯定和鼓勵。

是次高端論壇重點探討本學科最基礎和最前沿的課題，從科技、大數據、互聯網結合應用，到探索應用文時代話題研究，應用文教學研究及人才培養、閱讀與寫作的關係，應用文知識與能力的關係及知識轉換，現代應用文發展的機遇與挑戰等。本屆大會共有六十多位專家學者參與。其中五十多位分別來自新加坡，臺灣，香港，以及內地的北京、上海，重慶，武漢，廣州，成都，昆明等。本澳亦有十多位代表參加。本屆大會能在澳門大學隆重舉行，是學術界對澳門大學的一個肯定和鼓勵，也是澳門大學的師生本著五種精神辦會的結果：工匠、團隊、奉獻、人文、創新精神，也是我們向遠道而來的學者教授們學習、交流的好機會。

最後，我代表人文學院，向鄧教授、譚教授以及大會組委會成員，中文系表示衷心的感謝，同時也希望大家在與會期間多走走、看看我們的校園，我們的書院等。預祝大會圓滿成功，大家滿載而歸。

開幕辭

洪威雷
國際漢語應用寫作學會常務副會長

尊敬的澳門大學校、院、系領導

尊敬的海峽兩岸的應用寫作專家、學者：

大家上午好！

在澳門大學鄧景濱教授熱心倡議和精心策劃下，國際漢語應用寫作學會在澳門大學舉辦應用文寫作研究高端論壇，共同探討在新的歷史時期應用文研究的新觀點，應用文寫作教學新方法，推動應用文寫作理論研究、教學方式方法革新深入發展，促進應用文寫作更好的為社會發展服務，是一次難得相互交流，相互學習的機會。而為大家提供機會的是澳門大學校、院、系各級領導和鄧景濱教授。二〇〇八年七月二十八日、二〇一四年九月十八日、二〇一八年七月三十日，鄧景濱教授三次主動倡議在澳門舉辦應用寫作高端論壇，為應用寫作同仁提供交流平臺，為會議服務奉獻時間、精力，並編輯、校對、出版會議論文集，令我們極為感動、難以忘懷，在此，讓我們以熱烈的掌聲向鄧景濱、譚美玲及其籌委員會全體成員，表示最真誠，誠摯的感謝！

女士們，先生們，承辦一次國際性學術會議，是一件極為辛苦、辛勞，甚至心酸的事，是一件極為煩雜，煩瑣，甚至麻煩的事。僅從

鄧景濱，譚美玲，張江艷三位教授的微信統計，每人都有兩百條以上。無論是關於論文的選題，還是住宿及其報銷等等，事無巨細的及時回覆，特別值得肯定、讚揚。澳門大學承辦此次會議的籌委會，在編寫的會務指引中，鮮明地提出了五種精神：

一是取法乎上，精益求精，一絲不苟的工匠精神

二是主動熱情，群策群力，精誠合作的團隊精神

三是善於思考，敢於建言，勇於超越的創新精神

四是承傳道統，敬重代表，敬畏學術的人文精神

五是不怕吃苦，不怕吃虧，全力以赴的奉獻精神

各位專家、學者，他們不僅這樣寫、這樣說，還是這樣做的。我們將把他們創立的這五種精神，作為學會辦會的宗旨之一，不斷傳承下去。

這裡提出四個最基礎的研究課題，供同仁們參考。

一是重視大資料和互聯網＋應用文寫作的研究

在新的歷史時期，隨著一個個中國「方案」、中國「建議」的提出，中國已成為推動全球經濟治理的重要力量。應用文寫作如何適應這種新形式的變化而發展呢？這是擺在應用文寫作介面前不可回避的一個問題。尤其是在互聯網、大資料的大潮湧動中，應用文寫作如何搭建「互聯網+」、「大資料利用」的平臺呢？也是擺在應用文寫作同仁們面前的一個急迫課題。

大資料表示的是過去，表達的是未來。其意義就在於互聯網通過海量資料的採集、挖掘、分析、整合、研究，解決了傳統技術方式難以展現的關聯關係，預示著事態的發展趨勢，這為應用文的寫作開闢了廣闊的新天地，必然推動應用文寫作理論的發展和應用文寫作科技

的發展。可以說，這一發展趨勢已無法逆轉，勢不可擋。「適者生存」的古訓再次顯示出不朽的價值。

二是重視「術」與「道」的研究

應用文寫作教材編寫和應用文寫作課堂講授，以及應用文寫作理論研究，既要講透「術」，也要講清「道」。為什麼「通報」與「決定」互相錯用？為什麼「公告」「通告」混用？為什麼把「服法」寫成「伏法」而引起糾紛？為什麼誤把逗號寫成頓號的合同損失上百萬，而且還輸了官司？這些有關「術」的內容不講清楚，應用文寫作是不達標，過不了關的。因此，我們要提倡「工匠精神」，要像優秀工匠那樣精益求精，精雕細琢，不滿意決不出手。

從哲學層面講，「形而下者謂之器」、「謂之術」，是指物質世界有形有相的東西。「形而上者謂之道」，是超越有形有相之上的東西。就應用文寫作中的「道」而言，它是一種「理則」、「規律」的濃縮名詞。具體說來，應用文寫作中的「道」，應體現在兩個方面，一是應用文撰寫者的為人之道，二是應用文內容上符合「天道」。王船山在《尚書引文‧說命上》中說：「誠與道，異名而同實。」而應用文撰寫者為人之「道」便是實事求是，如實反映客觀事物，堅持真理不向權威屈服，根據客觀規律辦事，也就是說要把「誠」作為立人之本。「誠」，乃誠懇、誠信、誠篤、誠實、誠心、誠摯、誠然、誠樸、誠諦，這是中國傳統文化中的立人和立國之本，「思誠者，人之道也」，它特別看重行為主體在政治、經濟、社會、文化等公共生活領域履行義務的社會信用。因此，應用文撰寫者在應用文寫作過程中應當關注人的生存、尊嚴、自由、權利，事的曲直，理的正歪，法的良惡，不為功利所引誘、權力所屈服，實事求是。習近平講「我們要把實事求

是當作理念來堅持。」由此可知堅持實事求是就是堅持誠，就是堅持道。老子說的「道法自然」，就是要遵循自然法則，「自法自成，自成自如，自然而然，順其自然。」因此應用文寫作研究，不僅要遵守「人道」，而且要敬畏「天道」，按客觀規律行文、行事，就必然促進人與人、人與社會、人與自然的和諧發展。

三是重視讀與寫的研究

宋代歐陽修在回覆友人的諮詢中就有明確的告語：「無他法，唯勤讀而多為之，自工。」就是說，怎麼樣才能寫出好文章呢？沒有其它辦法，只有勤奮閱讀，堅持多寫多練，自然就會長於寫、善於寫了。這裡提出閱讀經典作品，進行沉浸式閱讀，是因為經典作品無論是思想還是境界，無論是寫作技法還是詞語的準確擇用，可以說處處閃光，閱之，思之，既能提升主體「我」的思想境界，又能提高客體「文章」的品質。

在電子信息技術高速發展的今天，「聽書」已逐漸取代著讀書，人們開始用聆聽代替閱讀。據互聯網上統計，戴耳機聽書的人群已超過了用眼看書的人群。客觀地說，用電子閱讀器聽讀有可能使閱讀者放棄了主體地位，這與讀書有較大的差異。因為放棄主體地位式聽書就沒有機會讓你定下神來仔細思考與反覆感悟，往往是一晃而過。在這種「速食文化」中，「享樂主義」、「功利主義」在「聽讀」人群中蔓延。而真正讀書的品質高低正體現在「思考」上。故此著名的評論家雷達發出深沉的呼籲：「有效而有價值的閱讀必經得到拯救。」書本知識是作者的，要把作者的知識變為自己的，使知識轉化為智慧，使智慧轉化為寫作能力，是離不開思考的。任何一位寫作高手，首先都是一個熱心讀者。閱讀經典，不僅有利於啟迪思維，觸發聯想，而

且有利於拓展寫作思路，理順寫作文脈，震撼也溫暖著人心與人生。

我們只有從沉浸式閱讀這類最基礎問題入手，從「術」與「識」上進行嚴格訓練，從「品」與「道」上進行持續的修養，才有可能全方面提升應用文寫作者的綜合素養，以適應和推動社會、國家發展的需要。

四是重視將知識轉為能力的研究

在應用文寫作教學中，為什麼出現一看就懂，一聽就會，一寫就錯呢？關鍵的問題是未能將應用文寫作知識轉化為應用文寫作能力。改革開放四十年來，不少同仁圍繞這一問題進行了多種有益的探索，案例教學法、情景教學法、現場模擬法、改錯訓練法等等，都收到了一定的教學效果，較之傳統的教學法，確實提升了學生的動手能力。要在課時有限，文種內容又多的條件下，有效將教材上的知識轉化為學生的寫作能力，需從教材的編寫和教學方式方法的改革上下功夫。

美國哈佛大學的案例教學法是世界上出了名教學方法，他們的教材，知識與理論部分只占百分之二十至百分之二十五，百分之七十五至百分之八十的篇幅是案例。每一案例在解決一個主要問題的同時，還要解決五至八個子問題。學生的思維訓練，運用知識的訓練，策劃訓練，書寫訓練均獲得了有效的訓練。問題的難點就是案例的選擇。如何在案例中體現應用文寫作中的科學性與從屬性、針對性與時效性、簡約性與仲介性、原則性與程式性、政策性與可行性、真實性與藝術性呢？這也是擺在同仁們面前的一個共性問題。

先生們、女士們，會期短，可討論的內容多，懇請大家在會上會下抓緊時間，對常見共性的問題開展真誠、誠摯的交流研討，真正達到高興而來，滿意而歸。

　　讓我們對澳門大學、澳門寫作學會的會議籌備全體人員認真、細緻的工作和熱情周到的服務，再次表示衷心感謝。

　　祝大會圓滿成功！

　　謝謝大家。

二〇一八年七月三十一日

歡迎辭

徐杰

籌委會主任　澳門大學人文學院中國語言文學系系主任

尊敬的澳門大學宋永華校長，

尊敬的各位來賓、各位代表：

　　大家上午好！今天，澳門大學劉少榮樓群賢畢至，此刻，我心懷激動之情，鄭重宣布：國際漢語應用文研究高端論壇經過半年多緊鑼密鼓的籌備工作，現在正式在澳門揭幕了！

　　出席本次論壇的嘉賓，有來自祖國各地的專家，還有不辭辛勞從新加坡遠道而來的精英。在此，我僅代表「國際漢語應用文研究高端論壇」籌委會，向在座的各位領導、各位嘉賓、同仁及工作人員表示熱烈的歡迎和誠摯的謝意！

　　漢語應用文研究已然成為國際熱點課題之一，為了交流和推廣國際漢語應用文最新的研究成果，國際漢語應用寫作學會於每年度舉辦一次學術研討會，這些會議不僅促進了海內外學者的學術交流，而且擴大了在學界的積極影響。

　　當今社會，我們都身處在信息化互聯網時代，互聯網的迅速發展也加劇了信息溝通工具的革新，使得傳統應用文不斷呈現前所未有的變化，包括內容上的持續更新及樣式的日益多元。本次會議議題以應用文學科最基礎和最前沿的課題為主題，圍繞「國際化」與「現代

化」的社會背景延展開來討論，冀望達到一個新層次的飛躍，相信這對深化提升國際漢語應用文的理論、實踐、研究和教學水平等方面均有借鑒與啟迪作用。

各位學者朋友，澳門是中國南海之濱的一顆璀璨明珠，自開埠以來，澳門城市社會一直處在中西文化的交融碰撞中，兼具中華勝景和異國風情；澳門大學也是一所國際開放的綜合性大學。時隔十年，澳門大學從氹仔老校區搬遷至橫琴新校區，我們再次匯聚一堂。相信經過這三天的會議，來自海內外的六十六位學者，在中西文化交匯的特定語境中交流學術觀點與經驗，必定會閃爍出承古創新的思想火花。

我衷心祝願全體與會嘉賓能在此次會議中博采學術眾長、開闊視野、增進友誼。最後，再次衷心感謝各位學者遠道而來，及對此次高端論壇的鼎力支持！預祝本次學術交流論壇圓滿成功！祝願各位代表能在澳門收穫多多！

感謝大家的光臨！

二〇一八年七月三十一日

祝賀信

國際漢語應用文研究高端論壇：

　　國際漢語應用文寫作學會第十三屆年會於二〇一七年十月份成功在重慶召開，不到一年時間，二〇一八年年會又得以在澳門舉辦。承蒙澳門大學領導大力支持，年會以高端論壇的形式展開；澳門大學同仁在鄧景濱教授的帶領下，為論壇的籌備工作傾注了不少心力，我謹代表國際漢語應用文寫作學會向論壇的籌委會同仁，特別是鄧景濱教授，致以衷心謝意！

　　本次論壇的課題主要圍繞兩個問題進行，包括應用寫作研究中基礎研究的難點，以及應用文寫作中的前沿問題。雖然論壇的規模不算大，是以對論文的挑選能有更高的要求，相信此次論壇會有更多高見紛陳，為現代應用文研究注入更多養分。

　　由於論壇舉行期間，正值小兒大學畢業典禮，須與家人前赴英國觀禮，未能出席論壇，參與盛事，不無遺憾。謹在此預祝論壇圓滿成功，得出豐碩的學術成果，並祝各位與會的同仁身體健康、生活美滿！

　　　　　　　　　　　　　國際漢語應用文寫作學會會長
　　　　　　　　　　　　　香港理工大學中文及雙語學系教授
　　　　　　　　　　　　　陳瑞端
　　　　　　　　　　　　　二〇一八年七月二十七日

應用寫作人才素養的當今話題
——應用寫作人才培養的創新研究

應用文於自主學習中的定位
——初擬課堂方案

陳德恩

香港大學

摘要

　　應用文是社會意識中表意方式的沉澱，目的是以一套規範的樣式處理人類社會中的文書工作。儘管社會上既定應用文格式會因時間推移及社會發展而變遷，其中仍能分成三個部分：內容、語言、格式。當中，內容涉及書寫目的及問題明細；語言用作展現社會禮儀；格式則是表達目的之手段。本文嘗藉討論構成三者的基本元素，淺析其中各部分於社會交際功能之意義。透過展示不同意義，將應用文放在自主學習（Self-Regulation Learning, SRL）的課堂下，以期學生能更有效理解及掌握在不同情景下寫作應用文的內容、語言及格式。

引言

　　二十一世紀隨著科技發達，人與人之間的交流變得更便利，電子郵件代替傳統書信的情況屢見不鮮，尤其在商業社會，電子化的大環境下，公司與公司之間，公司以內的各部門之間，都以電子形式的應用文（如信件、通知、便條等）代替傳統形式的實體應用文。反觀香港教育界，就應用文而言，並未有與時並進，仍然只按照不同的應用文格式要求學生背誦相關格式，以達致應用文教學的課堂目的。

　　然而，應用文之設立實為處理各樣社交事務，在不同的情景之下，各文體格式亦有混合或從寬的空間。反觀小學至初中的應用文課程內容卻以格式為主，略顯本末倒置。筆者認為應用文教學應以語境決定內容，而內容決定用語及格式。故此，讓學生掌握在不同情景下，以相應的文體應對，撰寫文章才是課堂教學的核心。其中，相比傳統範文教學，自主學習模式於應用文教學能更貼近現實生活使用應用文的正確方式。下文將討論應用文格式嚴謹寬鬆、重整應用文的「元件」、以及初擬自主學習於課堂中應用文之教學。

甲　應用文演變討論

　　以書箋而言，回溯至直式的書寫習慣，由封面的收件人地址，至書信本體均有著特定格式。如下所示[1]：

1　岑紹基、謝錫金、于成鯤、祁永華：《學校實用文闡釋》（香港：香港大學出版社，2002年），第40頁。

圖1 信箋（直式）

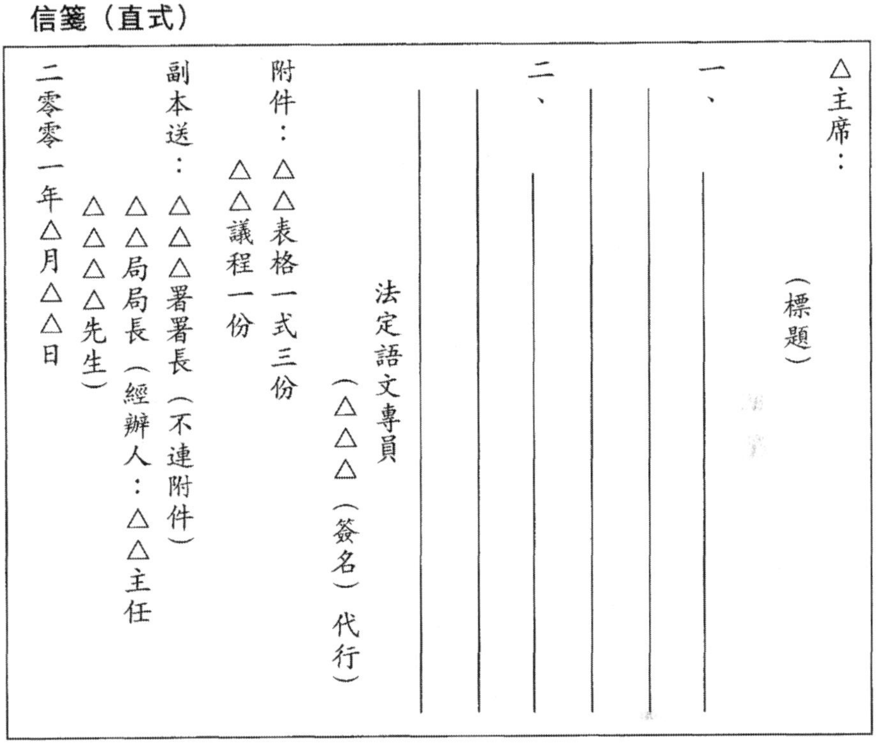

信箋（直式）

△主席：

（標題）

一、

二、

法定語文專員
（△△△）（簽名）代行

附件：△表格一式三份
　　　△議程一份

副本送：△△署署長（不連附件）
　　　　△△局局長（經辦人：△△△主任）
　　　　△△△先生）

二零零一年△月△日

　　惟社會發展至今，橫向書寫成為了一般人的書寫習慣，亦發展出一套有別於傳統直式書寫的書信格式，如下[2]：

2　岑紹基、謝錫金、于成鯤、祁永華：《學校實用文闡釋》（香港：香港大學出版社，2002年），第39頁。

圖2　信箋（橫式）

信箋（橫式）

```
香港△△道△△號△樓
△△△會主席
△△△先生
△主席：
                    （標題）
1. _____
   _____。
2. _____
   _____。
                            法定語文專員
                        （△△△（簽名）代行）
附件：　　△△表格一式三份
　　　　　△△議程一份
副本送：　△△△署署長（不連附件）
　　　　　△局局長（經辦人：△△主任△△△先生）
　　　　　△二零零一年△月△△日
```

　　然而，這種轉變不是徹底的，兩者仍然共享著特定的「元件」，諸如：上下款、祝頌語、問候語及日期；同時，上下款的字體大小、位置安排均承襲了傳統書寫習慣的「階梯式書寫」，目的是自謙，不與受文者處於同一高度；下款的自稱、啟告語的字體較小亦是同理。隨著應用文格式的演變，這種動態的文化使應用文本質上不存有死板的既定格式，但卻有一種傳承的意識形態，例如表示受文者作為上款、撰文者作為下款、標題在正文以前、書寫日期寫於文章結尾等。

　　又，兩岸三地的書函格式亦各有不同，「格式應否統一」這命

題，過往已有不少學者就相關題目展開討論。儘管各地之應用文格式有不一之處，惟其表意功能仍然不受影響，是故本文不作深入探討。

乙　應用文的基本元素

　　承接上述所說，應用文由不同的「元件」所構成，例如書信主要由上款、署名、啟首語、正文、收結語、祝頌語、日期組成「書信格式」；而通告則由標題（含通告二字）、正文、受文者、署名、日期組成「通告格式」等。其中，各「元件」於應用文的功用是相同並且相通的。而且有必要的話，書信亦可以加上標題此一「元件」，以概括信中的內容大意。可見，應用文之格式實是受著情景所控，此處的「情景」指現實中需要應對的情況，其中包括撰文者的身份，與受文者的關係，應用文寫作的目的，如需要回應的事務等。當撰文者釐清了情景，便可從基模（Schema）中抽取適當的「元件」安排文章的格式，配合文章用語以收謙卑不亢、彬彬有禮之效。由此，應用文之演變不言而喻，並且，這種演變是有彈性的。

　　應用文之寫作應由情景統領文章之內容及相關構思，如下圖所示：

圖3　情景決定內容、用語、格式示意圖

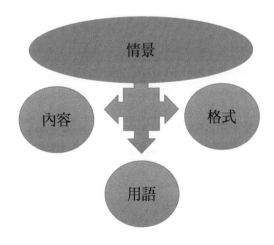

　　只有讓學生充分掌握某情景，他們才能在已建立的基模中（包括用語、格式）找出相關知識，並判斷是否切合當前撰文的需要。因此，筆者認為要讓學生熟練地運用恰當的應用文處理日常文書事務，除了學生理解應用文格式中各元件的用法外，亦要讓學生知道在什麼時候使用特定的元件。其中涉及學生的思維判斷能力，判斷是認知層面發生的腦部活動，而讓學生有意識地批判自己的決定，則牽涉後設認知能力。於是，自主學習模式的教授在學生成長的層面有其重要的一面。

　　以往的中小學的應用文教學均以展示範文讓學生複製格式以至內容，從而評估學生能否掌握相關的應用文寫法。然而，這種教學方式只刺激學生記憶部份，強調學生以背誦的形式學習，並未讓學生了解各元件於文章中的作用。由於現實生活中，需要撰寫應用文以應對的情景是不能窮盡的，香港教育局在建議書的文件中也這樣說明：

　　「……不過，有些建議書並不直接交到受文者手上，而是利用報章發表，既提出了建議，也可以藉此引起更多人注意，甚至可以製造輿論，使建議書的功能得到更大的發揮。在這種情況下，就不一定需要很明確地寫上受訊人的名稱。」[3]

　　如上述提及，建議書格式簡單且無通則──假如撰文者需要引起公眾注意以製造輿論，在正文之先寫下「全港市民」以喚起市民關注亦未嘗不可──所以，每篇應用文格式重點在於撰文者對當刻的情景掌握到什麼樣的地步，而不應在課程規劃者的考量之內。

　　又例如各機構之回執，香港中小學應用文教育中並未將「表格」這「元件」納入教學範圍，考核中亦未有鼓勵學生繪製表列書寫；但在現實情景中，受限於紙張大小、對使用者的方便程度、便於主辦單

───────────────

3　香港教育局：〈教育局文件（建議書）〉。

位統計等原因，大會通告撰寫人便將回執寫成表格形式，讓參加者填好大會要求的所需資料，否則，各人有不同的回覆格式，提供的資料亦有可能因此過多或不足，耗費撰文者、受文者額外時間處理。

　　以下，筆者就應用文中書信常用的「元件」結合其普遍意義作出簡單整理：

表 1　元件寫法用意

元件	橫式寫法		普遍意義
上款	公函	私函	指明受文者
	敬啟者： 　　此致 職位 收信人	收信人稱謂：	
問候語	不適用	近來好嗎？	表示關心
下款	（置右）^{身份}撰文者_啟		表示身份 「階梯式書寫」展現自謙的態度
日期	二零一八年七月三十日		表示撰文日期
標題	（置中）		統領並概括全文
小標題	（與標題一樣，統領部分文章內容）		分項組織文章，使文章結構分明，脈絡清晰
祝頌語	祝 工作順利	祝 生活愉快	使書信收結完整、得體、有禮

　　以上大致為書信包含的「元件」，但上述部分並非必然出現在書函中，援引一例[4]：

4　岑紹基、謝錫金、于成鯤、祁永華：《學校實用文闡釋》（香港：香港大學出版社，2002年），第36-37頁。

圖4 賀同學榮升大學信

賀同學榮升大學信

佩儀同學英鑒：

　　欣悉姊畢業考試，名列前茅，榮升大學，殊為欽羨，謹致蕪箋，以表慶賀。學姊勤奮為學，廣覽博聞，志在家國，令人仰止。小妹年幼無知，喜愛玩樂，虛度韶華，甚為慚愧。從今之後，我將以姊為榜樣，加倍努力，爭取好成績，亦盼大姐不棄故交，不嫌小妹落後於人，隨時給予指點。專此布賀，順祝升安

　　　　　　　　　　　　　　　　　　　妹 曉惠　敬上

二零零一年七月十日

圖5 同學邀約信

同學邀約信

曉惠同學：

　　來信收到，多謝你的熱情鼓勵。升學已為往事，一切當從零開始。俗語說"後來居上"，你騰身奮起，必將鯤鵬展翅，扶搖直上，前途無量。過幾天是你的生日，近日我家園中荷花盛開，百鳥爭鳴，蓮蓬果滿實肥，紅魚蓮葉戲水，煞是好看，何不想個新法給你做生日?我藏有"碧螺春"茶葉一罐，週日家中無人，你我蓮池邊，綠蔭下，啖藕絲，剝蓮蓬，品香茗，吐心事，何其樂也?如果樂意，請覆示。至盼至盼。　此請台安

　　　　　　　　　　　　　　　　　　　佩儀　上

二零零一年七月十二日

　　上述為學姊與學妹間之私函，可是佩儀覆函並未於下款寫上「身份」，其可能原因一方面不願自抬身份以「姊」自稱，另一方面又不願將關係降級至「同學」，於是略去「身份」，可見書信格式在生活應用中有從寬的一面。此外，強調「元件」意義的好處在於，在不同文類中，它們的功能是共通的，書函的上款指出受文者，演講辭的上款亦然；書函的祝頌語使文章得體有禮，演講辭收束語亦收同樣作用。誠然，當學生掌握了應用文共通的各「元件」，學生能調動應用文格式背後的思維策略，根據語境運用不同的「元件」，推敲出合宜格式，書寫各種應用文。

　　筆者在此提出的推敲能力可以理解成布魯姆六層次中，高階思維能力的綜合（分析、綜合、創意能力），學生須分析所面對的情景，釐清撰文者與受文者的關係，綜合其中困難及就問題提供解決方案，繼而訂定寫作目的、內容及判斷合適用語、格式。其中由於應用文為情景所限，並無特定表意途徑（格式），現實教學中大概只能就情景訂出大致的寫作及評估（Assessment）方向，而這種評估作為學習（Assessment as Learning）也能有效提升學生對於應用文格式之掌握。

　　除了元件部份，應用文的用語也廣為學者研究，而用語的自由度更高，以下只簡單分為文言和白話，稍作討論。

　　文言一般予人謙遜有禮之感；而白話則著重通俗易明，李志明先生在〈香港政府公函文體要求的改變〉一文，引用《香港政府中文公文處理手冊》指出「文言言簡意賅，行文時為求簡潔得體，也會酌情使用」，肯定了文言應用文在現今社會的價值；文中進一步指出文言用語講究客氣、禮貌，莊重得體；而白話撰寫的應用文則取其淺白流暢。曾經以英語為官方語言的香港一度只以白話文作政府頒布公文之用語。可見白話用語並不是不能達至應用文寫作之表意果效。筆者認為，無論採用何種書寫語體，除了貫徹行文風格外，還須因應受文者

（即情景）改變用語策略，故此並不特定，換言之，文白兼用亦無不可。

　　既然不限制語體的使用，在教學上亦難以細項評估相關文章的程度，大抵只能分出高中低三品。盛炎在〈港澳地區中文公文中的語言問題〉一文中指出[5]：

　　「如果一個公文寫作課程的總課時為七十個小時，那麼就應該用三分之二的時間來進行語言訓練。」

　　但一般而言，初中及小學教師不必苛求學生以文言書寫應用文，只要行文落落大方，恰當回應問題即可。應用文的核心在於處理文書來往事務，於是，與其使用大量時間培養撰文者的用語程度，不若培養學生掌握情景之能力，並就問題想出完整及具新意的解決方案為佳。

丙　應用文的表意功能

　　岑紹基在《語言功能與中文教學》中以系統功能語言學分析應用文文類，並以圖式結構及文步分析各類文體，強調應用文之實用功能及其傳意功能。例如投訴信的圖式結構：「上款^投訴概述^事情始末^提出質詢^下款^聯絡渠道」。[6]以上的圖式結構同時包含了屬於格式部分的「元件」和屬於內容部分的文步，而筆者認為在教學上，需將兩者分開講解教授，「元件」應對的是社會文化約定俗成的文化語境，即針對相同的社交目的而生成的某特定結構相似的文類[7]；而內容部分的文步則應對個體之間交際的社會功能，因應不同的情況，可以作

5　陳志誠主編：《新世紀應用文論文選（下）》（香港：香港城市大學語文學部出版，2002年），第168-179頁。

6　岑紹基：〈閱讀促進學習（Reading to Learn）理念和教學設計以應用文教學為例〉（2016年）。

7　岑紹基：《語言功能與中文教學：系統功能語言學在中文教學上的應用》（香港：香港大學出版社，2010年），第130頁。

出相應的修改，例如上述投訴信的文步，因應語境或撰文者不同，例如在「提出質詢」之後，加入「說之以情」來提高信度，使投訴情理兼備亦無不可。

另外，岑先生在《語言功能與中文教學》的第九章中亦研究了文化語境對公文結構的影響[8]，藉統計及整理學員文章的文步，比較中英贊助邀請函的文步，然後請學員討論，分析寫作的語境、目的及策略。書中提到：

「……**_文無定法_**，寫作不一定要死抱著指定的格式，而是要按照功能和語境需要、讀者的身份、文化背景和作者要傳達什麼訊息來確定如何安排寫作……」

筆者同意「文無定法論」，故此上文提出應用文教學的重點在於教授通俗應用文的「元件」，讓學生充分理解各「元件」在文中擔任的角色，再透過分析範文[9]訓練學掌握語境的能力，最後結合「元件」制定寫作目的、策略及內容。

總括而言，應用文圖式結構有助學生理解應用文的社交功能，在此之上，學生能透過後設認知（Meta-cognition）評價、批判文步（認知層面）於應用文的果效，正因為學生有著後設認知的能力，他們能討論、修改並根據對語境的理解自訂寫作策略。在岑先生的教學經驗中，不難看出學員調動了後設認知的能力，亦因此，後設認知對撰寫應用文尤其重要，為了讓學生純熟掌握應用文寫作，教師亦應盡早導出學生之後設認知能力。而自主學習正針對培養學生的相關能力。

8　岑紹基：《語言功能與中文教學：系統功能語言學在中文教學上的應用》，第165-178頁。

9　範文引路（Reading to Learn）的概念。

丁　自主學習（Self-Regulation Learning, SRL）

　　自主學習（Self-Regulation Learning, SRL）是解難過程的體現，它強調學生能在學習之先作自我評估，然後訂立目標，再制定有關策略以期有效達致所訂目標，期間，講求學生能定期檢討學習過程，定位遇到的困難，再修訂目標或應對策略，循環上述過程直至達到所訂之目標，如下表所示[10]：

表 2　Zimmerman 自主學習概念

Forethought（前思階段）→ Performance（果效階段）→ Self-reflection（反思階段）		
目標及學習策略設定	學習行為	反思及歸因

　　許守仁在《香港初小學生中文閱讀自主學習能力研究》[11]中指出後設認知的具體四項步驟包括：設立目標、計劃、控制、反思；與之對應的是認知層面上的策略、運用。如下表所示：

表 3　許守仁自主學習概念

後設認知	認知	情感／動機
1. 設立目標	策略	歸因
2. 計劃		價值
3. 控制	策略／運用	自我效能
4. 反思	運用	自信

10　Schunk. D. H., Greene. J. A. *Handbook of Self-Regulation of Learning and Performance.* *(2nd Edition).* New York and London: Routledge, 2018, pp.7-15, pp. 64-82.

11　第82頁。

　　另外，情景學習模式能為學生提供特定情景，讓學生在應用中學會應用文書寫。岡嵐在《高應用文寫作課 PBL 教學法初探》中提到 Problem-based Learning（PBL）能提升學生的學習動機、鍛練思維能力，令學生更投入參與教師設計的課堂中[12]；聶遠鶴在《情景教學法在高職應用文寫作教學中的應用研究》亦指出合適的設計能引導學生掌握情景，通過同輩互評更能提高應用文寫作教學的課堂效率，以達到教育的目的。[13]Nilson 和 Zimmerman 在 *Creating Self-Regulated Learners: Strategies to Strengthen Students' Self-Awareness and Learning* 一書中，將 Problem-Based Learning（作為後設任務）納入 Self-Regulated Learning 之中，強調其中的解難能力及技巧。[14]故此，結合自主學習及情景學習模式，應能讓學生有效地自主監控學習過程。

　　自學和自主學習的差別在於學生能否監控自己的學習進度，兩者可以同時出現；自主學習強調學習者能為學習設定目標，然後通過自我監控的過程，因應環境因素，例如時間、能力等，調節合適自己進度的策略。此外，掌握自主學習的學生在每次調節策略的過程中，亦能反思自己所作的決定，當中涉及歸因、運氣、能力等原因。可見，自主學習比自學更強調學習者能有意識地控制自己的學習進程，並因為不同的情景，調節相對應的策略以回應內裡或外在的轉變。

　　培養學生的後設認知為課堂的重點，後設認知能理解作「對認知的認知」

　　Schunk D. H. & Greene J. A 在 *Handbook of Self-Regulation of Learning*

12　岡嵐：〈高應用文寫作課PBL教學法初探〉，《亞太教育》第2期（2016年），第49-51頁。

13　聶遠鶴：〈情景教學法在高職應用文寫作教學中的應用研究〉，《高教學刊》第6期（2017年），第177-178頁。

14　Nilson L. B., Zimmerman B. J. *Creating Self-Regulated Learners: Strategies to Strengthen Students' Self-Awareness and Learning Skills*. USA: Stylus Publishing, 2013,pp. 48-51.

and Performance[15]中提到自我監控的功能包括：自我觀察、自我評價、自我回應，自我監控是觀察乃至評價的過程，學習者能評估策略是否有效，能否針對目的等評價項作自我反思，用以監測（Monitoring）學習（或工作）進度，並檢討及修訂所制目標及策略。

自主學習在應用文教學中能應用的方面有二：

一 「元件」的運用

自主學習在課堂的定位在於引導學生建立自己的學習目標之餘，教師同時就教材訂立整個課堂的基本教學目標，以應用文教學而言，基本教學目標可訂為各「元件」的寫法及意義，欠缺特定「元件」的應用文不成章法，故此，不懂正確運用各「元件」組成格式的話，應用文教學亦無從談起。

學習者及後可自我調節以運用不同的學習策略以應對學習目標，諸如背誦、默寫、理解等。此外，建立在課堂目標之上，自主學習模式能讓學生自訂個人學習目標，就「元件」運用而言，學生可自行設立「能指出錯誤的格式」、「能改正錯置的元件」等應用向的學習目標，改正能力除了涉及認知層面外，還監控了自學的過程，由基本的理解到思考乃至應用、改錯，甚至將所學「元件」引伸至其他文類也可以成為自設的學習目標之一。

當學生在學習上遇到困難，自主學習模式鼓勵並驅使學生主動尋求解決方法，如詢問老師或同學、自主搜尋相關資料等，也是自主學習的要素之一。當學生藉特定適合的解決方法成功解決疑難後，教師可於課堂中引導學生將成功經驗歸因於思考、努力，同時學生透過反思，亦能達同樣效果，加強學生進一步運用該策略的動機，從而提升

---

15 Schunk D. H. & Greene J. A. *Handbook of Self-Regulation of Learning and Performance*, p. 22.

學生的使用該有效策略的成功機會，因而提升學生的自我效能感。

二　內容、表意的效果

以投訴信為例，情景教學模式的教師先將學生分成三組，模擬書函來往。第一組作投訴人，第二組作回覆投訴人，第三組作公司管理人。藉著投訴人遭遇不公平的對待，學生需要在基本「元件」應用上，設身處地思考寫作目的、策略及內容，例如：提供意見或索取賠償、曉之以理或動之以情；公司管理人需訂立恰當的投訴處理章程，以限制回覆的組別不能處處退讓，損害公司利益，應用文的呈現方式可為通告或內部電郵；回覆人則需按公司章程處理投訴個案，若章程有不清楚的地方，可撰電郵要求公司管理人請示澄清；而投訴人亦可隨時去信查詢跟進進度。

後設認知學習模式在寫作計劃時的應用如下：

表 4　自主學習及寫作計劃

自主學習	寫作計劃
1. 設立目標	1. 寫作目的
2. 計劃——策略	2. 整理要求——　a. 動之以情 　（建立文步）　b. 說之以理
3. 控制／運用	3. 具體方法（選擇方案）
4. 評價反思	4a. 檢討 4b. 修訂

可見後設認知的實行步驟與寫作計劃步驟不謀而合，而當學生培養了後設認知的能力，他們能更有效監控自己的寫作目的、內容、用語及格式。

　　具體實行方法多樣，可著學生以小組形式創作，在同組討論後各自寫作，然後繳交一篇組員一致認為最優秀的作品；亦可於網上討論平臺進行，讓學生各自撰寫一篇文章，匿名讓其他學生評價等。如上述所說，後設認知是對認知的認知，在後設認知學習模式中，學生的反思之所以如此重要，其原因在於當學生需調動自我監控能力自我評價及作出相應調整時，學生能因應自身能力及外在環境等因素作出策略調整及相關控制。學生進行的反思愈多，他們對自我能力的概念愈清楚，換言之，能作出適合自身的學習安排，避免了費時失事的時間浪費。

　　以上為筆者初擬的一個模擬情景，現行課堂中只需就某一特定語境，撰寫一篇應用文，當中並不涉及學生自身的反思或同學之間的知識討論建構，課堂目標只在於以老師所教知識完成寫作任務；而以上擬案旨在模擬現實的書函往來運作模式，當學生代入角色，便能構思相應的寫作目的、內容及策略。

　　模擬三方的用意在於令每組學生都有不同的立場及思考空間，在三方爭持之下找出可行的解決方法。同時受文者亦擔當著評估的責任，當受文者未能清楚理解內容、無法認同行文用語得體有禮，則表示撰文者仍須加強訂立應用文寫作的策略；若受文者能進一步指出修改方案，則顯示已掌握相關知識及培養出運用後設認知能力。過程中，教師除了訂立模擬情景的運作方式及作為課堂活動監管者外，必要時亦須引導學生往較佳的表意方式，為能力較弱的學生提供協助。當撰文者收到受文者的意見時亦應加以修改，共同建構課堂知識。

　　換言之，學生在撰寫文章之先，能以元認知能力訂立書寫目的；而書寫過程中，學生亦能透過元認知引證所採用的書寫策略能達到最佳表意之效，從而完成一篇可以應對任務的應用文。自主學習在此的工作是每當共同創作完畢後，學生須寫一篇反思說明遇到的困難及應

對策略，再因應個人的學習進度修訂目標及更新學習策略；若學生成功達到所訂目標，則需將成功歸因，寫下反思，強化學習策略。

戊　可能面對的挑戰

挑戰一：單單因為「文無定法」而摒棄以往傳統範文式教學，似乎過於片面。

回　應：的確，傳統範文式教學能提供準確無誤的格式範例，但因為應用文建基於社會的文化背景，即使是華語地區，範文格式已有不同，有別於政府部門公務式的應用文，生活化的文類難以將應用文規範化。相反，提取固有格式中的「元件」意義能通行於各地區，而且背誦的時間能轉化為書寫應用文的寫作時間。加上隨著社會進步，資訊傳遞速度急劇上升，單就電郵而言，首封電郵大概保有傳統的書信格式，但當協商過程進行時，為節省時間，格式通常被簡化，原因是受文的對象一直不變，每次回覆都寫問候語、祝福語難免費時，並減低協商的效率，而且書信來回以小時為單位，日期只提一次足矣，格式的簡化無可避免。

　　為了與時並進，筆者認為語境先決是可行的思路。生活上的應用文是動態的，隨社會發展而改變的，且趨勢愈變愈簡單及寬鬆。既然結果無論如何也是格式被簡化，不若只掌握基本的部分，並利用餘下的時間培訓掌握語境及改善語言能力。

挑戰二：學生根據自己對「元件」的理解，當出現不同的演繹時，在教學上該如何實行評估？

回　應：即使沒有特定的格式以至評分標準，教師仍可訂立一些操作性標準，例如：受文者（上款）必定在文首出現；報告、專題等文類，須以小標題概括細項；酬酢類文章行文用語須得體有禮、日期及

週記等文體的文首必須寫下日期等。這些普遍性強的指標仍能引導學生撰寫一篇格式明確、語言扼要有禮的應用文。另外，自主學習作為評估作為學習（Assessment as Learning）的一種，在教學上沒有必要以標準化分數為學生分高下。只要學生在 PBL 及 SRL 的過程中，熟悉理解及運用應用文，以至其後設認知能力有所成長，筆者認為已算是有意義的教學活動。

挑戰三：初中、小學的課程首要是打好基礎，而應用文的基礎是規範的格式，若只教授部分格式，學生失去了傳統範文的基礎底蘊。

回　應：範文亦有其寶貴的價值，筆者認為，範文寶貴在於文字背後的意義而非構成的文字本身。所以筆者同意範文引路，閱讀促進學習（Reading to Learn）是一個全面的處理範文的方法，能讓學生掌握語境，並就語境訂立寫作策略。而在自主學習之先，教師亦應先與學生共同分析範文的寫作目的、策略、用語及內容，讓學生先有一個大概的印象，及後才以自主學習及情景學習模式引領整個應用文教學課堂。自主學習模式不是放任學生的理念，而是讓學生在課堂的基本學習目的之上，自行選擇學習一些對學生而言，有價值的知識、技能，過程中，教師亦鼓勵學習者能監測、控制自己的學習進度，並因應情況進行調節。可見，配合閱讀促進學習的教學法，在保留傳統範文的優點之餘，亦能藉自主學習模式培養學習者的後設認知能力。

己　結語

　　本文旨在拋磚引玉，嘗試重整應用文教學的核心，及初擬自主學習課堂中應用文教學方案。應用文是處理社交事務、人際往來的重要手段，惟香港小學至初中的中文課堂教育模式未能針對核心施教，仍

然停留在以背誦為主的應試模式，有見及此，筆者嘗試結合所學，初擬以自主學習處理應用文教學，同時使用 PBL 及 SRL 使學生在模擬語境中運用所學，並於活動教學後作個人反思及歸因，以加強學生後設認知能力及策略運用。

參考文獻

李志明　〈香港政府公函文體要求的改變〉　《中國語文通訊》第49期（1999年）。

岑紹基、謝錫金、于成鯤、祁永華　《學校實用文闡釋》　香港　香港大學出版社　2002年

陳志誠主編　《新世紀應用文論文選（上）》　香港　香港城市大學語文學部出版　2002年

陳志誠主編　《新世紀應用文論文選（下）》　香港　香港城市大學語文學部出版　2002年

岑紹基　《語言功能與中文教學：系統功能語言學在中文教學上的應用》　香港　香港大學出版社　2010年

岑紹基　〈閱讀促進學習（Reading to Learn）理念和教學設計以應用文教學為例〉（2016年）　引用自 http://www.cacler.hku.hk/cn/research/project/provision-of-services-2014-16-for-running-of-chinese-language-learning-support-centres-for-non-chinese-speaking-ncs-students/teachers-workshops-year-2015-2016/workshop6

岡　嵐　〈高應用文寫作課 PBL 教學法初探〉　《亞太教育》第2期（2016年）　第49-51頁

聶遠鶴　〈情景教學法在高職應用文寫作教學中的應用研究〉　《高教學刊》第6期（2017年）　第177-178頁

香港教育局　教育局文件（建議書）　引用自　https://www.edb.gov.hk/attachment/sc/curriculum-development/kla/chi-edu/resources/primary-secondary/lang/9%20jianyishu.pdf

Nilson L. B.　Zimmerman B. J.　*Creating Self-Regulated Learners:*

Strategies to Strengthen Students' Self-Awareness and Learning Skills USA Stylus Publishing 2013.

Schunk. D. H. and Greene. J. A. *Handbook of Self-Regulation of Learning and Performance* （*2nd Edition*） New York and London Routledge 2018.

語法隱喻理論在對外漢語高級寫作教學中的應用

劉　瑩

四川大學錦城學院

摘要

　　語法隱喻是一種拓展意義潛勢的重要語言資源，它與外語學習和教學之間存在著密切的聯繫。本文以語法隱喻理論為指導，運用描寫分析法和偏誤分析法，分析漢語語法隱喻的語篇功能，並針對高級漢語寫作班學生習作中出現的語篇偏誤，提出在寫作教學中如何有意識地培養學生的語法隱喻能力，目的在於拓寬對外漢語寫作教學的思路，幫助和促進外國學生提高漢語寫作能力。

關鍵詞：語法隱喻　對外漢語　高級寫作教學

一　引言

　　二十世紀八零年代，系統功能語言學派創始人韓禮德在《功能語法導論》（第一版）中提出了「語法隱喻」這一概念。他認為，隱喻現象並不僅限於詞匯層面，而且常常發生在語法層面。隱喻是「一種給定意義在表達上的變化」（Halliday, 1985：320）通俗的來說，就是某個語義被體現成不同的詞匯語法表達形式。

　　二十世紀八零年代末到九零年代初，韓禮德與馬丁等人將語法隱喻理論應用於教學實踐，幫助澳大利亞中學生克服科學科目學習中的困難。這個名為「學會寫作」（Write it Right Project）的課題指出科學語篇中專業性特別的表達方式、詞匯密度、句法歧義等語法隱喻造成了學生理解科學話語的困難，建議教師從語法的角度分析其所教科目的語法特徵，充分認識語法在科學話語中的作用，嘗試用語言學的方法來幫助學習有困難的學生。這一教學實踐研究為探討語言與學習的關係提供了諸多有益的經驗。本文將在語法隱喻理論的指導下，分析漢語語法隱喻的語篇功能，探討如何在寫作教學中有意識地培養學生的語法隱喻能力，來提高學生的漢語寫作能力。

二　漢語語法隱喻的語篇功能

　　韓禮德的語法隱喻理論是以其語言層次為基礎的。韓禮德把從意義到實體的過程看作是一個以語義層到詞匯語法層進而到音系或書寫層的多層體現過程。韓禮德認為，對每一個語義形式而言，在其從語義層到詞匯語法層之間的各種體現關係中，至少有一個「一致」的體現形式，「一致式」體現了語義範疇和語法範疇之間的自然關係，是人類自有語言以來對經驗識解的原初的常識化模式。除此之外，還可

能有另外一些被轉義的「非一致式」或稱為「隱喻式」,「隱喻式」則體現了語義和語法範疇之間的非自然關係。「一致式」與「隱喻式」表達之間並不是涇渭分明的,而是存在相對的、程度不同的差異,它們之間有著某種系統的關係,但並不完全同義。例如:

1. 我<u>覺得</u>南方人辦事比較精細,在很多方面都很認真,講求精益求精。

2. 我的<u>感覺</u>是南方人辦事比較精細,在很多方面都很認真,講求精益求精。

例 1 和例 2 都是在表達對南方人辦事特點的一種主觀認知。在常規思維下,我們往往會選擇心理動詞來表述這樣的認知,因此例 1 就是一致式。在例 2 中,動詞「覺得」被名詞化為「感覺」,例 1 的心理過程在例 2 中變成了物質過程,例 2 是一種隱喻式表達方式。

韓禮德(1985)認為「隱喻表達方式是所有成人語篇的特點。」在語言的實際使用中,會話者或作者根據實際需要選擇語法隱喻,利用隱喻手段把一種語法類型或語法功能轉換為另一類,使形式和意義的關係更為多樣化,從而達到某種特殊的目的,創造出特殊的語篇效果。

從語篇的組織來看,「語法隱喻通過展開一個語篇的主位結構和信息結構,成為組篇的工具。」(Halliday & Martin, 1993)韓禮德(轉引自劉辰誕 1999:63)曾作過一個比喻,說主位就像牆上的木釘,信息就如一串東西掛在這個木釘上。這就是說主位是信息安排的綱,述位則是傳達新信息的目。在組織語篇時,可以借助主位結構的安排,構建起語篇的信息結構。例如:

3. 在對待人與自然的關係,利用資源與保護環境等問題上,必須建立一種環境與發展的新觀點新主張。這種思維方式基於以下觀點:第一,自然生存權的觀點,即不僅人類,而且生物、生態系統、自然

景觀等也具有生存的權利，不容隨便否定；第二，世代間倫理的觀點，即當今世代對於未來世代的生存可能性有不可推卸的責任。

用 T 表示主位，用 R 表示述位，上述例句的結構脈絡可以顯示如下：

T1 在對待……問題上＋R1 建立一種新觀點新主張

　　　　T2 這種思維方式＋R2 基於以下觀點

　　　　T3 第一，自然生存權的觀點＋R3

　　　語篇主位　　　概念主位

　　　　T4 第二，世代間倫理的觀點 R4

　　　語篇主位　　　概念主位

從例 3 我們可以發現，不論是從表述或信息傳遞的角度考慮，語篇中的主位的選擇都不是隨意的。在這個段落裡，主位發生了四次轉換，但其間的聯繫卻是緊密的：T2 用「這」指代前文的內容，將前一句所傳遞的信息打包壓縮成為主位，引出後面的信息，進而使得經過打包壓縮的新意義在新的語篇中被評價與識別，將意義進行擴展。R2 中的「觀點」在 T3 和 T4 中成為概念主位，使得 R2「觀點」和 T3、T4 引出的信息形成了詳述關係。由此可以看出，例 3 通過主位—述位層層推進，讓語篇的語義邏輯結構非常清晰。

從語篇的連貫來看，語法隱喻表達尤其是名詞化隱喻對語篇的連貫、流暢起重要的銜接作用。所謂名詞化隱喻是指「以名詞或名詞詞組的形式將關係、環境、過程或性質這些語義重新構建為『實體』，在級階上從小句縮為詞組。從及物性系統來說，一致式中的小句、性狀或過程被隱喻為參與者，成為句子的主語或賓語，這樣更容易被修飾和論證。」（叢迎旭，2004：90）范文芳（1999：11）認為，名詞化隱喻在語篇中的銜接功能主要是通過主位—述位銜接而實現的。既上文的敘位經過名詞化在下文中成為主位，成為進一步討論的出發點，這樣上下文就實現了銜接。例如：

4. 他拒絕了這項提議。他的拒絕讓我們都很失望。

5. 今天，全世界的人都在關心著一個共同的問題：地球的保護傘──臭氧層在變薄。人們關心，也十分擔心。這種擔心決不是多餘的。

在例 4 和例 5 裡，前一句子中的動詞「拒絕」「擔心」將其名詞化，在後一句子中做主語，從而導入新信息，通過這種名詞化手段將兩個句子銜接起來，使得前後兩個句子承接很自然。

從語篇的情態來看，語法隱喻的使用可合理地配置語氣和情態意義，使語篇按照一定的情態責任編排信息，表達作者的主觀態度和立場。例如：

6. a 如果我們使用蒸汽，就能讓機器運轉得更快。

　　b 蒸汽的使用讓機器運轉得更快。

在例 6 中，6b 使用了名詞性詞組「蒸汽的使用」來替代了 6a 中的小句，名詞化隱喻的使用使得主語「我們」和表情態的成分「能」在 6b 中消失，這可讓讀者意識到語篇是在客觀敘述事實，從而避免了主觀因素的影響。事實上，名詞化隱喻在當代漢語科技語篇中被大量地使用。名詞化隱喻讓限定成分或情態意義丟失，盡可能地抑制語篇人際功能的使用，使行文更加客觀、公正，體現出了科技語篇嚴謹的特點。

7. 這天塌下來有我朱老忠接著。朱老忠雖窮了一輩子，可也志氣了一輩子。

例句 7 摘自梁斌的《紅旗譜》。在該例句中，本應表品質的名詞「志氣」轉化成了表過程的動詞，這種隱喻式的表達，使得「窮了一輩子」「志氣了一輩子」相同的句式串聯在一起，既動態化地描寫了朱老忠一生的生活狀態，又有力地表現出了他驕傲、自豪的內心情感，讓讀者能深深地體會到作者的主觀立場。

三　語法隱喻在對外漢語高級寫作教學中的應用

國家漢辦編寫的《國際漢語教學通用課程大綱（修訂版）》（2014年）對高級階段學生的教學目標是「學習者能理解多種主題的語言材料，能熟練造句，掌握成段表達的技巧，具備組織完整的篇章的能力，具備進行流利的語言交流的能力。」對於寫作這項技能的要求是「能就特定話題用準確、簡練、生動的書面語言進行描述、記錄或說明，撰寫相關的文件或文章，語句通順，立意新穎、能準確地表達自己的觀點，有深度，說理敘事周密而精確。」

由於種種原因，學習者的寫作能力距《大綱》的要求還有不小的差距。筆者在分析了多篇外國學生的習作後發現外國學生作文在語篇方面主要存在以下幾個方面的問題。

在語篇的銜接方面，學生的寫作中常常發生的偏誤主要有兩種：一種是誤加即不該加的加了，畫蛇添足；另一種是遺漏，該加的卻被了漏掉了。例如：

1. 我有一個難忘的假期。<u>去年夏天</u>，我在日本有一個朋友。她是我高中時最好的朋友之一。她高中畢業以後，跟高二年紀時認識的比她大五歲的男人結婚了。我經常去她家做客。去年夏天學校暑假時，我從大連回日本了。（摘自北京語言大學 HSK 動態作文語料庫）

2. 我的家鄉是北海道的某個農村。<u>所以</u>，我對農村有親近感。<u>所以</u>，我決心在農村打工。（同上）

例 1 中第二句的時間連接成分「去年夏天」與下文中時間點「高中時」存在前後邏輯上的矛盾。根據上下文的語境可以判斷出這段語篇的偏誤在於第二句誤加了時間連接成分「去年夏天」。

例 2 中同時存在遺漏和誤加兩種偏誤。句中沒有成對使用連接詞語「因為……所以……」，這是屬於遺漏的偏誤。在漢語口語表達中

如果語義明確，表達時可以省略其中一個連詞，而在書面語中則常常是成對出現的。句中使用了兩個「所以」，第二個「所以」是多餘的。日本學生習慣使用「所以」而不用「因為」，主要是受了母語的影響。

3. 如今，在公共場所，允許抽煙的地方越來越少了。據稱，市政府出臺該措施是為了保持市容整潔，並幫助青少年養成良好的習慣。對吸煙者有點不好意思。（同上）

4. 他們的樣子、文化、觀念和別的國家都不一樣。我那時想去的第一個原因。

在例 3 和例 4 中，缺少了指示代詞「這」來回指前面陳述的事實。語篇指代的缺少造成了語段的不連貫。

在語篇信息結構方面，學生習作中可以發現這樣一個現象：句子單看起來都是正確的，但組合後卻給人以前言不搭後語的感覺。一個很重要的原因就是學生在表達時出現了主述位的脫節，上句與下句的主述位無法銜接，句子的敘述角度不一致，使得整個語段、語篇的語義信息發生了偏移，無法連貫。例如：

5. 一般認為在日本老年人的生活應該可以說是幸福，這是因為日本已經是發達國家了，工業化程度不斷發展，如果我想買什麼就買什麼。從發達中來看，日本的老人一定幸福。但是，進一步研究後就知道不是什麼「幸福」。目前，已經出現了新的老年人自殺的問題。

在這段語篇中，第一句敘述的是日本老年人的生活，但在這句中出現了「我」是毫無道理的。第二句是第一句意義上的延續，作者採用的隱喻性主位「從發達中來看」與前一句在信息上不連貫。接下來「但是，進一步研究後就知道不是什麼『幸福』」這一句雖有語篇主位「但是」，但述位採用了「知道」這一心理過程，主位與述位無法匹配，應添加一個經驗主位，作為參與者。以上的語段可以作如下

修改：

「一般認為，在日本老年人的生活應該可以說是幸福，這是因為日本已經成為發達國家了，工業化程度不斷提高，人們想買什麼就能買什麼。從這一點來看，日本的老人一定很幸福。但是，我們進一步研究後就會知道日本的老人並不幸福。目前，已經出現了新的老年人自殺的問題。」

在語言表達多樣性方面，句式單調，語言表達缺少變化而使得文章不夠生動活潑是外國學生作文中易出現的問題。學生由於有怕出錯的心理往往會採取回避的學習策略，因而在句式上常常使用單句、短句，很少使用複雜的句式；在語氣上以陳述語氣為主；經常使用連接詞如「首先」、「其次」等來現實語篇的內在聯繫，這些都導致他們寫出的作文常常顯得呆板。例如：

6. 中國菜很好吃，但吃得多了就會發胖。我兩個月就胖了三公斤。

7. 去年暑假的時候，我跟朋友一起去四川省旅遊。我的朋友是四川人，我想去他的家鄉。

我現在在廈門市集美華僑大學華文學院讀書，他也在集美大學讀書，我在集美認識他。（摘自 HSK 動態作文語料庫）

例 6 和例 7 的表述雖不存在傳統意義上的語言錯誤，但稚氣十足，體現不了高級階段應有的漢語表達能力。

Danesi（1994：453-464）在〈Recent Research on Metaphor and the Teaching of Italian〉一文中指出學習外語就「必須懂得目的語是如何按照隱喻的組織方式來反映概念或對概念進行編碼的」「在外語應用中不地道現象是因為缺乏將語言形式表層結構和底層概念結構匹配起來的能力，即隱喻能力。」由此可見，語法隱喻與外語學習之間存在著密切的聯繫，學生隱喻能力的高低會對學生的寫作水平產生影響。因此，在教學中教師應有培養學生語法隱喻能力的意識和計劃。

　　首先，在課堂教學中，教師應該增大對學生的漢語語法隱喻的輸入，有意識地引導學生增加對漢語語法隱喻的理解與運用。例如，針對學生表達貧乏不地道的問題，在寫作教學中教師可以有意識地訓練學生對語法隱喻的使用，將其運用於在寫作中讓作文富有變化，從而顯得生動形象。以例 6 為例，在教學中引導學生使用隱喻性的主位，將句中概念主位「我」轉變成了人際主位「就拿我來說吧」，整句修改為：「中國菜很好吃，但吃得多了免不了會發胖。就拿我來說吧，兩個月之間就胖了三公斤。」雖然信息的出發點都是「我」，但人際主位更能體現出作者與讀者雙方關係的親密。從表達效果上說，人際主位的使用避免了一味化概念主位的單調性，使語篇的句式富有變化，增強了表達的效果。又如，針對語篇銜接與連貫的問題，教師可以從語篇元信息關係、語篇指代、主位／信息結構銜接等方面加以分析，讓學生更好地理解漢語語篇的組織特點。

　　其次，強化寫作實踐中的模仿。學生恰當地運用語法隱喻的能力不是一蹴而就的，惟有「厚積」方能「薄發」。「厚積」的方式之一就是大量地模仿。在教學實踐中，我們可以借鑒 Skehan 提出來的 3P 模式 Presentation—Practice—Production（演示—練習—運用）來訓練學生。首先要求學生參照老師給出範例造句組篇，經多次接觸，反覆模仿之後，學生才能有創造性地運用語法隱喻來組織語篇。

　　需要說明的是，我們強調語法隱喻在寫作中的重要性，但不是說學生應該用語法隱喻形式來組織作文中的每一個句子，那樣的作文只能使人覺得費解、甚至矯揉造作。語法隱喻的使用與語篇體裁有緊密的聯繫。一般說來，語篇體裁的正式程度越高（如科技語篇），名詞化隱喻使用的頻率越大。因此，在強化訓練中，教師不應忽視對語篇體裁知識的講解，應採取多種方式有意識地引導學生對比分析不同語篇的遣詞造句的特點，讓學生清楚地認識到語篇體裁與語法隱喻之間

的密切關係。學生只有根據具體的文體恰當地使用語法隱喻，才能發揮其特性，為文章添色。

然後，培養學生的元語言能力（metalinguistic competence），即對有關語言系統知識的瞭解。因為對語言系統具有明確的知識不但有助於提高學生的語言能力，而且還可以增強學生在語言運用過程中的信心，讓學生在語篇的構建與表達中更加從容與自信。

最後，可將學生的語法隱喻能力的培養與人類認知規律結合起來。因為語法隱喻是言語反映世界本原的過程，它必然體現和受制於人類的普遍認知規律。認識到這一點，在教學中引導學生將目的語與自己的母語進行比較分析，借助人類共有的語言認知思維模式來幫助學生消化目的語的語言系統知識，提高自己的語法隱喻能力。

四 結語

系統功能主義語言學認為語言是意義潛勢，語言學習過程實質是一個學習表情達意的過程。語法隱喻作為拓展意義潛勢的重要資源，在寫作教學中，可以成為提高學生寫作能力的一個切入點。語法隱喻的使用可增強學生作文的完整性和連貫性，讓學生從多個角度組織對主題的描述，使語篇更富有變化和感染力。

參考文獻

叢迎旭　〈名物化英漢對比研究〉　《四川外語學院學報》2004年第4期　第90頁

國家漢辦編　《國際漢語教學通用課程大綱》（修訂版）　北京　北京語言大學出版社　2014年　第29-30頁

范文芳　〈名詞化隱喻的語篇銜接功能〉　《外語研究》1999年第1期　第11頁

楊雪芹　《語法隱喻理論及意義進化觀研究》　南京　南京大學出版社　2013年

劉辰誕　《教學篇章語言學》　上海　上海外語教育出版社　1999年第63頁

Halliday, M.A.K. *An Introduction to Functional Grammar* London Edward Arnold 1985 p. 320

Danesi, M. *Recent Research on Metaphor and the Teaching of Italian* 71.4 Italica 1994 pp. 453-464

香港非華語中學生應用文寫作的語誤分析及解決策略：

以投訴信為例

姜芷晴　　黎偉杰　　容運珊
香港大學教育學院中文教育研究中心
戴忠沛
香港大學教育學院及文學院

摘要

　　香港的語文教育政策十分重視應用文類的教學，中、小學生均須學習不同類型的應用文。在港升學的非華語學生在學習中文應用文方面遇到較大的困難，尤其是學生無法理解應用文寫作的語境和不同文體篇章的功能字詞、句式，導致其在應用文寫作上出現較多的語言偏誤，而前線中文老師也欠缺有效的教學法以幫助非華語學生解決學習應用文的困難。故此，研究者採用質化的研究方法，設計一項個案研究，以文本分析作為研究工具，探析十位由中一級至中三級非華語學生所寫的投訴信篇章的語誤特徵，並以一位中文老師和該十位非華語中學生作為研究對象，分析中文老師如何針對學生的投訴信篇章語誤特徵進行教學，結合前、後測對比和師生訪談以評估其教學成效。最後，研究者根據是次教學研究結果，提出具體可行的針對非華語學生中文第二語言應用文教學策略的建議。

關鍵詞：語誤　中文第二語言教學　應用文　非華語學生　投訴信

一　研究緣起

　　近年來，香港非華語學生的中文教學議題一直備受社會各界關注，對非華語學生的中文學習支援是政府及學校都十分重視的一項教育工作。然而，由於非華語學生所屬的文化背景不一，加上中文作為他們的第二甚至第三語言（岑紹基，2018），傳統中國文學知識對他們而言難度過高，因此應用文教學倍受重視。

　　香港的語文教育政策十分重視應用文類的教學，認為中、小學生（包括華語和非華語學生）均須學習不同類型的應用文。教育局中文組編制的《中小學中文實用寫作參考資料》（試用）列明實用寫作是中、小學中國語文課程中的重要一環（教育局文件，2001）。由課程發展議會與香港考試及評核局（2015）聯合編訂的《應用學習課程及評估指引（高中課程）》，也指出學生透過實踐中的學習機會，掌握語文基礎知識，重點包括實用文書。

　　然而，在港升學的非華語學生在學習中文時卻普遍面臨聽說、識字、閱讀、寫字、學習動機較低及文化差異等困難，對非華語學生來說，用中文寫作是最感困難的部分（林偉業、張慧明、許守仁，2013），而應用文重視語篇和語境的互相配合，語言表達得體並展現功能性，因此這些學生學習應用文會遇到更大的挑戰，尤其是他們無法理解應用文寫作的語境，以及不同文體篇章的功能字詞和句式，導致其在應用文寫作上出現較多的語言偏誤，而前線中文老師也欠缺有效的教學法以幫助非華語學生解決學習應用文的困難。故此，非華語學生的中文應用文學與教仍急待支援。

二　研究目的

　　對非華語學生而言，應用文寫作是中文寫作學習環節的重要部分，如果無法克服寫作的障礙，他們的中文學習及升學考試都會受到限制。因此，本文的研究重點是在於分析非華語學生在應用文寫作中的常見錯誤，並為學生制定具針對性的教學，藉以提高他們的應用文寫作能力。

　　有關寫作語誤分析方面，何萬貫（1998）曾撰專書討論，他指出中學生的作文語誤主要有如下的特點，包括了用詞不當的語誤和語法欠妥的語誤兩大類。而本文參考何萬貫的分析架構，嘗試運用質化的研究方法對非華語學生所寫的投訴信進行文本分析，探討中文老師如何針對學生的投訴信篇章語誤特徵進行教學，結合觀課、前後測寫作文本比較和師生訪談，以評估其教學成效。最後根據本文的研究結果，提出特別針對非華語學生中文第二語言應用文教學策略的可行建議。

三　研究問題

　　基於上述的研究目的，本文欲回應以下的研究問題：

1. 非華語學生的投訴信寫作語誤有什麼特徵？
2. 前線中文教師如何針對學生的投訴信篇章語誤特徵進行施教及其教學成效如何？

四　研究設計

（一）研究對象

　　參與本研究的非華語學生一共有十五人，他們就讀中三級，並且均參加一個大學機構舉辦的學習支援計劃來學習中文，每個星期上課一次。大部份學生的祖籍是印度、巴基斯坦、菲律賓等東南亞國家，在香港生活至少三年，具備基本的中文聽說技巧，但讀寫能力稍遜。

　　參與本研究的老師是一位合資格的中文科老師，具備六年教授非華語學生中文科的教學經驗，她在本研究中嘗試運用「閱讀促進學習」教學法（Reading to Learn pedagogy，簡稱 R2L 教學法。有關此一教學法的詳情，可見岑紹基，2015、2016），來教授學生閱讀和寫作投訴信。這一次的教學研究一共運用了四個教節、每個教節三個小時，合共十二小時的教學時間。此一教學時間已包括前、後測測試時間共兩小時，以及四個教節共有兩小時的課間休息時間，所以實際教學時間乃為八小時。

（二）研究方法

　　本研究是一項質化的個案研究，以訪談、課堂分析和前後測分析作為主要的研究工具。研究者先對學生的前測寫作篇章進行文本分析，探究非華語學生在投訴信寫作上的語誤特徵，然後以半結構式訪談（semi-structured interview）收集資料，並附以課堂觀察分析和對學生的前、後測分數作比較。以下的研究框架圖示，展示了本文的教學研究過程：

圖 1　本文的研究框架圖示

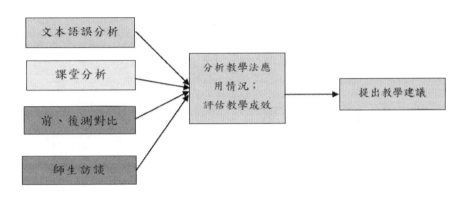

五　研究結果與討論

A.回應第一道研究問題：非華語學生的投訴信寫作語誤有什麼特徵？

　　研究者搜集全部學生的前、後測寫作文本，分析學生的投訴信寫作語誤。現從通篇層次、句子層次和字詞層次三方面，探討非華語學生在投訴信寫作上的語誤特徵。

a. 通篇層次

i. 前測

　　在通篇層次方面，大部分學生的寫作前測未能準確對應投訴信的寫作語境，只是把投訴信寫作題目的文字或者漫畫的內文簡單複述一次，反映了學生不理解投訴信的寫作目的。另外，學生的前測文本欠缺較多的文步，顯示他們未能掌握投訴信的通篇結構，篇章組織比較散亂。下表展示了學生的投訴信前測通篇層次的語誤分析：

表 1　學生的投訴信前測通篇層次的語誤分析表

語誤分類	學生文本示例	語誤特徵分析
1.格式錯誤	1.寫錯收件人名稱：未能正確寫出收件人是「香江茶餐廳周經理」，只簡單寫成「經理」或者「周經理」； 2.寫錯寄件人名稱：未能正確寫出寄件人是「顧客黃子儀」，只簡單寫成「黃子儀」； 3.寫錯標題：較多學生未能寫作正確的投訴標題「投訴快餐店服務欠佳」，部分學生嘗試寫作標題，但寫法不正確，例如寫成「投訴餐服務欠佳」； 4.寫錯日期：未能按照年月日的順序正確寫出日期； 5.欠缺較多文步格式：未能按照投訴信的圖式結構寫出文步齊全的篇章 6.內容情節不清晰：未能清楚寫出投訴事件的具體細節，例如「見到套餐於二十元去到三十元」一句，表達不清晰，反映作者未能具體闡述事件的細節內容	較多學生未能正確寫作投訴信的收件人、寄件人、標題和日期等，也欠缺較多的文步結構，部分內容表達不清晰，反映了學生未能掌握投訴信的圖式結構和篇章文步特徵
2.缺乏投訴信語境知識	1.誤用「貴」和「該」：較多學生未能正確運用「貴」來指代所投訴的餐廳，反而誤用「該」來指代所投訴的餐廳； 2.誤用「親愛的」：部分學生在上款處寫作「親愛的」，由於投訴信是一種公函，「親愛的」一詞多用於私函，反映了學生不懂得投訴信的語境知識	較多學生未能準確分辨「貴」和「該」字的用法，也不理解公函和私函寫作的區別，反映學生欠缺投訴信的語境知識
3.分段欠清晰	全文只有一個段落，篇章組織鬆散：較多學生的篇章只有一個段落，欠缺分段	較多學生未能按照投訴信的圖式結構，來逐段寫出不同文步的內容，反映學生欠缺分段意識和未能掌握投訴信的圖式結構特徵

ii. 後測

　　至於在後測方面，大部分學生的投訴信文本已能準確對應投訴信的寫作語境，能夠根據寫作題目的要求和漫畫的內容寫出相應的投訴內容，合理表達自己的想法和要求，反映了大部分學生能夠理解投訴信的寫作目的，並能根據投訴語境寫出合乎情理的篇章。另外，較多學生的後測文本已具備齊全的文步結構，並能分段講述自己的投訴想法，顯示學生已能掌握投訴信的圖式結構，篇章組織較為嚴密。下表展示了學生的投訴信後測通篇層次的語誤分析：

表 2　學生的投訴信後測通篇層次的語誤分析表

語誤分類	學生文本示例	語誤特徵分析
1.格式錯誤	1.寫錯收件人名稱：未能正確寫出收件人是「九龍快餐店馬經理」，只簡單寫成「經理」或者「馬經理」； 2.寫錯寄件人名稱：未能正確寫出寄件人是「顧客/投訴人 何俊賢」，只簡單寫成「何俊賢」甚或留空； 3.寫錯日期：未能按照年月日的順序正確寫出日期。	尚有小部分學生未能正確寫作投訴信的收件人、寄件人和日期等，但較多學生已能按照投訴信的圖式結構寫出文步齊全的篇章，反映了較多學生能夠掌握投訴信的圖式結構和篇章文步特徵

　　從以上對於學生的投訴信前、後測通篇層次的語誤分析可見，學生的後測通篇層次的語誤相比前測的語誤有較大的改善。後測的文步結構比前測更加齊全，分段也更加清晰，學生對於投訴語境知識的運用也更準確。所以，可以看出學生的投訴信後測在通篇層次比前測有明顯的進步。

b. 句子層次

i. 前測

　　在句子層次方面，大部分學生的寫作前測出現句式運用錯誤的問題，例如句子成分殘缺、連接詞誤用、以及句子之間的連接欠缺邏輯關係等。反映了學生未能清楚理解句子的各個組成成分，以及複句之間的連接關係。而且學生未能準確運用不同的連接詞以及標點符號，以串連兩句之間的邏輯關係，顯示了學生未能掌握連接詞的功能和標點符號之運用技巧。下表展示了學生的投訴信前測句子層次的語誤分析：

表 3　學生的投訴信前測句子層次的語誤分析表

語誤分類	學生文本示例	語誤特徵分析
1.句式和連接詞運用錯誤	1.句式運用錯誤：較多學生的投訴信句子出現語法錯誤，句式運用不當，例如「不但，他之後一邊離開」，此處運用「不但」作為句子的轉折，然而句子的意思欠清晰； 2.連接詞運用錯誤：較多學生未能正確運用不同的連接詞來串連兩句之間的意義，例如「因為我的餐不好吃，之後我想退款」，此處的「因為」闡述原因，後面應該加上「所以」來講述結果。	較多學生未能正確運用不同的句式和連接詞來寫作句子，導致句子意思含糊，句子之間的關係欠清晰，反映學生未能掌握句子結構的運用技巧
2.句子成分殘缺/多餘	1.句子欠缺主語：部分學生的句子欠缺主語，不清楚說話對象為誰，例如「但是當食物去到我的桌上，發現套餐十分亂」，此句不知主語為何； 2.句子欠缺賓語：部分學生的句子欠缺賓語成分，導致句子意思含糊，句意令人費解，例如「和我不喜歡。」，此句不知作者不喜歡何物，句子意思令人捉摸不透； 3.句子欠缺謂語（動詞）：部分學生的句子欠缺相應的動作詞語，令句子意思顯得不連貫，例如「和不會再發生這種」，此處作者漏寫了「保證」二字，句意含糊； 4.句子出現多餘成分：部分學生的句子出現多餘的詞語成分，令到句子意思含混不通，例如「我希望您可以改善您的員工的態度和<u>的</u>退款系統可以改」，此處的「<u>的</u>」是多餘的結構助詞。	不少學生的投訴信篇章都出現句子成分殘缺或者成分多餘的問題，反映了學生對於中文句法和句子構成成分的認識不夠深入，無法寫出意義清楚的句子
3.句子邏輯關係失當	句子邏輯關係混亂：部分句子之間的連接關係不合邏輯，導致句子的意思混亂，例如「我聽到員工說壞話，所以我感到很不公平」，此句提到員工說壞話而令作者感到不公平，句子邏輯不通。	部分學生未能清楚掌握句子之間的搭配成分，導致句子邏輯關係適當，句意含混
4.標點符號運用不當	未能正確運用標點符號來斷句：部分學生未能正確運用標點符號來斷句，導致單句句子過長，影響閱讀效果，例如：「但上星期五在 貴餐廳吃午飯時遇到……」，中間欠缺用逗號來斷句。	部分學生未能正確運用標點符號來斷句，導致句子過長，句意模糊難懂

ii. 後測

　　至於在後測方面，大部分學生的投訴信文本已能準確運用不同的功能句式來表達投訴的想法，並能運用多樣化的連接詞來展示句子之間的邏輯關係，反映學生對於投訴信的句式運用技巧已有一定的掌握。不過，部分學生的句子仍出現句子成分殘缺或多餘的問題，顯示部分學生的句子寫作能力仍有待加強。下表展示學生的投訴信後測句子層次的語誤分析：

表 4　學生的投訴信後測句子層次的語誤分析表

語誤分類	學生文本示例	語誤特徵分析
1.連接詞運用錯誤	連接詞運用錯誤：部分學生未能正確運用不同的連接詞來串連兩句之間的意義，例如「但職員給錯食物，不願更換，但遭到……」，此句未能正確運用一些並列連接詞來串連句子之間的意思，導致句子意思比較含糊。	部分學生未能正確運用不同的連接詞來寫作句子，導致句子意思欠清晰，反映學生未能掌握句子結構的運用技巧
2.句子成分殘缺/多餘	1.句子欠缺主語：部分學生的句子欠缺主語，不清楚說話對象為誰，例如「但當買完食物」，此句不知主語為何； 2.句子欠缺賓語：部分學生的句子欠缺賓語成分，導致句子意思含糊，句意令人費解，例如「改變這個」，此句不知作者希望改變何物，句子意思不通； 3.句子欠缺謂語（動詞）：部分學生的句子欠缺相應的動作詞語，令句子意思顯得不連貫，例如「快餐店必須新的職員」，此處作者漏寫了「僱用」二字，句意欠清晰； 4.句子出現多餘成分：部分學生的句子出現多餘的詞語成分，令到句子意思含糊，例如「我是很不開心」，此處的「是」很明顯是英語的語法 I am unhappy 的直接翻譯，這個「是」是多餘的判斷動詞。	部分學生的投訴信篇章都出現句子成分殘缺或者成分多餘的問題。反映了學生對於中文句法和句子構成成分的認識仍然不夠深入，無法寫出意義明確的句子
3.標點符號運用不當	1.未能正確運用標點符號來斷句：部分學生未能正確運用標點符號來斷句，導致單句句子過長，例如：「就以上情況本人……」，中間欠缺用逗號來斷句； 2.錯誤運用標點符號：個別學生未能掌握冒號的用法，例如上款「香江茶餐廳周經理；」，此處「；」應改為「：」。	部分學生未能正確運用標點符號來斷句和運用特定的標點符號，導致句子過長，句意模糊難懂

　　從以上對於學生的投訴信前、後測句子層次的語誤分析可見，學生的後測句子層次的語誤相比前測的語誤有較大的改善。後測的句子意思比前測的句子意思更加完整，且能正確運用不同的句式和連接詞，使句子之間的意思更加清楚，邏輯關係更強。而個別學生出現錯誤運用標點符號的問題，故仍須加強標點符號的應用技能。但總的來說，可以看出學生的投訴信後測在句子層次方面比前測有較大的進步。

c. 字詞層次

i. 前測

　　在字詞層次方面，大部分學生的寫作前測都出現較多不同類型的

字詞錯誤，例如寫錯別字、功能字詞運用不當、出現口語詞等。反映了學生對於投訴信的功能字詞認識不深入，而且詞彙量較少，影響行文表達的流暢度。下表展示了學生的投訴信前測字詞層次的語誤分析：

表 5　學生的投訴信前測字詞層次的語誤分析表

語誤分類	學生文本示例	語誤特徵分析
1.功能字詞運用不當	未能正確運用功能字詞：較多學生在寫作時嘗試寫出自己的投訴想法和表達個人意願，但是學生未能正確運用功能字詞來寫作，例如「近日我遇到不公平，閣下跟進」，學生嘗試運用一些功能字詞來表達自己的投訴想法，但內容表達欠完整。	較多學生未能掌握投訴信的功能字詞，也未能正確運用功能字詞來寫作句子，導致句子意思表達不達意
2.錯別字較常出現	1.出現近形錯別字：例如「卓上」，應為「桌上」； 2.出現近音錯別字：例如「不知所為」，應為「不知所謂」； 3.欠缺詞類知識：例如「我訂單一餐套餐」，應為「我訂了一個套餐」； 4.出現漏字情況：例如「服務態粗魯惡劣」，中間漏寫了「態度」的「度」字。	較多學生出現寫錯別字的問題，反映了他們對於漢字的字形字義的認識不夠深入，導致字詞運用混亂，句子內容往往詞不達意
3.以口語詞入句	誤用口語詞來寫作：不少學生的寫作均出現口語詞，例如「我希望你會做啲嘢去改邊」，此處的「做啲嘢」是口語詞，應改為「做一些事情」，「改邊」應改為「改變」。	不少學生受到廣東話口語的影響，常以口語詞入文，影響行文表達的流暢度
4.字詞誤用	1.錯誤運用代名詞：例如「我昨天探望你餐廳」，此處「探望你餐廳」的意思表達不通，應改為「我昨天去到　貴餐廳」，反映學生未能掌握代名詞的用法； 2.用字不當：例如「我不喜歡米」，此處「米」字表達不當，應改為「我不喜歡吃米飯」，反映作者不熟悉中文字詞的用法。	不少學生都出現誤用中文字詞的問題，反映學生的詞彙應用技能稍弱，未能掌握字詞的正確用法

ii.後測

在字詞層次方面，大部分學生的寫作後測均能正確運用不同的投訴信功能字詞來講述自己的不滿和合理要求，而且字詞數量明顯增加，能夠運用多樣化的字詞來表達自己的投訴想法。雖然部分學生的後測都仍然出現不同類型的字詞錯誤，例如寫錯別字、字詞運用不當、出現口語詞等，但整體來說，學生的後測字詞運用仍比前測有顯著的進步。下表展示學生的投訴信後測字詞層次的語誤分析：

表 6 學生的投訴信後測字詞層次的語誤分析表

語誤分類	學生文本示例	語誤特徵分析
1.錯別字較常出現	1.出現近形錯別字：例如「投訴人」，應為「投訴人」； 2.出現近音錯別字：例如「提共」，應為「提供」； 3.欠缺詞類知識：例如「本人經常在　貴九龍快餐店」，中間的「貴九龍快餐店」應改為「貴快餐店吃飯」； 4.出現漏字情況：例如「堡包」，中間漏寫了「漢堡包」的「漢」字。	部分學生出現寫錯別字的問題，反映了學生對於漢字的字形字義的認識不夠深入，導致字詞運用混亂，句子意思含混難懂
2.以口語詞入句	1.誤用口語詞來寫作：不少學生的寫作均出現口語詞，例如「但當我看快餐我看它是小小的」，此處「它是小小的」是口語詞，應改為「它的份量很小」。	不少學生受廣東話口語的影響，常以口語詞入文，影響行文表達的流暢度
3.字詞誤用	1.混淆字詞的否定式：例如「人要不無禮」，應為「人不要無禮」； 2.用詞不當：例如「改善員工的欠佳態度」，此處「欠佳」一詞表達不當，應改為「改善員工的惡劣態度」，可見作者不熟悉中文字詞的用法。	不少學生都出現誤用中文字詞的問題，反映學生未能掌握字詞的正確用法

　　從以上分析可見，學生的後測字詞層次的語誤相比前測的語誤有明顯的改善。後測運用的字詞數量比前測的字詞數量較多，詞彙多元化，且能正確運用不同的詞語來表達投訴的想法，使通篇內容情節更加豐富，句子意思更清楚。不過，個別學生出現寫錯別字、寫口語詞和誤用字詞等問題，因此仍須加強學生正確運用字詞的技能。但總的來說，可以看出學生的投訴信後測在字詞層次方面比前測有很大的進步。

　　綜合以上對學生的投訴信前、後測篇章在通篇層次、句子層次和字詞層次上的寫作語誤分析和對比，可見學生的後測寫作表現均比前測有顯著的進步，反映了學生在經過中文老師的教學之後，減少了投訴信的寫作語誤，並提高其投訴信寫作技能。

B.回應第二道研究問題：前線中文教師如何針對學生的投訴信篇章語誤特徵進行施教及其教學成效如何？

　　以上研究者分析了參與本研究的非華語學生在投訴信寫作上的語誤特徵，可以看出，無論在通篇層次、句子層次，還是在字詞層次上

的寫作語誤，學生的後測均比前測有顯著的改善。

　　以下研究者結合課堂觀察、師生訪談和前、後測文本分析，探析中文老師的教學如何針對學生的投訴信篇章語誤特徵進行施教，以及評估其教學成效，藉以回答本文的第二道研究問題。

a. 投訴信課堂教學觀察與分析

　　在是次教學研究中，中文老師的投訴信教學有四個教節，每一教節均為三小時，教學主題共有四個：（1）解構篇章（一）；（2）解構篇章（二）；（3）集體創作；（4）獨立寫作。根據 Christie（1994）的「宏觀教學進程」理論和岑紹基（2000）的課堂教學應用模式，研究者總結是次投訴信教學的不同施教步驟和教學過程如下圖所示：

圖 2　中文老師的投訴信教學「宏觀教學進程」（參考 Christie，1997：147；岑紹基，2010：140；岑紹基等，2015 所編）

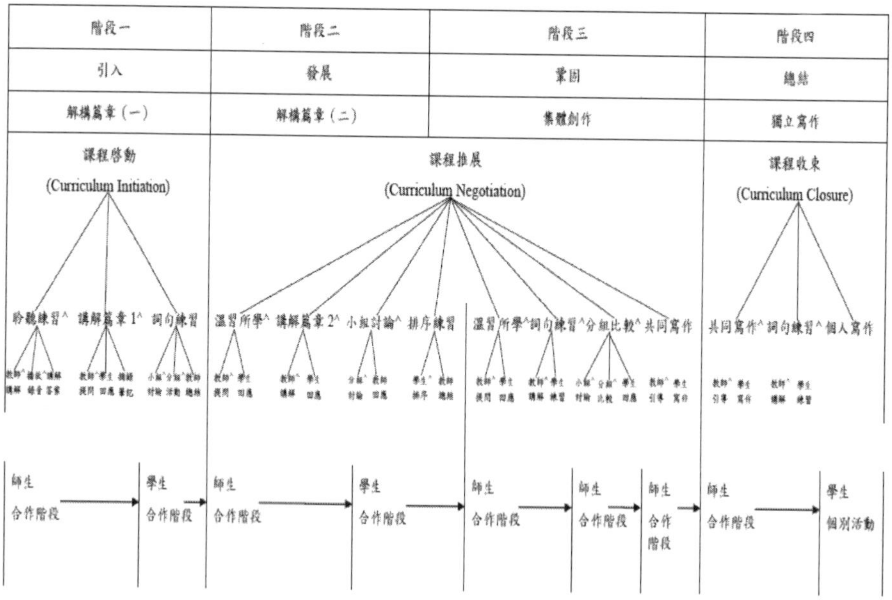

　　根據以上的投訴信宏觀教學進程圖可見，中文老師在設計她的投訴信教學時，主要是運用 R2L 教學法的步驟來設計教學流程，重視篇章閱讀的輸入，所以解構篇章的環節佔了四個教節中的其中兩個教節。其後中文老師重視由閱讀帶動寫作，故在第三個教節強調學生集體寫作的環節，在第四個教節重視讓學生自行寫作的環節。所以，在這一次的投訴信教學中，中文老師的教學設計建基於 R2L 教學法的施教理念，強調以讀帶寫，讀寫結合，最後達至優化寫作的目標。

b. 學生的前、後測寫作的對比

i. 寫作分數之比較

　　研究者邀請了兩位獨立於是次教學研究的經驗中文老師運用 R2L 教學法的寫作評核標準來評分，並取兩人的平均分作為學生最後的得分。以下的資料結果顯示了全班學生在每一個細項得分的平均數與標準差比較表：

表 7　學生在每一個細項得分的平均數與標準差比較表

	前測		後測	
	平均數	標準差	平均數	標準差
語境（總分是18分）	6.045	1.422	11.05	4.693
語篇（總分是12分）	3.909	1.114	6.23	1.780
語法（總分是3分）	0.864	0.452	1.59	0.625
書寫表現（總分是9分）	3.045	0.350	4.64	1.074

　　這一次的寫作前、後測總分均為 42，透過全班前、後測的平均分、標準差（SD）、T 檢驗及 P 值等資料，皆顯示 R2L 教學法在教學上有顯著的成效。此次研究發現，學生前測的總得分相對地低，而全

班學生經過老師運用 R2L 教學法進行教學後，在投訴信寫作表現上有較大的改善，T 檢驗（11）＝5.27，P＜.05。由此可見，全班學生經過老師運用 R2L 教學法進行施教之後，在投訴信寫作表現上有較大的改善。

ii. 寫作文本之比較

鑒於論文篇幅所限，以下研究者從是次教學研究中選擇一位學生的前、後測文本作比較，分析學生在篇章文步結構、句式和字詞運用方面的不同表現。

（1）前測寫作文本——投訴餐廳服務欠佳

XX 周經理：

　　本人近來在香江茶餐廳吃午餐時遇到不好的待遇，要向您投訴。

　　昨天我在香江茶餐廳吃午餐，買了套餐。但我拿到桌子時候，我卻發現食物不新鮮了與也都涼了。我發現這兩之後就去問能否換一個新的，但是一位餐廳工作人員就用一個非常差的態度來拒決我的請求。不僅他使用了一個不好的語氣對我說話，他還偷偷在我背後罵我髒話。我認為那位工人特別沒有禮貌！

　　總括而言，我希望你能跟那工人談這件事和不會再發生這種的待偶，謝謝。

顧客
黃子儀
十一月二十六日

（212 字）

（2）後測寫作文本──投訴速食店服務欠佳

九龍快餐店馬經理：

　　本人經常到　　貴店用餐，但近日本人在　　貴店購買食物時遇到不公平的待遇，現來函投訴，希望您能跟進。

　　近日本人在　　貴店購買了一個漢堡包但本人發現　　貴店職員給的漢堡包特別小。當我想拿去換一個大的漢堡包，但　　貴店職員卻是用一個非常粗魯的態度來拒絕本人的請求。不但有不公平的對待，本人還發現　　貴店的環境非常不乾淨，地下有很多垃圾。

　　本人就以上情況有以下投訴：

　　1.貴店職員服務態度欠佳，必須向本人作書面道歉。

　　2.貴店環境非常髒須要清潔店的環境。

　　對於以上三項投訴，本人要求貴店在五日之內作書面道歉。希望　　閣下能跟進事件，改善員工的欠佳態度，有個乾淨的環境。

　　祝

台安

投訴人

陳美娜　謹啟

二零一六年十二月十七日

聯絡電話：12123434

（296字）

　　從以上學生的投訴信前、後測文本可見，後測的字數、篇章內容和詞句運用等各方面的表現均比前測有明顯的進步。在通篇層次的語誤方面，前測文本的投訴信文步結構十分不完整，作者只是根據寫作題目要求鋪陳文章的內容，而未能針對投訴信的寫作語境，提出合乎情理的申訴和要求。而後測文本則能體現出完整的投訴信文步結構，分段比較清楚，而且篇章內容也能比較全面地講述投訴事件的因由，反映了作者已具備良好的語境知識，並掌握投訴信的圖式結構。

　　而在句子層次方面，前測文本出現較多的句式錯誤，例如連接詞運用不當，「不僅他使用了一個不好的語氣對我說話，他還……」等句子意思欠清晰，連接詞運用不準確，而且部分複句之間的邏輯關係

也較為含糊，影響閱讀效果。至於後測文本的句子則能正確運用不同的功能句式進行寫作，連接詞也運用得當，句子之間的銜接關係比較嚴密。

至於在字詞層次方面，前測文本出現較多的錯別字和用詞不當之處，例如「拒決」應該寫成「拒絕」，「待偶」應該寫成「待遇」等，反映了作者的詞彙量明顯不足，也對漢字寫作的熟練程度較低。而後測的字詞數量明顯增加，能準確運用不同的功能字詞來表達自己的投訴想法，以及申述自己的不滿和要求。儘管後測文本仍有部分錯別字，但其整體表現仍比前測文本有較大的進步。

C. 教學後的師生訪談

研究者在這一次投訴信教學完結之後，對參與師生進行教學後的反思訪談。根據師生訪談意見可以發現，中文老師認為自己使用 R2L 教學法，能有效針對投訴信的文類特色和寫作要求進行備課和施教，而這一點是能夠針對學生在通篇層次出現的欠缺語境知識和完整文步結構等問題：

> 「我在教學的過程中，都比較著重向學生講解投訴信的文類寫作要求，寫作時應有的態度，以及在寫作時要注意的格式和用語。我看得出，不少學生的後測都能夠應用到我在課堂上教他們的寫作知識。所以，進步是明顯的。」

從以上老師的訪談意見可見，中文老師認為學生的後測能符合投訴信的寫作要求，用詞準確，篇章的文步結構也合乎規格，因此後測比前測有顯著的進步。

而學生的訪談意見也看出他們對於中文老師教學表現的看法，以

及對於投訴信前、後測寫作表現的評價。受訪學生全都認同自己的後測寫作表現比前測有較大的進步，而且他們認為自己在課堂上學習到有用的投訴信字詞和句式，例如學生 A 指出：

> 「學到一些投訴信的格式，而且學了很多很有用的詞語，比較 formal 的用語。」

學生 B 也指出：

> 「學了投訴信應有的句式和格式，知道了在什麼情況之下需要寫投訴信，可以寫很多的例子。」

從以上兩位學生的訪談意見，可以看出他們在經過教學之後，掌握了投訴信的格式和詞語，並能理解投訴信的寫作語境，能夠以比較規範的用語來寫作一封正式的投訴信。

六　應用文教學的建議

在這一次的投訴信教學，經過前、後測寫作成績的對比，可見參與學生在後測的寫作表現均比前測有明顯的進步。而透過分析師生的教學後訪談意見，可知師生對於教學過程和教學成效均持正面的意見，反映了這一次教學研究能夠有效提高學生閱讀和寫作投訴信的能力。以下研究者結合對中文老師課堂教學的觀察和分析，提出有關中文第二語言應用文課堂教學上的五個建議。

1. **創設情景語境**（context of situation）：老師在教學過程中對於情景語境的創設，有助學生清楚瞭解在面對不同的事物、場合、地點

和職業等客觀因素時，如何運用不同的語言進行得體的溝通交流。這一點對於應用文類的學習尤其重要。

2. **重視文類圖式結構（schematic structure）的教學：**每一種文章體裁按其特定的寫作目的和語言特色，而呈現特定的圖式結構，以實現預期的社交目的，中文老師需要向學生清楚講授不同應用文的圖式結構和文步特點。

3. **重視功能用語（Functional words）的教學：**應用文寫作十分重視功能用語的運用。不同的應用文體因其寫作功能和文類特徵各異而呈現不同的特點，並具有獨特的功能字詞。中文老師需要詳細講解這些功能字詞在篇章中的意思和作用，鼓勵學生多用功能字詞來寫作句子和建構段落。

4. **讀寫結合：**中文老師在每一次教授一個學習重點之後，例如講解篇章內容和功能字詞、句式的意思和用法，總會安排相對應的寫作練習，例如字詞填充、句子寫作或建構段落等，讓學生把從課文學到的詞句應用在寫作練習上。在教學過程中，老師需要把讀寫教學互相配合，讓學生在篇章閱讀中掌握有用的寫作知識，並在個別或者集體寫作中得以應用。

5. **活動教學──重視分組協作：**在教學過程中，中文老師可以把教學環節分成各個不同的細節，通常是每教完一個學習重點，便安排相應的課堂活動，以鞏固學生對教學內容的認識，鼓勵他們發揮團隊合作精神，有助帶動課堂互動合作的熱鬧氣氛。

七　總結

總的來說，本文透過論述香港地區的應用文發展情況，以文本分析的方法探究香港非華語學生在中文投訴信寫作上的語誤問題，並結

合一次投訴信讀寫教學的課堂經驗，分析參與老師的課堂教學策略。根據本文的研究結果，可見非華語學生在經過中文老師運用 R2L 教學法教授投訴信之後，其投訴信寫作後測分數比前測分數有較大的升幅。而參與師生的訪談意見也反映了中文老師運用 R2L 教學法，可有效提高非華語學生寫作投訴信的能力，肯定了是次教學研究的成效。而研究者根據是次教學研究結果，總結了應用文教學策略的五個重點，分別是：1. 創設情景語境；2. 重視文類圖式結構的教學；3. 重視功能用語的教學；4. 讀寫結合；5. 活動教學——重視分組協作。

參考文獻

岑紹基　〈墨爾本和香港高中中文報告寫作的課堂教學分析〉　《課程論壇》第10卷第1期（2000年）　第25-38頁

岑紹基　《作文量表互改研究與實踐》　香港　香港教育圖書公司　2005年

岑紹基　《語言功能與中文教學：系統功能語言學在中文教學上的應用》　香港　香港大學出版社　2010年

岑紹基、張燕華、張群英、祁永華、吳秀麗　〈香港少數族裔學生學習中文的困難〉　《香港少數族裔學生學習中文的研究：理念、挑戰與實踐》　香港　香港大學出版社　2012年

岑紹基　〈文類教學法對提高非華語學生記敘文寫作能力的成效〉　《漢字漢文教育》第30輯　韓國　韓國漢字漢文教育學會出版社　2013年

岑紹基　《「閱讀促進學習（R2L）策略」對提高非華語學生讀寫能力的成效》　見《面向中文學習者的中文教學——理論與實踐》　新加坡　南大-新加坡華文教研中心　2015年

岑紹基　《R2L 教學法對提高非華語中學生求職信寫作能力的成效》　見海峽兩岸四地應用文高端論壇　澳門　澳門大學出版社　2016年

岑紹基　〈以功能語法研發非華語學生之應用文教材〉　見《全球化時代應用文寫作理論拓展和教學創新研究》　北京　光明日報出版社　2018年　第165-189頁

岑紹基、謝錫金、于成鯤、祁永華　《中國內地應用文闡述》　香港　香港商務印書館　2004年

陳　莉　〈二語習得中的偏誤分析〉　《新鄉教育學院學報》（2008年）

古學斌、陳錦華、陳慧玲、李偉儀　《巴基斯坦人在香港的生活經驗研究報告》　香港　香港理工大學應用社會科學系社會政策研究中心、聖公會麥理浩夫人中心出版　2003年

何萬貫　《中學生作文語誤分析》　香港　香港中文大學出版社　1998年

課程發展議會與香港考試及評核局　《應用學習課程及評估指引（高中課程）》　2001年　取自 http://334.edb.hkedcity.net/doc/chi/curriculum2015/APL_CAGuide_c_2015.pdf　瀏覽日期　2018年7月5日

林瑞芳、羅瑞芬、張詠恩　《激發學習的動力》　香港　都會文化出版有限公司　2002年

林偉業、張慧明、許守仁　《飛越困難，一起成功：教授非華語學生中文的良方》　香港　香港大學中文教育研究中心　2013年

劉頌浩　《第二語言習得導論》　北京　世界圖書出版公司　2007年

劉祥友　《對外漢語偏誤分析》　廣州　世界圖書出版廣東有限公司　2012年

李孝聰　《創意教學：職前受訓教師創意教學觀念和實踐能力的發展研究》　未出版之博士論文　香港　香港大學　2007年

李　婷　〈漢語課堂教學中的偏誤分析〉　見美國大紐約地區中文教師學會教學研討會論文發言　2015年5月

平等機會委員會委託香港大學公民社會與治理研究中心和政策二十一有限公司　《有關南亞裔人士對種族之間接觸及歧視經驗的研究報告》　2012年

香港教育局　《中小學中文實用寫作參考資料》　2001年　取自 http://www.edb.gov.hk/tc/curriculum-development/kla/chi-edu/resources/pri mary/lang/curriculum-materials.html　瀏覽日期 2018年7月5日

Amabile, T.　*Creativity in context*　Oxford　Westview Press　1996

Burt, K.M., & C. Kiparsky.　*The Gooficon*　Mass　Newbury House Publishers　1974

Brown, R.　*A First Language: the Early Stages*　Cambridge　Mass　Harvard University Press　1973

Cheung, Sin-lin, Isabelle.　*A study of lexical errors in south-asian non-Chinese speaking children's writing*　Retrieved from The HKU Scholars Hub (master dissertation)　2006.

Christie, F　Language development in education　In *Language development　Learning language, learning culture*, ed　R. Hasan and J. Martin　Norwood　NJ　Ablex　1989

Christie, F.　*On Pedagogic Discourse: Final Report of a Research Activity Funded by the ARC 1990-2*　Institute of Education　the University of Melbourne　1994.

Christie, F.　Curriculum Macrogenres as Form of Initiation into a Culture. In F. Christie and J. R. Martin (Eds.)　*Genres and Institutions　Social Process in the Workplace and School*　London　Washington　Cassell　1997

Corder, S. P.　Idiosyncratic dialects and error analysis　In J. C. Richards (Eds.)　*Error analysis: perspectives on second language acquisition*　London　Longman　1974　pp. 158-171

Halliday, M.A.K.　*Language as a Social Semiotic*　London　Edward Arnold　1978

Halliday, M.A.K.　*Spoken and written language*　Geelong　Deakin University Press (republished in 1989, Oxford University Press)　1985

Halliday, M.A.K. and R. Hasan. *Language, context and text: Aspects of language in a social-semiotic perspective* Geelong Deakin University Press 1985

Johnson, D. W., & Johnson, R. T. *Implementing cooperative learning* Education Digest 58.8 (1993) 62

Kagan, S. *Cooperative Learning, Resources for Teachers* San Juan Capistrano CA Kagan Cooperative Learning 1994

Rothery, J. *Exploring Literacy in School English (Write it Right Resources for Literacy and Learning)* Sydney Metropolitan East Disadvantaged Schools Program 1994

Slavin, R. *Cooperative learning : Theory, research, and practice* (2nd ed.) Boston Allyn and Bacon 1995

實用文寫作述論

毛正天

信陽學院文學院

摘要

　　實用文，作為適應人類現實生活的直接實用需要的寫作文體，在人類活動中形成並促使人類活動進一步深化優化，也形成了內容科學真實、體式規範、表述明確、語言平實的文體品格。寫作中主體與客體與受體與載體也構成了與審美文體不同的關係，主體與客體即理性判斷告知價值，主體與受體膠著於現時對話，主體與載體為「合模」與「制宜」，體現出特殊的寫作規律。正因此，現實世界的每一變化都牽動著實用寫作的神經，新的實用文體的叢生與寫作慣性的調整，實用功能的強化與公關意識的滲透，面對新技術的硬化與面對生活的軟化成為必然。

關鍵詞：特徵　功能　寫作規律　發展態勢

一

　　實用文，即應用文，是適應人類現實生活的直接實用需要的寫作文體，與文學文體相對，共同構成寫作文體的全方位系統。根據馬克思在《政治經濟學批判》導言中所提出的人類掌握世界的不同思維方式理論來看，實用文屬於「實踐——精神掌握」的方式。這種方式是通過人與客觀世界的有目的的接觸（實踐），使客觀世界與人的意識儲備（精神）之間形成直接聯繫，使人及時掌握客觀世界的發展變化和情況，並同時作出價值判斷，實現人對世界的認識。也就是「指實際家從務實精神上去認識和改造世界的一種思維活動方式，或稱一般的日常實際活動的思維方式。」[1]實用文以這樣完全不同於藝術的思維方式去掌握、反映世界，其目的是為了告知和交際，用以溝通人際關係，協調工作，組織生活。人類有精神的需要，也有實用的需要，人類首先需要實用生活，當然這種實用需要是屬於高級層次即人類文明的層次，並非人之本能層次的實用需要。從這個意義上說，人類文明社會，滿足實用需要與滿足精神需要是一致的，或並存不悖、有機統一的。因此，實用文作為一種文章體式，不僅為「政事之先務」[2]，應用廣泛，使用頻率極高，而且其文章品位也與文學文體不可軒輊，並非「藝文之末品。」[3]實用文應生活的實際需要而萌生，隨寫作活動的發生而發生，可謂源遠流長。早在沒有發明文字之前，人類實際生活需要有交際的媒體，於是有「結繩記事」，這如同「杭育杭育」為文學源起一樣，也是實用文的淵源。《尚書·序》云：「古者伏羲氏之王天下也，始畫八卦，造書契，以代結繩之政，由是文籍生焉。」

1　董學文：《馬克思恩格斯論美學》（北京：文化藝術出版社，1983年），第45-46頁。

2　劉勰：《文心雕龍·書記》。

3　劉勰：《文心雕龍·書記》。

造文字記事代「結繩記事」，便有了文籍，可見，文籍便是最早的實
用文了。據考證，最早的甲骨卜辭及銅器銘文，其所書所記都是記事
性質，都是商代帝王占卜的記錄，刻在占卜時用的龜甲或獸骨上。它
們文字不多，但簡明扼要，對所記的人物、時間、地點、牲畜等情況
一應俱明。其內容涉及國家政治、戰爭、農業、狩獵、祭祀等各個方
面，已見出其與生活的緊密相關，這便是最早的實用文籍。實用文隨
文字的產生和現實的需要而萌芽生成，還隨社會的發展變化而發展變
化。正如斯大林在《馬克思與語言學問題》中所指出的「生產的繼續
發展、階級的出現、文字的出現、國家的產生，國家進行管理工作需
要比較有條理的文書。」[4]到先秦，隨著國家管理制度體系的建立，
實用文得到了根本的發展，從初期的萌芽狀態而初步建具了規範的體
制。以後，中經兩漢、唐、宋，一直到明清，實用文體進一步發展成
熟。不僅文種繁富，還出現了不少膾炙人口的名篇。文種如詔、策、
敕、教、令、旨、檄、諭、啟、狀、疏、表、書、貼、奏記、照會、
案驗等，規式完整，體式備具，程式有序，已相當成熟。名篇方面，
如嬴政的〈初並天下議帝號令〉、李斯的〈諫逐客書〉、劉邦的〈求賢
詔〉、司馬遷的〈報任少卿書〉、晁錯的〈論貴粟疏〉、賈誼的〈論積
貯疏〉、諸葛亮的〈出師表〉、魏徵的〈諫太忠的十思疏〉，李世民的
〈答魏徵上〈群書理要〉手詔〉等。都成為千古名篇，表徵實用文文
體的獨立品格。

首先是內容的科學真實性

　　廣義上說，真實是一切文章的基本特徵。古人早就指出：「修辭
立其誠」（《周易》），這是對文章的共同要求。但真實的含義卻不相

4　《斯大林選集》（北京：人民出版社，1979年），下卷，第518頁。

同。文學文體的真實，是一種藝術的真實，或者說是一種間接的真實，屬於廣義的真實範疇。它的價值取向與思維規律等，都與直接意義的真實迥相區別。它非歷史上的真實，「可以綴合、抒寫、只要逼真，不必實有其事。」[5]假定虛構成為合法手段。而實用文所要求的真實則是直接意義的真實，即歷史真實與科學真實。它必須是生活中的實人實事的記載與反映，沒有編造、虛飾和誇大，沒有藝術虛構，既符合生活本質的真實，與生活本真現實也是垂直吻合的。無論公文，還是新聞、史志、經濟文書、科學報告，及至一則廣告、說明書，都是從實際生活出發，以解決現實存在的問題，反映存在的生活為寫作目的，直接對應於現實生活。直接真實是實用文的生命。離開了這種直接意義的真實，實用文就失去了根基，失去了實用的性質，就枯萎了生命。「誠則靈」「偽則毀」，對實用文尤為適用。

其次是體式的規範性

列寧曾經指出：「文體應與內容相呼應，文章的語言和口氣適應適合文章的論旨。」[6]實用文的內容的直接真實性要求實用文在體式上適應這種內容的傳達，最大限度地接近受體。以傳真和效益為原則。因此，其體式在發展過程中，逐漸由無序的個性凝聚成相對穩定的共同規範。例如新聞類中的消息的結構形態，通常由標題、導語、主體、結尾和背景材料等幾個部分所組成，其各個構件又具有獨特招式：標題——多樣而講究，且具有實質性；導語——地位顯要，獨具重心；主體——承接導語展開，惟命是從；背景——作用特殊、穿插自如，由此還形成獨具模式的「倒金字塔結構」。史傳類中的地方志

---

5 魯迅：《書信集・致徐懋庸》，《魯迅全集》（北京：人民文學出版社，1958年），卷10。

6 克魯普斯尼亞撰，劉舒譯：《向列寧學習工作方法》（新中國書局，1949年）。

經過日臻完備的發展也形成了較為固定的格式，清代學者章學誠把地
方志的體制歸納為「三書」（志、掌故、文徵）「八門」（編年、方輿、
建置、民政、秩官、選舉、人物、藝文）。至於釋物類中的說明書、廣
告；日常文書類中的各種文體，其體現的規範性就更加明顯和嚴格。
當代公文的程式是國家統一規定的，任何人不能隨意改變；書信有固
定的格式，違反了就會給收信人留下不好的印象甚至誤解。總之，由
於實用需要，由於最大眾化的歸趨目的，實用文體式以約定俗成、廣
泛認同為特徵，走著與文學文體越陌生化個性化越好相反的道路。

再次是表述的明確性

實用文的實用性也決定了表述的明確性特徵。實用文體的寫作都
是為了實際的交際目的，效益至上。不論是向上級請示問題、反映情
況，向公眾傳播信息，還是與有關單位洽談工作、協調行動，或者向
下屬單位或群眾傳達指示，布置工作所撰寫的文章，以及報告科技成
果所形諸的文字，都以明確的表述為最高準則。

一是接受對象明確，寫給誰看，起什麼作用，都必須清清楚楚，
依照寫作者與接受者的特定關係來調節表述方式和內容，力求做到明
確實在，把接受者膠著在規定告知內容上。二是文章主旨明確，觀點
鮮明。文章要求內容集中、意旨明確，或事或理，和盤托出，毫不含
糊與繞圈子。這與文學作品在生動氣貌中蘊含具有可研究性的主題大
不相同。三是行文表述的明確。從結構安排、層次梳理到遣詞造語，
都力求明確清晰地適應告知內容的傳達，主次輕重、繁簡詳略，無不
以使人最易接受信息為原則。這是實用文成功的一條經驗，也是其重
要特徵。

最後是語言的平實性

　　蘇聯語言學家維諾格拉多夫學派曾以社會功能為依據去劃分語體，他認為語言的社會功能有：交流功能、報道功能和影響感染功能，由此形成了六種語體，即日常談話語體、應用文語體、官方文體語體、科學語體、政治語體和藝術語體。語言學家們又在日常談話語體中分出書面談話體——事務語體，比較全面地概括了文章語言現象。根據上述語言學研究成果，實用文的語體當屬報道功能、交流功能中的語體和書面談話語體中的事務語體。即非影響感染功能的語體。這些語體的一個基本特點便是樸實無華，簡潔明瞭，富於信息量，而無感情色彩的渲染，即平實性，當然這中間又是有所區別的。科學語體嚴謹縝密；事務語體親和平易，富於程式；報道語體持重簡明。無論科學語體、報道語體，還是事務語體，都是為傳播信息，溝通交際而使用的。它在於闡述自然現象、社會現象和人類思維的規律；在於傳播新近發生或變動的信息；在於聯絡關係、溝通感情、組織和推進工作和生產，調節生活。而不是激發感染讀者的感情。因此它不取語言的「折光反射」方式，而運用語言本身的意義，「將意思的輪廓，平實裝成語言的定形便可了事。」[7]讀者也可以「照辭直解」[8]，不必去求什麼「言外之意」。「辭面」「辭裡」是「密合」關係。這顯然也是實用性所決定的。要實用，就要堅持與讀者心理相容原則，做到確一的理解與接受，因此，靠語境去領會其轉義、反義等的情形是很難在實用文中找到的，它充滿理性，在彬彬有禮的言詞後面，仍然沒有什麼感情色彩，所傳達的仍然是沉靜實在的理性信息。俄羅斯作家契訶夫的短篇小說《驚嘆號》裡有個官員別克拉金書記，

7　陳望道：《修辭學發凡》。

8　陳望道：《修辭學發凡》。

他無論如何也想不出公文裡什麼地方應該打驚嘆號。他說：「真是想不到的事，寫字寫了四十年，一個驚嘆號也沒有打過……哼！……這個傢伙什麼時候才可以打呢？」這位官員的感嘆不是沒道理的，它反映了公文語言的平實性特徵。

二

上世紀三十年代，劉半農先生在《應用文之教授》一文中曾把實用文與文學文作過比較，他說：「應用文與文學文，性質全然不同，有兩個比喻——（1）應用文是青菜黃米的家常便飯，文學文卻是個肥魚大肉；（2）應用文是『無事三十里』的隨便走路，文學乃是運動場上大出風頭的一英里賽跑。」這兩個比喻恰當地說明了實用文與文學文的區別，充分肯定了實用文的社會作用。一個「家常便飯」，一個「肥魚大肉」，雖都是人生活不可或缺之物，但首要的和須臾不可無的是「家常便飯」；一個「隨便走路」，一個賽場競跑，二者也都很需要，但更實用、更普遍、更無法缺失的是「隨便走路」。一千五百多年前的文章理論家劉勰就充分肯定了實用文的作用，認為「章表奏議；經國之樞機」。[9]隨著社會的不斷發展，實用文的功能更加強化突出了。

從具體寫作情形看，既有坦誠透明、爭取社會支持的新聞類，又有協商共事，加強橫向聯繫的會議類；既有指揮承辦，上下息息相通的公文類，又有信譽至上，海內外廣結良緣的廣告類；既有事信言文，善立自我形象的介紹類，又有精測明察、把握公眾意識的調查類；既有勸說鼓動、喜聞樂見不欺的宣傳類，又有精確冷凝，揭示科

9　劉勰：《文心雕龍・章表》。

學現象規律的科技類；即有言通心曲，天涯化作比鄰的書信類，又有合作互惠君子有約在先的合同類……凡此種種，無不與具體實在的生活絲絲扣合。可以說，實用文寫作滲透到人類文明生活的各個角落，它具有調節與促進人類文明生活的不可缺少和替代的突出功能。

組織功能：指導工作，協調行動

實用文具有突出的組織功能，它是國家各級政權領導、管理、指揮各部門工作的有力工具，是黨和國家方針、政策具體化的書面形式。例如命令、指令、指示、布告、通告、決議、條例、規定、規則等，有很強的權威性、法律性，它一經成文，簽發、下達後，必須認真貫徹執行，規範協調各自的行動。實用文在這裡便成了國家政權的有效管理手段和工具，起著領導、指導、約束、規範和準繩的作用。毛澤東同志曾一再強調「政策和策略是黨的生命」，強調要把黨的政策及時傳達到人民中去，做好「安民告示」，並親自撰寫過不少重要命令、指示等，體現了對實用文作用的深刻認識和高度重視。

交流功能：聯繫工作，交流經驗

實用文具有溝通上下左右的功能，起著聯繫工作、交流經驗、表彰批評、提高幹部群眾的政治覺悟、激發他們的工作熱情、樹立社會主義新風尚的作用。

上下級機關的通用文書是聯繫工作的有效工具，如下行上的請示、報告、申請等；上行下的批示、批復等，以及平行機關的聯繫溝通所使用的實用文書，都充分地顯示了溝通與聯繫的功能。不僅如此，實用文還起著交流經驗、樹立典型、倡導新風的突出作用，總結、調查報告等是對某一系統、某一類工作進行總結、提煉，使零星的、表面的、感性的認識，上升到系統的、本質的、理性的認識，使

人在獲得新鮮信息中，同時領悟其工作經驗，從而學習和借鑒，調校自己的工作。經濟簡報、新聞報道等也是如此，既是及時傳播生活中新近變動的信息，又有明確的導向作用，通過其不露痕跡、不訴諸於理性詞句的價值判斷，引導讀者或公眾的工作和生活趨向。

儲存功能：記錄歷史，資鑒後來

與生活同步的實用文記載著國家各個時期的政治、經濟、文化、教育、科技等各方面情況，也反映單位和個人的種種活動。它是現實的實用文，又是歷史的文獻。為國家部門制訂今後的方針政策作依據。為研究國史、經濟史、軍事史、文化史、教育史、科技史提供可靠而又實在的歷史信息。俗云：「一字入公文，九牛拔不出」，是對公文語言高度精確凝煉的褒贊，同時又說明了它的歷史文獻性質。當代研究古代社會的政治、經濟、文化、歷史時，都從古代實用文中尋找其重要依據。范文瀾先生著的《中國通史》以及游國恩等編的《中國文學史》等都在一定程度上得益於當時的實用文記載。今天的《毛澤東選集》、《鄧小平文選》、《習近平講話》等，其中絕大部分是實用文，它們是我們今天時代的記錄，又是他年極為珍貴的資料，其意義不可估量。

以上組織、交流和儲存功能是不可分割的功能系統，功能之間即相對獨立又相互聯繫，形成一種綜合而生動的整體效應。組織指導功能的發揮著眼於現實，而越是符合現代化生活實際，對生活的影響作用越大，越具有歷史意義。故系統論從不認為有割裂於整體的有效功能發生。

三

實用文寫作有其基本規律。馬克思主義認為，規律就是關係，是客觀事物內部或此一事物與彼一事物之間的本質聯繫。研究實用文寫作規律也必須從其內部諸要素入手，去探尋其本質聯繫。

寫作是一個動態系統，由寫作主體（作者）、客體（客觀生活）與受體（讀者）構成交互生發的自足循環，而其聯繫又紐結於載體（文章）之上，它作為中介，既是主客體相互作用的媒體和深化的變動體。而在這複雜微妙的關係之中，寫作主體始終處於主導能動的地位，以它為焦點來考察實用文寫作的基本規律，可從寫作主體與客體，寫作主體與受體，寫作主體與載體三大組關係入手，加以揭示把握。

主體與客體：理性判斷告知價值

從寫作主體與客觀生活（即寫作對象）的關係來看，實用文寫作表現為，主體對客觀價值的理性判斷與選定。寫作的過程，實際上是寫作主體與寫作客體相互聯繫轉化的過程，以及這個過程轉化的成果向文學文章的轉化過程，即「雙重轉化」。文學藝術的轉化過程顯得更突出強烈一些，表現為主客觀的生動遇合，寫作主體憑著物我一體的審美體驗與直覺而尋找到寫作的突破口及寫作的內容內涵，其過程渾然一體，超越了一般的理性思維，很難加以理性控制。換句語說，文學文寫作憑感覺，只要與客體不期遇合，就獲得了創作衝力和創作內容。其特點是驅力強、體驗強烈、深刻、具有個性化。但往往倏忽去來、難以捉摸與控縱，意蘊的開掘都包容在一片衝動的情感沼澤裡，或曰在衝動裡自發完成。而實用文，也需要主客體的轉化，需要主體對客體的摩挲把玩，而至於主客體的化一。但是，它與文學文的過程完全不同的是，它一直是在理性觀控下進行的。主客體的化合，

也不是依附於靈感，而是依附於對事物的認識、把握與發現以及實用目的，主體顯示出明晰清澈的判斷意識，情感因素被斂藏於對事物本性及其功能的認識以及寫作目的等之中。當寫作主體認定了寫作對象所具有的告知價值並對寫作對象告知價值的進一步選定與確立，就達到了實用文體寫作的物我的化一。可見，實用文體寫作的主客體之間的本質關係是以寫作主體對寫作客體告知價值的發現認定來連接的。

告知價值的實質是實用，是事物本身特質與人類生活的實用聯繫的表現，對它的判斷與定選，需要理性地對事物本身以及人類生活目的性的研究，也就是把握事物本身屬性，又注目其與人類生活的聯繫，從二者密切結合的角度上去分析、理解，作出判斷與優化選擇，並納入文章形式系統。因此，沒有對寫作客體的直接或間接的感知研究，絕難寫出真切有用的實用文章。例如，不瞭解產品的性能和用途，無論如何寫不出合格的說明書；不涉足火熱新鮮的現實生活，也寫不出準確有用的新聞報道；同樣，沒有扎扎實實的科學實驗，也絕難寫出科學的實驗報告；不深入分析研究經濟生活發展態勢，也絕難寫出實在有用的經濟預測文章。有沒有理性判斷力，能不能根據文章原理、社會需要以及客體內容本身的特點，巧妙選定告知內容，確立告知價值，是實用寫作中主客體關係的關鍵所在。美國著名記者威廉・布倫德爾說他的新聞寫作的關鍵是「找到一個合適的對象」，往往為此花大量的時間和精力。理查德・贊勒說他的新聞寫作確定告知價值更為考究：「我不願把一些讀者早在一週裡讀過的東西再塞給他們。……我要找新的故事。」尋找「合適的對象」、「新的故事」等是新聞寫作中主體對客體告知價值的艱苦判定。其他寫作也是如此，只是具體所求的告知價值有所不同罷了。新聞類在於信息價值，史傳志類在於歷史價值，釋物類在於應用價值，文書類在於事務價值等。

值得指出的是，尋求告知價值的過程也是一個艱苦的過程，一個

不斷深入的過程；同時它又是某種工作的一部分，已經延伸到人類社會生活實踐之中去，其價值尋求貫串到工作全過程和寫作全過程。

主體與受體：膠著於現時對話

實用文章是寫給人看的，甚至是人作出額定反應的。因此，寫作主體必須溝通與受體的關係。只有與之溝通與諧振，才有可能形成活的寫作機制。實用文的受體特別具體明確，有對單位的，有對某個人的，也有對公眾的，離開了特定的接受對象，實用文寫作就沒有必要。

由於實用文的明確的告知交際目的和特定的實用性、時效性，決定了實用文寫作中的主體對受體的現時接受心理作出判斷和把握。現時接受性是指讀者對作品的快速理解和樂於直接接受，而決不是指望他年的反省追認。這與文藝作品往往超越現時接受而大不相同的。具體表現於實用寫作就是：言簡意明與措辭得體。

言簡意明，就是為適應讀者快速讀懂、領會內容，而主動排除符號障礙，消解理解距離。這不僅僅是個語言表現問題，而是寫作主體調動寫作活力去把握寫作意向、謀篇結撰、剪繁剔冗與精煉語言等整個寫作問題。著名學者王力先生在〈和青年同志們談寫信〉一文中指出：「寫信要開門見山，不相干的話少說。……信大致可分為兩類，第一類是彙報情況；第二類是有所要求。在後者的書信裡，應該是開門見山，不宜轉彎抹角。」王力先生所強調的是語言簡練，只著力於實質內容的表述，使接受者一看便知其宗旨所在。在《談談寫論文》中，王力先生又強調「你寫文章是給讀者看的，不要先把結論大講一通，人家還不懂你的結論。你應該按照你的研究過程來引導讀者的思路。你怎麼研究的就怎麼寫，從頭講起，引導讀者逐漸深入，逐步到你的結論上來。」王力先生的這一段話同上面一段話的根本目的是一致的，都是要求使讀者儘快看懂和領悟，而寫法上卻要求一個只講實

質內容，一個則從過程講起，一步步透迤而來，最終逼進到本質內容。兩者因文體不同而形式不同，但終極目的都是對讀者現時接受心理的把握。正因此，美國著名記者索爾‧佩特獲獎新聞《抓住高樹使勁搖撼》把原導語十八個字的短句子換成五十六個字的長句子仍然是言簡意明的典範。文字由少而多，但切合了讀者的現時接受心理，達到快懂速悟的目的，也是言簡意明的。

　　樂於接受，就是在追求言簡意明的同時，貼近讀者的心理。王力在〈和青年同志們談寫信〉時指出，「寫信應該和日常談話一樣，這樣才令人親切。如果你掉書袋，對方會覺得你是賣弄才華，反而感到不親切了。」王力先生的話就是指作者和讀者建立一種親和關係。如果缺乏這種親和關係的建構，要麼是冷冰冰的，宛若外星人的「公文」，不關讀者痛癢；要麼是隨意而寫，無視甚或傷害讀者的自尊心，拒讀者於千里之外。如一封商洽在新建宿舍時應包括必需的生活設施的「函」：「目前你們（指收文單位）在我區新建、擴建了許多職工宿舍，但沒有考慮商業網點、學校、托幼和醫療設施，……要知道，我區與居民居住有關的生活服務設施已異常緊張，其中商業網點、學校、托幼和醫療設施的緊張程度更為突出，實在沒有能力再接受新的負擔。希望你們在新建、擴建職工宿舍時，務必把生活服務設施一起規劃進去，否則一切後果自負。」此「函」用語如此生硬，態度如此不恭，怎麼不拒讀者於千里之外，又怎能達到商洽的目的呢？可見，想法縮短接受距離，與接受者心理相容及排除理解障礙都是實用寫作所苦心追求的，一些禮儀語和喜聞樂見的結構形式顯示了實用文寫作的文明氣度和求實精神。這與探索文學故意不分段、不標點、不加理性框勒的形式花樣翻新，是絕不相同的，這是另一種作者與讀者的和諧關係：現時對話。

主體與載體：「合模」與「制宜」

載體，即文章形式，它不僅是寫作系統中的一個不可分割的要素，而且是主客體關係以及主受體關係的負載和表現，它是媒體，以上二種關係最終要統一於載體中，從載體上體現出來。可以說它是以上二重關係和諧溝通的結晶。但它本身也具有相當突出的制導性，它一經被寫作者們創造成體，就又作為一種體制規範制約著寫作者，調整寫作主體與客體與受體的關係，因而它也與寫作主體構成了重要的關係。古人曰：「文章以體制為先」「凡文章體制不解清濁規矩，造次不得制作」[10]馬克思也曾指出過：「人類能夠按照任何物種的尺度來生產，並且能夠到處適用內在的尺度到對象上去；所以人類也依照美的規律來造型。」[11]這些都深刻揭示了寫作主體與載體的交互關係。任何文體在人類的創造中，都逐步形成了自己的形式規範，文學文體屬於藝術類，它以形式的充滿個性特徵的創造性、多樣性為其規範，即「大規範」或無規範的規範；實用文體則以形式的具有普遍認同的規範化、模態化為其規範；這就規定了實用文寫作中寫作主體與載體的關係是：對載體的「合模」與「制宜」。「合模」即符合文體的形式規範、模式，「制宜」是指依具體的寫作內容靈活具體處理，二者辯證統一，交互使用，使實用文寫作在限制中獲得自由，具有創造特質。

實用文寫作以公眾認同為出發點，其體式必然具有規範化特色，其寫作首先便是合乎規範，否則因公眾的抗受而失去實用功能。如公文寫作，其規式已十分成熟嚴格，國家從其重要功用出發，對其種類名稱、體式以及文件用紙尺寸、書寫格式、文件結構、文件標記等，作了統一明確的規定。公文的寫作就不能率性而為，另搞一套。其他

---

10 吳納：《文章辨體序說‧諸儒總論作文法》。

11 馬克思：《經濟學──哲學手稿》（北京：人民出版社，1983年），第52頁。

類實用寫作沒有公文這般苛刻，但「大體則有」，其章法、導向等還是有大致套路的，生硬的違反或不知其模式，都會影響文章的面貌和應用的效果。

實用文追求與載體的「合模」又不是機械搬套，而是活用，在限制中實現自由。因此，在「合模」的同時，又需「制宜」，即根據具體的寫作內容、寫作情境等作具體的處理。這不僅是必須的，而且還是實用寫作規範性的內涵之一。如消息寫作的「倒金字塔結構」，是屢生效益的新聞寫作模式，但根據具體寫作內容、寫作環境以及作者寫作風格的不同，又有了在此基礎上的變體：金字塔形和倒金字塔的修正形（如「T」「工」等）。它們不僅能配合倒金字塔形更廣泛的對應於現實生活和寫作者靈動創造的個性，而且昭示著規範中蘊藏著充分的自由。這正是古人所說的：「定體則無、大體須有」[12]，文有大法，而無定法」[13]，「有定法而無定法，無定法而有定法。」[14]格式是大致的，而具體內容是千差萬別的，因此，無論文學藝術的寫作，還是實用寫作，本質上都是創造的。即使公文寫作，也有主體諸因素交合客體諸因素的轉化過程，在較凝固的形式框範中也流動著活潑的主體精神。也正因此，寫作主體對載體的「合」，是一種積極的「合」，是與「制宜」動態統一的「合」，而不是消極的填空裝配。「變則新，不變則腐。變則話，不變則板」[15]同樣適用於實用寫作。

12　王若虛：《滹南遺老辭·文辨（四）》。
13　郝經：《答友人論文法書》。
14　呂本中：《後村先生大全集·夏均文集序》。
15　李漁：《閒情偶寄》。

四

通常，文體作為某種內容特徵長久積澱的生成物是穩恆的。尤其是實用文體較之文學文體穩恆得多，它本身就推崇相對固定的體式，其發展突破勢必要溫和勻緩得多。然而，它也不是一成不變的。處在當代這樣眼花繚亂的快節奏變動的社會中，它豈能無動於衷！現實社會新潮的衝擊，寫作思想觀念、方法的更新及寫作個性才能的擴張，無不使易安少動的實用文體躁動起來。一切語言風格、傳達要素、結構方式和文體形式的變化，都牽動著文體的神經，導致文體形式的演變，同時也就帶來新的實用寫作文化現象。我們可以從以下幾個方面來認同和展望。

新的實用文體的叢生與寫作慣性的調整

美國預測專家 J・麥克海爾曾經這樣富含感情地說：「藝術和群眾文化的發展與社會資本和工藝技術的變化，特別是與宣傳工具的發展有密切的關係……無線電、電視、電影和錄像的廣泛使用，加強了它們之間的聯繫。將來，由於這類技術的發展，文化的性質也將發生變化，會創造出一種新的文化環境，甚至將要重新評價『群眾文化』和『大眾社會』的意義。藝術的概念將擴大，藝術表演也將出現新的形式。」事實果如麥克海爾君所言，不僅藝術文體在時代潮流的衝擊下，發生文體的裂變，實用寫作文體也在新生活潮汐的猛漲中，四處萌生新的枝芽。一方面是老樹新花，原有的文體裂變；另一方面是叢生的新芽正搶放著它們的嫩綠。實用文體以一種全方位對應生活的勢頭在生活中潛生明長。一個實在的生活者會感到原有的文體遠不夠用，一個高明的寫作家又會慨歎現在的文體寫不過來。這種現實的強大驅力促使實用寫作觀念的更新，促使著寫作習慣的突破和調整。

新的生活，需要新的維繫和調節生活的方式和手段，實用寫作也因之發展，新的實用文種應運而生。觸目即是的廣告、說明書，甚至於有條理招攬顧客的生意人的吆喝等等，都是地道的實用文，而自媒體催生的微信微博等也是靈動的實用文。可以說，實用文已滲透到生活的各個領域，並且還呈現出不減的叢生勢頭。生活孕生實用文，實用文附著於新的生活。也許，只有現代科學發展的今天，才既有更加強烈的精神審美追求，又有更加廣泛的實用需求。難怪有權威人士指出，當今世界的文盲不是不識字的人，而是不會讀不會寫的人，無怪乎清華大學也立下在全校開設「寫作與生活」課程的轟動性決定。這既是個觀念問題，也是個寫作實踐的問題，用靜止不變的傳統實用傳播觀念去看待，會啼笑皆非，以既有的寫作習慣去寫，又會不得要領。這就要有新的寫作對策。只有正視文體應運而生的現實，不斷調整實用寫作觀念和實踐對策，才有可能適應當代實用寫作的要求。

實用功能的強化與公關意識的滲透

在當代社會，隨著文明程度的進一步提高，實用文也必將更充分顯示其實用功能。尤其是在改革開放中，政治的、經濟的、文化的、科學的廣泛而頻繁的交際活動，不僅需要實用寫作作為重要交際手段，而且其目的更加明確具體，注重效益。其明顯地表現於公關意識的滲透，傳統的冷嚴的實用寫作，將熱情客套，笑睞睞起來。

公關意識即公共關係意識。「就是遇事想到公關。也就是說，要承認並相信公共關係是謀求事業成功的一種必不可少的手段，因而在開創一項事業，從事一項工作時，首先就想到遵循公共關係的原則，運用公共關係的技巧，去創造有利的輿論環境和活動條件，從而取得多方面的支持。」[16]實用寫作者為了實現理想的交際，特別注重公共

---

16 翁世榮：《現代秘書學》。

技巧，創造和諧的交際氣氛，以贏得對方及公眾的瞭解、信任與協助。這在企業、經商等實用寫作中格外突出，尤其是廣告等，明明是在推銷自己，偏偏從站在別人（受眾）的角度側面迂回，抓住受眾的心理，以期最大效益的反饋，這是指平行文。在下行上以及上行下的實用寫作中，也往往為了體現親和關係，加快辦事效率，在相當程度上體現出了公關特色。

誠然，公關意識的引進，是一種滲透，一種有機融入，而不是生硬注入。唯其有機，它才無在無不在，自然而然，提高其實用效率。謙恭的稱呼，富有人情味的句式，以及替人思考打算等方式等，使人不知不覺中進入交際環境，達到溝通。如將「請批復」改為「誠望予以關照」，「請屆時出席」，改成「敬請光臨指導」等等，就表意，都很明確，但因語言謙恭禮貌，其收效就要好得多。由此可見，實用文功能的強化和受體的新觀念的挑戰，構成了一種張力，公關知識滲透起到了以柔克剛作用。

面對新技術的硬化與面對生活的軟化

從文體規範體制上講，當代實用寫作又面臨著對新技術的硬化與面對生活的軟化的雙向互動。

如前所述，第三次浪潮的衝擊，高技術的信息網絡的伸展，大眾傳媒時代的到來，實用文體寫作觀念在全方位裂變。幾千年來靠人工握管揮毫的寫作局面首先被電子計算機在實用寫作中打破，這是一次劃時代的革命。雖然只是實驗，還沒有正式的大規模的使用，但它預示著當代實用寫作新的刺激性變動信息。如果真正能以此代替人工寫作，人類工作的效率將會空前提高。但是計算機畢竟只是人工智能的有限模仿。不用說，具有自由創造個性的文學創作它根本就束手無策，就是對於實用寫作，也是有限的和有前提條件的，這就是實用文

體的高度程式化，即從原來的大致規範而硬性化，凝固成嚴格的規式，以便計算機依樣畫瓢。這就使實用文面臨著生動生活與機器抽象運算的雙重選擇。一方面是電子計算機寫作所要求的實用文體制的硬化；另一方面，生動豐富的生活以及現代文明公眾的閱讀意識，又使莊肅硬板的實用文體發出藝術的微笑。這就是軟化。拿說明書來說，它的科學性特徵十分突出，長期以來都是以一副莊肅的甚至呆板的面孔，而當代不少說明書滲透進藝術技巧來，寫得活範生動，柔軟可親。以至於當今竟有與集郵相類的集說明書之事來。集說明書者盯著色彩繽紛，文筆精筆、最佳評斷的準藝術品，解讀實用內容之餘，作為藝術品玩賞起來。當然，如果僅供收藏家們收藏，而離開了實用，就又走向反面了。

總而言之，科學求實的傳播樣式，在現代科學高度發展的文明社會將逐漸攏近藝術，穿起生動、洗潑、藝術，為大眾喜聞樂見的外衣走進億萬讀者的生活和心靈。

信息時代通識課應用文
寫作教學中存在問題及對策
——以湖南岳陽職業技術學院為例

李佩英

岳陽職業技術學院

摘要

　　隨著現代科技的發展，應用文寫作作為一門公共通識必修課程，與大學生在校及畢業後的工作、學習和生活緊密相關，已經成為現代高等教育中應用性、綜合性、實踐性都很強的一門實用課程，它能夠培養大學生多方面的能力。但是由於廣大學生寫作基礎較差，學習興趣不濃，練習意識不強，掌握程度不高，導致教學質量不夠理想。究其原因，與學校課時安排不足、教材編寫存在缺陷、教學順序安排欠妥、教師安排不夠科學密切相關。為此，提高大學生對課程學習的認識，編寫適合大學生學習的教材，狠抓大學生寫作過關的訓練，選擇經驗豐富合格的教師，採取翻轉課堂的教學方法，提高寫作課程老師的待遇，不失為解決問題的良好辦法。

關鍵詞：信息時代　應用文寫作　能力　方法　探討

　　隨著現代科技的發展，應用文不僅日益進入政治、經濟、文化生活的各個領域，成為「經國之大業，不朽之盛事」（曹丕《典論・論文》），而且作為個人能力與素質的體現，也已經逐漸被納入人才評價標準的視野。正因為如此，在廣大有識之士的極力呼籲下，大陸的各級高等院校，陸續順應時代及社會的需要，相繼開設了應用文寫作這門課程（名稱可能有點差異），作為大學生必修的一門公共通識課程，旨在提高大學生的寫作能力，培養大學生職業發展的基礎能力和可持續發展能力。但是由於該課程教學內容繁多又比較枯燥，教學時間過於短少，學習過程中需要學生配合著「多動腦、多動手」，對從事本門課程教學的老師要求特別高，教學效果一直不夠理想。筆者在湖南理工學院和岳陽職院從事應用文寫作教學多年，對此做了一些粗淺的探索，今不揣淺陋，以求教於大方之家。

一　應用文寫作教學中普遍存在的問題

（一）寫作基礎較差

　　今年五月四日，北京某大學校長因為在校慶慶典上讀錯了幾個字，引起軒然大波，他第二天在網上寫了一封致歉信，結果又因格式錯誤、措辭不當及標點符號不對等問題太多，引發網民的熱議和詬病，最後他不得不以再次誠懇道歉收場。一位德高望重的學者、科學家在應用文寫作方面，可說是久經沙場的老將了，結果在最簡單的應用文——書信上栽了跟斗，由此可見，應用文寫作的達標，並不是一件容易的事情。應用文寫作的基本要求是詞語的文從字順，句子的明白曉暢，段落的傳情達意。而綜觀學生的習作情況，格式不清、措辭不妥、用詞不當的現象隨處可見，病句、錯別字比比皆是，再如公文

中沒有標題、主送機關,發文機關與主送機關顛倒,生造尾語或者是亂用尾語,落款也缺乏等等,也是大學生作業中很常見的問題;至於寫學習計劃,開頭文字冗長、囉嗦,似寫總結,有點「頭重腳輕」,而主體部分三言兩語就結束了,沒有目標,缺少具體可行的措施;寫總結時就是記流水帳,分不清成績與經驗,不會提煉觀點……文章格式不規範,結構不完整,文題不符,層次混亂,段落組織鬆散,層次段落重疊交叉,過渡生硬,遣詞造句不得體,標題擬寫不準確、不簡要、不合格,想像力和社會生活常識缺乏,觀點與材料不一致等等,舉不勝舉。有時一些學生的作業根本就是在網上複製黏貼過來的!此種現狀令老師十分憂心。

(二)學習興趣不濃

隨著互聯網技術的不斷發展,應用文寫作課程在教學手段方面雖然比傳統教法有了很多優勢,但是,它看似容易實則難學,難在堅持寫作和反覆的修改。由於應用文寫作是一門應用性、綜合性都很強的課程,它的教學內容又非常廣泛(有專業應用文,還有通用應用文),文種牽涉面廣,涉及專業和領域也多,形式比較單一,格式相對固定,語言簡潔平實,學起來依然有點抽象、呆板、枯燥、沉悶、乏味,總不像文學作品般生動形象,加之教材內容淺顯,文字通俗易懂,學生以為容易學,因此不大願意花費過多的時間在這個課程上,不愛學;廣大學生的寫作基礎參差不齊,學生的社會知識與工作經驗嚴重缺乏,擔心寫不好而畏懼寫作,不願意學;一部分學生因為以前在中小學有過應用文學習基礎而掉以輕心,對課程學習的重要性認識不足,他們認為自己的將來不是去當作家,應用文寫作對自己的學習生活無太大幫助,所以學習欲望不強;課程「實踐性」的特點又要求每學一個文種都必須要多寫多改才有進步和收效,繁多的寫作練習令廣大學

生頭疼，因此很多學生不願意吃這個苦，不樂意學。在教師教學方面，這門課程對老師本身的寫作素質要求和教學技巧要求特別高，部分老師自身寫作和教學經驗都不足，教學時照本宣科，缺乏生動性、針對性和指導性，長此以往，導致學生不願意學……因此，學生的學習興趣一點也不濃厚，偏理科輕文科嚴重者甚至把它視為畏途！

（三）練習意識不強

由於應用文寫作是一門理論與實踐並重的學科，它的「實踐性」的特性要求學生一定要多練多改才能鞏固提高，因此，在教學中，老師往往會布置大量的寫作練習題，而其中的很多大學生，對語文學習的重視到高考之後就自行結束了，到了大學階段，對應用文寫作課程的學習往往是出於無奈——為了修滿學分，因此學習時缺乏主動性，僅滿足於聽課，懶於動腦和動手，不屑於去動筆練習，以至於「今天學，明天忘」；一些大學生重專業課程學習不重視基礎課程學習，上應用文寫作課時抱著無所謂的態度，「人在曹營心在漢」，根本不知道老師講授了什麼知識，寫作練習時抱著完成任務的心態，憑想當然亂寫一氣，內容不夠形式來湊，辭藻堆砌，語句不通而不知所云，甚至連起碼的寫作常識如標題要居中、稱呼要頂格、落款在右邊都忘記了，錯誤百出；還有一些大學生對待寫作根本不嚴肅認真，動筆時就是東拼西湊，生搬硬套，有時實在不想寫或者寫不出時，就去網上百度查找資料，複製黏貼了事，這樣的學習態度怎麼可能產生良好的學習效果。「文章不厭百回改，佳作常自改中來」，在應用文寫作教學中，除了寫作練習，老師的細緻的習作講評也是必不可少的，老師進行習作講評後，如果學生能夠認真修改或者再次寫作，那寫作成績就會有較大進步，但是學生連練習寫作都不願意，更遑論還要多寫多改了！

（四）掌握程度不高

　　如今的社會是個極大釋放寫作能量的年代，寫作的門檻越來越低，人們參與寫作的熱情越來越高，從參與寫作的人數之眾多到寫作內容的五花八門來看，說是「全民寫作」時代一點也不為過。而學生耳聞目睹的是良莠不齊的應用文作品，應用文的「通俗易懂」特性極易使學生發生學習的誤解，認為這門課程的學習難度不大，學習時漫不經心，在寫作時去參考一下網絡資料依葫蘆畫瓢（現在總是能夠從網絡上找到自己需要的文章和文字）就可以輕鬆搞定。殊不知，就是他們對應用文寫作學習的輕視和短視，直接造成了他們寫作的「眼高手低」，「看花容易繡花難」，有時他們仿寫出來的文章笑話百出，令人「慘不忍睹」！因為學生不識應用文寫作的真諦，缺乏挑選文章和文字的「火眼金睛」，在照抄照搬時，就顯示出明顯的短板，導致如下嚴重惡果：製作不出帶有強烈個性色彩的簡歷、做不出一份內容完備的會議記錄、拿不出一個富有創意的廣告策劃、寫不出一份禮貌周到的邀請函、擬不出理由充分、請求明確、形式合格的請示、總結不出有價值的規律性認識的文字、撰寫不出別具慧眼的市場調查報告……，多見的是缺胳膊少腿的「廢品」文章。這種種跡象表明，學生的應用文寫作知識掌握情況極不理想。

二　應用文寫作教學質量不高的原因

（一）教學課時安排不足

　　應該說，應用文寫作教學不盡如人意，與教學課時太少是有很大關係的。在應用文寫作的課時安排方面，一些學校的領導和專業課老師甚至是部分語文老師都認為，應用文寫作好像沒有多大的寫作技

巧，因為它在格式規範上有章可循，在遣詞造句、文采修辭上也有門道，不需要花大力氣和時間去教，也可以不教。但是，從文章學的角度來看，應用文寫作教學從來不是一件孤立的事情，它是閱讀──思考──寫作鏈條上的重要一環。大學生應用文寫作失範的現象，很大程度上就是閱讀匱乏的結果。大學生應用文寫不好或者是寫不出來，絕不僅僅是應用文寫作一門課程能夠解決的問題！據筆者瞭解到的情況，大陸各高等學校雖然認識到了寫作課程的重要性，紛紛開設了「大學語文與寫作」或者是應用文寫作課程，但是安排的教學課時太少，一般是週課時兩節（有的學校還只開半個學期），最多的是四節（一般是高職院校文科專業），應用文寫作教學的內容包羅萬象，而且寫作能力的培養本就是一項長期的任務，豈是區區幾堂課的教學就能夠立竿見影的！

（二）教材編寫存在缺陷

隨著出版市場的改革開放，現在，在市場上可以看到和買到的應用文寫作教材多如牛毛，但是很難找出一本完全適合各專業學生學習的比較好的通用的教材，這是因為應用文寫作是一門公共基礎課，現行高等教育體制中學生所學專業繁多，一本教材中不可能顧及所有專業，也根本不可能做到面面俱到。綜觀諸多應用文寫作教材，筆者認為存在以下嚴重問題：有的教材由於參編人員自身素質及經驗的不足，編寫內容存在知識性的錯誤，以至於以訛傳訛；有的教材由於編寫人員年紀過大，不能與時俱進及時更新，知識陳舊；有的教材由於篇幅限制，例文太少不便於學生學習；有的教材所選例文側重經典，太高、大、上，學生覺得高不可攀，敬而遠之；有的教材所選例文不切合學生所學專業，學生感覺教材離他們的生活太遙遠，學習時有如隔靴搔癢，提不起興趣；有的教材依然注重理論知識的傳授，忽視

學生的寫作實踐訓練，缺乏科學性……教材的質量直接關係到教學質量，因此，學生的應用文寫作水平提不高，教材不適用是一個重大原因。

（三）教學順序安排欠妥

循序漸進原則是教育工作者在設置課程、編排教材、設計課時等過程中佔有舉足輕重地位的一項教學原則。而大學在開設應用文寫作課程時，普遍把它看成是一門文化基礎課，一般都是安排在大一時期，這個時間段的大學生剛進入大學，思想還不夠成熟，自身的社會實踐經驗還不足，對社會的瞭解也不深刻，對應用文寫作的重要性認識不足，學習好課程的心情也不迫切，寫作素材貯備不足，對所學專業的瞭解也不夠深入，應用文寫作教學中，老師布置寫作練習時往往會要求結合社會知識和專業知識，學生普遍感覺展不開想像的翅膀，每次寫作都要絞盡腦汁，搜腸掛肚，非常吃力，因此，學習積極性普遍不高。而應用文寫作的工具性特點，又決定老師在教學中必須貫徹學以致用的原則——多寫多練（這是學生厭學的主要原因）。如果學校在做教學安排時，能夠結合學生的學習和生活實際，將應用文寫作》程的教學安排移到大三或者大四，學生有了寫作的儲備，這個時候的他們也有了一定的專業知識和社會生活經驗體會，有了寫作的底蘊和寫作衝動，教學效果將大不一樣。

（四）教師安排不夠科學

韓愈在〈師說〉中告訴我們：師者，所以傳道授業解惑也。在應用文寫作這門課程的教學中，光看教材是教不好這門課程的，老師光懂理論教學也是遠遠不夠的，它需要的是能講會寫的「雙師」。據瞭解，大陸很多學校的應用文寫作課程老師都是由語文老師轉化而來，

這些老師沒有經過系統而專業的課程培訓學習，都是半路出家，自身的教學經驗和寫作經驗本身就很不足，紙上談兵的居多；還有一些執教老師是剛從大學畢業的年輕人，執教者本身素質都不過硬，應用文的讀寫能力也還沒有過關，教學時容易流於空洞的理論說教，無從發現教材和學生寫作中的毛病和錯誤；再者，應用文寫作課程本身既難教，又不好教（需要學生大力配合），老師還要在課餘批改學生大量的習作，付出大量的勞動而收效甚微，很多老師不願意教；而一些富有豐富寫作經驗的筆桿子由於自身工作的關係，無暇到學校兼職……「名師出高徒」，沒有名師的指導，哪裡能夠輕易地就培養出許多的高徒！應用文寫作課程教學質量不高，很大程度上是學校本身沒有給學生配備恰當而合適的寫作課老師造成的！

三　應用文寫作教學解決問題的對策

綜上所述，社會雖然已經發展進入到了信息時代，但是應用文寫作教學中存在的諸多問題依然一直沒有得到很好的解決。針對以上問題，筆者提出以下建議：

（一）提高學生學習課程的認識，是解決問題的前提

美國教育家布魯納在《教育過程》中提到：使學生對一門學科有興趣的最好辦法是「使這個學科值得學習」。因此，在教學中，老師要不失時機地利用各種方式和技巧引導學生提高對應用文寫作重要性的認識，進而使其產生學習的興趣。如在給學生上應用文寫作的第一次課時，引用美國未來學家阿爾文・托夫勒的著名論斷：信息時代家庭工作的任務是編制電腦程序、寫作、遠距離檢測生產過程（《第三次浪潮》）。告訴學生，信息時代社會家庭化，作為家庭工作三項任務

之一的寫作，對於一般人來說，自然不是文學寫作而是文章寫作，也就是應用文書的寫作了。再教育學生，中國古代文藝批評家劉勰在《文心雕龍》中評價應用文寫作雖然是「文藝之末流」，在工作中卻是「政務之首要」。因此，隨著應用文在日常生活中的常見、常用，從社會發展的角度來說，社會越進步，應用文書寫作就越重要！應用文的讀寫水平在某種意義上標誌著一個國家和民族的語文水平和文化素質的高低，也標誌著一個國家和民族的語言文明程度和發達程度！還要告誡他們，隨著社會的發展，應用文寫作能力既是對大學生能力的要求，也是大學生素質的體現，更是大學生獲得成功的基石。讓廣大學生明白了應用文寫作課程學習的重要性，他們就有了學習的興趣。都說興趣是最好的老師，有了興趣才能有學習的動力。對大學生來說，興趣就是學習的內動力，它的作用遠遠超過來自家長、教師的外動力。

（二）編寫適合學生學習的教材，是解決問題的基礎

教材是傳播知識的重要載體，是教師進行教學的基本工具，也是學生獲得知識的主要渠道。教材的好壞不僅反映編寫者教學與科研的水平，也關係到課程教學質量水平的高低。因此，為了提高大學生的寫作水平，老師要改革「重理論輕實踐」的陳舊教材編寫觀念，要精心選擇適合學生學習的教材，或者是自己動手編寫適合學生要求和實際需要的教材和輔助教材（這種方法最好，因為文字教材篇幅有限，自己編寫還可以提供電子補充教材供學生學習和參考）。在教材編寫時，一定要安排好教學體例，精心選擇教學內容，如可以是概述、文章寫作理論常識、重點文種寫作知識、文章邏輯常識、文章修改常識等。鑒於仿寫對學生練習寫作的重要性，建議文種知識裡要配以適當的寫作案例，這些案例可以是正確的案例，也可以是錯誤的案例（糾

錯練習能夠鞏固學生所學基本知識提高學生的鑒賞水平），而且要盡量切合學生所學專業及生活實際，這樣，既可以吸引學生認真學習，也便於學生自己去甄別，還可以引導學生反覆鑽研教材，解除了學生課餘自學時遇到錯誤知識的後顧之憂，也給學生學習提供了比較鑒別優劣的樂趣，對學生寫作水平的提高有著良好的促進作用。此外，在寫作練習的設計上，不能再僅僅是幫助學生記憶和思考的籠統、零散、淺層的理論習題，學生一看就不感興趣，而應該在教學中開發設計一系列的符合學生生活和工作實際需要的情境寫作題，給學生造成身臨其境的感覺，既可以提高學生寫作的積極性，也可以促進學生自學、查找資料、瞭解社會、關注生活，一舉多得。

（三）狠抓學生寫作過關的訓練，是解決問題的重點

「紙上得來終覺淺，絕知此事要躬行」（陸遊的〈冬夜讀書示子聿〉）。作為一門「實踐性」很強的課程，要想讓學生能夠寫好應用文，就必須讓學生多多進行寫作實踐，而實踐告訴我們：寫好應用文，不僅需要一定的寫作技巧，還需要具有良好的綜合素質，既包括觀察能力、想像能力、調查採訪能力、分析思考能力、綜合概括能力、謀篇布局能力、審美能力、抽象思維能力、語言文字的駕馭與表達能力，又包括思想道德修養、政策法規水平、語言學科教育基礎、文章學科教育基礎、學生專業學科教育基礎等等，所有這些，僅靠應用文寫作一門課程的學習，是無法培養和解決的。因此，任課老師不但要對學生進行應用文寫作格式與寫作技巧的指導，還要堅持對學生進行文章學的指導，並且加強對學生進行語言文字表達基本功過關的訓練，通過選出一些習作中存在問題的句段，與學生一起探討分析；不僅要告知學生應用文寫作與文學寫作的區別，以避免學生將文學寫作思維帶進應用文寫作而致文章廢話連篇，還要讓學生知曉應用文寫

作不僅講究寫作格式，在文章形式上的要求也要達到標準：文章結構完整，語言表達質樸流暢，體裁文種正確恰當，寫作風格樸實通俗。這樣，既可以提醒學生自己對照標準去做自我修改，也可以讓學生相互之間批改，達到共同進步的目的。同時，通過堅持對學生習作講評的形式，將學生在應用文寫作中常犯易犯的毛病當作典型來分析和修改，就可以讓學生吸取別人的經驗教訓，少走彎路少犯錯。

（四）選擇經驗豐富合格的教師，是解決問題的關鍵

俗話說得好：「打鐵還需自身硬」。應用文寫作的教學也是一門科學，並且教師是教學活動的主導者，教師素質的高低直接影響到教學的效果和質量。作為一門應用性、綜合性、實踐性都很強的課程，對大學生的寫作基礎要求比較高，對授課老師的要求也就更高，他既要懂得寫作理論和知識，還要懂得教學方法和技巧，更要對所任教學生的專業知識和行業知識有一定的瞭解，這樣的教師真是「打著燈籠都難尋」。今年下半年，清華大學將在二〇一八級新生中開設「寫作與溝通」必修課，並計劃到二〇二〇年覆蓋所有本科生。這個消息預示著在大學可能要普及寫作課了。因此，為了提高應用文寫作教師隊伍的整體素質，有必要多開展師資培訓和同行老師之間的經驗交流會等活動，給廣大寫作課老師提供學習進修的機會，促進老師們的交流和學習，拓寬老師們的知識視野，提高老師自身的專業素養，強化老師的知識儲備，也可以讓寫作課老師去下企業鍛煉或者是頂崗實習，增強他們的寫作實踐經驗，促進他們自身寫作素質的不斷提高，成為真正的名副其實的「雙師」。

（五）採取翻轉課堂的教學方法，是解決問題的法寶

進入信息時代後，應用文寫作課程教學更加方便採用靈活多樣的

教學方法以吸引學生。在林林總總的教學方法中，筆者認為，「**翻轉課堂**」的教學方法是最適用的。所謂「**翻轉課堂**」教法，就是將「知識傳遞」過程放在課堂外，學生借助於教師製作的教學視頻和開放網絡資源（慕課、微課等），自主完成知識的建構，而課堂就成為學生完成作業、探討學習問題以及得到老師個性化指導的地方。採用這種教法，應用文寫作教學中的許多難題都可以迎刃而解，如課時不足的問題，採用這種方法等於增加了一倍及數倍的課時；老師可以提前發給學生一些教材補充內容及補充案例供他們自學；學生寫作可以得到老師的現場和個別指導……學習效果是別的教學方法無法企及的。只是這種方法對老師本身的教學要求非常高，老師要精心選材和組材，製作好課件，收集起相關教學資料，老師備課十分辛苦，課堂教學也很辛苦，需要老師有無私奉獻的精神。而且這種教法以培養學生的自學能力為重點，老師挑選重點文種精講，可以起到舉一反三的作用，首先由老師扶著學生走，然後是牽著學生走，再到後來是指導學生走，最後是讓學生自己走，為學生在將來的職業生涯中能夠通過網絡和書本自學寫出任何需要的應用文打下良好的基礎。

（六）提高寫作課程老師的待遇，是解決問題的保障

眾所周知，應用文寫作課程因為教學內容不如語文課形象生動有趣，學生不願學，老師也因為這門課程教學效果不理想，也不願意教，而且因為它的作業多，老師要付出很多的業餘勞動來批改學生的作業，而批改作業在學校是不算工作量的，老師們備課辛苦，批改作業也很辛苦（比上課花費的時間更多），相比較其它課程而言，常常是費力不討好，多付出幾倍的勞動，卻沒有相應的收穫，因此也大都不願意教。特別是有些大學，往往是幾個班合班上課，一個大班一百多人，每批改一次作業，都要花費老師數倍於上課的時間，看著學生

水平不高的作業，反覆出現的同樣的錯誤，感覺肩上的擔子重如千斤！其實，寫作課作為一門特殊課程，它適合小班教學，而且適合用「師傅帶徒弟」的方式安排教學，效果會更好！因此，為了體現「按勞取酬」的公平原則，也為了提高老師教學的積極性，建議在寫作課程老師的勞動報酬上要採取特殊津貼制度，以最大限度地調動老師教學的積極性，取得最好的教學效果。

參考文獻

郭　豔　〈互聯網＋環境下翻轉課堂應用文寫作教學的實踐與探索〉
　　　　《教學探索》（2017年1月）　第88-89頁

馬利娟　〈高職應用文寫作教學實踐及其改革研究〉　《無線互聯科
　　　　技》（2014年10月）　第219頁

顏　妍　〈把寫作視為一種基本能力〉　《人民日報》2018年8月24日

袁麗清　〈利用多媒體優化應用文寫作課堂教學〉　《職業》第6期
　　　　（2011年）　第117頁

張會恩　〈應用文教學淺論〉　《長沙大學學報》第3期（1998年）
　　　　第83-87頁

曾　英　〈淺談布魯納教育過程的主要設想〉　《外國教育研究》第
　　　　4卷第12期（1994年）

《閱讀及創作之旅——非華語學生與中文圖畫書》研究[*]

董月凱

天津師範大學國際教育交流學院

摘要

提到繪本，人們往往想到那些圖文並茂用來講故事的少兒啟蒙讀物。如今繪本也漸出現於第二語言教學領域，因其通俗易懂生動有趣，越來越多教育者開始將繪本應用於語言教學實踐，在增強語言學習興趣的同時，還將有效提升學習效率。本文主要採用文獻分析法，對繪本概念加以界定，從宏觀和微觀兩個維度對香港大學《閱讀及創作之旅——非華語學生與中文圖畫書》進行了系統研究。通過研究，不僅可以走進圖畫繪製者的內心世界，感受他們的喜怒哀樂，還能感受到香港言語社區對漢語作為第二語言學習的影響。

關鍵詞：非華語學生　繪本　漢語作為第二語言教學　香港社區詞

---

* 本文是天津市教委科研計劃項目（2018SK043）、天津師範大學博士基金項目（52WW1506）成果之一，承蒙萬奇教授、容運珊博士提出寶貴建議，謹致謝忱。

一 引言

現在市面各種內容和畫風的繪本十分豐富，例如阿狸系列和吉米系列。但是卻較少見到將繪本作為第二語言教學的書籍。檢索繪本於漢語作為第二語言教學中應用方面的論文較少，如《淺析繪本教學在第二語言教學中得運用》（周璐璐，2016），文中提到「繪本教學通過圖畫展示語言材料，直接克服了文字和母語帶來的干擾，讓信息高度清晰地呈現在學習者面前，繪本教學結合多媒體的教學方式，讓課堂更加豐富多彩，讓展現方式更加靈活有層次感。」

繪本本質上是一種文藝和文學創作（literary work）。早在上世紀三十年代，羅森布拉特（Louise Rosenblatt, 1904-2005）已在文學教育領域注意到讀者才是闡述作品的關鍵。她重視讀者（reader）與文本（text）的相互交流（transaction）。羅氏深刻認識到文學潛移默化的功能。文學不只是為了閱讀體驗和語言學習，更重要的是它承載的心靈世界，讓讀者有所感覺，有所思考，有所行動。課文不應單視為語文練習教材，而是注滿個別讀者的愛好、期望、經歷及與文本交流後的產品。國際繪本大師、美國藝術家芭芭拉・庫尼（Barbara Cooney，1917-2003）認為，繪本是由文字和圖畫結合而成的設計，是青少年對社會、文化和對歷史探究的工具。

繪本文字簡潔，圖畫豐富，內容通常都有很深的含義，並給讀者較多想像空間。繪本與漫畫不同，漫畫會利用許多動作畫面、對話及內容細節帶動讀者瞭解內容。而繪本則只會用數量有限但充滿豐富細節的圖畫，加以簡潔的文字來表達，圖畫和文字互相關聯依靠，但並不重複。圖畫不能沒有文字，文字更不能離開圖畫，否則讀者就不能完全瞭解繪本的內容，而且圖畫和文字往往留給讀者不少思考和回味的空間。

二 《閱讀及創作之旅──非華語學生與中文圖畫書》宏觀介紹

本文研究對象為《閱讀及創作之旅──非華語學生與中文圖畫書》（見圖 1），由香港大學教育學院中文教育研究中心二○一○年十月出版，由 Shanila Kosar 編寫。[1]

圖 1 《非華語學生與中文圖畫書》封面

書中共收錄來自印度、泰國、巴基斯坦等八個國家赴港漢語學習者的二十二組作品（見表 1）。雖然整本書作品數量有限，但從豐富

---

1 據香港大學容運珊博士介紹 Shanila Kosar 是一位巴基斯坦籍的女士，也是漢語作為第二語言學習者。

細膩的繪畫細節和簡明真摯的語言中，讀者可以真切地感受到赴港學習漢語的中學生的思想動態、價值觀和對世界的期許。其中語言的運用也可圈可點，雖為漢語初級學習者，但是他們運用語言的準確性和生動性值得學習。

表 1　二十二幅作品概覽

序號	題目	作者國籍	作品內容概述
1	《母親與兩個女兒》	尼泊爾	故事講述一個單身母親及她兩個女兒的生活，兩個女兒全然不知單身母親的辛苦。當快要失去時才覺醒並採取補救。
2	《兩條懂魔法的美人魚去保護小島》	印度	講述美人魚保護被人類破壞的小島的故事。
3	《天使》	巴基斯坦 印度	講述了一個女孩在小的時候遇到了一個天使公仔，並且跟著它去冒險的故事。最終她明白了美麗的天堂是留給好孩子的，於是她改掉了破壞東西的壞毛病。
4	《和平》	巴基斯坦	講述了一個國王讓兩個人畫關於和平的畫作，並且分別闡述畫作含義，最後反問讀者更喜歡哪個人的作品。作者利用問題做結尾，引發讀者思考。
5	《少數族裔的小麻雀》	印度 菲律賓	講述一隻少數族裔的小麻雀步入新學校，從開始不適應、被排擠，到後來融入集體取得好成績的故事。
6	《兩種生活》	斯里蘭卡	故事中主人公女孩跟隨父母去

序號	題目	作者國籍	作品內容概述
			非洲做義工，並且把自己喜歡的玩具送給了當地的小朋友。
7	《知道「聰」點寫嗎？》	巴基斯坦	故事的主角是兩個來自巴基斯坦的漢語學習者，哥哥備受父母期待，壓力很大每天學習到很晚，生活很無聊。弟弟則每天看電視打籃球，生活豐富多彩。結果考試成績出來，弟弟全班第一而哥哥的中文課都不及格。這個故事呼籲家長要因材施教不要過分要求孩子，教育要順從孩子的天性。
8	《開心的愛情故事》	巴基斯坦尼泊爾	講述了一段發生在學校的曲折但是美好的童話般的愛情故事。
9	《一個孤兒的遭遇》	印度	故事講述一名樂觀的孤兒最終找到了溫暖的家庭的故事。作品中充滿了對生活的熱愛和對未來的希望。
10	《我現在會讀了》	泰國	故事描述了作者初來香港學習漢語的經歷，有跌倒、有爬起、有放棄，也有努力，並最終獲得了成功。
11	《不愉快的結局》	印度	講述了一名由父母安排婚姻的女孩被男方打死的故事。可以看出作者對此非常不滿，同時也希望人們瞭解女孩的不幸，呼籲人們關注此類社會問題。
12	《爸爸與我》	巴基斯坦	主人公的爸爸利用自己的時間去幫助其他人，但偏偏有些人不知

序號	題目	作者國籍	作品內容概述
			感激。作為孩子看不得父親的低落，想方設法哄父親開心。
13	《學校欖球隊》	印度 尼泊爾	故事講的是中國學生和外國留學生共同組隊參加比賽的故事。從開始的一盤散沙，到後來學會互相合作。反映了作者對於各國同學團結一致的願望。
14	《雪糕姬蒂》	新西蘭	故事講的是一個女孩與一隻叫姬蒂的雪糕成為好朋友並且時時刻刻保護姬蒂的故事。作者利用簡單有趣的故事表達了友誼的珍貴。
15	《特別的娃娃——海心》	巴基斯坦	故事講述一個叫海心的長相特殊的娃娃發現自己可以為別人帶去開心，並且開始樂於交朋友的故事。
16	《英美的奶奶》	印度	故事講的是英美的奶奶從老家過來與英美一家同住，但是由於生活方式和各方面理念不同，英美對奶奶產生了很多不滿，奶奶也過得不開心。直到有一天她得知奶奶得了癌症，英美開始理解了奶奶的孤獨和無助，她認識到了之前的錯誤並且開始真心實意地理解奶奶照顧奶奶。
17	《快樂的毛毛》	印度	故事的主角是一直樂觀向上的小兔子，她每天都充滿活力，並且也為周圍人帶去了歡樂。
18	《任性的小女孩》	義大利	故事講述一個小颶風為了交朋

序號	題目	作者國籍	作品內容概述
			友而肆意破壞土地，最後認識到了錯誤。
19	《一封信》	印度	作品設置懸疑偵探情節，講述愚人節那天，兩個孩子假裝被綁架，用一封信為其他小夥伴提供線索並且最後被找到的故事。
20	《英時的奇異旅程》	印度	講述兩隻由於環境污染與家人分散的小金魚互幫互助，最後找到了自己的家人。
21	《園丁和 Rosie》	印度	故事講述一枝在人類呵護下長大的玫瑰花由於貪玩跑出去，最後被主人找到的故事。
22	《愛》	印度	故事講述一個男孩隨父母移居美國，對於不文明現象進行制止的故事。

　　作品集的作者均為在港學習漢語的中學生。少年期是個體從童年期向青年期過渡的時期，具有半成熟、半幼稚的特點。這個時期，思維的獨立性和批判性有所發展。同時，隨著生理的變化，他們產生了成人感，獨立意識強烈，開始關心自己和別人的內心世界。他們的道德行為更加自覺，能通過具體的事實概括出一般倫理性原則，並以此來指導自己的行為。二十二篇作品中，有二十篇的作者均意圖通過有限的篇幅表達自己對家庭、社會等等的感受。或為呼籲，或為批判，亦或者是讚美，作品集中的作者已脫離兒童期以「我」為中心的特點，開始將視線延伸到「別人」「周圍」「世界」。意欲通過自己的作品為讀者傳遞正能量，並且已經開始為創建更好的世界做努力。

　　以《不愉快的結局》為例（見圖 2），作者是一位來自印度的女

孩。故事講述一位遭受包辦婚姻的女孩被男方刺傷，並一個人坐在長椅上孤獨去世的故事。眾所周知，印度婦女問題是長久而腐朽的社會問題，所以並非一朝一夕就能解決。作品希望未來會有越來越多的印度女性知識分子勇敢站出來，並相信不久的將來，印度女性能真正獲得平等和自由。

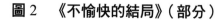

圖2　《不愉快的結局》（部分）

三　《閱讀及創作之旅──非華語學生與中文圖畫書》微觀研究

本書中二十二組作品的作者均為赴港學習漢語的初中生，作品中的語言和文字不可避免出現一些偏誤現象，現寥舉幾例。漢字的偏誤現象，例如把「匆忙」寫成「忽忙」，把「藍色」寫成「籃色」（見表2，表中左為原文，右為改正，下同）。

表 2　書寫偏誤對照表

那裡的人們大多很忽忙。《愛》	匆忙
籃色的天空《和平》	藍色

再有，香港學生普遍書寫繁體字，但是本書內有一處出現了繁簡體摻雜的現象，即「謝謝」中前一個「謝」用繁體字，後一個「謝」用簡化字（見表 3）。

表 3　繁簡摻雜對照表

謝谢！《我現在會讀了》	謝

再如詞語偏誤現象，如例（1）。

（1）有一天我去探望我的朋友 Sarah，她最近生了一個孩子，那個孩子比我還漂亮，我覺得很妒忌。（《不愉快的結局》）

「妒忌」含貶義，根據文中的語境此處應該改用「羨慕」，意為「因喜愛他人某種長處或條件，也希望自己能達到。」作者對「妒忌」和「羨慕」在感情色彩上的差異不瞭解。

（2）從此我每天放學後都會出席補習班。（《爸爸與我》）

例（2）「出席」後面接的賓語應為會議或活動。文中「出席補習班」為搭配錯誤，可以改為「參加補習班」或者「去補習班」。

（3）在一條鄉村裡，住了一個想像力豐富的男孩。（《愛》）

例（3）量詞「條」一般修飾形狀又細又長的事物，例如「一條小路」「一條大河」「一條圍巾」。對於鄉村，一般用量詞「座」或「個」，此處屬於量詞搭配不當。另外，本書涉及到的事物，學生多喜歡用量詞「個」來修飾，有泛化的傾向，值得引起注意。

本書中出現了一些香港社區詞，這些詞語在內地普通話中較少使

用，通過比對《現代漢語詞典》和《香港社區詞詞典》，現試舉幾例如下。

（4）朱古力《雪糕姬蒂》（英文 chocolate 音譯。在普通話裡多用「巧克力」，而「朱古力」則多出現在粵語裡）

（5）雪櫃《雪糕姬蒂》（同普通話的「冰箱」）

（6）公仔《天使》（即「卡通玩偶」）

（7）派對《少數族裔的小麻雀》（英文 party 音譯。聚餐、聚會）

（8）巴士《我現在會讀了》（英文「bus」音譯，在港澳習慣稱公共汽車為「巴士」，內地以稱「公交車」更為普遍）

（9）欖球《學校欖球隊》（同「橄欖球」。在香港地區經常把「橄欖球」省略為「欖球」。例如「香港欖球總會」「國際七人欖球賽」）

四　結語

作為在港澳地區有影響的由漢語學習者自己創作編排的繪本，《非華語學生與中文圖畫書》有其獨特的魅力和閃光點。從生動的圖畫和簡樸淺白的文字中我們不僅可以瞭解學生漢語學習情況，最主要還能從字裡行間知道學生的所思所想。除此之外，繪本還具有濃厚的文化背景，一些故事更是以超現實的手法，透過動物、植物及其他物件的角度講述故事、抒發情感，無論是題材還是形式都很有創意。鑒於適應當前海外漢語學習者低齡化趨勢的漢語教學繪本較少[2]，無疑該書是一本很有研究價值的漢語教學書籍和輔助讀物。[3]

2　例如廈門大學肖甯遙老師的《輕鬆貓·中文分級讀物》（北京：北京語言大學出版社，2016年）是一套專門為十到十八歲海外青少年打造的漢語繪本讀物，類似的繪本讀物較少。

3　據容運珊博士介紹香港大學教育學院中文教育研究中心主持的「非華語學生與中

　　同時，本文還注意到繪本所反映的香港社區詞問題，「使用漢語的人群，並非生活在一致的社會形態內。如果劃分一下，中國內地是最大的社區，還有臺灣地區、香港特別行政區、澳門特別行政區，中國以外的，還有在世界各地的不同華人社區。由於社會背景不同，就會有一些社區詞在不同的社區使用。」（田小琳，2004）分布於全世界的漢語社區雖然講的都是漢語，但是由於其歷史和社會環境的不同，各自的漢語會有其獨有的特點。在不同漢語社區內學習漢語的外國人自然也就會習得不同特點的漢語，研究不同漢語社區的漢語特點和教學方法也將會成為漢語作為第二語言教學今後研究的課題。

圖畫書」研究計劃（負責人：祁永華）後續研究成果將結集出版，非常值得期待。

參考文獻

方淑貞　《Fun 的教學：圖畫書與語文教學》　臺北　心理出版社
　　　2003年

胡士雲　〈略論大陸與港臺的詞語差異〉　《語文研究》第3期
　　　1989年

林敏宜　《圖畫書的欣賞與應用》　臺北　心理出版社　2000年

劉　珣　《對外漢語教育學引論》　北京　北京語言大學出版社
　　　2013年

田小琳　《香港社區詞詞典》　北京　商務印書館　2009年

田小琳　〈香港社區詞研究〉　《語言科學》第3期　2004年

王建勤　《第二語言習得研究》　北京　商務印書館　2009年

王建勤　《漢語作為第二語言的學習者與漢語認知研究》　北京　商
　　　務印書館　2006年

徐子亮　《對外漢語教學心理學》　上海　華東師範大學出版社
　　　2012年

周小兵等　《外國人學漢語語法偏誤研究》　北京　北京語言大學出
　　　版社　2007年

Rosenblatt, L. M.　*The reader, the text, the poem: The transactional theory
　　　of the literacy work*　Carbondale　Southern Illinois University
　　　Press　1978

附錄：二十二組作品封面（按書中排版先後順序）

作品名稱：母親與兩個女兒

作者：Bhumika Gurung

作者國籍：尼泊爾

作者就讀學校：明愛屯門馬登基金中學

《母親與兩個女兒》

作品名稱：兩條懂魔法的美人魚去保護小島

作者：Bhattal Iban Kaur

作者國籍：印度

作者就讀學校：瑪利曼中學

《兩條懂魔法的美人魚去保護小島》

作品名稱：天使

作者：Akash Ahmad ·

　　　　Thinakaran Deena Ravi

作者國籍：巴基斯坦 · 印度

作者就讀學校：香港管理專業協會

　　　　　　　李國寶中學

《天使》

作品名稱：和平

作者：Pashmina Zulfiqar

作者國籍：巴基斯坦

作者就讀學校：伊斯蘭脫維善紀念中學

《和平》

作品名稱：少數族裔的小麻雀

作者：Shruti Lunawat , Eloisa De Vera

作者國籍：印度，菲律賓

作者就讀學校：德望中學

《少數族裔的小麻雀》

作品名稱：兩種生活

作者：Mohamed Nauzer Fathima Shadaa

作者國籍：斯里蘭卡

作者就讀學校：瑪利曼中學

《兩種生活》

作品名稱：知道「聰」點寫嗎？

作者：Bibi Tayyaba

作者國籍：巴基斯坦

作者就讀學校：伊斯蘭脫維善紀念中學

《知道「聰」點寫嗎？》

作品名稱：開心的愛情故事

作者：Khan Sahira Bibi , Rai Arina

作者國籍：巴基斯坦, 尼泊爾

作者就讀學校：地利亞修女紀念學校

（百老匯）

《開心的愛情故事》

作品名稱：一個孤兒的遭遇

作者：Kaur Pawandeep

作者國籍：印度

作者就讀學校：瑪利曼中學

《一個孤兒的遭遇》

作品名稱：我現在會讀了

作者：Khornieoklang Prapaporn Mei Po

作者國籍：泰國

作者就讀學校：地利亞修女紀念學校
（協和）

《我現在會讀了》

作品名稱：不愉快的結局

作者：Preya Shah

作者國籍：印度

作者就讀學校：瑪利曼中學

《不愉快的結局》

作品名稱：爸爸與我

作者：Muddaser Bashir Butt

作者國籍：巴基斯坦

作者就讀學校：鐘聲慈善社胡陳金枝中學

《爸爸與我》

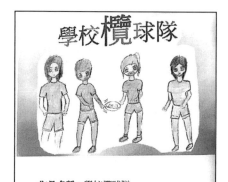

作品名稱：學校欖球隊

作者： Chandiramani Sonia Yashi，
Tamang Nima Sang

作者國籍：印度，尼泊爾

作者就讀學校：聖瑪加利男女英文中小學

《學校欖球隊》

作品名稱：雪糕姬蒂

作者：Chua Rena Felice

作者國籍：紐西蘭

作者就讀學校：瑪利曼中學

《雪糕姬蒂》

作品名稱： 特別的娃娃-海心

作者： Shanila Kosar

作者國籍：巴基斯坦

作者就讀學校：地利亞修女紀念學校
（百老匯）

《特別的娃娃-海心》

作品名稱：英美的奶奶

作者：Gobindram Kiran Haresh，
Kaur Kulwinder

作者國籍：印度，印度

作者就讀學校：瑪利曼中學

《英美的奶奶》

作品名稱：快樂的毛毛

作者：Kaur Takdeer，Ravreet Kaur

作者國籍：印度，印度

作者就讀學校：地利亞修女紀念學校(百老匯)

《快樂的毛毛》

作品名稱：任性的小女孩

作者：Acconci Gemma

作者國籍：義大利中國混血兒

作者就讀學校：瑪利曼中學

《任性的小女孩》

作品名稱：一封信

作者：Joshi Gayatri

作者國籍：印度

作者就讀學校：瑪利曼中學

《一封信》

作品名稱：英時的奇遇旅程

作者：Puri Vamika

作者國籍：印度

作者就讀學校：瑪利曼中學

《英時的奇遇旅程》

作品名稱： 園丁和 Rosie

作者： Ganglani Shivia, Rawat Anjali

作者國籍：印度，印度

作者就讀學校： 瑪利曼中學

作品名稱： 愛

作者：Gill Nabdeep Kaur

作者國籍：印度

作者就讀學校：瑪利曼中學

《園丁和 Rosie》　　　　　　　　　　　《愛》

為香港非華語學生發展應用文教材的成效研究

岑紹基　容運珊　楊敏怡

香港大學教育學院

摘要

　　香港的非華語學生，必須掌握語文的實際應用和得體表達，才能在主流社會與人溝通，應付其升學和就業的需要。有見及此，香港大學岑紹基團隊得教育局資助，為非華語學生發展合適的應用文教材。本論文旨在說明研究團隊如何分析非華語學生的學習需要，從而參考功能語法理論制定設計原則和策略，研發合適的應用文教材套，包括私函、投訴信、求職信、閱讀報告、工作報告、調查報告等文類，然後通過試教來驗證教材的成效。分析資料包括前後測分數的統計分析、文本分析、學生訪談、教師訪談等。研究結果顯示教師運用本教材教學後，非華語學生的應用文寫作有顯著的進步，故值得向廣大語文教師推廣這套中文第二語言的應用文教材。

關鍵詞： 非華語學生　應用文教材　功能語法　文本分析　成效

一 研究背景

（一）香港的語文教育政策對非華語中學生中文教學的影響

香港的語文教育政策，是要提升所有香港學生（包括非華語學生）「兩文三語」（中文、英文及廣東話、普通話和英語）的語言溝通和讀寫能力（香港特別行政區行政長官施政報告，1997：84）。「兩文三語」的語文教育政策乃從小學一年級就開始實施，並延續至中學六年級的所有教學課程（語文教育及研究常務委員會：《提升香港語文水準行動方案》，2003）。而自二○○九年開始實行的「三三四」學制改革也強調所有中學生（包括非華語中學生）均須完成三年初中課程、三年高中課程，其後可以按照自己的個人能力和興趣而選讀四年的本地大學課程（教育局：「三三四」學制改革文件，2009；香港教育專業人員協會，2009）。在六年的中學課程裡，中國語文科是所有中學生的必修科目之一。

由於非華語中學生面對中文學習的困難，相比本地華人中學生明顯較多和較複雜，因此對於前線中文老師的教學帶來極大的挑戰。許多老師並無特別接受非華語學生中文教學的培訓、或中文第二語言教學法的訓練，更欠缺適合的中文教材以作教學之用。他們大多是自行編寫校本教材，或者把主流課程的中文教科書內容加以調淺用作教學，故前線中文老師對有效的中文第二語言教材的需求仍然十分迫切。

（二）香港非華語學生應用文學與教的情況

香港的非華語學生視中文為第二或第三語言，他們學習本地主流中文課程面對極大的困難，這一直是香港教育界關注的重要課題，學生在中文科的學習成效與教師課堂所用的教學材料、教學策略、教學

表現直接相關。長期以來，學者對於非華語學生學習中文的策略研究、學習困難研究等均有一定的成果，近年也有越來越多有關中文第二語言教學的研究課題湧現（關之英，2008、2012、2014；謝錫金、羅嘉怡，2014；岑紹基，2012）。然而，無論是針對非華語學生學習中文的研究，還是針對教師的中文第二語言教學的研究，直到目前為止，這些領域的研究普遍以理論層面的論述為主，較少具體的教材發展和教學實踐方面的研究專案。

而在有關應用文教學方面，學者討論頗多，如謝錫金、祁永華等（2006：251-266）提出應用資訊科技輔助實用文教學、陳志誠（2006：267-270）提出應用文的仿作和創作的問題等。然而，這些研究主要是針對本地華語學生的中文應用文教學，較少論及非華語學生的應用文教學。研究者認為，非華語學生需要掌握語文的實際應用和得體表達（岑紹基，2018），才能在主流社會與人溝通，應付其升學和就業的需要。

至於在政府政策層面，教育局多年來也致力於協助非華語學生學習中文應用文，以照顧非華語學生學習中文和日常交際應用的需要，包括在二〇〇一、二〇〇六年相繼出版了各種應用文參考資料（教育局文件，2001、2006），供非華語學生、前線老師中文學與教參考之用。在二〇一四年，教育局推行「中國語文課程第二語言學習架構」及相關支援，又為高中程度非華語學生開辦應用學習（中國語文）科目，為他們提供中文資歷認證。應用學習（中國語文）的目標是要「為學生提供模擬的應用學習語境，幫助學生在基礎教育之上，奠定職場應用中文的基礎，取得認可資歷，以助未來升學及就業」（教育局文件，2014；岑紹基，2018）。教育局也在二〇一六年推出相關課程架構，為非華語中學生的應用文學習提供有關學習要求、評核層級等資料（教育局文件，2016）。然而，教育局為非華語學生所提供的

應用文課程資料，比較重視理論層面的論述，教材內容欠缺系統性，也未能配合一些具體可行的教學法，以幫助前線老師應付非華語學生學習應用文的需要。

（三）研究者多年來在中文應用文的教學研究經驗

岑紹基研究團隊自上世紀九十年代開始即致力嘗試進行各類型的應用文教學研究，與香港、中國內地以及海外不同的專家學者合作，共同研發各類應用文教學材料，出版不同的研究專書，例如《學校實用文闡釋》（岑紹基等，2002）、《中國內地實用文闡釋》（岑紹基等，2004）、《中國內地機構文書研究與應用》（謝錫金、岑紹基等，2004）、《應用文的語言・語境・語用》（岑紹基等，2006）等。研究者也撰文探討如何應用功能語言學發展網上的實用文教學資源（岑紹基，2006：133-144），以及運用「閱讀促進學習」教學法進行求職信、調查報告教學的研究等（岑紹基，2015、2018）。這些教學研究在協助前線老師的應用文教學策略、學習評估和教材發展等方面取得一定的成果，並為前線老師提供有效的應用文教學策略。

在二〇一六／一七年度，研究者獲教育局資助研發非華語學生應用文教材，以提高學生應用文學習和得體表達的能力。研究者帶領團隊成員，一共發展了八個單元的應用文類（表1）：

表 1　八個單元的應用文類表

單元	教材名稱
一	社交與書信
二	投訴信
三	求職信
四	閱讀報告
五	工作報告
六	調查報告
七	新聞稿
八	會議紀錄

　　因此，本文旨在說明研究團隊如何通過分析非華語學生的學習需要，從而參考功能語法理論制定設計原則和策略，研發合適的應用文教材套，然後通過試教來驗證教材的成效。

二　研究目的

　　本文目的在說明本計劃的應用文教材套的編寫理念和設計原則，結合觀課、師生訪談、以及比較學生的前、後測評分資料和分析其寫作文本，來評估本應用文教材的成效。

三　研究問題

　　基於上述的研究目的，研究者主要回應以下的研究問題：

　　以功能語法來研發非華語學生應用文教材，其對提高學生應用文讀寫技能的成效如何？

四　研究方法

　　本研究是一項融合量化和質化的個案研究，以前後測分數比較、寫作文本分析和師生訪談，作為主要的研究工具。

　　研究者先收集不同非華語學生的應用文作文進行文本分析，以瞭解學生在閱讀和寫作應用文篇章的困難。然後針對學生的讀寫困難，參考功能語法理論制定設計原則和策略，研發合適的應用文教材套。在成功研發教材套之後，研究者邀請五位教師研究員參與試教，以驗證教材套的實施成效。

　　研究者主要以半結構式訪談（semi-structured interview）收集資料，附以課堂觀察和分析學生的前、後測寫作文本，既能豐富研究資料的來源，也能做到多元交叉檢視（triangulation），增加研究資料的效度和信度。以下的研究框架圖示，展示了本研究的教材研發過程：

圖1　本研究過程的框架圖示

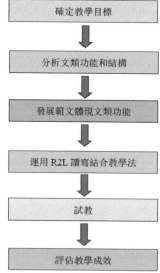

五　本教材套的設計原則和施教理念

　　為解答本文的研究問題「以功能語法來研發非華語學生應用文教材，其對提高學生應用文讀寫技能的成效如何？」，以下研究者將分成兩節討論：（1）以功能語法來研發非華語學生應用文教材的設計原則和策略；（2）評估這些教材對提高非華語學生應用文讀寫技能的成效。

　　系統功能語言學問世已有五十多年歷史，先驅者為當世著名語言學家韓禮德（M.A.K. Halliday）。韓禮德的系統功能語言學認為語言有三個互相緊扣的特色。其一是語言是社會過程；其二是語言是一個系統；其三是語言是具有功能的（Halliday & Hasan, 1976、1985; Halliday, 1994；胡壯麟，1990；岑紹基，2010, 2018）。系統功能語言學重視語篇和語境之間的關係，認為任何語篇（text）是在一定的語境（context）下作用的（韓禮德，1985）。另外，不同語篇因其社交目的和語境要求的不同，而具備各種的傳意功能，展示各類的圖式結構。研究者參考系統功能語言學理論，發展了社交與書信、投訴信、求職信、閱讀報告、工作報告、調查報告、新聞稿、會議紀錄等八個單元的應用文教材套。

（一）分析非華語學生的應用文寫作困難和學習需要

　　在研發教材之前，研究者搜集約三十份來自不同中學和年級的非華語學生所寫的應用文作文進行文本分析，以瞭解學生在寫作應用文篇章時遇到的困難（岑紹基，2018）。研究者發現，非華語學生在寫作應用文（例如私函、投訴信、求職信、報告等）時遇到的困難主要體現在通篇層次、句子層次和字詞層次三方面。

　　首先在通篇層次方面，較多學生欠缺應用文的語境知識，內容平淡，大量複述寫作指引上的內容，較少能針對特定情境來寫作相對應

的內容。而他們所寫的應用文文本篇章也欠缺完整的文步結構，部分學生甚至未能正確分段。

另外在句子層次方面，較多學生不懂得正確斷句，導致單一句子過長，句子意思顯得冗贅難懂。部分學生的句子也出現各類語法錯誤，例如句子成分殘缺或有歐化句子等。部分學生出現較多口語化句子，而且句式較為單一，意義重複，並且未能根據特定文類的寫作要求寫出功能句式。

最後是在字詞層次方面，較多學生的作文詞彙量不足，尤其未能寫出功能詞彙。而部分學生也未能根據所寫文類的特點，正確運用評價詞彙、連接詞和照應詞來寫作。也有不少學生的應用文篇章出現各種錯別字，導致句子意思含糊不通，影響閱讀效果。

從以上對非華語學生應用文寫作問題的分析，可見較多學生尚未具備應用文寫作的語境知識，也未能掌握不同應用文的圖式結構。句子出現較多語法錯誤，字詞量不足，特別是未能根據所寫文類的特點，正確運用不同的功能句式和詞彙來寫作。因此，研究者和參與本研究的教師研究員根據學生的寫作困難，認為需要以明示的方式教導學生學習一些具實用性的應用文篇章和用語，幫助他們理解不同應用文類的語境要求和文步結構，以及正確運用功能句式和詞彙來寫作篇章。

（二）應用系統功能語法理論發展非華語學生應用文教材

在辨識了非華語學生寫作應用文的困難和需要之後，研究者帶領研究團隊，與五位教師研究員共同研發八個單元的應用文教材，在發展教材過程中經過不斷的商議和修正，務使教材的設計確切對應學生的學習需要，解決他們的學習困難（岑紹基，2018）。以下研究者結合系統功能語法理論，來論述非華語學生應用文教材的設計原則和施教理念。

a. 教材設計原則

i）通篇層次：重視語篇和語境之間的關係

　　系統功能語言學認為，任何語篇（text）是在一定的語境（context）下作用的（韓禮德，1985）。語篇是表情達意的產物，是具有功能的語言單位，肩負著人際間思想交流的作用。語境是構成語篇的周遭環境，與語篇關係密切。在現實生活，先有語境，後有語篇。

　　語境可以分為情景語境（context of situation）和文化語境（context of culture）兩部分。其中，情景語境是指構成語篇的直接環境，包括事件性質、參與者的關係、參與地點、形式等。而文化語境（context of culture）則強調，語篇同樣受文化語境和情景語境作用，故就算處於相同的情景語境，由於文化不同，作出的語篇未必相同，故此人們使用的語言結構，往往反映了該社會的文化發展。同一文化下，人們要利用語言與人交往，以達至某一交際功能時，往往會使用約定俗成的語言體式，使能完成表情達意的任務，這種語言體式，稱為文類（genre），一般又稱為文體（岑紹基，2018）。同一文類，有相同的層次結構，或稱圖式結構（schematic structure）。

　　例如，調查報告的傳意功能為：「為瞭解情況或解決問題，於是就某些事件、問題或現象展開調查」，所以它的圖式結構為：

　　上款＾標題＾調查背景及目的＾調查方法＾調查結果和分析＾建議及總結＾下款＾日期

　　另外，研究者在發展八個單元的應用文教材套時，也十分重視語篇和語境之間的關係。八個單元的文類篇章均在特定的語境下寫成，切合各種語境的需要，並具有不同的傳意功能和圖式結構（岑紹基，

2018）。例如，在發展投訴信單元時，研究者會先設置投訴的語境，以四格漫畫的形式展示一個令讀者感到不滿或者不公平的現象（見以下圖2和圖3），以彰顯寫投訴信的迫切性。

圖2　投訴信的四格漫畫──情境設置

請先細看以下的四格漫畫，然後按照指示進行說話練習。

　　如果你是漫畫中的女生，你會怎樣向這些學生反映自己的不滿呢？試想一想第三格漫畫（問號）的內容，發生了甚麼事情令女生感到不高興呢？

圖3 根據投訴情境而寫的投訴信篇章

投訴公共圖書館情況欠佳

正文	投訴信文步
1　九龍公共圖書館館長：	**上款** **(Salutation)** 寫出接收投訴信的部門代表。
2　　　本人是中五級學生，即將參加公開考試，常在九龍公共圖書館溫習功課。近日我發覺圖書館環境變壞，影響我們正常溫習。故來函投訴，希望您能跟進情況。	**投訴概述 (Description of the complaint)** 開宗名義，簡述對圖書館的不滿，表示投訴。
3　　　例如昨天，有幾位學生一放學就來到圖書館。他們替其他人霸佔多個座位，一邊吃東西，一邊大聲說話。我和其他人試圖勸告他們，結果反被他們罵多管閒事。	**事情始末 (Problems)** 引例說明圖書館使用者行為不當的地方，方便接收投訴信的人士跟進事件。
4　　　本人就以上情況有以下質詢： 1.這些學生在圖書館吃東西和大聲說話，破壞圖書館寧靜的環境，為何沒有當值職員上前勸止？ 2.這些學生霸佔多個座位，浪費公共資源，為何當局未有制訂相關守則阻止該行為？	**逐點要求／質詢** **(Requirements/Questions)** 以點列方式，逐點質詢圖書館使用者的不當行為，希望有關部門能提供適當的回應。
5　　　他們的行為違反圖書館的使用規則，並為其他使用者帶來不便，當要立刻制止。希望您能跟進事件，加強監管，防止再有學生違規使用圖書館。	**跟進要求：總結（Follow-up: Conclusion）** 重申圖書館使用者的不當行為對其他人造成影響，促請有關人士改善現況。
6　　　敬祝 　台安	**祝頌語** **(Blessing)** 祝接收投訴信的人士安康。
7　　　　　　　　　　　投訴人 　　　　　　　　　　　　容小珊　　謹 　啟	**下款** **(Formal Closing)** 列明投訴人的姓名。
8　二零一六年十月十七日	**日期** **(Date)** 列明投訴日期。
9　聯絡電話：12345678	**聯絡方式 (Contact)** 提供聯絡方法，方便溝通和跟進。

ii）句子層次：重視功能句式的講授和應用

　　研究者在發展八個單元的應用文教材時，重視在不同單元的範文教學中加入功能句式的講授和相關句式應用練習。所謂功能句式，指的是不同文體在不同的語境之下經常出現的一些具有特定效能的句子

結構，這些常用的功能句式會視乎接受物件、目的、人稱和實用意義的不同，在用語選擇和表現形式上有所差異（岑紹基等，2004），但都具備實現特定文步意義的作用。不同應用文類因其傳意功能和圖式結構各有差異，故其功能句式也有不同的特徵，例如新聞稿的功能句式有如下的特徵：

圖 4 新聞稿的功能句式

新聞稿句式 Grammar points	
疑因……而……	It is suspected that because ……
導致……	resulted in ……
造成……	caused……
據現場消息報道……	According to the reports on-site, ……
據……回憶	…… recall

由於新聞稿的社交功能是要向大眾報導社會上新近發生而又令人關注的事件（岑紹基，2010），所以它的功能句式多屬因果關鍵字詞，例如「疑因……而」、「導致……」、「造成……」等，以突顯事件後果的嚴重性，從而吸引讀者的閱讀興趣。

而由不同段落功能句式的組成，便構築起各個段落的文步結構特徵，並由各個段落的文步結構而形成一篇合乎篇章規格和組織嚴密的文章。研究者在發展教材時，十分重視對不同篇章的文步結構的講授，例如每一個單元的應用文基本上是由四篇範文組成，每篇範文重視教授一個特定的文步，而該文步則由相關的功能句式和詞彙所組成。即是說，四課範文均附有相關文步的功能句式和用語，以提高學生的認知，也有助他們記憶不同的文步重點。而且，教材的設計由淺入深，如：第一課學習第一至三個文步的用語，通過螺旋式累積學

習，讓學生小步子掌握所有文步的功能句式和重點詞彙，並逐步地鞏固學習。例如，以下是閱讀報告單元四篇範文的教學重點和功能詞句的示例，可以看到四篇範文各有不同的文步重點，其中篇章一學習「簡介」，篇章二學習「內容描述」，篇章三學習「評論」，篇章四學習「總結」，並明確指出讓學生學習不同的重點句式和用語。

圖 5　閱讀報告四篇範文各自的文步重點和功能句式

學習內容一覽表

單元四	閱讀	聆聽	說話	寫作	重點詞句
1.閱讀報告：簡介	1.1 快樂如此簡單	申請圖書證	介紹一本自己有興趣閱讀的書	簡介（出處和內容簡介）	閱讀報告句式：就算……也……雖然……但……如果……就來讀
2.閱讀報告：內容描述	1.2 傑出人士		小組討論：指出主要的人物和情節	內容描述（主要的人物和情節）	閱讀報告句式：……就是……不是……而是……讓我們……總的來說…………告訴我們我推薦……
3. 閱讀報告：評論	1.3 麻煩是朋友	一分鐘閱讀	小組討論：指出故事主題	評論（文本意義和連繫生活）	閱讀報告句式：不要……當……的同時就如……只要……會……如果……就……越……越……
4. 閱讀報告：總結	1.4 不要為自己設限			總結（重申故事主題/意義和推薦）	閱讀報告句式：……出自……的一篇文章十分……又……我認同文中所說……總括而言……這篇故事告訴我們……我極力推薦……

iii）字詞層次：重視由淺入深地講授常用字詞

研究者在設計應用文教材套時，充分考慮非華語學生是中文第二語言學習者，他們對中文字詞的辨識和理解能力有限，因此研究者參考教育局（2009）的〈香港小學學習字詞表〉來調節各個單元篇章的字詞深淺程度，盡量以〈香港小學學習字詞表〉收錄的中文字詞作為單元篇章的用詞參考標準。以下是會議紀錄單元的常用字詞舉隅：

圖 6　會議紀錄篇章的常用字詞

課文生詞表 Glossary					
議決	resolve	ji5 kyut3	動議	propose	dung6 ji5
和議	second	wo4 ji5	提議	suggest	tai4 ji5
全權	fully in charge of	cyun4 kyun4	反對	object	faan2 deoi3
建議	suggest	gin3 ji5			

另外，研究者也重視由淺入深地設計篇章的主題內容和規範用詞的標準，並重視在每一個篇章均展示不同的常用字詞，配以各種的字詞鞏固練習題目，以加深學生對所學篇章詞語的認識，提高學生對字詞應用的技能。

b. 教材施教理念：重視互動學習、讀寫結合

研究者設計八個單元的應用文教材時，十分重視學生之間的互動學習，這一點是建基於系統功能語言學對於語言學習重視互動性的觀點。韓禮德（1985）指出：

語言是一種互動的形式，所以語言的學習需要透過互動來實現。

（Language is a form of interaction, and it is learnt through interactions）。

參考韓禮德重視語言學習的互動性這一觀點，在建構課堂教學活動方面，本應用文教材套重視師生之間和學生之間的互動學習。教材強調課堂中師生之間的提問互動、學生之間的分組協作活動，重視以互動協作的形式讓學生在舒服、有趣的氛圍中互助學習。例如新聞稿單元的「校園新聞採訪活動」便是一個分組協作活動，透過讓學生分組採訪、整理訪問稿、寫成新聞稿等，充分發揮學生之間互相幫忙、分工完成任務的團隊精神，不但加強學生之間的互動合作，也鞏固他們對寫作新聞稿的認識。

圖 7 新聞稿單元的分組協作活動

六、共同建構-校園新聞採訪活動

假設你們是校園的小記者，需要為學校新一期的校報寫作一篇新聞稿，報道校園的最新消息。你們可以小組合作進行這一次的校園新聞採訪活動。

校園新聞採訪活動的分組合作方法：

全班學生先進行分組，大概四個同學合成一組。每一組的每一個同學都有自己的編號，不同編號的同學是有自己負責的職位和任務。

其中，一號和二號同學是小記者，負責採訪新聞人物、收集新聞稿寫作資料（採訪內容可以由小組共同商議）；三號和四號同學是小主播，負責向全班同學報道小組所寫的新聞稿。

每個編號的同學都需要對自己的職位工作負責，並且樂意幫助其他職位的同學，齊心協力完成這個小組活動。

圖 8　新聞稿單元的分組協作活動

　　而在施教理念上，研究者參考「閱讀促進學習」教學法（Reading to Learn pedagogy，簡稱 R2L）的施教理念和教學步驟來設計單元教材。R2L 教學法進一步發展文類功能寫作教學法，加強閱讀的輸入。R2L 教學法，以系統功能語言學為核心理論，重視以讀帶寫，讀寫結合。透過一系列有效的師生互動教學策略、學生分組合作策略，提供各種有效的鷹架（scaffolding）支援，引導學生透過閱讀篇章來積累詞彙和掌握句式，並最後應用在個人寫作上（岑紹基，2015，2018）。這種教學法有其獨特的教學環圈，一共有九個教學步驟，其教學法示意圖如下：

圖 9　R2L 教學法示意圖，Rose & Martin, 2012：147；**岑紹基**，2018

　　R2L 教學法共有三個層次的教學環圈，外圈第一個層次比較重視對範文通篇結構的認識和掌握，教學步驟為「準備閱讀」、「共同建構」和「個人建構」。外圈第二個層次比較重視詳細講解範文內容，以及讓學生掌握句子結構和詞句的語言模式，教學步驟為「詳細閱讀」、「共同重寫」和「個人重寫」。內圈第三個層次則是重視講解字詞的結構、拼寫，以及認識句子的組成和寫作句子，教學步驟為「字詞拼寫」、「句子重組（建構）」和「句子寫作」（Rose，2012：3）。教師可以根據課堂的實際情況、學生的語言水平和學習能力，靈活運用這三個層次的教學步驟（岑紹基，2015）。研究者以 R2L 教學法作為本教材的施教理念，鼓勵參與試教的教師研究員充分利用本教材套，結合 R2L 教學法的靈活實施，以驗證教材的應用成效。以下研究者將結合學生的前、後測分數比較和寫作文本分析，來探討本教材套的實施成效。

六 本教材套的應用成效

　　研究者每發展一個應用文單元教材初稿之後，便會邀請五位教師研究員開會商議教材的主題內容、遣詞用字和格式鋪排，以論證教材的合適度。待教材經過修訂之後，研究者隨即邀請教師研究員進行試教，並在試教過程中前往學校觀課。在教學完結之後，再安排學生進行所教文類的後測測試，以對照前、後測的表現，檢視教學成效。

（一）不同單元應用文教材的學生前、後測寫作表現分數結果

　　鑒於教時所限，五位教師研究員一共試教了六個單元的教材，分別是單元一社交與書信、單元二投訴信、單元三求職信、單元四閱讀報告、單元五工作報告和單元六調查報告。以下是這六個單元教材的學生前、後測寫作表現分數對照表：

表 2　六個單元應用文教材的學生前、後測寫作表現分數對照表

	文類	學生資料		前測分數	後測分數	進步比率(%)	P 值 (SPSS)
		學生就讀年級	參與學生人數	(滿分為：42)			
A	社交與書信	中四	16	11.56	23.69	104.86	.001
B		中二	8	9.13	22.69	148.52	.001
C		中三	6	13.08	20.83	59.25	.005
D	投訴信	中三	4	16.13	31.25	93.80	.001
E	求職信	中六	11	12.05	26.23	117.74	.001
F	閱讀報告	中二	9	16.78	30.39	81.12	.000
G		中三	5	20.30	25.00	23.15	.019
H	工作報告	中五	8	12.00	22.94	91.17	.002
I		中四	2	18.75	30.00	60.00	.014
J	調查報告	中二	3	14.33	26.67	86.05	.036
K		中三	4	19.50	25.50	30.77	.031

　　研究者邀請了兩位獨立於本次教學研究的經驗中文老師，運用 R2L 教學法的寫作評核標準來評分，並取兩人的平均分作為學生最後的得分。以上的資料結果顯示了不同年級非華語學生在各個單元文類的前、後測寫作表現的平均分之比較，學生前測得分相對地低，但經過老師運用本教材套，以及結合 R2L 教學法進行教學後，學生在不同單元的應用文寫作後測表現上均有進步，進步比率最高為 148.52%（社交與書信單元，中二組學生），最低也有 23.15%（閱讀報告單元，中三組學生）。

　　為檢測資料中顯示的學生進步度是否顯著，研究者運用成對樣本 t 檢定作分析。結果顯示所有組別的 P 值均小於 0.05，即是學生在分數上顯示的進步純屬偶然的機率相當小（墨爾、諾茨，2012），故可以總結學生因經過老師的教學而獲得的進步甚為顯著。

（二）不同單元應用文教材的學生前、後測寫作文本分析

　　鑒於論文篇幅所限，以下研究者僅從單元二投訴信和單元四閱讀報告的教學研究中選擇一位學生的前、後測文本作比較，分析學生在篇章文步結構、句式和字詞運用方面的不同表現，並探究前、後測表現出現差異的原因。

a. 投訴信前、後測寫作文本對比

i）學生前測文章──題目：投訴餐廳服務欠佳

香江茶餐廳周經理：

近日在你們的餐廳吃午餐的時候，我叫了一個三十元的套餐，但發展在附近的人和我叫你套餐是一樣但是食物的睡量完不一樣，然後我要求你們的員工給我換，但他們不比，他們還用一些不好的態度和我說：'所以我寫了這封投訴信。

祝

工作↑愈快

顧客

黃子儀上

（字數：124）

ii）學生後測文章──題目：投訴速食店服務欠佳

九龍飯店馬經理：

本有是經常到九龍飯店用膳，近日在 貴飯店購買食物時遇到不公平待遇，所以來函。

昨日，在 貴飯店用膳時，我教了一號餐，但他給了我二號餐，然後我要求換時他用惡的態度說不可以，和在 貴飯店用膳時發覺， 貴飯店的衛生情況十分差。

就以上情況有以下質：

為甚麼給了錯的餐我還可以用惡的態度說不可以？

為甚麼 貴飯店你衛生情況十分差？

本人要求 貴飯店在兩天內回覆，如果沒有我就把此事燈報告。

祝

台安

投訴人

羅傑承

二零一七年三月二十九日

電話：12345678

（字數：211）

從以上學生的投訴信前、後測文本可見，後測的字數、篇章內容和詞句運用等各方面的表現均比前測有明顯的進步。在通篇層次方面，前測文本的投訴信文步結構不完整，作者未能理解投訴信的寫作語境。而後測文本則能體現出完整的投訴信文步結構，分段比較清晰，反映了作者具備良好的語境知識，並掌握投訴信的圖式結構。而在句子層次方面，前測文本出現較多的句式錯誤，例如連接詞運用不當，「但發展在附近的人和我叫你套餐是一樣但是食物的睡量完不一樣」等句子意思欠清晰，邏輯關係含糊。至於後測文本的句子則能正確運用不同的功能句式進行寫作，連接詞也運用得當，句子之間的銜接關係比較嚴密。至於在字詞層次方面，前測文本出現較多的錯別字和用詞不當之處，作者的詞彙量也明顯不足。而後測的字詞數量明顯增加，能準確運用不同的功能字詞來表達自己的投訴想法。

根據上述分析可見，學生的投訴信後測在通篇層次、句子層次、字詞層次等方面均比前測文本有明顯的進步。根據研究者的實地觀課，可知參與投訴信試教的教師研究員能夠靈活運用本教材，並參考R2L 教學法的設計原理，在課堂上設置不同的教學活動，例如觀看影片、漫畫討論、分組匯報、小組討論、分組協作等，有效引導學生辨識和理解投訴信篇章的通篇結構、功能句式和常用字詞，繼而協助他們寫出結構完整、用詞準確的投訴信篇章。

b. 閱讀報告前、後測寫作文本對比

i）學生前測文章──題目：〈快樂如此簡單〉的讀後感

> 　　我讀了的故事是《快樂如此簡單》。這個故事教我們快樂就是珍惜你已經擁有一切，快樂就是如此簡單。
>
> 　　我覺得這故事有一個很合理的教課。之前，我覺得快樂是一個很有趣的經驗，但看了這本書之後我知道我們要做一個感激的人。
>
> 　　如此，一些人宣傳這本書地球就會一個很開開心心的地方。讀了這本書之後，我想變成一個感激的人，因為我每日都想做一個快樂的人。
>
> （字數：162）

ii）學生後測文章──題目：〈快樂是一碗水〉的讀後感

> 　　《快樂如此簡單》是出自《60 篇感人小故事：快樂方程式》中的一篇小故事。他描述了一個富人變成乞丐的故事。我被這個故事深深吸引，因為它非常有趣和有意義。
>
> 　　一個富人變了乞丐，他是很又熱又渴所以他在一個窮人的房子想討口水喝。這窮人就教他一樣很有意義的說話。
>
> 　　我非常認同文章所說，快樂本來就是現在。只有將一個個現在串起來，才有一輩子的快樂。雖然，我們都會想要更多，不過我們要做一個感激的人。我認為這故事是很具啟發性，因為它教我們要懂得感激。
>
> 　　《快樂是一碗水》教我們錢不同以買快樂和快樂是現在。我想推薦這非常有趣的故事。如果你也想改變時間的思想，你更加要讀這故事。
>
> （字數：272）

　　從以上學生的閱讀報告前、後測文本可見，後測的字數、篇章內容和詞句運用等各方面的表現都比前測有較大的進步。在通篇層次方面，前測文本的閱讀報告文步結構不算十分完整，作者不理解閱讀報告的寫作語境，只是簡單講述自己對故事文本內容的評語。而後測文本則能顯示比較齊全的閱讀報告文步結構，看得出作者具備良好的語境知識，並掌握閱讀報告的圖式結構。而在句子層次方面，前測文本

出現一些句式錯誤，例如「我覺得這故事有一個很合理的教課」等句子意思欠清晰，內容含糊。至於後測文本的句子則能正確運用不同的功能句式進行寫作，句式多樣化，連接詞也運用得當。至於在字詞層次方面，前測文本的詞彙量較少，也較少運用閱讀報告的常用字詞進行寫作。而後測的字詞數量明顯增加，能準確運用閱讀報告的常用字詞來表達個人看法，例如「非常認同」、「推薦」等，可見詞彙多樣化。

由此可見，學生的閱讀報告後測在通篇層次、句子層次、字詞層次等方面均比前測文本有較大的進步。結合研究者的實地觀課，可知參與閱讀報告試教的教師研究員能夠根據所教非華語學生的學習能力和語言水平，來靈活運用本教材。教師研究員參考 R2L 教學法的施教步驟，重視在課堂教學上與學生有較多的提問互動，設置各種集體參與的課堂活動，例如共同建構篇章、運用寫作評分量表進行同輩互評、分組協作完成任務、小組討論等，有效引導學生辨識和理解閱讀報告篇章的通篇結構、功能句式和常用字詞，啟發他們寫出結構完整、內容豐富的閱讀報告篇章。

七　師生訪談意見

研究者在每一個單元教材試教完畢之後，均對參與師生進行教學後的反思訪談。以下是對師生訪談意見的整理。

a. 投訴信教學的師生訪談

i）教師意見

首先，試教老師認為投訴信教材的內容和練習題型對於提高學生的應用文寫作技能均有幫助，他指出：「（教材）非常好，因為系統愈

來愈完整、成熟。當中包括的螺旋式學習法、課後的詞句練習、多元化的題材也很好。用同一份資料作不同重點的寫作練習能讓學生更易掌握。」而在試教過程中，教師研究員遇到的困難是學生的詞彙量不足：「他們懂得的詞彙太少，所以要花較長時間看資料。」而他認為本教材所設計的輔助教學材料對學生掌握應用文的讀寫技巧均有幫助：「附有英文的生字表、短片、錄音、小組討論活動皆有幫助。」因此，從教師研究員的訪談意見，可以看出他對本教材的試教成效持正面的評價。

ii）學生意見

　　至於學生意見方面，從訪談中可知他們對於中文老師教學表現的看法，以及對於投訴信前、後測寫作表現的評價。全部受訪學生都認為自己的後測寫作表現比前測有明顯的進步，而且他們表示自己在課堂上學習到有用的投訴信字詞和句式，例如學生 A 指出：

> 「（學到）投訴信的格式和相關的詞彙（比較 formal），重新認識投訴信的格式和寫投訴信時一定要用的句子和詞語、格式，學習不同情況的例子。」

學生 B 也指出他學會的幾個詞彙：

> 「本人、貴公司、閣下、來函投訴、投訴、希望、道歉等。」

　　從以上兩位學生的訪談意見，可以看出學生在經過教學之後，掌握了投訴信的格式和詞語，並且能理解到投訴信的寫作語境，能夠以比較規範的用語來寫作一封正式的投訴信。

另外，學生也對於老師課堂上模擬真實情景的活動印象深刻，例如學生 C 提到他比較難忘的一次上課經驗：

「最後一課，因為大家有想要投訴的事情分享，笑著學習開心點。」

學生 B 也提到：

「因為是確實在真實情況會遇到。」

從學生 B 和 C 的訪談意見可見，中文老師創設情境活動能夠利用學生的實際生活經歷作為寫作題材，把學生的生活體驗和投訴信學習結合起來。這樣不但可以加深學生對於所學投訴信知識的印象，改善學生在寫作上的語誤問題，更能發揮學生之間的互相合作精神，使得課堂教學內容更加切合學生的學習需要，也令學生的課堂參與度更高，課堂學習氣氛更加濃厚。學生 A 也提到上課的多種生活化例子有助她更好地掌握投訴信：

「不覺得難，因為老師教得幾好，可以完全明白內容。我認同，因為以前只有一個例子，但這一次有不同的情況。」

總括以上的師生訪談意見，可以得知師生對運用本教材，以及結合 R2L 教學法進行投訴信教學成效的肯定。而非華語學生對於閱讀和寫作投訴信有較大的自信心，中文寫作水平有明顯的提高。

b. 閱讀報告教學的師生訪談

i）教師意見

　　研究者在閱讀報告教學單元完結之後，對參與師生進行教學後的反思訪談。根據師生的訪談意見可以發現，中文老師認為自己使用閱讀報告單元的教材，再結合 R2L 教學法，能有效配合閱讀報告的文類特色和寫作要求進行備課和施教，而這一點能夠針對非華語學生的閱讀報告寫作中文步結構鬆散和遣詞用字不當等問題：

> 「學生對於閱讀報告的寫作框架有個更清楚的認識，從後測中可見學生們能大致掌握不同文步的寫作技巧。」

　　而在實際教學過程中，中文老師應用 R2L 教學法進行施教，重視讀寫結合的教學方式，並且實行差異化教學：

> 「學生能力不同，要求也會不一樣，再根據學生能力與學習進度篩選教學材料。」

　　而在教學過程中，中文老師重視以循序漸進的教學方式引領學生閱讀篇章，並能搭建鷹架，讓學生把能力遷移至寫作中。例如透過設置一些分組協作活動，包括小組討論、共同制定寫作量表、進行同儕互評：

> 「（例如提示學生）圈出文中重點詞彙句式，對於不認識詞彙則讓學生根據上下文進行推敲介紹篇章結構。之後讓學生分組討論寫好一篇閱讀報告需具備的特點，共同制定寫作量表，以

此能讓學生根據所設定的寫作量表，運用所學句式及詞彙進行閱讀報告的寫作。」

根據以上老師的訪談意見，可見這些分組協作活動既有助提高學生參與課堂的投入程度，也能加強學生之間的團隊合作精神。

ii) 學生意見

從學生的訪談意見可以看出他們對於中文老師教學表現的看法，以及對於閱讀報告前、後測寫作表現的評價。受訪學生全都認同自己的後測寫作表現比前測有較大的進步，而且他們認為自己在課堂上的學習，讓他們對該文體有了更明確的認識，也學到豐富的閱讀報告常用字詞、連接詞和功能句式，例如學生 A 指出：

「老師教我們要用很多 connective，例如『才』。我的 content 有進步。」

學生 B 也指出：

「『深深吸引』可以形容書和文章很好。我們之前只會用開心或者是寫英文。」

從以上兩位學生的訪談意見，可以看出經過教學之後，學生都掌握了閱讀報告的格式和詞語。而教學材料也能夠幫助學生瞭解段落大意及認讀詞彙，之後也可以使用這些材料作為寫作參考的依據。

另外，學生也對老師營造正面積極的課堂氣氛印象深刻，他們一致認為老師安排的課堂小組討論不僅能提升他們的寫作能力，也能加

強其閱讀與口語能力。

總括以上師生在教學後的反思訪談，可知師生對運用本教材並結合 R2L 教學法進行閱讀報告教學成效的肯定。而經過這一次教學研究之後，非華語學生對於閱讀和寫作閱讀報告更得心應手，中文寫作水平有較大的提高。

八　結論與建議

總的來說，本文主要探討研究者為香港非華語學生發展八個單元應用文教材的成效。研究者重點探討以功能語法來研發非華語學生應用文教材的設計原則和策略，先透過分析非華語學生的應用文寫作困難和學習需要，繼而參考系統功能語法理論，以發展非華語學生的應用文教材。研究者設計應用文教材時，主要依照三項設計原則，分別是：重視語篇和語境之間關係的通篇層次、重視功能句式的講授和應用的句子層次、以及重視由淺入深地講授常用字詞的字詞層次。

另外，研究者也論述本教材的施教理念為重視互動學習、讀寫結合，並透過兩次應用文單元的試教──投訴信、閱讀報告的試教結果，探討本教材的實施成效。透過統計學生前、後測寫作表現分數結果，比較前、後測寫作文本，以及分析師生訪談結果，可以看出教師研究員運用應用文教材套，結合對 R2L 教學法的靈活運用，能有效提高非華語學生寫作應用文的成效。

而展望未來的研究方向，首先，研究者認為宜透過舉辦不同形式的教師工作坊、座談會、學術研討會，向廣大前線老師分享應用文教材的發展和教學實踐情況，幫助前線老師掌握更多應用文的教材和教學知識，從而提高他們的教學技能，並讓教師考慮把本教材適當地納入專為非華語學生而設的高中應用學習（中國語文）課程內容的可行

性。其次，研究者認為如資源許可，宜把本教材的發展理念運用在非華語小學生的應用文教材發展上，因為香港的非華語小學生也須學習應用文，小學老師在應用文教材和教學法上仍有待支援。

參考文獻

岑紹基、謝錫金、于成鯤、祁永華　《學校實用文闡釋》　香港　香港大學出版社　2002年

岑紹基、謝錫金、于成鯤、祁永華　《中國內地實用文闡釋》　香港　香港教育圖書公司　2004年

岑紹基　〈功能語言學的應用——網上實用文學習〉　《應用文的語言 語境 語用》　香港　香港教育圖書公司　2006年

岑紹基　《語言功能與中文教學》　香港　香港大學出版社　2010年

岑紹基、張燕華、張群英、祁永華、吳秀麗　〈香港少數族裔學生學習中文的困難〉　《香港少數族裔學生學習中文的研究：理念、挑戰與實踐》　香港　香港大學出版社　2012年

岑紹基　〈文類教學法對提高非華語學生記敘文寫作能力的成效〉　《漢字漢文教育》第30輯　韓國　韓國漢字漢文教育學會出版社　2013年

岑紹基　《「閱讀促進學習（R2L）策略」對提高非華語學生讀寫能力的成效》　見《面向中文學習者的中文教學——理論與實踐》　新加坡　南大-新加坡華文教研中心　2015年

岑紹基　《R2L 教學法對提高非華語中學生求職信寫作能力的成效》　見海峽兩岸四地應用文高端論壇　澳門　澳門大學出版社　2016年

岑紹基　〈以功能語法研發非華語學生之應用文教材〉　見《全球化時代應用文寫作理論拓展和教學創新研究》　北京　光明日報出版社　2018年　第165-189頁

陳志誠　〈應用文的仿作和創作〉　《應用文的語言語境語用》　香港　香港教育圖書公司　2006年

關之英　〈香港伊斯蘭學童學中文的優勢和困難〉　《建道學刊》第29期（2008年）　第73-88頁

關之英　〈中文作為第二語言：教學誤區與對應教學策略之探究〉《中國語文通訊》第91卷第2期（2012年）　第61-82頁

關之英　〈香港中國語文教學（非華語學生）的迷思〉　《中國語文通訊》第93卷第1期（2014年）　第39-57頁

胡壯麟　《語言系統與功能：1989年北京系統功能語法研討會論文集》　北京　北京大學出版社　1990年

墨爾、諾茨著　鄭惟厚譯　《統計學的世界 III》　臺北　天下文化出版社　2012年

香港特別行政區行政長官施政報告　《共創香港新紀元》　1997年　取自　http://www.policyaddress.gov.hk/pa97/chinese/pa97_c.htm　瀏覽日期　2018年7月9日

香港教育局　《中小學中文實用寫作參考資料》　2001年　取自http://www.edb.gov.hk/tc/curriculum-development/kla/chi-edu/resources/pri mary/lang/curriculum-materials.html　瀏覽日期2018年7月9日

香港教育局　《通情達意：中小學中文實用寫作學習軟體》　2006年取自 http://www.edb.gov.hk/tc/curriculum-development/kla/chi-edu/ resources/primary/lang/curriculum-materials.html　瀏覽日期　2018年7月9日

香港教育局　《三三四新學制簡介》　2009年　取自 http://334.edb.hkedcity.net/intro.php）　瀏覽日期　2018年7月9日

香港教育局　《香港小學學習字詞表》　2009年　取自（http://www.edbchinese.hk/lexlist/　瀏覽日期　2018年7月9日

香港教育專業人員協會　《新高中學制籌畫工作總評與前瞻》　2009

年　取自 http://www.hkptu.org/education/newsdgrd/news143.pdf
瀏覽日期　2018年7月9日

香港教育局　《應用學習中文（非華語學生適用）》　2014年　取自
https://www.edb.gov.hk/tc/curriculum-development/cross-kla-stu
dies/applied-learning/applied-learning-chinese/index.html　瀏覽
日期　2018年7月9日

香港教育局　《高中應用學習課程施行手冊》　2016年　取自 https://
www.edb.gov.hk/attachment/en/curriculum-development/cross-kla-
studies/applied-learning/ref-and-resources/Publications/ApL_Im
plement ation%20handbook_2016.pdf　瀏覽日期　2018年7月
9日

謝錫金、岑紹基、祁永華、于成鯤　《中國內地機構文書研究與應
用》　香港　香港大學出版社　2004年

謝錫金、祁永華、岑紹基、譚佩儀、劉文建　〈應用資訊科技輔助實
用文教學〉　《應用文的語言語境語用》　香港　香港教育
圖書公司　2006年

謝錫金、羅嘉怡　《怎樣教非華語幼兒有效學習中文》　北京　北京
師範大學出版社　2014年

語文教育及研究常務委員會　《提升香港語文水準行動方案》　2003
年　取自 http://www.language-education.com/chi/publications_ac
tionplan.asp）　瀏覽日期　2018年7月9日

Halliday, M. A. K., & Hasan, R.　Cohesion in English. English Language
Series　London　Longman　1976

Halliday, M.A.K. & Hasan. R.　*Language, context and text: Aspects of
language in a social-semiotic perspective*　Geelong　Victoria
Deakin University Press　1985

Halliday, M.A.K. *Spoken and written language* Geelong Deakin University Press (republished in 1989, Oxford University Press) 1985

Halliday, M. A. K. *An Introduction to Functional Grammar* (2nd edn) London Edward Arnold [1st edn 1985, 3rd edn with C. M. I. M. Matthiessen 2004] 1994

Rose, D. *Reading to learn: Accelerating learning and closing the gap* Vol 1-10 2012 Edition

Rose, D., Martin, J.R. *Learning to write, reading to learn: genre, knowledge and pedagogy in the Sydney school* UK Equinox Publishing Ltd 2012

偏誤還是變異：基於不同漢語變體的學生作文的探討

林靜夏　　邱勇康

新加坡南洋理工大學

摘要

　　儘管標準漢語通用於世界上多個語言社區（如中國大陸、香港、澳門、臺灣、新加坡），在每個社區的漢語使用中經常可以看到一些語言變異。比如「看看一下」在新加坡華語中被廣泛接受，但在普通話中一般被認為是一種偏誤。本研究的主要目的是通過比較分析不同漢語變體的學生作文，辨識作文中出現的語法偏誤及語法變異。我們認為一個語法現象如果在所有漢語變體中都不被接受，那麼這個語法現象是一種語法偏誤，但如果該現象在某些變體中能被接受，那麼應理解為一種語法變異。本研究還開發了一個圖形界面軟件用於偏誤標註。與前人相比，本圖形界面軟件可提供更高效、全面、靈活的漢語偏誤標註方法，其標註結果也可直接輸出用於偏誤分析等多種用途。本文將介紹該圖形界面軟件，並通過兩個案例，初步查看並比較新加坡、中國大陸及臺灣高中生作文中所出現的偏誤或語言變異類型。

關鍵詞：文本偏誤分析程序　NTU-EA　漢語變體　偏誤分析　語法變異

一 背景

標準漢語通用於多個華語社區，如中國大陸、香港、澳門、臺灣、新加坡、馬來西亞等，但因為各種語言內部和語言外部的原因，這些標準漢語會出現一些語言上的變異。例如，下列的例（1）和（2）中的「看看一下」是新加坡華語中常見的一種結構，即「動詞重疊＋一下」。然而，這類結構一般不出現在普通話中──普通話中如果使用了動詞重疊，就不再加上「一下」；同樣的，如果在動詞後使用了「一下」，動詞就不會被重疊。

（1）來來來來來，給我看看一下你家。（新加坡華語綜藝節目）
（2）可以啊。我們去看看一下。（新加坡華語綜藝節目）

諸如此類的變異在不同漢語變體中較為常見，學界也對此展開了多方面的論述，很多學者也對應該如何處理這些變異的問題提出了不同的想法與建議。近年來的趨勢是採取一個「求同存異」的態度，即以其中一個漢語變體（通常為中國大陸普通話）為主體，吸收各地域漢語的特色，形成所謂的「全球華語」（如刁彥斌，2015、湯志祥，2009、刁彥斌，2017）、「大華語」（如陸儉明，2005、周清海，2016）或「世界華語」（如 Huang et al., 2014、Lin et al., 2014）。不過，形成這一種國際性漢語的前提是建築在只吸收大部分華人能夠理解的成分和變異，也就是說，若變異不利於全球華人的溝通，其將不會被吸收進這類華語裡（陸儉明，2015）。然而，如何判斷一種變異是否能夠被大部分華人接受與理解是一個值得探討的問題；就目前情況而言，關於漢語變體的大部分研究都以普通話為主要的比較對象，從中找出與普通話存在差異的現象，但這類研究容易忽略非普通話的各種變體之間的異同，間接造成全面描述國際性華語的的困難。

　　因此，為了更加全面地考察不同漢語變體中出現的語法變異，本研究項目同時比較分析不同華人社群的漢語。當一個語法現象在不同漢語變體中都不被接受，那這個語法現象應該被視為一種語法偏誤；但如果該現象在一個或多個變體中都能被接受，那這個現象應該理解為一種語法變異。為了增加可對比性，本研究收集統一命題的學生作文，構建可比語料庫，從而辨識作文中出現的語法偏誤和語法變異。

　　前人研究已提出多種作文偏誤標註的方法，但大多數都是由人工完成，比如在原作文上進行批註與修改，之後再由人工轉移至語料庫。這樣的標註過程較為耗時，而且不方便標註者之間的校對，標註偏誤的幾率較高。為解決此問題，本研究項目開發了一個文本偏誤標註程序，NTU Error Annotation Program（NTU-EA）。這個程序有幾大特點，如：（1）使用圖形界面，使得操作簡單；（2）偏誤類型全面，標註方式靈活；（3）可輸出兩種標註結果，包括偏誤標註和標註過的全文。因此，NTU-EA 的應用廣泛，使用者可用以進行偏誤分析，建設中介語語料庫，也可用程序進行語言變體研究等等。本文將重點介紹這個程序，並以體標記和「到」為例，使用 NTU-EA 來初步查看並比較新加坡、中國大陸及臺灣高中生作文中所出現的偏誤或語言變異類型。

二　文本偏誤標註程序NTU-EA介紹

　　如上所述，本研究項目所開發的文本標註程序 NTU-EA 共有三大特點，本節將逐一介紹。首先介紹的是 NTU-EA 的用戶界面。NTU-EA 提供了簡單但功能多樣的圖形界面（Graphic User Interface，簡稱 GUI）；圖 1 顯示的是該程序運行時的界面。

圖1　NTU-EA 的圖形界面

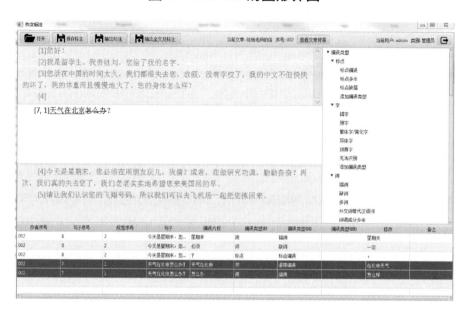

　　圖形界面主要分為四個部分。第一部分是上方的工具條，包括導入待標註的文件，輸出標註結果等。第二部分是中間左方的文字框，待標註的作文導入該程序時，作文將在這一部分顯示。第三部分是中間右方的偏誤類型，標註者在標註作文或文章時可以直接從右方的菜單中選取對應的偏誤類型。最後是最下方的標註記錄，這裡顯示了偏誤標註的各種信息，如作文作者序號、句子序號、句子、偏誤片段與類型、建議修改等不同信息。

　　如果用戶所加載的作文為 .txt 文本文件，NTU-EA 可為文件自動加密，生成一個新的加密文件，之後用戶可導入加密文件進行偏誤標註；這一加密功能的主要目的保護作文的版權。數據加載後，NTU-EA 將自動以句子為單位對該文本進行切分，並為每個句子標註所在的段落號碼以及在該段落的句子號碼，如圖 1 顯示的〔7, 1〕就說明該句子出現在文本第一段第七句的位置上。標註時，被標註的句子會

出現在中間的文本框，字體顏色為黑色。出現在該句前面和後面的文本也會出現在句子的上方和下方，字體呈灰色。在標註完畢句子後，標註者只需點擊鍵盤上的上下箭頭符號就可以自由切換到上一個或下一個句子。此外，為了方便閱讀與檢查，本系統也使用不同的方式來標記和顯示不同類型的偏誤。比如，「詞」偏誤為「刪除線」，「句」為「下劃線」，「標點」為藍色字體（前兩種偏誤標記形態可見於圖1）。系統會自動記錄偏誤片段、偏誤類型及子類型等，並顯示於圖形界面下端，讓標記者一目了然。標註者也可在界面下端輸入作文修改建議或者其他備註信息。

第二個特點在於 NTU-EA 所提供的偏誤類型。當前標註作文偏誤的一個難點在於提供一個全面且清楚的偏誤類型系統，即多數系統只能為某一個，且只有一個，偏誤進行準確的標註。假設同一個句子裡出現了多項偏誤，標註者或因為系統限制而無法全部標註。前人研究曾提出不同的系統，如劍橋學習者語料庫（The Cambridge Learner Corpus, Nicholls, 2003），TOCFL 作文語料庫（張莉萍，2016）以及 HSK 動態作文語料庫（張寶林等，2004），但各有優劣。本文將只著重介紹其中一個，即 HSK 動態作文語料庫；這也是本研究項目在開發 NTU-EA 時使用的參考語料庫。HSK 動態作文語料庫從標點、字、詞、句、篇五個層面進行標註，一共提供五十一種偏誤類型。其中，大部分層面包含子類型，如「詞」包含「錯詞、多詞、缺詞」，「句」包含「病句、句子成分殘缺、語序錯誤」等。而這些子類型中，還有一些包含更細的分類，如「病句」中包含一些常見的句式錯誤，像是「把字句錯誤、被字句錯誤、比字句錯誤」等。標註時，標註者需遵循從大到小的原則，即針對某個偏誤，若標註者可按「篇」層面處理則將偏誤定性為「篇」層面上的偏誤，否則按下一級「句」來處理，以此類推。整體而言，HSK 動態作文語料庫系統所提供的

偏誤類型基本相當完備，而且按不同語法層面進行分類也方便了標註過程。鑒於前人所提出的各種偏誤標註系統，NTU-EA 主要借鑒了 HSK 動態作文語料庫的系統，並在該語料庫系統上進行改動；圖 2 顯示 NTU-EA 的偏誤標註系統，其中紅色斜體字體部分為本系統添加或改動的偏誤類型。

圖 2　NTU-EA 偏誤類型

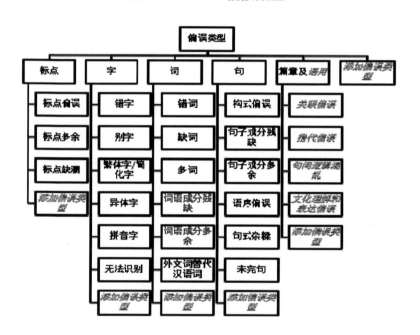

從圖 2 可見，本研究雖採用了 HSK 動態作文語料庫的偏誤標註系統，但在其基礎上做了幾個更動。首先，本研究將原先標為「病句」的偏誤類型改為「構式偏誤」。HSK 動態作文語料庫中被列為「病句」的偏誤主要包含華語中常見的錯誤，如「把字句」和「被字句」，但是本研究項目認為以「病句」作為偏誤類型名稱略顯過於廣泛；因此，本研究項目將「病句」改為「構式錯誤」來更準確反映這

組偏誤類型。第二，HSK 動態作文語料庫系統在「字」和「句」的層面上分別給出了「多字、少字」和「多詞、少詞」四個子類型。然而，很多時候，一個字在句子中也具有詞的功能，所以本研究刪除了「多字、少字」兩個子類型，僅保留「多詞、少詞」兩個子類型。如果多餘或缺漏的字也具有詞的功能，標註者就該將這種情況直接標註為「多詞」或「少詞」；如果多餘或缺漏的字屬於詞的一部分，則就歸類為「詞語成分多餘或殘缺」，以減少在標註上可能會出現的模棱兩可。第三個改動在於提供了屬於「篇」這類偏誤的子類型，以作更細緻的偏誤類型區分。HSK 動態作文語料庫雖然包含「篇章錯誤」的偏誤類型，但是並沒有提供更精細的分類。本研究項目將這類偏誤的名稱改為「篇章及語用錯誤」，並增加了較為常見的篇章偏誤子類型，如「關聯偏誤、指代偏誤、句間邏輯混亂」等。除此之外，NTU-EA 也增加了「文化理解和表達錯誤」的子類型，用於標註因為文化不同而造成的不恰當表達，如「我貴姓劉」。這個句子在語法上並沒有錯誤，但是在文化理解和表達上出現了偏差，因此被歸到這個新增的的偏誤類型中。NTU-EA 的第四項改動是添加了一個「添加錯誤類型」的選項──這一選項的主要目的為捕捉標註者在日後使用中或會發現的新的偏誤類型。除此之外，這一選項也為標註者提供更具彈性的使用系統，用戶可按研究項目目標自行定制所需要的偏誤類型。比如，要針對體貌標記進行偏誤研究時，用戶可以使用「添加錯誤類型」的選項添加有關體貌標記的偏誤類型，從而直接使用系統來標註出所需的數據。

在進行標註時，標註者可以在文本中選擇所發現的偏誤片段，然後在右邊的「錯誤類型」菜單中選擇並點擊適合的偏誤類型。以圖 1 顯示的窗口為例，這裡有待標註的句子為「天氣在北京怎麼辦？」，偏誤片段為「天氣在北京」和「怎麼辦」，偏誤類型分別為「語序錯

誤」和「錯詞」。此外，標註者也可以在界面下端「修改」一欄中輸入自己認為的正確的用法，並在「備註」一欄輸入其他備註信息。

除此之外，NTU-EA 還允許許多個偏誤的嵌套。以例（3）來說明，這個句子中包含了兩個偏誤：首先是「字」層面偏誤，即把「苹」寫為「平」；其次為「句」層面偏誤，即雙賓結構的兩個賓語倒置，為「語序偏誤」（這裡，普通話應以「給他一個蘋果」陳述句子）。其中，「字」層面的偏誤是嵌套在「句」層面上的偏誤中的。

（3）老師給了一個平果他。

類似這樣的偏誤嵌套現象在實際語言運用中是經常出現的一種，因此本研究項目在設計程序時也留意到了這樣的情況，並提供給用戶可嵌套偏誤的選項。

NTU-EA 的第三個特點在於可輸出兩種不同的標註結果，其中一種是僅輸出標註信息。用戶可點擊工具欄上的「輸出標註到 Excel」，就可將界面下端的標註信息輸出並生成 Excel 文件。這個文件的用途廣泛，如校對不同標註者之間的標註結果，對不同類型偏誤進行統計分析等。第二種輸出結果為全文及其標註。用戶在工具欄上選擇「輸出全文及標註」，便可生成一個擁有全文與標註的 XML 文檔。以圖一中的「天氣在北京怎麼辦？」為例，輸出成 XML 文檔後格式如下：

（4）<句子全文序號＝"7" 本段序號＝"1"> <語序偏誤>天氣在北京｜在北京天氣</語序偏誤> <錯詞>怎麼辦｜怎麼樣</錯詞>？</句子>

輸出結果時首先會顯示句子所在的段落序號，句子序號和偏誤類

型的信息。對於偏誤段落，結果會先顯示原文，緊接著給出正確形式，並用「|」隔開。嵌套在另一個偏誤中的偏誤也會分別被列出來。比如，例（四）中「怎麼辦」偏誤為「錯詞」，「怎麼樣」為正確形式，這兩者之間是以「|」標記。

三　用NTU-EA進行的兩個偏誤分析案例

　　本研究項目也使用了所開發的文本偏誤分析程序來進行變體研究。本文將以兩個偏誤分析，即對體貌標記和「到」，為主要案例。本文所採用的數據來自於新加坡、中國大陸和臺灣三個地方的高中生作文。這些作文均為記敘作文，以「到現在我還深深記得那一天發生的事情……」為第一句話，再續寫不少於五百字的敘述文。在案例分析中，我們在三個地區都各採用了二十篇作文，各地的作文字數介於一萬三千字到一萬五千字之間。

（一）體標記的使用與偏誤分析

　　在統計新加坡、中國大陸和臺灣體標記的使用情況時，本文除了標記較常被討論的「了、著、過」三個體標記的使用頻率和情況外，也標記了其他一些較少出現在普通話，但常見於其他漢語變體的體貌標記，如「有、中、在」。標記過程中涉及了兩種漢語變體的語感，即新加坡華語以及普通話使用者的語感。數據中，本文在標記了所有的體貌標記後，發現各地域所出現的體貌標記使用頻率分別為：新加坡華語 321 次，普通話 494 次，臺灣國語 292 次。以每一千字出現的頻率來比較的話，新加坡華語為每一千字有 22.8 個體貌標記，普通話為 33.0，臺灣國語則為 22.4。就以相對頻率來看，普通話裡出現的體貌標記頻率相對最高，新加坡華語和臺灣國語相當。此外，本研

究進一步對體標記的偏誤類型進行細分後，發現每個漢語變體都存在一些獨特的現象；表 1 顯示各漢語變體中體貌標記的具體使用情況。

表 1　三地體貌標記使用情況

體貌標記	新加坡華語	中國大陸普通話	臺灣國語
了1	10.4	11.5	9.8
了2	3.5	5.4	2.3
了1+2	3.5	5.3	2.2
著	3.2	7.5	6.5
過	0.1	0.9	0.4
有	0.3	0.1	0.3
在	0.9	0.7	0.5
正在	0.1	0.1	0.1
中	-	0.1	-
起來	0.6	0.5	0.1
下去	0.1	0.1	0.1
一下	-	0.2	-
動詞重疊	0.1	0.7	-
總數	**22.8**	**33.0**	**22.4**

調查發現，中國大陸學生使用的體貌標記相對最多，而且類型也最為廣泛。在這三個漢語變體之間，使用頻率最高的體貌標記皆為完成體標記「了 1」（新加坡華語=10.4；中國大陸普通話=11.5；臺灣國語=9.8）；「了 2」和「了 1+2」的使用頻率在各地華語中也有相同的使用與分布情況。但在觀察具體的使用情況時，最為突出的應為新加坡華語中「著」和「過」的使用情況。相較於普通話和臺灣國語時，研究發現新加坡華語很少使用這兩種體標記（與普通話相比，「過」

的使用頻率甚至少了九倍之多）。這或與新加坡華語中出現的其他的體標記有關，例如新加坡華語中，經歷體「有」也可能在某些情況下替代了「過」——新加坡華語中「有」為體標記的使用頻率的確也比普通話中的高了三倍。

與此同時，本研究也調查了體貌標記在各地中的偏誤情況，如表 2 所示：

表 2　三地體貌標記偏誤情況

	新加坡華語	中國大陸普通話	臺灣國語
多用			
了1	13.5	3	-
了2	-	1	-
著	3	-	-
在	1	-	-
少用			
了1	6	1	3
了2	7	-	-
著	1	-	-
在	-	1	-
動詞重疊	1	-	-
使用錯誤			
了1	1		1
其他			
了1	3.5	1	-
總數			
	37	7	4

通過觀察各變體的偏誤情況能夠發現新加坡華語中出現的偏誤最多，比其他兩個地域的變體多出五到六倍。本文初步認為這與新加坡華語的雙語政策相關——新加坡學生多為英漢雙語者，在語言使用上經常有混淆雙語的情況，甚至導致不完全習得等情況（周清海，2007），因此偏誤很有可能是新加坡英語影響新加坡華語的一種體現。例如，在分析偏誤時，本文發現新加坡高中生有把體標記當時態標記來用的情況。以「了 1」為例，經統計後，本文發現百分之八十的多用情況屬「把了 1 當過去時標記」，如（5）。

（5）他那次最艱的就是把我當了不重要而叫我離開他房間。

在普通話和臺灣國語中，由於動詞「當」在表示動作時並不表達變化，也不蘊含任何內部終點，因此後面一般不能帶「了 1」，例（5）應屬於偏誤。然而，在新加坡華語中如例（5）的句子不佔少數，因此本文認為這或許是「了 1」进一步語法化的一個跡象，逐漸被新加坡華語使用者當作過去時標記使用。日後的研究可擴大數據，以便觀察「了 1」在新加坡華語中的使用情況；如大量的數據顯示這種偏誤在新加坡華語中有系統性的出現，那這或許會成為新加坡華語的另一變異。

（二）「到」的使用情況

除體貌標記外，本文也調查了「到」在這三個變體中的使用情況。表 3 顯示新加坡華語、中國大陸普通話和臺灣國語三個地方的使用頻率。

表 3　「到」的使用頻率

功能	新加坡華語	中國大陸普通話	臺灣國語
動詞、介詞	26	22	22
補語標記	139	58	47
總數	**165**	**80**	**69**

　　新加坡華語中「到」的使用頻率比其他兩個變體高出有兩至三倍之多，我們認為造成「到」使用頻繁的原因主要有二。其中一個原因為新加坡華語中，「到」的句法功能多於普通話和臺灣國語的「到」，即「到」可以代替「得」當程度補語標記，如：

（6）a. 老師給學生們製作的紀念 lù xiàng 也使周圍的同學激動
　　　　到眼睛流了淚。
　　　b. 我一回到就被爸爸媽媽罵到狗血淋頭。

　　在這類情況下，「得」和「到」可以互換而且不改變語義，如「激動得眼睛流了淚」及「罵得狗血淋頭」。關於新加坡華語「到」的特殊用法，前人也有簡單討論（陳重瑜 1986；Chua 2003；潘家福 2008），但他們多數僅做定性分析。本研究可藉助本項目收集的數據以及 NTU-EA 系統進行定量分析，如統計該現象出現的頻率、「到」所搭配的動詞類型等，以進一步深入全面研究「到」的功能。

　　此外，調查也發現作為結果補語時，「到」在新加坡華語中也出現了泛化的現象；這種泛化現象可分為兩類。第一，比起普通話和臺灣國語，新加坡華語的「到」能出現在更多動詞的後面，如「懷疑、發現」：

（7）a. 我的父母一像來都沒有 huái 疑到我在蹺課。

b. 我才發現到很多壞事。

第二，在普通话和臺灣國語中，蘊含內在終結點的具體動作動詞一般不需要使用「到」作補語表達結果，因為這些動作動詞本身已表達結果。普通話和臺灣國語中，「回家」的使用頻率遠高於「回到家」。然而，本文對新加坡中學生作文的調查發現，「到」經常出現在這些動詞後。以「回到家」為例，統計發現這個結構在新加坡華語中出現了七次，而在普通話和臺灣國語中僅分別出現一次和兩次。（8）為新加坡華語的例子：

（8）我非常生氣，對自己想要馬上回到家在 chōng 電。

Chen and Tao（2014）針對綜藝節目和網絡用語等不同語體的普通話所進行的分析發現在當代普通話中，「到」出現了類似的泛化現象，也可以搭配「影響、感染」等原本不需要帶補語「到」的動詞，並指出「到」的這一用法具有強調的语用功能。然而，本文發現，就中學生作文而言，「到」的這種泛化現象更常見於新加坡華語中，中國大陸學生作文中還不多見。

四　總結

本文主要介紹了文本偏誤分析程序 NTU-EA 的特點，並通過兩項小型調查展示程序的應用以及新加坡、中國大陸和臺灣三地漢語中可能存在的差別或變異。我們的初步考察發現新加坡華語中的一些偏誤或已經成為該變體的穩定變異（如結果補語「到」），或逐漸往穩定

變異的方向發展（如表示時態的「了 1」）。本研究項目的下一步將進行更大型的調查研究，通過更大量的數據來進一步發現和判斷不同漢語變體間存在的偏誤是真正的偏誤還是語言變異。

參考文獻

中文文獻

陳重瑜　〈新加坡華語語法特徵〉　《語言研究》第1期（1986年）　第138-152頁

刁彥斌　〈論全球華語的基礎與內延〉　《全球華語》第1期（2015年）　第227-224頁

刁彥斌　〈論全球華語史及其研究〉　《全球華語》第3卷第2期（2017年）　第217-229頁

陸儉明　〈漢語走向世界與『大華語』概念〉　《中國社會語言學》第2期（2005年）

陸儉明　〈大華語概念適應漢語走向世界的需要〉　《全球華語》第1期（2015年）　第245-254頁

潘家福　《新加坡華社的多語現象與語言接觸研究》博士學位論文上海　復旦大學　2008年

湯志祥　〈中國大陸主體華語吸收海外華語詞語的層級，類別及其比例的考察〉　見李雄溪、田子琳、許子濱編　《海峽兩岸現代漢語研究》香港　文化教育出版社　2009年

張寶林、崔希亮、任傑　〈關於「HSK動態作文語料庫」的建設構想〉　見《第三屆全國語言文字應用學術研討會論文集》香港　香港科技聯合出版社　2004年

張莉萍　〈TOCFL學習者語料庫的偏誤標記〉　見林新年、肖奚強、張寶林編　《第三屆漢語中介語料庫建設與應用國際學術討論論文選集》　北京　世界圖書公司　2016年　第131-159頁

周清海 《全球化環境下的華語文與華語教學》 新加坡 青年出版社 2007年

周清海 〈大華語的研究和發展趨勢〉 《漢語學報》第1期（2016年） 第13-19頁

英文文獻

Chem, Kan, Hongyin Tao "The Rise of a High Transitivity Marker 到 Dao in Contemporary Chinese: Co-Evolvement of Language and Society." *Chinese Language and Discourse*5.1(2014) 25-52

Chua, Chee Lay *The Emergence of Singapore Mandarin: A Case Study of Language Contact* Ph.D. Dissertation. Wisconsin: University of Wisconsin-Madison 2003

Huang, Chu-Ren, Jingxia Lin, Menghan Jiang, and Hongzhi Xu. "Corpus-based study and Identification of Mandarin Chinese Light Verb Variations." Proceedings of the First Workshop on Applying NLP Tools to Similar Languages, Varieties and Dialects 2014 pp. 1-10

Lin, Jingxia, Hongzhi Xu, Menghan Jiang, and Chu-Ren Huang "Annotation and Classification of Light Verbs and Light Verb Variations in Mandarin Chinese." *Proceedings of Workshop on Lexical and Grammatical Resources for Language Processing* 2014 pp. 75-82

Nicholls, D. "The Cambridge Learner Corpus-error coding and analysis for lexicography and ELT." in D. Archer, P. Rayson, A. Wilson, and T. McEnery (eds) *Proceedings of the Corpus Linguistics 2003 Conference (CL 2003)* 572-581

新技術背景下的應用寫作研究
——應用寫作文本的時代話題研究

論數字化新技術下的中國內地《申論》寫作知識傳播與影響

汪莉

西華師範大學新聞傳播學院

賀然

西華師範大學體育學院

摘要

在數字化技術助推下，《申論》寫作教學發展迅猛，特有的寫作運思習慣、應試寫作技巧、寫作體驗方式等，給應用寫作教學帶來了諸多不適，同時也豐富了應用寫作教學理論和實踐體系。數字化新技術環境下的應用寫作教學，應當認真分析《申論》發展中的得與失，積極培養融合多學科知識和技能於一體的寫作教學管理能力，善於利用網絡傳播，不斷推送科學、系統、全面的應用寫作知識，向全社會開放以「寫作精品課程」為代表的教學研究新成果，建立可查找的應用寫作知識源數據庫、數據處理庫和傳播數據庫，確保網絡傳播的應用寫作知識準確、真實、及時。

關鍵詞：數字化新技術　申論與應用寫作　網絡教學　傳播影響　分析思考

　　中國內地錄用國家公務員所特有的《申論》應試文體，從誕生之日開始，就伴隨著數字化技術的發展而成長。數字化技術所擁有的將「不同地域的聲音和資源一起參與到學習過程中」的優勢，以及讓「學習者用自己擅長的方式去學習」[1]的教學方式，有效地促進了《申論》寫作知識的網絡教學進程。對《申論》網絡傳播特性的研究，有助於進一步推進應用寫作教學的發展。

一　數字化新技術下的《申論》寫作知識傳播

　　《申論》是一種專用的應試文體。《申論》考試產生的每一個細小變化和發展趨勢，都會引發網絡產生應試策略信息鏈式傳播，牽動眾多考生的神經，從而催生出新的申論寫作教學策略，並不斷豐富應用寫作教學理論和實踐體系。

（一）寫作運思的鏈式導向

　　從某種意義上講，《申論》應試的過程就是一個入仕的過程。《申論》寫作所要求的對給定材料進行分析、概括和解決問題，結合材料進行論證等，都是在「應試入仕」的導向下完成的。對應試者來說，想要考而優則仕，必先寫而優則考。[2]豐富的寫作知識和嫻熟的寫作實戰技能獲得，本質上是對寫作知識構建、傳授和傳播途徑的挑戰與改革。在大數據資料和給定數據資料應試導向下的網絡《申論》寫作知識呈現，注重和強調讓受眾在數據資料的集合分析中獲得符合公務

1　曾琦、秦怡萌：〈對「互聯網＋」時代下數字化學習的審視與思考〉，《課程教材教法》第5期（2017年），第65-70頁。

2　【基金項目】「凡進必考」形勢下大學生就業競爭能力提升與課程系統構建研究（四川省高等教育人才培養質量和教學改革項目，川教函2013781號）。

寫作要求的靈感，注重對受眾進行寫作材料思維加工的塑造性導向，強調在寫作知識和寫作技能的綜合應用中顯現申論寫作命題的價值追求。這種注重和強調導致了應試者《申論》寫作學習上的趨同性傳承，出現了在體例、語言和文風等方面（如固定的用語、字詞句的搭配、引語使用等）的大量效仿或套用，產生出一種基於應試需要的寫作運思鏈式導向。這方面，八股式的對策寫作就是其中較為典型的代表。

（二）範式模板的應試技巧傳遞

受應試導向需求的影響，在網絡上產生的對《申論》寫作知識的點滴推送，時常會形成《申論》知識在網絡上的長期、連鎖反應傳播，進而引發《申論》寫作知識傳播上的「蝴蝶效應」現象。應試文體的本質屬性，促使應試者盡最大可能地去追求更加直觀和富有實效的申論寫作實踐，這為引發各種申論寫作範式模板傳播上的「蝴蝶效應」創造了可能條件；如時下在網絡上廣泛流傳的「申論萬能模板」，就是一種頗有「蝴蝶效應」作用的應試方法，這種方法強調讓學生死記硬背「萬能、經典、常用」的申論應試模版大全，注重通過網絡為備考者提供《申論》寫作「基本寫作格式、字詞句使用、名人語言引用、段落結構安排」等範式模板，善於以網頁（主頁、關鍵詞）鏈接的方式進行《申論》寫作應試技巧傳遞，試圖以固定的寫作模版和套路、固化的開頭結尾語句和詞組搭配，讓學生用一成不變的「萬能模板」去解決鮮活的《申論》寫作實踐。這些參照模板影響了眾多對應用寫作知識瞭解不多的申論備考網絡學習受眾，並借助數字化新技術在受眾之間進行互動，在網絡平臺由點及面，產生波紋式的傳播。

（三）連鎖式的寫作體驗「描紅」

數字化技能、多媒體敘事等新技術的普及，可讓學生「在網絡虛擬環境中體驗真實職場環境和工作過程」[3]，獲得網絡時代特有的寫作技能運用感受，極大地提高了其網絡資料收集能力和寫作能力，有效彌補了傳統應用寫作教學能力培養不足的短板，同時也產生了寫作實踐和生活體驗的連鎖式「描紅」。

網絡上大量傳播的可視化《申論》寫作藍本，為《申論》備考者選擇性學習提供了極大便利。具有「描紅」功能的範例藍本，「在寫作主題、文種確立、行文規則、字詞句使用等方面」「提供了可效仿的先例」[4]，不斷誘導應試者以一種寫作「描紅」的心態和思維方式進行《申論》寫作，使《申論》寫作學習停留和建立在對「描紅」產生藍本連鎖性的依賴基礎上。

另一方面，網絡職場信息也為申論寫作提供了「描紅」式生活體驗感悟傳遞。通過網絡上獲取到的間接性職場資料，為缺少職場生活體驗的《申論》應試贏得了職場寫作的調查、解讀時間。數字化新技術的運用改變了《申論》寫作的生活體驗方式，使寫作信息收集、主題確立、文體建構，寫作成品傳播、受眾信息反饋等都在網絡環境中完成，將複雜的寫作方法和寫作思維的實現過程變成了一種簡單的上網活動。這種基於數字化新技術運用獲得生活體驗方式的成功，必然助推其在應試者中的普及並形成傳遞反映。傳遞過程中後來者不僅照單全收先行者的生活檢驗方式，甚至在生活感悟都照收照搬先行者的結論。《申論》寫作職場生活體驗的「描紅」式感悟傳遞，顛覆性改

3　楊金來、丁榮濤、任偉：〈基於虛擬遊戲職場體驗的實踐就業能力培養模式研究〉，《中國遠程教育》第6期（2010年），第46-49頁。

4　汪莉：〈論網絡應用寫作模板範式的傳播影響〉，《寫作》第4期（2014年），第18-21頁。

變了寫作教學傳統構架下的生活體驗方式，且這種改變在大數據時代背景下表現得尤其快捷和明顯。

二　數字化新技術下《申論》寫作教學的諸多不適

「凡進必考」的公務員錄用制度中確立必考科目地位的《申論》，在數字化新技術的助推下，具有極強的時代發展特性和速度，但也存在諸多發展中的不適：

(一)《應用寫作》與《申論》在課程體系建構發展節律上不相同步

從課程建設的角度來看，穩步發展的《應用寫作》與快速發展的《申論》在教學課程體系構建的發展節奏和效益追求上出現了明顯的差異。

從考試科目設定來說，《申論》是國家公務員錄用考試的一門必考科目。從文體分類來說，《申論》是一種考試專用文體，職場實踐中目前還沒有類似《申論》這樣的寫作文種。從寫作分類來說，《申論》寫作是公務員錄用考試專有的一種寫作活動。從寫作運思來說，《申論》反映了公務員職場寫作的一種寫作思維模式和職場寫作習慣，體現了考試體制對職場從業人員的入門要求和錄用考試初心。《申論》既是一種考試寫作行為，也是一種考試過程，更是體現治國安邦雄才大略的一張答卷。緊跟時代步伐，兼容並舉，快速發展是《申論》的基本屬性。

早期的《申論》並沒有真正納入《應用寫作》課程知識體系建構的法眼，在《應用寫作》課程教學內容設置、知識體系建構、教材編寫等方面，都難看到對申論的系統講解。但這並沒有影響《申論》的

發展,《申論》在處理作答時問題所需要的文體、文種、寫作技能技法等問題時,成功地對已有《應用寫作》知識和技能的加以了充分合理的運用,雖然《申論》寫作的每一個知識點都可在既有《應用寫作》課程知識體系中找到對應的答案,但《申論》寫作從誕生之日起,就具有知識系統運用的綜合屬性,全面、系統、規範地運用寫作學科的各種知識技能,推動自身快速發展,讓《申論》從出身之日開始就有了獨立發展的勢頭。

因為注重寫作實戰效果,強調實際、實用和實效的知識技能編成,對寫作知識和技能兼容並包的《申論》寫作,在保留應用文文體寫作特性、固化考試模式的同時,其語體結構、風格、語言特徵、體裁以及實踐應用等方面得到了長足的發展。顯而易見的實踐應用價值,豐富的科學內涵和寬廣的知識運用外延,促使《申論》走過了由《應用寫作》課不起眼的知識點,到《應用寫作》課的一個章節知識,再到成為一門《申論》課程開設的歷史發展進程。

因為戴上了「國家公務員錄用考試專用」的光環,《申論》在相當程度上站上了類似於考試指揮官的位置。《申論》在寫作要求上的每一次細小變化和發展,都顯現了其完善自身課程知識體系建構的追求,都通過應試的指揮作用牽動著《應用寫作》課程知識體系建構的思維神經,影響著《應用寫作》的教學改革進程。快要成年的《申論》需要《應用寫作》進一步的包容,而《應用寫作》似乎並沒有作好準備。

(二)《申論》知識網絡供給質量與受眾需求不相適應

從供求關係發展的角度來看,目前網絡上高數量級的《申論》知識網絡供給,雖然在形式上滿足了高需求的《申論》知識網絡需求,但在知識供給質量上卻與網絡受眾的要求存在較大的差距。

因為自身專業原因和學習時間等方面的限制，再加上缺乏瞭解，受眾對網上傳播的各類《申論》知識缺少基本的鑒別能力和手段。在選擇學習的重點時，他們比較關注因《申論》應試實現就業的成功案例，容易受到網頁片面宣傳的誘惑，將注意力更多地放在了《申論》作答規則、答題技巧、模擬考試、評分標準分析等網絡宣傳上，試圖以此簡單快捷地提升自己的《申論》寫作能力。在誘人的課程諮詢、售後學習服務、提升作答精度等承諾中，成為不加選擇學習吸納《申論》點滴知識的受眾，忽視甚至放棄了系統、全面地的學習《申論》知識。

另一方面，學界在網絡《申論》知識傳播上一定程度上的「失聲」，寫作學各位專家學者對《申論》知識網絡推送乏力，在很大程度上使《申論》知識的網絡傳播上缺少了科學、系統、全面的權威解讀和傳授。這種「失聲」、「乏力」、「缺少權威解讀」為非規範的申論知識講授提供了巨大的網絡傳播空間，讓民間自組團隊和個體在《申論》知識的網絡傳播中成了主角，使不科學、不系統的《申論》知識在網絡傳播中大行其道，而真正具有真知灼見的《申論》知識講授卻在象牙塔中默默地守望求學者的到來。

雖然個案式的《申論》成績高低並不能簡單說明掌握申論知識的全面程度。但《申論》開考十八年以來，《申論》寫作整體上難得高分的事實，卻在很大程度上反映了《申論》知識網絡供給質量受眾需求不相適應的實情。

（三）系統學習《申論》人數與《申論》參考人數的不均衡

《申論》開考以來大量存在的裸考現象，凸顯了《申論》寫作學習與參加《申論》考試在數量級上的巨大差異。

現行教育模式下，《申論》寫作無論是作為《寫作》或《應用寫

作》的章節內容講授，亦或作為獨立的《申論》課程開設，《申論》更多的是面向漢語言文學類專業學生和極少數自願學習的其它專業學生講授。這種開課模式，從一開始就讓其它專業的學生處於學習的弱勢位置。由於《申論》寫作是全部寫作文體知識和技能的掌握和綜合運用，沒有系統接受寫作或應用寫作學科知識培養的學生，難以理解和接受類似「一個成文的《申論》寫作文本，通常是多種應用寫作知識和技能綜合運用的集合產物」的講授。由於缺少《申論》寫作所必需的文種選擇、文體寫作知識和技能受教育積澱，要在短期內實現多種寫作知識和技能的綜合運用，實在是力不從心。

《申論》考試並不限定考生所學的專業，但提出了模擬給定角色進行寫作的作答要求。「虛擬職場」、「模擬寫作」這些針對職場寫作生活體驗實踐提出的要求，使缺少實際職場生活體驗的全體考生站在了同一起跑線上。通過數字化新技術的運用，提前學習了解職場情況，熟悉職場寫作運思習慣，涉獵公務員職場生活中的管理學、社會學、領導學等相關學科知識，也可在《申論》寫作知識和技能的總體構成中形成以長補短的優勢，這讓對《申論》一知半解者增添了「裸考」應試的勇氣。

《申論》應試者大量存在的「裸考」現象，從數量級上反映了現行開課機制下，《申論》教育教學明顯不適應《申論》考試的發展需要，顯現了「教育的缺陷和不足」。[5]

三　《申論》視角下的應用寫作教學發展思考

數字化新技術的運用，強化了《申論》的知識傳播和效應擴散，

---

5 于洋：〈「裸考」現象誰之過〉，《北京教育》第5期（2012年），第16-18頁。

其「寫作思維方式、寫作策略和技法使用等影響著每個文種的寫作」。[6]使原本在應用寫作旗下名不見經傳的《申論》，不斷地收穫了越來越多的課程建設實效，極大地推進了《申論》課程知識體系的建構進程。在《申論》視角下，應用寫作教學需要分析評估《申論》發展中的得與失，解決數字化新技術環境下的「知教、善教、會教」的危機，才能促使應用寫作教學取得更好的發展。

（一）「裸教」——對應用寫作教學的拷問

在自媒體時代，任何對應用寫作幾無所知的個人和團隊，都在以「裸教」的身份對應用寫作教學發出不斷的拷問。這些「裸教」者以網絡傳播者的名義，運用數字化新技術手段，通過網絡將規範或非規範的《申論》以及所有的應用寫作信息，向不確定的社會公眾傳播。博客、微博、微信、百度、貼吧、論壇等網絡社區存在的大量匿名「裸教」，並不關心知識的真實、系統和全面，也不關心教育的質量，只為獲得點擊流量賺取利潤，不斷地將抄襲、拼湊、斷章取義來的應用寫作知識，插上「知識真諦、輔導視頻、考試秘訣」的標籤在網上傳播，全天候地分流著傳統應用寫作課堂的學生。「裸教」的行為，對應用寫作的教學形式、教學方法和教學內容傳播途徑都提出了新的拷問。

面對已是「狼在身邊」的網絡「裸教」現象，學界僅有憤怒和指責是不夠的。互聯網是一個非常廣闊的教育場所，網絡應用寫作傳播這塊陣地，應用寫作學界的專家學者們不去佔領，偽專家和反科學的勢力就會去佔領。應用寫作研究已到了如何迅速提升網絡傳播質量和數量的階段，學界同仁應把更多的注意力放在通過網絡推送研究成果

6　汪莉：〈申論考試發展態勢與寫作教學策略分析〉，《寫作》（上旬刊）第1期（2015），
　　第39-42頁。

上來，切實在網絡平臺上開放展示科學、系統、全面的應用寫作知識，維護學術的尊嚴，學生的權益和學界的聲望。

（二）「失聲」——凸顯應用寫作網絡教學的短板

學界在網絡《申論》寫作知識傳播上一定程度「失聲」的現象，不僅是知識更新傳播上的缺陷，它在更大層面上反映出數字化新技術環境下，應用寫作教學對新的任務和教學技能認識不足的問題。

數字化新技術為應用寫作教學開啟了通向網絡知識傳授的新途徑，新手段產生也預示新教學任務來到。適時有效地運用數字化新技術，不僅可以極大地拓寬應用寫作課堂教學時空，更重要的我們可以在網絡應用寫作教學新課堂上，傳播更多、更新、更好和更有價值的應用寫作知識，為求學者全天候提供科學、系統、全面的寫作知識和健全的課程內容。對此，應用寫作教學似乎還沒有足夠的認識，或者說，我們僅僅認識到數字化新技術可作為一種新的教學手段，而沒有看到手段背後隱藏著的教學課堂，更沒看到這個新的課堂可能產生的巨大教學收益。面對新興的網絡教學課堂，應用寫作缺少靜下心的細細解讀，沒有將以「寫作精品課程」為代表的教學研究成果面向全社會開放，而是在有限的局域內進行簡單的封閉式傳閱。面對時空不受限制的網絡教學課堂，應用寫作缺少網絡團隊合作的精神，沒有喚起和吸引更多的專家學者加入到寫作知識網絡傳播隊伍之中，以高質量的寫作知識集合、高數量級的信息推送去充實網絡教學課堂內容。面對承載量無限的互聯網，應用寫作還缺少足夠的數據庫準備。沒有建立可查找的應用寫作知識源數據庫、數據處理庫和傳播數據庫，在維護和確保網絡知識傳播的準確性、真實性、更新的及時性及可驗證性上都準備不足。

應用寫作教學必須正視《申論》的發展現實，以更大的接納和包

容，與時俱進地對課程理論知識體系的建構進行豐富和完善，開發建立新的包含《申論》知識的應用寫作教學知識大數據庫，並針對《申論》的發展特點，適時對數據庫進行信息更新存儲，力求應用寫作教學課程體系建構與數字化新技術的運用發展同步。

(三)細分推送——應用寫作教學亟待突破的難題

數字化新技術對信息的廣泛推送和精準傳遞，為因材施教提供了新的途徑和辦法。大數據分析可讓應用寫作教學對網絡受眾按特徵作進一步細分，根據不同的學習需求，選擇不同的知識點，運用 APP、微信等方式進行個性化的「點對點」的應用寫作知識推送。如《申論》寫作網絡教學中，採用「點對點」推送的網絡教學方法，即可讓《申論》應試的細分人群有效獲取到所需知識，從而實現最大程度的因材施教。

「注重對新技術的運用和結合」[7]，針對精準受眾進行知識細分推送。顯現了一種融合多學科知識和技能於一體的寫作教學管理能力，也是網絡應用寫作教學發展的新趨勢。與新技術發展共舞，學會按細分受眾的需求進行因材施教，求得教學角色定位的轉變，發現細分的教學課堂，以細分推送知識方式針對性培養學生的教學方式，雖然分流了傳統課堂的生源，會讓人一時感到不適，但卻促成了信息時代教學注意力的及時轉移，有利於應用寫作教學的長遠發展。

(注：此文已收到《編輯之友》錄用通知)

---

7 王茹儀、王茹月：〈數字技術對新聞寫作的影響探究〉，《中國傳媒科技》第5期（2017年），第94-96頁。

「成果導向學習」模式在香港中文第二語言應用文教學的實踐及其成效

以求職信和電郵寫作為例

容運珊　　黎偉杰　　岑紹基

香港大學教育學院中文教育研究中心

戴忠沛

香港大學教育學院及文學院

摘要

香港非華語學生視中文作為他們的第二或者第三語言，內部的學習差異相當大，因此很難剪裁一套通用的課程予所有學生使用。中文應用文重視言簡意賅，語言得體，對非華語學生而言更是學習的一大難點。為充分照顧不同年級、不同能力非華語學生的學習需要，以及客觀評估他們的實際中文水平，本研究嘗試採用「成果導向學習」（Outcome-Based Learning, OBL）的課程發展方向，以求職信和電郵寫作教學為例，為參與本研究的非華語學生提供具針對性的、適合其學習能力和興趣的應用文教學內容，以期提高學生的中文水平，並提升中文老師的教學質素。

本研究透過分析兩個應用 OBL 模式進行中文第二語言應用文教

學的案例，探究 OBL 模式在香港非華語學生中文教學的實施情況，結合觀課、學生前後測寫作分析以及師生教學反思訪談，以評估 OBL 模式對提高非華語學生中文應用文寫作能力的成效。

關鍵詞：成果導向學習　中文第二語言教學　應用文　非華語學生　成效

一 研究背景

（一）有關應用文、實用文與公文寫作的定義

隨著現代社會的不斷發展，人際間的溝通交流日漸頻繁，社會上工作種類增多，分工越趨分明，應用文的學習和使用更突顯其重要性和實用性。應用文是指以社交功能為目的，廣泛應用在日常生活和工作場所的一種實用文體的寫作類型。所以，應用文又稱實用文，或者稱為公文寫作。

在香港的語言環境中，應用文也稱實用文，是機關、團體、企業之間，以及這些團體與個人、個人與個人之間相互聯繫、彼此協商、共同信守的應時致用的通俗簡明的而有較為固定格式的文體（于成鯤，2003；岑紹基，2018）。但從應用範圍的廣泛來說，實用文的使用範圍比應用文更廣。一般常見的應用文包括了書信、報告、演講辭、會議紀錄等，而實用文除了包括以上的文體之外，還有日常生活所見的廣告、對聯、書籍序言等（岑紹基，2018）。在臺灣地區，公文的定義是指處理公務或與公務有關，不論其形式或性質如何之一切資料（見《文書處理手冊》，2015：1-2）。而在中國內地，公文還分為通用性公文和專用性公文兩種（李昌遠，2006）。然則，無論是應用文、實用文還是公文，三者都重視根據特定的語言環境、寫作目的、收件人身份，而寫作具正確格式、內容恰當且用語準確得體的實用性文章。

（二）香港地區的非華語學生中文應用文的學習

香港的語文教育政策重視應用文類的教學，中、小學生（包括本地學生和少數族裔非華語學生）均須學習不同類型的應用文。為幫助

本地中、小學老師認識不同應用文類的特徵，教育局在二〇〇一、二〇〇六年相繼出版了各種應用文參考資料（教育局文件，2001、2006），以供前線老師教學之用。在二〇一四年，教育局為中學程度的非華語學生開辦應用學習（中國語文）科目，為他們提供中文資歷認證（教育局文件，2014），並在二〇一六年推出相關課程架構（教育局文件，2016），為非華語中學生的應用文學習提供有關學習要求、評核層級等資料。

在香港，不同學者均嘗試進行不同類型的應用文教學研究，例如岑紹基（2006：133-144）主張應用功能語言學發展網上實用文教學資源，以及運用「閱讀促進學習」教學法進行求職信、調查報告教學研究等（岑紹基，2015、2018），謝錫金、祁永華（2006：251-266）等提出應用資訊科技輔助實用文教學，以及林偉業（2006：295）以寫作思維過程模式來設計實用文寫作教學等。這些教學研究在協助前線老師的應用文教學策略、學習評估和教材發展等方面取得一定的成效，但是這些研究成果多以理論層面為主，未能為廣大前線老師提供具體可行的應用文教學策略。老師作為教學主體，對於學生應用文課堂的教學設計和教學表現各有不同，而他們一直欠缺有效的教學策略，更使應用文課堂教學的問題越趨嚴峻。

（三）「成果導向學習」（Outcome-Based Learning，簡稱 OBL）課程發展理念的提出

香港非華語學生視中文作為他們的第二或者第三語言，內部的學習差異相當大，因此很難剪裁一套通用的課程予所有學生使用。為照顧不同年級、不同學習能力非華語學生的學習需要，以及客觀評估他們的中文水平，本研究採用「成果導向學習」（OBL）的課程理念，為參與本研究的非華語學生提供具針對性的、適合其學習能力和興趣的

教學內容，以期提高學生的中文水平，並改善中文老師的教學質素。

OBL 課程發展理念是一種強調以學生的學習成果（learning outcomes）為導向的現代教學理念，最先是由美國社會學家和教育家 William. G. Spady 提出。Spady 認為學校教育應該把所有的課程和老師的教學精力都聚焦在清晰界定的學習成果，以讓學生在完成一個階段時能展示課程的學習預期成果（Spady，1993、1994；李坤崇，2009、2011；梁佩雲，2013），其後得到不同國家和地區的教育學者的支援，並對其教育理念作多方面的詮釋和演繹。Spady 認為真正成功的教學需要建立基本的信念，而 OBL 課程發展理念則建基於多項不同的信念，其中最重要的是它強調「所有學生都能學習和成功，只是不同學生的進度和方式有所不同」（Spady，1994；梁佩雲，2013），「成功的學習能促進更多成功經驗的產生」（李坤崇，2009）。OBL 課程發展理念強調教育是一個聚焦於「學什麼」（成果）的過程（Kudlas, 1994），而「成果」（outcome）則是清晰的、可以觀察的學生學習表現（梁佩雲，2013）。它十分「重視以學習者為中心、結果導向的學習模式，其背後的信念是人人都能學、人人都可成功」（Towers & Towers, 1996），是一種以果推因的新型教學模式。

OBL 課程發展設計理念，重視落實學生的學習成果，強調以學生為本的教學活動和評估方法，讓學生經歷優質的學習體驗；至於老師按照學生的中文水平和所學語文知識，制定具針對性的評核模式，則能準確檢測學生能否達到預期的學習成果，從而有效地評估他們的實際學習成效。這種教學理念提倡實施以學習成果導向來制定教學品質機制，編定以達成教育目標為本的能力規劃課程，重視客觀評量學生的學習成效，並幫助老師持續改善課程設計和教學技巧（彭森明，2010；張雯媛，2015），最終實現提高學生綜合能力的目標。

二 研究目的

　　由於教育界目前尚未探索出一套特別針對非華語學生中文應用文教學的第二語言教材、教學法和整體課程設計，因此本研究透過分析兩個應用 OBL 課程發展理念進行中文第二語言教學的案例──求職信和電郵寫作教學，探究 OBL 課程發展理念在香港非華語學生中文應用文教學的實施情況，結合觀課、師生訪談、以及分析學生的前、後測，來評估 OBL 課程發展理念對提升非華語學生中文應用文學與教的成效。

三 研究問題

　　基於上述的研究目的，研究者主要回應以下的研究問題：

1. 香港的前線老師如何應用 OBL 課程發展理念在非華語學生的求職信和電郵寫作教學上？
2. OBL 課程發展理念的教學應用對提高非華語學生的求職信和電郵寫作水平的成效如何？

四 研究設計

（一）研究對象

　　研究者以有目的之取樣（purposeful sampling）的方式，邀請不同的師生參與是次研究。參與本研究的非華語中學生共有兩班，每班約十五人，他們均參加一個大學機構舉辦的學習支援計劃來學習中

文，每個星期上課一次。其中，參與求職信教學研究的非華語學生就
讀中二級，而參與電郵教學的學生則就讀中一級。大部分學生的祖籍
是印度、巴基斯坦、菲律賓等東南亞國家，在香港生活至少六年，具
備基本的中文聽說技巧，但讀寫能力稍遜。

而兩位中文老師都是合資格的中文科老師，其中，參與求職信教
學的中文老師 A 是一位女老師，具備八年教授非華語學生中文科的
教學經驗；而參與電郵教學的中文老師 B 是一位男老師，具備兩年教
授非華語學生中文科的教學經驗。

（二）研究方法

本研究是一項質化的個案研究，以訪談、課堂分析和前後測文本
分析作為主要的研究工具。而選擇個案研究的原因，是在於這種研究
方法能夠環繞個案作深入的、多元化的分析和詳細描述，追查個案的
獨特性（譚彩鳳，2009）。研究者以半結構式訪談（semi-structured
interview）收集資料，並附以課堂觀察和分析學生的前、後測寫作
文本。

（三）研究過程

參與本研究的兩班師生各自利用四個星期的教學時間來完成教學
內容，每個星期的教學時間為二點五小時，合共十小時（已包括前、
後測合共兩小時）。兩位中文老師均參照 OBL 課程發展理念來設計教
學活動，先安排學生進行前測寫作測試，根據學生的測試表現來分析
他們對寫作特定文類的困難，並和他們進行交流，瞭解其學習需要
和興趣。繼而制定學生的預期學習成果，訂立教學目標，並設計教學
活動。

在教學過程中，兩位中文老師都是根據學生的學習表現和興趣，

適當調整教學策略，設計各種以學生為本的教學活動，例如分組討論、小組匯報、個人短講、角色扮演等。其後，根據學生的課堂表現和對照前、後測的寫作表現，評估他們的學習成果是否合乎預期。最後，研究者進行師生訪談，進一步檢驗這兩個教學研究的成效。以下是本文的研究流程圖：

圖1 本文的研究流程圖

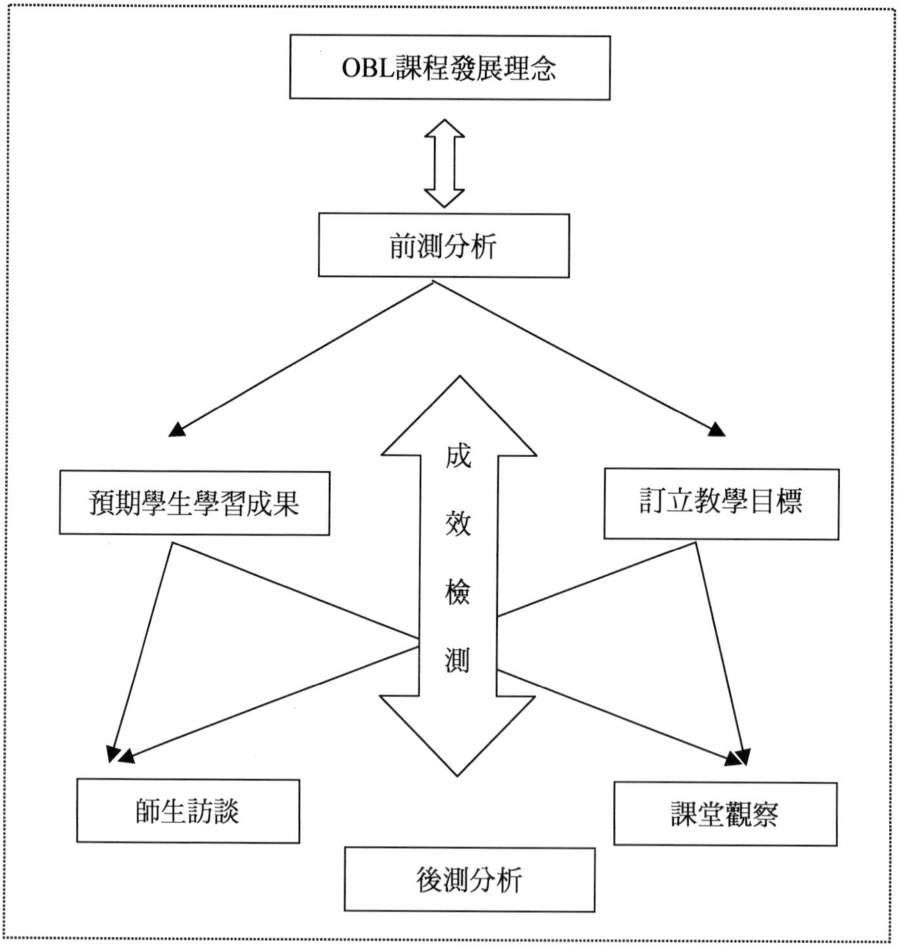

```
                    ┌─────────────────────┐
                    │  OBL課程發展理念      │
                    └─────────────────────┘
                              ⇕
                    ┌─────────────────────┐
                    │      前測分析         │
                    └─────────────────────┘
          ┌─────────────────┬─────────────────┐
          ▼                                   ▼
  ┌──────────────┐       成          ┌──────────────┐
  │ 預期學生學習成果 │      效          │  訂立教學目標  │
  └──────────────┘      檢          └──────────────┘
          │             測                   │
          ▼                                   ▼
  ┌──────────────┐                   ┌──────────────┐
  │   師生訪談    │                   │   課堂觀察    │
  └──────────────┘                   └──────────────┘
                    ┌─────────────────┐
                    │    後測分析       │
                    └─────────────────┘
```

五　研究結果與討論

（一）回應第一道研究問題

　　本文的第一道研究問題為：「香港的前線老師如何應用 OBL 課程發展理念在非華語學生的求職信和電郵寫作教學上？」以下研究者將分節論述求職信和電郵寫作的教學例子，探究不同中文老師對 OBL課程發展理念的應用。

A.教學示例一：求職信教學

a.從前測分析學生的寫作困難

　　在是次求職信教學中，中文老師 A 先透過求職信前測來分析學生的寫作困難，指出學生的求職信寫作存在以下的問題：

> i. 學生未能針對語境需要來寫作，只是堆砌內容，導致篇章內容與寫作目的不相符；
> ii. 學生未能正確運用求職信的功能句式和常用字詞，篇章用詞冗贅而且多重複；
> iii. 學生未能掌握求職信的文步格式，篇章結構鬆散，組織混亂，段落之間欠缺邏輯性。

b.預測學生的學習成果和訂立教學目標

　　在分析了學生的求職信寫作困難之後，中文老師 A 在課堂上透過與學生溝通交流，以了解他們對求職信寫作的學習困難和興趣，並依此來制定對不同學生的預期學習成果，從而訂立這一次研究的教學目標。中文老師 A 認為，程度較高的學生應能取得全部四個學習成

果，程度中等的學生應能取得成果（1）、成果（2）和成果（4），而程度稍遜的學生則應能取得成果（1）和成果（2）。

以下是中文老師對學生的預期學習成果和所訂的教學目標：

表 1　中文老師 A 對學生的預期學習成果和所訂的教學目標對照表

預期學生的學習成果	所訂的教學目標
1.在經過教學之後，學生能夠掌握求職信的寫作語境、功能句式和用語，提升閱讀能力；	1.學生能辨識求職信篇章的寫作語境、篇章內容大意和詞句意思。
2.在經過教學之後，學生能夠掌握求職信的通篇文步結構，寫出一篇結構完整的求職信，提升寫作能力；	2.學生能歸納求職信篇章的文步結構，並寫出一篇不少於兩百字的求職信。
3.在經過教學之後，學生能夠與其他同學衷誠合作，共同扮演面試官和求職者的情境對話，提升說話能力和加強與他人合作的技能；	3.學生能參與小組討論和分組匯報，口頭表達對於不同面試情境的看法。
4.在經過教學之後，學生能夠總結不同求職面試影片中的面試技巧，分辨面試成功和面試失敗的不同原因。	4.學生能歸納有關面試影片的內容大意，指出面試成功和失敗的關鍵因素。

c. 根據學生的預期學習成果來設計教學內容和實際應用

在制定了學生的預期學習成果和所訂的教學目標之後，中文老師 A 依此來設計她的教學安排，並用於實際教學中。以下結合研究者的課堂觀察，展示中文老師 A 的實際施教安排：

表 2　中文老師 A 根據學生的預期學習成果來設計教學內容和實際應用表

教節	教學內容	對應的學生預期學習成果
第一週	- 完成求職信前測 - 共同閱讀求職信篇章 - 觀看影片，分組討論影片中有關性格與求職的關係	- 預期學習成果（1） - 預期學習成果（4）
第二週	- 共同閱讀招聘廣告和求職信篇章 - 觀看有關面試的影片，分組討論求職面試的技巧 - 分組討論和寫出不同職業的入職條件，並作小組匯報	- 預期學習成果（1） - 預期學習成果（4）
第三週	- 共同討論求職信和履歷表的寫作要求 - 分組扮演不同情境的面試官和求職者 - 完成求職信和履歷表的文步寫作練習	- 預期學習成果（1） - 預期學習成果（2） - 預期學習成果（3）
第四週	- 共同閱讀求職信篇章 - 分組討論求職信的寫作要求 - 集體創作求職信篇章 - 完成求職信後測	- 預期學習成果（1） - 預期學習成果（2）

B. 教學示例二：電郵教學

a. 從前測分析學生的寫作困難

在是次電郵教學中，中文老師 B 先透過電郵前測來分析學生的寫作困難，指出學生的電郵寫作存在以下的問題：

i. 學生未能掌握電郵寫作的文步結構和通篇格式；

ii. 學生未能正確運用電郵的功能句式和常用字詞；

iii. 學生未能掌握電郵的寫作語境。

b. 預測學生的學習成果和訂立教學目標

在分析了學生的電郵寫作困難之後，中文老師 B 依此來制定自己對學生的預期學習成果，從而訂立這一次教學研究的教學目標。以下是中文老師對學生的預期學習成果和所訂的教學目標：

表 3　中文老師 B 對學生的預期學習成果和所訂的教學目標對照表

預期學生的學習成果	所訂的教學目標
1. 在經過教學之後，學生能夠掌握電郵的寫作語境、功能句式和用語，提升閱讀能力；	1. 學生能辨識電郵篇章的寫作語境、篇章內容大意和詞句意思。
2. 在經過教學之後，學生能夠掌握電郵的通篇文步結構，寫出一篇結構完整的電郵，提升寫作能力；	2. 學生能歸納電郵篇章的文步結構，並寫出一封大約一百字的電郵。
3. 在經過教學之後，學生能夠總結不同影片中的內容，並口頭講述自己對觀看影片作為休閒活動的看法。	3. 學生能夠歸納有關影片的內容大意，匯報自己對於影片故事情節的意見。

c. 根據學生的預期學習成果來設計教學內容和實際應用

在制定了學生的預期學習成果和所訂的教學目標之後，中文老師 B 依此來設計他的教學安排，並用於實際教學中。以下結合研究者的課堂觀察，展示中文老師 B 的實際施教安排：

表 4　中文老師 B 根據學生的預期學習成果來設計教學內容和實際應用表

教節	教學內容	對應的學生預期學習成果
第一週	- 完成電郵前測 - 觀看影片，分組討論影片內容	- 預期學習成果（3）
第二週	- 共同閱讀有關電影和休閒活動的篇章 - 分組討論和寫出對篇章的看法，並作小組匯報	- 預期學習成果（1）
第三週	- 共同討論電郵的寫作要求 - 共同閱讀有關電郵的篇章 - 共同找出有關書信電郵的寫作內容	- 預期學習成果（1） - 預期學習成果（2）
第四週	- 分組討論介紹電影和休閒活動的內容 - 分組討論和寫出電郵的寫作要求 - 完成電郵後測	- 預期學習成果（1） - 預期學習成果（2）

以上研究者展示了兩位中文老師的教學過程，可見兩位老師均是透過分析學生的前測寫作表現，瞭解學生的寫作困難。然後設定學生的預期學習成果，訂立教學目標，而兩位老師的具體教學內容都是圍繞著所預定的學生學習成果來實施。

從兩位老師的課堂教學內容可見，他們都十分重視讀寫結合和安排較多的分組協作活動。反映了 OBL 課程發展理念應用在非華語學生的中文第二語言應用文教學上，老師的做法是重視互動學習和分組協作，並強調以學生為主導，給予不同的支持和引導，啟發他們從閱讀中學習有用的寫作知識，並應用在集體和個人寫作中。而透過不同的興趣活動，例如觀看影片、角色扮演、小組匯報等，加強訓練學生不同的技能，提高他們的學習興趣。

（二）回應第二道研究問題

本文的第二道研究問題為：「OBL 課程發展理念的教學應用對提高非華語學生的求職信和電郵寫作水平的成效如何？」為檢測這兩個教學研究的成效，研究者收集全部學生的前、後測寫作試卷。透過前、後測分數比較，得知兩班學生在寫作求職信和電郵方面，均是後測分數高於前測分數，進步率高達百分之七十，顯示了兩位老師應用 OBL 課程發展理念在非華語學生中文應用文教學上，可有效提高學生閱讀和寫作應用文的能力。鑑於論文篇幅所限，以下研究者將結合師生訪談和文本分析的方法來評估這兩個教學研究的成效。

A.師生訪談──求職信教學

在是次求職信教學中，中文老師 A 認為應用 OBL 課程發展理念在非華語學生中文應用文教學，讓老師比較清楚知道自己每一課的教學重點是什麼：「我覺得自己會更加清楚知道我的教學目標是什麼，我希望學生學到什麼，我的內心對於教學的把握就會有一把尺，我更加清楚我的教學希望可以去到哪個程度。」她也認同這一次求職信的教學成效，認為學生的後測寫作表現反映了學生的預期學習目標都能實現：「我覺得大部分學生都能夠做到的，他們對於求職信、招聘廣告、履歷表的閱讀能力明顯好了。寫作就更加有進步，字數多了，用詞、句式都是得體和準確了，而且文章結構都是緊密的。」由此可以看出中文老師 A 對於學生的求職信後測寫作表現的肯定。

至於學生的訪談意見也指出，他們更能理解不同求職信的字詞表達，理解篇章的內容大意，並且能夠記住不同的文步結構，所寫的求職信更加合乎文步要求。另外，他們也表示能夠分辨不同的面試情境和懂得運用正確的面試技巧。可見，學生也肯定這一次求職信教學可

以幫助他們提高閱讀和寫作求職信的能力，並使他們更加清楚求職和面試的要求。

B. 師生訪談——電郵教學

而在這一次的電郵教學中，中文老師 B 也對學生的學習成果表示滿意：「總體來講，學生透過觀看主題電影以及學習相關評論文章豐富了寫作的內容，令其書寫語言更加優美。而透過共同歸納書信體寫作格式，並共同列提綱的方式，學生能夠更清楚直觀地知道寫電郵的格式，以及怎樣將所學的內容與書信體結合。比起前測，後測所呈現的作品更有層次，而且在內容上更加充實飽滿。」他認為學生無論在閱讀和寫作電郵上均比前測有明顯的進步，字詞和句式運用均合乎電郵寫作的語境。而且他發現很多學生均積極參與課堂活動，並勇於表達自己對老師教學內容的想法。

至於學生方面，他們也認為這一次的電郵寫作教學能幫助他們認識更多有用的字詞和句子，更清楚知道電郵的寫作技巧。而他們也表示，中文老師 B 的教學活動十分生動有趣，每一次都有分組活動，提高他們上中文課的興趣。由此可見，參與師生也肯定是次電郵教學有助提高學生閱讀和寫作電郵的能力，增加其學習中文的興趣。

C. 求職信和電郵寫作的教學成效：學生前、後測文本對比

以下研究者從兩個教學研究中各自選擇一位學生的前、後測文本作比較（前、後測的題型和寫作要求一致，但題目有所差別），分析兩位學生在篇章文步結構和詞句運用方面的表現。

i. 學生的前、後測文本對比——求職信

前測寫作文本題目：應徵臨時學生助理一職

香港大學專業進修學校
吳小姐：

　　本人很有興取在你的大學工作。我很想做你大學的臨時學生助理。我很喜歡教學生，所以我覺得這個職業很合我。

　　我在中六程度；考五科都合格，我也可以良好廣東話、普通話和英文。我覺得你們的要求都合理我。

　　最後，我希望我會在妳的大學可以做這分工，希望可以和你們一起工作。

（140字）

後測寫作文本題目：應徵書展推廣員一職

星島新聞集團有限公司
王小姐：

應徵書展推廣員

　　您好！我從《蘋果日報》招聘網上看到　　貴書展推廣員的招聘廣告，我一向對書展推廣員的工作非常有興趣，故特函申請。

　　我今年八月在□□書院畢業，曾經選修生物的科目，取得優異的成績；另曾經擔任英文和中文學會秘副書長，能說流利的英語、中文和烏爾都語。我是學校的圖書館的風紀隊長，所以和書有很多認識和很有服務經驗。

　　綜合以上條件，我很有信心可以勝任書展推廣員的工作。書展推廣員是我的理想，如蒙錄用，定當盡心盡力。我希望可以給我面試機會，衷心感激。

敬祝
尊安
申請人
　　□□□　敬上
二〇一四年六月二日
附件：履歷表
　　　成績單副本
　　　證書副本

（270字）

　　根據以上學生的求職信前、後測寫作文本，可以看出其後測寫作在字數和內容表達上均有顯著的進步，後測比前測更能夠展示清楚的文步結構，而且用語比較得體。前測出現一些較難理解的句子，例如「我覺得你們的要求都合理我」，反映學生對於句子的表達仍不熟練，影響讀者的閱讀觀感。至於後測的句子雖然仍存在部分錯別字，但是不影響閱讀效果，而且能夠善用求職信的功能句式和字詞，故可看出學生的求職信後測有較大的進步。

i. 學生的前、後測文本對比——電郵

　　前測寫作文本題目：給遠方筆友的一封電郵，分享參加課外活動的情況

力克：

　　你好嗎？我覺得很好！我去到　　書院因為我被你更聰明。你去到甚麼學校？我參加了足球隊。你參加了甚麼校隊？你在英國裏做甚麼事？我在夏天假會回英國，可不可以做好玩的事。

　　我要去學校所以不可以講太久。我希望你的生活可以繼續開心。

（114 字）

後測寫作文本題目：給遠方好友的一封電郵，分享自己喜歡的休閒活動

親愛的莉娜：

　你好嗎？我寫這封信的原因是因為我想告訴我最喜歡的活動。

　我最喜歡的休閒活動是足球因為學校有足球隊所以可以用很多時間練習。我都喜歡看書因為有很多書所以不會很滿。我都喜歡聽歌因為你聽歌的時你會覺得興奮。

身體健康
學業進步
開開心心

　　　　　　　　　　　　　　　　　　五月十九日

（123字）

根據以上學生的電郵前、後測寫作文本，可見其後測寫作在字數和內容表達上都有進步，後測的文步結構比前測更準確和更齊備，而且用語更多樣化，也能運用不同的句式。不過，後測的標點符號運用欠佳，作者未能運用逗號來斷句，導致句子過長，故在標點符號教學方面仍須加強。

六　總結和建議

本文透過闡述香港非華語學生學習應用文的背景，探究 OBL 課程發展理念在非華語學生中文第二語言教學上的應用，結合兩個教學研究——求職信和電郵寫作，論述兩位中文老師應用 OBL 課程發展理念來設計教學和具體實施的過程，採用課堂觀察、師生訪談和前、

後測寫作文本分析等工具，來評估這兩個教學研究的成效。從前、後測寫作文本的分析和對比，可以看出兩班學生的後測寫作表現均比前測有進步。而從師生的訪談意見可知，參與學生認為老師的教學能有助他們改善求職信和電郵寫作的內容、格式和詞句運用技能，受訪老師也認同學生的後測整體表現比前測有進步，而且老師對於教學目標和學生的學習成果有更清楚的瞭解。反映了兩位老師應用 OBL 課程發展理念在非華語學生的中文應用文課堂教學上，有效提高學生學習中文第二語言應用文的能力。

　　而參考本文的研究結果，研究者對於實施 OBL 課程發展理念在中文第二語言應用文教學上有如下的建議：

　　1.在實施 OBL 課程發展理念在教學上之前，中文老師需要對學生的已有知識和語言水平有較清楚的認識，這樣對於評量學生的預期學習成果有比較準確的把握；

　　2.在實施 OBL 課程發展理念在教學上時，中文老師應該根據不同能力學生設定不同的學習成果和教學目標，並在教學上設置各類有趣的課堂活動，鼓勵不同學生發揮自己的才能，爭取良好的學習成果；

　　3.在實施 OBL 課程發展理念在教學上時，中文老師應該根據不同能力的學生設置不同的評估方式，鼓勵採取多元化的評核方法，例如除了紙筆測試之外，提問回饋、分組匯報、個人短講等都是可以嘗試的評估方法；

　　4.在實施 OBL 課程發展理念在教學上時，中文老師應該讓學生充分發揮學習的主動性，教學模式以學生為本，多創設不同的生活情境和分組協作活動，鼓勵學生自主探索，並且多與其他人一起合作，共同進步。

參考文獻

岑紹基　〈功能語言學的應用──網上實用文學習〉　《應用文的語言語境語用》　香港　香港教育圖書公司　2006年

岑紹基　〈文類教學法對提高非華語學生記敘文寫作能力的成效〉　《漢字漢文教育》　韓國　韓國漢字漢文教育學會出版社　2013年　第30輯

岑紹基　《「閱讀促進學習（R2L）策略」對提高非華語學生讀寫能力的成效》　見《面向中文學習者的中文教學──理論與實踐》　新加坡　南大-新加坡華文教研中心　2015年

岑紹基　《R2L 教學法對提高非華語中學生求職信寫作能力的成效》　見海峽兩岸四地應用文高端論壇　澳門　澳門大學出版社　2016年

岑紹基　〈以功能語法研發非華語學生之應用文教材〉　見《全球化時代應用文寫作理論拓展和教學創新研究》　北京　光明日報出版社　2018年　第165-189頁

李昌遠　〈淺議中國內地現代通用公文的語體風格〉　《應用文的語言語境語用》　香港　香港教育圖書公司　2006年

李坤崇　〈成果導向的課程發展模式〉　《教育研究月刊》第186期（2009年）　第39-58頁

李坤崇　《大學課程發展與學習成效評量》　臺北　高等教育　2011年

李志義　〈成果導向的教學設計〉　《中國大學教學》第3期（2015年）　第32-39頁

李志義、朱泓、劉志軍、夏遠景　〈用成果導向教育理念引導高等工程教育教學改革〉　《高等工程教育研究》第2期（2014年）　第29-34頁

梁佩雲　〈成果導向學習」與大學教學的品質提升：以中文學科的實踐為例〉　《教育科學研究期刊》第58卷第4期（2013年）第1-35頁

林偉業　〈讀書報告的圖式結構〉　《應用文的語言語境語用》　香港　香港教育圖書公司　2006年

林偉業、李浚龍　〈分層閱讀教學：分層教材運用個案〉　載謝錫金、祁永華、岑紹基編　《非華語學生的中文學與教：課程、教材、教法與評估》　香港　香港大學出版社　2012年第37-46頁

彭森明　《大學生學習成果評量：理論、實務與應用》　臺北　高等教育　2010年

譚彩鳳　〈引進校本評核提升學習水準的迷思：教師信念剖析〉　《教育研究與發展期刊》第5卷第2期（2009年）　第175-206頁

臺灣行政院　《文書處理手冊》　臺北　行政院　2004年

香港教育局　《中小學中文實用寫作參考資料》　2001年　取自 http://www.edb.gov.hk/tc/curriculum-development/kla/chi-edu/resources/primary/lang/curriculum-materials.html　瀏覽日期　2018年6月30日

香港教育局　《通情達意：中小學中文實用寫作學習軟體》　2006年　取自　http://www.edb.gov.hk/tc/curriculum-development/kla/chi-edu/resources/primary/lang/curriculum-materials.html　瀏覽日期　2018年6月30日

香港教育局　《應用學習中文（非華語學生適用）》　2014年　取自 https://www.edb.gov.hk/tc/curriculum-development/cross-kla-studies/applied-learning/applied-learning-chinese/index.html　瀏覽日期　2018年6月30日

香港教育局　《高中應用學習課程施行手冊》　2016年　取自 https://www.edb.gov.hk/attachment/en/curriculum-development/cross-kla-studies/applied-learning/ref-and-resources/Publications/ApL_Implementation%20handbook_2016.pdf　瀏覽日期　2018年6月30日

謝錫金、祁永華、岑紹基、譚佩儀、劉文建　〈應用資訊科技輔助實用文教學〉　《應用文的語言語境語用》　香港　香港教育圖書公司　2006年

謝錫金、張慧儀、羅嘉怡、呂慧蓮　《中國語文課程、教材及教法：面向有特殊學習需要的學童》　香港　香港大學出版社　2008年

謝錫金　〈第二語言中文教學：多層教材與教法理論〉　載謝錫金、祁永華、岑紹基編　《非華語學生的中文學與教：課程、教材、教法與評估》　香港　香港大學出版社　2012年　第15-35頁

謝錫金、李浚龍、羅嘉怡　〈分層閱讀教學：中學個案〉　載謝錫金、祁永華、岑紹基編　《非華語學生的中文學與教：課程、教材、教法與評估》　香港　香港大學出版社　2012年　第47-55頁

謝錫金、黃敏瀅、羅嘉怡　〈小學非華語學生分層閱讀教學個案〉　載謝錫金、祁永華、岑紹基編　《非華語學生的中文學與教：課程、教材、教法與評估》　香港　香港大學出版社　2012年　第57-67頁

于成鯤　《現代應用文》　上海　復旦出版社　2003年

詹惠雪　〈學習成果導向的教學設計與評量：「教學原理」的實踐案例〉　《課程與教學季刊》第17卷第2期　2014年

張雯媛 《以成果導向教學法探討大一國文課程》 未出版之碩士論文 桃園 國立中央大學 2015年

Driscoll, A., & Wood, S. Developing outcomes-based assessment for learner-centered education A faculty introduction. Sterling VA Stylus 2007

Houghton, W. Engineering subject centre guide: Learning and teaching theory for engineering academics 2004 Retrieved from http://www.heacademy.ac.uk/assets/documents/subjects/engineering/learning-teaching-theory.pdf

Kudlas, J. M. Implications of OBE: What you should know about outcomes-based education.The Science Educator, 61.5(1994) pp. 32-35

Spady, W. G. Outcome-based education (Workshop report No. 5). Belconnen, Australia Australian Curriculum Studies Association 1993

Spady, W. G. Outcome-based education: Critical issues and answers. Arlington, VA

American Association of School Administrators 1994

Tavner, A. Outcomes-based education in a university setting. Australasian Journal of Engineering Education, 2, 1-14. Retrieved from http://www.aaee.com.au/journal/2005/tavner05.pdf 2005

Towers, G. C., & Towers, J. M.An elementary school principal's experience with

implementing an outcome-based curriculum. Contemporary Education, 68.1(1996), pp. 67-72

論當代應用寫作中的接受文化

陳曉燕

湖北文理學院文學與傳媒學院

摘要

　　作為一種特殊的寫作活動，當代應用寫作總是從接受者的角度考慮並處理諸如結構設計、格式安排、語言運用等問題，客觀上形成了一種「接受文化」。接受者的認知活動深刻地影響著應用文的結構、行文、內容呈現等；接受者的心理接受則影響著應用文的措辭用語。應用寫作中「接受文化」的形成一方面得益於傳統文化某些積極因素的影響，另一方面也是當代社會生活影響寫作活動的必然結果。認識和瞭解應用寫作裡的「接受文化」，有利於人們應對新時代對應用寫作提出的新要求、新挑戰，有利於人們建構更加合理的應用文評鑒標準，也有利於當代應用寫作做到揚長避短並實現真正的良性發展。

關鍵詞：應用寫作　接受文化

當下，隨著社會經濟的快速發展，人與人之間、集體與集體之間的交往越來越頻繁，整個社會對應用寫作的需求越來越多，對應用寫作的質量也提出了更多更高的要求，相應地，人們也越來越重視應用寫作活動中的接受文化。應用文的寫作活動中，為了實現更好的溝通交流，寫作者通常處處考慮和照顧接受者的感受、體驗與反應，並將這種考慮具體地實施在應用寫作中，從而在寫作的不同層面形成一種以接受者為中心的寫作態勢，並聚合為時時影響、制導寫作的隱性力量，使寫作者對接受者閱讀體驗的關注固化為一種自覺行為，這種客觀存在於寫作活動中的文化現象就是應用寫作中的接受文化。接受文化是應用寫作活動中重要的文化現象，對應用寫作的發展具有巨大的影響力。然而長期以來，人們對此認識不足，這是導致應用寫作發展受阻的一個重要原因。面對新時代、新環境的新要求、新挑戰，應用寫作者要認真審視和利用應用寫作中的接受文化，為應用寫作的新時代發展尋找更有效的路徑。

一　接受文化的內涵

與文學寫作不同，應用寫作的天然使命不在於僅僅滿足寫作者內心中的表達需求，而是要通過寫作建構起寫作者與閱讀者之間良好的交流與溝通，寫作者不僅要讓閱讀者閱讀，而且還要讓閱讀者在閱讀文章之後自願轉化為接受者、執行者。基於這樣的內在需求，寫作者在寫作的每一個環節都要時時關注接受者的體驗、感受與反應，而且將其對接受者的無微不至的關照播撒於寫作過程的每一個環節，無論是結構與形式，還是語言與格式，都處處以接受者為中心來設計和安排。如此一來，接受者實際上從一開始便以一種隱形的方式參與到應用寫作活動中，對寫作活動及其成果產生著深刻的影響。那麼，接受

者又是怎樣影響著應用寫作的呢？深入考察與梳理之後，我們就會發現，接受者的認知活動和心理接受對應用文的寫作有著不可輕視的重要影響，這些影響塑造著應用文的結構、格式和樣式，也與寫作者的寫作目的、意願一起共同塑造不同應用文種的獨特面貌，鑄就了應用寫作接受文化的豐富內涵。接受文化的內涵具體表現為以下兩個方面。

第一，接受者的認知活動深刻影響著應用文的結構、行文、內容呈現等，使不同文種呈現出獨特的面貌。

從結構上來看，一篇完整的應用文通常擁有標題、正文、結語、落款等要素，在長期的寫作實踐中，人們漸漸形成了對於這些結構要素的相對固定的處理方法和原則，而這些方法和原則都鑴刻著接受者的烙印。由於寫作者總是要根據接受者認知事物的方式、特點和過程來考量，於是接受者認知活動便作為一個重要的影響因子深深地滲透在標題擬定、結構設計、行文安排、內容呈現等諸多方面。

首先表現在標題的擬定上。應用文的標題通常要呈現兩個核心要素，一是要解決的主要問題，二是文種名稱。這樣安排的目的是要讓接受者在看到標題後馬上就能快速瞭解該文的主要內容，便於其對文章內容建立起一定的心理準備，構建出一個相應的「期待視野」。正是基於此，大多數應用文直接使用能呈現兩個核心要素的公文式標題，而有的文章雖然採用的是文章式標題，但同時也都添加一個公文式標題作為副標題，以凸顯文章的核心內容。

其次體現在結構的設計上。「結構是文本各個組成部分的搭配和排列」[1]，關於應用文本結構的形成，業內通常認為是因為「約定俗成」和「法定使然」兩種途徑。「約定俗成」的背後潛藏著「由來如此」的思維邏輯，但是，「由來如此」又是「由何而來」呢？為什麼

---

1 裴顯生：《應用寫作》（高等教育出版社，2010年，第3版），第24、78頁。

會「約定俗成」這樣的結構而不是那樣的結構？追問之下，我們就會發現，不同的應用文種在「約定俗成」其固有結構的過程中，除了滿足寫作者處理事務的需要之外，其實還充分考慮了接受者的認知需求。也就是說，人們在「約定俗成」時，一方面固然是出於處理事務的需要，另一方面還充分關注到接受者的認知需求，時時根據接受者的需求來調整、完善文種的結構，最終形成各個文種獨具特點的結構模式。在這個「約定俗成」的過程中，閱讀者的認知需求往往是放在諸多考量因素的首位。比如簡報、通訊的結構會在開始第一段先簡要陳述事件或新聞的主要內容，然後才在後面的段落裡較為完整地敘述事件或新聞的全過程。這樣的結構安排就是為了讓讀者能夠在第一段裡迅速瞭解事件或新聞的概貌，以便讀者根據自己的工作需要與興趣來決定是否繼續讀下去，從而有效地幫助讀者節省閱讀時間。如果閱讀者有需要或有興趣繼續閱讀，也可從後面的段落裡獲知更多的信息。再比如，閱讀者面對工作總結時，往往希望在瞭解總體情況的基礎上獲知更為詳細的過程情況和理性經驗，所以工作總結的結構安排通常是在首段簡述工作總體情況，然後詳述工作過程或者理性經驗。顯然，閱讀者對於工作總結的閱讀期待深刻影響了工作總結的結構安排。事實上，不僅僅是「約定俗成」的文種，其實「法定使然」的文種也是為了安排一個符合接受者認知意願和認知習慣的結構才確定下「法定」的固定結構，譬如法律文書裡起訴書的結構，就是因為考慮到閱讀者知情明意的需要才設計出一種特殊的結構，「法定使然」仍然是以接受者的認知需求為核心。

　　再者體現在行文的安排上。應用文由多個段落構成，每個部分、每個段落內部的行文安排在很大程度上取決於閱讀者。寫作者在撰寫時往往內心中有特定的受眾，他要考慮他的寫作能否讓受眾順利地接受、是否符合受眾閱讀和接受的習慣，這樣他總是按照受眾的閱讀、

思維的習慣來安排段落內部的行文。比如撰寫工作總結，觀點式結構下每個部分內部行文的安排往往是先概述本單位的某一條經驗，然後詳細闡述形成這條經驗的具體做法，接著舉例說明做法帶來的益處和收穫，最後再總括一下。這種先綜合敘述、再舉例細說、最後總結概括的行文安排富有邏輯性，非常符合閱讀者知曉並瞭解一條工作經驗的基本思維過程，所以很容易被閱讀者接受。同樣地，簡報、報告、調查報告、工作計劃等文種的行文安排也是如此，都是首先考慮閱讀者的閱讀與思維習慣。又比如一篇簡報在開頭簡述事件之後，主體部分要敘述事件過程，這時的行文需要先依次陳述事件的時間、地點、經過和結果，再陳述事件的原因和處理結果，最後總結事件的經驗教訓。主體部分這樣的行文是按照人們瞭解一個事件的基本過程來安排的，其實也就是按照閱讀者的思維習慣來安排，所以很容易被閱讀者接受理解。從這個角度來看，由於寫作者充分考慮了接受者的需求，應用寫作中的結構、行文安排也就自然成為讀者的閱讀與思維習慣在文章中的映照，閱讀契合自己認知行為習慣的文章使接受者能夠更快地知曉、把握作者的意思，寫作者與閱讀者之間的思想交流能夠更快更好地實現。在這個過程中，閱讀者認知活動的方式、特點和過程顯然是引導寫作者展開寫作的指揮棒。

最後體現在內容呈現方式上。應用文的內容呈現有很多方式，有時以段落的方式呈現，有時卻需要用分條列項的方式；有時又以圖表的方式呈現，有時卻以文字的形式呈現更合適。到底採用哪種方式來呈現內容呢？長期的寫作實踐表明，應用文的內容要根據寫作者的寫作意圖來確定，但是內容的呈現方式卻在很大程度上是取決於接受者的認知活動。譬如撰寫一份工作計劃，不少企業的工作計劃涉及大量的數據，如何呈現這些數據？解決這個問題不能隨機選擇，也不能根據寫作者自己的喜好來隨意決定。事實上，每一個撰寫者在寫作的時

候，首先考慮的是如何呈現能夠讓接受者可以更加順暢、更加清晰地獲取相關信息，他自然會從接受者認知接受的角度來選擇呈現方式。倘若數據不多，以文字段落的形式呈現內容當然利於接受者瞭解情況，假若出現大量數據，文字段落的形式顯然不能讓接受者更快、更便捷地瞭解、掌握信息，這時就需要採用圖表的形式使接受者一目了然。顯然，在選擇內容呈現方式的時候，表面上是寫作者的決策，實際上卻是寫作者根據接受者的認知活動來抉擇，其潛在的選擇者、決策者其實是接受者。這樣的例子不在少數。很多應用文種需要採用分條列項的方式來呈現內容，比如通知、會議紀要、報告、調查報告等文種，都經常使用分條列項方式，因為分條列項方式用數字提示不同信息點的存在，每一條信息陳述完畢再另起一段，這樣能夠將要表達的內容條目清晰地呈現出來，便於接受者迅速掌握信息。當然有的文章不用分條列項形式，但是同樣也需要用小標題的方式來顯示層次，而這樣做的目的就是為了方便接受者能清晰快速地瞭解內容。為此，高教版《應用寫作》明確指出：「在結構安排上，可以採用分條列項的形式，用序號標明層次，也可用分列小標題的形式，將通知事項分為幾個方面，分別加以闡述。無論採用哪種方式，都必須做到條理明晰，重點突出，便於領會、理解和執行。」[2]可見，內容呈現方式的選擇很大程度上是出於對接受者認知活動清晰度和便捷度的考量。

第二，接受者的心理接受深刻影響著應用文措辭用語的選擇。應用文語言要求準確、完整、清晰、簡潔，這既是寫作者表達內容的本質要求，也是基於照顧接受者的心理接受而做出的客觀選擇。在此基礎上，有些應用文種使用的特殊用語更是主要考慮接受者的心理接受度而確定的。比如請示和請批函都是請求主送單位辦理某項事務，但

2　裴顯生：《應用寫作》（高等教育出版社，2010年，第3版），第24、78頁。

是兩者的結語卻完全不同，請示的結語常用「請批復」、「請指示」，而請批函的結語則常用「盼予回覆」、「懇請回覆」，兩種結語都有了尊敬之意，但請批函的結語卻顯得客氣得多，在尊敬之外還含有殷切期盼的意味，之所以有這種區別，是因為請示是用於下級機關向上級機關請求辦理事項，結語只需表達對上級單位的尊敬即可，而請批函則用於某單位向沒有隸屬關係的機關單位請求辦理事項，結語除了表示尊敬外，還要在客氣、禮貌的話語中流露殷切期盼之意，這正是考慮到接受者的心理接受而做出的明智選擇。事實上，像這樣的語言實例在應用寫作中普遍存在，接受者的心理接受無疑是應用文撰寫者遣詞造句時首要考慮的重要因素，在語詞的使用上，我們可以清晰地看到接受文化的存在。

二 接受文化得以形成的深層原因

為什麼應用寫作活動會出現這樣的「接受文化」呢？筆者認為，應用寫作裡接受文化的形成一方面與中國社會傳統文化密切相關，另一方面也是當代社會生活影響寫作的必然結果。

首先，應用寫作接受文化得益於中國傳統文化的積極影響。首先社會學家費孝通先生指出，中國的社會結構「不是一捆一捆紮清楚的柴，而是好像把一塊石頭丟在水面上所發生的一圈圈推出去的波紋。每個人都是他社會影響所推出去的圈子的中心。被圈子的波紋所推及的就發生聯繫。」[3]而儒家最考究的人倫就是「從自己推出去的和自己發生社會關係的那一群人裡所發生的一輪輪波紋的差序。」[4]從這

3　費孝通：《鄉土中國　生育制度　鄉土重建》（商務印書館，2011年），第27、29頁。
4　費孝通：《鄉土中國　生育制度　鄉土重建》（商務印書館，2011年），第27、29頁。

裡我們可以看到，在中國傳統社會裡，人們其實就處於以「己」為中心、「像水的波紋一般」一圈圈推出去的各種社會關係之中，而儒家對於人倫的重視則強化了中國傳統社會「差序格局」的基本特性。「差序格局」這一基本特性塑造著中國人的社會交往特性，即人們非常重視建構和維護自己的社會關係。儒家提倡的家庭倫理和國家政治倫理，就是按照親疏秩序來整理和維護已經建構起來的各種社會關係，使之理順並滲透於社會日常生活的方方面面，而社會公認的禮節、禮數正是維護社會關係的常用手段。中國傳統社會對於建構和維護社會關係的重視，無疑是促使應用寫作裡的接受文化逐漸形成的一個重要因素。應用寫作是一項務實的寫作活動，其致力於解決公或私的具體事務，必然要面對某種特定的社會關係，而一旦進入這種以社會交往為背景、以特定的社會關係為基礎的寫作活動中，受傳統文化浸染的寫作者總是會首先考慮如何與接受者建構起良好的關係。這和文學寫作截然不同。文學寫作不是為了解決具體事務而寫，其創作的出發點往往是來自於創作者內心的表達需求，文學寫作更關注作者的內心而不是外部的社會關係，所以文學寫作活動中的作者不會過多地、有時甚至完全不去考慮接受者的感受和體驗，他只注重自己的內心。這方面魯迅先生的散文詩集《野草》可謂典型實例。然而應用寫作中的作者卻非常重視接受者的閱讀感受和體驗，重視接受者對於話語的理解和接受程度，為此他會盡可能從接受者容易理解、樂於接受的角度來書寫，比如在撰寫通知時，一般要用分條列項的方式來呈現有關事項的具體事宜，其目的是要接受者能迅速掌握具體事務，又比如在寫情況報告時，要先寫具體情況及結果再寫經驗教訓和處理結果，這樣的結構層次其實是根據接受者認識事物、瞭解事件的一般邏輯順序來安排的，再比如公函的語言要禮貌客氣，以期對方能感受到自己請求辦理業務的誠意……可見，從結構的設計、內容的呈現、行

文的安排、語言的選用等諸多方面，都滲透著寫作者對接受者的悉心關照，接受者在這個過程中受到的種種或鮮明、或潛隱的禮遇，正是應用寫作活動中接受文化的充分體現。

其次，當代社會生活對於寫作的深刻影響，也是應用寫作接受文化得以形成的重要原因。當代中國社會是一個快節奏社會，網絡的迅速發展帶來了媒體的高速發展，人們每天從各種各類媒體獲取的信息總量十分龐大，過多的信息充斥著人們的生活中，擠佔著人們每一天的閱讀時光，面對海量信息，以處理事務為目的的應用文要博得人們的關注，就必須迎合接受者的需求、適應接受者的習慣，以吸引接受者的目光和注意力，否則可能就會被人們忽略乃至擱置起來。比如，應用文的寫作者往往在標題中就表明文章要處理的事務，這其實是為接受者節省閱讀時間，讓接受者在看到標題的第一時間就知曉文章的核心話題並決定是否閱讀下去，請示、批復、通知、招聘啟事、情況報告、調查報告等應用文章的標題往往就是這樣處理的。又比如在會議通知裡寫作者通常使用分條列項的方式來呈現會議時間、地點、主題、議程等重要信息，也是為了讓會議通知的接受者能夠更快地掌握重要信息。寫作者在細節上的細緻處理，顯示了寫作者對於接受者的貼心照顧，也是身處快節奏、大數據時代潮流中的寫作者順應時代變化的一種應對策略，寫作中更加注重接受者的閱讀體驗，為接受者創設更加貼心的閱讀情境，才可能使接受者更快、更準確地接受寫作者提供的應用文本，所以從這個角度來看，應用寫作中接受文化的出現也是當代社會深刻影響應用寫作的必然結果。

當我們認真審視應用寫作裡的「接受文化」，就會發現應用寫作並不是一項純粹屬於寫作者的「單邊」寫作活動，而是一項從寫作伊始就有接受者參與其中的「雙邊」寫作活動，寫作者既要明確表達自己的想法與訴求，又要悉心照顧接受者的閱讀體驗，可以說，寫作者

是帶著接受者的感受與體驗進行寫作的。有研究者以「讀者意識」來命名這種「作者在創作活動中始終想到讀者，並迎合讀者需要的意識」。[5]在「讀者意識」的導引下，寫作者的寫作會為接受者創設一種適意的閱讀過程，接受者的接受也就更加趨於水到渠成。事實上，當這種「讀者意識」滲透到寫作活動的每個環節，並轉化為寫作者的潛意識行為，這就不僅僅是一種單純的「意識」，而是一種能深刻影響和支配人們的寫作行為的文化了，因此稱之為「接受文化」更為合適。

三　瞭解和掌握接受文化的價值和意義

接受文化是應用寫作領域客觀存在的文化現象，瞭解和掌握接受文化的內涵和價值，有助於人們更加深刻、準確地把握應用寫作的特性，並展開更加行之有效的寫作活動。

首先，發掘和瞭解接受文化，人們可以從容應對新時代對應用寫作提出的新要求、新任務。目前，各種應用文種的結構模式和寫法已經相對固定下來，但是隨著社會的快速發展，各種新的社會生活領域不斷湧現，自媒體迅猛發展，人們對於新型應用文的寫作需求越來越多、越來越強烈，傳統應用文種的固定寫作程式已經不能適應社會的需求，該如何開展新文種的寫作成為當下擺在寫作者和研究者面前的不可忽視的重要問題。時下廣告軟文的流行或可提供一個思路。傳統的廣告文案大多偏重於直接介紹產品優點，往往難以契合消費者的內心需求，而如果從接受文化的角度來考量廣告文案寫作，那麼寫作者只需抓住產品最令消費者心動的優點，並根據消費者的閱讀習慣來撰寫文案即可。如今，很多消費者喜歡傾聽那些或憂傷、或勵志的故事

5　喬芳：〈淺論應用寫作的讀者意識與讀者分析〉，《理論導刊》第2期（2009年）。

來充實自己的業餘生活，所以一些敏銳的廣告文案寫作者往往先敘述一個或憂傷或勵志的故事，製造一個情感燃點，然後悄悄地將產品契合情感燃點的優點適時呈現出來，由此便寫成一篇能讓消費者於不知不覺中接受產品的廣告文案，這就是時下非常流行的廣告軟文。廣告軟文的寫法，是應用寫作中的接受文化最典型的體現，廣告軟文的寫作靈感正是來自於寫作者對於接受文化的參透與穎悟。

其次，瞭解接受文化，有利於人們對應用文制定出更加合理的評鑒標準。以往評鑒應用文的優劣，往往是從結構、層次、語言、格式等文本要素來考察，接受者的感受體驗並沒有被納入文章評價體系中，客觀上造成應用文評價標準的一個大缺陷。如果充分考慮了應用寫作中的接受文化，那麼人們在考察、評判文章質量時，就能考慮得更加全面一些，評價體系會更加合理、更加完善，評鑒結果也就更具有說服力。

再者，瞭解和認識應用寫作中的接受文化，也有利於當代應用寫作做到揚長避短並實現真正的良性發展。應用寫作之長在於準確清晰地傳播和交流信息、解決具體事務，充分考慮接受文化、將接受者的接受效果作為寫作活動的關注焦點，這就可以更加有效地促進信息傳播和交流，更加快速便捷地解決具體事務。與此同時也可以避免某些短板，強化應用寫作的優勢，提升應用寫作的工作效力，並促進應用寫作走向良性發展。

新時代對應用寫作提出了更多、更高的要求，面對新挑戰和新機遇，充分認識和瞭解接受文化是拓寬應用寫作發展路徑的重要手段，正確把握和利用接受文化，方能為新時代的應用寫作拓展出更加多樣的發展路徑，應用寫作才會迎來更加廣闊的發展前景。

機器人寫作：AI 應用的技術反思[*]

李紅秀

重慶交通大學人文學院

摘要

在大數據時代，AI 技術正在成為社會生存的基礎，機器人寫作在新聞界應用越來越廣泛。本文研究了機器人寫作的發展現狀和 AI 技術的中的 NLG 系統原理，探討了機器人寫作與記者寫作之間的關係，分析了受眾對機器人生成新聞的信任和可信度問題，指出了社會物理學時代機器人寫作面臨的困境。本文認為，我們對 AI 技術的應用要有一個理性的態度，對機器人寫作的使用要有一定限度。

關鍵詞：機器人寫作　AI 技術　記者寫作　可信度

---

[*] 本文系重慶市社會科學規劃重點項目「新媒體影視傳播形態研究」（項目編號：2016ZDCB05）階段性成果。

伴隨著計算機科學的快速發展，基於人工智能（AI）技術的各種機器人迅猛增長，機器人在社會生活中的使用越來越廣泛。目前，機器人主要用於救災、軍事、工業、醫學、教育等領域，比如，搜索機器人、太空機器人、排毒機器人、手術機器人、學習機器人等。不僅如此，機器人像人一樣可以寫作，寫作機器人運用到新聞領域，在新聞界引起了軒然大波。

機器人寫作最先出現在美國。二〇〇六年，美國湯姆森公司開始運用機器人撰寫經濟和金融方面的新聞稿件（孫振虎，2016；張馨亞，2016）。二〇〇七年，美國科技公司 Automated Insights 開發了一款名叫 WordSmith 的軟件，可以自己編寫一些簡單的新聞事件，比如體育、財經類的。雅虎、美聯社的相當一部分新聞就是由這位 Word Smith 編寫的。（百度百科，2015）與此同時，《紐約時報》《華盛頓郵報》《洛杉磯時報》《衛報》近年來都已經將機器人寫作不同程度的用到了新聞採編多個環節。在中國，二〇一五年九月十日，騰訊財經開發了寫稿機器人 Dreamwriter；同年十月，新華社迎來一位新「同事」——機器人「快筆小新」。二〇一七年一月十七日，南方都市報推出的南都機器人「小南」一秒即完成春運稿件的寫作。（白龍，2017）二〇一七年四月二十四日，據新華社報道，全球首個機器人記者——中國智能機器人佳佳誕生，並越洋採訪了美國著名科技觀察家凱文‧凱利。（張統同，2017）

對新聞從業者而言，「狼來了」不是謊言，機器人寫作對新聞業的衝擊是顯而易見的，但是，機器人寫作對新聞業的發展是福還是禍？目前還無法估量。本文思考的問題是：機器人寫作的基本規律是什麼？機器人寫作是否能取代人類寫作？機器人寫作真的是完美無缺麼？在機器人寫作時代人類有何生存的價值？這些問題筆者想逐步進行認識和探討。

一　機器人寫作的發展與AI技術的原理

　　目前，學界對機器人寫作現象描述和介紹很多，而對機器人寫作進行定義的很少，大多數學者熱衷於研究機器人新聞寫作，原因在於機器人寫作在新聞領域應用比較頻繁。最先對機器人新聞寫作進行研究的是美國學者肖珊娜・佐伯芙（Shoshana Zuboff），她在一九八一年發表了〈計算機成為工作替代者〉一文，她這樣描述：「不難想像，人類的記者在不久的將來將被軟件取代。事實上，這種轉變已經存在，編輯已由軟件編輯替換。電腦編程故事將由機器人記者完成。數字化如何影響記者？多技能記者今後的處境怎樣？他們將如何應對即將到來的令人不安的狀況？什麼是機器人新聞？為什麼要使用算法新聞學？機器人生成什麼樣的文本？算法新聞會取代人類記者嗎？自動文本要考慮哪些倫理問題……這些都需要做出回答。」（Shoshana Zuboff, 1981）肖珊娜・佐伯芙當時對機器人寫作在新聞領域的應用做了大膽預測和思考，特別是提出了與機器人寫作相關的概念：如「機器人新聞」（Robot Journalism）「機器人記者」（Robot Journalist）「算法新聞學」（Algorithmic Journalism）「自動化新聞」（Automated Journalism）。不過，她並沒有對這些概念進行解釋和說明。

　　機器人寫作是伴隨著AI（Artificial Intelligence）技術的發展而發展的，其核心是雲計算和大數據分析，從浩瀚的資訊中找出最可能受市場關注的那部分，通過AGC（Algorithmic Generated Content），用人們能夠接受要求的格式呈現出來，這種技術是計算機基於算法的數據分析和自我學習，是 AI 技術的「算法的中立性」（neutrality of algorithms），相當於新聞報道的客觀性，整個過程也是自動化的。

　　賴特（Reiter）指出：「『機器人寫作』又叫『算法寫作』（algorithmic writing），主要來源於 NLG（Natural Language Generation）技術

領域，這是基於非語言輸入（non-linguistic input）的自動生成文本的過程。」（Reiter, E., 1997; Dale, R., 1997）通常，NLG 系統必須能夠執行一些標準的任務。首先，NLG 系統先應該選擇哪些信息來表達內容；第二，它必須組織可用信息並確定結構文本，而且，它應該確定哪些信息被放置在任何句子中，都能夠準確表達意思；最後，它還必須創建要顯示的表達式，同時語句要符合語法規則。只有通過這樣的系統設置，機器人寫出的文本才能是語法正確，文字清楚。

最初的 NLG 系統只能生成非常簡單且沒有多少變化的文本。然而，科學家經過多年的努力，計算機語言識別技術快速發展，NLG 系統能夠生成各種各樣的文本。

如今，AI 技術快速發展，誕生了 Yseop（AI 軟件公司）、CBS（Columbia Broadcasting System）互動媒體公司等各種 AI 企業。同時，湧現了各種各樣的機器人寫作軟件，比如，一款「幻想記者」（Fantasy Journalist）軟件，「它能寫出非常深刻和比較人性化的文章，這類文章很難分辨出是人寫的還是機器寫的。」（Hille van der Kaa, 2014; Emiel Krahmer, 2014）

彼得・揚・奧貝萊特（Pieter-Jan Ombelet）指出，要完成機器人自動化寫作一般需要四個參與者（actors）：軟件程序員（software programmer）、數據源（data source）、編輯（editor）和出版者（publisher），它們的作用各不相同，「軟件程序員是為了開發內容的創造性算法，數據源要確保能夠為算法提供足夠的原始數據，編輯的工作是選擇數據源和監督自動化進程，出版者是為了給他們的讀者發布所需要的內容。」（Pieter-Jan Ombelet, 2016; Aleksandra Kuczerawy, 2016; Peggy Valcke, 2016）當然，在機器人寫作的具體實踐中，軟件程序員、編輯和出版者可以是同一個參與者。例如，二〇一四年三月十七日，美國加州發生了一次四點七級的地震，《洛杉磯時報》（Los

Angeles Times）的記者肯・施文克（Ken Schwencke）在地震發生三分鐘後，利用「地震機器人」（quakebot）撰寫了一條新聞，其內容如下：

> 據美國地質調查局報道，星期一早上，加利福尼亞 Westwood 五英里處發生了一次淺層四點七級地震。地震發生在太平洋時間六點二十五分，深度為五英里。根據美國地質調查局，震中距加利福尼亞貝弗利山莊六英里，距環球城七英里，距聖莫尼卡七英里，距薩克拉門托三百四十八英里。在過去的十天裡，震中附近沒有發生地震三級以上的地震。這個信息來自美國地質勘探局地震，這篇文章是由作者編寫的一個算法創建的。（Paul Field, 2016）

　　AI 技術彷彿像人類一樣能夠「思考」，只要創建一個自動化識別算法的軟件，機器人就能根據用戶的需要，就能「寫出」讓用戶感興趣的個性化文本。比如，谷歌、百度的網頁排名算法，推特的趨勢名單，就是根據每個用戶的配置文件制定的一個個性化的關係。在以大數據為基礎的機器人寫作最能夠在幾秒鐘之內生成用戶需要的文本，如股票價格、體育統計、天氣預報、財務報告等，已經廣泛使用機器人寫作，從而在短時間內滿足用戶所需要的東西。

二　機器人寫作與記者寫作

　　記者寫作新聞依賴於一個基本的公式：標題、導語、主體、背景，主要元素包括 5W＋H，即誰（who）、何時（when）何地（where）、何事（what）、何因（why）、何果（how）。對於具體的新

聞事件而言，第一步是尋找新聞故事，找到讀者感興趣的故事點，不能簡單地對故事平鋪直敘。第二步是選擇對象，這是新聞報道的核心，尤其要寫出生動的細節，這些細節必須按正確的順序排列，從而達到結構化（structured）的效果。最後一步是根據現實中的故事，一步一步開始寫作。

隨著機器人寫作在新聞界越來越廣泛地使用，一些學者對機器人新聞寫作進行概念上的界定。學者喻國明指出：「所謂機器新聞寫作是一種自然語言生成引擎，利用算法程序，通過採集大量的各種題材及高質量的數據，建立各種分類的龐大數據庫，借助人工智能（AI）實現從數據到認識、見解和建議的提升和跨越，最後由機器自動生產新聞。」（喻國明，2015）申雲則這樣定義：「所謂機器新聞寫作就是用編輯好的程序以及現有的新聞相關數據生成可視化的新聞，對新聞寫作進行格局性改變。」（申雲，2016）這兩個定義雖然有所不同，但都充分認識到機器人新聞寫作的核心要素是大數據和 AI 的應用，AI 技術的滲透對於新聞傳播生產方式和傳播格局的改變是全方位、全環節的。

那麼，隨著機器人寫作的到來，新聞界還需要人類記者嗎？這在學術界產生了很大的爭論。賴特（Reiter）認為，「這很大程度取決於經濟利益，是雇傭和培養一個記者便宜呢？還是創造和維持一個機器軟件便宜？經濟決策通常在很大程度上取決於生成文本的數量。」（Reiter, E., 1997; Dale, R., 1997）言下之意，機器人寫作能否取代人類記者主要由市場決定，特別是傳媒行業會從經濟效率的角度進行權衡。克萊瓦爾（Clerwall）觀點比較明確：「機器人新聞（robot journalism）可是說是免費資源，記者只需關注來自軟件的信息是否合乎要求。」他進一步說：「如果僅僅是發現和獲取低層次的信息資料，那麼計算機新聞（computational journalism）比記者的工作更有

實用價值。人類記者應該更多地關注新聞的驗證、解釋和傳播。」
（Clerwall, C., 2014）克萊瓦爾主張機器人寫作和人類記者應該有不
同的分工。

有些學者明確反對用機器人寫作代替人類記者，認為機器人寫作
缺乏靈活性，不能為故事提供分析機器，如果讓機器人寫非常規的故
事，就很難寫得準確生動。范‧達倫（Van Dalen）指出：「機器人無
法避免陳詞濫調，缺乏創造性和幽默感，雖然有人可能不同意這種看
法。」（Van Dalen, A., 2012）范‧達倫並不反對使用機器人寫作，機
器人可以從事一些日常生活中簡單化和自動化的寫作，而深度報道只
能依靠人工記者完成，當前的 NLG 技術還無法達到要求。

三　機器人寫作的可信度

客觀性、平衡性和中立性已經成為現代新聞的標準，而可信度
（credibility）是每一個新聞報道評估的核心。新聞報道的可信度通常
包括三個內容，即來源的可信度、信息的可信度和媒介的可信度。可
以說，可信度是媒體信譽的受眾之眼。範萊克爾（Vanacker）和貝爾
馬（Belmas）指出：「可信度指的是我們對新聞媒體的期望之一，它
們的報道是準確無誤的，即使要擴大概念的範圍，但也必須是如實報
道。」（Vanacker, B. and, 2009; Belmas, G., 2009）由此可見，可信度
在新聞報道信息的重要性方面是不言而喻的，它直接影響到受眾對新
聞媒體的信譽評價。

通常，受眾對媒體的信任度是很高的，因為記者報道的新聞信息
具有毋庸置疑的可靠性。但是，如果媒體使用機器人寫作，那麼機器
人寫出的新聞作品具有可信度嗎？正如前面所述，機器人寫作是基於
NLG 系統而自動生成文本，如果生成的文本有語法上和邏輯上的明

顯問題，那當然文本信息是不可靠的，普通人也容易辨識，可能 NLG 系統還有缺陷。問題是，如果機器人寫作完成的文本沒有明顯的語言文法上的毛病，它的信息可以認為是可靠的嗎？

根據荷蘭學者范‧德卡（Van der Kaa）和克拉默（Krahmer）的實證研究可知，讀者面對專業記者寫的新聞和機器人寫的新聞根本無法辨識，都認為兩類文章是真實可信的。「通過我們對新聞來源可靠性的觀察（計算機和記者），讀者發現二者的不同，他們感知的計算機作者撰寫的文章和新聞記者撰寫的文章都具有可靠性。一般來說，他們對計算機作者和新聞作者的專業能力都保持中立態度。」（Hille van der Kaa, 2014; Emiel Krahmer, 2014）瑞典學者克里斯特‧庫爾沃爾（Christer Clerwall）同樣做了實證研究，他找來兩篇文章，一篇是記者寫的，另一篇軟件生成的內容（software-generated content）。同時，他邀請了四十五個人參加測試，其中二十七人為普通人，十七人為專業記者。測試結果，無論是普通人還是專業記者，都無法準確判斷哪篇是記者寫的，哪篇是機器人寫的。測試者普遍感覺：「軟件生成的文本更具描述性，但卻無聊，這些內容比較詳實、客觀、準確和可信。」（Clerwall, C., 2014）換句話說，讀者對機器人寫作的文本的可靠性並不懷疑。

機器人寫作的可信度問題並沒有結束。普通人在無法區別機器人寫作的文本和記者寫作的文本的前提下，以類推的方式認可了機器人寫作的文本也具有可信性。如果受眾知道了一個文本是機器人寫的，另一個文本是記者寫的，二者的可信度誰更高呢？美國學者布拉德‧舒爾茨（Brad Schultz）和瑪麗‧盧‧謝菲爾（Mary Lou Sheffer）專門用實證研究方法比較了報紙和機器人記者（robot reporter）之間的可信度問題，研究結果發現，「受訪者的負面情緒是一致的。」幾位受訪者表示：「人類記者已經因為錯誤報道而臭名昭著（特別是在推

測、事實分析等方面），現在機器人寫作會變得更糟。」另一個更直言不諱：「我永遠不會，如果你買報紙或讀文章，如果它是由一個畸形機器人（freaking robot）寫的。你在開玩笑吧？那麼多有才華的作家只寫些雞毛蒜皮的事，因為他們在用機器人寫作。機器人知道什麼是修辭學？機器人知道什麼是新聞中的人性元素嗎？」（Brad Schultz, 2017; Mary Lou Sheffer, 2017）研究的結果是令人驚訝的，越來越多的新聞媒體開始使用機器人寫作，卻不知道大眾對機器人寫作的厭惡和憤怒。

四　社會物理學時代機器人寫作的困惑

我們生活在以數據庫為基礎的社會系統及其複雜的時代，人類數據庫不斷增長，大數據（Big Data）已經成為人類社會必不可少的組成部分，因此，拉塔（Latar）稱當前社會為「社會物理學時代」（Age of Social Physics）。彭特蘭（Pentland）這樣解釋，「我們各種新科學不斷湧現，一切可以自動化分析，AI 算法普遍使用，數十億個微型社交活動（micro social engagement）不斷地通過我們的移動設備與在線平臺（online platform）聯繫在一起，這些微活動（micro engagement）已經被數字化，並存儲在無限的數據倉（data silos）中。」（Noam Lemelshtrich Latar, 2015）AI 技術是社會物理時代的標誌之一，越來越多的媒體、企業、組織機構使用機器人寫作，因為 AI 算法可以把利用數據庫來轉化故事。

不少人感嘆：人類記者會被機器人記者取代，新聞界對人類記者的需求越來越少。然而，任何新技術都是一把雙刃劍，機器人寫作絕不是萬能的，它的缺陷和問題也不容回避。

第一，AI 算法本身存在著一定的局限性。機器人寫作是基於 AI

算法，AI 算法實際上是在數據挖掘基礎上的統計學分析，數據本身沒有意義，通過變量設置使數據之間建立聯繫，最後生成文本。這些由機器人寫作而生成的文本有時候有意義，有時候並沒有意義，沒有實際價值，甚至可能導致錯誤信息。機器人寫作的文本，特別是新聞作品，必須通過測試和校驗，驗證過程最好由人類分析家或記者來做，條件是他們要學會激活可用的新驗證工具（數據分析）。

第二，AI 技術缺乏人類的理解能力。人類的語言豐富多彩，尤其是人類的思考，語言中的隱喻，相互交流中的幽默，這些都不是機器人能夠完全理解的。語言在文化和社會環境中也隨著時間的變化而變化，機器人能夠自由地跟隨變化嗎？維諾格拉德（Winograd）和弗洛雷斯（Flores）聲稱：「AI 理解人類語言的能力不可能超越『官僚層面』」（bureaucratic level），（Winograd, T., 1986; Flores, F., 1986）特勞桑‧馬圖（Trausan-Matu）解釋，「像官僚一樣沒有同情心，它嚴格遵循機器規則。」（Trausan-Matu, 2005; Stefan, 2005）也就是說，一個機器人記者無法「寫出」有深度而內容豐富的故事，這恰好是人類新聞工作者的優勢所在。

第三，機器人寫作不具有創新性。無論是產品還是技術，都是人類的發明創造。發明需要獨創性，為人類所獨有，正是人類的各種技術發明才使社會不斷進步。AI 技術是人類發明的成果之一，但它本身不具有創新能力。機器人自己不能提問，自己不能思考問題，它所有的「問題」和「答案」都是由人類軟件編寫者設置的算法指令。人類的獨創性是一個複雜的思維過程，前提是以問題為導向，從提出問題到分析問題，最後解決問題，有時候需要很長的時間才能完成。機器人寫作可能提供新的知識（需要驗證），但不能制定政策，提出促使社會進步的有效建議，這在短時間內無法用 AI 技術來解決完成。

第四，機器人寫作無法解決作品的法律責任問題。首先，機器人

寫作的作品具有知識產權嗎？西方國家非常重視知識產權保護，特別是人類寫作的成果受法律保護，如果出版發行，創作者可以獲得經濟收益。那麼機器人寫作的作品如果出版，受益人是誰？是軟件公司還是使用者？或者是機器人「自己」？其次，機器人寫作的法律糾紛由誰承擔責任？新聞工作者一般會對其作品的真實性及法律糾紛承擔責任，因為他們的作品有他們的署名。可是，機器人寫作的作品如果出現錯誤、暴露他人隱私甚至無端誹謗他人，由此引起的法律問題該用誰來承擔後果？軟件公司嗎？還是使用者？或者是編輯人員？恐怕無法簡單劃分。受害人應該找誰索賠也是難以界定的問題。

五 結語：機器人寫作的限度思考

AI 技術的發展和越來越廣泛地應用於人類社會的各個領域，彷彿我們的世界一夜之間變得越來越方便和快捷。但是，一些思想家和學者卻對 AI 技術持謹慎的樂觀態度。科羅德尼（Kolodny）提出了一個反烏托邦式的預言（dystopian prediction）：「科幻小說長久以來的主題是，人類世界被機器人管理，包括一個『反常』（singularity）觀念：計算機最終超越了人類的知識，並控制人類。對於一些世界上最優秀的思想家來說，這種想法正在從幻想（fantasy）變成『似真性』（plausibility）。包括著名科學家史蒂芬・霍金（Stephen Hawking）也提出了一個很直接的問題：「我們有必要擔心將來機器人會比我們所有人類都聰明，這不只是科幻恐怖電影的想像。」（Kolodny, C., 2014）因此，如果過度和氾濫地使用 AI 技術，這對人類世界不是福音而是災難，正如當前我們對核武器的控制類似，我們要防止人類自己發明的技術毀滅了人類世界。

基於 AI 技術的機器人寫作同樣要防止其普遍化、氾濫化。新聞

是藝術和科學的結合體。「新聞工作的藝術性表現在尋找新的創意，報道一個有創新角度的新聞，反映新思想，解決問題的新方法，豐富生活的新途徑。新聞工作的科學部分是運用分析工具來支持和驗證提出的想法，這些想法來源於人類活動被記錄和被存儲的數據倉（data silos）。」（Noam Lemelshtrich Latar, 2015）那麼，機器人寫作的新聞具有藝術性嗎？答案當然是否定的，即使普通人難以分辨機器人和記者寫作的文章。機器人寫作的文章會失去獨創性、真實性和人類表達的情感性，有時甚至會造成觀點偏頗而引起法律糾紛。如果我們的新聞媒體都依靠 AI 技術，我們的新聞作品都依靠機器人寫作，那麼，正如海德格爾（Heidegger）所擔心的那樣：人類還能「詩意棲居」在世界上嗎？因此，我們對 AI 技術的應用要有一個理性的態度，對機器人寫作的使用要有一定限度。

參考文獻

孫振虎、張馨亞　〈機器人新聞的發展與反思〉　《電視研究》第6
　　期（2016）　第64-66頁

百度百科　〈騰訊寫作機器人〉　https://baike.baidu.com/item/%E8%
　　85%BE%E8%AE%AF%E5%86%99%E4%BD%9C%E6%9C%
　　BA%E5%99%A8%E4%BA%BA/18642443

白龍　〈機器寫作的新突破及思考——以南方都市報寫作機器人「小
　　南」為例〉　《青年記者》2017年10月中　第94-95頁

張統同　〈全球首次出現機器人記者，對戰到對話，AI 漸入佳境〉
　　2017年4月25日　（http://sports.sohu.com/20170425/n4906481
　　96.shtml）

Shoshana ZuboffComputer-Mediated Work.　Available at　http://america.
　　pink/shoshana-zuboff_4023641　1981年

Reiter, E., & Dale, R.　Building applied natural language generation.
　　Natural Language Engineering, 3.1(1997): 57-87

Hille van der Kaa&EmielKrahmer,　Journalist versus news consumer:
　　The perceived credibility of machine written news. Proceedings
　　of the Computation＋Journalism conference　2014

Pieter-Jan Ombelet,Aleksandra Kuczerawy, Peggy Valcke, Employing
　　Robot Journalists: Legal Implications, Considerations and Recom-
　　mendations, *WWW 2016 Companion*, April 11-15. Montréal,
　　Québec, Canada　2016

Paul Field,Artificial Intelligence-Ten Things You Never Knew, 2016-10-5.
　　https://www.linkedin.com/pulse/artificial-intelligence-ten-things-
　　you-never-knew-paul-field

喻國明 〈「機器新聞寫作」時代傳媒發展的新格局〉 《中國報
　　業》第12 期（2015） 第22-23頁

申 雲 〈「機器人新聞寫作」對新聞採編的機遇和挑戰〉 《今傳
　　媒》第11期（2016） 第115-116頁

Reiter, E., & Dale, R., Building applied natural language generation. *Natural Language Engineering*, 3.1(1997): 57-87

Clerwall, C., Enter the Robot Journalist. *Journalism Practice 8.5(2014)*

Van Dalen, A., The algorithms behind the headlines. *Journalistic practice, 6.5-6.6(2012)*

Vanacker, B. &Belmas, G., 'Trust and economics of news', *Journal of Mass Media Ethics*, 24.3(2009): 110-26

Hille van der Kaa, &EmielKrahmer, Journalist versus news consumer: The perceived credibility of machine written news. Proceedings of the Computation＋Journalism conference 2014

Clerwall, C.. Enter the robot journalist. Journalism Practice, 8.5(2014): 519e531. http://dx.doi.org/10.1080/17512786.2014.883116

Brad Schultz, & Mary Lou Sheffer, Newspaper trust and credibility in the age of robot reporters, *Journal of Applied Journalism & Media Studies*· June 2017

Noam LemelshtrichLatar, The Robot Journalist in The Age of Social Physics—The End of Human Journalism? "The New World of Transition Media", Springer International Publishing, Swiss, Jan 2015

Winograd, T. & Flores, F., "Understanding Computers and Cognition", Norwood, NJ Ablex 1986

Trausan-Matu, & Stefan "Human Language and The Limits of Artificial

Intelligence. A New Religion-Science Relations", Science and Religion: Global Perspectives, Metanexus Institute, Philadelphia, PA, June 4-8　2005

Kolodny, C,　Stephen Hawking is terrifed of artifcial intelligence, *Hufngton Post*, 5　May2014　(http://www.hufngtonpost.com/2014/05/05/ stephen-hawking-artifcialintelligence_n_5267481.html)

Noam LemelshtrichLatar,　The Robot Journalist in The Age of Social Physics—The End of Human Journalism? "The New World of Transition Media", Springer International Publishing, Swiss, Jan 2015

全媒體時代應用文寫作、傳播及其輿情應對

袁智忠　　王玥

西南大學新聞傳媒學院

摘要

　　隨著全媒體時代的到來，越來越多的公眾選擇在網絡媒介發表觀點、表達訴求、監督政治及反應社會問題，網絡輿情逐步成為社會輿情的映照，現實中的各種問題、矛盾，都會聚焦於網絡，並且擴大。本文通過對「北大校長致辭」、「四川巴中通知」、「湖南地方教材」等案例分析的方法，探討全媒體時代下應用文寫作與傳播、網絡輿情及應用文輿情應對，對全媒體時應用文的寫作、傳播及輿情的發生和應對做了一些思考。

關鍵詞：全媒體時代　應用文　網絡輿情

一 全媒體時代應用文寫作和傳播

隨著科學與技術的發展，網絡和手機等新媒體的出現深刻地影響著我們生活的方方面面，對人們生活、教育方式、法律、公共關係等各個方面進行重塑，社會生活的各個領域發生了巨大的變革，新媒體與傳統媒體共同構成了全媒體傳播語境。本文所指的「全媒體」是在已經擁有的各種媒體如文字、圖形、圖像、動畫、聲音和視頻等表現手段基礎之上，產生不同媒介形態（紙媒、電視媒體、廣播媒體、網絡媒體、手機媒體等）之間的交互融合，質變後形成的一種綜合性的新的傳播形態。[1] 對為社會生活服務的應用文的寫作、傳播等方面產生了深刻而廣泛的影響。

應用文作為人類長期社會實踐而形成的一種文體，可以用來傳遞信息、處理事物、交流感情等，有些還可以用作憑證和依據，比如借據、收條等。作為解決生活實際問題的一種文體，應用文最大的特點就是實用性強，其他還包括真實性強、針對性強、時效性強、格式化比較固定等特點。這就對應用文的寫作提出了相應的要求，應用文作者必須具備較高的基礎寫作素養、思想文化素養、法律政策素養和嚴密的思維邏輯等。

（一）全媒體時代應用文寫作的特性

全媒體時代應用文寫作面臨不斷發展與創新，「全媒體時代」應用文的寫作和傳播表現出新的特性。「全媒體」的應用文寫作，與傳統的、其他類別的應用文相比，在特點、規律和方式等方面發生了質的結構性變化，具有其特定的性質、功能、結構和方法，有著自身特

---

1 羅鑫：〈什麼是「全媒體」〉，《中國記者》第3期（2010年）。

殊的規律。它借助計算機網絡系統強大的大數據分析、自動生成、快速傳輸、海量存儲、高度共享等功能，具備了網絡化、數字化、流程化等突出特點，更具備準確性、精確度上的明顯優勢，以及在標準化、規範化方面的特殊要求，對應用文的範圍與數量、寫作功能和質效、作用發揮等諸多方面產生了極其深刻的影響，給我們提供了許多啟示。「全媒體時代」應用文的強大功能，還在於使許多原來在人工條件下無法實現或完成的寫作過程成為可能，同時也隨之將應用文的使用拓展到以往所不能及的範圍和深度。

（二）應用文寫作質量參差多樣有所改善

質量方面，應用文質量和寫作效率的提升更為明顯，在網絡系統高效處理分析數據、自動生成傳輸功能的支持下，網絡應用文的完成比傳統的單純人工寫作在質和量上都實現了飛躍。傳統情況下，對應用文的標準化、規範化程度缺乏有效的控制，隨意性較大，差錯率較高；信息收集和處理往往是多渠道、多層次的分散進行，各自為陣，往往造成信息流的重複甚至割裂，消減信息的精準度等等。而「全媒體時代」網絡系統的構成要素都是標準化、規範化的，而在全媒體語境下，應用文必須嚴格符合固化在軟件系統中的具體標準、規範格式、確定流向才能生成和流傳，而且一旦形成和傳播就不可逆轉、無法更改，再加上許多網絡系統具備環節監控與考核功能，使應用文的質量得到了有效控制；更由於有強大數據庫和雲計算精確運算功能的支持，由此所形成應用文的客觀性、準確性和精確度，實在是傳統的生成和傳播方式無法相比的。

（三）全媒體時代應用文的傳播

一個以現代化信息技術為核心傳播方式的全新時代已然到來。互

聯網等現代信息化技術及傳播手段為應用文的傳播提供了一個方便快捷且覆蓋面極廣的傳播途徑，是應用文傳播的新平臺。鑒於此，要充分利用「全媒體時代」現代化信息技術以及現代化傳播手段，實現應用文傳播的全方位、立體化。

1、傳播主體的多樣化。全媒體時代的媒體形式，打破了傳統媒介時代信息被單一化壟斷的格局，使傳播主體不僅僅是某個或多個單一的傳播媒介，現實的每個人都可以通過各種媒介生產、發表和傳播應用文，所以傳者的界限、範圍變得更加模糊化，多樣複雜。

2、傳播媒介的多樣化。隨著數字技術的飛速發展，應用文可以傳播到文本、圖片、音頻、視頻等多種媒體符號中。信息傳輸和接收的媒體可以涵蓋網絡、移動網絡端、電腦、數字電視等。

3、傳播範圍的廣泛性。傳統的應用文傳播中，任何個體所能傳播的關係數量都是有限的，而開放的新媒體則大大拓展了應用文發布和傳播的範圍，應用文的發布和傳播可以根據需要無限量進行，正所謂「天馬行空，行者無疆」。

4、受眾接受的可能性。隨著我們進入全媒體時代，「人人是新聞社，人人有話筒」的情況已經實現，媒體結構和輿論生態都發生了巨大的變化。

5、傳播效果的便捷性。傳統媒體應用文傳播時一般都需要經過信息的採集、整理、寫作、審核和發布等程序。而全媒體時代，通過互聯網信息傳播則可將這些環節一體化、直接化、迅捷化，並且不受時空的限制，形成信息全天候、全地域、無滯後地傳播狀態。

6、傳播速度的快速性。全媒體時代通過網絡空間，採用不同的技術，將公眾想要獲得的任何信息通過任何媒介傳播，使公眾在任何時間、任何地點、通過任何終端，都能獲得自己想要的信息。大幅度提高了信息的到達率以及傳播速度。

　　上述特徵反映了全媒體時代媒介融合的趨勢，同樣也昭示著其對應用文傳播的深遠影響。

二　全媒體時代下的網絡輿情

　　隨著互聯網的不斷發展，在互聯網平臺上，通過網絡語言或其他手段對某些公共事物或熱點問題發表意見和意見已成為一種新的輿論力量。有學者指出，網絡平臺被稱為輿論的重要發源地，正逐漸成為思想文化信息的集散地和輿論的放大器。

（一）全媒體時代網絡輿論及其特點

　　網絡輿論是公眾通過網絡語言或其他手段對某些公共事務或焦點問題的共同看法。網絡是一個虛擬的社會，具有自主性、隱蔽性、交互性、開放性、多樣性和快速傳播、覆蓋面廣、影響大等特點，概括起來有以下四個方面。

1　交互性

　　與傳統媒體相比，網絡傳播將信息的單向流動轉變為雙向傳播。網絡的出現增加了媒體與公眾之間，以及公眾與公眾之間的互動。這個互動的傳播者為公眾提供了一個表達他們對現實生活和社會中的各種現象和問題的情感、態度和觀點的渠道。

2　開放性

　　互聯網的普及使得輿論環境更加開放，每個人都可以獨立發布信息。這種開放性使得公眾，包括弱勢群體和邊緣化群體，也具有一定程度的話語權，而這種話語權以前只屬於有權勢的階級和知識精英。

3 匿名性

在網絡空間中，公眾幾乎都處於一種匿名狀態中，其身份是虛擬的。因為這種匿名性，每個人都能說話，每個人都敢於說話。隨著網絡輿論的迅速發展，網絡信息傳播成為輿論。

4 快捷性

各種互聯網通訊新技術的出現最終將影響互聯網輿論的出現。一旦互聯網上出現了一些敏感的社會問題和矛盾，它們就會迅速形成輿論的焦點，引發廣泛的社會關注，加劇社會矛盾，影響社會穩定。

（二）全媒體時代網絡輿論事件及其特點

網絡輿論事件，包括突發事件，也包括長期的、引起網絡輿論主體超時預防的關注，進而對公眾意識、政府決策、社會發展等產生不同的影響。網絡輿論事件作為一種群體性事件的特殊形式，具有群體事件和網絡事件的共同特徵。

1 輿論事件具有公共性

網絡輿論的本體論事件一般涉及社會生活中較為敏感的領域，如官員腐敗、社會正義、倫理道德等。因此，公權力大、公益性強、公眾關注度高的部門很容易成為網絡輿論的焦點。在全媒體時代，一個小的事件從而會演化成突發事件。這類事件發生後影響及覆蓋面較大，具有公共事件的特性。

2 輿論事件的傳播快速性

全媒體時代，人與人通過網絡聯繫只需要一個簡單的共同話題，短時間內人與人自發、快速的建立起聯繫。群體事件不僅發生在現實

中，也發生在網絡中。一些負面的網絡輿論事件，會在短時間內產生很嚴重的影響。

3 傳統媒介與網絡媒介的互動性

在網絡輿論事件中，傳統媒介產生的官方輿論場，在涉及國家大方針等重大題材上佔據統治地位；網絡產生的民間輿論場，民眾關心的話題更多涉及貪污腐敗、貧富差距、社會保障等生活問題。兩種不同的輿論場相互溝通與融合。

（三）全媒體時代網絡輿情的演變及發展

隨著全媒體時代的到來，傳統媒體打破了傳播模式，由官方輿論場產生的傳統媒體和民間輿論場所產生的網絡相互交織、相互影響。通過傳統媒體以及網絡媒體的共同「爆料」，形成兩種不同的網絡輿情，這兩種輿論場正是虛擬社區、現實社會相互融合的結果。網絡輿情不再受時空的束縛，在不知不覺中影響著公眾生活的方方面面。

（四）全媒體時代網絡輿情

輿情是輿論情況的簡稱，是由於各種事件的刺激而產生的通過互聯網傳播的人們對於該事件的所有認知、態度、情感和行為傾向的合集。[2] 一般情況下突發事件的雙方意見及利益為相對立的，輿情的長生會影響或阻礙了原有的信息，以及對立雙方的溝通渠道，從而一些有價值的信息可能會被遺漏或疏忽，對處理決策產生誤導，從而輿論檢測是為了更好的達瞭解社會民意，挖掘民意，從而輔助國家決策的效果。

2　劉毅：〈網絡輿情與政府治理範式的轉變〉，《前沿》第10期（2006年）。

三　全媒體時代應用文輿情特徵及應對

「全媒體時代」的到來，隨著信息社會的發展和互聯網的普及，社會各階層與網絡的接觸更加緊密，社會各類應用文呈現出傳播渠道多、傳播速度快、傳播範圍廣等特點，同時容易在應用文寫作和傳播過程中的出現輿情。我國網絡輿論環境複雜，應用文寫作和傳播過程中，一不小心就會引發公眾對立情緒，成為引發社會矛盾、引發重大社會事件的導火索和催化劑。因此，社會各界應該加強應用文寫作及傳播過程中的規範性、嚴謹性和政策性，建構和諧有序的應用文寫作與傳播的新環境和新場域；同時，各級黨政機關和相關部門還要及時瞭解當下社會的新信息、新問題，加強應用文在寫作和傳播過程中的監管，提高輿情應對能力和在新輿情環境中的執政能力，及時化解矛盾，處理好傳播者和受眾的關係。

（一）全媒體時代下應用文的輿情

在北大一百二十週年校慶致辭時，校長將「鴻鵠之志」念成了「鴻 hào 之志」，將「乳臭未乾」念成了「乳 chòu 未乾」，將「諄諄教誨」念成了「dūndūn 教誨」。這般常識性錯誤跟北大校長的學術身份和社會地位極不相配。人們感到奇怪、驚訝，或者主要是因為這是最高學府、最高學術成就的最高造詣。在這樣的盛大場合，各級領導、海內外朋友、大學生在場、電視臺、網絡媒體的傳播，應當謹慎。該事件結果就是事後北大校長發文致歉。

二〇〇八年，四川巴中秋節放假，明明是中秋節放假的通知，但巴中市政府辦公人員疏忽大意，「端午節」竟出現在《中秋節》的通知內容中。儘管巴中市政府辦公室的工作人員發現後及時作出更正，但是在全媒體時代，該事件迅速在網上傳播，引發熱議。有網友表

示，市政府這麼嚴肅的通知會出錯，表示工作人員素質低或責任心缺失，都應該負責。

二〇一七年，湖南地方教材《生命與健康常識》關於「溺水怎麼救護」中存在兩處「致命錯誤」的新聞，引起社會關注。輿情發生後，主持編輯該教材的湖南省教育科學研究院，通過其官網回應稱，「就教材部分內容不全面、不完善、更新不及時向全省中小學生以及社會各界表示歉意。」[3]

以上案例均屬「全媒體時代」應用文寫作和傳播過程中出現的輿情，所以為避免輿情出現，在應用文寫作過程中，更需要應用文寫作者具備良好的寫作素養。應用文寫作具有高度的政策性和實用性。作者不僅要有良好的思想政治素質，還要提高政策水平，加強思想建設；堅持實事求是的工作作風；吃苦耐勞的工作精神；嚴肅認真的工作態度。還要具備良好的文化業務素質，熟悉本部門、本行業的業務；把握應用類文體特點；學習寫作知識；掌握文章格式；良好的基本寫作能力，較強的思維和表達能力。一個規範嚴謹的應用文寫作就可以避免上述輿情問題的出現。

（二）全媒體時代下應用文的輿情應對

輿論出現後，我們必須選擇正確的處理方式。正確對待輿論，採取積極的應對措施。做到完善管理體制。加強組織領導。建立相關工作領導小組，負責指導和管理應用文寫作和傳播；明確職責，建立一套靈活有效的工作機制，明確各成員單位之間的職責分工，盡量避免跨職能、多管理的問題，做好各部門之間的協調與合作，形成合力。

---

3 湖南一小學教科書現「致命」錯誤官方回應：向全省中小學生道歉，央視網，2017年9月7日：（http://news.cctv.com/2017/09/07/ARTI7R4M8hvBwe3acuKEm7wz170907.shtml）。

1 高度重視，從整章建制入手，推動輿情管理常態化

基層單位應高度重視應用文寫作及傳播的管理，把應用文寫作及傳播視為的一項重要內容，納入基層幹部的績效考核體系當中。同時，要把公眾投訴看成是準輿論，多層次的聯繫，在各級加以檢查，積極解決。

2 成立工作小組，建立監測工作機制

監控是防範輿論風險的前提。基層單位應設立相關工作組，監督相關應用文的撰寫和傳播。在當前網絡和新媒體高速發展的環境下，基層單位僅靠人工監督輿論已經不能滿足要求。因此，他們可以利用網絡輿論系統的工具，對網絡中涉及基層單位的輿論進行監控。一旦出現輿論信息，基層單位就可以立即監督輿論。知道，爭取時間進行輿論處理。

3 開展應用文寫作相關的培訓，避免輿情出現

應用文寫作的嚴謹及傳播到位，是降低輿情風險的有力保證。基層單位要重視基層幹部的培養和學習，把應用文寫作作為基層幹部的必修課，組織基層幹部定期或不定期地進行相關的培訓和學習，以提高思想素質。提高基層幹部意識，防範輿論風險，防止輿論事故的發生，保障基層秩序。比特安全性和穩定性。

4 制定輿情應急預案，建立輿情預警機制

一是加強領導，明確責任。成立輿情應對工作領導組，突出部門負責人的責任、輿論工作者的監督責任，確保輿論監督工作向人民群眾開展。二是做好輿情風險排查，及時掌握輿情隱患。基層單位應當

定期、不定期地進行輿論風險調查，深入調查工作中可能導致負面輿論的敏感熱點案件的應用文，及時把握輿論的隱患，明晰形勢，弄清形勢。基礎，及時做好宣傳和解決工作，做好輿論處置工作。案例消除隱患在萌芽狀態。三是制定應對處置措施，做好輿情風險應對工作。認真處理輿論反映的問題，在調查核實的基礎上，及時回應和處理輿論陳述的事項，建立輿論向上級報告制度，確保輿論處置工作順利進行。在主管部門的領導下有序地進行。

5 緊跟形勢，從當前熱點入手，推動輿情風險防範實戰化

基層單位應高度重視應用文寫作傳播輿情防範培訓和演練工作，堅持每半年組織一次全轄範圍的應用文輿情的專題培訓，講解當下應用文寫作及傳播熱點問題的防控要點和應對處置標準。

我們應該意識到，在全媒體時代，網絡不僅是社會危機的放大器，也是社會情感的釋放閥。我們不需要像怪物一樣對輿論反應過度，也不能忽視潛在的負面輿論信息，導致輿論危機。通過學習、研究和培訓，不斷提高幹部應用文寫作及傳播能力、科學把握輿論導向、正確引導、有效化解輿情矛盾。

參考文獻

魯　哲　〈關於全媒體時代新聞傳播管理的思考〉　《新聞傳播》第
　　　　1期（2018）　第51-52頁

丁柏銓、夏雨禾　〈新媒體語境中重大公共危機事件與輿論關係研
　　　　究〉　《當代傳播》第2期（2012年）　第10-14頁

袁智忠、鄧翠菊　《現代應用文寫作教程》　成都　四川人民出版社
　　　　2000年

韋濟木、丁世忠　《應用文寫作》　成都　西南交通大學出版社
　　　　2013年

黃永林等　《網絡輿論檢測與安全研究》　北京　經濟科學出版社
　　　　2013年

羅　鑫　〈什麼是「全媒體」〉　《中國記者》第3期（2010年）

劉　毅　〈網絡輿情與政府治理範式的轉變〉　《前沿》第10期
　　　　（2006年）

湖南一小學教科書現「致命」錯誤官方回應：向全省中小學生道歉
　　　　央視網　2017年9月7日　http://news.cctv.com/2017/09/07/
　　　　ARTI7R4M8hvBwe3acuKEm7wz170907.shtml

粵港澳大灣區新時代
── 應用寫作如何融合

馬雲駿

澳門大學中文系

摘要

國家新策略安排粵港澳大灣區經濟共融，基礎建設完備，區內往還逐漸融合，港澳居民逐步享受到內地居民的同等待遇，包括工作、住房、教育、交通等諸多方面。

當大家的生活圈共融，文書溝通自然頻繁，而各類書寫就是大家「溝通寫作」的依據。「溝通寫作」注重換位思考和互動回饋，重視受文者的接受心理。但現時灣區三地的習慣用語，文件格式多少都有不同。本文從實用寫作角度對灣區三地的習慣用言特點進行分析，針對個案進行闡釋與辨析，並倡議定訂共同的應用文本指引。

關鍵詞：粵港澳大灣區　共融　共同文本格式　求同存異　用語對照表

一 粵港澳大灣區文書準照

（一）粵港澳大灣區地域

粵港澳大灣區指廣州、深圳、珠海、佛山、惠州、東莞、中山、江門、肇慶九市和香港、澳門兩個特別行政區組成的區域，總佔地五點六萬平方公里，地處在「廣佛肇」「深莞惠」「珠中江」三大經濟圈和香港、澳門兩大對外窗口城市的深度融合區域，地區生產總值（GDP）九點一一兆元（約一點三七兆美元），接近全球發達灣區經濟體經濟規模。

粵港澳大灣區城市群，人口六千六百七十一萬人，擁有相近的生活文化。因此提出灣區概念，令區內合作不斷深化，自然更需要良好的溝通，而文書往來是其中重要渠道。

（二）粵港澳大灣區文書依照

廣東省文書規範主要根據一九九四年起施行的《國家行政機關公文處理辦法》的規定，主要有十二類十三種。（《國家行政機關公文格式》）

香港文書根據一九九七年的《政府公文寫作手冊》所列為八類，包括：公函、通告、布告和告示、公告、通函、便簽、錄事和檔案記錄。

澳門的主要文種有十類：法令、訓令、公告、批示、公函、通知、通告、布告、告示和報告（《中文公文寫作手冊》）。[1]

---

1 澳門最早刊載公文的是《澳門地捫憲報》，創刊於清道光十四年（1834年），一八九六年底，《澳門地捫憲報》改為《澳門憲報》，一九四三年《澳門憲報》正式改為《澳門政府公報》。在一八五〇年十二月七日的《澳門地捫憲報》中的「諭」才第一次使用中文。一八七九年澳門政府在「札諭」申明中作出了「自今以後澳門憲報

這三套行政公文指引或規範，不管是使用範疇、名稱、格式以及用語都同中有異。以公告為例，國內又稱紅頭文件，有統一又規範的格式及發文簽章要求。不論省，市或事業單位都一致。

中华人民共和国国家标准

公　告

2018年第1号

附件文件下载：2018年第1号

关于批准发布《喷丸弧高度试片标准样品》等43项国家标准样品的公告

国家质量监督检验检疫总局、国家标准化管理委员会批准《喷丸弧高度试片标准样品》等43项国家标准样品，现予以公布

（见附件）。

要用大西洋文及中文兩樣文字頒行」規定，以後的《澳門憲報》需由翻譯官公所翻譯成中文，校對後由翻譯官簽字畫押。公文規定用西洋文和華文頒布，但「遇有辯論之處，仍以西洋文為正也」。五〇年代至八〇年代，《澳門政府公報》除了刊名及目錄部分譯成中文，內文很少能見到有中文譯文。

2　二〇一八年第1號中國國家標準公告（http://www.aqsiq.gov.cn/zhcx/index_6530.htm）網上辦事大廳入口。

而澳門的特區公告則有所不同，以財政局及文化局為例：

3

3　私人退休基金及稅務豁免公告（https://www.dsf.gov.mo/tax/tax_bulletin.aspx）財政局公告。

公告是嚴肅的發布文書，以上文案至今掛放在當局網頁上，該文書使用範疇是公共的稅務豁免，公告不設編號及名稱，用「事由」代替，格式為兩局聯合發出所以共同簽署，不用蓋章是澳門特區特點，而此項特點在國內企業或個體都很不習慣。

澳 門 特 別 行 政 區 政 府
Governo da Região Administrativa Especial de Macau
文 化 局
Instituto Cultural

招標案卷
I. 公告
第 0001/IC-DGBP/2018 號公開招標－新澳門中央圖書館建築工程－編製工程計劃

根據社會文化司司長於2018年2月8日之批示，並按七月六日第63/85/M號法令第十三條的規定，現為取得新澳門中央圖書館建築工程－編製工程計劃進行公開招標。

1. 判給實體：社會文化司司長

2. 招標實體：文化局

3. 招標方式：公開招標

4. 標的：旨在徵求新澳門中央圖書館建築工程－編製工程計劃（南灣大馬路 459 號舊法院大樓及龍嵩正街 1-9 號前司法警察局大樓）服務。

5. 服務期：最長服務期限為三百二十（320）連續天。

6. 投標書的有效期：投標書的有效期為九十（90）天，由公開開標日起計，並可按七月六日第 63/85/M 號法令第三十六條的規定續期。

7. 承攬類型：以總額價金承攬。

8. 臨時擔保：金額為澳門幣陸拾萬元整（MOP600,000.00），以現金存款或法定銀行擔保之方式提供，銀行擔保書之受益人為："澳門特別行政區政府文化局"。

9. 確定擔保：金額相等於判給服務總金額的百分之四（4%）。

10. 底價：不設底價。

標書待售處，或透過文化局網頁（http://www.icm.gov.mo）查閱，以了解有否附加之說明文件。

澳門，2018 年 3 月 1 日，於文化局

局長

穆欣欣
穆欣欣

4

---

4 完整公告見附件一。

　　而文化局公告格式又有分別,按《中文公文寫作手冊》指引,公告應該有編號、文種及事由。以上文化局公告都有,只是格式在兩則又有別於指引。

　　按上例對照,可見灣區內文書分類,名稱及發送流程是同中有異,雖然書寫用語都以現代漢語為準則,加上文化同源,本來溝通實不應有障礙,可是當合作不斷增加,遇到的文書問題也開始浮現。

　　就以澳門為例,擁有中西文化交匯的特點,外文文書對澳門應用文書有一定的影響。澳門離內地、香港較近,經濟、文化交流越頻繁,也必然會反映到澳門文書中,而葡文公文對澳門公文及文書用詞仍有影響[5],這令澳門在對外文書上的解讀產生歧異。回歸後澳門公職局對此進行了規範,但中文文書仍有別於中文公函的傳統格式,常有不倫不類的現象。

　　當這種「特色」隨大灣區發展,一起融入在大家的生活溝通中,澳門文書規範的不明確,以及用詞「中西合璧」引起的障礙,帶來諸多不便。

二　「應用寫作」為「溝通寫作」

(一)粵港澳大灣區傳統文書用語

　　文書之上冠以應用二字,旨在強調其與人類的生活關係;文書是處理人與事所撰作的文字、文章不容忽視;而此種文體,就通稱為應用文(吳椿榮,2001),此為應用文之由來。

　　筆者因教學需要,曾對傳統應用文用語梳理和篩選,發現各地區

5　比如通告、公告、布告,葡語都可以用ANUNCIA一詞,因此有些部門在報端發表的這些文種,有時用通告,有時用公告,界限不清,存在「一類多稱」的現象。

都有自己的習慣用語,有時同一物件,各地區有不同稱謂。港澳區的文書用語和大陸用語是存在不同的,語言反映在文字書寫上,在平常生活溝通中,引起誤會,輕則博君一笑,如有大不同,就影響了互通互融了。我們以區內生活常出現的商務文書為例。

表 1　商務文書用語對照

港澳習慣用語	區內其他城市
合約	合同
收據	發票[6]
入息稅	所得稅
彈票	退票

可能區內文書寫作很少出現商務上的歧異,但有不少學生提及在成文前口頭溝通時,常有詞不達意情況,就是因為習慣用語不同引起的,這會令下一步的文書溝通增加了難度。比如一些生活用語:

表 2　生活用語對照

港澳習慣用語	區內其他城市
雲端	網盤
車牌	駕照
人流[7]	人潮
樂聲（National）	松下（National）

6　澳門不設增值稅,所以沒有規範的發票,收據指是確認收了款項,區內許多單位不承認收據的報銷作用。

7　港澳用人流管制一詞,區內其他城市用人潮管制,因為人流指人工流產,例如:「無痛的人流」。這是文書上的解讀產生歧異一例。

如果生活經驗不足，真的會不明所以。因為區內的司法、商法要求，專有名稱，以及執行流程，都是同都有異，這對港澳青年融入大灣區，在工作及生活上互通互融，的確造成困擾。

如果我們很清楚區域之間的差異，那一切都是小問題，可是現在大多數人以為我們同為粵方言區，都用現代漢語寫作，應用文融合不成問題。可是各式問題確是客觀存在，並每天都影響著我們。

（二）港澳電郵常用的英文縮寫

澳門本來就是一個多語言、多文化的社會，不少人說，澳門的中文文書很難看懂，甚至比看外文還難。[8]這都是因為用語問題，我們書寫的文字是社會語言的反映；現行港澳流行電子文書，當中的語言問題主要有：

1. 受外語的影響，大量使用翻譯句、粵方言或是英文縮寫
2. 文言詞語使用不當[9]
3. 出現病句、錯句

我們就以港澳地區電郵中常用的英文縮寫為例，一般習慣夾雜在中文文書中。比如：

---

8 「莫名寫過一篇文章，大意說，衙門里的公文是『四不像』公文，不像古文（又像古文——筆者加，以下同），不像廣東話（又像廣東話），不像外文（又像外文），不像普通話（又像普通話）。」

9 有內地部門收到澳門社團發出的後稱式應用文，抬頭為「敬啟者」，不明所以，這些傳統，都應該慢慢規範。近年澳門政府已不用後稱式信函發文了。

表 3　港澳地區電郵中常用的英文縮寫，其他可參見附表一

縮寫	全寫	意思
OOO	Out of office	不在辦公室
NRN	No reply necessary	不需回覆
IAM	In a meeting	會議中
TCC	Teleconference call	電話會議

　　港澳生活節奏比較快，一封電郵內不難發現有些英語大寫組成的字，常見的有「FYI」。明明「For Your Information」只是多幾個字母，但大多數人都會貪快愛用這縮寫來代替。形成「迷語」般的英文縮寫，表面上是節省時間，發件者成功以數秒鐘拋出一份「完整」的電郵，但受文者又能否接得穩？

　　曾有內地受文人收到通知，郵件主題後方寫了 NRN，為免錯失信訊，馬上回電郵問 NRN 是什麼意思，對方也馬上回了「不需回覆」解。這個「溝通寫作」真令人尷尬。

　　未來大家要進一步融入區內生活，各領略要溝通無障礙，合作順暢，我們應該收集灣區文書習慣用語，進行比較和梳理，尋找共同的用語來加以融合。而第一步起碼可以注疏立表，令各區了解對應文字的意思。

三　從寫作角度對語言文字特點進行分析

　　要為文書演變用語注疏立表，必先尋找大灣區內文書融通的文化基礎，也就是說要求同存異。由於區內語言符號近似，我們具有相近的思維模式，資訊傳遞的媒介相通。

　　人類的思維方式受特定語言的支配。共同的語言使我們具有看待

世界的相同方法和模式。語言的語法範疇，往往澆鑄了民族的思維模式，並建構文化精神。語言還能克服人們的獨特性和排異性障礙，使不同領域重合、融通，有助於相互瞭解和尋求共同點。語言通過這種紐帶作用，維繫了一個民族的文化精神。不管是繁體還是簡體，它們還是同一種漢字，體現著共同的價值觀。（金振邦，2001）

（一）借助資訊溝通融匯差異

隨著大灣區開始融通，香港和澳門先後進入各自貿區及區內主要城市，再通過網路平臺實行互惠生活，每分鐘資訊溝通都十分頻繁。大陸與港澳的公務往來更日益增多。信函、電報、網路資訊互通有無，應用文包括公文的差異，如果不及時處理，制定對應策略，可能成為資訊溝通的障礙。這種現實的需求和壓力，對應用文的融通起著有力的推動作用。[10]

雖然收集資料制表化看似落後而多餘的工作，因為網路習慣用語日新月異，我們也可以用年青人的思維，以快打快，只制定對照格式及主要例子，制定利民惠民的對照網站，供大家免費使用。同時，用家也可以把最新的對照案例上傳，形成集體的資訊工具，建立一個中文文書用語對照的網路共享平臺。這樣集腋成裘，既形成互相了解的渠道，長遠又有助於用語的融匯。

（二）人員往來互通互融

這些年來，大陸與港澳的人員來往與日俱增，旅遊、探親、文化交流、公務活動等，也會與大量的公務文書發生關係。往來人員對文書一體化的呼聲，也是與日俱增。

---

10 金振邦：《網路化、標準化、一體化──談資訊時代兩岸四地公文的發展趨勢》（澳門：澳門理工學院、行政暨公職局出版，2001年）。

建設區內運作的中文文書用語對照的網路共享平臺，大陸和港澳文化融合進程，一方面是文字繁簡的不同，另一方面是思維及生活習慣的不同，繁簡字的可能需要緩慢和長期的過程來融合，但針對人員往來的密切，大家的生活習慣及思維模式，要互通互融，實在為期不遠。

（三）民間組織倡議

遵循「一國兩制」的基本原則，既要保持區內文書的不同體系，又要發展一套可整合的書寫模式。如果要強行實現公文類型、格式、用語等方面的接軌，人為地進行統一，就會事與願違，走到事物的反面。只有社會經濟發展及文化建設達到一個平衡，原有的公文體系成了社會發展阻力的時候，開始倡議公文融合就會成為一個水到渠成、瓜熟蒂落的自然結果。

建議成立一個研究大灣區文書用語的民間學術組織。通過民間研究與政府協調相結合的方式，來達到區內公文實現網路共享、書寫規範、無障溝通的目標。

但是，如果要成為區內和院校內開設相融的灣區應用文課程，現在的資料還是比較缺少。比如，三地公文之間的歷史，公文設類與地域政治體制，公文分類的依據和標準，各地公文的文體功能和結構模式比較，區內文書融合的途徑和策略，運用電子公文範本的製作方法和技巧等等。上述課題的研究，對於在區內和院校內開設相融的灣區應用文課程，是極為重要的。

展望粵港澳大灣區新形勢，希望透過民間組織，成立聯合學術組織，對區內的文書融合，乃至現代用語的新整合，可真正整合的書寫模式，令大家自然的融入大灣區生活圈。

四 結論與建議

我們一直在關注培養學生應用文書的寫作能力，發現動手書寫是最重現的訓練方式，建議在推動過程中，從兩方面入手：

（一）推廣

在推廣規範文書寫作方面，回歸以來，中文文書的應用文寫作更普遍了，因此寫作要求也相應更高了；政府中文公文由過去翻譯葡文文本，文本多以葡文文本內容為準，發展成今天直接用中文思維邏輯寫作，再不會出現大量令人看不懂的翻譯句。這也給我們共建區內院校相融的應用文課程，提出了很好、很優良的基礎。

如果日後可以在區內院校開設相融的灣區應用文課程，這樣一面借用大眾的力量，共建中文文書用語對照的網路共享平臺，一面教化青年人，規範格式、用詞等細節，為長遠應用文書寫作的融合打下基礎。

（二）應用

現在國家在灣區內為青年提供了大量的機遇，可以選擇進入灣區實習、就職或融入生活圈。大家循序漸進，按照院校以及權威當局整理的對照文書，在生活及工作中不斷動手書寫，不久的將來，區內自會找到適合大家及符合法制的應用文體和書寫習慣。方便實用的溝通方式就會融入生活，大家會習以為常，也就可以慢慢融通差異，可以預計區內經濟發展越成功，應用文書寫作融合也將越快。

（2018 年 6 月，於澳門大學）

附表一

縮寫	原文	意思
AFK	Away from keyboard	暫時離開
BID	Break it down	細分明細
BOT	Back on topic	回到主題
DOE	Depending on experience	視乎工作經驗而定
EOD	End of day	今日之內
encl.	Enclosed	附件
ETA	Estimated time of arrival	預計到達時間
FWIW	For what it's worth	無論如何
grats/gratz	Congratulations	恭喜
IAM	in a meeting	開會中
IDK	I don't know	我不知道
Int'l	International	國際性的
LET	Leaving early today	今天早走
LMK	Let me know	讓我知道
OTP	on the phone	通話中
PTO	paid time off	帶薪假期
NRN	No reply necessary	不需回覆
NP	no problem	沒問題
RTG	Ready to go	準備出發
TCC	teleconference call	電話會議
TBH	to be honest	老實說
TTYL	talk to you later	待會再說

附件一

澳 門 特 別 行 政 區 政 府
Governo da Região Administrativa Especial de Macau
文 化 局
Instituto Cultural

招標案卷
I. 公告

第 0001/IC-DGBP/2018 號公開招標－新澳門中央圖書館建築工程－編製工程計劃

根據社會文化司司長於2018年2月8日之批示，並按七月六日第63/85/M號法令第十三條的規定，現為取得**新澳門中央圖書館建築工程－編製工程計劃**進行公開招標。

1. 判給實體：社會文化司司長

2. 招標實體：文化局

3. 招標方式：公開招標

4. 標的：旨在徵求**新澳門中央圖書館建築工程－編製工程計劃**（南灣大馬路 459 號舊法院大樓及龍嵩正街 1-9 號前司法警察局大樓）服務。

5. 服務期：最長服務期限為三百二十（320）連續天。

6. 投標書的有效期：投標書的有效期為九十（90）天，由公開開標日起計，並可按七月六日第 63/85/M 號法令第三十六條的規定續期。

7. 承攬類型：以總額價金承攬。

8. 臨時擔保：金額為澳門幣陸拾萬元整（MOP600,000.00），以現金存款或法定銀行擔保之方式提供，銀行擔保書之受益人為："澳門特別行政區政府文化局"。

9. 確定擔保：金額相等於判給服務總金額的百分之四（4%）。

10. 底價：不設底價。

11. 投標者/公司的資格：

    投標者/公司必須已於澳門特別行政區政府財政局及/或商業及動產登記局作本招標標的所指服務之登記。以及按照第 1/2015 號法律規定，已在土地工務運輸局具有執行編製工程計劃職務資格的有效註冊，其投標書方獲接納。

12. 實地視察及講解會：實地視察及講解會將於2018年3月15日（星期四）下午3時正於澳門南灣大馬路459號舊法院大樓舉行。

    有意投標者/公司須於 2018 年 3 月 13 日（星期二）下午 5 時 30 分前致電 2836 6866 預約出席實地視察及講解會（每間公司出席人數不超過 3 人）。

13. 截止提交投標書地點、日期及時間：

    地點：澳門塔石廣場文化局大樓接待處。

    截止日期及時間：2018 年 7 月 9 日（星期一）中午 12 時正。

14. 公開開標地點、日期及時間：

    地點：澳門塔石廣場文化局大樓。

澳門特別行政區政府
Governo da Região Administrativa Especial de Macau
文化局
Instituto Cultural

招標案卷
I. 公告

第0001/IC-DGBP/2018號公開招標－新澳門中央圖書館建築工程－編製工程計劃

日期及時間：2018年7月10日（星期二）上午10時正。

投標者/公司或其代表應出席開標會議，執行七月六日第63/85/M號法令第27條的規定，以及解釋投標書文件可能出現的疑問。

投標者/公司或其合法代表可由受權人代表出席公開開標會議，此受權人應出示經認證授權賦予其出席開標會議的授權書。

15. 延期：倘因颱風或其他不可抗力之原因引致澳門特別行政區的公共部門停止辦公，則原定的實地視察及講解會日期及時間、提交投標書截止日期及時間、公開開標日期及時間將順延至緊接之首個工作天的相同時間。

16. 編製投標書使用之語言：投標書文件須以澳門特別行政區之任一正式官方語言編製，若投標書文件使用其他語言編製時，則應附具經認證之譯本，為了一切之效力，應以該譯本為準。

17. 查閱案卷及取得案卷副本之地點、時間及價格：

地點：澳門塔石廣場文化局大樓。

日期：自公告刊登於《澳門特別行政區政府公報》之日起至截標日止。

時間：辦公時間內（星期一至五上午9時至下午1時；下午2時30至5時30分）。

價格：投標者/公司如欲索取招標案卷的副本，需以現金方式繳付印製成本費用澳門幣伍佰元整（MOP500.00）。

18. 判給標準及其所佔的比重：

判給標準	比重
價格	30%
初步設計概念	40%
投標者/公司整體架構、參與工作小組技術員隊伍之組成、資歷及經驗	25%
工作計劃	5%

19. 附加的說明文件：

由2018年3月7日（星期三）至截標日期，投標者/公司應前往澳門塔石廣場文化局大

澳門特別行政區政府
Governo da Região Administrativa Especial de Macau
文 化 局
Instituto Cultural

招標案卷
I. 公告

第 0001/IC-DGBP/2018 號公開招標－新澳門中央圖書館建築工程－編製工程計劃

樓接待處，或透過文化局網頁（http://www.icm.gov.mo）查閱，以了解有否附加之說明文件。

澳門，2018 年 3 月 1 日，於文化局

局長

穆欣欣

參考文獻

陳耀南　《應用文概說》　香港　山邊社　1993年

趙永新　〈試論澳門政府部門中文的應用及公文寫作教材的編撰〉
　　　　《行政》第13卷（2000年）　第741-747頁

李向玉主編　《中文公文寫作教程》　澳門　澳門理工學院、行政暨
　　　　公職局出版　2001年

于成鯤　〈行政公文文種的類型劃分〉　《行政》第14卷（2001年）
　　　　第1245-1250頁

金振邦　〈網路化、標準化、一體化──談資訊時代兩岸四地公文的
　　　　發展趨勢〉　澳門　澳門理工學院、行政暨公職局出版
　　　　2001年

香港城市大學語文學部編著　《中文傳意──基礎篇》　香港　香港
　　　　城市大學出版社　2001年

魏成春　〈澳門《中文公文寫作手冊》給我的啟示〉　《當代秘書》
　　　　第8期（2003年）　第44頁

邢維等　《實用文秘寫作》　廣州　中山大學出版社　2006年

李曉蕊　《最新行政機關實用公文寫作技巧與範例大全》　北京　中
　　　　國致公出版社　2007年

邱忠民　〈兩岸應用文比較之探究──以公文為例〉　《通識學刊》
　　　　第1期（2010年）　第229-262頁

知識建構與共享：

手機應用程式輔助少數族裔學生學習中文寫作

羅嘉怡

香港大學教育學院

辛嘉華　　祁永華　　劉國張

香港大學中文教育研究中心

摘要

隨著中國於國際的影響力與日俱增，學習中文作為第二語言的學生亦迅速增長。過去十年，在香港主流教育體系學習中文二語的學生增長了接近百分之五十。由於語言系統的差異，他們學習上困難重重，其中又以寫作的難度最大。

傳統學習二語的模式主要倚賴老師的教導，教學內容主要來自課本。課本內容已預先編印好，老師較難隨時更新或豐富其內容，以配合快速增加和不停改變的知識；為了照顧學習差異，老師要花費大量時間和精神剪裁教材。於是，能力高的學生受教材所限，可能產生封頂效應；能力弱的學生又覺得課本的內容太多太難；導致學與教的進度緩慢，成效不彰。踏入二十一世紀，資訊科技於日常生活中日益普及，中文二語教學能否利用科技創造的優勢，既能發展學生的語文能力，又能突破這個困境呢？

　　研究團隊於二〇一四年開發了「動中文 mLang」智能詞彙卡應用程式（下稱 mLang）及教學法，並於多所學校不同的課程模式下，驗證其幫助能力差異大的中文二語學生學習中文的成效。結果證明mLang 能快速提高他們的寫作能力，豐富表達內容，增強寫作動機及自學能力。mLang 容許並鼓勵學生從生活中尋找有趣的事物，以科技把它們帶入課堂，變成形音義俱備的學習卡；通過共享這些學習卡，成為師生同共擁有的寫作素材。本文詳細介紹 mLang 的設計理念，提供研究數據和教學設計舉隅，剖析以移動科技輔助中文二語寫作學習的成功因素及其對未來教學的啟示。

關鍵詞：移動科技輔助學習　中文作為第二語言　寫作學習

一　背景

　　全球學習中文作為第二語言（以下簡稱「中文二語」）的人數迅速增加，根據中國國家漢辦提供的資料，二〇一八年世界各地中文二語學習者已超過一億人，共有五百萬人次參加各類中文二語考試，考試中心達一千一百個，遍布七百四十二個國家和地區。

　　近年，愈來愈多外國人選擇在香港定居，其中以來自東南亞國家者佔多數，包括巴基斯坦、印度、菲律賓、尼泊爾裔人士，亦有少數來自泰國、越南、非洲等地，香港教育局（以下簡稱教育局）統稱他們為「非華語」（non-native Chinese speaking, NCS）人士。根據教育局提供的數據（2018），二〇〇九至二〇一〇學年非華語學生[1]人數為兩萬〇九百九十九人，二〇一七至二〇一八學年上升至三萬一千四百一十四人，增加了百分之四十九點六。不少家長期望孩子能於主流學校就讀，從而學好中文，未來有更佳的發展和向上流動的機會。雖然他們渴望學習中文，惟中文作為表意文字，語言系統與他們的母語和英語等拼音文字有明顯的分別，導致他們學習中文時遇到很大的困難（Everson, 1998; Loh, Liao & Leung, 2018; Loh & Tam, 2017）。

二　中文作為第二語言的學習困難

　　近幾十年的語言教學研究和實踐，確定了語言學習的四項基本能力，即聽說讀寫的重要性（Brown, 2007）。寫作是語言能力的綜合體現，佔據著至關重要的地位，同時也是語言教學的最大難點。羅嘉怡、謝錫金（2012）提出中文二語的學習序列（圖 1）是先聽說（累

1　本文同時使用非華語學生與中文二語學生，它們的意思亦相同。

積口語詞彙），接著識字和寫字，並隨即運用所學字詞進行閱讀和寫作。研究團隊發現很多中文二語學童有良好的聽說能力，但讀寫能力仍然停留在起步階段，原因是識字和寫字階段出現形、音、義知識割裂的問題，例如只反覆抄寫字詞（字形），沒有連結其字音和字義，或單靠反覆朗讀字詞，甚至依賴拼音，沒有把字音連結字形和字義，導致識字學習成效不佳，字詞掌握不牢固，遺忘率極高，嚴重窒礙閱讀和寫作能力的發展（羅嘉怡、辛嘉華、祁永華、劉文建，2019；謝錫金、羅嘉怡，2014）。

圖 1　中文作為第二語言的學習序列

（**羅嘉怡、謝錫金**，2012，**頁** 177）

此外，非華語學生的學習動機低、學習差異大、缺乏家庭支援、欠缺合適的學習材料等（叢鐵華、岑紹基、祁永華，2012；羅嘉怡、謝錫金，2012；關之英，2012；林偉業、張慧明、許守仁，2013；謝錫金，祁永華、岑紹基，2012），都令問題持續。不少學生因而放棄學習中文，甚至提早輟學（香港政府統計處，2012）。

三　資訊科技輔助中文二語學習

第二語言習得理論（Goodman, 1967）指出，學生以個人經驗和需要，選擇想學習的內容，學習效能才會顯著。惟傳統教學倚賴老師的教學，課堂上採用預先編寫好的課文（pre-designed teaching materials），這種彷如倚賴「餵食」（spoon feeding）的方法雖然重要，但學習速度

慢，課文不便利老師用上最新的知識以豐富教學內容，亦較難照顧學生差異和不同的學習興趣（Nation 1982; 2001），甚至造成封頂效應。學習內容無法滿足學生個人的興趣，不能結合日常生活經驗或解決表達上的困難，輸入與輸出不配合，寫作時難以應用所學，自然內容貧乏，提不起寫作興趣，亦寫不出有趣、具個人風格和感染力的文章。

Crook（1994）提出電腦輔助語言學習（computer-assisted language learning，簡稱 CALL）的三個概念：電腦作為導師（computer-as-tutor）、電腦作為學生（computer-as-pupil）和電腦作為工具（computer-as-tool），認為運用電腦輔助教學，能增加師生、生生溝通的機會，通過協作優化語言教學。由 CALL 衍生出流動通訊科技輔助語言學習（mobile-assisted language learning, MALL）等概念，強調發展學生的高階思維和創造力，促進社交互動和語言學習（Ringstaff & Kelley, 2002），激勵他們在課堂以外持續使用語言（Golonka 等，2014）。此外，應用社會認知理論，電腦成為促進協作學習語言的工具（Kern &Warschauer, 2000），在網絡上製造實境學習的機會，學生從互聯網取得教育資源，幫助他們解決生活問題，豐富和拓展主流課程的覆蓋面，改善傳統課堂學習的不足（Parker 等，2013；羅嘉怡、祁永華、譚宗穎，2019）。

Siemens（2005）提出「聯通主義」學習理論，認為學習者以個人為基本單位，與網路其他成員建構成一個複雜的學習網絡，知識相互影響，使網絡中的學習者不斷進步，學習不再是個人活動，而是通過選擇知識，構建個人內部和外部知識網絡的生態網絡過程。

資訊科技輔助教學，既能促進學生與社會的互動，又能提高他們學習語言的能力（Chambers 等，2004；Murray, 2005），成為更獨立、更積極以及更活躍的語言學習者（Leloup & Ponterio, 2003），故研究團隊於二〇一四年開發了「動中文 mLang」智能學習卡應用程式（以下

簡稱 mLang），並發展出 mLang 教學法，目的是針對中文二語學生的個人需要，提高學習動機，增加運用中文和同儕協作學習的機會，增強和鞏固他們對詞彙的形音義的聯繫和記憶，促進寫作和自學能力。

　　mLang 曾在多間學校實踐，研究結果證實能配合不同的課程設置模式，減輕老師的負擔，同時提升中文二語學生的學習成效、動機和自信心。本文以一所先導學校為例，說明 mLang 應用程式和教學法的設計理念和運用方法；通過實證研究，驗證 mLang 手機應用程式及其教學法，對提升中文二語學生的中文寫作能力的成效。

四　「動中文 mLang」的特色及教學法

　　m 的意思包括移動學習（mobile learning）、動機（motivation）、多語言（multilingual）、多文化（multicultural）、多元文本（multimodality），希望學生成為學習的主人（master of learning），一位終身學習者。

　　製作 mLang 卡的方法很簡單，學生可隨時運用智能電話及平板電腦的拍攝或搜尋圖片（提供意義）、錄音（語音）和文書（書面語）功能，**自主地製作個人化的中文學習卡**（flash cards），並上載到 mLang 平臺。每張 mLang 卡都必須包括形、音、義[2]的解說，方便學生自學中文，並同時發展中、英語及／或母語能力。老師可於程式批改字卡，並給學生提供書面及口語回饋，這除了可**針對改善個別學生的學習問題外**，更可透過 **mLang 的精選分享**（featured）**功能**，讓全班都能檢視和保存同學們的作品，共同建立龐大的學習網絡和知識庫

2　本程式支援製作英語、印地語、烏爾都語、尼泊爾語、菲律賓他加祿語等多種不同語言，目的語更可選擇粵語或普通話口語、漢語拼音等，方便學習者以母語或不同語言輔助中文學習，亦能同時學習多種語言。

（pool of knowledge），輔以不同的延伸學習活動，達到**共同建構與共享知識**的目的。學生可以從知識庫搜集感興趣的內容學習，自行調節學習的速度和難度，輕易地**實踐人本課程**，大大提升**學習的自主性和效果**（羅嘉怡等，出版中）。

　　為了讓學習更有系統，並連繫學校課程，老師會按教學目的、教材內容、學生的學習需要等，訂下不同的學習專題（projects）和要求，包括搜集詞彙、句式創作、撰寫段落，或運用 mLang 的幻燈片功能（slide show）撰寫段落、篇章等（見圖 2）。

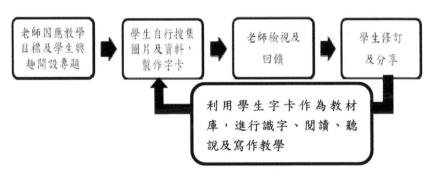

圖 2　「動中文 mLang」教學法的教學模式
（羅嘉怡、辛嘉華等，出版中）

　　mLang 幫助學生接觸互聯網上的知識，發展個人興趣；老師設計實境式學習（authentic learning）經歷，引導學生探索、討論及構建涉及現實世界的問題和知識（Donovan, Bransford, & Pellegrino, 1999），配合學習者為本（Learner-Centered Psychological Principles）的原則，加強照顧學生的認知、動機、社群互動和學習差異（McCombs & Vakili, 2005）。

五 研究設計

（一）研究對象

香港錄取非華語學生的中學很多，按這些學生非華語學生的人數比例，可以分為「高、中、低濃度」三種（Loh & Tam, 2017）。參與本研究的學校屬典型的「低濃度」學校，除中文科外，所有科目均以英語作為授課語言。校內以華語生為主，全校只有十位非華語學生，分散在不同級別。由於他們的人數太少，學校難以分配資源提供額外支援，他們與華語生一同學習為母語學生而設的主流中文課程；故老師和學生在學與教上都倍感困難。香港約百分之五十中學都有類似的情況，因此研究結果對其他中學的中文老師有一定的參考價值。

參與本研究的中二班共有三十人，非華語學生只有四人，均屬巴基斯坦裔，中文聽說能力不錯，能認讀及書寫簡單句子。校方安排這幾位學生參加中文增潤班，希望他們的中文能力能迅速提升，兩年內能銜接主流中文課程，與華語學生一齊學習中文。

（二）研究法

本研究採用個案研究法，結合準實驗研究法及課堂學習研究法（lesson study），同時收集質性和量性數據。

由於本研究只集中探討一所低濃度學校採用 mLang 輔助非華語學生學習中文描述文寫作的情況，故屬個案研究法。

為了監察教學研究的成效，本研究同時採用準實驗研究法，比較教學研究前後，研究對象的中文寫作表現，包括撰寫實用文、描述文命題寫作的表現。

本研究的焦點乃 mLang 應用程式與教學法對提升中文二語學生寫作的效能，故研究團隊採用課堂學習研究法（lesson study），強調

以學校，甚至課堂為本的教育研究（Fernandez & Yoshida, 2004），重視研究團隊與老師的協同合作，促進教師專業發展之餘，亦提高學與教的水平。因此，每個教學循環，研究團隊都會跟老師共同檢視學生的學習困難，商量教學目標，針對學生的學習特點設計教學計劃和流程；過程中監察學與教的進展，所得數據作為下一教學循環的參考數據。研究結果有助尋找最合適和有效的，應用 mLang 移動科技及教學法的實踐模式。

（三）研究工具

1 前後測評估

研究團隊參考香港課程發展議會公布的《中國語文教育學習領域課程指引（小一至中六）》（2007；2017），教育局提供的「中國語文課程第二語言學習架構」（2014），以及香港教試及評核局的「全港性系統評估」，設計前後測評估工具，內容包括聽說讀寫四個部份。本文集中討論學生的寫作表現。寫作卷分三個部份，關聯詞寫作、實用文寫作（字數不限）及命題寫作（不少於兩百五十字），分別佔十六、四十二及四十二分，總分一百分，評估時間共四十五分鐘。前測於研究開始前進行，後測則於期終考試前進行。

2 課堂觀察

每個教學單元，研究團隊都會到課堂觀察師生使用 mLang 的情況，筆錄和錄影教學過程，語譯重要的教學片段，以作更深入的分析。課堂觀察的重點包括學生的學習態度、動機、課堂投入度、師生和生生互動的情況等。課堂結束後，研究團隊跟老師進行課後檢討，評估教學設計的成效，並提出改善建議。討論內容有書面記錄，以便跟進及作研究分析之用。

3 教師訪談

研究團隊主要問及老師對使用 mLang 及其教學法的觀感，觀察和比較學生在參與本研究後，對使用資訊科技輔助學習中文寫作、學習動機，以及自學等各方面的轉變。

每個月的共同備課會議上，研究團隊都會問及老師對上述項目的意見，學生的情況及轉變等，每次約二十分鐘。另外，每個學年開始及結束前，再進行更詳細和深入的訪談，每次約一小時。訪談內容會語譯成為書面記錄，作詳細和深入的分析。

4 學生焦點小組訪談

由於參與本研究的學校非華語學生人數不多，故研究團隊邀請所有同學參與聚焦小組訪談，了解他們對使用 mLang 及其教學法的觀感，比較使用這程式式學習後，對於中文寫作、使用資訊科技輔助中文二語學習、以及學習態度等各方面的轉變。

每個月的觀課活動後，研究團隊都會訪問學生對上述項目的意見，每次約十五分鐘。另外，每個學年開始及結束前，再進行更詳細和深入的訪談，每次約一小時。訪談內容會語譯成為書面記錄，作詳細和深入的分析。

（四）研究過程

第一階段研究由二〇一六年九月開始，至二〇一七年八月結束，第二階段則由二〇一七年九月至二〇一八年八月底結束。研究團隊每月到訪學校一次，跟老師商討教學目標、設計教學研究焦點、教學流程、共同備課，並進入教室觀察學與教的情況，根據學生的反應再設計下一循環的教研內容。本論文主要報告第一年的研究結果。

六 教學設計：mLang 促進綜合中文二語寫作及自學能力，建構知識共享平臺

　　本節將以一個描述文寫作教學單元為例，說明 mLang 在寫作教學上的應用，相關的教學法及課堂教學活動，並解釋這些教學設計所帶出的學習效果。至於較詳細的教案設計，請參閱附件一，及《異曲同功：中學非華語學生的中文學與教支持計劃（2016-2018）種子學校優秀教學案例》（羅嘉怡、岑紹基、祁永華，2018）。

　　單元主題是「香港遊」，內容介紹尖沙咀文化中心、海洋公園、迪士尼公園等著名景點；寫作教學的目標包括：

　　（1）識詞和閱讀：理解課文《香港遊》的主題和內容，學習文本的重點詞彙，並拓展學習更多與主題相關的詞彙；

　　（2）句式：能理解以下句式的意思及用法：……位於……，可以……；除了……，還有……；如果……，就……；

　　（3）寫作：能學習描述文類結構，並應用所學詞彙、句式及文類結構寫作。

（一）拓展詞彙量，為寫作打下基礎

　　由於學生來港時間短，除了學校和居住的社區外，沒有到過課文提及的景點，亦不認識其他景點，例如「女人街」、山頂等。故老師講解完課文後，以「香港遊」為專題，請學生從網上搜集資料，每人製作不少於五張 mLang 卡，介紹他們認為有趣的香港景點。由於學生的興趣不相同，他們製作的字卡內容十分多元化，數量亦遠超過老師的要求，故能達到通過**自學，拓展詞彙量**的目的（詳細的教學流程，請參閱附件一）。

老師查閱學生製作的 mLang 卡並給予改善建議後，用「精選分享」功能把內容有趣和具創意的字卡分享給班上所有同學。於是，**由同學們共同建構的知識庫便建立起來了！**

為了幫助學生培養多閱讀和運用知識庫內的資料的習慣，以加強中文二語學習的效能，研究團隊與老師共同設計不同的學習活動和有趣刺激的遊戲，以帶動課堂氣氛，提高學習動機。例如「Bingo」（賓果）遊戲，學生自行製作字卡（第一次溫習），老師點評並分享優秀作品後，請學生從中挑選若干張喜歡的字卡，把內容抄寫在賓果工作紙上（第二次溫習）；老師宣布答案，學生核對自己是否中獎者（第三次溫習）；中獎同學展示工作紙並朗讀答案，其他同學核對（第四次溫習）。這個學習活動十分刺激，同時能給學生**自主學習的機會**（自選答案），**又能測試運氣**（賓果結果），學生**十分投入課堂活動，學習氣氛高漲；通過製造不同的學習經驗**（溫習），**學生不知不覺學會了更多詞彙，對鞏固字詞學習有顯著成效。**

（二）學習句式，以豐富文章的內容，有條理地表達意念

接著，老師向學生講解上述三個句式，用以介紹景點及其特色。老師除了引用課文的例子，說明各個句式的用法外，更開設不同的句式專題，著學生們運用「香港遊」專題內的景點資料，創作不同的句式。學生製作的 mLang 句式卡仍然會包含形音義三個元素，經老師點評，訂正後再分享到學生的群組內，成為**共享資源**。之後，老師設計工作紙，要求學生閱讀這些句式卡，投票選出佳作，並提出理由；又請他們把自己最喜歡的句式抄寫在工作紙上。

變易理論（Variation Theory）指出要有效學習一種概念，必須找出概念中相同（invariant）和相異（variant）之處，方能體現這種概念的精萃，融會貫通，並能舉一反三（Marton & Booth, 1997）。以句

式學習為例，「除了……，還有……」是並列句，列出多個性質相同的事物；「如果……，就……」是因果句，前半部先說出條件，後半部陳述結果；兩個句式涉及不同的邏輯概念，**通過比較**，學生能**辨識**（discern）兩者的異同。此外，由於每位學生所選的景點不同，運用這兩個句式創作出來的句子內容亦不同。學生通過閱讀大量句式相同，但內容不同的句子，能**更充份理解**兩個句式的**運用方法、變化**等；對香港不同的景點亦有了更深刻的認識。

（三）學習文步結構，寫出一篇完整的作文

老師再以課文為例，向學生講解描述文類的文步結構（genre），即「總體描述 ^ 逐層解釋 1 ^ 逐層解釋 2 ^ …… ^ 總結」。**學生按照文步結構製作 mLang 幻燈片**（slideshow），綜合運用所學知識，嘗試**有系統地介紹「我最喜愛的香港旅遊景點」**。老師鼓勵他們從各個 mLang 專題中搜集資，包括挑選自己喜歡的景點，適合的「句式」和句子，配合文步結構，製作 mLang slideshow，詳細介紹一個自選的景點，它的地理位置和特色。

由於學生製作 mLang 卡，以至運用這些中文學習卡進行不同的學習活動時，已**反覆運用過不同的詞彙和句式**，又通過閱讀同儕的作品，提供了**大量「可理解輸入」**（comprehensible input）（Krashen, 1988），故配合描述文類的文步結構創作篇章時，感覺得心應手。對於能力弱的學生，mLang 成為**學習的鷹架**，幫助他們重溫及運用不同知識，迅速發展寫作能力。

為了鞏固學習效能，老師進一步精選優秀的 mLang 幻燈片，請學生閱讀和互選內容最具創意或最有趣的作品。及後，老師進一步提高對他們的要求，著他們自行挑選一個嚮往的世界著名景點，自行從互聯網上搜集相關資料，製作為詞彙卡、句式卡、描述文類的文步幻

燈片，完成後再抄寫成一篇文章，作為總結本單元的課業。

七　研究結果

（一）課堂觀察

根據課堂觀察，研究團隊發現老師較易從 mLang 卡中找出學生錯處（特別是語音問題），從而提出針對性的糾正建議，有效照顧學生需要；學生也能記到錯處，避免重犯。

傳統課堂常叫學生做工作紙，然後改正，學生覺得老師只在乎成績，忽略所學內容。用 mLang 後，學生用學習卡做課堂報告，學與評都更有焦點，學習內容更深刻有趣。此外，傳統課堂偏重閱讀和寫作；mLang 則書寫、詞義、發音三者並重，通過有趣的延伸學習活動，學生能反覆運用所學，有助加深學習記憶。

研究團隊和老師都發現學生的說話及寫作品質俱長。說話及寫作時，以往短語較多，現在句子明顯較長，能重覆運用所學句式，而且闡述的內容豐富，更願意多講多寫。學生的發音，尤其聲調，比以前更準確。

學生的注意力集中在錯字和誤讀，警惕自己的錯誤，提升了對中文的語感及敏銳度。大部分學生現在能立即聽到同學的錯處，及提出修正建議。學生也能專心留意錯字，然後自行修正。

（二）教師訪談分析

老師認為 mLang 可以幫助學生建立良好的寫作習慣，「用 mLang 後只要給他們寫作的步驟，學生自己養成了一個習慣，知道怎樣搜集和整理資料，自己構建一篇文章」。更重要的是「他們知道原來可以

在網上找一些圖片，刺激自己的思維，確立寫作方向；在網上找自己需要的字詞，發現寫作原來是可以自己做的」，**建立了解難及獨立學習的能力。**

老師以班上其中一位學生為例，指出「學期前她很難組織一個完整的句子，並有語法錯誤。運用 mLang 能幫她改善寫作習慣，因課堂建立了運用 mLang 寫作的流程，她慢慢地積累了一些句子和段落。」

此外，老師觀察到學生「詞彙方面也豐富了，mLang 的 project 讓學生嘗試用中文表達……讓學生（對學習內容）有了一個概念……當他們再寫作時，會嘗試使用在 mLang 中使用過的詞彙。相反過去寫作時，學生比較抗拒，現在用 IT 幫他們準備，好像無形中掃除了這個障礙。」

老師進一步指出「能力高的學生開始只表達一些簡單的意思，沒有句子的變化，字詞比較單一。透過做 mLang 字卡的過程，建立到很多不同的資訊，她們要收集資料，建立字詞庫，學生明顯有進步，寫作的時候都能運用四字詞，例如『一事無成』等。」…「早前的辯論活動……以往學生找了一些資料回來，未必真的清楚知道資料的內容。但當同學在 mLang 做字卡表達觀點的時候，需要自己消化後再表達出來，變化在於學生要透過 mLang 去建立自己的內容，再用自己的文字寫出來的，轉化成自己的東西。」

（三）學生訪談分析

學生們表示 mLang **有助擴闊他們的詞彙量及詞彙廣度，**「作文的時候會參考 mLang 的字卡，用比較難的字，平時不會用的。例如：寂寂無名（學生 02）、家傳戶曉（學生 01）、精神奕奕（學生 03）」。他們覺得 mLang 讓他們主導學習過程，相比起傳統以老師為中心的學習模式，mLang 更能**提升學習中文的興趣。**

此外，學生們表示傳統課堂只用書本，老師說話較多、較沉悶；現在與老師的**互動多**，**課堂參與度高，比較有趣**。mLang 不受時、地限制，又能做到即時回饋，不用經常麻煩老師，覺得**學習上更自主**。至於通過網上資源（例如 Google 搜尋器）搜集更多資料，有助學習，**不經不覺學會解難的方法**。他們特別喜歡使用電子產品，覺得有助學習時**更加投入課堂活動**。

（四）前後測成績分析

數據顯示學生使用 mLang 及其教學法學習中文二語寫作一年後，三個寫作評估項目的成績都有進步，其中以關聯詞寫作和命題寫作的進步幅度最顯著，平均分由前測的七分及十九分，增加至後測的十點五分和二十九點四分，這兩個項目的增值率（Cohen, 1998）分別達一點三八和一點一七。整體來說，學生的寫作總成績也有顯著提升，由前測的四十九分，增加至後測的六十五點四分，增值率一點〇四。

表一　研究對象的寫作前後測成績分析（2016-2017 年度）（N＝4）

評估項目	總分	前測		後測		增值率 Effect size
		平均分	標準差	平均分	標準差	
關聯詞寫作	16	7.00	2.71	10.5	2.38	1.38
實用文寫作	42	23.00	5.03	25.50	4.36	0.57
命題寫作	42	19.00	12.83	29.40	4.98	1.17
總分	100	49.00	20.07	65.40	11.53	1.04

八　總結

　　學習中文作為二語或外語的學生與日俱增，惟中文的表意語言系統與他們的母語表音系統（例如英語）不同，造成學習障礙，難以提升學習效能，導致學習動機低落，討厭甚至放棄學習中文。

　　本文以一所先導學校為例，說明 mLang 及其教學法的理念，並解釋如何應用於中文二語寫作教學。在學與教的過程中，移動科技成為促進協作學習語言的工具（Kern & Warschauer, 2000），通過 mLang 建立一個共享學習成果的平臺，發展成一種互動教學法；學習中文二語變得活潑有趣，學生的自主性與參與度大幅提升；他們可以對著手機或平板電腦練習和發表創意，減低了對語言的恐懼（language anxiety）（Krashen, 1988）。mLang 的精選分享功能，幫助同學把生活經驗與創意帶入二語學習，共同建立龐大的學習網絡和知識庫，達到**建構與共享知識**的目的。學生可以挑選**與主題相關的學習內容，但又配合個人的興趣學習**，自行調節學習的速度和難度，**輕易地實踐人本課程**，大大提升**學習的自主性和效果**，提升非華語學生學習中文寫作的動機、成效及自學能力，體現「自我決定論」（self-determination theory）中提出提升學習動機的心理條件（Deci & Ryan, 2012）。

　　透過讓學生參與和共同開發學習內容，建立「聯通主義」（Siemens, 2005）所提出的網上學習社群，學生之間的互動，促進了學生個人與知識的成長，還可持續地提供有趣而合適的教材，既減輕老師搜尋或自行編寫教材的擔子，又能發揮移動資訊科技的優勢；既提供大量可理解輸入，又提供有趣的輸出機會（Krashen, 1988）；老師既能**改善個別學生的學習問題**，又能給學生提供自由自主的學習機會和空間（Golonka 等，2014），並在網絡製造實境學習機會，從互聯網取得教育資源，幫助學生解決生活問題，豐富和拓展主流課程的

覆蓋面，改善傳統二語課堂的限制（Parker 等，2013；羅嘉怡等，出版中）。

　　教師在運用 mLang 施教的過程中擔當著促進者的角色，由擬定教學目標、挑選教材、設定不同的學習專題、批改字卡、給予回饋、組織及監控課堂、照顧學習差異等，這些都是學與教成功的關鍵元素，亦是科技不能取代的。雖然如此，我們相信運用移動資訊科技輔助中文二語教學仍有很大的發展空間，若能善加運用，將能發揮更大的優勢。

九　鳴謝

　　鳴謝優質教育基金，以及語文教育及研究常務委員會分別贊助「『動中文』智能詞彙卡——幫助非華語學生學習中文的教材和教學設計（2015-2017）」及「中學非華語學生的中文教與學支援計劃（2016-18）」研究經費，同時感謝上述研究計劃的所有協作學校及老師和學生的參與。最後，鳴謝 m-Chinese Solution Ltd 授權研究團隊及協作學校免費使用「動中文 mLang」智能詞彙卡學習應用程式。

參考文獻

中國國家漢辦　〈關於漢語考試〉　下載於2018年9月4日　http://www.hanban.edu.cn/tests/node_7475.htm

林偉業、張慧明、許守仁　《飛越困難，一起成功：教授非華語學生中文的良方》　香港　香港大學教育學院　2013年

香港政府統計處　《2011年香港人口普查》　香港　香港特別行政區政府　2012年

香港教育局　《2017/18學年的非華語學生人數》　香港　香港特別行政區政府　2018年

香港課程發展議會　《中學中國語文建議學習重點（試用）》　香港　香港特別行政區政府教育局　2007年

香港課程發展議會　《中國語文教育學習領域課程指引（小一至中六）》　香港　香港特別行政區政府教育局　2017年

教育局課程發展處　《中國語文課程第二語言學習架構》　香港　香港特別行政區政府教育局　2014年

謝錫金、祁永華、岑紹基　《非華語學生的中文學與教：課程、教材、教法與評估》　香港　香港大學出版社　2012年

叢鐵華、岑紹基、祁永華　《香港少數族裔學生學習中文的研究》　香港　香港大學出版社　2012年

羅嘉怡、岑紹基、祁永華　《異曲同工：中學非華語學生的中文學與教支持計劃（2016-2018）種子學校優秀教學案例》　香港　香港大學教育學院中文教育研究中心　下載於　http://www.cacler.hku.hk/site/assets/files/5300/617143225.jpg

羅嘉怡、辛嘉華、祁永華、劉文建　讓學習者共同開發學習內容：「動中文 mLang」教學法──以移動資訊科技輔助中文作為第二

語言學習。見羅嘉怡、巢偉儀、岑紹基、祁永華編著 《多語言、多文化環境下的中國語文教育：理論與實踐》 香港 香港大學出版社 2019年

羅嘉怡、祁永華、譚宗穎 資訊科技建構實境式學習提高多元文化素養：網上學生雜誌的個案研究 見羅嘉怡、巢偉儀、岑紹基、祁永華編著 《多語言、多文化環境下的中國語文教育：理論與實踐》 香港 香港大學出版社 2019年

羅嘉怡、謝錫金 〈促進非華語幼兒漢字學習的校本課程設計初探〉《漢字漢文教育》第28輯 2012年 第171-195頁

謝錫金、羅嘉怡 《怎樣教導非華語幼兒有效學習中文》 北京 北京師範大學出版社 2014年

關之英 〈中文作為第二語言：教學誤區與對應教學策略之探究〉見《中國語文通訊》第91卷第2期（2012年） 第61-82頁

Brown, H.D., *Teaching by principles: An interactive approach to language pedagogy* (3rd ed. ed.) White Plains NY Pearson Education 2007

Chambers, A., Conacher, J.E., & Littlemore, J., *ICT and Language Learning: Integrating Pedagogy and Practice.* Birmingham UK University of Birmingham Press 2004

Cohen, J., *Statistical power analysis for the behavioral sciences.* San Diego CA Academic Press 1998

Crook, C.K., *Computers and the collaborative experience of learning* London Routledge 1994

Deci, E.L., & Ryan, R.M., Motivation, personality, and development within embedded social contexts: An overview of self-determination theory. In R.M. Ryan (Ed.), *Oxford handbook of human motivation.* UK Oxford University Press 2012 pp. 85-107

Everson, M.E., Word recognition among learners of Chinese as a foreign language: Investigating the relationship between naming and knowing. The *Modern Language Journal, 82.*2(1998) pp. 194-204

Fernandez, C., &Yoshida, M., *Lesson study: A Japanese approach to improving mathematics teaching and learning.* Mahwah N.J. Lawrence Erlbaum Associates 2004

Golonka, E., Bowles, A.R., Frank, V.M., Richardson, D.L., & Freynik, S., Technologies for foreign language learning: A review of technology types and their effectiveness. *Computer Assisted Language Learning, 27.*1(2014) pp.70-105

Kern, R. & Warschauer, M., Theory and practice of network-based language teaching. In M. Warschauer & R. Kern (Eds.), *Network-based language teaching: Concepts and practice.* Cambridge Cambridge University Press 2000 pp. 1-19

Krashen, S.D., Second language acquisition and second language learning. Oxford Prentice-Hall International 1988

Leloup, J.W., &Ponterio, R., *Second language acquisition and technology: A review of the research.* Available from: (http://www.academia. edu/4685832/Second_Language_Acquisition_and_Technology_ A_Review_of_the_Research_Conceptual_Framework) [Accessed 22 January 2017].

Loh, E.K.Y., Liao, X., & Leung, S.O., Acquisition of orthographic knowledge Developmental difference among learners of Chinese as a second language (CSL). *System, 74,* 206-216. doi.org/10.1016/j.system. 2018.03.018

Loh, E.K.Y., & Tam, L.C.W. (2017). Struggling to thrive: The impact of Chinese language assessments on social mobility of Hong Kong ethnic minority youth. *The Asia-Pacific Education Researcher, 25*(5-6), 763-770.doi 10.1007/s40299-016-0315-0

Marton, F., & Booth, S., *Learning and awareness.* Mahwah, N.J L. Erlbaum Associates 1997

McCombs, B.L. & Vakili, D, A learner-centered framework for e-learning. *Teachers College Record, 107*.8(2005) pp. 1582-1600

Murray, D.E., Technologies for second language literacy. *Annual Review of Applied Linguistics*, 25(2005) pp. 188-201

Nation, I.S.P., Beginning to learn foreign vocabulary: A review of the research. *RELC Journal 13*.1(1982) pp. 14-36

Nation, I.S.P., *Learning vocabulary in another language* Oxford Oxford University Press 2001

Parker, J., Maor, D., & Herrington, J., Authentic online learning: Aligning learner needs, pedagogy and technology. *Issues in Educational Research*, 23.2(2013) pp. 227-241

Ringstaff, C., & Kelley, L., *The learning return on our educational technology investment: a review of findings from research.* Available from: (http://tinyurl.com/clkd9b)[Accessed 22 January 2017].

Siemens, G., Connectivism: A learning theory for the digital age. *International Journal of Instructional Technology and Distance Learning, 2*.1(2005) pp. 3-10

表一　教學流程圖示例節錄　　附件一

課前準備	1. 老師以各國美食作為切入點，要求學生分組介紹不同國家的美食，交流飲食文化 2. 全班選出四個最受同學歡迎的國家。老師開立四個國家的「美食」mLang 主題，著學生回家搜集更多美食，並以 mLang 字卡作詳細介紹，愈多愈好 3. 老師查閱學生的 mLang 卡，給予回饋 4. 利用「教師精選」功能向全班分享佳作，並準備延伸學習遊戲例如「Bingo」或「大電視」遊戲的題目
2教節	1. 教授《香港遊》課文的內容。 2. **學生製作 mLang 上，鞏固字詞學習：** • 學生把課文的重點字詞（景點特色）製作 mLang 字卡 • 鼓勵學生發揮創意，為字卡配上有趣的圖片；在課堂上檢視重溫，令學生對字詞有深刻印象，鞏固課堂所學
1教節	3. 教授句式：「……位於……」及「除了……，還有……」，學習用完整句子介紹景點的地理位置及特色。 4. 學生運用句式，製作 mLang 字卡，介紹香港的旅遊景點： • 全班一同了解香港不同的旅遊景點及其特色 • 學生自定喜歡的景點，從互聯網搜尋圖片，製作 mLang 字卡，運用資訊科技填補生活經驗的不足 • 從課文延伸自學
2教節	5. 老師結合 Bingo 遊戲和句子充填，幫助學生重溫字詞及句式 • 「Bingo」玩法：學生於5分鐘內，從老師精選的 mLang 字卡中選16個自己喜歡的詞彙，填寫在工作紙上。老師亦抽選合適的詞彙作 Bingo 遊戲（老師可巡查哪些字詞較受學生歡迎，以增加他們「答中」的機會，或選取難字／核心詞彙），學生聆聽及核對答案。Bingo 的學生須展示工作紙，並朗讀字詞一遍，老師和其餘學生一同檢視答案 6. 學生聆聽及核對答案。Bingo 的學生須朗讀所有字詞一遍，全班檢視答案

	7.老師提問課文重點，引導學生學習描述文類的文步結構 8.學生按照文步製作 mLang 幻燈片（slideshow），有系統地介紹「我最喜愛的香港旅遊景點」： 學生挑選自己喜歡的香港景點，分別從全班共同建構的「香港遊」和兩組「句式」知識庫中搜集資料，配合文步結構，製作一個 slideshow，詳細介紹景點的地理位置和特色 學生要同時運用學過的詞彙、句式，配合描述性文類的文步結構創作。mLang 作為鷹架，幫助學生重溫及運用不同知識，發展寫作能力
2教節	9.綜合單元所學，寫作「我最想去的世界旅遊景點」： 綜合本單元所學的詞彙、句式及文步，把焦點從香港的旅遊景點拓展至「我最想去的世界旅遊景點」，利用 mLang 草擬自己的寫作大綱
1教節	10.同儕互評，檢視同學作文，並以互評工作紙選出最佳世界旅遊景點。 11.總結本單元所學。

應用文與傳統文化對接研究
——應用寫作理論和實踐的傳承與創新研究

歐陽修的應用文理論研究

張　琦

信陽學院文學院

摘要

　　宋代是應用文發展的重要時期，作為文壇領袖的歐陽修在應用文創作上成就較大，在對應用文的分類、寫作的原則和語言的審美等方面提出理論要求，構建了古代應用文理論的框架，對宋代應用文的發展起到推動作用，也對現代應用文發展具有指導意義。

關鍵詞：歐陽修　應用文　理論

　　古代應用文在宋代處於發展的高峰期，這一時期名家眾多，名篇如雲。作為北宋初文壇領袖的歐陽修，他的古文創作成就主要表現在應用文方面，制、狀、劄子、表、奏、書、啟、墓誌銘、祭文等占其文集中一半以上，他對文體的創新影響重大，因此探討歐陽修應用文理論是有意義的。

一

　　應用文這一作為應用意義文體的名稱首次為歐陽修提出。歐陽修在〈免進五代史狀〉中說道：「自忝竊於科名，不忍忘其素習，時有妄作，皆應用文字。」後來他又在〈辭副樞密與兩府書〉中說：「少本無於遠志，早迫逮親之祿，學為應用之文。」歐陽修提到的應用文，是指參與科舉考試的文章，寫這種文章功利性強，就是為了獲取功名而作。後來蘇軾在〈答劉巨濟書〉也提到：「僕老拙百無堪，向在科場時，不得已作應用文。」南宋的洪邁在《容齋隨筆》中說「熙寧罷詩賦，元祐復之，至紹聖又罷，於是學者不復習為應用之文。」由此在宋代，應用文應該就是對科舉應試文章的稱謂。

　　這種應用文包括哪些文體呢？需要我們瞭解宋代科舉考試所考的內容。宋代科舉考試沿襲了唐代，特別是在北宋早期，進士考試偏重於詩賦，省試分詩賦、帖經、對策三場，《宋史紀事本末》上說：「凡進士，試詩賦、雜文各一首，策五道，帖《論語》十帖，對《春秋》或《禮記》墨義十條……」省試通過者，要參加殿試，北宋初殿試只考詩賦，或者加試一篇論。顧炎武《日知錄》中說：「唐之取士以賦……宋之取士以論、策。」詩賦、律賦講究聲律和用韻，策、論注重程式化，講究構思和語言。雖然後來歐陽修主持禮部考試，重策論輕詩賦，但終宋一朝，科舉考試基本包括詩賦、策論和經義。

　　所以這裡的應用文，包括詩賦、律賦，也有策、論和經義等文體在內的。詩賦、律賦是屬於文學類作品。策、論屬於公牘文，注重實事的論述，體現實用性。因此，宋代的「應用文」這一名稱，並不是專用的某一類文體概念，而是一種對科舉考試內容的統稱。

　　今天我們談到的應用文體，包括公務文書和私務文書，公務文書又包括行政公文、事務文書這樣的通用文書，也包括經濟、法律等方面的專用文書，因此範圍比較廣泛。雖然宋代就已出現應用文的名稱，但它不是獨立的文章體裁，不能與今天的應用文名稱相提並論了。

二

　　儘管歐陽修提到的應用文不包括當時的公文，但他創作的公文數量極其龐大，達千篇以上，同時對古代應用文的理論體系問題作了重要闡釋。

　　他在〈與陳員外書〉中說：「惟官府吏曹，凡公之事，上而下者曰符、曰檄；問迅列對，下而上者曰狀；位等相以往來，曰移、曰牒。非公之事，長吏或以意曉其下以戒以飭者，則曰教；下吏以私達於其屬長而有所候問請謝者，則曰箋記、書啟。故非有狀牒之儀，施於非公之事。」歐陽修把應用文體分為兩大類：公務應用文和私務應用文。公務應用文根據行文方向分為三類：上而下者、下而上者和位等相以往來者，也就是今天我們所說的下行文、上行文和平行文。歐陽修的分類明確，不同情況用不同種類的文體，不可亂用。私務應用文的行文方向也很鮮明，上級對下級的勸誡或要求用「教」這一文體，下級對上級問候請謝用「箋記、書啟」。公事和私事的文體使用分明，「非有狀牒之儀，施於非公之事」。這是開公文的行文方向分類理論的先河，影響深遠。

　　我國古代公文的行文方向在發展中是一個長期的過程。在最早的應用文集《尚書》中，當時的文體分為典、謨、訓、誥、誓、命六類，能歸於上行文的有「謨」，歸於下行文的有「訓、誓、命」，「誥」這一文體可上行可下行，屬於多行文，徐師曾《文體明辨》中說：「古者上下有誥，下以告上，仲虺之誥是也。上以告下，大誥、洛誥之類是也。」「典」指法典，不是真正意義上的公務文書。所以《尚書》的文體分類是從文體的內容來劃分的，而不是按行文方向來分。隨著社會等級的嚴森以及權力等級秩序的增強，應用文體按行文方向這種等級劃分的形式逐漸增強。

　　到了春秋戰國時期，隨著社會制度的完善，古代文體尊卑觀念，體現在傳統政治制度之上，上尊下卑的等級秩序的維護，在文體上表現明顯，因文體作家的身份、文體使用的場合和實際功用有了尊卑之分，文體也就有了高下等級，按高低貴賤之分的公文行文要求也就出現了。《周禮‧春官》上說：「作六辭以通上下親疏遠近，一曰祠（辭），二曰命，三曰誥，四曰會，五曰禱，六曰誄。」這種分類的上下關係很明顯，上行文有「禱」，下行文有辭、命、誥和誄，「會」是指會盟，《說文解字》謂：「會，合也。」段玉裁《說文解字注》說：「器之蓋曰會。為其上下相合也。」「會」有聚合之意，指諸侯國之間的會盟，春秋戰國時期的這種會盟，兩國或多國之間一般在地位上是不平等的，段玉裁解釋其本意為「上下相合」，很能體現會盟國之間的地位，所以「會」這一文體，表面上看可以歸為平行文，實際上應該屬於下行文，「會」這一文體作為春秋戰國時期會盟的產物，具有存在的特殊性，隨著時代的結束，這個文體也完成了歷史使命。到了秦朝，公文的行文規定更加嚴格，上行文有奏、議、章、表，下行文有策、制、詔、敕。同一行文方向的不同文體，作用也有分別。漢承秦制，在公文上也僅有上下行文兩類。漢以後的魏晉時期，我們

通過曹丕《典論・論文》中的對文體的「四科八體」劃分，劉勰《文心雕龍》的三十四種文體，再到蕭統《昭明文選》的三十八類文體分類來看，在這個期間的文體分類又回到《尚書》中的按文體內容來劃分了。

直到唐代玄宗時官修的《唐六典》，對公文的行文規範作了明確的要求，其卷一說：「凡上之所以逮下，其制有六，曰：制、敕、冊、令、教、符。凡下之所以達上，其制亦有六，曰：表、狀、箋、啟、牒、辭。諸司自相質問，其義有三，曰：關、刺、移。」《唐六典》對行文方向作了明確的交代，對上行文和下行文的文種作了分類，同一類不同文體也規範了使用的要求，例如下行文的六種：天子曰制，曰敕，曰冊。皇太子曰令。親王、公主曰教。尚書省下於州，州下於縣，縣下於鄉，皆曰符。上行文的六種：表上於天子，其近臣亦為狀。箋、啟於皇太子，然於其長亦為之，非公文所施。九品已上公文皆曰牒。庶人言曰辭。這種不同公文的使用要求，更多的體現了一種等級貴賤的區別，如令、教、箋、啟，現實中使用的頻率並不高，但它們代表的是一種身份。作為「諸司自相質問」的第三種情況，則不能明確說是平行文，因為「諸司」是有上下級關係的。

所以《唐六典》在行文方向上，是對秦朝公文的繼承和發展，它開闢了在上下行文外的第三種形式：政府各部門之間的行文。雖然《唐六典》還沒提出「平行文」這一類別，但是在「諸司自相質問」之間，是存在平行部門的行文的。可以說「平行文」這一劃分，萌芽於《唐六典》，它對歐陽修真正提出按行文方向的三類劃分，應該起到引導作用。

相比較於《唐六典》，歐陽修〈與陳員外書〉中按行文方向分為上行文、平行文和下行文，更是一種進步發展，因為在封建制度下的公文系統是一個封閉式的系統，客觀的需要制約著公文的選擇，明確

的按行文方向來分類，有利於體現文種的鮮明特點，區分度高，也是社會發展的需要所在。歐陽修的對公文行文方向的三類劃分，具有開創性，對應用文理論研究作出了貢獻。

三

「應用文」這一名稱雖然首創於歐陽修，但它還不是專用的文體概念，歐陽修沒有對它的內涵和外延作出科學的界定。相對的明確提出「應用文」這一概念的，是清代的劉熙載，他在《藝概·文概》中說：「辭命體，推之即可為一切應用之文。應用文有上行，有平行，有下行，重其辭乃所以重其實也。」劉熙載對應用文的行文方向進行上行、平行和下行的分類，這應該是受到歐陽修的影響，同時劉熙載提到的「重其辭乃所以重其實」，注重應用文的語言和實用的特點，但應用文的語言有怎樣的要求呢？劉熙載並沒有明確的說明，不過歐陽修已經做出了闡釋。

歐陽修對應用文的語言要求是既要有文采，又要簡潔。他在〈謝知制誥表〉中對「號令告詔」說：「質而不文，則不足以行遠而昭聖謨；麗而不典，則不足以示後而為世法。」他談到這些下行文如果語言質樸沒有文采，就不能影響深遠而昭明聖意，華麗而不典雅，就不能作為世代法度昭示後人，指出公文不僅要有文采，還要注重語言的華麗典雅。但這種華麗典雅，又不可過於雕刻，而這種有文采的質樸，要有古樸之美，他在〈論李淑奸邪劄子〉中說：「朝廷詔敕之詞，直書王言，以示天下，尤足以敦復古樸之美，不必雕刻之華。」歐陽修認為公文的語言是簡潔與文采的統一。這種應用文理論對我們今天應用文寫作有很大啟示，應用文區別於文學作品的最顯著特點是其文以致用，它以高效、迅速的處理政務、傳遞信息為主要任務，具

有極強的實用性和時效性，所以要求簡明扼要，直截了當，不需要任何的鋪墊、誇飾等表現手法，簡潔凝練，觀點鮮明，達到把事情辦好的目的，最忌繁瑣冗長、言之無物。習近平總書記在〈努力克服不良文風積極宣導優良文風〉的講話中，提倡「短、實、新」的文風，其中「短」就是指力求簡短精練、直截了當，要言不煩、意盡言止，觀點鮮明、重點突出。

語言簡潔，當然不是語言平庸淺俗，而是語言提煉的結果，但是我們容易顧此失彼，只注重語言簡潔，卻忽視了它的文采。孔子云：「言之無文，行而不遠。」應用文的語言通過潤色、修飾和加工後，富有美感的應用文才更能體現它的功效。李斯的〈諫逐客書〉、李密的〈陳情表〉、諸葛亮的〈出師表〉等，之所以千古留名，不僅這些應用文體現了規範性，而且更具有語言的感染力。因此我們要改變那在應用文語言的寫作上只要求「平實、直白」的誤區上，而極力排斥生動性，其實應用文的平實、直白與生動並不衝突。歐陽修在〈集賢院學士劉公墓誌銘〉中說：「嘗直紫微閣，一日追封皇子、公主九人，公方將下直，為之立馬卻坐，一揮九制數千言，文辭典雅，各得其體。」稱讚劉敞的公文寫作文體規範，語言典雅。

歐陽修認為應用文要為現實服務。他在〈論慎出詔令劄子〉中說：「臣伏以朝廷每出詔令，必須合於物議，下悅民情。」指出朝廷的詔令，要合乎眾議，反映民情。

歐陽修提倡應用文寫作要有創新。他在〈內制集序〉中說：「凡朝廷之文，所以指麾號令，訓戒約束，自非因事，無以發明。矧予中年早衰，意思零落，以非工之作，又無所遇以發焉。其屑屑應用，拘牽常格，卑弱不振，宜可羞也。」歐陽修任翰林學士六年，起草四百多篇公文，卻因為「無以發明」、「拘牽常格」而感到羞愧，認為公文寫作不能拘泥於定格，要有創新，否則「卑弱不振」。對於當時朝廷

起草的公文多用四六文，他批評說：「而制詔取便於宣讀，常拘以世俗所謂四六之文，其類多如此，然則果可謂之文章者歟？」在錢惟演談到翰林學士作為朝廷之官必須有文章之才時，歐陽修認為那種寫四六文的公文不能算是文章，這既是歐陽修對宋初駢體文的否定，也反映出他對應用文文體要求的革新。

應用文寫作有「定格」也有「變格」。應用文有自己約定俗成的寫作規範，比如格式、語言等，有的規範更是法定規範，對格式做了細緻的要求，是不能隨意更改的。但是應用文也不會是一成不變的僵死文體，它是隨著社會的需要而不斷改變，這種需要就要求應用文更好的服務於社會，否則，就要革新，就需要「變格」。歐陽修提倡「朝廷之文」用古文棄四六文，既是對當時辭藻華麗空洞的駢文的革新，也反映出應用文要講究實用的原則。

總之，歐陽修的應用文理論，標誌著古代應用文理論的發展，也為現代應用文理論的建設提供養料，儘管他的應用文理論不成系統，但即使是隻言片語，也能感受到歐陽修在應用文理論上的開拓與貢獻。

參考文獻

歐陽修著，李逸安點校　《歐陽修全集》　北京　中華書局　2001年
周楚漢　〈唐宋八大家應用文理論及意義〉　《應用寫作》第1期
　　　（2002年）
王水照　〈歐陽修散文的發展道路〉　《文學研究》南京大學第1輯
　　　1991年

請託函的寫作與疑問

譚美玲

澳門大學中國語言文學系

摘要

　　請託函，寫作目的在對收信人發出請求幫忙或援助，寫作目的性明顯。今天我們當然不一定以書信發出，多用電郵發出請求，需要的是即時的效果。對於請求的成效，會因應要求幫助的對象、事情、措辭、表達模式等，而影響請求的結果。請託書信在書寫時，其模式、規範有一定的要求，才使得溝通得體，達到想請求的事情預期反應。應用文的作用是溝通，處理事務，為了有依據，作為日常事務的備案，在今天講求時效的同時，仍要有一定的規範。淺白易明，讓人容易依從，但又不失禮貌，發文者、受文者之間的相互尊重，保持關係的表達是必須的。本文希望探究請託函的寫作方法與程式，借助今天澳門與內地年輕人的書信例子，找出這類應用文寫作的要求。

關鍵詞：請託函　寫作　程式　疑問

　　什麼是請託函？就寫作形式來看是信函。就使用範疇來看，請託的可以是公務，可以是私務。而我們能發現往往是從私至公的函件比較多。如要求入學，要求資料，要求找聯繫人，要求加分，要求引薦，甚至可以是求救，求借錢。發文者跟受文者往往因關係不深，或地理阻隔不能直接引薦，而發出請託函；又或是拜託不相識的人，發文者覺得發信給沒有關係的人來請求幫忙，來得不會太尷尬。既然如此，該是如何向不相識的人發出請託呢？即使相互是認識，但又如何把話說好呢？如果是公務的事項，私人情感，攀關係的話又不太適合；如果是私務類的，免去客套話，直言要求，又可能顯得沒禮貌；即使注意到禮貌，請託別人做事的重要性，希望把請求的前因後果說清楚，又怕變得太迂迴。所以，要把請託函寫好，實有些難度的。

　　從發文者出發，請託函，因為請求的、託薦的、託照的……不同原因，寫下這類應用文書。這類書信雖是發往公務單位多，但發文的是私人角度來請求拜託為主。在私在公，請託別人幫忙公私兩類事務時，是否該有禮貌去請託呢？在兩方沒有關係上，如何打動對方幫忙，有時候好像變得牽涉私人部分也較多了。查看今天應用文的分類，仔細地查看公務類應用文分類上，請託函屬於日用類應用文書，它既非機關內部日常事務性文書，也非日常性的上下屬文書，更非專業性的事務處理，就如請託到機構訪問，請求來培訓，拜託參加比賽，請參加記者會，邀託參加貨物推銷展覽……等，當然今天細分事務時，會把某些撥為邀請函，但這些商務邀請、邀約類，實際也是從沒有什麼關係下，發出的請託。私務類應用文的請託的是日常的申請書、求職、託推薦（人／事）、託照料，雖是私人事務，但實際又涉及公務範疇的內容，甚至大家的關係，可能不大密切。這類私務書信不像商業的託問貨物價錢的有明確性、目的性，因為斷不能把推薦、申請事規定對方作出什麼行動來。

　　請託函如此看是公與私之間的文章，不能太靠近又不能太疏遠，要用不亢不卑的措詞，但筆者的迷思是如何能做到不亢不卑呢？如果親如朋友，當中是否仍要不亢不卑；又或必須符合一些寫作原則。本文主體從發文者角度出發，看看如何把請託函寫好，措詞得體到位，不致過猶不及。

由私而公的文字

　　今天不少公務事，都是填表完事的。但實際事務上，人們開拓的不同範疇，不同要求，有時使得發文者，須以書信來問一些表格規定以外的事項；甚至對制度變化時的要求或疑問，發信或發電郵去問清楚，請求給予資料或幫忙，這類函件相信很多單位每天都收到不少的。

　　請託函需要有什麼特性？應酬性，聯繫性（打動別人／溝通／保持關係），資訊性，應用性等。如何能不亢不卑地，把請託之事說得明白，又不致於吹捧對方，或命令對方幫忙。

　　就應用文的書信來說，當中的靈活性是很高的，儘管說應用文的主體程式仍不離下列這些部分：

前文：稱謂，提稱語，啟事敬語。起首應酬語。

正文：信箋主體敘述，此部分結束前作重點重申。

後文：結尾應酬語，結尾敬詞，自稱、署名、署名下敬詞，寫信時間。

　　以上三個部分，看似規定格式，但其實往往會因為不同的事情，對象不同，而使書寫的方式、措辭、鋪排等就會不同。但這三部分讓不少人會覺得，應用文寫作太刻板，來來去去都要做不少禮貌用語，覺得很難。我們先分析下面的天下第一請託文，國父孫中山先生給老

師康德黎醫生（James Cantile）寫的一封信求救信：

> 予於前禮拜日，被二華人（清廷）始則誘騙，繼則強挾入中國
> 使館。予今方在幽禁中。一二日後，將乘使館特雇之船遞解回
> 國，回國後必被斬首。噫！予其已矣！[1]

這也是一封請託函。這個雖是從英語翻譯過來的（圖一），而這個漢
語版本，翻譯傳神，語言流暢清晰。其事出緊急，而看回原圖具備上
款給康德黎，當中用國父自己的名片的。所以，即使是危急存亡，上
下款不能少，而起首的和結尾的應酬語，究竟在這兒有沒有，或需要
有嗎？如果，在今天，可能這個真的變成字條，沒有稱謂、自稱、署
名，更不會有那麼一些話語，只會寫：「予幽禁於中國使館，速
來。」而已（名片上有名字，就算是署名）。如此，國父的話語是否
不夠簡潔呢？從請託函件來看，對方收件時需要知道來龍去脈，才可
以為發文者（國父）解圍的，不是因為這是一件在英國的外交事件，
才這樣說。我們平常請託別人幫忙，也需要知道發出請求者資料才容
易處理。這都是一樣的道理，像託求推薦，請託者資料也要附有或說
明。加上國父此文，當中處處見到他的緊急與憂慮，但全沒有用一個
速、急、危的形容詞，只把事件經過說明，使得對方知道有如此的
事，是事實，不是吹噓。還有，除了說被誘騙，被動，更是受約束，
這些話說明事件外，實即就是恭維康德黎的真誠，只是未及寫出恭維
語。而正文說到回國後，將被處決的事，說完了，就只用「予其已
矣」來收結，這算恭維嗎？當然，這信來不及也顧不及去給祝頌語，
事急馬行田，當可見諒。而其結束語「予其已矣」，就正是一種對康

---

1 對於此信漢語譯本，版本頗多，本文以孫中山：《倫敦蒙難記》（英漢雙語）（北京
市：外語教學與研究出版社，2011年），第125頁的翻譯。

德黎的請求，呼救，更是能力的肯定。國父不能像林覺民一樣最後還紙短情長地說千言萬語所未盡的話，還希望夢終能時時相見。國父的「予其已矣」正表達主題的沒有生路的迷茫，向康德黎發出相救的請

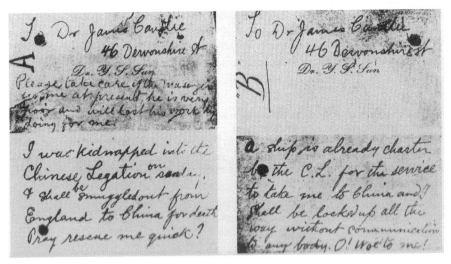

圖一[2]

求；還有是無助，苦無對策的苦況，卑微的請求，對康德黎的信任。這個「予其已矣」，還有一個敦促的作用，再三發出必須有援手的示意，等於再三託求相助。這就等於正文最後結束前的重申來函目的，更有如結尾的應酬語，請對方再三考慮幫忙的請託作用。

國父這封請託的短函，就原文與翻譯，均為聊聊數句，而這類文書中該有的部分，它都有了，該表達的禮貌也有。更何況其中請託之詞不著痕跡，求救中沒有一個救字，恐懼徬徨中沒有亂方寸，既堅定，有次序。從私人而發的這封請託函，最後就變為國家公務及外交的大事了。

---

2 採自孫中山著，庾燕卿、戴楨譯注：《倫敦蒙難記》（北京：中國社會科學出版社，2011年），第53-54頁。

這種從私而公的文字，雖然沒有明顯禮節用語，但能表達得體，不會因為與康德黎老師靠得近而忘記禮貌，仍保持禮貌尊重，是難得的好的請託函。

直書其事等於不抗不卑？

在信函中，書寫時除了注意發文與受文者的關係，來發出適當言辭外，更需要留事件的表達。因為如果表達不當，既影響關係，更會影響整個拜求之事的解決。

本文的寫作的緣起就是因為下面的一封求「分」電郵而起的：

> 親愛的 X 教授：
>
> 我是某某某，學生編號：AB123456，是您古代韻文課的學生。
>
> 鑑於我本學期已有一個科目拿了 D 的成績，作為應屆畢業生而 GPA 又只得 X.XX 我感到恐慌。因為一科拿了 D grade 的關係，經過計算，其餘四科我至少要有 3 科 B—，一科 C＋才可將 GPA 維持在 2 點零幾（即畢業水平）左右的水平。
>
> 因為我在您布置的讀後感及論文功課只取得了 C（68 分）的成績，實在令我擔憂不已。期末考試我真的已盡了我的最大努力，誠懇之心，日月可鑑。親愛的 X 教授，請你高抬貴手，原諒小妹冒昧的不情之請。如因為一科 FE（自由選修課）而斷送大好前程實屬遺憾！
>
> Best wishes,
>
> 某某某（學號）AB123456.

在今天人生中充滿著要即時見效的通訊，且又不可靠填表和其他方式來要求加分，發電郵是最快捷的。但不管是發電郵來請託或以書信形式，還是一樣需要注意前述的書信程式，三部分都需要有的。這個例子所出現的問題，首先是自稱，第二是半中半英的措辭，第三沒有注意受文者的處境、身份，第四運用四字成語不當。這些問題，除了因為她主修外國文學之外，也間接凸顯了今天同學不重視漢語寫作的培訓，尤其不注意書信表達的技巧。她的起首以為報明單位就是應該的，但問題就出現在沒有注意這文件禮貌性的需要，因為請託別人辦事，除了明白表達需求外，禮貌是最重要的一環。受文者的感受未被尊重，會影響請託的成功與否的。所以，這封信她該以恭維語如：感謝語／自謙語／請求語／頌揚語之類為起首，然後，才發出她的請求的正文。正文中該以漢語用詞為主，英語為附，因為這是向一門以漢語授課的科目的老師作請求的。而禮貌性祝頌語作結束，是必要的。

至於正文該如何鋪排，當然須看請託之事為何，而作為發文者，必須思考受文者的感受與反應的，因為這是讓受文者覺得備受尊重的表現，能把申請容易完成。而究竟問題第三第四是否不該呢？第三是沒有想到受文者的感受，與教學工作上的公平性，且規定受文者要給多少分；想如果真的如此，發文者有想到這有違師道，有失專業嗎？還有，四字詞語又是否非用不可？在直書其事當中，是否直接說明就可呢？上面這個發文者同學的說法，就有點直接而不知輕重，只是說到自己的處境，但沒有想到受文者的立場。就發文者的立場，當然寫自己的求學認真，是有助請託的批准的，但錯用措辭，又過於直白，變得寫得妄斷草率了；所以，太多太詳細，反無助益於事情。如果能以以退為進的態度來寫這封信，可能會讓事情順利達成的。

直書其事，不加思考受文者的感受，是不可行的。那如何達至不亢不卑？其實委婉是一種修辭，修辭中需要見到態度去向，而有不致

向請求的對象作出吹捧逢迎，甚至低姿態之感。反而把要說的關於自己的部分，把自己的想法先後退，把對方放在第一位，以考慮對方為先，既可看到誠意，更可從另一角度了解事情。既能夠不亢不卑，把握事情，作信心的表現，因為這樣才持理若衡，兩方平衡地論述，不會一味請人批准，只是表現自己的想法。此信改寫，可作以下鋪排：信中先對自己在課程中的得著，欣賞課堂中學習氛圍；然後，先道歉自己可能課堂上的偏差，使得報告寫得不好；其次再說明自己這次的來函問題所在；最後，給予一些學習承諾（如用功學習，日後為校爭光之類），以求受文者允許所請。這是一個先人後己的託請敘述例子。

書信的書寫

如果要找關於請託的文書書信的寫作規則或理論，想該先看《文心雕龍・書記第二十五》的敘述：

> 大舜云：「書用識哉！」所以記時事也。蓋聖賢言辭，總為之書，書之為體，主言者也。揚雄曰：「言，心聲也；書，心畫也。聲畫形，君子小人見矣。」故書者，舒也。舒布其言，陳之簡牘，取象於夬，貴在明決而已。[3]

所以，在言詞上該以布意明確，辯識言辭為上；心言生聲，故而以書佈意，當中舒佈時需要以夬卦的明決為用。這樣，夬卦的明決代表什麼？《象傳》說夬卦須「健而說，決而和。」[4]就是指書信書寫需要

3　劉勰著，周振甫注：《文心雕龍》（臺北：里仁書局，1984年），書記第二十五，第483頁。

4　王弼著，樓宇烈校釋：《老子周易王弼注校釋》（臺北：華正書局，1983年），第433-

明斷利落，又須圓融，以達利益。所以，書信的書寫主以明斷利落舒佈其意，要圓融成事，達到書信的目的。

如此，請託函的書寫原則跟書信一樣。從上面國父的信我們看到不但沒有發出求助，且沒有規定對方該怎麼做。事實我們在寫請託函時，把來龍去脈當然要說清楚外，把跟著相關的請託說明外，或可以暗示委婉的方式來發出請求的。這是夬卦的剛柔與健和的表現。最佳的方式，是給予受託者可以選擇，且不會覺得不答應請求不行的感覺。至於託求後如何做再三敦促，也是一個可行的幫助對方下決定的辦法。下面兩個例子來看看如何，兩個都是請求給與資料訊息及學習機會。函一：

> 某某大學人文學院招生官：
> 申請博士學位課程是否先要獲得教授的許可
> 你好！我叫王十朋，現就讀於英國拉夫堡大學企業管理和創新碩士學位課程，將於 2018 年 7 月畢業並取得碩士學位。對貴院的文學博士課程（中文）（Literary Studies-Chinese）非常感興趣，我計畫在 7 月份申請該課程。通過貴校官網得知該專案的導師是楊 X 教授。我想確認一下，在提交網申之前，我是否需要先得到楊教授同意做我的導師，然後才能進行後邊的網申程序？還是我可以無需跟教授套詞，直接申請這個博士課程呢？如果需要和教授先套詞，請問我需要提供給教授什麼資料？盼望您給與指導。萬分感謝！
> 祝您工作順利，生活愉快！
> 學生：王十朋

434頁，周易下經，夬卦的「象曰：夬，決也，剛決柔也。健而說，決而和。揚于王庭，柔乘五剛也。孚號有厲，其危乃光也。告自邑，不利即戎，所尚乃窮也。利有攸往，剛長乃終也。」

看下去，沒有什麼不對。但對象不對，該打聽清楚這受文單位的架構，寫給對口的單位及受文者。該注意的是最原始的源頭，故是健捷利落也包含對受文者認識與否。這個就是夾卦與請託函的重要一環，認識受文者。且看第三個例子，沒有稱謂及提稱語，就寫著：

> 閣下您好，
> 本人本科 XXXX 大學，碩士畢業於美國紐約州立大學 XXX 學院，碩士期間 GPA 為 4.0/4.0，現欲申請貴校文學院中國文學博士課程。
> 1. 因為我已經錯過第一學期入學的申請時間，不知七月份後是否有名額允許我申請第二學期入學？
> 2. 如若可以，是否需要我提前聯繫楊 X 教授？勞駕您為我解答
> 祝您生活愉快
> 某某某
> 郵箱：abcdefg@166.com

這種沒有稱謂、提稱語或啟事敬語的電郵，相信今天一年之中，不少單位都該收到不少。這多因為大部分人以為電郵傳遞不必重視形式，重在傳輸快捷；又或不知／不深究受文者該為誰，所以，就沒有稱謂等步驟。但這實際是任何書信，不管目的如何，均不可或缺的部分，因為這是對受文單位的尊敬、誠意與認識的體現。至於用語要注意什麼？試看《文心雕龍》的說法：

> 原牋記之為式，既上窺乎表，亦下睨乎書，使敬而不懾，簡而無傲，清美以惠其才，彪蔚以文其響，蓋牋記之分也。[5]

---

5 劉勰著，周振甫注：《文心雕龍》，書記第二十五，第484頁。

要簡而無傲，敬而清美，不卑不懾。美可以包含誠意，直接而不過頭。所以上例中，不要只顧說自己錯過了申請，一切有規定，如果希望受文者給機會的話，該給予受文者能夠參考的資料，例如論文、作品、努力過的功課，期望藉此讓受文者對發文者加以認識，並對請託之事，能有所評斷。這種直接，不是一直介紹自己，而是可以另一種方式來說明自己的請求，於是能做到不亢不悲，委婉又有文章之美，人敬而無傲。請託別人的文字，逆向思維，逆地而處，逆求其志，多方面向目的思考，這使人能欣賞其用語，切合身份，適當鋪排，符合規定，變成美文。

司馬遷的〈報任安書〉中曾側寫出，任安希望他能在漢武帝跟前，美言任安，為臨要受刑的任安說情。而司馬遷只是說任安要求他推賢進士為務。司馬遷這個話就正是把這個請託說得很委婉。劉勰覺得「漢來筆札，辭氣紛紜」[6]，又因為文意各異而質裁各有不同，既須精要，也要多雜以綺文。書信能寫好，使得紛紛綸綸的文章，也能易於查察。有人以司馬遷的〈報任安書〉有藝術性，語言真切，具有文學的移情作用。這種動情作用的驅動，可以很簡單，可能像國父的求救信那樣，以「予其已矣」表達深度意義。但亦有人覺得這直接的私語當然要動情，如果是公務事，請託函雖然不一定是公開的，也該如私人書信般，就公眾利益而言，公開公正性的動情是重要的。這或是很複雜，但如能首先就書信及請託函中，最重要的發／受文者兩方的關係，事情的先後緩急，從外而內，從清而美，簡單而委婉來寫，請託函必有可觀，更可趨成事。

以劉勰之言，書信是具歷時性的人類的思言行為，可以歷久，有其真摯、健、和的性質。今天，即使我們在電子化的年代，文書均以

6　劉勰著，周振甫注：《文心雕龍》，書記第二十五，第484頁。

即時為務，立即有反應為重點。但對所需處理的事情，資料委婉而清晰，表達流暢，仍是必要的。所以，能把請託函寫出健、和，無一急字而有急意者；無一求字，但有請求之意；無拜請、無誓言等字，而見承擔。這樣的請託函才算寫得對。

參考文獻

孫中山　《倫敦蒙難記》（英漢雙語）　北京　外語教學與研究出版社　2011年

劉勰著，周振甫注　《文心雕龍》　臺北　里仁書局　1984年　書記第二十五

孫中山著，庾燕卿、戴楨譯注　《倫敦蒙難記》　北京　中國社會科學出版社　2011年

王弼著，樓宇烈校釋　《老子周易王弼注校釋》　臺北　華正書局　1983年

謝金美編著　《應用文》　高雄　麗文文化公司　2013年

簡論應用文寫作的篇章修辭與矛盾修辭[*]

馮汝常

三亞學院人文與傳播學院

摘要

應用文修辭作為一種增強表達效果的語言手段，在應用文的寫作過程中並沒有得到足夠的重視。尤其是構建文章結構的篇章修辭，它借助應用文的格式規範，通過段落結構的構建功能，在應用文寫作中發揮了美篇功能，增強了文體表達效果。同時，應用文中的矛盾修辭法也對語言表達效果起到促進作用。

關鍵詞：應用文　修辭　篇章修辭　矛盾修辭　誤區

* 海南省教育科學十三五規劃專案「大學應用寫作工坊式課堂教學探索與實踐」（QJY13516046）。

應用文寫作其實並不困難。「一些學生和年輕的職場白領，通過掌握有限的幾個重要的寫作原則，並重複地使用它們，從而使他們的寫作技能有了顯著的提高。」（Blandon Royal, 2009：1）除了寫作原則，瞭解與掌握應用文寫作的修辭及矛盾修辭等應用，也有利於應用文寫作能力的提升。

一　應用文的修辭

（一）修辭辨析與應用文

在一些作者的習慣中，應用文與修辭似乎相隔萬里。因為，修辭傳達效果的生動、形象、優美等，屬於文學寫作的範疇，而應用文應拒絕修辭。但是，實際情況可能恰恰相反。「由於應用文的內容偏重實用、莊重、務實，在語言的運用上更應該注重生動性、形象性，更應該善於借助種種修辭方式，化腐杇為神奇，化抽象為通俗，以避免其內容的單一與僵化。」（程慧琴，2004：55）確實這樣，在嚴謹的格式規範約束、中規中矩的莊重語言、切實有效的務實內容等「限定」中，適當地運用修辭進行寫作，有助於提升表達效果。

在談論應用文修辭前，我們需要正本清源，重溫修辭概念的要義。

人們日常所說的修辭往往單指修辭辭格，其實，修辭概念意義遠非如此。「通常情況下，總是把修辭理解為對語言的修飾和調整」，但是，修辭還與語言形式、語境、語法等相關，所以「修辭是在適應表達內容和語言環境的前提下積極調動語言因素、非語言因素，為獲取最理想的表達效果而對語言所進行的加工。」（黃伯榮，廖序東，2011：167-172）語言因素的調動往往就是我們通常意義上對修辭手法的理解。修辭對使用語言的這種加工，往往不是孤立的詞語使用問

題，它更多情況下是一種語言的系統性建構。「修辭是通過對言語系統要素和言語系統結構的調整實現的，目的是使言語系統更高效地運作，以促成更為理想的交際效果。」這個系統而互相關聯的要素，包括諸如「語素、詞、短語、句子、語段」等，它們都是「言語系統的要素。」但是，這些系統的要素，還是多側重語言本身要素，「大多數的修辭是通過詞語的錘煉和句式的選擇來實施的」，像「語段的優選，則是發生在語篇系統的層面上」，它已經超越純粹的語言要素構成了，成為「非語言因素」。（王玉仁，2010：7-10）簡言之，修辭並非限於詞語運用問題，還涉及到句段等篇章構成的安排。

從語法修辭的角度出發，有的研究者把修辭與篇章的構成一起研究，提出了「篇章隱喻」概念。「篇章隱喻是指以某種銜接和連貫方式延伸於一定篇幅甚至整個篇章，從而形成該篇章的基本語法和語義框架的那種隱喻。」（魏紀東，2009：6）這種篇章隱語可以看做篇章修辭的方法之一。

綜上所述，對修辭的理解不能僅僅限於詞語方面與句式使用的修辭辭格，還應該把篇章的構成納入，考慮篇章修辭應用。從「銜接和連貫方式」上說，篇章修辭已介入應用文的格式構成的語義框架，以一種結構手段存在。

（二）應用文修辭與篇章修辭考察

在應用文寫作中，修辭有時是一種自覺的提高表達效果的語言行為，因為應用文的一些文體，比如公文中的通知、公告、命令等，往往篇幅有限（非長篇大論）、詞語精準、句式簡單。所以，有的研究者就指出「用詞精當、言簡意賅、巧用詞格作為修辭的三個重要方面，在應用文寫作中具有不可忽視的作用。」（程慧琴，2004：55）請看下面案例：

其一：

二〇一八年六月十五日發布的《國務院辦公廳關於做好證明事項清理工作的通知》（http://www.xining.gov.cn/html/4936/396021.html）第一部分：

一、各部門要對本部門規章和規範性文件等設定的各類證明事項進行全面清理，盡可能予以取消。對可直接取消的，要作出決定，立即停止執行，同時啟動修改或廢止規章和規範性文件程式；對應當取消但立即取消存在困難的，應採取必要措施，確保最遲在二〇一八年年底前取消；對個別確需保留的，要在廣泛徵求意見、充分研究論證的基礎上，通過提請制定或修改法律、行政法規予以設定。部門規章和規範性文件等設定的證明事項清理情況，包括已經取消的證明事項目錄、擬保留的證明事項目錄等，於二〇一八年十月底前報送司法部。

該部分對所通知內容的「各類證明事項」做法要求明確，在「可直接取消」、「應當取消」存在困難、「個別確需保留」等三種情況進行說明，執行要求表達簡練，可謂用詞精當、言簡意賅。詞語修辭之外，三個「對」引起的句子，分類列舉，句式一致，強調了內容，突出了表達效果，屬於段落篇章修辭範疇。

其二：

《中國民用航空局 四川省人民政府關於表彰成功處置險情的川航 3U8633 航班機組和個人的決定》（http://www.mstv.cc/folder82/folder140/2018-06-08/65266.html）：

在這次重大突發事件中，機組臨危不亂、果斷應對、正確處置，避免了一場災難的發生，反映出以劉傳健同志為責任機長的機組高度的政治責任感、高超的技術水準、超強的應急反應能力和優良的職業

素養，體現了忠誠擔當的政治品格、嚴謹科學的專業精神、團結協作的工作作風、敬業奉獻的職業操守。

為表彰先進、弘揚正氣，中國民用航空局、四川省人民政府決定授予川航 3U8633 航班機組「中國民航英雄機組」稱號；授予劉傳健同志「中國民航英雄機長」稱號並享受省級勞動模範待遇；給予機長、副駕駛員和乘務組適當獎勵。

該決定共有三段，按照敘述事實並評價、闡明決定緣由、提出希望構成全篇，層次邏輯清晰，文段結構勻稱。此外，句子中採用了排比、層遞等多種辭格，也達到了良好的表達效果。

以上兩例表明，應用文的修辭不只詞語、句子的詞語修飾問題，而且還存在段落等篇章修辭，即不僅「語段的優選」，而且結構的優化等發生在「語篇系統的層面」的修飾就屬於篇章結構的修辭。眾所周知，從語言表達到文書格式，應用文都有自己的特點，這個特點就是規範，它讓語言書寫、敘寫內容、格式選用都達到最佳組合，這個就屬於「在適應表達內容和語言環境的前提下積極調動語言因素、非語言因素」的修辭行為，目的在於「獲取最理想的表達效果」。可以說，應用文的篇章修辭功能就是在「語篇系統的層面」的「美篇」行為。

當然，寫作者應當明白：應用文語言修辭和篇章修辭與文學文體修辭不同，它需要遵循一定的應用策略。

二 應用文的篇章修辭應用策略與矛盾修辭

(一) 應用文中的篇章修辭應用策略

「在應用文寫作中，我們既要善於借用修辭這一語言藝術來陳述事實、闡明事理、表達情感，又要把握好使用的尺度。」(程慧琴，

2004：62）其實，這個使用的「尺度」，既由應用文嚴謹、真實、精練等語言特點決定，也受應用文自身特有的法定格式規範約束，不得不如此。因此，在論及應用文修辭問題時，需要把影響表達效果的篇章格式要素納入篇章修辭考量，在美篇功能上重視它。

為便於說明問題，這裡我們將引用幾篇例文，對照該格式規範，比較幾篇都屬嘉獎令文種的格式應用得失。通過比較，明確格式要素對篇章的修辭效果，從而探討修辭應用策略。

圖 1   圖 2

圖 3

圖 4

　　首先，篇章修辭必須遵守格式規範。從上述三篇例文（圖 1、圖 2、圖 3）的比較中可以看出，它們都與二〇一二年七月一日施行的《黨政機關公文處理工作條例》格式（圖 4）不一致，都不符合格式規範。因此，這樣的文書格式就屬於錯誤的格式。企業單位的公文不夠規範，國內大量存在，已經見怪不怪了。但是，如果是政府部門公文格式出錯，不僅使公文的權威性受到影響，而且還會受到上級主管單位的審核批評。

　　其次，段落結構需要均衡符合慣例。應用文寫作的段落結構一般都有大致固定的程序，比如通知一般要寫通知的緣由、事項與執行要求，通報需要敘述事實、分析評價、做出決定、提出希望等。這些慣例，寫作時，都需要遵守。不然，就會出現錯誤。前例中的恒大地產嘉獎令（圖 2），最為奇葩。明明是對公司做出的指示要求，發一份通知或決定就可以了，卻偏偏發出了嘉獎令，選擇了錯誤的文種，其

篇章結構就不符合寫作規範了，無法達到應有的效果。

第三，篇章語體風格要與文種對應。不同文種的文體與語體風格不同，這個是寫作應用文的常識，也是篇章修辭應顧忌的問題。以前文恒大地產嘉獎令（圖 2）為例，嘉獎令是先敘述既成事實，然後做出嘉獎決定。但是，該「特別嘉獎令」，先敘述緣由，再羅列未來獎勵與激勵事項，文不對題，語體風格與文體格式不符，顯得不夠嚴肅，極大地損害了公文的權威性。

應用文篇章修辭構成不僅受文種的格式規範約束，而且，也一定與該文種的語體與語言相一致。從這個意義上說，應用文的篇章修辭與語言修辭是一致的修辭行為，目的都是為了達到最佳的「美篇」效果，即「為獲取最理想的表達效果」的修辭行為。

（二）應用文中的矛盾修辭問題

前文所述的篇章修辭並非實指某一修辭辭格，而是從「為獲取最理想的表達效果」而言的。但是，為了這個「表達效果」，應用文寫作中有時還存在一種並非修辭辭格的矛盾修辭現象。

1 對矛盾修辭的理解

「矛盾修辭現象不僅是漢語中存在的語言現象，也是人類語言中普遍存在的修辭現象。因此，矛盾修辭法也是人類語言修辭學中共有的修辭手法之一。」（王叔新，2003：85）這種似乎無處不在的矛盾修辭，並沒有引起我們應用文寫作的足夠重視，在知網檢索「應用文」「矛盾修辭」關鍵字，論文為零。那麼，什麼是矛盾修辭？

有研究者認為「矛盾修辭法（Oxymoron），是用兩種不相調和，甚至截然相反的詞語來形容一件事物，產生一種強烈的修辭效果。」（文旭，1995：23-28）從一般意義上說，矛盾修辭法（Oxymoron）

是一種特殊的修辭手段，在句意表達中往往用兩種不相調和甚至截然相反的詞語，來敘述或描寫一件事物或一個過程，在對比的矛盾中創造一種「故意」的意思表達，使得語義更強烈。從更廣的意義上看，矛盾修辭法是同一事物的兩個方面之間的交互作用，其著重點在於強調構成矛盾的兩方面所具有的那種互為因果、互相包含、互相轉換以及相反相成的關係，即在矛盾中達到和諧統一的表達效果，如「大驚小怪」、「失敗為成功之母」、「全面從嚴治黨的變與不變」、「最不變的常態就是變」等，句意中存在「兩種截然相反」或「不相調和」卻可以互相「作用」的詞語，等等。作為一種修辭法，它強調了實質的修辭效果，在很多情況下，並非一種常識意義上的辭格。

我們來看《2018屆畢業典禮上的講話》中的幾段話：

去年十七屆畢業典禮演講，我用了一百二十六個「好」字串聯我的思考，明眼人明白，我的無數好，並非都是並列關係。喜氣洋洋的好字有些還蘊含著我內心深切的悲涼。

在我們這個據信前景無量、到處是機會的知識構成的社會裡大家是否都是明白人？即便都是明白人會不會集體做糊塗事？前問，我憂心的是，遺憾，未必；後問，我難過的是，可能。

有些不太在意的活動在別的同學那裡居然累積了很多心得與能力，參與的有些學生組織的公務與公益沒有詮釋出更多嶄新的人生與社會價值……。

比起往屆學兄學姐的各種短缺，你們這一屆同學雖然多了這些學習條件優化的增項，但你們也還是有許多遺憾，你們雖然有書山館，但你們現在還沒來得及擁有體育館；你們雖然與學校一起贏得教育部就業與創新創業雙五十強，但你們還沒有等到有碩士研究生教育以及國內外更多品牌教育加盟的校園等等。

一週前，財經學院一位海歸老師……說講課是需要思路連貫的，

行雲流水是不能中斷的，再優秀的老師也難以做到總照顧一些走神的同學，還是要照顧課堂的大多數以推進課堂進程。她難過的是，有時候不得不做出取捨，不得不為了教學進度暫時忽略一些同學……。

以上各個段落中都存在矛盾修辭法的應用，通過「兩種不相調和甚至截然相反的詞語」敘述過往或表達現在，在對比的詞語矛盾中創造一種「故意」的言說表達，都使得講話稿的表達效果更加生動、豐富，增添了現場感染力。

2 矛盾修辭的應用

前文選取的講話稿句段，堪稱矛盾修辭應用的典範。其實，即使其他類別的日常應用文，也多有矛盾修辭應用的機會。

「**矛盾修辭**則是個體為了提高表達效果，**依賴語境**而臨時進行的創造行為，屬言語範圍。」（林曦然，2000：129）矛盾修辭的使用需要依託一定的語境，必須在上下文的襯托中，才能夠體現應有的修辭效果，請看《海底淘「難」：打撈潛水夫自稱海洋清道夫，也曾遇危險》（ http://yn.people.com.cn/n2/2018/0606/c378440-31670715-2.html ）這則新聞中使用矛盾修辭的案例：

事實上，打撈產業的產值在整個打撈局的比重很小，卻佔用著他們不小的精力。王道能畢業時，身邊許多同學都去了大型船級社和設計院，甚至大二時就被「預定」了。那是二○○八年前後，中國進出口貿易的紅利席捲了船舶行業。作為同學裡的「異類」，他來到了打撈局，找到了一份「又輕又重」的事業。

「又輕又重」這個矛盾修辭應用是建立在前文新聞背景的語境中，單獨的「又輕又重」並不能表達什麼具體的意義。

矛盾修辭在一般應用文的應用，都是結合具體語境實現的，這與文學語言一樣。離開語境，詞語往往流失許多有價值的與清晰的意義。

其實，矛盾修辭不僅僅限於「**兩種不相調和甚至截然相反的詞語**」，「**兩種不相調和甚至截然相反**」的句子也可以造成矛盾修辭。比如一般的通報批評中經常遇到的句子：

該行為嚴重挑釁校紀校規，理應開除學籍。但念在初犯，僅罰記大過一次。

前一句表達的意思是「理應開除學籍」，而後一句則「僅記大過」，兩個不同句子意義，矛盾地用在一起表達了一個統一的意義，構成了相互影響，形成矛盾修辭。

再如，日常寫作的微信短文，新聞報導等也大量存在矛盾修辭的例子：

寶貝似的洋垃圾；

對於二胎政策，有人稱是幸福的煩惱；

央行認為財政部積極的財政政策不積極；

亡羊補牢，未為遲也；亡羊補牢，為時已晚

借助前後「**兩種不相調和甚至截然相反的詞語**」，「**正言若反**」，各種句段中出現的表達都具有了明顯「故意」，達到了較好的表達效果。

三　如何避免應用文篇章修辭與矛盾修辭的誤區

篇章修辭不屬於修辭格，矛盾修辭也算不上嚴格意義的修辭格。但是，它們都是應用文寫作中遇到的修辭行為。那麼，該如何使用篇章修辭與矛盾修辭？如何在應用文寫作中避免因篇章修辭與矛盾修辭應用不當而帶來的副作用？

（一）避免進入篇章修辭的誤區

應用文的篇章修辭主要側重於句段結構與篇章格式要素。在應用

文整體結構設計上，需要根據內容作出篇章結構安排，不要盲目追求所謂結構的勻稱、整齊與格式的統一。以《2017年政府工作報告》為例，在「一年來，我們主要做了以下工作」這一部分，回顧了二〇一六年的工作，其結構是以小標題帶部分，採用羅列式的結構安排，目的在於讓讀者能夠明確主要工作所在：

一　是繼續創新和加強宏觀調控，經濟運行保持在合理區間。

二　是著力抓好「三去一降一補」，供給結構有所改善。

三　是大力深化改革開放，發展活力進一步增強。

四　是強化創新引領，新動能快速成長。

五　是促進區域城鄉協調發展，新的增長極增長帶加快形成。

六　是加強生態文明建設，綠色發展取得新進展。

七　是注重保障和改善民生，人民群眾獲得感增強。

八　是推進政府建設和治理創新，社會保持和諧穩定。

這八個部分在篇章結構上與前後並不完全一致，但是，大體上保持了層次順序的排列結構。顯得前後樣式統一完整，實現了較好的篇章修辭效果。

因此，在應避免的**篇章修辭誤區**方面，需要注意以下幾個方面：一是要依據內容安排結構，不要因循守舊。比如命令、通知、公告等文體往往簡短，但是，遇到內容較多的時候，篇章結構就需要依據內容改為長篇結構，不應一味求短求精；二是遵循文體固有的寫作程式，不要隨意打亂邏輯次序。如通報，它的內容一般是敘述事實、分析評價、做出決定、提出希望要求等，在篇章安排上就不要打亂其邏輯次序；三是段落結構之間的均衡，不要顧此失彼。一些不合理的段落結構，往往就是沒有通篇考慮，顧此失彼造成的。

（二）警惕矛盾修辭的應用誤區

矛盾修辭法包含有「正言若反」、「反常合道」等邏輯特徵，使用上往往會誤入反諷。

要明白矛盾修辭強調的是兩個對立的詞語，如「痛苦的快樂」、「卑微的高大」、「美麗的醜惡」等，它們其實是同一事物或存在在特定語境中表現出來的不同形態或兩個方面，把它們對舉目的在於強調雙方的相互包含的意義與互相轉換的可能。錢鍾書在《管錐編》把 Oxymoron 解釋為「冤親詞」，意為「和解而無間」。（錢鍾書，1979：464）如此看來，矛盾修辭頗有反諷意味，其「正言若反」、「反常合道」的意義取向，不正是反諷辭格追去的效果嗎？

其實，二者是有明顯差異的。

反諷（irony）也稱「說反話」，指「故意使用與本來意義相反的詞語或句子來表達本意」，其特點是表裡不一。（黃伯榮，廖序東，2011：205）如《「城管戲耍盲人」是一種執法冷暴力》文中的句子「這真是一則顛倒黑白的『情況說明』」，文中批評城管的不文明執法，還對其「情況說明」的裝糊塗進行了嘲諷——揣著明白裝糊塗的「情況說明」實在是欲蓋彌彰。可見，反諷只是用一個相反的詞語或句子進行意義表達，不是像矛盾修辭那樣使用相互矛盾的兩個詞語或句子以形成「正言若反」可以「互相轉換」的表達。

相反，運用「兩種不相調和甚至截然相反」的詞語或句子進行表達，以造成「正言若反」的表達效果，就是矛盾修辭。如霍金悼詞中的句子「懷抱有時，不懷抱也有時」「喜愛有時，恨惡有時」「哭有時，笑有時」、「哀慟有時，跳舞有時」等，就屬於矛盾修辭。

使用矛盾修辭不僅要防止誤入反諷，而且，還有注意**避免用錯**，把不具有對立義項的詞語當做具有對立矛盾的詞語使用，如「成王敗

寇」，儘管其中有對立的成敗二字，但是，該詞表達的意義是一項，不具有對立矛盾的兩項意義。

此外，運用矛盾修辭，還需要遵從常識，避免生硬創新或顛倒詞語的固有樣式，如「失敗是成功之母」這個表達是說明成敗可以轉換，具有兩個「互相轉換」意義。如果改為「成功是失敗之母」就違背了固有的邏輯意義，也不構成矛盾修辭。

參考文獻

〔加〕Blandon Royal（榮炳銘）著　上海惠安公司譯　《職場寫作力》　2009年

程慧琴　〈修辭──應用文寫作中不可忽視的語言藝術〉　《福建金融管理幹部學院學報》第5期（2004年）

黃伯榮、廖序東主編　《現代漢語》（增訂五版）　高等教育出版社　2011年

林曦然　〈矛盾修辭探析〉，《湘潭師範學院學報》第12期（增刊，2000年）

錢鍾書　《管錐編》　中華書局　1979年　第2冊

魏紀東　《篇章隱喻研究》　上海　上海外語教育出版社　2009年

王叔新　〈論漢語矛盾修辭法〉　《江南大學學報》（人文社會科學版）第3期（2003年）

文　旭　〈矛盾修飾法縱橫談〉　《解放軍外國語學院學報》第3期（1995年）

王玉仁　《系統修辭學》　中國社會科學出版社　2010年

論行政公文語言表達的特點

管　華

廣東行政學院

摘要

　　公文語言表達必須體現出應用文語體的特點和風格，它受制於公文的性質、內容、功能，具有準確、簡樸、莊重的特點，要在公文寫作中展現這三大特點，語言表達上需力求做到六個方面「多」，六個方面「少」。

關鍵詞：公文　語言　特點

　　公文寫作有了好的立意，有了豐富的材料，有了完整的構思，接下來就涉及到語言的運用了。公文的語言表達必須體現出應用文語體的特點和風格，公文的語言，受制於公文的性質、內容、功能，有準確、簡樸、莊重的特點。撰寫公文時，應按公文語言的要求選詞造句，組段成篇，使公文語言更好地為表達內容服務。

　　如何理解和把握公文語言的準確、簡樸、莊重這三大特點呢？筆者將這三個特點通俗而形象地各分解為「兩多」「兩少」，合為「六多」「六少」，即寫作公文時，語言表達上力求做到六個方面「多」，六個方面「少」，這將有助於初學者對公文語言特色的把握。

　　一是多用含義確切的詞，少用模糊詞，這是公文語言準確性的要求。公文語言的準確性是指公文語言含義明確，語言邏輯嚴謹，語言訴求合體，概念、判斷、推理準確無誤、確定無疑，語言色彩鮮明，簡言之就是要符合語法規範，語言確切，語意明確。因此公文一般要少用含義不確定的副詞與形容詞。諸如「基本上」「大體上」「絕大部分」「普遍」「幾乎」「差不多」「很」「太」等詞語，使用時一定要根據具體情況恰當選用，過多使用會造成文章空洞無物。如「他近來表現基本不好」中的「不好」「基本」的使用，使人無法準確理解該人的表現。一件事只完成一半，就不能說「基本上完成」；一項活動，多數人參加，不能說成「普遍參加」。準確地使用語言，在公文寫作中還特別要求對事物的態度鮮明，切勿模棱兩可，含糊其詞，以免產生歧義，延誤工作。像「大致尚可」「尚無不可」「基本同意」「事出有因，查無實據」之類，意在推諉責任，含糊了事，要避免使用，以免影響文章內容的表達。有一家飯店對於顧客投訴該飯店菜肴中混有蒼蠅一事，店方的回覆是：「顧客反映我飯店飯菜裡有蒼蠅一事基本屬實」。有蒼蠅就有，沒有就沒有，在此使用模糊詞「基本」往往使人看不到店方勇於認錯之心、真誠道歉之意，而是一種不負責任的托詞。

當然，公文中模糊詞要慎用、少用，而不是不用。在公文寫作中，準確是公文語言的前提，但準確的公文並不僅僅是由表意精確的詞語來表現，有時由於人們對某些事物認識還處在初級階段，或有些事物是不能或不必用精確的語言來表達，在公文寫作中也不可避免要使用模糊詞。如某份表彰通報這樣寫道：「陳××同志刻苦鑽研，一年三百六十五天沒有一天晚上不在圖書館裡度過」。其中的「沒有一天晚上不在」用的是含義確切的詞，但表意卻不那麼準確，若改換成「幾乎都在」或「差不多都在」等模糊詞的話，反而顯得更真實。因此，公文詞語表意的模糊和精確是相對的，在多使用含義確切詞語的前提下，應當準確地使用模糊詞。

二是多用通俗易懂的詞，少用或不用冷僻詞，這是從受文者能否準確理解公文的角度去考慮的。通俗易懂是公文語言的本色，公文寫作是用文字聯繫工作、反映情況、解決問題的，它的語言應用重在實用，為了便於讀者理解，準確地掌握分寸，應少用冷僻的詞。比如「齷齪」「怯懦」「修葺」「彷徨」等詞就不如「骯髒」「膽小」「維修」「猶豫」等詞好懂。有人把「保持共產黨員先進性教育活動」簡化為「先進性活動」；把「為外賓參觀遊覽作導遊」生造成「旅遊外導」，諸如此類生造詞語不但使人難懂，也不利於解決問題。為了做到明白易懂，對那些專業性較強的術語，要予以解釋。

三是多用說明、敘述、議論的表達方式，少用甚至不用抒情和描寫，這是公文語言簡樸性的要求。公文語言的簡樸性是指語言簡潔、樸實，言簡意賅，而又通俗易懂。公文不像文學作品那樣是供人們茶餘飯後閱讀欣賞、慢慢咀嚼的，它是社會組織管理的工具，具有極強的現實應用價值。要求開宗明義、簡潔明瞭地表達意圖，不刻意雕琢，實事求是地反映情況，傳遞信息，便於受文者一目了然地讀懂內容。在語言表達方式上，公文最常用的是說明、敘述、議論，極少用

描寫和抒情，即便有個別文種不排除描寫和抒情的運用，描寫也只是客觀描寫，是幾乎接近敘述的白描。抒情也一般是間接的將感情色依附於敘事和說理中。如一份會議情況的報告寫道：「在整個會議期間，天氣晴朗，風和日麗，群情激昂，歌聲不絕，充分顯示了會議圓滿成功的氣氛。」這段文字由於過多的描寫，就顯得不夠樸實、莊重，不符合公文的語言風格。同時，公文寫作應力戒空洞輕浮的言辭，例如：「一把手親自抓，縣委委員人人抓，分管委員認真抓，主管部門直接抓，有關部門配合抓。」這些語言，也許作者還頗為得意，認為自己抓住了經驗，寫出了文采，其實全是虛飾之辭，什麼經驗也沒有，都是廢話。

應該提及的是，公文寫作要求語言平實，但平實不等於平淡，公文也不是完全排斥生動、形象的語言。有些公文文種，如命令、批復、決定、工作通知、合同、規章制度等，一般不追求生動、形象。而像調查報告、總結之類的公文，生動性還是很有必要的，在這類公文中適當運用些群眾口語，可增加文章的生動性。因此在保證準確的基礎上，公文寫作也應適當注意生動性的要求，力求做到簡潔而不單調，平實而不呆板。

四是多用短句，少用長句。我國現行公文的語言結構一般單句較多，複句相對較少，即短句較多，長句較少。因為短句語言形式單純、明快，既便於受文者閱讀理解，也符合公文語言簡潔的特點。例如：「凡是城鄉居民、部隊、機關、團體、學校及企業事業單位自養、自食的牲畜，農業和科研單位專供製造疫苗或試驗免疫用屠宰的牲畜，經省人民政府或省人民政府授權的稅務機關批准免稅的牲畜，均免征屠宰稅。」該句結構太長，語言表達效果不佳，令人讀起來十分費勁。若用倒列的方法使用短句，能增強表達效果。修改如下：

「符合下列規定的免征屠宰稅：

（一）城鄉居民、部隊、機關、團體、學校及企業事業單位自
　　　養、自食的牲畜；

（二）農業和科研單位專供製造疫苗或試驗免疫用屠宰的牲畜；

（三）經省人民政府或省人民政府授權的稅務機關批准免稅的牲
　　　畜。」

　　這是主語倒列，顯然，這樣做可以使文字簡潔明快，句子顯得更
清楚，便於執行、便於引用。倒列方法的使用在法規條文中比比皆
是。又如「為了保證我局今年的行政經費略有節餘，各處、室各項經
費的開支要嚴格執行<u>局領導根據上級財務部門要求制訂的並經局務會
議討論通過的</u>《財務開支審批制度》，減少<u>不必要的</u>浪費」。該句結構
冗長，語言累贅，加下劃線的字可以全部刪去，在「執行」一詞後面
加上「本局」二字即可。

　　五是多用書面語，少用口語，不用方言，這是公文語言莊重性的
要求。莊重是指公文語言典雅、端莊、鄭重，具有嚴肅性，這是發文
單位辦理公文態度嚴肅、規範嚴謹的體現，也是公務活動合法性的直
接體現。公文的遣詞造句，要符合現代漢語的規範要求，符合公文的
語體色彩，要用書面語，盡量不用口語、方言。例如：夫婦──夫
妻、私自──擅自、鈔票──現金、打算──擬、不幾天──不日、
當面商量──面洽，以上各組詞語儘管都是同義詞，但由於語體色彩
不同而適用於不同的場合。前者自然、親切、活潑；後者莊重、嚴
肅、平實，公文寫作應該選用後者，以使公文顯得莊重、得體和精
煉。再如「改革開放後，農民的錢包一年比一年脹，日子越過越好，
就像吃甘蔗由頭吃到尾越吃越甜。」這是口語，要把這樣的意思寫入
公文，得改為：「改革開放後，農民的收入年年增加，生活越過越幸
福。」這是書面語。口頭語言和書面語言在意思上雖然沒有什麼差
別，但後者要比前者端莊、鄭重，這是公文語言約定俗成的規範。

六是多用公文的習慣用語，少用套語，少說空話。在公文寫作中，沿用一些固定的模式化語句和詞語的現象比較常見，有些公文用語甚至在關鍵之處必須使用，這也是公文語言莊重性的要求，是公文語言規範化的體現。公文寫作的各個部分都有一些專用詞語、固定套路，使用它們顯得方便、簡潔、有效。如「特此函復」這一說法，如果換作別的語言來表達，無論怎樣努力都不可能這樣簡練、明白。公文的開頭語、稱謂語、詢問語、引敘語、表態語、原由語、承啟語、結尾語等等，這些慣用語的使用要合乎習慣，約定俗成，不能別出心裁。如公文正文中的稱謂指代詞語，若對方是我們的下級，用「你」，其後加上「部」「委」「辦」「校」「公司」等表示機構的名稱。如「你局二〇一六年六月十日《關於張平同志任職的請示》收悉。」若受文方是我們的平級或不相隸屬單位，則用「貴」或「你」，兩者不能完全通用，「貴」表示行文雙方具有正式的工作關係，並特別表示對對方機關的尊敬與禮貌，常用在涉外公文和不相隸屬機關的行文中；「你」表示行文雙方是工作關係較密切的平級機構。例「欣聞貴公司成立，謹表賀意。」「你辦三月十二日函收悉。」若受文方是我們的上級，用「你」「貴」作稱謂指代語均屬不當，而應該用規範化的簡稱。例：「鑒於上述情況，請市政府增撥救災款一百萬元。」

套語、空話是指在公文寫作中，使用一些老生常談、千人一面的表述，使文件的實用性受到損害。比如有人寫總結、報告時不論是什麼具體情況，開頭總是這麼一個公式化的套語：「在……的大好形勢下，在……會議精神鼓舞下，我們認真貫徹……精神，反覆認真學習了……文件。通過學習，深刻認識到……的重要性，進一步明確了……的重要意義，從而大大增強了貫徹執行……的自覺性。在提高認識的基礎上狠抓了……做到了……取得了……。」不是說這種話不

能用，而是反對千篇一律的套用，這樣就把公文寫「死」了。

　　上述公文語言運用的「六多」「六少」的前提條件是符合語法規範、符合邏輯規律，這是任何類別的寫作對語言的共同要求，在此不多作論述。公文語言準確、簡樸、莊重的特點不是孤立存在的，而是相互聯繫，統一在一份公文的整體之中。因而撰寫公文時，遣詞造句要從體現這些特點出發，切勿顧此失彼。

論創意寫作在虹影小說中的體現

厲向君

日照職業技術學院

摘要

寫作本質上是一種交流、溝通、說服活動，以文本為媒介，牽連寫作者和接受者兩頭，實現人與人之間的交流、溝通和利益、觀念的碰撞以及妥協。創意寫作是指以寫作為樣式、以作品為最終成果的一切創造性活動。創意寫作包括傳統意義上的文學寫作，文學寫作是創意寫作非常重要的組成部分，但創意寫作不等同於文學寫作。我們說的創意寫作，它包括三個方面的內容：一是「欣賞類閱讀文本寫作」，也就是傳統意義上的文學寫作，包括故事、小說、詩歌、隨筆、遊記、傳記等。二是「生產類創意文本寫作」，這一類不是作為藝術欣賞消費的直接物件，而是創意活動的文字體現，包括出版提案、劇本出售提案、活動策劃案等。三是「工具類功能文本寫作」，這類寫作文本與中國高校傳統應用寫作、公文寫作的物件基本重合。虹影小說主要體現在第一類，屬於創意寫作「欣賞類閱讀文本寫作」中「寫你知道的」的典範之作。

關鍵詞：創意寫作　虹影　小說　文本

　　隨著二十世紀八〇至九〇年代中國改革開放，留學歐美的華文女作家形成了第二代女性作家群，隨著地球村概念和文化上的全球化態勢，使她們在異國他鄉少了許多漂泊感，也少了包括生存在內的許多壓力。虹影、嚴歌苓和張翎是當代海外華人女作家幾乎並駕齊驅的「三駕馬車」，除了這三人，還有在美國的于梨華、聶華苓、查建英、周勵、湯婷婷、譚恩美，在英國的林湄，在法國的魯娃，在瑞士的趙淑俠等，在不同的國度各顯身手，群起銳進，在歐美大陸繪出了一片屬於華文女性創作的斑斕天空，成為海外華文創作的重要力量。

　　虹影是享譽世界文壇的著名英籍華人女作家、詩人，是中國新移民女性文學的代表作家之一。主要有長篇《孔雀的叫喊》《走出印度》（又名《阿難》）《饑餓的女兒》《好兒女花》《K——英國情人》（《K》的改寫本）《上海王》《上海之死》《上海魔術師》《綠袖子》《女子有行》等長篇小說。另有《你照亮了我的世界》《53 種離別》《小小姑娘》《火狐虹影》《誰怕虹影》《虹影打傘》《魚教會魚歌唱》等短篇小說、散文和詩歌。虹影通過寫作，她不斷出走與回歸，並借此尋找自己，更是以反映人性的複雜、沉重而聞名，一方面她大膽表現女性的情欲，不斷衝破禁忌，另一方面靈魂與肉體之間的矛盾深深影響著虹影的創作。

　　虹影小說究竟是不是屬於創意寫作？筆者認為答案顯然是肯定的。下面就虹影的小說與創意寫作的聯繫作一番探討。

一

　　創意寫作是指以寫作為樣式、以作品為最終成果的一切創造性活動。它最初僅僅是指以文學寫作為核心的高校寫作教育改革，後來泛指包括文學寫作在內的一切面向現代文化創意產業以及適應文學民主

化、文化多元化、傳媒技術的更新換代等多種形式的寫作以及相應的寫作教育。

創意寫作（creative writing）一詞，最早是一八三七年愛默生（R. W. Emerson）在美國大學優等生榮譽學會上發表的題為「美國學者」的演講中提出來的。但這時的「創意寫作」還不是真正意義上創意寫作理念的誕生。在十九世紀二十年代初，文學的審美價值受到商業價值的極大衝擊，隨著技術革命的突飛猛進，出版業的快速成長，導致文學商業化席捲了整個美國後而產生的。工坊活動和閱讀研討會成為美國創意寫作教學的主要形式。一九七六年創意寫作作為一個獨立的學科成立。「創意寫作的任務不是培養訓練職業作家……真正的目的在於提高學生創造性體驗的能力。[1]」

在歐洲，英國最早引進美國創意寫作體系而建立起文學生產機制的國家。英國著名高校東英吉利大學在一九七〇年建立了自己的創意寫作系統。

在亞洲，創意寫作系統廣泛傳播，進入韓國、新加坡、中國、馬來西亞、印尼等國家。香港、臺灣建立了「寫作營」、「文藝寫作研討隊」等，以及中國大陸創意寫作作為新興學科，在復旦大學、上海大學、廣東外語外貿大學、北京大學等率先招收創意寫作方向的學術型碩士、博士和本科生。

現在被稱為「全媒體」時代，它的背後仍然暗合了創意寫作系統的最初原則：將你所熟悉的材料寫成文本，尋找你想要的表達形式。

在今天的美國，我們很難找到一個沒有受過創意寫作訓練的「作家」，美國戰後普利策獎獲獎者多數出身與創意寫作訓練班。海外華人的白先勇、嚴歌苓等都曾系統學習過創意寫作，虹影曾在國內參加

1　MYERS D G.The elephants teach [M].Chicago: University of Chicago Press, 2006:123.

過魯迅文學院和復旦大學的作家班的學習，雖然不能說已學習了創意寫作理論和受到創意寫作的訓練，但從她的小說創作來看，與創意寫作有著相當多的關聯，應該是當代作家在創意寫作方面進行了探索與嘗試的代表作家之一。

傳統小說的寫作離不開人物、情節和環境三要素。特別是情節，要有開端、發展、高潮和結局。這是我國傳統小說創作的一般規律。人物要有主要人物或典型人物，環境要有典型環境。恩格斯在評論英國女作家瑪・哈克奈斯的小說《城市姑娘》的信中指出「如果我要提出什麼批評的話，那就是，您的小說也許還不是充分的現實主義的。據我看來，現實主義的意思，是除了細節的真實外，還要真實地再現典型中的典型人物。」[2]恩格斯在這裡強調了人物、情節（細節）和環境等要素的重要性。這雖然只是就現實主義創作方法來說的，但基本代表了從古代小說以來的傳統小說的寫法。

虹影的小說顛覆了傳統寫作，主要體現在：

第一，虹影小說是披著「小說」外衣的「自傳」。在小說中虹影既是第一敘述者，也是旁觀者、目擊者、親歷者，小說用了片段性的拼合的與互不相關的寫法，主人公與作者的分離與重疊方式，更真實地反映出生活的本質。《饑餓的女兒》《好兒女花》可以說是她的代表作。小說中主人公就是作者，但讀者不會認為在讀一本作者的傳記，因為它明明是一本小說，只是有些事情是屬實的而非虛構的；同時讀者又會認為在讀一本傳記，因為作者始終在敘述自己的生活經歷，只是用了小說的外衣。

一般來說小說是虛構的，傳記是真實的。楊振聲就認為「沒有一個小說家是說實話的。說實話的是歷史學家，說假話的才是小說家。

2　恩格斯・致瑪・哈克奈斯：《馬克思恩格斯選集（第四卷）》（北京：人民出版社，1972年），第462頁。

歷史家用的是記憶力，小說家用的是想像力。歷史家取的是科學態度，要忠於客觀；小說家取的是藝術態度，要忠於主觀。」[3]與之相反，郁達夫則認為「文學作品，都是作家的自敘傳」是千真萬確的。[4]一般說的傳記、回憶錄都是真實性很強的文本。但是，也不盡然，作者自己寫自傳或回憶錄，或者比較親近的人寫傳記和回憶錄，他能寫自己或親人的劣跡嗎？他也會有選擇地組織材料而不一定會毫無選擇地事事都寫，除非具有很大的勇氣。如果寫的是關係較遠的人，可能會比較客觀一些。袁良駿曾跟洪子誠說過，他在編丁玲研究資料時，有的材料、文章，丁玲就不讓收入，考慮的自然是對自己形象損害的問題。[5]舍斯托夫與楊振聲的觀點剛好相反，他認為，小說比歷史更真實，甚至傳記亦是如此。「迄今沒有任何一個人能直截了當地講述自己的真話，甚至部分真話，對於奧古斯丁主教的《懺悔錄》、盧梭的《懺悔錄》、穆勒的自傳、尼采的日記，都可以這樣說。」舍斯托夫認為，關於自己的最有價值而又最難的的真話，不應該在自傳、回憶錄中尋找，而應該在虛構的文學作品中尋找。比如，《地下室手記》通過斯維德里蓋伊洛夫向我們展現活生生的、真正的陀思妥耶夫斯基，易卜生、果戈里也不是在日記、書信，而是在他們的作品，如《野鴨》《死魂靈》中講述自己。[6]虛構的文學（小說）使人們能夠自由地說話，因此，比傳記，比歷史更少受到其他因素的干預，這才是（小說）真實性的主要原因。虹影的《饑餓的女兒》《好兒女花》雖然是小說，但更符合舍斯托夫的這一理論，這兩部自傳體小說的真實

3　楊振聲：〈玉君・自序〉，《玉君》（廣州：花城出版社，2013年），第83頁。

4　郁達夫：〈五六年來創作生活的回顧〉，《郁達夫全集（第十卷）》（杭州：浙江大學出版社，2007年），第312頁。

5　洪子誠：《問題與方法》（北京：生活・讀書・新知三聯書店，2002年），第30頁。

6　洪子誠：《問題與方法》（北京：生活・讀書・新知三聯書店，2002年），第30-31頁。

性是很強的，也是虹影小說的獨特之處。作品中的「我」，即可以看作運用第一人稱的主人公，也可以說就是作者自己。按虹影自己的說法，《饑餓的女兒》《好兒女花》是自傳，[7]但我認為更是小說，因為小說「更能夠自由的說話」。

　　第二，虹影小說是「雜語化小說」嘗試。「雜語」是虹影在《大世界中的雜語演出》中提出來的，虹影針對當今中國作家的京味小說、秦腔小說、湘語小說、鴛蝴小說等小說稱謂，把自己的《上海魔術師》稱為「蘭語小說」。[8]她說：「我的實驗，正是想把現代漢語拉碎了來看」，「這是一本眾聲喧嘩的小說，是各種語調、詞彙、風格爭奪發言權的場地」，「我試圖做一件中國現代作家沒有一個人想到要做的事：雜語化小說」。[9]陳思和說，虹影的小說「不是一般情況下的各地方言的拼湊，在表達語言的層次上，她超越了作為南方普通話的上海語言的層面，直接將現代漢語（規範普通話）、外來語翻譯的白話和傳統的江湖語言放在一個平臺上進行雜交實驗。……她確實是一個大膽的嘗試。」「她所隆重推出的蘭胡兒的語言裡，最生動的還是操起了四川的江湖黑話來潑罵。」[10]梁永安認為，「虹影是最有雜語化潛質的女作家」。[11]《上海魔術師》裡的人物，各說各的語言：猶太人「所羅門王」說的是《舊約‧聖經》的語言；天師班班主「張天師」

7　虹影：《虹影打傘》（北京：知識出版社，2002年），第227-231頁。

8　虹影：〈大世界中的雜語演出〉，《上海魔術師》（成都：四川文藝出版社，2016年），第337頁。

9　虹影：〈大世界中的雜語演出〉，《上海魔術師》（成都：四川文藝出版社，2016年），第339頁。

10　陳思和：〈用雜語感受上海生活──虹影的《上海魔術師》〉，收於虹影：《上海魔術師》（成都：四川文藝出版社，2016年），第345-346頁。

11　梁永安：〈海上燈火夢中月──讀虹影小說《上海魔術師》〉，收於虹影：《上海魔術師》（成都：四川文藝出版社，2016年），第358頁。

說的是中國傳統江湖語言；所羅門收養的中國孤兒「加里王子」說的是舊上海流行的——洋涇濱英語、市井語、「戲劇腔」以及養父的半外來語；張天師女徒弟蘭胡兒說的是「蘭語」。所謂「蘭語小說」就是指《上海魔術師》裡蘭胡兒的語言，即虹影的語言。虹影說：「蘭胡兒就是我」，「蘭語就是我的語言」。[12]因此，各種語調、詞彙、風格的語言，成了《上海魔術師》眾聲喧嘩的「雜語小說」。「雜語化小說」，可以說是虹影創意寫作的探索與嘗試。

二

寫作本質上是一種交流、溝通、說服活動，以文本為媒介，牽連寫作者和接受者兩頭，實現人與人之間的交流、溝通和利益、觀念的碰撞以及妥協。創意寫作包括傳統意義上的文學寫作，文學寫作是創意寫作非常重要的組成部分，但創意寫作不等同於文學寫作。我們說的創意寫作，它包括三個方面的內容：一是「欣賞類閱讀文本寫作」，也就是傳統意義上的文學寫作，包括故事、小說、詩歌、隨筆、遊記、傳記等。但創意寫作還包括非文學，或與文學相關而本身又不是文學形式的有創造性的寫作。二是「生產類創意文本寫作」，這一類不是作為藝術欣賞消費的直接物件，而是創意活動的文字體現，包括出版提案、劇本出售提案、活動策劃案等。三是「工具類功能文本寫作」，這類寫作文本與中國高校傳統應用寫作、公文寫作的物件基本重合。

美國當代學者馬克‧麥克格爾（Mark McGurl）用「高級多元文

---

12 虹影：〈大世界中的雜語演出〉，《上海魔術師》（成都：四川文藝出版社，2016年），第338頁。

化主義」（high cultural pluralism）來概括創意寫作的核心特徵，那就是強調對個體生命的充分關注。

「寫你知道的」是創意寫作的重要指導原則之一。虹影小說既是創意寫作「欣賞類閱讀文本寫作」，又是「寫你知道的」的典範之作。由於虹影的生活環境和自己的經歷，在小說中把自己人生體味和盤托出。虹影小說「寫你知道得」主要是：

第一，寫了一個女性宿命形象──母親

母親，是歷來被歌頌的人物，虹影的小說也不例外。但虹影小說表現對於母親「愛」的描寫是從「恨」的方面來表現的。虹影徹底顛覆了關於母親敘述的既定話語，呈現了一個人性深淵裡的母親。這個母親形象，不論是流言蜚語裡的壞女人，還是有很多情人，還是堅強地生下婚姻外的孩子，還是晚年的撿垃圾等細節，都震撼著讀者的心靈：受難，愛，以及塵世的殘酷、情欲與道德的波瀾。虹影把母親的歷史置於時代裡，這既是她個人的史詩，也是時代的史詩。[13]在當下，我們大多數的文學早已學會用一套嫻熟的技術掩去現實的殘酷，用中庸的溫情遮掩著放棄了對人性弱點與黑暗的開掘，也正因為此，當我們試圖從正面表達愛意時，也總是顯得虛偽而孱弱。相反，虹影鋒利的解剖，勇敢的坦陳，把母親寫得淋漓盡致，驚世駭俗。這是作者因為深摯的愛戀，無論對自己還是對世界總還懷有美好的期待。虹影在涉筆與中國當代史密不可分的家族經歷時，不回避，不躲藏，從家庭成員複雜的關係入手，坦率而直接地寫出了時代，寫出了一個城市被長期遮掩的一個殘酷的角落。更為難得的是，作者意圖並不止於暴露和控訴，而是專注於幽暗的同時也開掘閃光的人性，專注於曾經的青春所經歷的中國式的殘酷掙扎與成長，以及更多生命從堅韌充沛

---

13 費勇：〈終於把內心的黑暗和愛大聲說了出來〉，收於虹影：《饑餓的女兒》（成都：四川文藝出版社，2016年），第7-8頁。

走向衰竭與消亡，專注於這些生命如何在這個過程動植物般生存卻進行著人的自我救贖。救贖——不能通向哲學，但至少通過親情、愛情，達至中國人樸素的宗教感。雖然宗教感中也充滿宿命，但這就是人，出身於髒汙現實中的人，掙扎求生，作孽而又向善，身行醜陋卻心向美好。[14]虹影描繪了一個堅韌、無私、寬宏大量的女人，但也是一個叛逆的、與男人有多種關係的女人，晚年是一個孤苦伶仃的被欺負的女人。虹影在書中對母親的描寫是多重的，虹影的感情在愛中痛苦著，她愛母親，她試圖描述母愛。書中描寫出複雜的母女感情，多次寫到母親拉著她的小手，牽著她的手，走在磕磕碰碰的路上。

　　虹影的「苦難的母親」是個歷經磨難和感情豐富的女人。母親的磊落、承擔、寬廣，對苦難的承受與自立的個性，是虹影似乎找到了自己反叛的根源，自己起伏不平的男女關係的根源，好像輪回，甚至自己軟弱的根源，因為自己跟母親一樣愛過，容忍過。她和母親都是在男女關係上走過不同一般的路的人，她們都強烈地愛過，她們也都磊落與寬廣；她們對苦難都有敢做敢當的承擔和對人世複雜的寬容與理解……母親和虹影都樂於助人卻被世界曲解或誤解，她們在精神上達到的是那些對她們加以判斷的人不能達到的高度。[15]

　　第二，寫出了人的最本質的東西——性愛

　　古往今來關於愛情的描寫，尤其是兩性的描寫，越含蓄越好，令人有聯想和想像的餘地，但也有喜歡直接宣洩或一覽無餘的。如郁達夫的性愛描寫，矛盾突出女性某部位的描寫，葉靈鳳的性愛描寫等。在直接描寫男女做愛和交合方面，無名氏和林語堂是突出的兩位，他

---

14 阿來：〈這是讀來讓人心生驚悸的書〉，收於虹影：《饑餓的女兒》（成都：四川文藝出版社，2016年），第3-4頁。

15 沈睿：〈層層淤泥裡的小桃紅〉，收於虹影：《好兒女花》（成都：四川文藝出版社，2016年），第8-10頁。

們的描寫不是低級庸俗，污穢不堪，而是美輪美奐，令人陶醉，使人獲得美的享受和審美愉悅。前者如《海豔》，後者如《紅牡丹》，都反應出作者寫作水準和藝術的高超。

虹影作為一個女性作家，其「性」的大膽描寫遠遠在馮沅君、盧隱、丁玲、蘇青之上。特別是《k》、《上海王》、《孔雀的喊叫》、《綠袖子》等裡的「性」描寫就是例證。《k》裡的「林」和朱利安，《上海王》裡的筱月桂先是與常力雄，繼而與黃佩玉，再是與餘其揚，做愛、交合超過郁達夫的描寫，可以與林語堂、無名氏媲美。與其他作家的內斂風格不同，虹影小說表現情欲的描寫可謂大膽和恣肆，已超過同時代所有作家。

虹影說：當小說家把性愛寫得「欲仙欲死」時，真應該受到尊重和理解。小說文字描寫再精彩，也不會有讀者諸君做事情時的感覺犀利。試試：劃一根火柴燒一下自己的手指，或用利器，像不小心時劃破皮肉那樣，然後你把這種感覺寫成文字，這文字絕對寫不出那種又燙又痛的切膚之感，除非讀者補入自己的經驗。性，愛，也一樣。[16]

她還說：作為一個作家，性對我很重要。性在我生活時，就是我的衣服、我的食品、我的親人和朋友。性在我寫作時，就是奇想和激情，是妖術的語言，是我的臉、我的乳房、我的腿、我的眼睛、我的憤怒和瘋狂、我的冷靜和溫柔。即使是我從頭到腳裹了長袍，你也能見到我的手，我的全身最性感的部位就是我的手，無論是握著筆或是敲擊著電腦鍵盤，這時刻，我就是《K》中的 K，一個能左右生命的符號，一個神州古國的代表，一個他（男人世界，東西方男人世界）註定跨越不了的美。[17]虹影在這部作品裡毫不留情地批判了自覺與不自覺地建立起來的傳統中國文化的性別概念：女性必須貞潔，男女是

---

16 虹影：《虹影打傘》（北京：知識出版社，2002年），第204-205頁。
17 虹影：《虹影打傘》（北京：知識出版社，2002年），第205-206頁。

生命唯一值得的關係，家中兄弟姐妹姪女孩子男女關係都以男人為中心，這個淤泥的世界，男人中心的世界，讓人厭惡又讓人擺脫不掉，讓人同情也讓人絕望。因此，虹影的「性」描寫，不是具有一般的反封建意義，而是男女在真正意義上的平等體現。

第三，寫了最受非議的「愛」的結晶——「私生女」。

一般來說寫自傳應該在晚年為好，可虹影在三十八歲就開始了「自傳」的寫作。俗話說「家醜不可外揚」，眾所周知，郁達夫寫小說是最為揚家醜的，殊不知，虹影是有過之而無不及，把她十八歲離家出走的「家史」公布於眾。郁達夫的小說畢竟有誇張的成分，而虹影的小說是貼近生活的「原生態」。

私生女（子）在文學作品中不乏案例，但至今還沒有沒有哪一部小說把一個「私生子」寫的像虹影一樣如此令人難忘。

虹影是一個私生女，原名，陳紅英，又名陳英，乳名六六；她的養父姓陳，生父姓孫——其實也不姓孫，而是姓李，因為生父是隨著母親改嫁姓孫，所以，虹影姓李才是正統。「虹影」是詩人梁上泉給她取的筆名。[18]虹影認為，一個人姓什麼並不重要，一個人的存在才是最重要的。[19]就像生活於我，從來都比小說精彩一樣，生活對我有著特殊的吸引力。[20]她說：我既不隨生父姓，也不隨養父姓，跟我自己姓。虹姓在百家姓裡面是找不到的，只屬於我自己。按作者自己的解釋，虹影是指「淫奔他鄉」，實際取自《詩經》，言女子有行，應遠父母兄弟，而且宜西不宜東。[21]

---

18 「苦難的女兒」虹影：http://blog.sina.com.cn/s/blog_ec5918740101jlke.html，日期：2014年3月25日。

19 虹影：《誰怕虹影》（北京：作家出版社，2004年），第127頁。

20 虹影：《虹影打傘》（北京：知識出版社，2002年），第252頁。

21 虹影：《誰怕虹影》（北京：作家出版社，2004年），第126頁。

虹影一九六二年出生於重慶南岸的一個貧民窟裡，她是家中老六，喚作六六。在饑荒年代，虹影的父親駕船在外邊，很久沒有下落，六個孩子處於饑餓之中，有一個年青人來幫助全家度過困難，母親與他相愛生下虹影，母親也因此落下壞女人的名聲。虹影說：「這是當地一個人人皆知的秘密，只有我被蒙在鼓裡。生來是多餘的，母親顧及大家庭裡其他人的感受，不敢愛我；法院規定在成年之前，生父不能與我相見；而養父，對我則有著一種理還亂的複雜情感，始終有距離。沒人重視、沒人關心，在周圍大人和孩子的打罵與欺侮中，我一天天長大。」[22]

讀初中的時候，虹影就以作文好而出名，高中畢業後，她考上了一所中專學校學財會。從那時開始，虹影就寫詩、寫小說。

十八歲的虹影在知道了自己是一個「私生女」後，如五雷轟頂，一氣之下，隻身離開重慶，南奔北漂，浪跡天涯。一九八九年在北京魯迅文學院，後來到上海復旦大學作家班。流浪路上，她結交了大量的作家、詩人、畫家。因為沒有經濟來源，她不得不拼命寫作以獲取稿費。曾有一段時間，虹影對詩歌十分狂熱癡迷，寫下了大量膾炙人口的詩作。

虹影認為，愛，是可以忽略一切外在附著物的。所以，虹影後來向比她大二十歲的趙毅衡坦白承認自己是一個私生女，讀中學時與歷史老師有過一段非常的情感經歷，被家鄉人認為是壞女孩。她還說，中國也有八〇年代性解放。「那時，我們身心壓抑，精神空虛。我們開黑燈舞會，朗讀外國詩歌，辯論尼采薩特哲學，女人都崇尚波伏娃，試驗各種藝術形式，跳裸體舞。」其坦誠可謂令人震驚。

世人大多會嘲笑「私生子（女）」，殊不知，「私生子（女）」大多

---

22 虹影：《53種離別》（南京：江蘇文藝出版社，2013年），第24頁。

都是「愛情」的結晶，只是由於種種原因使得男女相愛的人不能夠結合，導致「私生子（女）」在社會生活中備受冷眼和歧視，這是封建社會影響的延續。虹影作為一個「私生女」並非像人們嘲笑的那樣低人一等，不僅同樣應得到人們的尊重，而且更應該對其關心呵護，因為這個「私生女」畢竟也是愛的結晶。

「私生女」是虹影貢獻於文壇的鮮活人物形象。

從以上三個方面看出，「寫你知道的」就是寫了虹影知道的，知道自己是一個「私生女」，知道自己的母親一生是多麼的不容易，知道「性愛」的重要和應當受到尊重與理解。小說完全做到了實現一種交流、溝通和說服活動，甚至會與讀者的觀念發生碰撞及妥協，這就是虹影的小說與創意寫作做到了有機融合的結果。

綜上所述，筆者認為，虹影小說與創意寫作存在著一定聯繫。在我國，創意寫作作為新興學科正處於初創階段，虹影的小說還不完全說明創意寫作在中國的成熟，但既然探討的腳步已經邁開，相信未來的研究將會不斷深入，成果是不言而喻的。

運用國外創意寫作理念建構
中國本土化模式的思考

蕭捷飛

四川大學錦城學院文學與傳媒學院

摘要

創意寫作學在中國發展至今，汲取國外創意寫作的學科定位、課程設置、教學模式、教材體系等體系，發展到一定的規模。在「互聯網＋」時代，創意寫作學如何在「共用經濟」理念和「互聯網＋」技術環境下，逐漸形成中國本土化模式，以期突顯中國文化軟實力和提高文化創意產業競爭力，已成為學界熱議話題。本論文擬從學科標準界定、理論體系構建、「校企地」聯合實訓體系搭建、「雙師型」培訓教師體系建設等方面進行中國本土化模式初探。

關鍵詞：創意寫作學　中國本土化模式　建構

　　二十一世紀全球經濟一體化，文化產業被公認為「朝陽產業」和「黃金產業」。二〇〇九年九月二十七日，我國第一部文化產業專項規劃《文化產業振興規劃》審議通過，標誌著文化產業已上升為國家的戰略性產業。隨著我國文化產業的飛速發展，社會對創意寫作人才需求快速增長。恰逢創意寫作學在中國處於萌芽階段，汲取了美國、英國、澳大利亞、加拿大等多地區的學科課程設置、教學模式、教材體系等經驗成果，取得了一定的成績，仍存在中國本土化發展不足的問題。隨著移動互聯網、大數據、雲計算、物聯網與人工智慧等新技術、新業務和新生態的發展，創意寫作學如何結合「共用經濟」理念和「互聯網＋」技術，逐漸形成中國本土化模式，以期突顯中國文化軟實力、提高文化創意產業競爭力和提升文化國際影響力，已成為學界和高校的熱議話題。本論文擬從學科標準界定、理論體系構建、「校企地」實訓體系搭建、「雙師型」培訓教師體系建設等方面進行創意寫作學中國本土化模式探究。

一　國外創意寫作學發展經驗

（一）學科定位

　　據美國愛荷華大學網站可見，愛荷華大學是美國高等教育機構中於一九二二年將學生文學作品視同為學位論文的大學。並將創意寫作學設置為同傳統英語系（Department of English）分開的獨立專業，即培養學生進行詩歌、小說的創作，包含本科、研究生層次。[1]

　　而美國的有些高校，如哈佛大學就將創意寫作學歸屬於英文系。哈佛大學英文系的網頁這樣介紹該專業的——提供廣泛的創意寫作課

1　http://registrar.edu/registrar/catalog/liberalartsandsciences/generaleducationprogram/index.html

程，包括詩歌、小說、非虛構文學、編劇、戲劇寫作。」[2]由此可見，哈佛大學的創意寫作課程設置範疇比愛荷華大學學科設置廣，不拘泥於虛構文學的創作培養。

二十世紀中後期，創意寫作學開始在歐澳經濟發達國家地區萌芽發展。

國家	大學	創立時間	特點	備註
加拿大	英屬哥倫比亞大學（UBC）	1946年	創意寫作系	後與戲劇與電影系合併。
英國	East Anglia 大學	1960年初 1970年左右	創意寫作教學創意寫作碩士項目	20世紀80年代末設置博士點
澳大利亞	Curtin 大學 Canberra 大學	1970年左右	創意寫作教學	成為中小學的教學手段之一

（二）教學模式

創意寫作的教學模式主要是起源於美國的工作坊（workshop），即教師組織熱愛寫作的學生創作，對總體結構、時間順序、人物塑造、場景細節、對話、語言運用等寫作技巧進行反覆研討訓練，最終形成作品。工作坊教師根據自己寫作經驗、學生水準而設置教師參與度、評價內容等。教學內容主要圍繞如何激發學生的創作熱情，並針對學生傳授創作經驗和進行個性化創作培養。教學物件不固定於在校大學生，只要有創作激情和欲望，喜愛寫作的任何人，都可以參與工作坊的訓練模式，一般在十至二十人之間。教學環境不拘泥於傳統課程的物理環境，還有假期作家工作坊、社區夜校工作坊、週末工作坊等環境。

2　http://english.fas.harvard.edu/programs/underguaduate

（三）教學方法

實際上，工作坊教學模式的思路根植於過程寫作法（Writing Processes）。凱特‧格林威利在《寫作：從開始到結束的六步指導》中就提到過程教學法，即：獲得想法、篩選、列提綱、撰寫、檢查、出版。許道軍先生也贊同這種教學思路，創意寫作其實包含著創意、構思、寫作及反覆修改的全部過程。創意寫作的上游環節是傳統寫作學所忽略的，而寫作和修改的下游環節是學生達到創意、寫作、認知的循環往復過程。[3] 傳統的寫作學和應用文寫作課程不重視上游環節或下游環節，而「工作坊──過程寫作法」教學模式同時兼顧上游和下游環節，注重寫作實踐。除工作坊以外，創意寫作學的教學內容通識教育課程、文學課、選修課以及作品公開朗讀、中小學寫作知識講授等。

據文獻資料整理，以紐約工作坊為例，其教學內容和課程設置如圖所示：

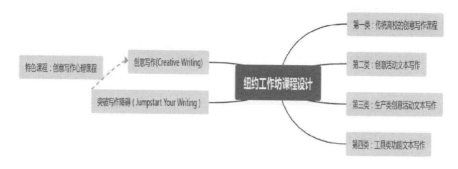

圖1　紐約工作坊課程設計[4]

3　許道軍：〈創意寫作──課程模式與訓練方法〉，《湘潭大學學報》（哲學社會科學版）第9期（2011年）。

4　張永祿：〈走在本土化路上──2015年創意寫作學科發展報告〉，《寫作》第3期（2016年）。

（四）行業組織管理

據中山大學戴凡教授調研的資料和資訊所示，簡述如表2：

表2　國外創意寫作學行業組織一覽簡表[5]

國家地區	組織名稱	成立時間	行業組織內容	組織價值
美國	AWP	1967年	建立一系列創意寫作學位標準。	歷史最悠久、規模最大的創意寫作協會。
英國	NAWE	1987年	確立實踐是研究基礎和特點，並提供理論、教學法討論和研究。	大中小學教師和自由作家交流寫作和教學經驗的平臺。
澳大利亞	AAWP）	1996年	致力於創意寫作學科、推動教學法研究。）	具有創意藝術和寫作研究的學科分類。
加拿大	Canadian Creative Writers and Writing Programs	2010年	促進本地作家和教師的交流、資源共享、理論和教學經驗交流	
英語國家地區	EACWP	2010年	促進歐洲內外創意寫作的學術研究、教學和出版，鼓勵各國作家、教師間的交流。	2012年首屆創意寫作教學研討會。

5　戴凡：〈國內外創意寫作的教學與研究〉，《中國外語》第3期（2017年）。

二　中國創意寫作發展現狀及問題

　　中國創意寫作正處於萌芽狀態，在「互聯網＋」時代背景下的創意寫作分類、分體、批評、創意寫作發展歷理論研究都比較零碎，缺乏具有中國本土化特性的系統、專業性的體系建構。目前研究的重點仍集中在英語國家創意寫作培養體系的引入與借鑒，海外創意寫作創作成果的翻譯出版等工作。根據最新文獻資料整理可見，我國目前創意寫作學發展和問題如下：

　　首先，受地域和經濟發展局限，創意寫作學發展不均衡。香港地區發展最早，華北和東部沿海地區高校中創意寫作發展迅速，西南部地區高校起步較晚。

表 3　我國近年來創意寫作學發展一覽表

時間	學校	代表人物	設置	意義
1984年	香港浸會大學		設置創意寫作專業	
2009年4月	上海大學	葛紅兵	成立「文學與創意寫作中心」	創意寫作理論、創意寫作教學和創意產業實踐研究
2006年	復旦大學	陳思和、王安憶	全國首個文學碩士的寫作班 Creating Writing Program（MBA）	引起關於「中文系能夠培養作家」「作家能否被批量生產」等

時間	學校	代表人物	設置	意義
				問題的廣泛討論。
2009年	復旦大學	王安憶	設置創意寫作專業碩士學位點	中國首個中文系頒發藝術碩士學位
2010年	上海大學	葛紅兵、許道軍、雷勇	開設創意寫作本科實驗班	
2011年前後	上海大學	葛紅兵、許道軍	設置創意寫作碩士點	
	北京大學、南京大學、中國人民大學、同濟大學、溫州大學	劉震雲（中國人民大學）	設置創意寫作碩士點（隸屬於中文系）	
	廣東財經大學		開設創意寫作本科專業	
2015年前後	上海大學	葛紅兵、許道軍	創意寫作博士點	
	東南大學、西北大學、江南大學、上海政法學院、江蘇師範大學、吉林師範大學、廣西玉林師院、合肥工業大學、蘭州城市學院、三亞學院、吉林工程技術師範學院		開設中文專業開設創意類寫作課程	

其次，儘管有部分高校已將創意寫作設置本科、碩士、博士研究生等多層次學科設置，但多數高校對於創意寫作學科的標準不統一，具有本土文化特徵的創意寫作文論體系建構不清晰，缺少系統性的教材和教學輔助書籍。

再次，隨著「互聯網＋」時代發展，中國文化產業發展迅速，跨學科、跨行業融合教育急需創意寫作，缺少對接市場需求的「校企地」聯合培養實訓體系，著力培養具有創意寫作能力的文化創意產業核心人才。

最後，目前從事創意寫作教學的導師，除了各個高校邀請的作家、知名學者外，一般都是之前從事傳統寫作學、應用文寫作學科的教師群體。他們有些自身對創意寫作不甚理解，有些畢業於中文系但缺少創意寫作訓練。所以，處於萌芽階段的創意寫作學急需具有創意性和寫作經驗的作家、新聞媒體人士、文化產業創意策劃師等行業人才，更需要培養學校內具有創意性和寫作欲望的學者和教師。

三　創意寫作學中國本土化模式探索

（一）學科標準界定

表4　部分高校創意寫作學比較表

高校名稱	招生簡章	學位隸屬	課程體系
香港浸會大學	提供中文和英文創意及專業寫作技巧訓練的相關課程；發展專業水準寫作能力，從而提高競爭力；培養原創性的文學與非文學	文學學士	主修：創造性：理論與實踐、傳記寫作、編輯與出版等7門課程選修：兒童文學英語寫作、

高校名稱	招生簡章	學位隸屬	課程體系
	作品；提升文化學術修養；建立自我主導與終生學習的能力。		戲劇翻譯、中文歌詞創作、科學與寫作等12 門課程
北京大學	培養具有深厚專業基礎、高水準寫作能力和出色創意才華的高層次、應用型寫作人才。	新聞與傳播碩士（MJC）創意寫作方向（Creative Writing）專業學位	
復旦大學	培養高層次、應用型創意寫作專門人才。戲劇藝術碩士（MFA）專業學位獲得者	藝術碩士MFA（創意寫作方向）	專業方向：1.「小說創作的敘事研究與實踐」2.「散文與傳記創作研究與實踐」
上海大學	具有專業創作素養及創意產業從業技能的創意寫作專門人才，畢業生具有在電影、廣播電視、報社、社區等機構從事創意產業及文化服務工作的能力。	藝術碩士	專業必修課：故事策劃原理、小說創作原理、非虛構文學創作原理等6 門課程選修課：媒介文化研究等9 門課程實踐課
三亞學院	漢語言文學專業下的新聞出版方向：培養具備較強的理論批評、文字創作及宣傳推廣能力的傳統新聞出版人才（學院有創意寫作研究中心）	漢語言文學專業的方向課程。	無

　　查閱各個高校官方網站，可見我國創意寫作學碩士、本科專業設置課程有一定的區域性和特色性。從課程設置來看，香港浸會大學創意寫作學專業除了美國高校傳統創意寫作學基本的主修課程外，還涉

及到翻譯、兒童文學、文化產業等領域寫作課程；上海大學創意寫作學碩士點借鑒了美國高校傳統創意寫作學的主修和選修課程體系，重點突出電影、廣播、報社等媒介文化寫作方面；復旦大學藝術碩士（創意寫作方向）雖然隸屬藝術碩士，但課程設置根植於漢語言文學學科的文化基礎，結合美國高校傳統的創意寫作主修課程和中國文學文化課程，立足於城市文化、媒介融合創意寫作方面。

但從宏觀來看，我國創意寫作學學科設置標準不太統一，學科歸屬界定模糊。而且創意寫作學專業課程設置不明確，對創意寫作學概念的內涵認識不統一。創意寫作學學科界定標準不統一，勢必影響學科自身科學、有序地發展，更影響與海外創意寫作學科的交流、對話，話語權降低。

（二）理論體系構建

從二〇一二年，中國人民大學出版社推出第一套系統引進美國創意寫作成果叢書的「創意寫作書系」開始，我國出版業開始陸續引進美國高校傳統創意寫作成果，並開始推廣我國創意寫作學業界和高校教師的寫作成果系列書，介紹了美國創意寫作理論和工作坊訓練的寫作技巧和創作成果，包括虛構類、非虛構類、影視劇本創作、新聞報導和報告文學寫作等方面內容。但這些系列叢書和教材側重點不同，缺少我國創意寫作學的系統性和獨特性，尚未形成本土化理論體系。

縱觀中國古典文論典籍，從先秦《詩經》「詩言志」「興觀群怨」說、《論語》「思無邪」「盡善盡美」「辭達」「以意逆志」說、《莊子》寓言庖丁解牛、呂梁丈夫滔水、佝僂者承蜩，到《荀子》「言」「名」論點再《毛詩序》、《史記太史公自序》、《法言》、《漢書·藝文志》、《楚辭章句序》至王充《論衡》的「疾虛妄」說、「文為世用」說，到曹丕在《典論·論文》「文以氣為主」到劉勰《文心雕龍》文論體

系，陸機《文賦》、鐘嶸《詩品序》、裴子野《雕充論並序》、蕭統
《文選序》、《金樓子·立論》篇、《顏氏家訓·文章》篇再到歐陽修
「此窮而後工」說，李清照詞「別是一家」說再到袁宏道「性靈說」
等，都是具有中國傳統寫作學經驗的理論體系。《論語·憲問》篇就
記錄了鄭國子產在執政二十年中，逐步確定公文起草、討論、修改、
潤色等四個環節：「為命，裨諶草創之，世叔討論之，行人子羽修飾
之，東里子產潤色之。」由此可見，從古至今，我國對擬文制度工作
就非常重視。

目前，我國創意寫作學理論體系建構中，習慣照搬西方創意寫作
學的理論體系，對我國古典文論體系並未重視。同時，往往也忽略我
國現當代寫作學理論體系如陳望道《作文法講義》、葉聖陶《作文
論》、夏丏尊劉熏宇的《文章作法》等，還包括中國現當代文學史中
老舍、沈從文等作家在寫作本質論、過程論、思維論和發生論等方面
都有大量價值的理論成果。建構中國本土化創意寫作課程，承襲美國
高校傳統創意寫作學學科主修和部分選修課程外，還是需要加入中國
古代、現當代文學和文論體系的，否則缺少中國本土文化特質和民族
特徵，更不適應中國創意產業發展的趨勢。

（三）「校企地」聯合實訓體系搭建

縱觀我國高校創意寫作本科、碩士、博士層次教學模式，大多採
用美國高校傳統創意寫作學工作坊模式進行寫作實訓和創作。但面對
中國文化創意產業飛速發展、市場急需大量創意寫作人才的局面，創
意寫作學實訓力度不夠。高校創意寫作學既然是培養具有專業創作素
養及創意產業從業技能的創意寫作專門人才，就需要對接市場，以跨
行業、跨學科、跨產業」「校企地」實訓實踐體系進行平臺搭建。

「頭條學院新媒體定向班」是四川大學錦城學院與今日頭條共同

開設的創新性教學課程，是文學與傳媒學院「技術性文科」實踐教學的補充。雙方共同打造特色新媒體專業，培養行業高端專業人才、樹立新媒體教學標杆院校。二〇一六年九月開班以來，「錦城學院頭條新媒體定向班」一共開設三期，參與學習學生約四百人，教師約二十人。錦城學院學生共開設三百餘頭條號，共發布頭條信息一萬五千餘條，總閱讀量達到二點五億。其中湧現出大量的優質內容創者和內容創業者。二〇一四級網路與新媒體專業張雪敏同學運行頭條號一年以來，總閱讀量超九千萬，得到愛奇藝實習 offer。二〇一四級網路與新媒體陳宏維，依靠頭條號內容分發創業。二〇一五級網路與新媒體專業張睿，在最新一期頭條培訓課程中，表現優秀，被選為優秀學員，為全國頭條學院大學生授課。

「頭條學院新媒體定向班」就是在互聯網＋時代，文化產業融合發展的背景下進行的「校企地」實訓體系，即創意寫作的實訓補充。頭條學院通過線上移動課堂，對對新媒體感興趣的大學生進行免費培訓，提供新媒體運營系列課程；四川大學錦城學院為學生提供學分考核，形成良性的「產、學、研、助」教學循環。學生通過頭條學院自主學習，自發進行創意寫作，其自媒體運營號接受文化創意市場的檢驗，最終獲得學分，並獲得頭條學院、騰訊、網易等提供的內容創業實習就業平臺。

（四）「雙師型」培訓教師體系建設

我國從事創意寫作教學的老師，除部分是高校聘請的知名作家、文人外，大部分都是高校從事傳統寫作學的一線教師。從事傳統寫作學的教師們，大多畢業於中文系，並未受過規範、系統的寫作學理論、寫作學心理學和創作實訓。由此可見，處於萌芽階段的創意寫作學急需具有創意性和寫作經驗的作家、新聞媒體人士、文化產業創意

策劃師等行業人才，更需要培養學校內具有創意與寫作激情的「雙師型」教師。

「頭條學院新媒體定向班」除了培養行業高端學生人才外，還未有為有創意、有寫作激情的老師們量身打造了「頭條學院新媒體教師定向班」。在定向班開設過程中，負責教師與業界學界積極溝通，加相關研討探究會議，積極探索新媒體教學範式改革新路徑。，並在教師定向班裡，積極進行跨行業的融媒體寫作，做到知行合一、身體力行。

四　小結

儘管中國創意寫作學近十年間取得了一定成績，在「互聯網＋」時代下，如何結合「共用經濟」理念和「互聯網＋」技術，在學科標準界定、本土化理論體系建設、實訓平臺搭建和教師隊伍培養等方面，仍需逐漸建構中國特色的本土化模式，最終才能顯示中國文化軟實力、提高文化創意產業競爭力和提升文化國際影響力。

參考文獻

http://registrar.edu/registrar/catalog/liberalartsandsciences/generaleducatio
          nprogram/index.html

http://english.fas.harvard.edu/programs/underguaduate

許道軍　〈創意寫作——課程模式與訓練方法〉　《湘潭大學學報》
　　　　（哲學社會科學版）第9期（2011）

張永祿　〈走在本土化路上——2015年創意寫作學科發展報告〉
　　　　《寫作》第3期（2016年）

戴　凡　〈國內外創意寫作的教學與研究〉　《中國外語》第3期
　　　　（2017年）

葛紅兵　〈創意寫作：中國化創生與中國氣派建構的可能與路徑〉
　　　　《江西師範大學學報》（哲學社會科學版）第1期（2017年）

居今探古：論王志彬對
《文心雕龍》的研究與應用[*]

萬奇

內蒙古師範大學文學院

摘要

　　王志彬是中國著名的寫作理論家，《文心雕龍》研究專家。他長期從事寫作學、《文心雕龍》的教學與研究，著述甚豐。王志彬的《文心雕龍》研究，主要體現在以下三個方面：一是辨析《文心雕龍》的本體性質。二是發掘《文心雕龍》文體論的獨特價值。三是闡釋《文心雕龍》文術論的關鍵詞。王志彬在從學理上研治「龍學」（文心學）的同時，亦注重《文心雕龍》的應用研究。首先，化用〈物色〉、〈神思〉、〈通變〉等篇的相關理論，描述寫作基本規律。其次，借用〈鎔裁〉篇的「三準」說，闡明寫作構思步驟。第三，引用〈論說〉篇的有關論述，概括學術論文的寫作特點。王志彬的《文心雕龍》研究，居今探古，打通「龍學」（文心學）與寫作學，堪稱跨學科研究的典範。

關鍵詞：王志彬　《文心雕龍》　居今探古

---

* 本文系國家社會科學基金重大項目「《文心雕龍》匯釋及百年『龍學』學案研究」（項目批准號：17ZDA253）之子課題「《文心雕龍》精義今釋」的階段性成果。

王志彬（筆名林杉，杉木）是內蒙古師範大學文學院教授，中國著名的寫作理論家，《文心雕龍》研究專家。他長期從事寫作學、《文心雕龍》的教學與研究，有《寫作簡論》（合著）、《寫作技法舉要》（主編）、《修辭與寫作》（合著）、《散文寫作概說》（專著）、《中國寫作理論輯評·近代部分》（主編）、《中國寫作理論史》（副主編）、《新編公文語用詞典》（主編）、《20 世紀中國寫作理論史》（主編）、《文心雕龍創作論疏鑒》（專著）、《文心雕龍文體論今疏》（專著）、《文心雕龍新疏》（專著）、《文心雕龍批評論新詮》（專著）、《〈文心雕龍〉例文研究》（合著）、《21 世紀寫作學習叢書》（總主編，已出版七冊）、[1]《全本全注全譯 文心雕龍》（專著）、《傳世經典 文白對照文心雕龍》（專著）、《中華優秀傳統文化百部經典 文心雕龍》等二十餘部論著面世。

王志彬早年喜歡詩文創作。他研讀《文心雕龍》，是因為覺得它「道出了我習作中的甘苦」，（林杉：1997）由此產生了對《文心雕龍》的偏愛。為了開設寫作課，編寫寫作教材時他自覺地「吸取、借鑒它的一些精闢論述」；（林杉：1997）後至南京大學師從裴顯生教授研習古代寫作理論，又經裴顯生教授引見，跟著名學者、南京師範大學吳調公教授專修古代文論。吳調公教授講授《文心雕龍》中的篇章，令他感到「既給我以教學的範式，又給我以深刻的學養啟迪」。（林杉：1997）吳調公教授「居今探古，見樹見林」的治學方法給他以深刻的影響。「居今探古」強調古今結合，發掘古代文論的現代意義；「見樹見林」注重宏微結合，將文本精讀與文論史研究有機聯繫

---

1 王志彬總主編《21世紀寫作學習叢書》包括《寫作學指要》《法律文書寫作指要》《科技寫作指要》《行政公文寫作指要》《禮儀文書寫作指要》《常用應用文寫作指要》《演講詞寫作指要》等七個分冊，由內蒙古大學出版社出版。除《寫作學指要》外，餘者均為應用文體寫作指導書。

起來。王志彬一直踐行之，他對《文心雕龍》的研究與應用可謂淵源
有自。

探尋《文心》之道

　　《文心雕龍》研究被稱為「龍學」（文心學），現已成為「顯
學」。其研究者甚眾，論著則如汗牛充棟，不勝枚舉。王志彬置《文
心雕龍》於寫作學視野中來考察，其見解與一般龍學家的看法自然不
同，做到了師心獨見，鋒穎精密。

　　王志彬的《文心雕龍》研究，主要體現在以下三個方面：

一是辨析《文心雕龍》的本體性質

　　《文心雕龍》是一部什麼書？學界說法不一。或曰文學理論批評
專著，或曰藝術哲學（美學）著作。或曰文體學著作，或曰修辭學著
作，或曰閱讀學著作，或曰寫作指導（文章作法），或曰文章學著
作，或曰子書等。其中「《文心雕龍》是文學理論批評專著」的看法
是主流觀點。對此，王志彬指出，「文學」一詞，有廣義、狹義之
別。「就『文學』的廣義而言，說《文心雕龍》是一部『文學理論批
評這專著』是不應有所非議的。」但就狹義「文學」來看，「如果說
《文心雕龍》是這樣的『文學理論批評專著』，那顯然是過於無視歷
史實際和《文心雕龍》的整體內容了」。（林杉：1997）接下來王志彬
分別從《文心雕龍》的寫作宗旨、基本內容和結構來考察《文心雕
龍》，得出「劉勰《文心雕龍》是一部具有中國作風和中國氣派的典
型的寫作理論專著」的結論。（林杉：1997）因為「這個判斷和結
論，沒有古今之分，也沒有廣義、狹義之別，一切類型的文章的體
制、規格和源流，一切文章的規律、原則和方法，一切文章的風格、

鑒賞和批評，都包容於『寫作理論』之中，似乎不再有顧此失彼、捉襟見肘之瑕了。」（林杉：1997）和主流看法相比較，王志彬的觀點更為公允。《文心雕龍》的寫作宗旨是「言為文之用心」，改變「辭人愛奇，言貴浮詭」的浮靡文風，使文章寫作走上「為情而造文」的正路。其全篇的內容和結構也是緊扣這一宗旨的：「文之樞紐」探尋文章的本原，確立「依雅頌，馭楚篇」的寫作總原則；「論文敘筆」考察每種文體的流變，解釋其名稱與內涵，選出有代表性的例文，陳述文體寫作的原理與規則；「剖情析采」剖析寫作的情理與辭采，并闡明寫作與時代、自然的關係，歷代文士的才能，詩文賞評的原則與方法，以及作者的品德修養。《文心雕龍》的書名也表明了以文章寫作為中心：「作文的用心在於把文章寫得像精雕細刻的龍紋一樣精美。」即用心寫出風清骨峻、情采兼備的優美文章。不難看出，王志彬的「寫作理論專著」說較之「文學理論批評專著」說更符合《文心雕龍》的實際情況。可貴的是，王志彬沒有把《文心雕龍》的本體性質問題絕對化，他指出：「任何一種與之相關的學科，都可以強調它們之間的聯繫，或即冠以什麼什麼著作之名稱，但切不可據為己有，而加以壟斷。在『文場筆苑』中，既讓它對文學創作起作用，又讓它指導非文學性文章寫作不是更好嗎？更何況《文心雕龍》所論乃是廣義質『文』及其用心呢！」（林杉：1997）其圓通的識見，化解了學界在《文心雕龍》本體性質認識上的歧義與紛爭，令人心悅誠服。

二是發掘《文心雕龍》文體論的獨特價值

《文心雕龍》的「論文敘筆」，今謂之「文體論」，一向不為學界所重視。（戚良德：2005）[2]而《文心雕龍》文體論之所以沒有受到應

---

2 據戚良德《文心雕龍學分類索引》統計，近百年以來，《文心雕龍》研究論文有六

有的重視，是因為一些研究者囿於「純文學」觀念，對其抱有偏見：或曰「比較蕪雜瑣碎」，或曰「這一部分都屬無關緊要之作，沒有多少理論價值」，「也沒有什麼實用價值」。有感於此，王志彬先生認為「應該強化對劉勰『論文敘筆』的發掘和提煉」。（林杉：2000）這是王志彬重視《文心雕龍》文體論研究的背景與緣起。在他看來，與魏晉文體論相比，《文心雕龍》文體論有三個鮮明的特點：首先，它從歷史實際出發，梳理、總結了晉宋以前使用的各種文體，使之有了較為完整的總體狀貌。它所涉及的文體，「既有文學性文體，又有應用性文體。而後者約為其總數的四分之三」。「反映了他所處的時代特點和我國傳統文體論的民族特色。」「應當分外珍視」。其次，它建構了一個相對完整的文體研究的論述模式，使之有了基本理論形態。即「原始以表末，釋名以章義，選文以定篇，敷理以舉統」。且以指導寫作為旨歸。第三，它具有明確的現實針對性，表現出了積極扶偏救弊的批判與變革精神。而《文心雕龍》文體論的貢獻主要體現在四個方面：第一，闡明各種文體的性能和作用，使之能夠分別地適應不同情況的需要，表現不同的實際內容；第二，確定各種文體的基本格調，強調作者在不同文體中應當表現出來的情感和態度。第三，提出各種文體對文采的不同要求，使各種文體都能做到情理與文采的完美結合。第四，強調各種文體的通變關係，規範各種文體，使之「確乎正式」。（林杉：2000）王志彬從史、論、評三個方面概括《文心雕龍》文體論的主要特點，又從用、調、采、變四個方面總結其主要貢獻，對學界正確認識文體論在《文心雕龍》中的重要位置及其獨特價值，是有助益的。從《文心雕龍》理論架構的設計來看，文體論介於文原論和文術論之間，它上承〈原道〉、〈宗經〉等篇而來，下啟〈神

千多篇，中西文專著也有三百多種，而有關文體論的論文與著作僅有六百餘條。其數量與文體論在《文心雕龍》所佔的比例極不相稱。

思〉、〈情采〉諸篇,是全書的樞要。可以說,沒有文體論,也就沒有文術論,文術論是從文體論中歸納出來的。(周振甫:1986)劉勰的這種安排表明了他尚體的理念,與今人重術輕體迥然不同:他視文體論為文之「綱領」,視文術論為文之「毛目」。就文體論來看,也是編排有序的:先是有韻之文,後是無韻之筆;詩產生最早,故〈明詩〉篇居有韻之文第一,樂府入樂,故〈樂府〉篇居第二,賦不入樂,故〈銓賦〉篇居第三……顯然,大到文體論的位置,小到每一篇的安排,劉勰都做了精心的設計,絕非「蕪雜瑣碎」。王志彬對《文心雕龍》文體論的「發掘與提煉」是符合劉勰之「文心」的。至於「那些早已不存在的文體,也並不是沒有什麼實用價值,關鍵在於能否見微知著,舉一反三,得它的好處」。因此,《文心雕龍》文體論的理論價值與實用價值應該予以重視,不能輕估。

值得注意的是,王志彬將《文心雕龍》文體論重新編排,分為上(以文學性文體為主)、中(以一般實用文體為主)、下(以宮廷專用文體為主)三編,這種分類是「著眼於原著內容之側重點,從各體文章寫作指導出發」的。(林杉:2000)王志彬手寫此處(古)而目注彼處(今),旨在提煉《文心雕龍》文體論對當今文章寫作的借鑒價值。

三是闡釋《文心雕龍》文術論的關鍵詞

《文心雕龍》的「剖情析采」,今謂之「文術論」,是學界研究的熱點。王志彬在尊重前修時賢研究的基礎上,不囿於成說,敢於提出自己的獨到見解。這集中體現在對「術」、「氣(志氣)」「勢」、「鎔」等《文心雕龍》文術論中關鍵詞的解釋上。如:王志彬在闡釋《總術》篇之「術」的內涵時,介紹了五種代表性的觀點:一曰「文學創作的基本原理」,二曰「寫作的原則」或「寫作的法則」,三曰「寫作方法」或「創作方法」,四曰「方法」和「寫作要領」(尤其強調

「術」指「整篇文章的體制」、「特色和規格要求」），五曰「創作的規律和方法」。繼而指出：「這五種意見，表面看來似有所不同，實質上確是相通或相近的。如果將它們『萬塗歸一』，或許對『總術』有一個更為完善而符合實際的解釋。事實上，《文心雕龍》中所論之『術』，本來就具有多方面的含義。它既有『規律』、『法則』、『基本原理』的含義，又有體制、特色和規格要求的內容；既指在寫作實踐中總結出來的理論原則和『寫作要領』，又有指具體的『寫作方法』和『創作方法』；既包括一般文章寫作，又兼容文學作品的創作。總之，『術』可以說是寫作規律、原則、體制和方法的一個統稱。」（林杉：1997）王志彬彌綸群言，闡明「術」的多重內涵，遠勝於「各執一隅」之解的上述五種觀點。其實以今日眼光視之，〈總術〉篇之「術」不僅涵蓋文術論之「術」，也包括文體論之「術」。篇中所言的「圓鑒區域」指〈序志〉篇的「囿別區分」，即文體論；「大判條例」指〈序志〉篇的「剖情析采」，即文術論。且〈總術〉篇起筆是從文筆之辨談起，足見文體之術亦在「術」之中。然就當時的情況來看，王志彬能意識到「術」不單單指某一種具體的術，而應該「是創作論十九篇中所言之『術』的總稱」，（林杉：1997）已經是難能可貴了。又如：王志彬在闡釋〈神思〉篇與〈養氣〉篇中的「氣（志氣）」時，分別評述了「世界觀」說、「思想感情」說、「意志力量」說、「精神狀態」說等四種觀點，而後指出，劉勰所謂的「氣（志氣）」是「以作者才學識力諸多方面的修養為基礎的，在寫作構思過程中由體力和精力、心境和情緒、慾望和激情、勇氣和信心等多種因素所形成的一種精神狀態」。（林杉：1997）王志彬逐一辨析對「氣（志氣）」的不同說法，并結合古今中外文論家（李漁、馬白、遍照金剛等）的有關論述，肯定、補充、完善了「精神狀態」說，與〈神思〉篇、〈養氣〉篇所論相符合，也與古今寫作實踐相吻合，是信而不爽的。

此外，王志彬對《文心雕龍》文評論（批評論）亦有獨到之見。他是從《文心雕龍》的整體來界定文評論的範圍的，而不僅僅局限〈時序〉至〈程器〉五篇。在他看來，〈原道〉至〈辨騷〉是《文心雕龍》文評論（批評論）的理論基礎；〈時序〉至〈程器〉是《文心雕龍》文評論（批評論）的主體；由文體論、文術論中選擇出來的代表性篇章，如〈明詩〉、〈樂府〉、〈體性〉、〈情采〉等篇，可視之為《文心雕龍》文評論（批評論）的範例和參證。（林杉：2002）這種見解揭示了《文心雕龍》各篇之間的內在聯繫。他又從「六個結合」來總結《文心雕龍》文評論（批評論）的特點，即批評論與創作論的結合、鑒賞與批評的結合、批評標準與批評方法的結合、肯定與否定的結合、分散與集中的結合、批評與現實的結合。他還關注《文心雕龍》文評論（批評論）的現代研究，著重闡發《文心雕龍》文評論（批評論）的應用價值。

活用《雕龍》之術

近些年，《文心雕龍》的應用研究方興未艾。香港學者黃維樑教授先後用《文心雕龍》理論分析屈原〈離騷〉、范仲淹〈漁家傲〉、白先勇〈骨灰〉、余光中〈聽聽那冷雨〉、馬丁‧路德‧金〈我有一個夢〉、莎士比亞〈鑄情〉和韓劇《大長今》等古今中外的作品，新見迭出，令人擊節。臺灣學者游志誠教授應用《文心雕龍》理論分析《周易》、《文選》、馬一浮的詩及詩論，又在新作《〈文心雕龍〉五十篇細讀》中的每一篇中專置「〈□□篇〉文論與實際批評」一節，足見其對《文心雕龍》「實際批評」的重視。兩位學者在《文心雕龍》的應用研究上均取得豐碩成果，為學林之楷式。而王志彬在從學理上研治「龍學」（文心學）的同時，亦注重《文心雕龍》的應用研究。與黃

維樑、游志誠應用《文心雕龍》理論於文學批評不同，他有意識地將
《文心雕龍》理論應用於寫作學研究，突出了寫作學科的民族特色。

首先，化用〈物色〉、〈神思〉、〈通變〉等篇的相關理論，描述寫作基本規律

寫作有無基本規律？如果有，寫作基本規律又是什麼？學界說法
不一。在王志彬看來，寫作學是一門獨立的學科，寫作當然有規律可
以依循。而寫作的基本規律有三條，即物我交融轉化律、博而能一綜
合律、法而無法通變律。物我交融轉化律，是指「物我交融之後，轉
化為文章的必然過程」。「所謂『物我交融』，是指寫作客體（即作為
寫作對象的客觀事物）與寫作主體（即有著自覺意識的寫作者）的相
互作用與有機融合。所謂『轉化』則是指經過物我交融，一個既非
『物』，又非『我』的新的第三者的誕生，亦即『物』與『我』合二
為一，構成了文章。」（王志彬：2009）如果將物我交融轉化律和
《文心雕龍》的有關篇章聯繫起來考察，會發現：「物我交融」化用
的是劉勰「心物交融」說，即〈物色〉篇之「目既往還，心亦吐
納」、「情往似贈，興來如答」，〈神思〉篇之「神與物游」、「物以貌
求，心以理應」；「轉化」則化用劉勰的「物──情──辭」說，即
〈物色〉篇之「情以物遷，辭以情發」。在某種意義上說，王志彬的
「物我交融轉化律」是劉勰的「心物交融」說與「物──情──辭」
說之「現代轉換」。博而能一綜合律，是指「寫作主體在寫作實踐活
動中，綜合運用自身多方面的素質、修養和能力，去感知、運思、表
達，最後構成文章的必然過程。」「所謂『博而能一』，是指寫作主體
既要具有為寫作所必需的多方面的素質、修養和能力，又能夠把這多
方面的素質、修養和能力融會貫通，使之在不同範圍內，不同條件
下，形成一個形神兼備的有機整體。所謂綜合，則是指寫作主體對自

身所具有的多方面的素質、修養和能力的歸納和集中、調動和支配。它既是博而能一的表現形式，又是博而能一的手段和方法。」（王志彬：2009）博而能一綜合律是將〈神思〉篇的「博而能一」說化入其中，其中「博」是指「博見」、「博練」，是對寫作主體所具有的多方面的素質、修養、能力的高度概括；「一」是指「貫一」，它表現在形式上是文章的主幹、線索和焦點，表現在內容上是文章的主旨。王志彬從寫作實踐出發，具體闡釋了「博」與「一」，達成古今融合。法而無法通變律，是指「寫作主體自覺或不自覺地學習、借鑒具有相對穩定性的寫作之法，並加以革新、創造，靈活運用於寫作實踐活動的必然過程。」「所謂『法而無法』，是指寫作既有一定之法，又沒有一成不變之法。……所謂『通變』，則是指對寫作之法的繼承、借鑒與革新、創造，『法』是通變的基礎，『無法』則是通變的結果。」（王志彬：2009）法而無法通變律主要來自〈通變〉、〈總術〉、〈時序〉等篇。其中「法」是〈通變〉篇「參古定法」之「法」，〈總術〉篇「文場筆苑，有術有門」之「術」，包括文章體制、寫作準則、寫作技法；「無法」是〈時序〉篇談的「文變」以及〈總術〉篇的「文體多術，共相彌綸」，指文章體制、寫作準則的發展、變化，以及寫作技法的靈活運用；「通變」則是〈通變〉篇「望今制奇，參古定法」理論的具體應用。王志彬融古於今，對寫作基本規律做了富有民族特色的描述。

其次，借用〈鎔裁〉篇的「三準」說，闡明寫作構思步驟

〈鎔裁〉篇的「三準」說，一向為學界所重。王元化視「三準」為「創作過程的三個步驟」，（王元化：1979）童慶炳視「三準」為「鎔意的基本功夫」、「寫作的基本準則」，（童慶炳：2016）游志誠則視「三準」為「提示文章造句、謀篇，以及『結構』上如何鎔意裁詞

之工夫論」。（游志誠，2017）王志彬因「三準」「有著明顯的有序性」，將其借用到寫作構思中，視之為寫作構思的步驟。王志彬指出，「第一個步驟：『設情以位體』，即寫作主體按著自己的情志，去選擇、確定適當的體裁」。其起點是物以貌求，而後進入虛靜狀態，展開聯想和想象，尋找合適的表現形式。「第二個步驟：『酌事以取類』，即寫作主體對自己所掌握的各種材料、各種信息，進行加工處理」。先選義按部，繼之芟繁剪穢，後綜合概括，或因枝以振葉，或沿波而討源。「第三個步驟：『撮辭以舉要』，即運用經過錘煉的語言，把文章的要點突出地表現出來」。這是文章寫作的最後一道「工序」。寫作主體要繼續斟酌和推敲，以求做到「繁而不可刪」、「略而不可益」。（王志彬：2009）王志彬翔實闡述「三準」說，精細入微，具有重要的啟示意義。寫作構思是一項內在的精神活動，複雜多變，說清楚實屬不易。坊間所見的寫作學書籍要麼泛泛而論，要麼語焉不詳。究其原因，是因為寫作構思奧秘的揭示還有待於腦科學、思維學和心理學等相關學科的新進展，不是單憑寫作理論所能講明白的。故此，在相關學科還沒有獲得新進展之前，借用具有程序性知識性質的「三準」說來闡明寫作構思步驟，不失為一條有效的途徑。

第三，引用〈論說〉篇的有關論述，概括學術論文的寫作特點

〈論說〉篇是《文心雕龍》文體論中應用價值較高的篇章。尤其是「論」對今人的學術論文寫作頗有啟發。王志彬敏銳地意識到這一點，直接引用〈論說〉篇的有關論述，詮釋學術論文創見性的寫作特點。他認為，要使論文具有創見性，從方法論角度講，可以從四個方面來努力：一要彌綸群言，即把各種研究對象的看法，加以綜合歸納和對照比較，形成自己對研究對象的總體看法，經過「彌綸群言」，

才有可能融會各家之長，並在前人研究的基礎上有所創見。二要鈎深取極，即在前人研究的基礎上，進一步分析解剖，達到前人未曾達到的深處和細部，循序漸進，步步登高。三要辨正然否，即對前人的研究成果，進行鑒別和驗證，正確的肯定，錯誤的否定，或扶偏使正，或補缺使完，有理有據地分清是非。四要獨抒己見，即寫出作者在研究中的新發現、新進展，表達出異乎前人的獨到見解。這四個方面相互聯繫，又相對獨立，採取其中任何一種方法，都會使自己的論文超出普遍的一般水平，達到新的高度。（王志彬：2009）這四個方面均援引〈論說〉篇：彌綸群言摘自「論也者，彌綸群言，研精一理者也」之句；鈎深取極、辨正然否來自「原夫論之為體，所以辨正然否；窮於有數，究於無形；鑽堅求通，鈎深取極；乃百慮之筌蹄，萬事之權衡也」一段；獨抒己見是「師心獨見」的另一種表述。從今天的論文寫作實踐來看，彌綸群言是文獻綜述，它是論文具有創見性的基礎；如果沒有彌綸群言，也就無法研精一理。鈎深取極是「接著講」，它是論文具有創見性的保證；如果只是「照著講」，也就了無新意。辨正然否是辨析有爭議的論題，肯定一說，否定其餘；它也是論文具有創見性的表現。獨抒己見是敢於寫出作者與眾不同的獨得之見，最具創見性。王志彬對學術論文創見性的深入剖析，彰顯了〈論說〉篇的重要應用價值，對今人寫出高質量的學術論文大有助益。

此外，王志彬總結的寫作技法亦有源於《文心雕龍》的，如誇飾、立骨、附會等。他十分注意突出寫作技法的民族性。王志彬還遵循〈序志〉篇「原始以表末，釋名以章義，選文以定篇，敷理以舉統」之文體寫作法則，確立《21 世紀寫作學習叢書》之應用文體編寫體例。（王志彬：2005）[3]

3　王志彬總主編《21世紀寫作學習叢書》包括《寫作學指要》《法律文書寫作指要》

從上述可知，王志彬尤為注重《文心雕龍》的應用研究。他居今探古，打通「龍學」（文心學）與寫作學，堪稱跨學科研究的典範。

餘論

王志彬的《文心雕龍》研究，特色鮮明，獨樹一幟，給人以有益的啟示。由此想到關乎「龍學」（文心學）走向的幾個問題，略陳如下：

一、拓展《文心雕龍》研究的新思路。有些學者指出，《文心雕龍》研究陳陳相因，創新不足，似乎到了瓶頸期，呼籲要開拓《文心雕龍》研究的新局。這種看法有一定道理，但是需要辨析。如果僅僅從文藝學角度研究《文心雕龍》，確實老話題居多，難見新意。反之，若能從寫作學、文章學、修辭學、閱讀學、文學史學、文學地理學、子學等多學科角度研究《文心雕龍》，則別有一番天地。其關鍵是研究者不能作繭自縛，裹足不前，而要勇於走出狹小的圈子，實現自我「突圍」。

二、深化、細化《文心雕龍》文本研究。應該說，《文心雕龍》文本研究已取得不俗的成績。范文瀾、楊明照、王利器、詹鍈、吳林伯等諸家貢獻良多。然仍存在一些懸而未決的問題。如：〈附會〉篇之「克終底績」的後一句，諸本並不相同：通行本作「寄深寫遠」，元至正本作「寄在寫遠送」，楊升庵批點曹學佺評《文心雕龍》作「寄在寫以遠送」。（戚良德：2008）楊明照認為：「按諸本皆誤，疑當作『寄在寫送』。『寫送』，六朝常語。」（楊明照：2001）楊明照的看法值得商榷。他似乎沒有權威版本的依據，只是「疑當作」而已。

《科技寫作指要》《行政公文寫作指要》《禮儀文書寫作指要》《常用應用文寫作指要》《演講詞寫作指要》等七個分冊，由內蒙古大學出版社出版。除《寫作學指要》外，餘者均為應用文體寫作指導書。

看來，根據現有的早期版本，重新校勘《文心雕龍》，做出一個新校本，已刻不容緩。[4]

三、強化《文心雕龍》文體論研究。《文心雕龍》共五十篇，其中文體論有二十篇，所佔篇目最多；而在文體論的二十篇中，講文學文體僅有〈明詩〉、〈樂府〉、〈銓賦〉三篇，餘者皆論應用文體。就文體論的單篇研究來看，研究者多關注〈明詩〉、〈樂府〉、〈銓賦〉等幾篇，而對其他篇章研究不夠。（張少康：2001；汪春弘：2001；陳允鋒；陶禮天：2001）這種不平衡的研究狀況亟須改進。且不說論說、史傳、哀吊、碑誄、書記等一些古老而年輕的應用文體，仍然具有生命力；就是那些已消亡的應用文體，也並非毫無價值，所謂「名亡而理存」。有鑒於此，強化《文心雕龍》文體論（尤其是應用文體理論）的研究，勢在必行。

四、推進《文心雕龍》的普及與應用。《文心雕龍》是中華文化三大國寶之一。（周汝昌：2011）[5]如何普及與應用《文心雕龍》是「龍學」（文心學）的重要研究課題。周振甫的《文心雕龍今譯》，王志彬的《全本全注全譯 文心雕龍》，黃維樑與筆者合撰的《愛讀式文心雕龍精選讀本》等，皆為《文心雕龍》之普及本。普及的目的是使「龍的傳人」能知之、好之、樂之，并將它應用於今天的文章寫作、文學創作、文學鑒賞與批評等相關領域。今後要繼續推進《文心雕龍》的普及與應用，讓《文心雕龍》成為一條翱翔於中外文論天宇的「飛龍」。

---

4 戚良德根據早期版本，重新校勘《文心雕龍》，現已推出《文心雕龍校注通譯》、《文心雕龍》輯校本，在此基礎上，他試圖做出更加完善的「新校本」。

5 周汝昌指出：「中華文化有三大國寶，《蘭亭序》、《文心雕龍》、《紅樓夢》，皆屬極品，後人永難企及，更不要說超過了。……所以特標三大國寶這，又因為三者皆有研究上的『多謎性』，異說多，爭議多，難解多，麻煩多，千百家下功夫多……唯三者稱最，別的也難與之比并。」

參考文獻

黃維樑　《文心雕龍：體系與應用》　香港　香港文思出版社　2016年

黃維樑、萬奇編撰　《愛讀式文心雕龍精選讀本》　北京　北京師範大學出版社　2017年

林　杉　《文心雕龍創作論疏鑒》　呼和浩特　內蒙古教育出版社　1997年

林　杉　《文心雕龍批評論新詮》　呼和浩特　內蒙古教育出版社　2002年

林　杉　《文心雕龍文體論今疏》　呼和浩特　內蒙古教育出版社　2000年

戚良德　《文心雕龍校注通譯》　上海　上海古籍出版社　2008年

戚良德編　《文心雕龍學分類索引》　上海　上海古籍出版社　2005年

童慶炳　《〈文心雕龍〉三十說》　北京　北京師範大學出版社　2016年

王元化　《文心雕龍創作論》　上海　上海古籍出版社　1979年

王志彬　《〈21世紀寫作學習叢書〉總序》　呼和浩特　內蒙古大學出版社　2005年

王志彬著，錢淑芳、岳筱寧點評　《回眸文心路》　呼和浩特　內蒙古人民出版社　2009年

楊明照　《文心雕龍校注拾遺補正》　南京　江蘇古籍出版社　2001年

游志誠　《〈文心雕龍〉五十篇細讀》　臺北　文津出版社　2017年

游志誠　《文心雕龍與劉子系統研究》　臺北　文史哲出版社　2010年

張少康、汪春弘、陳允鋒、陶禮天著　《文心雕龍研究史》　北京　北京大學出版社　2001年

周汝昌　《蘭亭秋夜錄》　桂林　廣西師範大學出版社　2011年

周振甫　《文心雕龍今譯》　北京　中華書局　1986年

「論文敘筆」之創作「綱要」初探
——兼論《文心雕龍》文體論的創作、審美、鑒賞思想[*]

王萬洪

西華大學文學與新聞傳播學院

摘要

　　《文心雕龍》在〈宗經〉篇確立了「文出五經」，在〈辨騷〉篇明確了「酌奇而不失其真，玩華而不墜其實」的創作論總綱之後，〈明詩〉以下至〈書記〉的二十篇文體論進行「論文敘筆」的工作。筆者認為，這是《文心雕龍》在具體文體發展史、具體作家作品鑒賞論的大量創作實踐中來檢驗雅麗思想是否貫通的重要環節。因「論文敘筆」部分篇目眾多，筆者取其核心精義的創作「綱要」為主要內容，在力所能及的範圍內進行了分類分體的觀照，得出的結論是：「論文敘筆」的二十篇文體論，前接「樞紐論」，下啟創作論與批評論，在創作綱要、審美標準、鑒賞標準等方面體現了貫通前後的雅麗思想。

關鍵詞：《文心雕龍》　論文敘筆　創作綱要　雅麗思想

---

* 基金專案：二〇一七年度教育部人文社會科學研究規劃基金專案《寫作學理論視野下的〈文心雕龍〉及其當代價值研究》（項目批准號：17YJA751027）

一 引言

筆者以《文心雕龍雅麗思想研究》為博士學位論文題目，在《文心雕龍》研究史上第一次明確提出「《文心雕龍》的文學思想是雅麗思想」的論斷，並論證成功[1]。其後，經過六年時間的修改與增補，為探討雅麗文學思想在《文心雕龍》二十篇文體論中的貫通表現，筆者深入地閱讀、分析了從〈明詩〉篇到〈書記〉篇的全部文章，將每一種文體的寫作要求、創作「綱領」、「大要」等一一梳理出來，論證了雅麗思想在其中的主導地位和貫通表現。現將前期研究成果彙報一下，以求拋磚引玉，得到各位方家的批評指導！

二 文出五經，統攝百家

〈宗經〉有一段話：「故論說辭序，則《易》統其首；詔策章奏，則《書》發其源；賦頌歌贊，則《詩》立其本；銘誄箴祝，則《禮》總其端；記傳盟檄，則《春秋》為根：並窮高以樹表，極遠以啟疆，所以百家騰躍，終入環內者也。」[2]這段話的核心意思是「文出五經」。劉勰提出這樣的主張，主要有以下幾個依據：

第一是「文源於道」，獨尊儒家。「自然之道」雖然在發明權上出自道家，但在具體運用中所起到的作用是為儒家五經的尚麗特點作理論外衣。在〈原道〉中，劉勰以為一切文章都是「自然之道」的產物，而文章的具體代表是儒家五經之首的《易經》，「文源於道」排除了儒家之外的道家、陰陽家、兵家、法家、名家等先秦諸子著作，也就是說，只有儒家著作，才算是「文源於道」的正統代表。

1　王萬洪《文心雕龍雅麗思想研究》，四川師範大學二〇一二年博士學位論文。

2　楊明照：《增訂文心雕龍校注》（北京：中華書局2000年版），第27頁。

　　第二是「聖文雅麗」，最為美好。《易》經之後，經過歷代聖人的創作發展，儒家五經得以形成，五經具有高超的寫作技法、「銜華佩實」的審美風格、為文致用的功能、籠罩一切的內容——五經之所以這麼美好，是通過具體分析得出的結果，於是「文源於道，五經最優」的推論得以成立。

　　第三是「文章」功能，乃經典「枝條」。〈序志〉以為：「文章之用，實經典枝條。五禮資之以成文，六典因之致用；君臣所以炳煥，軍國所以昭明：詳其本源，莫非經典。」[3]這句話的核心有二：一是說「經典」高於「文章」，功能上尤其如此，但是「經典」需要借助「文章之用」來實現「炳煥君臣，昭明軍國」的功能，於是「文章」從經典中流出；二是《文心雕龍》在「論文敘筆」部分列出的數十種文體，是衝著「為文致用」這個目標去的，所以，劉勰讚美詩賦章表等文體，貶斥雜文諧讔等文體，就是因為「用」與「不用」的原因。

　　第四是「論文敘筆」，文出五經。順著「文源於道」的哲學依據、五經最優的理論分析，「論文敘筆」部分設置了二十個專門篇章，重點論述了三十多種文體，實際上涉及到了八十多種細化的文體，來作為「文出五經」的具體例證。這一論證的脈絡可以通過以下三個方面的分析得以還原：

　　一是依據〈宗經〉篇自身的論述，可以表示為：

　　論說辭序，《易》統其首

　　詔策章奏，《書》發其源

　　賦頌歌贊，《詩》立其本

　　銘誄箴祝，《禮》總其端

　　記傳盟檄，《春秋》為根

3　楊明照：《增訂文心雕龍校注》（北京：中華書局2000年版），第610頁。

〈宗經〉列出了二十類文體，每四類為一組，每一組均源出五經中的具體一經。儘管這裏沒有論述到〈雜文〉、〈諧讔〉、〈樂府〉、〈諸子〉、〈書記〉等俗文學或泛文體專篇，但從整體上看，「文出五經」在文體分類上得以確立。

二是依據〈定勢〉篇論述文體風格的說法，「文出五經」在風格特點上有分類一致的整體屬性，〈定勢〉曰：「章表奏議，則準的乎典雅；賦頌歌詩，則羽儀乎清麗；符檄書移，則楷式於明斷；史論序注，則師範於核要；箴銘碑誄，則體制於宏深；連珠七辭，則從事於巧豔：此循體而成勢，隨變而立功者也。雖復契會相參，節文互雜，譬五色之錦，各以本采為地矣。」[4] 據此可以分類為：

> 章表奏議，準的典雅
> 賦頌歌詩，羽儀清麗
> 符檄書移，楷式明斷
> 史論序注，師範核要
> 箴銘碑誄，體制宏深
> 連珠七辭，從事巧豔

「章表奏議」等六組二十二類文體分類與前述「詔策章奏」等五組分類近似，多出了〈宗經〉不論的「書體、連珠、七辭」等類型。劉勰為每一組文體進行了風格的歸納，列出「典雅、清麗、巧豔」等六體風格，其核心所指，顯然是「雅麗」之風格美。這一論述的用意在於：從文體風格來看，「論文敘筆」的幾十類文體，以經典「雅麗」文風為中心；或者說，經典雅麗的文風統攝了後代文體的風格。「文出五經」在文體風格上得以成立。

---

4 楊明照：《增訂文心雕龍校注》（北京：中華書局2000年版），第406-407頁。

　　三是「論文敘筆」部分的細化文體分析。文體論的二十個專篇包含了數十種文體，累計有以下情況：

　　〈明詩〉篇重點論述了四言與五言詩歌，簡述了「三六雜言、離合之發、回文所興、聯句共韻」等詩體；〈樂府〉篇以「樂辭曰詩，詠聲曰歌」的標準，論述了「豔歌、怨詩、淫辭、正響」諸類，並將「戎喪殊事」之作也包含於內；〈詮賦〉論述了賦「受命於《詩》人，拓宇於《楚辭》」的來源，以為荀子五賦「與詩畫境」，同時將「殷人輯《頌》，楚人理賦」歸入賦類，「鴻裁」與「小制」並舉，抒情與誇飾共論，以蜀中辭賦三名家為例[5]，漢賦就有巨麗壯美之大賦、寫景體物之抒情小賦之分，流於魏晉，分類更多；〈頌贊〉篇合觀辭賦與頌贊二體，並與其他文體相通，顯示了文體分類交錯的現象；[6]而「祝盟」等文體「祭而兼贊」、「哀策流文」、「內史執策」，「誄碑」等文體與銘體、贊體、史傳交織，同樣體現了這一特點；〈雜文〉一篇包含文體甚多，大的類型有「對問、連珠、七辭」三體，小的類型則有「名號多品」的「典誥誓問，覽略篇章，曲操弄引，吟諷謠詠」等十六類；〈諧讔〉論述「諧辭讔言」，對「諧語[7]、

5　「蜀中辭賦三名家」是指兩漢蜀中最優秀的三位賦家司馬相如（今南充蓬安人）、王褒（今資陽雁江人）與揚雄（今成都郫縣人）。《文心雕龍》論述賦作或創作理論時以蜀中三家為主要對象，或褒或貶，不離三家情采二端與文字小學造詣。由此可見，蜀中文學與學術水準在漢代居於全國第一流的地位，三家開漢賦巨麗大賦與體物小賦之先河，成為漢賦最有代表性的作家，筆者〈漢代巴蜀文學三傑與《文心雕龍》〉一文論之甚詳。順流而下，從李白、蘇軾到郭沫若，蜀中傑出文學家多矣，而整體上有著趨同的一致性：想像奇瑰、文風壯麗、神奇飄逸，具有鮮明的西蜀地域文化特點。對相如賦與西蜀文化的關係，李天道先生《司馬相如賦的美學思想與地域文化心態》、《西部地域文化心態與民族審美精神》等專著與李凱先生〈司馬相如與巴蜀文學範式〉等文章闡釋甚詳。

6　劉勰以為「三閭《橘頌》，辭采芬芳」，將屈原楚辭與頌體合流；又說頌體「敷寫似賦，敬慎如銘；而贊體為「頌家之細條」；可證此說。

7　「諧語」一說，是筆者自己的歸納。細查劉勰所論，是在以「諧音雙關」的修辭技法論述「諧言」，因其後有「隱語」、「謎語」之論，故有此說。

隱語、謎語」等遊戲娛樂體裁分析深刻;〈史傳〉一篇內含文體很多,因為「言經則《尚書》,事經則《春秋》」之故,直接論述到的顯性文體就有「典、謨、誥、誓、法、曆、史、策、經、紀、傳、贊、序」等,並隱含了從「言、書」兩經中流出的八種文體,簡稱「史傳」者,是因為史書與紀傳在劉勰之前已經蔚然成風,著作非常之多,故而列此篇專論史傳文學「紀傳為式,編年綴事」之得失;〈諸子〉更不用說,從「六國以前」直到「兩漢以後」,所論百家之書,雖不言「體」而其「體」甚多;「言語」皆為論為說,從先秦百家到魏晉再興,故知〈論說〉篇同於〈諸子〉;〈詔策〉具體論述的文體至少有先秦「命、誥、誓、制」與兩漢「策書、制書、詔書、戒敕」及「教」體九類;〈檄移〉與〈封禪〉專門針對特定物件或事件而發,變體不多;〈章表〉在古代稱為「陳、謝、上書」,秦代改稱「奏」,漢代細分為「章、奏、表、議」四類;〈奏啟〉以為「奏」在秦代稱為「上疏」,又可以根據「按劾、彈事」的不同而有別稱,如「讜言」、「封事」等;〈議對〉以為「議貴節制,經典之體也」,發展到漢代,則「始立駁議」,整體上看,「議之別體」主要有「對策」與「射策」等[8];〈書記〉篇泛論文體,涉及到詳細論述的「書、箋、記」等體與泛論的「總領黎庶,則有譜籍簿錄;醫曆星筮,則有方術占式;申憲述兵,則有律令法制;朝市徵信,則有符契券疏;百官詢事,則有關刺解牒;萬民達志,則有狀列辭諺」等二三十種文體。

　　這樣,「論文敘筆」部分重點討論到三十多種功能較大的文體及其歷史演變、創作要求、審美特點;而全部所論,當有八十餘種[9]。

8　仔細分辨,可見「議對」與「論說」在本質上都是以語言闡述觀點的文體;其區別在於:「議對」是「對策揄揚,大明治道」的「經典之體」,具有的功能與所指的物件均遠非「論說」可比。為文致用、效法經典,是雅麗思想的主要內涵特點,「論說」以個人見解為主,難以與用於「軍國」之「議對」爭衡。

9　關於「論文敘筆」部分包含的文體數量,實際上是無法準確統計的。前人曾有三十

這幾十種文體，在淵源上來說，「百家騰躍，終入環內」，都是經典之「枝條」，「文出五經」於是得到了最為堅實地論證。

三　創作審美，貫通雅麗

依據「文出五經」的還原論證，我們可以順勢推論雅麗思想是「論文敘筆」部分文體創作的核心綱領，是作品批評與審美鑒賞的主導標準，雅麗思想在這一部分的貫通體現，具有立體交織、三位一體的特點。事實是否如此呢？

（一）賦頌歌贊，麗詞雅義

《文心雕龍》安排「論文敘筆」的前後順序，基本上與〈宗經〉篇論述文出五經的順序一致。從〈明詩〉到〈頌贊〉的四篇，主要是從《詩經》流出，實際上應該再加上近似於閒情小賦的〈雜文〉三體，不過為了尊重劉勰原文的安排順序，不作調整。〈宗經〉篇說：「《詩》主言志，詁訓同《書》，攡風裁興，藻辭譎喻，溫柔在誦，故最附深衷矣。」[10]「詩言志」，這是其最根本的特點，朱自清先生以為這是中國詩歌開山的綱領。通觀《文心雕龍》，劉勰最重視《詩》在文學創作中的源頭地位與理論綱領地位。一方面，《詩》是五經中唯一可稱純文學作品的經典；另一方面，《文心雕龍》論述文學而不是經學，故而最重視《詩》。

多種、三四十種、七十多種等不同的說法；筆者對此下過很大的功夫，但是，因為文體交織的現象與文體重疊的現象非常普遍，無法確切地對此進行計數。最好的辦法是：以二十篇文體論的標題為準，可見〈明詩〉、〈詮賦〉等篇僅論一體，〈誄碑〉、〈檄移〉等分述二體，〈雜文〉、〈書記〉等包羅甚多等幾種情況；基本理清即可，不必細究。

10 楊明照：《增訂文心雕龍校注》（北京：中華書局2000年版），第26頁。

1 〈明詩〉

《詩經》為五經之一，劉勰將〈明詩〉列為文體論的第一篇，可見其地位之重要，也可見詩歌歷史之悠久。〈明詩〉首先論述詩歌的緣起是「詩持情性，應感斯物」，是對「情動於中」與「文源於道」的雙向結合，總體上屬於儒家「詩言志」（《尚書‧堯典》）與「詩緣情」（出自〈樂記〉、《詩序》而成於陸機〈文賦〉）一脈。劉勰闡述詩之「綱領」：

> 故鋪觀列代，而情變之數可監；撮舉同異，而綱領之要可明矣。若夫四言正體，則雅潤為本；五言流調，則清麗居宗：華實異用，惟才所安。故平子得其雅，叔夜含其潤，茂先凝其清，景陽振其麗；兼善則子建、仲宣，偏美則太沖、公幹。[11]

四言「雅潤」與五言「清麗」的結合，就是雅麗的風格。劉勰指出「華實異用」，即以雅潤為質實，清麗為華美，既包含了文質之分，又指出了詩歌發展由質趨文的整體趨勢，與〈原道〉「英華日新，文勝其質」、〈通變〉「從質及訛」的整體趨勢是一致的。因此，雅麗之美是作為指導詩歌創作的最高原則。

2 〈樂府〉

〈樂府〉篇的主要觀點來自孔子、〈樂記〉為代表的儒家雅樂正聲理論。也就是說，將源自孔子的音樂理論中雅樂正聲、貶斥鄭聲的觀念運用過來。這一方面顯示了劉勰宏觀的詩歌發展研究視野，一方面也顯示了他先入為主、尚雅貶俗的理論局限。這種特點貫穿〈樂

---

11 楊明照：《增訂文心雕龍校注》（北京：中華書局2000年版），第65-66頁。

府〉全篇：

> 師曠覘風于盛衰，季劄鑒微於興廢，精之至也。[12]
> 雅聲浸微，溺音騰沸，秦燔《樂經》，漢初紹復。[13]
> 逮及元、成，稍廣淫樂：正音乖俗，其難也如此。[14]
> 至於魏之三祖，氣爽才麗，宰割辭調，音靡節平。觀其《北
> 上》眾引，《秋風》列篇，或述酣宴，或傷羈戍，志不出於慆
> 蕩，辭不離於哀思。雖三調之正聲，實《韶》《夏》之鄭曲
> 也。[15]
> 若夫豔歌婉變，怨詩訣絕，淫辭在曲，正響焉生？[16]

通過這些摘錄，我們可以清楚地看到，在〈樂府〉篇「原始以表末」
部分對於音樂文學發展的整體歷史梳理中，貫穿著孔子雅樂鄭聲、尚
雅貶俗的理論主張，以及季劄觀樂與荀子〈樂論〉、《毛詩序》、〈樂
記〉的詩樂政教理論。這些主張與理論，既有尚雅尚正的鮮明立場與
正道正行的歸化之功，也顯示了劉勰雅麗思想在尚雅貶俗方面的局
限。類似的意見，在〈雜文〉、〈諧讔〉、〈諸子〉等篇中也比較明顯。

3 〈詮賦〉

在確立了「討其源流，信興楚而盛漢」的賦體之源後，劉勰認
為，作為楚漢代表文學體裁，辭賦創作有其巨大的成就和影響力，辭
賦尚麗的創作影響，對後代文學綺麗巧豔的創作有借鑒之源的意義；

---

12 楊明照：《增訂文心雕龍校注》（北京：中華書局2000年版），第82頁。
13 楊明照：《增訂文心雕龍校注》（北京：中華書局2000年版），第82頁。
14 楊明照：《增訂文心雕龍校注》（北京：中華書局2000年版），第82頁。
15 楊明照：《增訂文心雕龍校注》（北京：中華書局2000年版），第82-83頁。
16 楊明照：《增訂文心雕龍校注》（北京：中華書局2000年版），第83頁。

同時也存在一些不良傾向,「繁華損枝,膏腴害骨,無實風軌,莫益勸戒」,並舉出「揚子所以追悔於雕蟲,貽誚於霧縠」的案例來作論據證明之。劉勰的主要目的,是要闡述「立賦之大體」:

> 原夫登高之旨,蓋睹物興情。情以物興,故義必明雅;物以情睹,故詞必巧麗。麗詞雅義,符采相勝,如組織之品朱紫,畫繪之差玄黃。文雖新而有質,色雖糅而有儀,此立賦之大體也。[17]

辭賦創作的「大體」有兩點:一是「睹物興情」的創作「物感」說,這是與〈原道〉、〈物色〉貫通而與〈樂記〉、〈文賦〉相接的觀點,認識到了文學創作的內容來源與寫作本質狀態;二是「麗詞雅義」的雅麗標準,劉勰主張「義必明雅」與「詞必巧麗」的理想狀態,這是對辭賦創作提出的總體要求,是《文心雕龍》雅麗思想在文體論中的直接運用。因此,在本篇的讚語中,劉勰直接運用了揚雄「麗淫麗則」之說,主張辭賦創作要「風歸麗則」,成為既雅且麗,「銜華佩實」的作品。

辭賦「麗詞雅義」的創作「大體」,在《文心雕龍》書中凡是涉及到辭賦問題的地方,都可以看到其影響。〈辨騷〉篇主張〈詩〉、〈騷〉結合,「華實」結合;〈情采〉篇在「為文造情」與「為情造文」的論述中指出辭賦虛誕淫麗;〈比興〉篇認為辭賦「比」體太過;〈誇飾〉篇認為辭賦誇而不當;〈物色〉篇指出「辭人之賦麗以淫」——凡此種種,既可以看到「風歸麗則」、「麗詞雅義」對辭賦創作若干問題的規範,更體現了雅麗思想對《文心雕龍》全書的貫通。

---

17 楊明照:《增訂文心雕龍校注》(北京:中華書局2000年版),第97頁。

4 〈頌贊〉

〈頌贊〉曰：「四始之至，頌居其極。頌者，容也，所以美盛德而述形容也。」劉勰以為「頌」主要是「美盛德而述形容」的讚美手法，是形容美德、讚美政教的修飾技法。同篇又說「風」、「雅」、「頌」三種手法：

> 夫化偃一國謂之風，風正四方謂之雅，雅容告神謂之頌。風雅序人，故事兼變正；頌主告神，故義必純美。[18]

「風」是最主要的教化方法，教化歸正就叫做雅，將雅正的結果稟告神靈就叫做頌。可見，「風生雅，雅生頌，頌告神」這一發展順序，最終是指向政治教化與敬天法地的宗廟祭祀的，因此，「頌」一定要內容「純美」，不得玷污神靈，不得淆亂國家秩序。在古代，「頌」於是從「詩六義」之一，成為神秘文化的一個類型，成為功能遠遠超越「風」、「雅」作用的最高文體與表現手法。

順次，劉勰論述到了歷代以來著名的「頌」體文文學與「頌」體之用，並舉「秦政刻文，爰頌其德」為例，顯示了秦始皇一統天下之後，為了「褒德顯容」，登峰跨海，彰顯大德的做派。這樣，「頌」體文學就直接衍生出了兩類性質相同的文體：一是「銘」體，二是「封禪」文。見以下例證：

> 〈銘箴〉：故銘者，名也。觀器必名焉，正名審用，貴乎慎德。[19]

---

18 楊明照：《增訂文心雕龍校注》（北京：中華書局2000年版），第108頁。
19 楊明照：《增訂文心雕龍校注》（北京：中華書局2000年版），第139頁。

〈銘箴〉：至於始皇勒嶽，政暴而文澤，亦有疏通之美焉。[20]

〈封禪〉：夫正位北辰，向明南面，所以運天樞、毓黎獻者，何嘗不經道緯德，以勒皇跡者哉？[21]

〈封禪〉：秦皇銘岱，文自李斯；法家辭氣，體乏弘潤；然疏而能壯，亦彼時之絕采也。[22]

「銘」體是為「正名貴德」而生，「封禪」體是為「經道緯德」而作，與「美盛德而述形容」的「頌」體功能完全一致。《文心雕龍》列出〈頌贊〉、〈銘箴〉、〈封禪〉三篇，均舉秦始皇刻石記功之事為例，實際上意在以下幾個方面：

一是強化「文出五經」的經典意識；二是實際上背離這一說法，因為「賦頌歌贊，則《詩》立其本；銘誄箴祝，則《禮》總其端」，「文出五經」的歸類並非絕對真理；三是認為「頌」這種手法具有廣泛的作用，可以延伸滲透到其他文體的寫作中去；四是明確地告訴讀者，所謂「論文敘筆，囿別區分」的文體論二十篇者，並不取顏延年「有韻為文，無韻為筆」之說，而是文筆合觀，文筆不分的。因為〈封禪〉處於第二十一篇，並非〈頌贊〉、〈銘箴〉所在的「有韻為文」的位置，劉勰論其曰「美」，這不是「美盛德」之美，而是文采美麗之美。三篇文章同舉李斯刻石七處的作品，這些作品純用四言，清人嚴可均以為都是「有韻之文」，並不屬「筆」；〈封禪〉所舉相如、揚雄、班固佳制數篇，皆以鴻、美、雅、麗稱，極為尚麗。由此可見頌體文學功能巨大，尚雅為之，尚麗稍減。而對於「贊」體，劉勰論其創作要領為：

---

20 楊明照：《增訂文心雕龍校注》（北京：中華書局2000年版），第139頁。

21 楊明照：《增訂文心雕龍校注》（北京：中華書局2000年版），第295頁。

22 楊明照：《增訂文心雕龍校注》（北京：中華書局2000年版），第295頁。

然本其為義，事生獎歎，所以古來篇體，促而不曠，必結言於
四字之句，盤桓乎數韻之辭。約舉以盡情，昭灼以送文，此其
體也。[23]

贊體文學「約舉」、「昭灼」的創作要求，具有〈體性〉八體「精
約」、「顯附」的特點；「促而不曠、結言四字、盤桓數韻」一說，具
有雅樂典雅之勢。贊體文學主要是文風雅正而「致用蓋寡」的體裁。

（二）詔策章奏，中正雅麗

〈宗經〉曰：「《書》實記言，而訓詁茫昧，通乎《爾雅》，則文
意曉然。故子夏歎《書》：『昭昭若日月之明，離離如星辰之行』，言
照灼也。」文字深奧，文意照灼。《尚書》包含文體眾多，《文心雕
龍》經常說到的「典誥之體」，即出於《尚書》；同時，《尚書》多為
上古先王經緯軍國、君臣交流、政教化民的語言記錄，故而具有史書
的性質。〈史傳〉篇說：「古者，左史記事，右史書言。言經則《尚
書》，事經則《春秋》也。唐虞流於典謨，商夏被於誥誓。」據此，
《文心雕龍》將有關「詔策章奏」的〈詔策〉、〈章表〉、〈奏啟〉、〈議
對〉幾篇文體論合為一組。這一組的基本內容，均為軍國大事、君臣
之交、為政致用，因此意義重大。

1 〈詔策〉

本篇以為，不重視儒學的時候，詔策浮雜；尊重儒學之後，詔策
模仿五經，「勸戒淵雅、典雅逸群、符采炳耀」的雅麗之作層出不
窮，劉勰對此大加讚美。在這個基礎上，他論述「詔策之大略」為：

---

23 楊明照：《增訂文心雕龍校注》（北京：中華書局2000年版），第109頁。

　　夫王言崇秘，「大觀在上」，所以百辟其刑，萬邦作孚。故授官選賢，則義炳重離之輝；優文封策，則氣含風雨之潤；敕戒恒誥，則筆吐星漢之華；治戎燮伐，則聲有洊雷之威；「眚災肆赦」，則文有春露之滋；明罰敕法，則辭有秋霜之烈：此詔策之大略也。[24]

仔細對照宗經「六義」與《知音》「六觀」諸說，詔策光輝燦爛的文采美與雅正嚴肅的內容美都體現了出來，詔策是華麗雅正、功能巨大的典範作品。

2 〈章表〉

　　相比於詔策的嚴正之雅與華美之麗，章表體裁更進一步，在「繁約得正，華實相勝」的中和雅麗指導下進行創作：

　　原夫章表之為用也，所以對揚王庭，昭明心曲；既其身文，且亦國華。章以造闕，風矩應明；表以致禁，骨采宜耀：循名課實，以文為本者也。[25]

章表的寫作「既其身文，且亦國華」對作家、對國家都有重要意義。而其核心要求是「章以造闕，風矩應明；表以致禁，骨采宜耀」，光華燦爛，「以文為本」，特別注重文采。同時，章表之功能在於典謨致用，絕非一般華而不實的文章：

---

24 楊明照：《增訂文心雕龍校注》（北京：中華書局2000年版），第265頁。
25 楊明照：《增訂文心雕龍校注》（北京：中華書局2000年版），第307頁。

是以章式炳賁，志在「典」、「謨」；使要而非略，明而不淺。
表體多包，情偽屢遷。必雅義以扇其風，清文以馳其麗。然懇
惻者辭為心使，浮侈者情為文出。必使繁約得正，華實相勝，
唇吻不滯，則中律矣。子貢云「心以制之」，「言以結之」，蓋
一辭意也。荀卿以為：「觀人美辭，麗于黼黻文章」，亦可以喻
於斯乎？[26]

「雅義以扇其風，清文以馳其麗」一說，直接指出了章表寫作「雅義
清麗」、「華實相勝」的雅麗之美。在此基礎上，特別突出章表「麗於
黼黻文章」的尚麗要求。在所有文體論中，〈明詩〉、〈銓賦〉、〈章
表〉三篇最為明顯地論述雅麗之美與雅麗之法。對比古今中外的寫作
理論，對應用文體的文采華麗之美提到如此高度來重視的，只有我國
古代文論才有；在全世界其他國家的應用寫作理論與我國當代的應用
寫作理論中，都看不到這樣的論述。

3 〈奏啟〉

〈奏啟〉篇詳細論述奏體與啟體文學，二者略有差異。寫作奏體
時要以「明允篤誠為本，辨析疏通為首」，故而寫作者必須要有「強
志成務」的目的與「博見窮理」的修養，能夠「酌古御今，治繁總
要」，懂得取捨，古今備閱，這是奏體文學之「體」。而在整體要求
上，奏體之「體要」為：

必使理有典刑，辭有風軌；總法家之裁，秉儒家之文。「不畏
強禦」，氣流墨中；「無縱詭隨」，聲動簡外：乃稱絕席之雄，

---

26 楊明照：《增訂文心雕龍校注》（北京：中華書局2000年版），第307頁。

直方之舉耳。[27]

嚴正典雅，兼備儒法，是奏體最重要的特點；奏體是經典與子史結合創作的典型例證。而啟體「大略」與之不同：

> 必斂飭入規，促其音節，辨要輕清，文而不侈：亦啟之大略也。[28]

啟體「辨要輕清，文而不侈」，音節和諧，雅正規範，是典型的既雅且麗的文體。奏啟二體，奏體雅正，啟體雅麗，各有差異，尚雅為主。

4 《議對》

議體文學的「綱領之大要」是：

> 故其大體所資，必樞紐經典，采故實於前代，觀通變於當今；理不謬搖其枝，字不妄舒其藻。又郊祀必洞於禮，戎事宜練于兵，田谷先曉于農，斷訟務精於律。然後標以顯義，約以正辭，文以辨潔為能，不以繁縟為巧；事以明核為美，不以環隱為奇：此綱領之大要也。[29]

議體宗法經典，古今備閱，辭理雅正，精約明核，美而不繁，是典型的具有雅麗之美的文體。對體文學與議體有時出現的「異見」不同，是治理國家的重要應用文體：

---

27 楊明照：《增訂文心雕龍校注》（北京：中華書局2000年版），第318頁。

28 楊明照：《增訂文心雕龍校注》（北京：中華書局2000年版），第319頁。

29 楊明照：《增訂文心雕龍校注》（北京：中華書局2000年版），第332-333頁。

對策揄揚，大明治道。使事深於政術，理密於時務。酌三五以
鎔世，而非迂緩之高談；馭權變以拯俗，而非刻薄之偽論。風
恢恢而能遠，流洋洋而不溢：王庭之美對也。[30]

對體針砭時弊，經世致用，質實雅正，「深於政術」，抑揚王庭，「大
明治道」。對體在議體優點的基礎上，捨棄了議論可能會出現的虛美
刻薄、偏執異見，明道治國，作用巨大。

這四篇文體論的核心是兼備雅正與華麗，而突出華美的一面。劉
勰的論述，明確告訴我們：文學尚麗與重情的本質，古已有之，不減
後代。文學發展由質趨文的趨勢，古即如此，當代為甚。也就是說，
《文心雕龍》論述文學重情尚美，不見得就是只是魏晉玄學與文學自
覺的產物，相反地，魏晉文學是訛濫的創作，還不如古代文學的雅麗
之美。文學之麗，自「文源於道」之時就有，古代文學在儒家思想指
導下，是雅麗之作；當代文學背棄經典，是淫麗之作，不足取法。

（三）雜文諧讔，巧豔俗作

二十篇文體論的排列順序與〈宗經〉「文出五經」的歸類不太和
諧的地方在於：〈雜文〉、〈諧讔〉兩篇屬於流浪孤兒，無人認領；因
此單獨列出，歸為一類。劉勰認為：文章屬於經典枝條，雜文又屬於
文章之「暇豫末造」，是枝條之枝條，地位不高，限於娛樂，難登大
雅之堂。〈雜文〉論述以宋玉〈對問〉、枚乘〈七發〉、揚雄〈連珠〉
為代表的三類文體，其源起是：

宋玉含才，頗亦負俗，始造〈對問〉，以申其志，放懷寥廓，

---

30 楊明照：《增訂文心雕龍校注》（北京：中華書局2000年版），第334頁。

> 氣實使文。及枚乘攤豔，首制〈七發〉，腴辭雲構，誇麗風
> 駭。……揚雄覃思文閣，業深綜述，碎文瑣語，肇為〈連
> 珠〉；珠連其辭，雖小而明潤矣。凡此三者，文章之枝派，暇
> 豫之末造也。[31]

這三類文體的基本特點是抒情尚麗，巧豔明潤，在功能上主要用於娛
樂目的，因為對國家政治關係不大，所以劉勰對其評價不高。〈對
問〉為代表的這類文體基本創作要求是：

> 原夫茲文之設，乃發憤以表志。身挫憑乎道勝，時屯寄於情
> 泰；莫不淵嶽其心，麟鳳其采：此立體之大要也。[32]

情深文麗，發憤抒情，是其創作「大要」。先秦孔子指出「詩可以
怨」的抒情功能，漢代司馬遷提出「發憤抒情」的主張，認為歷代優
秀作品主要都是「發憤為作」的產物。但是，發憤抒情說不合「主文
譎諫」的儒家詩教，因此，劉勰不認為宋玉〈對問〉以及後代的模擬
之作是優秀的。這些作品只不過是個人怨氣的抒發，對於國家政教作
用有限。對於始自枚乘的「七體」文學，劉勰認為這是「腴辭雲構，
誇麗風駭」的作品，類比之作也是如此：

> 自桓麟〈七說〉以下，左思〈七諷〉以上，枝附影從，十有餘
> 家。或文麗而義暌，或理粹而辭駁。觀其大抵所歸，莫不高談
> 宮館，壯語畋獵。窮瑰奇之服饌，極蠱媚之聲色：甘意搖骨

---

31 楊明照：《增訂文心雕龍校注》（北京：中華書局2000年版），第180頁。

32 楊明照：《增訂文心雕龍校注》（北京：中華書局2000年版），第181頁。

髓，豔詞洞魂識。雖始之以淫侈，終之以居正，然諷一勸百，
勢不自反。子雲所謂「猶騁鄭衛之聲，曲終而奏雅」者也。唯
〈七厲〉敘賢，歸以儒道；雖文非拔群，而意實卓爾矣。[33]

「七體」豔麗淫侈，壯語瑰奇，雖有居正之意，但是諷一勸百，作用
有限。「七體」類同於漢代大賦之虛辭濫說、文麗用寡，所以「十有餘
家」中，僅有歸於儒道的〈七厲〉一篇可觀。整體上，七體是屬於麗
而不雅的文體。「連珠」一體小巧可愛，劉勰提出了「義明詞淨，事圓
音澤」的創作要求，點明其尚麗之風。對問、七體、連珠三體尚麗少
雅，十分明顯。故而讚語說其「飛靡弄巧」，使得這三體有巧豔、靡麗
之嫌，劉勰有輕視的意味。因為這三體文學屬於「文章之枝派，暇豫
之末造」，在作用上抒情娛樂尚可，經國緯業不行。《文心雕龍》以雅
麗思想論述美文，如果不尚雅正，沒有政治作用，是會給予批評的。

相比於〈雜文〉篇「連珠」三體雖然「麗而不雅」，但是能夠抒
情寄興而言，〈諧讔〉則地位最低，是最不值一提的民間文體。劉勰
以為「文辭之有諧讔，譬九流之有小說，蓋稗官所采，以廣視聽」，[34]
是為了聲色耳目、娛樂遊戲的目的寫作的。如果「效而不已」就會像
東方朔那樣滑稽搞怪，誤入歧途。整體上，諧讔二體是劉勰不看好的
文體，比雜文更糟糕。因為有很多名人貴族乃至帝王在寫作，同時見
於經典，故而論述之。讚語以為「空戲滑稽，德音大壞」，[35]諧讔二體
「本體不雅，其流易弊」，[36]既不尚雅，也不尚麗，除了娛樂，沒有可
取之處。

---

33 楊明照：《增訂文心雕龍校注》（北京：中華書局2000年版），第181頁。
34 楊明照：《增訂文心雕龍校注》（北京：中華書局2000年版），第195頁。
35 楊明照：《增訂文心雕龍校注》（北京：中華書局2000年版），第195頁。
36 楊明照：《增訂文心雕龍校注》（北京：中華書局2000年版），第194頁。

四 論文敘筆，新論雅麗

綜上所述，「論文敘筆」部分貫通體現了雅麗思想，而且呈現出兩個主要特點：一是所有文體均在五經統攝之中，「文出五經」；二是創作原則、批評鑒賞與審美評價的立體交織，「三位一體」。

第一，「文出五經」。如果將二十篇文體論分成若干類，可以看到如下的幾種類型，以及每種類型所對應的篇目與思想傾向：

> 麗詞雅義：〈明詩〉、〈詮賦〉、〈詔策〉、〈章表〉等，這是最理想的「雅麗」載體；
> 尚雅貶俗：〈樂府〉、〈雜文〉、〈諧讔〉等，批評民間文學與「無用」文學；
> 新變不足：〈明詩〉、〈樂府〉等，批評魏晉宋齊詩歌與魏晉樂府；
> 雅而不麗：〈祝盟〉、〈銘箴〉、〈誄碑〉、〈史傳〉等，質實雅正有餘而文采不足；
> 麗而不雅：〈諸子〉、〈論說〉、〈雜文〉等，文采飛揚但不合雅正儒道。

這五種分類以「麗詞雅義」為核心，論述雅俗，規範文麗，不滿新變，雅麗思想貫穿、黏合全部文體論的所有篇目與體裁。我們可以清楚地看到劉勰以儒家經典「銜華佩實」的審美特點為基準，衡量並評價從古至今的所論文體，將其置於五經「雅麗」文風統攝之中，體現的正是〈宗經〉篇「百家騰躍，終入環內」的「文出五經」的基本觀點，在文體淵源上樹立了五經的崇高地位。

第二，「三位一體」。同時，雅麗思想體現了創作、審美、鑒賞立體交織、「三位一體」的基本特點：

在創作理論上，二十篇文體論涉及七八十種具體文體，重點論述的有三十餘種，每一種文體都有獨特的創作原則。這些原則，往往以「綱領」、「綱要」、「大體」、「體」、「旨」等異語同義的術語總結在各篇之中。所有的幾十條文體創作原則論，或尚雅或尚麗，或者雅麗並重，麗詞雅義。雅麗思想是文體創作論的核心。

在審美風格上，以上的文體創作要求部分，可以集中地看出劉勰雅麗思想的貫通式影響。按照〈定勢〉篇論述文體風格「各以本采為地」的說法，以一類風格為核心，有一大類主要的文體，分類可知，文體創作原則與文體風格論的要求是對應一致的。文體風格論從「典雅」到「巧豔」，明顯體現「雅麗」這一中心；文體創作論則從具體文體的角度分別體現了雅麗思想的貫通與指導。實際上，不僅〈定勢〉文體風格論，〈體性〉篇風格「八體」類型論與〈通變〉篇時代風格論，都是雅麗思想在體制風格上的側面體現。

在批評鑒賞論上，〈知音〉篇提出了「位體、宮商、置辭、奇正、通變、事義」的「六觀」說，這六觀，在各體創作原則與審美鑒賞的論述中有許多體現。《文心雕龍》論述寫作，是將創作、批評、審美結合起來看待的，體現了三者交織，共同立論的特點。

長期以來，對「論文敘筆」部分的研究處於沉寂狀態，這直接導致了對其他部分理論研究的不充分。而對雅麗思想在「論文敘筆」部分所作的上述「文出五經，三位一體」之具體表現的分析，給了我們一些重要的啟示，這些啟示或者與「剖情析采」部分所述高度吻合，或者有利於一些矛盾論爭的消解：

一是文筆之爭，劉勰主張不分文筆。文體論開始的幾篇是賦頌歌贊，核心是麗詞雅義；文體論結束的一塊是詔策章奏，核心仍然是典雅華麗；上半部分的銘誄箴祝雅而少麗，下半部分的論說諸子則麗而缺雅。所以，前人關於文體論排列順序「先文後筆」的說法不能成

立。李斯刻石被用於頌體、銘體、封禪文數體之中而論述一致，也是明證。

　　二是下篇的若干創作理論，根植於二十篇文體論之中。沒有文體論的堅實支撐，就得不出下篇創作論的若干理論。比如體制風格理論，〈體性〉八體儘管在數理上以《周易》為法，但在風格類型與各體特點論述上，完全是數十種文體風格論與若干作品風格論的總結提煉，各體並有鮮明的時代性；〈風骨〉篇風骨感染力之說，在〈章表〉等篇中極為明顯；〈通變〉思想見於若干文體原則之中；〈定勢〉文體風格論淵源即在文體論中；〈情采〉篇崇詩抑騷、正采彬彬的論述，堅實的支撐在於賦頌歌贊部分；又以〈養氣〉為例，〈書記〉篇從容優柔的論述，就是如何養氣為文的同樣論述；至於誇飾手法、比興手法、「經典子史」結合的創作論、「指瑕」文術的作品技法論，都可以在文體論部分得到扎實的論述證明與案例證明。順此，有關風格「八體」來源之爭、「風骨」內涵之爭等等長期懸而不決的論爭，可以得到解決：風格「八體」是對歷代文學作品風格與各類文體風格的總結，帶有鮮明的歷時性；「風骨」則是對風格「八體」的進一步提升，是《文心雕龍》的審美理想論，具有鮮明的共時性。

　　綜上所述，「論文敘筆」部分，以雅麗思想為主導核心來組織篇目專題並進行論述，上承「文之樞紐」詩騷結合、雅麗兼備的綱領，下啟「剖情析采」的創作、審美、文術理論，具有重要的作品支撐地位與理論銜接地位。

參考文獻

杜黎均　《文心雕龍文學理論研究和譯釋》　北京　北京出版社　1981年

范文瀾　《文心雕龍注》　北京　人民文學出版社　1958年

馮春田　《文心雕龍闡釋》　濟南　齊魯書社　2000年

胡大雷　《文心雕龍的批評學》　桂林　廣西師範大學出版社　2004年

黃春貴　《文心雕龍之創作論》　臺北　文史哲出版社　1978年

黃　霖　《文心雕龍匯評》　上海　上海古籍出版社　2005年

劉永濟　《文心雕龍校釋》　北京　中華書局　1962年

林　杉　《文心雕龍文體論今疏》　呼和浩特　內蒙古教育出版社　2000年

戚良德　《文心雕龍校注通譯》　上海　上海古籍出版社　2008年

〔清〕阮元等校刻　《十三經注疏》（影印本）　上海　上海古籍出版社　1992年

王運熙　《文心雕龍探索》（增補本）　上海　上海古籍出版社　2005年

吳林伯　《文心雕龍義疏》　武漢　武漢大學出版社　2002年

楊明照　《增訂文心雕龍校注》（上下）　北京　中華書局　2000年

詹　鍈　《文心雕龍義證》（上中下）　上海　上海古籍出版社　1989年

提倡沉浸式閱讀
有效提升應用文撰寫者的綜合素養

洪威雷

湖北大學

劉　歡

湖北大學知行學院

摘要

　　問題的提出是源於印度工程師的帖子《令人憂慮，不讀書的中國人》，中外經典成為當下年輕人「死活讀不下去」的書，應用文文種混用、詞語錯用和違規違紀違法行文等事例。沉浸式閱讀有三個鮮明的特徵：一是精，精細地閱讀。二是通，融合貫通。三是少，理解透徹，厚書就變薄了。只有沉浸式閱讀，才可能掌握豐富的表達技法，增強說服力，表述準確，正確不等於準確，提升思想，勇於擔當。文章以經典應用文作品為案例，從技、識、品、道四個方面入手進行分析，為做一位名副其實的優秀應用文撰寫者，拓展思路。

關鍵詞：沉浸式　閱讀　應用文　撰寫者　素養

　　閱讀與寫作，是一個老話題。早在宋代，詩文俱佳的歐陽修在回覆友人的諮詢中就有明確的告語：「無他法，唯勤讀而多為之，自工。」就是說，怎麼樣才能寫出好文章呢？沒有其他的辦法，只有勤奮閱讀，堅持多寫多練，自然就會長於寫、善於寫了。二十八年前的一九九〇年，我還出版過《讀寫研究》[1]一書，對閱讀的目的、方法、科學性和讀與寫的關係，做過一些探索。為什麼今天要舊事重提呢?這是基於三個原因：

　　一、二〇一五年，在網上流行著一位印度工程師的帖子，題目為《令人憂慮，不讀書的中國人》。印度工程師關於閱讀的數據，是當年一媒體的閱讀調查：中國人年均讀書〇點七本，與韓國的人均七本，日本的人均四十本，俄羅斯的人均五十五本相比，中國人的閱讀量少得令人驚訝。一個對於人類印刷文明有過巨大貢獻，發明了紙張和活字排版的民族，一個奉行「耕讀為本」的文明古國，竟被稱為「不讀書的中國人」，諸君，你不感到內心沉痛和巨大的危機感嗎？

　　俄羅斯、美國、新加坡等國家，已把全民閱讀列為國家戰略。俄羅斯二〇一二年制定了《民族閱讀大綱》，以此保證俄羅斯讀書人數的快速增長。「大綱」頒佈後，在短短的幾年之內，一點四億俄羅斯人的私人藏書多達二百億冊，每個家庭平均藏書三百冊。一九九七年美國發起了「美國閱讀挑戰運動」，總統克林頓親自做「為美國的教育，行動起來」的動員報告。二〇〇一年布什政府頒布了《不讓一個孩子落後》的議案，並為「閱讀優先」投資九億美元。新加坡提出「思考型學校，學習型國家」的戰略，並從二〇一一年十一月立法，規定「如何讀書給嬰兒聽」，嬰兒有資格辦借書證。我國二〇一三年兩會期間，一百一十五位政協委員聯名簽署《關於制定實施國家全民

1　洪威雷：《讀寫研究》，（天津：天津社會科學出版社，1990年）。

閱讀戰略的提案》，建議政府立法保障閱讀，設立專門機構推動閱讀。可至今沒有著落。

　　二、二〇一三年廣西師範大學出版社作了一次閱讀調查，根據三千多餘微信回覆統計，其中「死活讀不下去」的書排行榜前十名依次是：《紅樓夢》、《百年孤獨》、《三國演義》、《追憶似水年華》、《瓦爾登湖》、《水滸傳》、《不能承受的生命之輕》、《西遊記》、《鋼鐵是怎樣煉成的》、《尤利西斯》。曾經奉為經典的中外名著，淪為「死活讀不下去的書」，情何以堪？根據美國杜克大學海爾斯教授的研究，生來就是電子媒介文化的「原住民」，一出生便在高度數位化媒介環境中，習慣了短、淺、快的碎片式、流覽式、視覺式、便利式、圖文並茂式的閱讀，形成了「超級注意力模式」，使他們無法忍受單調的深度閱讀，對單一沉浸式閱讀沒有耐心，在這種浮躁的社會環境中，閱讀經典就成一件富有挑戰的事了。

　　三、二〇一四年至二〇一八年間，我們先後到縣級、地級、省級檔案室隨機查閱了有關應用文，尤其是公文資料，發現四個帶有共性的問題和一個難以原諒的問題。

　　一是文種混用、錯用。如「決定」與「通報」混用，「通知」與「決定」錯用，「請示」與「函」錯用，「通報」與「通知」混用等。

　　二是詞語混用、錯用。如「執業人員」與「從業人員」，不僅應用文中錯用，而且新聞稿中也錯用；不僅統計部門混用，而且人力社會保障部門也混用。其實，「執業人員」一詞用於符合法律規定的條件，依法取得相應執業證書，並從事為社會公眾提供服務的人員。也就是說用「執業人員」一詞，應符合三個條件：一是符合法律規定的條件，二是依法取得相應執業證書，三是憑證書取得工作崗位證。如從事會計工作的人員中，持有註冊會計師證書的人，就可以用「執業人員」一詞，沒有獲得註冊會計師證書的人從事會計工作，只能用

「從業人員」。在應用文寫作中，類似「謀取」與「牟取」、「作出」與「做出」、「交納」與「繳納」、「設立」與「設定」、「依據」與「根據」、「批准」與「核准」、「撤銷」與「吊銷」、「發布」與「公布」、「授權」與「受權」、「不只」與「不止」、「即時」與「及時」、「洩密」與「泄秘」、「截至」與「截止」、「以致」與「以至」等等，看似相似或相同，其實它們之間有較大的不同。

三是標點符號錯用、混用。如多個書名號或引號句並列時，使用頓號分隔不對，正確用法是並列成份之間以書名號和引號分隔。在標示數值和起止年限時使用一字線不對，一般應用浪紋線。在並列分句中使用逗號統領不對，應用分號標示。帶括弧的漢字數字或阿拉伯數字表示次序時使用頓號不對，應用實心點號。在圖或表說明文字末尾使用句號不對，正確的是在末尾不用任何符號，等等。

四是表示方法方式單一、呆板、乏味，沒有文化涵量的可讀性。你只要把省、地、縣、鄉鎮的同類公文對照閱讀，很快便發現，正確的廢話多、漂亮的空話多、嚴謹的套話多、違心的假話多、常說的老話多。雖然這麼概括不甚準確，但確是擊中了問題的要害和時弊。

一個難以原諒的問題是指應用文、尤其是公文中，有的不僅違規違紀，而且違章違法，有的甚至不近人情。如甘肅省正寧縣委縣政府發文，「投資一千萬元可享受副縣級待遇。」《四川資陽市雁江區司法局關於〈辦理涉及沱江特大污染事故賠償案件有關問題〉的通知》中，規定「各律師事務所、法律服務所不應受理涉及沱江污染事故索賠一方的委託代理。」福建平和縣一份紅頭文件規定：如沒有初中畢業，則不能結婚。「勞動、工商、公安、民政、土地等部門對未取得初中畢業證書的人，不得開具勞務證明，不給予辦理勞務證、結婚證、駕駛證等。」湖南省人事廳、衛生廳聯合發布紅頭文件《湖南省國家公務員錄用體檢專案和標準》中，要求「女性公務員乳房對

稱」。湖南雙峰發出紅頭文件，請求市政法委將涉嫌收購二十五根象牙的嫌疑人李定勝取保候審，理由是「如果不放人，會影響企業的發展」。……

發生以上問題的原因是多方面的，但一個最根本性問題是缺乏沉浸式閱讀。

其實，要把應用文寫得出彩，就應閱讀經典作品。經典作品無論是思想還是境界，無論是表達還是詞語的準確擇用，可以說處處閃光。英國哲學家懷特海曾說：「西方哲學一千多年不過是對柏拉圖的註腳。」這說明經典作品的生命力量。南京大學高研院院長、長江學者周憲在訪談中曾引用英國前首相丘吉爾的名言：「寧願失去整個印度也不願失去莎士比亞。」亦可見經典的價值。只有沉浸式閱讀經典作品，並緊密聯繫實際品評當下，才可能既提升主體「我」的思想境界，又提高客體「文章」的品質。

沉浸式閱讀有三個特點：

一是「精」。「精」，就是「精細」。讀時，真正類似浸入水中一樣深入進去，弄懂每一字、一詞、一段、一節、一章的含義，細心領會，逐一消化。精讀與當下的流覽、泛讀、簡讀正好相反，不能快，切不可一目十行，而是要有耐心，讀得扎實、透徹。正如朱熹所言：「為學讀書，需學耐心，細心去體會，不可粗心。若曰何必，讀書自有個捷徑法，便是誤人的深坑處。未見道理時，如數寶物，包裹在裏面，無緣得見。必是今日去了一重，又見得一重；明日又去了一重，又見得一重。去盡皮，方見肉。去盡肉，方見骨。去盡骨，方見髓。使粗心大意不得。」

二是「通」。「通」，就是要能融會貫通，由此知彼，舉一反三，聞一知十，觸類旁通。只有把書中的道理滲入我們的肌體，溶化在血液中，才算達到了「通」的目的。如果持功利性的目的閱讀，只是現

學現用，或只記住了片言隻語，則很難達到「通」的效果。因此在沉浸式閱讀中，應持價值性的閱讀來制衡工具性閱讀，要把握所讀書的整體理論聯繫、思想體系，才有可能探求其精髓，明白其中的奧妙，從中悟出新的理論，新的思想。

三是「少」。「少」，包含兩個方面的內容。一是數量少。當今紙質書加電子書多於牛毛，不可能一一通讀。只有「精其選」，重點讀幾本有代表性的經典著作，「解其言，知其意，明其理」，充分理解、吸收、消化，再讀同類其他書時，就能自達「理自見」。所以蘇軾說：「學者須精讀一兩本，其餘如破竹數書，後皆迎刃而解。」二是所精讀書的內容由厚到薄。精讀一部經典著作，對於不懂之處要查閱字典、詞典、典故等資料，不斷添加注解、說明和感悟，從內容上看，確實越讀越多，越讀越厚了。然正如華羅庚所言：「當我們對書的內容真正有了透徹的瞭解，抓住了全書的重點，掌握了全書的精神實質後，就會感到書本變薄了，愈懂得透徹，就愈有薄的感覺。」如仁、義、禮、智、信的儒家文化，是溫柔敦厚的入世傳統；逍遙之道的道家文化，是天人合一的生存旨歸；兼愛之說的墨家文化，是團團圓圓的藝術補償；富國強兵的法家文化，是憂國憂民的濟世精神；涅槃之境的佛家文化，是善惡因果的訴求。再說，道家思想的核心是「無」，佛家思想的核心是「善」，禪宗思想的核心是「空」，儒家思想的核心是「仁」。總之，中國文化的核心，可用一句話概括，那就是對「道」的追求，落腳點是人生親征。無論是儒家、道家，還是法家、易家、禪家，均是圍繞這一問題而鼓勵「大眾參與，覺悟人生」。

從世界範圍看，目前發達國家全民閱讀遠遠高於發展中國家。當下互聯網時代，國民的閱讀狀況成為國家的一個持續關注點，全民閱讀行為一向被認定是國家軟實力的象徵，閱讀量被作為衡量尺度乃至

潛在的評估指標。

　　一般來說，量變到質變，是一個飛躍的過程。而沉浸式閱讀，是思想飛躍的助推器，產出的是智慧的內生力。從學習寫作的角度而言，這樣大有可能從中學習掌握表達技法，增強說服力、感染力；提升思想與品位和格調，勇於擔當；提高文化素養，做一位名副其實的優秀應用文撰寫者。下面試圖結合經典作品，從「技」、「識」、「品」、「道」四個方面做點分析，從中「體悟」、「沉浸」式閱讀無論對寫作本身還是對寫作本人的重要性。

　　李斯的〈諫逐客書〉一文，無論是觀點的鮮明性，還是選材用材說理的藝術性，均堪稱一絕。作者在文章的開頭直接了當指出逐客是錯誤的。緊接著連續列舉四位秦君用客卿成功的事例闡明用客卿對秦國有利無害。縱觀秦國歷史，國君眾多，可作者偏偏只選秦繆公、秦孝公、秦惠王、秦昭王四人。因為秦繆公「西取由餘於戎，東得百里奚於宛」，強調人才來自「東」、「西」各個不同方向。「迎蹇叔於宋，求丕豹、公孫支於晉」，說明人才來自各個不同國家。作者連用四個由動賓構成的排比句緊扣一個「客」字，並對「客」採用「取」、「得」、「迎」、「求」，以求的態度，成就了霸業。次寫秦孝公用衛國人商鞅，使民殷國富，內安外服。三寫秦惠王用魏國人張儀，攻佔韓國三川，西並巴蜀兩國，北收魏國上郡，南取楚國漢中，東據成皋之險，割膏腴之壤。作者運用突出方位之手法，造成四面突擊之勢，運用「拔」、「並」、「收」、「取」、「包」、「制」、「據」、「割」連續八個動詞，說明秦惠王用客卿之成功。第四寫秦昭王面對在朝弄權三十年、由宣太后撐腰的穰候和華陽兩位舅父，昭王束手無策。在錄用魏國人范雎後，「廢穰侯、逐華陽、強公室、杜私門」，終使秦昭王掌實權，成就了一番帝業。作者不僅持之有據地寫出秦繆公用客卿成為春秋五霸之一，秦孝公用客卿使國家由弱變強，秦惠王用客卿，瓦解了六國

南北合縱聯盟,擴充了疆土,秦昭王用客卿遠交近攻蠶食諸侯成就帝業,而且言之有理地闡述了秦繆公用客卿,人才來自各國,秦孝公用客卿治國安邦,秦惠王用客卿四面擴張,秦昭王用客卿打擊豪門,以充足的事例和無可反駁的理由,闡明「此四君者,皆以客之功」的結論。作者還選用假設句「向使四君卻客而不內,疏士而不用,是使國無富利之實,而秦無強大之名也」,以反證來進行推論,進一步突出了任用客卿的重要性。

作者不僅以「人」來闡明客卿的重要性,而且以「物」從正反兩方面闡述秦王所用之寶均來自異國。作者從七個方面巧用七個動賓排比句來鋪寫秦王平日所享用的七寶,指出「此數寶者,秦不生一焉」,句句隱含一個「客」字。「夜光之璧,不飾朝廷;犀象之器,不為玩好;鄭、衛之女不充後宮,而駿良駃騠不實外廄,江南金錫不為用,西蜀丹青不為采」,強調秦王重視異國珍寶,暗含重物輕人。

作者不僅以「人」、「物」來闡述自己的觀點,還從音樂的角度來說明、議論秦王棄原始粗糙的秦聲和引進高級精巧的異國之樂,以此來對照輕異國之人才。

作者步步緊逼不肯罷手,以歷代君王重色愛色這一點,抓住親王後宮嬪妃到宮女這一事實,再一次說明美女亦來自異國他邦。並用「趙女不立於側」的反設推說,來暗示秦王重異國之色來對照他輕異國之才。

作者不惜筆墨從「人」到「物」,從「音樂」到「美色」,既一一說明逐客的不妥,又闡明逐客的實質是以人才資敵,削弱自己,壯大敵人,並運用排比句、排偶句、反設句,時而感歎,時而反詰,造成氣勢,猶如長江波濤,滾滾而來,以至秦王讀後坐立不安,因而果斷撤銷了逐客令。

作為應用文中的上行文,〈諫逐客書〉的用詞極為講究。本來秦

王下令逐客，而作者又是客卿，如用詞不當，不僅被逐，而且有可能殺頭。然作者用「竊以為」這種既自謙又商量的口氣，不僅符合上行文的寫作要求，而且是尊重收文方以達自保的目的。一句「臣聞吏議逐客」，點明只是針對官吏的議論發表看法，當做秦王還沒有下過逐客令，既避免批評的矛頭指向秦王，又讓秦王有收回成命的迴旋餘地。這些都是寫作的才藝，也是作者的才能，不可不學。

《資治通鑒‧唐紀》中的〈唐太宗冀聞規諫〉一文，記述唐太宗李世民發現朝見他的群臣舉止失常，很不自然，於是故意把語氣和態度表現得和藹可親，希望聽到他們的規勸，大膽指出他的過失。他曾經對公卿大臣們說：「人欲自見其形，必資明鏡；君欲自知其過，必待忠臣。」他還說如果國君剛愎自用，拒絕別人的規勸，認為自己賢明，大臣阿諛逢迎，順承旨意，那麼國君失掉國家以後，大臣難道能夠獨自保全嗎？比如虞世基等人對隋煬帝諂媚奉承來保全富貴利祿，後來隋煬帝被殺後，虞世基等人也都被殺了。你們各位應當把這件事情當作鑒戒，看到我做的事情有失誤的地方，不要有絲毫保留地把意見完全說出來。

這是極為有見識的一篇文章。雄才大略而從諫如流，位及人主而兼聽納下的李世民，為什麼是中華民族屈指可數的傑出政治家，其中重要的一點是他鼓勵極言規諫，這種開明的政治見解，在我國封建社會裏是極為罕見的。無論是「魏徵每廷辱我」，還是房玄齡「極言無隱」，無論是唐太宗說的王珪「卿所說皆中朕之失」，還是劉洎、張玄素等人不顧上顏秉公而斷，都闡述了李世民「冀憑直言鯁義，致天下太平」的遠見卓識。為什麼貞觀五年就出現「遠夷率服，百穀豐稔，盜賊不作，內外安靜」的景象，均與唐太宗求諫納諫，任賢致治，撫民以靜，寬仁慎刑，偃武修文等見識有關。

諸葛亮的〈街亭自貶疏〉，是一篇有品位、有擔當的應用文。全

文只有七十四字，不妨抄錄如下：

> 臣以弱才，叨竊非據，親秉旄鉞以屬三軍，不能訓章明法，臨事而懼，至有街亭違命之闕，箕谷不戒之失，咎皆在臣，授任無方。臣明不知人，料事多暗，《春秋》責帥，臣職是當。請自貶三等，以督厥咎。

這篇應用文字裡行間，透露出的是誠懇之意，呈現出的是作者的人品與責任擔當。在執掌帥旗指揮軍隊的重要崗位上，諸葛亮自揭既未能訂立明確的規章制度和法令條例治理軍隊，又沒有做到遇事有所戒懼，以致街亭失守，犯下箕穀撤退之錯，過失都是因我用人無方。在處事上既不能知人善任，考慮事情又不明確，按《春秋》之說的打敗仗便要由主帥負責，失職的過錯主要應該由我承擔，故請求降職三級，用來責備、警戒我的過失。態度之誠懇，自責自罰之明確，讀來讓人既感動又驟升敬佩、敬重之情。一個封建社會的官員，出了問題不僅不諉過，不找替罪羊，而且主動承擔過錯，並請求降職三級，這對於只有解放全人類才能最後解放自己的今日官員而言，難道不是一面很好的自省自責的鏡子嗎？

　　《歷代名臣奏議》中辛棄疾的〈審勢〉一文，則是一篇說小道識大道的好文。該文一開頭就直接向皇上亮明「用兵之道」有「形」與「勢」的兩個方面，闡述不知道區別「形」與「勢」，把二者混為一談，那就會被敵人的表面現象迷惑嚇住，因而不能取勝，而且會被敵人殲滅。緊接著作者從金人地域之廣，財多兵眾，騎射之強等等，全歸於「形」中，看起來強大。再從「勢」上分析金人為利紛爭，為利割據，壓榨百姓，人民不堪忍受而起來造反，從而就「解構」了金人的內外矛盾，必然滅亡的發展趨勢，達到鼓勵皇上收復失地，統一中

原的信心。同時，揭示出人民積怨天必怒，改朝換代就成為必然的趨勢和規律。而規律就是「道」，如同一年有四季，月有陰晴圓缺的規律一樣，「道」就是「規律」的濃縮詞。辛棄疾能從民怨中看到「勢」，從「勢」中悟到「道」，並報告皇上「惟陛下實深察之」，字裡行間流露出他的誠與忠。王船山在《尚書引義‧說命上》中指出：「誠與道，異名而同實。」只要在應用文寫作中誠實反映客觀事物和人民的訴求，堅持實事求是，堅持真理面前不向權威低頭，根據客觀規律辦事，則「思誠者，人之道也」。習近平在紀念毛澤東誕辰一百二十週年的座談會上的講話中，一再強調實事求是，提出「要自覺堅持實事求是的信念，把實事求是當成信念來堅持。」這既是習近平新時代中國特色社會主義思想的重要論斷，也是對「道」的明確闡述。因實事求是就是「誠」。惟有堅持實事求是，才能如實、客觀、真實回看我們走過的路，比較別國走過的路，遠眺前行的路。可以說，實事求是就是「道」，是中國共產黨人認識世界、改造世界的根本要求，也是取得政權、鞏固政權的基石，務必一以貫之，長久堅持。因為這是「最基本的原動力」。[2]回顧上世紀五十年代大躍進，為什麼畝產一萬斤穀子的衛星能放起來？文化大革命時期生活生產物質極度匱乏，為什麼一邊買什麼都要憑票排隊，一邊說形勢大好？而當下自吹我們取代美國引領世界，中國已經站在世界的中心等等，都是違背實事求是的胡吹瞎說。歷史發展的規律一再證明，什麼時候堅持實事求是，什麼時候就大發展，什麼時候背離實事求是，什麼時候就出亂子。在中華文化中，「道」有雙重含義：「一是指宇宙本源，哲學上稱為本體；二是指心靈認知，稱為境界。而本體和境界是互為關聯的一個整體。本體是境界感悟中的本體，境界是追求本體中的境界」。這

2　金嶽霖：《論道》（商務印書館，1987年版），第16頁。

就是規律，就是「道」。前不久，習近平有段話在網上刷爆了：做人，不一定要風風光光，但一定要實事求是、堂堂正正。處事，不一定要盡善盡美，但一定要問心無愧。以真誠的心，對待身邊的每一個人。以感恩的心，感謝擁有的一切。未來，不是窮人的天下，也不是富人的天下，而是一群志同道合，一切都是為了大眾的利益，敢為人先，正直、正念、正能量人的天下。真正的危機，不是金融危機，而是道德與信仰的危機。與智者為伍，與善良者同行。這些大實話，既揭示了做人要本分，立業要有真本領，又應證了孔子所言：「君子務本，本立而道生」，不僅道出了社會發展的規律，也道出了「道」的內在規律。尤其是其中一句「一切都是為了大眾的利益」，與馬克思「為絕大多數人謀利益」[3]是一脈相承的。什麼是「道」的內容，一切為了人民的利益就是「道」的內容。誰為人民大眾謀利益，人民大眾就擁護誰。這就是人世間不變之道。

　　閱讀上述四篇名作和習近平的講話，分別從技、識、名、道四個方面作簡要的分析。其實，應用文中的經典名作，在中國歷代流傳下來的文獻中，委實值得我們用心梳理和精讀，無論是對於寫文或是做人均大有益處。如秉公執法的有司馬遷〈入關告諭〉，韓愈的〈論捕賦行嘗表〉；審時度勢的有孫子的〈謀攻〉，諸葛亮〈答法正書〉；剛正卻邪的有岳飛〈南京上高宗書略〉，海瑞〈治安疏〉；篤學躬行的有宋濂〈送東陽馬生序〉，彭端淑〈為學〉；修身正己的有李世民〈問魏徵病手詔〉，諸葛亮〈誡子書〉；進諫納諫的有魏徵〈諫太宗十思疏〉，戰國策上的〈鄒忌諷齊王納諫〉；舉賢任能的有劉邦〈求賢詔〉，墨子〈尚賢〉；勤政愛民的有柳宗元的〈段太尉逸事狀〉，陸九

3　尤靜雲：〈以人民為中心：馬克思思想曆久彌新的奧妙所在〉，《長江日報》，2018年5月14號。

淵〈送宜黃河尉序〉；清正廉明的有海瑞〈禁饋送告示〉，顧炎武的〈廉恥〉；理財求富的有劉恒〈議佐百姓詔〉，賈誼〈論積貯疏〉，劉啟〈重農桑詔〉；改革圖強的有王安石〈上時政疏〉，魏源〈海國圖志敘〉；盛衰興亡的有歐陽修〈伶官傳序〉，孟子〈得道多助〉，諸葛亮〈出師表〉等等。熟讀這類經典，對為文為人大有教益。經典閱讀多了，才智必增。懷才就像懷孕，時間久了，就會讓人看出來的。有的經典，讀後，彷彿一切變得安穩、沉靜、凝重。有時更像結了冰的河水，表面冷靜與嚴肅下擁有流動者的溫暖情愫。有的經典讀後，讓人振奮精神，奮發圖強。有的啟迪思維，觸發聯想，進行創造。有的讓人賞心悅目，增廣見聞。有的拓展寫作思路，理順寫作文脈。有的蕩滌胸襟，震撼也溫暖著人心與人生。

　　任何一個寫家首先都是一個沉浸式讀者，一個好的沉浸式讀者才有可能成為一個好的寫家。哲學家熊十力在《佛家名相通釋》中說：「讀書的時候，要用全副生命體驗去撞擊文字，方可迸發出思想火花。不如此，就不是閱讀。」一個人或一個民族，缺乏沉浸式閱讀，人心浮躁，人就沒有根，民族也就沒有根。所以著名評論家雷達發出深沉呼籲：「有效而有價值的閱讀必須得到拯救」。[4]

　　今年四月二十三日是第二十三個世界讀書日，但在電子資訊技術高速發展的今天，「聽書」已逐漸取代著讀書，人們開始用聆聽代替閱讀。據來自互聯網上的統計，在公園、車站、航站、碼頭上，戴著耳機聽書的人群已超過了用眼看書的人群。客觀地說，用電子閱讀器聽讀有可能使閱讀者放棄了主體地位——你必須聽。這與看書、尤其是沉浸式看書是有較大差異的。因為放棄主體地位式聽書就沒有機會讓你定下神來仔細思考和反覆感悟，往往是一晃而過。在這種「速食

4　梁鴻鷹：《雷達作為評論家的意義及其他》、《光明日報》，2018年4月17日。

文化」中,「享樂主義」、「功利主義」在「聽讀」人群中蔓延。而真正讀書的品質高低正體現在「思考」上。書本知識是作者的,要把作者的知識變為自己的,使知識轉化為智慧,是離不開思考的。當然,聽書可以隨時隨地聽,不僅方便,而且快捷,有其長處。從紙質閱讀到電子閱讀再到有聲聽讀,是科技進步帶來的變化,這是任何人都阻擋不了的。我們相信,隨著科技的進步,會解決讀與思的矛盾。

中國躍居世界第二大經濟體,成為推動全球經濟治理的重要力量,加之人民幣加入 SDR、亞投行順利運作、一帶一路扎實推進,應用文寫作及其寫作者如何適應一個大國向強國的蛻變與發展呢?這是擺在應用寫作者面前一個不可逃避的問題。我們只有從沉浸式閱讀這類最基礎性問題入手,從「術」與「識」上進行嚴格的訓練,從「品」與「道」上進行持續的修養,才有可能全方面提升應用文寫作者的綜合素養,以適應和推動社會、國家發展的需要。

應用文與應用文學

黃湘陽

香港珠海學院文史所

前言

澳門大學中國文學系召開了國際漢語應用文研究高端論壇,筆者榮獲鄧景濱教授寵邀參加並發表淺見,深感榮幸。茲將講演之主要內容整理分述如下,以應論文集之需。因發表當時的時間有限,未能詳列名篇例文,整理亦不能補充太多,尚請大會及各界見諒。對現行漢語應用文,筆者希望應用文教學能繼承傳統,由一般應用更進一步向文學性應用文邁進。

筆者的應用意見可分三部份,即:

一、漢語應用文歷史遠溯起自殷商時代。

二、漢語應用文今日已普及到漢語使用者生活的各方面。

三、對現代漢語應用文教學的建議。

一 漢語應用文的歷史發展

（一）甲金文

應用文是向特定對象傳達情感意見，或理論主張，或事實陳述……等的文書。有政府機關彼此間或與私人的屬於公文系統。其他私人之間的如書信詩文往來及詩人對社會公眾彼此簽訂的契約、規則或團體組織章程等等，均屬應用文範圍。故其實應用文是每個人公私兩方面都不可避免的文書往來，而且希望能獲得對方的重視給予滿意的回應，所以應用文的學習及寫作是人人都必要的。

漢語應用文的發展過程極其久遠，最早應以商代後半期（西元前1300年至1046年）的甲骨文刻辭記述為起點。甲骨文屬殷商王室及其成員的占卜文，記載當時貞人（卜者）應上命占卜國家大事的結果，而以文字表述出來，有時還加上事後的驗證會商所得。今天看來，甲骨占卜記載，是記錄也可視為報導。這些記錄或報導也可認為是當時的新聞寫作，雖缺乏標題或不一定有作者署名，但就內容而言，就是應用文寫作的起源。

甲骨文之後，有鐘鼎文，簡稱金文、銘文見於商周以迄春國戰國各地所鑄製的銅器上，有些只有單字，有些卻是完整的記敘文章，說明製作此器的原因目的，並希望其後人能「子子孫孫永寶用」。金文的名篇很多，如《散氏盤銘文》之類的，就很具代表性，而且人物時地事件交代清楚，期望目的也明白具體，文字淵雅，感情摯切，已是高水準的應用文典範了。

（二）易、書、詩、禮、春秋經文內容亦為應用文

首先舉《書》為說明：

　　以成篇的金文為準，在廣義的觀點上，儒家五經的內容其實也多可以視為應用文的。易經卦爻辭中雖僅有一些片段的印證性敘事解說，但〈十翼〉各篇（雖可能晚成於漢初之際），卻是向讀者說明及申論《易》中的哲理，易卦說解及各卦排列的順序等等。說明透澈，行文流暢，典雅有節，它就是為事而作有其對象的應用文。

　　《書》的內容是虞夏商周上古四代的政府檔案公報文書，其中各篇可分十例（或六體），而十例的內容都是應用文性質，而且成為中國傳統政治思想的本源及主流，「十例」可以包「六體」，故以下僅述十例之內容為上古應用文書的理由。

　　一、典：《說文解字》言，典是「冊在几上，尊閣之也。」典體之文，可作「常法」，為萬世不變之理。如虞書中的〈堯典〉、〈舜典〉是教帝王之政道。雖說當時可能只是口頭交代或談話，但經史官記錄後，為後世帝王賢君奉為治理天下的大法，堯對舜的交待，舜對後人的交待，都溫厚情切又義正辭嚴，而期望殷切溢於言外。這種記錄文書的性質不也是應用文嗎？

　　二、謨：《說文》道：「議，謀也。」是虞舜之下的賢臣對天下治理的嘉言宏議，如〈大禹謨〉、〈皋陶謨〉、夏書的〈益稷〉等，都是與國政有關的重要意見陳述，其性質與「典」相似，也可歸為應用文。

　　三、貢：貢是政府的稅收制度，《說文》：「貢，獻功也。」政府向下級徵收的為「賦」，下級向上級陳繳的為「貢」。如〈禹貢〉，徵收與陳繳都有定規，也就是制度章則，這也屬應用文。

　　四、歌：這是社會對政治措施的反映。《說文》：「歌，詠也。」心有所感，發為詠歎，或喜或悲，有望有怨，官府錄之，以供參考，如〈夏書・五子之歌〉等。這也可視為應用文。

　　五、誓：《說文》：「誓，約束也。從言從折，以言折其罪也。」此類文章是為弔民罰罪、討伐不義，動員諸侯及軍隊而作的說明及激

勵性文字,如〈夏書・甘誓〉、〈商書・湯誓〉、〈周書・秦誓〉等等,是不折不扣的應用文。

六、誥:《說文》:「誥,告也。以文言告曉之也。」這是向社會的宣告而寓有儆戒、慰勉等意的官方告示。當然也是應用文。如〈尚書・商書・仲虺之誥・湯誥〉、〈周書・大誥・康誥・酒誥・召誥・洛誥〉等。

七、訓:《說文》:「訓,說教也。順其意而訓之。」這是見人有過,乃作言論文字,順其意而訓導之,使改正的意思。如〈商書・伊訓・太甲,咸有一德〉、〈周書・旅獒・無逸〉等都是後世規勸性應用文書之始。

八、命:《說文》:「命,使也。命,教令也。」政府對社會民眾的佈教、使令,要民眾傳知,有命戒之意的文書是之。如〈商書・微子之命・蔡仲之命・囧命・文侯之命〉等都是要他人遵守的告示,也屬於應用文。

九、征:《爾雅》:「征,行也。」後來在《孟子》中有「征,上伐下也,敵國不相征。」這是說天子對為惡諸侯討伐的宣示,諸侯不可使用「征」之名義。「征」的文告命令也是應用文的一種。

十、範:《廣韻》說「範,法也,示也,模也。」即國家公布之可為模法之常或須知之規的諭示,如〈書・洪範〉等,也是應用文性質的文章。

以上尚書十例,已包括孔安國所主張的「尚書六體」(典、模、訓、誥、誓、命)。都是史官所記,可公於君王、官吏、臣民,使典守遵行的文章,就是有對象、有目的、有訴求、有期盼的文章。其中或有公私之分,但屬應用文類則是一致的。而且尚書各篇,訴情說理、文情並重,形式又簡要莊重敬肅,一如甲金文的精神為漢語應用文的表現,打下了深厚良好的政府文書分類基礎。

其次舉《詩》為說明：

孔子以易詩書禮樂春秋教弟子，樂屬演奏，可能文字不多，後世不傳。《詩》是言志的表現。孔子說：「不學詩，無以言。」這就是孔子用它為發乎情止乎禮的教化之教材的一大理由。教材在今日屬廣義應用文範疇。詩自有純文藝性的詩歌，未必是應用文，但既成孔門的基本教材後，其在使用的性質上，就成為教人興觀群怨之表現的模範、溫柔敦厚的人品教育經典了，《詩》記錄了貴族及民眾的生活心情，使閱讀者對古人生活情狀有許多深入瞭解，《詩》中有興情反映，政府採為施政參考，《詩》中有民族歷史記載，有對祖先賢聖的敬仰懷念頌歌，都可使民德歸厚，又給人格情緒教養莫大的提示，實可視為古人對後人的遺愛，心靈情感之親身示範，而明志、抒情、酬答等，都已在其中，後世稱之為《詩》教，即因於此。

再其次，我們來看《禮》：

禮經古指《儀禮》，現行十三經《儀禮》七篇，是記載周代貴族之士禮為主的吉凶賓嘉禮之儀式，供貴族子弟學習演練，使成為文質彬彬的君子。使他們在冠、婚、賓、喪、朝覲、外交、鄉射等各種群體活動中，言語及動靜周旋，都不致失儀。這種貴族生活中，各類重大事件的行為規範，被孔子轉授給平民子弟，使他們也學到了文化文明。故《儀禮》各篇的內容介紹及說明，所表現的可歸為應用文。

《儀禮》之外，另有《周禮（周官）》、《禮記（大小戴禮記）》合稱三禮。《周禮》言中央政府六官層級名稱、員額及工作職掌等，是未被施行的政府官制，相當現在的中央政府組織及工作權責劃分，這種組織宗旨章程式的文書當然是應用文。

《禮記》主要是孔子弟子及其後學記錄孔子言禮之書，於春秋末到西漢初累積篇章極多，經大小戴編纂而成的（今以小戴禮記為主）。《禮記》各篇或探討禮之通論或補充儀禮之不足，及一般禮儀在

特殊時空狀況下的通變處理。五經三禮在漢代立為博士學官及博士弟子員，用以培養學術人才，也是官吏補充的管道之一，故三禮也是應用文。

最後要談的是《春秋》

《春秋》是孔子整理魯史兼記當時天下諸侯之事，並申之以「理」及「禮」，而使亂臣賊子懼的作品。此書向社會後世褒善貶惡，也向閱讀者展示了孔子的史觀和政治、社會、倫理思想。繼此而進行解說的如《春秋公羊傳》、《春秋穀梁傳》、《春秋左氏傳》都以解經傳義記事來向學習的讀者說明孔子的意旨。而孔子《春秋》每年所記之事多少不定，但都很簡短扼要，能屬辭比事而富微言大義，是最好的事件報導標題。

故無論是春秋經或是三傳，究其基本性質，都是有目的的向讀者表達對時代事件的意義，傳達孔子或作傳者的史觀、價值觀、人生觀、政治觀等方面的意見。這春秋及三傳也是廣義的應用文性質典籍。

（三）漢魏至六朝

漢魏至六朝是文學走向覺醒獨立時代，眾多文學之士及錦心繡口的作品層出不窮，而在此期間應用文的發展也有了極多名作，我們可以藉由〔梁〕昭明太子蕭統所編的文學總集《昭明文選》來作觀察。

《昭明文選》之始編，是因那時「別集」日繁，各類文章無統記而起的，並且四庫題要說「可以網羅放佚，使殘章零什，得有所依；又可刪汰繁蕪，使莠稗咸除，精華畢出。」故由《昭明文選》可看到自戰國末以至南北朝梁初的所有精華文獻。蕭統築文選樓，引劉孝威、庾肩吾等「高齋十學士」商議纂成了《文選》三十卷。依蕭統之序如述邑居、戒畋遊之「賦」、屈原〈離騷〉、〈懷沙〉的「辭」、遊揚褒讚的詩「頌」、補闕弼匡的「箴」詩、析理精緻的「論」、序事清潤

的「銘」、美其人之終的「誄」、畫人圖像的「讚」；再如作成文章的
詔、誥、冊、教、令、表、奏、策、啟、牋、記、書、誓、論、符、
檄、彈事、對問、哀弔、喪祭等文，乃至詩文之序、史家之人物論
讚、墓誌、碑文、行狀等等，都是應用文類的名作，不僅在當時被認
為是文學名作，也成就了我們中國的文學性應用文，這便是我們應用
文學的名稱由來。比之甲骨、鐘鼎，經書，範圍擴大了許多，也形成
了後世的詩詞唱和酬答，楹聯、輓聯，題序、題辭等等，甚至把對象
從上行、平行、下行，擴及到古人與後世之人。

二　漢語應用文今日已普及到漢語使用者生活的各方面

自《昭明文選》之後，應用文發展到今日，已成為「百姓、政府
公告、政令法律、日用而不知」的境況了。現今因識字率的提升，人
人可讀報刊雜誌期刊的標題及內文、私人書信、團體的章程辦法、民
間及政府間及私人或團體間的條約、租約契約，私人或學生的工作、
請假有關的簡歷、自傳、申請書函等各種報告文書、名片使用，備忘
錄、簡訊、電郵傳達等等，幾乎一切有往來關係、有對象之自我情感
事務意願表達，有教育教材課本作用、有藥物、器材使用說明的文字
表示，有慶祝或哀弔性的應酬性文字，乃至標語、標題、匾額、楹
聯、春聯等等，莫不都屬應用文，它是每個人每天都會看到、聽到、
用到的，我們實際上已生活在應用文的世界中，而且無法不寫作它、
利用它，來達到自己的需求。漢語應用文是每個使用漢語的人，在與
人溝通、增進知識上都必須使用和接受的工具。

人際往來要忠信篤敬，文字表達更要清楚明白簡潔正確，而且要
在文字上看出尊敬愛護之情、理性與道德的修養、光明正大的志氣、
合法合理合情的考量。今日應用文已不只是公文或私人間的知會而

已，由於現今社會中各行各業的多元性與多樣性，它已成為撰寫者的修養表現、知識水平的衡量儀，也是道德志氣的顯示具了。所以應用文寫作是不可以馬虎隨便的，否則便會被傳為笑柄，貽笑大方。

三　結語——對現代漢語應用文教學的建議

文學的漢語應用文是中國先民的不朽創造，也是最有實用性的一種文類。它發源於殷商，經三千年以上的發展而到今日，它很可以代表我們的文化成就，而且也在繼續發展擴大中。國際條約、聯合國宣言、國際組織的規約章程，各國際調查組織的報告，都是英法葡西等語應用文已全球化的實證。筆者認為將來必有使用漢語作為國際性應用文獻的一天。筆者對今日擔任應用文教學的一線師資非常敬佩，他們要循循善誘那些寫火星文的孩子，筆者個人也曾從事這方面的工作，深知其中辛酸，對應用文的教學也想提供一些意見。

首先，應用文若只是表明身份，向公家單位或學校團體申請證明文件或器具經費的，當然可以表格化以利迅速作業，但如果是向父母問安或親友借貸之類的就不宜表格化了，所以應用文之表格化或全用格式套語的傳統習慣都應是有限度的。「文章應與時並進」，還是很重要的。

其次，教學應用文也要勉勵同學多讀古人應用文學作品，乃至詩文聯句，而應用文學的創作名篇更不能不多加介紹，並使熟讀記憶。熟讀記憶可以啟發個人心志，加強文筆功力，把應用文寫成可以傳誦千古的文學作品，像〈賈誼治安策〉、〈司馬遷報任安書〉、〈李陵答蘇武書〉、〈諸葛亮隆中對·出師表〉、〈文天祥正氣歌〉、〈林覺民與妻訣別書〉等那樣感人的作品，有大格局、高道德、深感情、超凡的志氣、優美的文辭、強盛的氣勢、敏銳的時代感、正確的價值觀、歷史

觀、世界觀，這些本是為文者基本要具備的，否則他就會「臨表涕泣，不知所云」。

　　最後，很希望在這漢語白話應用文時代，我們的應用文學者、教育者，能研究出白話的各類應用文新格式，教學生寫出文學性的應用文，紹承我國自古以來的應用文學傳統。筆者衷心祝願能看到更多高明、優雅、美好、令人感動、可垂之永遠的漢語白話應用文作品。古代中國各朝有許多應用文大師，今天中國文明更盛，十三億人口中必會出現更多更好的白話應用文學大師，不久的將來，更多漢語應用文學名篇，在大家努力下，一定會出現的。我們大會的持續召開，就是有力的保證。

語言‧文體：香港的應用文傳承

李小杰

香港明愛專上學院

摘要

中文在香港地位尷尬不清，既面對強勢的英文，又面對本土化的語言撕裂。老師應該根據香港本身的中文傳承，設法應對，傳授學生雅言，既對抗粵式中文蔓延和英文的霸權，又練就多元的寫作能力。而古雅中文，在應用文這一傳承文化的文體中使用，順理成章，這篇文章主要從應用文視角來談談香港語言傳承和發展的問題。

關鍵詞：語言　文體　傳承　香港中文

一　導言：博弈下的香港中文

直到一九七二年，中文才在香港獲得法定地位。時至今日，香港的法律條款仍然是：「如有爭議，一切以英文為準」，中英文在香港的差別待遇，不言而喻。[1]

香港的一些大牌報紙如《東方》、《蘋果》，常用香港俗語寫稿，好處當然是體現本地特色，不過外地人卻難於讀懂，有時難免故步自封。

由此可見，在香港，中文既要面對強勢的英文，又要面對本土化的語言撕裂。尤其近年本港幾次大型的本土化運動之後，中文還要受到口語寫作通俗化，甚至庸俗化的挑戰。狹縫下的香港中文，不禁讓人思考究竟該何去何從？

古代各地語音分殊，但仍有統一使用的雅言，國與國之間用雅言交流無礙。在中世紀歐洲，教學語言為拉丁文。古代日本、越南、韓國等地，口語用本國語言，書寫則用文言文。粵語與普通話不一，可是源頭一樣，只要回溯本源，自可南北共賞。故此，余光中提醒港人英文霸權下的歐化中文[2]，陳雲等文化人提倡「香港官話」這種「雅言」，呼籲使用古雅的中文，「雅得有如唐滌生的曲詞」。[3]作為老師，我們希望學生在學校學習傳承同一的雅言，既可對抗粵式中文蔓延和英文的霸權，又可培養學生多元的寫作能力。而古雅中文，在應用文這一傳承文化的文體中使用，順理成章，所以這篇文章就從應用文視角來談談香港語言傳承和發展的問題。

1　時常有非文科學生問筆者，我們為什麼要讀中文。

2　見余光中先生〈從西而不化到西而化之〉及〈中文的常態與變態〉兩篇文章。

3　見香港知名專欄作家周顯〈究竟甚麼是母語教學？〉，2018年5月10日。網址：（ https://www.am730.com.hk/column/%E8%B2%A1%E7%B6%93/%E7%A9%B6%E7%AB%9F%E7%94%9A%E9%BA%BC%E6%98%AF%E6%AF%8D%E8%AA%9E%E6%95%99%99%E5%AD%B8%EF%BC%9F-125808 ）。

二　否想中文：香港語言傳承

　　「否想中文」，並非否定中文，而是理解中文在香港所受的限制，傳承歷史，努力眼前。香港的中文發展有其獨特歷史進程。十九世紀二〇年代，殖民地政府竟主動提倡中國國學。當時的中國大陸，經過了晚清變法、君主立憲、革命，民國白話文運動、五四運動，正引進西學，批判傳統，這時候殖民地政府卻想與前代的遺老遺少，聯手反對白話文，並提倡振興國粹、整理國故。殖民統治下的語言及文化政策，明顯與大陸潮流背道而馳。

　　一九二七年，魯迅在港島女青年會的演講〈老調子已經唱完〉及其後在一篇〈述香港恭祝聖誕〉的文章裡都提出：殖民地唱的是中國老調子；曾任《中國學生週報》社長的陳特說：「五四運動從沒有到過廣東，尤其香港」。[4]自從一九二〇年國民政府頒令使用白話文後，文言文已漸漸淡出上海北京的報刊。唯獨地處邊陲的香港，就算在一九二九年，最為通俗的言情小說、神怪小說仍使用文言文。

　　黃子平指出：香港文人的舊體文藝唱和之風延續到一九五〇年代以後。香港大學中文系創辦之初，也是請前朝太史秀才講經，要到一九三五年許地山等南來後才有所改變。他總結香港的「文言寫作未如內地一般受到新文藝毀滅性打擊」。[5]

　　時至今日，香港中文本身仍保留不少文言單字。例如日常口語中「行」仍然保留了古代漢語「走」的意思；「飲杯」的「飲」，來自《鴻門宴》：「項王即日因留沛公與飲。」；「雞翼」的「翼」，《莊子》謂：「其翼若垂天之雲。」等，港式中文的不少文章的單字都保留了

4　北島：讀了《九十分鐘香港社會文化史》，我為自己的孤陋寡聞而羞愧。網址：〈http://www.sohu.com/a/154312755_681207〉。

5　同上。

漢語的字本位特色，與中國現代漢語的詞本位明顯不同。

港式中文出現的文言成分大致可分為兩個方面。一是成語的廣泛使用：

如以「無懈可擊」、「出類拔萃」、「美輪美奐」突出商品的優良品質或過人之處；二是文言詞及文言句式的適度靈活表達：文言詞語及句式則如「閣下」、「秉承」、「非⋯⋯莫屬」、「聲色之美」、「彰顯閣下顯赫地位」等都是常見文白夾雜的表現手法。

第一點「成語的廣泛使用」比較大眾化，為大中華地區所共有，這裡不論。而第二點香港比較常見，如交通工具港鐵上仍可聽到：「請小心保管閣下財務，提防扒手」；各式街頭招牌和廣告宣傳語等，仍可見「破壞公物，送官究治」的古雅口號。筆者上次來澳門時，偕朋友參觀孫中山先生在澳門的大宅（澳門國父紀念館），館中有一段文字介紹盧太夫人與孫先生情變一事，用了四個字：「慨然离婚」，我和同事咀嚼，究竟是「慷慨」還是「憤慨」，四字詞用得相當耐人尋味。可見文言簡潔洗練，既能營造嚴肅正式的情境，又能兼顧情味、情誼、恩義，讓人讀來別有餘韻。如下面香港政府的一篇公務回信，既有人情味，又有趣味：

X 先生雅鑒：

閣下　大函及演唱會入場券兩張收悉。

閣下盛情邀請，共享雅好，本人敬重不已。惟公務在身，有無福消受之撼焉。特此璧還門票，再申謝忱。耑此，並候

近祺

民政事務局局長

二零零六年八月十七日[6]

6　陳雲：《執正中文》（香港：天窗出版社有限公司，2009年，第5版），第156頁。

　　看完了寫於二〇〇六年的香港文字，以十年（變化）為基準，再看看二〇一七年的銀行宣傳文字。我們以中國銀行（香港）為例，大家都知道中國銀行是一家中資銀行。大陸推行的普通話，語源為明清江浙官話、蒙古及滿洲胡音及蘇俄的翻譯文體，基本「言文一致」。相較之下，已沒有以往那種華麗的鋪陳、繁縟的樣式。但是，位於香港的中國銀行似乎也受到香港的行文方式影響：

> 中國銀行（香港）有限公司榮膺《亞洲銀行家》二〇一七年「亞太及香港區最穩健銀行」，連續四年榮獲此兩項殊榮，充分彰顯本行雄厚的財務實力及持續提升盈利的能力。[7]

　　我們可以看到「榮膺」和「榮獲」，如果用「被選為」和「獲得」就未必表達其中的正式與嚴肅，更沒有光榮承當，光榮獲得的情味。

　　古人公文用文言文，平時說話用白話文，兩套語言系統可以並行不悖，一個簡練優美典雅，一個有利溝通傳播，完全是視乎需要而定。所以，我們並不是提倡全面使用古文，而是在一些正式莊重的場合或宣傳文書中使用文言，傳承其效用，而非食古不化。

三　流動調整：活用中西章法

　　亦有論者認為：文字替代、代謝，其實是種時代潮流，並不以人的意志為轉移。特別是，隨著民眾普遍接受教育，語言文字的工具性日益凸顯。這個時候，以往那種華麗的鋪陳、古奧的詞句、繁縟的樣

7　中國銀行（香港）有限公司，2017年10月18日新聞稿。網址：（http://www.bochk.com/dam/bochk/desktop/top/aboutus/pressrelease2/2017/20171018_01_Press_Release_TC.pdf）。

式，已不符合時代要求。同時，日常生活中，文言與民眾生活已漸行漸遠、日益疏離。胡適、陳獨秀等人所暢想的「言文一致」，早已成為現實。[8]胡適一九一七年一月發表的《文學改良芻議》，倡導文學革命的「八事」。汪曾祺批評胡適：「他的『白話文』成了『大白話』。他的詩：兩個黃蝴蝶，雙雙飛上天。』實在是一種沒有文化的語言」。[9]

首先，「言文一致」說的是普通話的口語和書面語，與粵語關係不大。

其次，如前所言之粵語發展歷史，明白如話，平淡如水的想法，也並不符合香港（應用文）文字發展的歷史路徑。

這樣是否就代表我們要全盤古文寫作，古文能否回應我們這個社會的發展？我們來看看：

〈與朱元思書〉：

> 水皆縹碧，千丈見底。游魚細石，直視無礙。急湍甚箭，猛浪若奔。
> 夾岸高山，皆生寒樹，負勢競上，互相軒邈，爭高直指，千百成峰。

這類駢文雖然明白如話，可是駢文既有字數的要求，不利思想的發微，古文的單字特性與當代雙字詞的特性並不融合，而且古文缺少定語從句的寫法不能回應複雜、碎片化的當代世界。

加上今日香港年輕人主要觀看動新聞代替閱讀新聞；在臉書上寫幾句短語或圖片描述，代替以前的日記或者博客寫作。學生閱讀量減

---

8 〈若文字有溫度，無關文言白話〉。網址：（http://new.qq.com/cmsn/20180518/201805 18012162）。

9 汪曾祺：《汪曾祺文集》（北京：天窗出版社有限公司，1997年），第337頁。

少與碎片化的寫作，導致寫作能力的下降，導致老師很難要求學生寫出洗練簡潔的古文，描寫當下的情況。

陳雲說「我並不主張一味復古，而是中西合璧，用西文的複雜結構和曖昧表達方法，刺激中文發揮想象力，作育之、長養之，使得中文成為正當交流的天下通語，而不只是傳達民族情感的部落語言。」[10]

陳雲認為活化中文，呈現思想狀態的方法是加入關係字句（relative clause），根據威廉・斯特倫克的英文寫作聖經《風格的要素》（The Element of Style）的規則，可以在逗號之間放插入句，如：[11]

1. 在 when/which/where/引導的從句，並沒有限定所修飾的詞；

2. 而是對主句某些詞補充說明；

例子：

一七六九年，當拿破崙出生時，科西嘉剛被法國攫取。/In 1769, when Napoleon was born, Corsica had but recently acquired by France.

其實處於現代轉型中的現代文學，以文筆出名的沈從文在一九三七年撰寫《邊城》，我們看看這一時期的轉型中的中文：

> 管船人卻情不過，也為了心安起見，便把這些錢托人到茶峒去買茶葉和草煙，將茶峒出產的上等草煙，一紮一紮掛在自己腰帶邊，過渡的誰需要這東西必慷慨奉贈。

這段本來可以簡化為短句，如：「管船人卻情不過，便托人買了茶煙，紮在腰邊，（按需）慷慨奉贈」。這一段主要運用靈活、可無限延長的西式散文句子交代複雜的事情，而不是全文都使用傳統中文的

---

10 陳雲曾任香港民政事務局的文書主任及嶺南大學助理教授。陳雲：《中文起義》（香港：天窗出版社有限公司，2010年），第227頁。

11 威廉・斯特倫克：《風格的要素》（北京：中央編譯出版社，2009年），第12頁。

四六句式，通過逗號插入的資訊，各種補充，體現細節和人情味。取西式句法之精準，綿密，方便交代複雜的情景。

沈從文弟子汪曾祺在〈中國文學的語言問題〉提出：「語言的奧秘，說穿了不過是長句子與短句子的搭配。一瀉千里，戛然而止，畫舫笙歌，駿馬收繮，可長則長，可短則短。」[12]

《邊城》就是利用西文的散文式句子（prosaic sentence）和傳統句子結合，傳統句子短，西文句子長，可以互相分工，有時互相交錯，小說語言既綿密，又洗練。

香港二〇〇一年的電影《麥兜故事》，有一群小朋友在講「我最喜歡的地方」，麥兜說出自己的夢想之地，他念出馬爾代夫的旅行社廣告詞時，朗朗上口、斐然成章，同學們聽得入迷：

> 「馬爾代夫，嗰度藍天白雲，椰林樹影，水清沙幼，係座落於印度洋的世外桃源。」

陳雲認為麥兜的文采很簡單，就是活用四字成語。「椰林」、「樹影」、「水清」、「沙幼」、「藍天」、「白雲」都是對仗的兩字，合成四字詞。「前面是以散文句子鋪排事相，類似駢文的四字詞是遞進情理，最後是以散文句子收結，屬於常見的中文章法。」[13]總括而言，中文要長短句互用，行文端莊優雅，避免詞彙重複，慎用俗字俚語。

再看看中國銀行（香港）二〇一六年九月二十八日的新聞稿：

---

12 汪曾祺：《汪曾祺文集》（北京：人民出版社，1998年），第340-341頁。
13 陳雲進而提到四字詞和文章的章法源流，「以遊記的章法而言，自從酈道元《水經注》開其風氣，往後文人遊記，也是如此辭章。」見陳雲：《執正中文》（香港：天窗出版社有限公司，2009年，第5版），第133頁。

《亞洲銀行家》表示：「中銀香港在充滿挑戰的經營環境中，資產負債表穩健，財務表現強勁。同時該行保持了良好的資產質量及整體盈利水平，資本實力雄厚，流動性充裕。」

上面一段有四字詞，也有長句、「性」字等歐化句，可謂中西合璧，體現香港特色。

再舉個中國大陸中文系教授寫作的例子，這種文體，在日常生活中並非罕見：

另外的問題是如何從小組活動中學到更多的東西。這個問題和欺詐無關，但對於你的教育是很重要的。如果小組裡有四位同學，要解決四個問題，容易發生的誘惑，就是把作業瓜分開來，大家各自為戰，分而治之。[14]

上面一段文字出自筆者老師譯筆。段中「大家」之前鋪陳事相，說明事情的複雜性，最後以四字句結尾，一錘定音。上面一段，歐化句子，長句與短句三者並存。就其原因，一是要翻譯句中英文的意思，表現出文章意緒的流動；可是另一方面，作者本身優秀的古文根底，又使得他使用四字句結尾，不忘「套路」。[15]

---

14 作者：查理斯‧李普森。譯者：郜元寶、李小杰：《誠實做學問》（上海：華東師範大學出版社，2009年），第15頁。

15 同樣的「套路」可見於在年輕人中影響頗大的名記者柴靜的文字：「這個年頭處處都是精緻的俗人，不是因為不雅，而是因為無力，都沒有骨頭。還好『禮失，求諸野』，遺失的道統自有民間傳承，江湖還深埋了畸人隱者，詩酒一代。」此文為柴靜為野夫《鄉關何處》寫的頁面推薦語。

四　小結

　　廣東人源自古代的越族，漢唐期間接受中原文化，此後關山阻隔，反而能保存古典語言文化。清末民初，又與西洋接觸，混同漢唐中原雅言及向西洋翻譯借詞，修成廣東話。「語法方面，粵語是保存漢唐語法最多的中國方言，「我去九龍」、「富過石崇，窮過蒙正」都是古代語法，比如「我去九龍」變成「吾往九龍」，很是方便。[16]可見，香港由於獨特的歷史和政治原因，才會有今天語文文體的格局。

　　世易時移，因時制宜、因地制宜，寫作如何對接當代的思想、習慣和實務，不忘傳承、活用章法，發展完善香港的當代應用文寫作，是香港老師需要思考的現實問題。可是與時代對接是流動的，非一篇文章可以解決，此文希望能拋磚引玉。

---

16 陳雲：《中文起義》（香港：天窗出版社有限公司，2010年），第241頁。

澳門訃聞用語的優化

張艷蘭

澳門大學人文學院中文系

摘要

　　訃聞是報喪文書，澳門訃聞的用語有沿用傳統舊詞和引入外來詞的特點。本文以二〇一六年，隨機抽出五個月份中所有刊登在《澳門日報》的訃聞作為是次研究的樣本，考察澳門訃聞中用語的變化，比較其術語用詞的優與劣，從而體現擇善而從的原則。筆者認為，澳門訃聞用語的優化，體現在保留、同義術語並存、替代與簡化、消亡或不用、新興外來詞五個方面。

關鍵詞：訃聞　用語　優化

一　前言

　　人一生始於出生，而終於死亡，故對結婚、繁衍後代和喪葬之事，古今都很重視，結婚喜宴和喪葬儀式在中國文化中備受關注，結婚用的喜帖和報喪用的訃聞這兩種應用文也相應受到重視。中國進入信息化時代以來，由於種種原因，應用文日漸式微。但是，在澳門，由於應用的廣泛性，喜帖和訃聞仍有頑強的生命力，這表現在格式和用語上，我們依然沿用傳統的豎排書寫、雙抬格式和固定術語等等。

　　中國人很重視殯葬文化，以子女對父母的喪葬尤為重視，以表孝思。訃聞研究體現了關注人的生存狀態的人本主義，有助於提高我國喪葬文化的文明程度。

　　本文以澳門大學中文系二〇一七年畢業生李景盈同學搜集的數據為語料，擬以二〇一六年，隨機抽出二、四、七、九、十月五個月份中所有刊登在《澳門日報》的訃聞作為是次研究的樣本。論文以文獻研究、文本研究、個案研究以及統計分析等方法，考察澳門訃聞中用語的變化，比較其術語用詞的優與劣，從而體現擇善而從的原則。

二　澳門訃聞概述

　　訃聞，又叫訃告、訃文等，先秦時，訃本作赴，本有奔走之義，《說文》曰「赴者，趨也。」後改為「訃」。從「赴」演變成「訃」，訃聞少了疾走，但多了告之的意思。聞，「知聞也。」所以，訃聞是一種報喪文書，這種文書是人死後，其親屬「向親友報喪的通知，多附有死者的事略。」(《現代漢語詞典》第五版)

　　以前的訃聞多印在柬帖上分別發給親友，所以也叫「訃帖」，以示隆重其事，但今天澳門人多選擇在《澳門日報》上刊登訃聞，或以

電話短訊的形式向親友報喪。《澳門日報》是澳門發行量最高的刊物，《澳門日報》雖然沒有如外國設立訃聞專欄，但訃聞會固定發布在 A09 要聞中，這可看到報刊對訃聞的重視，對人的生存狀態的人本關懷。

本論文從二〇一六年《澳門日報》二月、四月、七月、九月、十月五個月份中窮盡搜集得來訃聞共六十六則，即本澳平均每個月就會有十三則的訃聞發布。

澳門的訃聞大致可以分為兩類，第一類是親屬具名式（見圖1），即主喪人是死者親屬，此類共六十四則，全都是子女為父母、丈夫為妻子、妻子為丈夫治喪。這一類最多，也最傳統，全文直排書寫，沿用傳統格式，不加標點符號，訃聞用語半文半白，既繼承傳統，又簡化合並，下文將詳細論及；第一類中有七則比較獨特的例子，（見圖 2），這一類也是親屬具名，但死者是有宗教信仰的信徒，所以訃聞裡有很多外來詞，這七則是訃聞中最獨特的，體現了澳門獨特的文化共融現象；第二類是其他人代訃式（見圖 3），即由上司、同事或朋友等代為治喪，六十六則訃聞中共收入兩則，與第一類不同的是，這兩則均有專門的標題——「訃告」。兩則訃聞中去世者皆為澳門有名望的人，訃告中或加入對死者生平的簡述、或表彰死者的貢獻，訃告由專門的治喪委員會組成，這類訃告用語較為淺白，不像第一類訃聞夾雜著文言詞，訃聞行文較為自由，有標點符號。

經分析得知，這兩類訃聞在格式結構排序上基本一致，只是在語體色彩和感情色彩上稍有不同，前者較為守舊傳統，用語文白夾雜；後者較為現代自由，用語淺顯。導致二者不同的原因，筆者認為，主要是死者身份不同和性質不同，前者是親屬治喪，沿襲傳統用法，治喪的對象是普通老百姓；後者是代治喪，引入西方寫法，治喪的對象是社會中較有地位的人。

　　筆者認為在諸多應用文書中，澳門的訃聞是遵循傳統、保留舊有格式、沿用傳統用詞較多的一種文書，如訃聞依然遵循古代的直排書寫排序、有固定的不容擅改的結構、不加句讀、用語半文半白等等。訃聞依次由（1）死者名號，（2）逝世年月日時，（3）去世地點，（4）享壽年歲，（5）開弔日期地點，（6）主喪者具名，（7）發帖日期等這固定的七部分構成（見下圖），很少刪改。訃聞對傳統的繼承集中體現在用語和格式上，下文將詳細論述訃聞用語這部分。

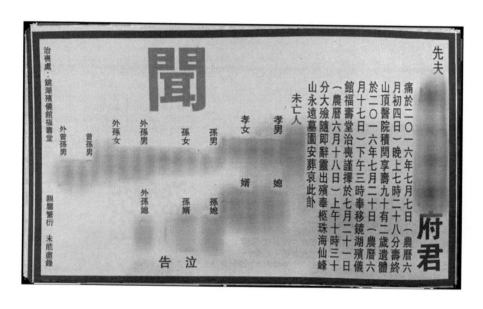

　　誠然，繼承傳統只是相對而言，今天的訃聞與古代相比已經漸漸簡化了，澳門訃聞的簡化主要體現在用語上，如以前主喪者具名「哀子」和「孤子」現已統一被「孝男」取代，「反服父母」、「承重孫」、「不杖期夫」、「護喪妻」等用語現已不復見；去世者身份如「先荊」已被「先室」取代；「壽終正寢」、「壽終內寢」不再用；古代專人專用的啟告語如「泣血稽顙」、「泣血稽首」、「拭淚頓首」等均被「泣告」和「謹告」取代。正如陳耀南在《應用文概說》所言：「今日世

務益繁，而家庭趨簡，應用文字，亦以明白淺易為歸；這一類（訃
聞）繁瑣甚至流於虛偽的稱謂，恐怕漸漸解人難索，漸歸淘汰了。」
訃聞用語的簡化，是大勢所趨，是社會發展必然。

三 澳門訃聞用語的優化

優化原則，又稱臻善原則，鄧景濱教授在《應用寫作的六項原
則》提到，「優化原則可針對應用文寫作，即應用文的各類文種的內
容和格式，包括主題、材料、結構、語言、文面等不斷優化，努力達
至取法乎上，臻於至善的最佳境界。」「善，吉也。」（《說文解字》）
筆者認為，就澳門訃聞這種應用文而言，「善」有三個含義，一是好
的；二是最適切的；三是最能體現民族心理、最吻合中國文化特徵
的。筆者認為，澳門訃聞用語的優化，體現在保留、同義術語並存、
替代與簡化、消亡或不用、新興外來詞五個方面：

（一）保留

澳門訃聞有很多用語，依然沿用以前的術語，保留了傳統的用
法，是因為這些用語反映了中國人趨吉避凶的傳統思想和心理，最能
體現民族心理和民族文化。

紅色粗體「聞」字

如訃聞中的粗體「聞」字。本次研究收入的六十六則訃聞中，有
三十二則是紅色粗體「聞」字（如圖 1 所示），據語料可知，去世者
壽終年齡為八十歲或以上的，均寫紅色粗體「聞」字；八十歲以下的
死者，都用黑色粗體「聞」字，概莫能外。

在中國傳統文化中，紅色代表喜慶，但在澳門訃聞裡，人死卻用

紅色字，探究成因，這也跟中國文化有關。中國民間有紅白兩種喜事，嫁娶和生子，是生命繁衍的開始，是紅喜事；年老者壽終而逝，如一位長者壽終天年，晚輩能為長者送行，也是白喜事，澳門民間仍有「笑喪」一說，對白喜事特別鄭重對待，如果死者高壽（八十歲或以上）去世，或「五代同堂未滿八十歲者」[1]訃聞上的「聞」就會印紅色。紅色粗體「聞」字在澳門沿用至今，體現了中國人對死亡的理解，也是中國人獨特的民族心理的反映。

「積閏享壽」一詞

「積閏享壽」和「享壽」、「享年」、「得年」和「存年」用法一樣，都寫在去世者年齡前，用來交代死者年壽的，如「積閏享壽九十有四歲」、「享壽六十有七歲」、「享年五十有九歲」等。在收集來的六十六則訃聞中，有四十九則寫著「積閏享壽」，這四十九則訃聞中的死者均為六十歲以上的花甲老人。

「積閏享壽」是古代人記壽的方法，是中國人為了調整西方新曆和中國農曆的差異而得出來的解決方法。

中國人辦喪事，習慣上常常「報大數」，如澳門人習慣在去世者年壽上添上「天地人」三歲，倘若老人六十歲去世，訃聞上會寫「積閏享壽六十有三歲」，以六十歲為下限，只要去世時滿六十歲或以上，就可以通過「積閏」把三年加在實際的歲數上。

這是因為古人認為，上天賞賜他三年光陰，是他的福氣，值得引以為榮，所以叫「享壽」。「積閏享壽」是中國獨特文化背景下的獨特產物，只有中國才有「積閏享壽」。

1　楊正寬：《應用文》（新北：揚智文化事業股份有限公司，2013年，第5版），第252頁。

（二）同義術語並存

在收集得來的澳門訃聞中，筆者發現部分用語有同義共存的現象。從經濟原則而言，同義術語是一種浪費，因為要記兩個或兩個以上意思相同的詞語，信息量沒有增加，但卻增加了我們記憶的負擔。在澳門的訃聞中，筆者認為，同義術語的共存，有其特殊的含義，同義術語在澳門訃聞裡的運用，有其深層的情感內涵，不容忽視。

如收集來的語料中，主喪人具名，筆者發現有「妻」和「未亡人」、「夫」和「杖期夫」同義並存的現象。六十六則語料中，為丈夫主喪的訃聞共三十二則，其中，署名「妻」的有十五則，署名「未亡人」的有十七則；為妻子主喪的訃聞共有十二則，其中，署名「夫」的有十一則，署名「杖期夫」的有一則。

未亡人和妻

未亡人，《現代漢語詞典》（第五版）解釋：「舊時寡婦的自稱。」古時，當丈夫去世，妻子會自稱未亡人；妻，是婚姻中對女性配偶的稱謂，與夫相對應。在訃聞中，「未亡人」和「妻」從語用角度來說，內涵是一樣的，均是交代主喪者的身份，但是，從文化內涵來探究，二者含義並不完全相同。「妻」，只是法定的身份；「未亡人」的字面意思是，丈夫去世了，妻子應隨同死亡，未亡是苟且活著，所以自稱「未亡人」。現代很多學者認為，在古代，這是男尊女卑社會的封建思想，是夫權社會強加於女性的禁錮。然而，現在澳門訃聞「未亡人」和「妻」並存共用，從搜集得來的資料可見，更多人傾向使用「未亡人」這個稱謂，有人可能會質疑，這是不是一種文化的倒退？

筆者並不這樣認為，俗語有云：「少年夫妻老來伴」，尤其是現代

一夫一妻制實行後，夫妻是一生中陪伴時間最長也是彼此最有感情的人。如今「老來伴」去世，作為妻子，一定悲痛欲絕，主喪時具名「未亡人」，是說自己的心已隨丈夫而死，僅肉身存活著，所以，本人認為，署名「未亡人」比「妻」更多了夫妻恩愛、伉儷情篤的意思，跟古代「未亡人」的封建用法已經大不相同，這也是署名「妻」無法傳達的情感內涵。

杖期夫和夫

「杖期夫」和「夫」也是同時出現在澳門訃聞主喪人具名上的稱謂，杖期夫，「妻入門後，曾服翁或姑或太翁太姑之喪，妻死，夫自稱杖期夫。」[2]夫，本義為成年男子，現多指是女子的配偶，與妻相對，所以「夫」和「妻」一樣，只是法定稱謂，沒有感情內核。在澳門訃聞中，署名既有「夫」，也有「杖期夫」。本人看來，可以署名「夫」時，卻仍有人選擇用「杖期夫」，這有其特殊情感內涵。古人在妻死後自稱「杖期夫」，更多的是對亡妻的尊重，因為亡妻生前曾和丈夫一起為家公家婆或太公太婆守過喪。但是現代人自稱「杖期夫」，筆者認為，更有情感深意。杖，喪杖；哭杖，期，一週年；杖期夫，即丈夫因妻子之死而傷心得要持哭杖一年，這說明夫妻二人情深義重，「杖期夫」和「未亡人」在情感的表達上，比古人更合乎人性，更加具有深層含義。所以，同義術語在澳門訃聞裡的並用，筆者認為這不是封建思想的殘留，不是文化的倒退，反而更能體現現代人的自由意志和主觀選擇，感情色彩更加強烈。

2　楊正寬：《應用文》（新北：揚智文化事業股份有限公司，2013年，第5版），第259頁。

（三）替代與簡化

在澳門訃聞中，部分術語也存在著替代或簡化的現象，即古代沿用的術語已經被其他術語替代，原來的不復見；或古代的訃聞術語本有特定使用語境，但現在與其他術語合併簡化了。

「泣血稽顙」與其他啟告語

替代與簡化現象，最直接體現在澳門訃聞的啟告語中。古代訃聞的啟告語專人專用，非常複雜繁瑣，如啟告語「泣血稽顙」，是居喪時拜謝賓客之禮，在古代訃聞所有拜謝賓客之禮中，程度最重，即雙膝跪下，頭額觸地。陳耀南在《應用文概說》解釋：「顙即是額，孝子或承重孫用。」再如「泣稽首」是「期服孫以下（專用）」[3]，古人認為，親人去世，家屬因親疏有別，悲痛的程度因而不同。故如果是父母去世，兒子或長孫理應是最悲痛的，所以兒子和長孫專用啟告語「泣血稽顙」。「稽顙」，叩頭；「泣血」，即哭出了血或者淚盡血流的意思，死者的其他親屬，如女兒女婿侄子侄女等是絕對不能用「泣血稽顙」的。同樣的理由見於「泣稽首」（期服孫以下專用）、「抆淚頓首」（旁系大功服以上）、「拭淚頓首」（旁系大功服以下），諸如此類，不能刪改，也不容亂用。

筆者認為，實則親人去世，所有的親屬都會悲痛，而感情厚薄，跟親疏並沒有直接聯繫，如父親往生了，並非兒子就一定比女兒傷心，也不可理所當然認為兒媳悲痛的程度就一定不如兒子。所以這類詞語，可以說徒具形式，並沒有實際作用，流於繁瑣虛偽。所以，在澳門訃聞中，這類啟告語一律簡化，改為「謹告」和「泣告」兩種，

3　陳耀南：《應用文概說》（香港：山邊社出版，1995年，第10版），第215頁。

不見其他用法。澳門訃聞啟告語的改動，體現了現代應用文「應付」社會，「用於」實際，合理簡化和替代的臻善原則。

「痛於」、「不幸於」與其他開首語

除了上文提到的啟告語之外，澳門訃聞的開首語，也體現了澳門訃聞簡化和替代的現況。古代的開首語多而繁瑣，且有嚴格規定，不能亂用，如「痛於」，「多用於長輩。」、「不幸於」，「多用於卑幼。」、「悼於」，「多用於妻室」[4]等等，在現代澳門訃聞中，一律以「痛于」替代之，不見其他用法。

替代的原因與這些開首語太陳腐太瑣碎有關，但筆者認為，更重要的是，是跟中國傳統民族思想有關。從收集得來的語料可知，六十六則訃聞裡，去世者壽終的年齡層主要集中在九十至一百歲，有二十則；七十至八十歲次之，有十七則；樣本中最低的壽終年齡為五十五歲，有兩則，沒有五十五歲以下的往生者。但這並不意味著二〇一六年澳門沒有五十五歲以下的人去世，查看二〇一六年《澳門日報》，筆者發現壯年、青年、幼年因病或因意外突發情況去世的人也不少。探究其原因，年少而夭折，畢竟讓親人很悲痛，而且白髮人送黑髮人，很不吉利，所以死者的親屬選擇不刊登不發布。久而久之，在澳門成為習慣，於是約定俗成，用於長輩的「痛於」，替代了「不幸於」、「慟於」等。澳門訃聞開首語的應用性和適切性，是優化原則的體現。

（四）消亡或不用

澳門訃聞也有部分用語消亡或者不用了，消亡或不用與上述第三點的替代與簡化本源相同，但結果不同：替代與簡化是本有其詞語，

---

4 馮式編：《現代應用文手冊》（香港：中流出版社有限公司，1991年），第443頁。

但因為各種原因，同義術語合並簡化了；消亡或不用，也是本有其詞
語，但不見於現代澳門訃聞裡，我們可以認為，這些術語已經消亡
了。消亡或不用這一點體現在主喪人的稱謂上。

主喪人稱謂：反服、哀子孤子及其他

反服

「反服」意思是「兒子死，無孫，父親在堂，父親反為兒子之喪
持服。」[5]中國人傳統思想裡，認為結婚最佳的狀態是父母為子女主
婚，所謂「父母之命，媒灼之言」；但主喪儀式，則反過來，子女為
父母主喪，以表孝思。所以，反服，即父母為早逝的孩子反穿喪服，
也就是我們所說的白髮人送黑髮人，子女不能盡孝，這有違倫常，所
以，民間有個做法是出殯前由父母用拐杖在棺木上敲三下，代表父母
杖責子女未盡孝道先走一步。「反服」一詞不見於澳門訃聞。

哀子、孤子、孤哀子、哀孤子

哀子是「父親健在，死母親」；孤子是「母親健在，死父親。」
哀孤子是「父母親都死，如母先死，父後死稱哀孤子。」孤哀子則
「父母親都死，如父先死，母後死稱孤哀子。」[6]這四個稱謂，有一
個共同特點，就是父或母去世時，「子」還沒成年，或者還沒成家，
年少而失怙失恃，從此無所依仗，情況堪憐。這四個主喪具名不見於
澳門訃聞。

反服是父母反為子女持喪，哀子孤子等是幼年而喪父喪母，都是
有違天道的，因而被認為是不吉利的，筆者翻查近幾年《澳門日報》

5　陳鵠：《應用文》（臺北：三民書局印行，1983年），第529頁。
6　同注5，第530頁。

的訃聞，均不見這類稱謂，這類用語在澳門訃聞已經消失不用，而這類在古代沿用的術語反而在現代的澳門消失了，原因何在？筆者認為，這跟中國重視倫常的傳統觀念有關，更跟現代澳門人喜吉避凶的觀念有關，澳門人實際上是比較迷信的，有很多諸如「吉屋招租」、「通勝」、「豬潤」、「勝瓜」等禁忌語或詞語到今天依然沿用不爽，澳門人認為反服和年少而喪父母都是不吉祥的，所以「反服」、「哀子」、「孤子」等均已不用。

「孤前未及哀，哀子」、「奉慈命稱哀，孤哀子」

「孤前未及哀，哀子」意思是「繼室之子，嫡母死後，父親已死，現生身之母死。」「奉慈命稱哀，孤哀子」即「側室之子，父親已死，嫡母健在，現生身之母死。」[7]這類主喪人稱謂，不見於澳門訃聞，已經消亡。

探究原因，筆者認為，這跟現代家庭倫理關係趨於簡單化有關。古代男人三妻四妾，兒女眾多，又講究嫡出庶出之分，所以主喪人具名也反映了這類複雜的家庭倫理關係，現代生活家庭倫理漸趨簡單，反映在稱謂上，也沒有了繁瑣的稱謂。

筆者認為，訃聞用語的消亡或不用，反映民族心理，切合澳門實際，是澳門訃聞合理優化原則的體現。

（五）外來詞

澳門訃聞中最能體現中西文化共融、體現多樣化的宗教信仰的，則在於訃聞外來詞的使用上。本文收集得來的六十六則語料中，有七則訃聞死者是天主教徒，親人為死者（信徒）發布的訃聞裡，其結

7　陳鵠：《應用文》（臺北：三民書局印行，1983年），第530頁。

構、排序、句讀等與中國傳統訃聞相同，只是在部分用語上體現出其宗教信仰，見下圖。

聖名與姓名

訃聞中新興的外來詞首先體現在死者名號上，如圖所示，死者除了自己身份證上的姓名之外，還會以括號形式刊登聖名。聖名，是當人因皈依受洗禮後時所選用的名字。收集得來的七則訃聞中有六則死者都有聖名，一則無。

主曆與公曆

其次，不同於傳統訃聞「痛於」的開首語，七則訃聞均用「主曆」作為開首語，「主曆」，即主（耶穌）的年份，這是源自於基督教的紀年方法，以耶穌誕生年作為紀年的開始。「主曆」和「公曆」計算方法是完全一樣的，只是叫法不同，這種紀年方法用於天主教，也用於基督教，充分體現了信徒對信奉對象堅定不移的信念和崇拜。

蒙主寵召、息勞歸主

七則訃聞中，「蒙主寵召」有五則，「息勞歸主」有兩則。訃聞中的「蒙主寵召」和「息勞歸主」均為去世的意思，常用於天主教徒和基督教徒的喪葬場合，中國傳統的訃聞用「壽終」、「卒於」等，強調「終」，但在天主教徒心中，現世不是真實的，信徒在現世只是「寄居」而已，他們相信善人的死是被主耶和華召喚，回到天堂，回到主耶和華身邊，安息在主的懷抱，所以用「召——召喚」，「歸——歸去」這些詞。信徒對死亡的看法是積極的，是以信心和永生的盼望作基礎。

安息彌撒、安息禮拜

天主教徒或基督教徒，認為人死了，只是如同睡了一般，他們的靈魂回歸到主的身邊，回歸到生命的源頭。所以天主教或基督教稱喪禮為安息禮拜，或者安息彌撒，因為死者安息了，回到上帝的身邊。

綜上所述，筆者發現，這些新興的訃聞，其行文排序、其格式，其句讀，其大部分用語，都依舊遵循中國傳統的訃聞模式，但是，訃聞中又衍生了一些與傳統不同的術語，如「聖名」、「主曆」、「蒙主寵召」，「安息彌撒」等等這些專用於西方信徒喪禮的詞語。在如此凸顯民族心理和民族文化特徵的訃聞中，竟然有這樣的西方外來詞，這體

現了澳門訃聞中西方文化的共融，體現了澳門多樣化的宗教信仰自由，也說明澳門文化的包容性，可以容納一切美好的、切合澳門實際的、體現個人自由意志的特徵。

四　結語

綜上所述，我們認為，澳門的訃聞體現了鄧景濱教授提出的優化原則，這優化反映在對吉祥用語的提倡上；對中國傳統文化潛移默化的繼承上；對最恰當用語的運用上。優化原則並不是意味著所有的傳統文化都要摒棄，現代的西方的就予以發揚，筆者認為，優化原則要考慮個人需要、社會文化、民族心理等等方面，擇善而從，選擇最適合自己實際情況的用語。澳門訃聞用語充分體現了澳門文化的開放包容精神，在中西方文化碰撞中協調、沉澱、並存。

誠然，現代澳門訃聞無論是用語還是格式仍存在著美中不足之處，如啟告語的行款格式，全文直排書寫，但啟告語為了節省版頁而用橫排書寫，同一文稿既有直排又有橫排，違背了鄧景濱教授在《應用文的文本原則》提出的「橫直不混用」的原則，而且也不美觀。再如以前的訃聞，如果死者和主喪人是父子或母子的關係，主喪人具名為「不孝男某某不孝女某某」，但現在澳門訃聞則改為「孝男某某孝女某某」，筆者認為沒有人會自稱自己為「孝子孝女」吧，這不太符合中國含蓄謙卑的原則，有改善的空間。

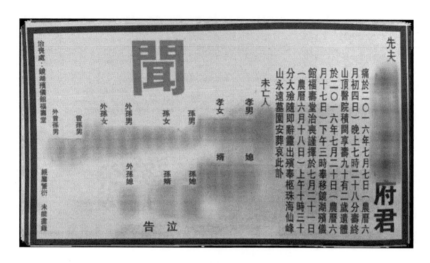

圖1　A傳統親屬具名式

圖2　B新興天主教徒親屬具名式

圖3　親友代訃式

參考文獻

陳　鵠　《應用文》　臺北　三民書局印行　1983年

陳耀南　《應用文概說》　香港　山邊社出版　1995年　第10版

鄧景濱、李靜　《應用文研究》　澳門　澳門近代文學學會　2010年

楊正寬　《應用文》　新北　揚智文化事業股份有限公司　第5版
　　　　2013年

馮式編　《現代應用文手冊》　香港　中流出版社有限公司　1991年

許慎撰，段玉裁注　《說文解字注》　上海　上海古籍出版社　2001
　　　　年

中國社會科學院語言研究所詞典編輯室編　《現代漢語詞典》　商務
　　　　印書館　第5版　2009年

應用文：從蘇軾的一封書信說起

張江艷

北京勞動保障職業學院

摘要

蘇軾的〈答劉巨濟書〉是目前所知首次精準出現「應用文」這三個字的文本。蘇軾所謂應用文，不是今天意義上的應用文，特指當時北宋國家公務員考試文種——策論，即古代應用文的一個文種。但是，對於蘇軾〈答劉巨濟書〉的寫作背景、寫作內容和寫作時間，既有誤讀也有需要進一步考論的地方。準確理解這封信的核心觀點——蘇軾的應用文寫作觀，追索其思維的局限，有助於我們把握中國文化傳統中的精神脈絡，發掘其應有的傳統文化「骨骼」，也有助於反思中國傳統文化中的「腸梗阻」，為今天應用文寫作中作者的價值抉擇，樹立應有的精神標高。

關鍵詞：應用文　蘇軾　〈答劉巨濟書〉　策論　傳統文化

在目前文獻研究中，蘇軾的〈答劉巨濟書〉是首次精準出現「應用文」這三個字的文本：

> 軾啟。人來辱書累幅，承起居無恙。審比來憂患相仍，情懷牢落，此誠難堪。然君在侍下，加以少年美才，當深計遠慮，不應戚戚徇無已之悲。賢兄文格奇拔，誠如所云，不幸早世，其不朽當以累足下。見其手書舊文，不覺出涕。詩及新文，愛玩不已。都下相知，惟司馬君實、劉貢父，當以示之。恨僕聲勢低弱，不能力為發揚。然足下豈待人者哉！〈與吳秀才書〉論佛大善。近時士人多學談理空性，以追世好，然不足深取。時以此取之，不得不爾耳。僕老拙百無堪，向在科場時，**不得已作應用文**，不幸為人傳寫，深可羞愧，以此得虛名。天下近世進人以名，平居雖孔孟無異，一經試用，鮮不為笑。以此益羞為文。自一二年來，絕不復為。今足下不察，猶以所羞者譽之，過矣。舍弟差入貢院，更月餘方出。家孟侯雖不得解，卻用往年衣服，不赴南省，得免解。其兄安國亦然。勤國亦捷州解，皆在此。因風時惠問，以慰饑渴。何時會合，臨紙悵然。惟強飯自重。（1986：1433）

劉巨濟是何人？何以蘇軾要與他探討應用文的問題？蘇軾是在怎樣的內部語境和外部語境中表達他對應用文的意見的？蘇軾寫作應用文何以「不得已」？為何對於別人的傳抄和讚美感到「不幸」和「深可羞愧」？又為何「自一二年來，絕不復為」？〈答劉巨濟書〉作為「應用文」一詞的濫觴，這些問題值得追問。

一　問題：兩個政見不同的人何以書信往來

劉巨濟，名劉涇，字巨濟，一字濟震，號前溪，他既是蘇軾的學生，也是蘇軾、米芾等大宋文化名人的書畫朋友，善作林石槎竹、亦工墨竹。

眾所周知，一○七一年，年方三十四歲的蘇軾，因為對王安石變法有不同看法，上書談論新法的弊病，觸怒王安石，被迫自我放逐，請求出京任職，此後，雖遠離是非之地，但並沒能遠離是非，一生顛沛流離，不改其放達率真之天性。兩年後，一○七三年，三十歲的劉巨濟中進士，官授成都府戶曹參軍。次年，經王安石舉薦，通過「召對」考察，即君主親自召見問對，被任命為修撰經義所檢討，進入國子監，參與編纂王安石主持的作為經義考試統一標準和學校法定教科書的《三經新義》。劉巨濟之所以能在短期內能有這種榮升，並不完全是他自身才學出眾，主要還是因為他的父親劉孝孫。劉孝孫當時在朝廷擔任侍御史，就武舉考試提出建議，呼應王安石變革。[1]如此，劉巨濟也就自然而然地成為王安石變法陣營的一員，並身不由己地捲入圍繞變法而引起的激烈政治鬥爭之中。

劉巨濟與蘇軾，倆人年齡相差六歲，政治立場又不同，何以能書信往來？

首先，蘇軾天性放達而不偏狹，他並不是一個絕對意義上的保守派，他反對的是激進變法而不是變革本身，事實上，他是主張漸進改革的。以「賢良方正直言極諫科」中進士的蘇軾，自身品性賢良方正，是天生的批判現實主義者，但他對事不對人，和而不同，不同的政治立場、不同的年齡都不是他結交天下名士的障礙。即便是與王安

1　參見：粟品孝：〈劉光祖家世考〉，《西華大學學報》（哲學社會科學版）第1期（2004年），第44頁。

石本人，倆人恩怨情仇一生，也有詩文唱和，書信往來，更不用說對一直仰慕崇拜他的後生劉巨濟了。

其次，蘇軾與劉巨濟之間除了共同的書畫愛好和交流外，還有一個共同懷念的人物——劉汴——劉巨濟英年早逝的兄長。不僅在這封書信中蘇軾提到「賢兄」，而且蘇軾曾以一首〈宿州次韻劉涇〉寫出了懷念劉汴的千古名句。當時，與蘇軾同行宿州的弟弟蘇轍也寫了〈次韻宿州教授劉涇見贈〉，卻一句也沒有提到劉汴。可見，劉汴是蘇軾與劉巨濟的共同話題，而且原本名不見經傳的劉汴，因蘇軾此詩得以留名。[2]

「元符末」，即一一〇〇年，劉巨濟又通過「召對」，官任「職方郎中」，但他也在這一年去世，享年五十八歲。《宋史》評價他：「為文務奇怪語，好進取，多為人排斥，屢躓不伸。」（脫脫等，1977：3104-3105）次年蘇軾也去世，享年六十四歲。

二　解讀：書信內容及結構層次

展讀蘇軾〈答劉巨濟書〉，從文本內部語境來看，作者完全沒有老師的架子，是以年長朋友的口氣來寫這封信的。這與他一貫亦師亦友的交友處世之道相符。全信內容不長，卻是按照「起承轉合」的結構方式來寫的。起承轉合是古代作文慣用的行文方法，李樹滋說：「今但儒教人作文，必曰起承轉合。不知四字乃言詩，非言文也。范德機《詩法》：作詩有四法，起要平直，承要舂容，轉要變化，合要淵永。其移以入時文，應自明人始。」[3]然，蘇軾年少時曾拜眉山名

2　參見：粟品孝：〈劉光祖家世考〉，《西華大學學報》（哲學社會科學版）第1期（2004年），第44頁。

3　參見：李樹滋：《石樵詩話》（道光二十九年湖湘采珍山館刊本），卷7。轉引自：蔣

師劉巨（字微之），主攻詩賦聲律之學，受到嚴格的寫作訓練。從這封信可以看出，蘇軾雖信筆由韁卻不脫「起承轉合」的基本章法。

（一）起：以習慣用語交待寫信的起因

所謂「起」，指起因。蘇軾以一連串自己特有的書信慣用語，交代寫信的起因，可分為三個層次：

「某啟」是答覆信開頭慣用語，「軾啟」意即我蘇軾打開你的信，相當於今人答覆信開宗明義：「來信收閱。」「人來辱書累幅，承起居無恙。」意即：您派人送來謙卑的長信，承蒙告知您日常起居身體安好。其中「辱書」「累幅」都是蘇軾覆信中常見的語詞。接下來，蘇軾寫道：「審比來憂患相仍，情懷牢落，此誠難堪。」意即：從你信中的詳細敘述得知你近來憂患不斷，心情寂寥，這真是讓人難以忍受。其中「審比來」也是蘇軾書信中的常用語，指對方近來的詳細情況。

（二）承：延續上文的話題

「承」是「起」的延續，要從情感上和敘述上使「起」的內容更加飽滿。范德機說「承要舂容」，所謂「舂容」，鄭玄注：「舂容，謂重撞擊也」，也就是要能打動人心。

與劉巨濟同病相憐的蘇軾，承接上文勸慰說：「然君在侍下，加以少年美才，當深計遠慮，不應戚戚徇無已之悲。」為進一步鼓勵對方振作起來，擺脫「無已之悲」的憂傷情緒，蘇軾就對方來信中提到的劉汴說：「賢兄文格奇拔，誠如所云，不幸早世，其不朽當以累足下。見其手書舊文，不覺出涕。詩及新文，愛玩不已。都下相知，惟

寅：〈起承轉合：機械結構論的消長——兼論八股文法與詩學的關係〉，北京，《文學遺產》第3期（1998年），第66頁。

司馬君實、劉貢父,當以示之。恨僕聲勢低弱,不能力為發揚。然足下豈待人者哉!」其中「司馬君實」即司馬光(字君實),「劉貢父」即劉攽(字貢夫,一作貢父、贛父),這兩位都是北宋史學家,也都是蘇軾的詩文好友,並和蘇軾一樣,對王安石變法持質疑、批判的態度。

顯然,在這一部分,蘇軾承接開頭,試圖以親情撞擊劉巨濟,以「足下豈待人者哉」來激勵他。

(三)轉:進入書信的核心內容

「轉」,即從意義上開始轉入正題。

1 轉入烏龍,誤讀千年

信中,蘇軾話鋒一轉,說起他寫給好友吳復古(字子野)的兒子吳芘仲的一封信:「〈與吳秀才書〉論佛大善。」一〇八〇年,蘇軾因烏臺詩案被貶黃州之後,收到吳芘仲的書信,此後倆人陸續有書信往來。但是,此處所云〈與吳秀才書〉,似乎是蘇軾給自己擺了一道烏龍。因為在這封信中,蘇軾並沒有一個字是「論佛」的:

> 某啟。相聞久矣,獨未得披寫相盡,常若有所負。罪廢淪落,屏跡郊野,初不意舟從便道,有失修敬。不謂過予,沖冒大熱,間關榛莽,曲賜臨顧,一見瀟然,遂若平生之歡。典刑所鐘,既深歎仰,而大篇璀璨,健論抑揚,蓋自去中州,未始得此勝侶也。欽佩不已,俯求衰晚,何以為對。送別堤下,恍然如夢,覺陳跡具存,豈有所遇而然耶?留示珠玉,正快如九鼎之珍,徒咀嚼一臠,宛轉而不忍下嚥也。未知舟從定作幾日計。早晚過金陵,當得款奉。(1986:1737)

　　蘇軾與吳芘仲書信往來，保留下來的有三封。這封〈與吳秀才〉是蘇軾第一次接讀芘仲書信和作品後的回信。關於這封信，蘇軾在寫給吳復古的〈與吳將秀才（之二）〉中說：「今子秀才，辱長箋之賜，辭旨清婉，家法凜然，欽味不已。老拙何以為謝，但有愧負。」[4]在蘇軾被貶謫到惠州時，一〇九六年，芘仲寄《諸子論》，蘇軾深為吳復古後繼有人而高興，欣然去信〈答吳秀才書〉：「所論孟、楊、申、韓諸子，皆有理，詞氣祜然，又以喜子野之有佳子弟也」（1986：1738）。後再來芘仲作〈歸鳳賦〉，蘇軾又復函〈答吳秀才〉稱讚說：「興寄遠妙，詞亦清麗，玩味爽然」（1986：1739）。然而，在這些信件中，無一談佛論道之作。

　　事實上，一〇八〇年三月蘇軾在黃州寫的另一封信〈答畢仲舉書〉，才堪稱「論佛大善」。信中寫道：

> 所云讀佛書及合藥救人二事，以為閒居之賜甚厚。佛書舊亦嘗看，但暗塞不能通其妙，獨時取其粗淺假說以自洗濯，若農夫之去草，旋去旋生，雖若無益，然終愈於不去也。若世之君子，所謂超然玄悟者，僕不識也。
>
> 往時陳述古好論禪，自以為至矣，而鄙僕所言為淺陋。僕嘗語述古，公之所談，譬之飲食龍肉也，而僕之所學，豬肉也，豬之與龍，則有間矣，然公終日說龍肉，不如僕之食豬肉實美而真飽也。不知君所得於佛書者果何耶？為出生死、超三乘，遂作佛乎？抑尚與僕輩俯仰也？學佛老者，本期於靜而達，靜似懶，達似放，學者或未至其所期，而先得其所似，不為無害。僕常以此自疑，故亦以為獻。

4　〔宋〕蘇軾撰，〔明〕茅維編，孔凡禮點校：《蘇軾文集》（北京：中華書局1986-1731年），第4冊。注：該文同時收錄在本卷《答吳子野七首》之六，見第1736頁。

來書云,處世得安穩無病,粗衣飽飯,不造冤業,乃為至足。三復斯言,感嘆無窮。世人所作,舉足動念,無非是業,不必刑殺無罪,取非其有,然後為冤業也。無緣面論,以當一笑而已。(1986:1671-1672)

蘇軾這封信因「論佛大善」而廣被傳播,特別是其中「龍肉」與「豬肉」之比,常被人引用,他自己也非常得意。但畢仲舉其人卻幾乎不但是名不見經傳,而且是「查無此人」。直到二○○八年,李一飛認真地下了一番考據功夫,發表〈蘇軾〈答畢仲舉書〉為答畢仲遊作芻議〉,才正本清源,指出畢仲舉當為蘇軾老友兼門生畢仲遊。[5]

顯然,在寫〈答劉巨濟書〉時,因吳革仲和畢仲舉名字的字音和字形相近,蘇軾將若干年前寫給畢仲遊參佛論道的信,筆誤或錯記為寫給吳芘仲的〈與吳秀才書〉了。從蘇軾寫信迄今,將近千年之隔,正所謂:一轉入烏龍,誤讀近千年。

2 由佛入理,漸入正題

從「〈與吳秀才書〉論佛大善」,蘇軾逐步轉入正題,談自己對科舉考試之「應用文」的態度和見解。

他先是由佛入理,批評時事說:「近時士人多學談理空性,以追世好,然不足深取。時以此取之,不得不爾耳。」意即:近期的讀書人多效法別人談道論佛,追逐時尚,但是(這些東西)不值得竭力取法。時下用這些東西選拔人才,是不得不這樣。接著,他轉入正題,現身說法,悔其少作,否定自己當年參加科舉考試所寫的應用文:「僕老拙百無堪,向在科場時,不得已作應用文,不幸為人傳寫,深

---

5 參見:李一飛:〈蘇軾《答畢仲舉書》為答畢仲遊作芻議〉,《文學遺產》第3期(2008年),第140-143頁。

可羞愧，以此得虛名。天下近世進人以名，平居雖孔孟無異，一經試用，鮮不為笑。以此益羞為文。自一二年來，絕不復為。今足下不察，猶以所羞者譽之，過矣。」意即：我年老笨拙，一無可取之處。從前參加科舉考試的時候，無可奈何寫作的應用文，不幸被人傳抄摹寫，深感羞愧，以此浪得虛名。普天之下近代以來（朝廷）以名取士，（這些士人）平素雖如同孔孟一般，但一經試用，少有不被人恥笑的。因此（我）更加羞愧寫作應用文了。這一兩年來，絕不再做這樣的文章。現在你沒有察知，仍然拿我所羞愧的事來讚譽我，（誇讚）錯了呀。

蘇軾這段話對於「士人」的議論與他寫給畢仲遊「論佛」的信是一脈相承的。因此，蘇軾所謂「論佛大善」中的「大善」，應為一語雙關，既是借用佛教用語，說論佛是一件極好的、有價值的事；又是在說自己寫長文與朋友論佛，闡明自己的觀點，以「龍肉」「豬肉」做比喻，說得很痛快。如此，從與「吳秀才論佛」到批評時下之「談理空性」，看似很跳躍的思維，其實是有內在關聯的。

3 是為策論，非彼策論

應用文作為應用意義的文體概念，來自於歐陽修和蘇軾。歐陽修曾談起自己在科場時所寫的「應用文字」和「應用之文」，蘇軾繼承歐陽修，精確提出「應用文」這一概念，都與今天意義上的應用文不同，是指當時科舉考試的一種文體，叫策論，也叫策書。也就是說，應用文是從宋代的文種概念逐步演變為今天的文體概念的。關於蘇軾〈答劉巨濟書〉所謂「向在科場時，不得已作應用文」，這篇策論具體指什麼，當下有三種常見的說法。

有人認為，「蘇軾的這篇科場作文，題為〈為政之寬嚴〉」。[6]然而

---

6 參見：裴顯生、王殿松主編：《應用寫作》（北京：高等教育出版社，2005年，第2

在蘇軾文集中並沒有這樣一篇以此為題的文字。追根溯源，這個說法
當來自林語堂的《蘇東坡傳》：「蘇氏兄弟都以優等得中。蘇東坡的文
章，後來歐陽修傳給同輩觀看，激賞數日。那篇文章論的是為政的寬
與簡，這正是蘇東坡基本的政治哲學。」（2006：37）林語堂是用英
文寫作這本傳記的，後來出現兩個譯本，流傳最廣的是張振玉譯本。
張振玉在〈譯者序〉中說：「對《蘇東坡傳》的漢譯，自然十分慎
重，對其引用之原文及人名、地名等專有名詞之困難者，多暫時擱
置，容後查出補入。一九七七年夏，見宋碧雲小姐譯的《蘇東坡傳》
出版，非常興奮。文中對中文的查證，宋小姐做得非常成功，其仔細
可知，其辛勤可佩，其譯文純熟精練可喜。比三十年代一般譯品文
字，實有過之。拙稿既接近完成，不願拋棄，乃續譯完畢。原書中須
加查考及引用部分中之尚未解決者，在感激的心情之下，便斗膽借用
了⋯⋯」（林語堂，2006：3）顯然，查證還原的工作非常艱辛，所以
關於蘇軾這篇策論的題目，張振玉採用了或採納了宋碧雲的意譯，未
加書名號，僅寫作「那篇文章論的是為政的寬與簡」。事實上，查閱
林語堂英文原著，為方便英語讀者，他採用了意譯寫法，而譯者和引
用者未能詳查，以訛傳訛，就成了〈為政之寬嚴〉，並被廣泛引用。

　　那麼蘇軾這篇科場應用文究竟是什麼呢？一○五六年九月，二十
二歲的蘇軾參加禮部會試，以其策論〈刑賞忠厚之至論〉得到梅堯臣
（字聖俞）和歐陽修等人的賞識。孔凡禮《蘇軾年譜》記錄說：「梅
聖俞作考官，得其〈刑賞忠厚之至論〉，以為似《孟子》。」（1998：
53）因此有人推斷蘇軾所謂「應用文」當指〈刑賞忠厚之至論〉。德
國學者迪特‧庫恩在《儒家統治的時代──宋的轉型》一書中說：

版），第1-2頁；另參見劉錫慶：〈關於應用文的幾個基本問題及研究新進展〉，《應用
寫作》第6期（2009年），第4頁：「蘇軾在這裡所說的科場『作文』，題為《為政之
寬嚴》，是篇『策論』。」

「古體散文被認為更適合於在文章中表述道德和哲學思想，考生蘇軾所寫的考論〈刑賞忠厚之至論〉預示著新文體的出現」（2016：128）。但蘇軾這篇策論雖因「無所藻飾，一反險怪奇澀之『太學體』」（孔凡禮，1998：51），得到朝中重臣的極力讚賞，卻因為「時所推譽，皆不在選」，所以「澆薄之士，候修晨朝，群聚詆斥之，街司邏卒不能止」（脫脫等，1977：3614），也就是說歐陽修推舉蘇軾的策論，一反時下流行的「太學體」，是有很大爭議的，一些「澆薄之士」等他早朝的時候聚眾衝擊他。在這種情況下，蘇軾的策論又怎可能成為大家爭相傳抄的典範呢？不過，歐陽修科舉抉擇標準的變化還是對世俗文風產生了影響，「自是文體亦少變」，甚至影響到很多人的仕途命運：「待試京師者恒六七千人，一不幸有故不應詔，往往沉淪十數年，以此毀行干進者，不可勝數。」（脫脫等，1977：3614-3615）蘇軾的一篇科場應用文，不意竟引發如此激烈甚至慘烈的後果，以至後來蘇軾兄弟倆參政後，每每對於科舉考試的改革均持審慎或批判的態度。

蘇軾在寫給龍圖閣學士梅摯的〈謝梅龍圖啟〉中自述：「軾長於草野，不學時文，詞語甚樸，無所藻飾。」蘇軾來自「草野」的策論，恰逢歐陽修意欲裁抑太學體、改革文風，可謂歪打正著，也可謂「天時地利人和」，否則「或嫌失之浮誇，加以用典並不踏實，可能更會落選了。」（黃坤堯，2005：395）歐陽修為蘇軾的父親蘇洵寫墓誌銘說：這次科舉考試之後「父子隱然名動京師，而蘇氏文章遂擅天下。」（孔凡禮，1998：55）但是，這應是後來的事。《蘇軾年譜》記載說：「修喜得軾，並以培植其成長為己任。士聞者始嘩不厭，久乃信服，文風為變。蘇軾文章，遂稱于時。」（孔凡禮，1998：55）也就是說，蘇軾的策論被接受是有一個過程的。

事實上，蘇軾一生參加過兩次禮部科舉考試。這一次與弟弟蘇轍

參加常規科舉會試，一同考中進士，後因母親病故辭京回家，守喪三年之後，一〇六一年正月，蘇軾兄弟倆第二次來到京都，參加了制科考試。晚年，蘇軾（2001：1689-1690）在〈感舊詩〉的前敘中回憶說：「嘉祐中，予與子由同舉制策，寓居懷遠驛，時年二十六，而子由二十三耳。」這類考試，如江枰（2018：48-56）所言：「制科是朝廷在常科之外另行設置的選拔高級行政人才的考試，其要求高，難度大，錄取人數少。除了需要一定數量的名公巨卿推薦外，考生還須於考前一年上呈論、策各若干篇，審閱合格後，才能參加次年的正式考試。」所以，據《蘇軾年譜》記載，父子三人一〇六〇年二月十五日到京師，大約在五月之後，「楊畋以蘇軾之文五十篇奏之，以薦應制科也。」（孔凡禮，1998：84）因此，蘇軾〈答劉巨濟書〉所說的科場應用文，當主要指這五十篇，包括二十五篇論和二十五篇策，也不排除此前參加科考的〈刑賞忠厚之至論〉。對此，朱剛在其《唐宋「古文運動」與士大夫文學》一書中也有較為詳細的論述：

> 其中《應詔集》十卷就是蘇軾的賢良進卷，即五十篇策論，可視為其本人編定；另外，《後集》卷十有「秘閣試論六首」和《御試製科策一道》，就是六論和對策……
>
> 二蘇初到京師，便文名雀起，除了臨場所作的應試文章外，賢良進卷是他們第一次集中展示其寫作能力的文卷，當時必被人廣泛閱讀，且有可能刊印行世……
>
> 實際上，若考察宋代策論的發展，我們一直可以看到二蘇示範作用的存在。陸遊記錄南宋流行語「蘇文熟，吃羊肉」，蓋亦就場屋文章能否成功取得科第而言，則所謂「蘇文」主要就指策論了。（2013：275-287）

綜上所述，蘇軾信中所謂「應用文」是指他參加科舉考試所寫的策論，但未必實指他在第一次考試時所寫的策論文章，當是泛指他兩次參加科舉考試所寫的幾十篇策論。

（四）合：話說餘事並致以問禮

范德機說：「合要淵永」，所謂「淵」本義指打漩渦的水，「永」本義是指水流長。淵永，意即詩文結尾要有深意，能令人回味。書信不同於一般詩文，不必在結尾表達深意、令人揣測，而是明確告知書信主旨之外的其他事項，並回應書信開頭，致以祝福禮，收束全文。

在〈答劉巨濟書〉尾部，蘇軾先是介紹了倆人共同關心的幾個親友的近況：「舍弟差入貢院，更月餘方出。家孟侯雖不得解，卻用往年衣服，不赴南省，得免解。其兄安國亦然。勤國亦捷州解，皆在此。」其中「舍弟」指蘇軾的弟弟蘇轍（字子由），「家孟侯」「安國」「勤國」是指其青少年時代的同門好友——家氏的三個堂兄弟：家定國（字退翁）、家安國（字復禮）、家勤國（字漢公）。從這句話可知，蘇軾寫這封信時蘇家兄弟倆都已返朝入京，與來京都參加科舉考試的家門三兄弟相聚。這時，蘇轍當差進入貢院，再有一個多月才能出來。家定國和他的哥哥家安國雖然沒有通過解試，但沿用往年的成績，獲准不經解試直接參加尚書省禮部試；家勤國則通過了州試，由地方推薦入京參加省試。

接著，蘇軾呼應開頭，收束全文：「因風時惠問，以慰饑渴。何時會合，臨紙悵然。惟強飯自重。」意即：起風時節（你）送來美好的稱譽，用以安慰（我內心的）需求。不知什麼時候能見面，面對紙張書寫之時，悵然若失。惟願你努力加餐，珍重自己。

三 推論：書信的寫作時間

（一）破：這封信並非寫於熙寧三年（1070 年）年初

關於蘇軾〈答劉巨濟書〉的寫作時間，李之亮《蘇軾文集編年箋注》說是寫於「熙寧三年年初」，即一○七○年，蘇軾「在汴京任判官告院，兼判尚書祠部時作。」其理由是熙寧三年，禮部有會試，且這封信的前半部所提到的幾個人物這一年也都恰好在京都任職：司馬光正在京都任翰林學士兼侍讀學士；劉攽在京都任判尚書考功、同知太常禮院；蘇轍恰在正月九日入貢院，二月十日之後方出。同時，斷言「本文作於是年正月之後、三月之前」，理由是這封信「後半部皆在講科舉之事，當在考試已畢、金榜未出之間也。此時劉巨濟當在故鄉蜀中守喪，……」（2011：387）張志烈等主編的《蘇軾全集校注》也說該信「熙寧三年（1070 年）一月作於開封」，時間與李之亮大致接近。其理由僅是這一年蘇轍恰好「被差充試官」，又說：「本文即云『更月餘方出』，則其時必在蘇轍被差之初，故此文必作於熙寧三年一月。」（2010：5350）宋太祖時創立殿試制度，貢舉考試分為解試、省試、殿試三級考試。其中，取得解送京師參加省試資格的考試稱為「解試」；對解試合格舉人的復試在中央政府的尚書省舉行，因而稱為「省試」。省試都是由禮部主持，在春天的一、二月份舉行，所以推測這封信寫於初春時節。

但是，筆者對這一年代推斷有以下幾點疑問。

第一，如果這封信寫於一○七○年，此時劉巨濟已二十七歲，尚未中舉，蘇軾贊其「少年美才」，並告其「都下相知，惟司馬君實、劉貢父，當以示之」，讓其向司馬光和劉攽推介劉汴的文字。但是，熙寧二年（1069 年），宋神宗起用王安石為參知政事，主持變法，同

時希望時任御史中丞的司馬光也能輔佐自己，便於兼聽則明，所以於次年擢升司馬光為樞密副使，由此可使「改革派」和「保守派」相互掣肘。可是司馬光志不在此，以「不通財務」「不習軍旅」為由，堅決推辭。一〇七〇年二月十一日任命下達，司馬光「九辭，罷」（孔凡禮，1998，174），即連續呈送辭職信，自請離京，最終以端明殿學士知永興軍，得以組織團隊去編寫《資治通鑑》。與此同時，不僅是年正月蘇轍「差入貢院」，三月蘇軾也「差充殿試編排官撰《擬殿試策問》。」（孔凡禮，1998，175）換句話說，如果本文作於一〇七〇年初春，恰是蘇軾兄弟倆在科舉考試方面尚有一定實權，而司馬光最焦頭爛額之時，劉攽同樣被貶出京城，通判泰州，次年加入司馬光寫作團隊。在這種情況下，蘇軾向劉巨濟推介司馬光和劉攽，不但不合時宜，而且有推諉之嫌。

第二，如果這封信寫於一〇七〇年，如《蘇軾文集編年箋注》推測，此時劉巨濟「當在故鄉蜀中守喪」。然而，蘇軾信中說「君在侍下」，說明劉巨濟父母當時都在世。古時填寫履歷，父母俱存的，書「具慶下」「俱侍下」；若母亡父在，書「嚴侍下」；父亡母在，書「慈侍下」；父母俱亡，書「永感下」。那麼，他既然「君在侍下」，又為何人守喪，以至「戚戚徇無已之悲」呢？是信中提到的「賢兄」劉汴麼？一〇七七年蘇軾寫〈宿州次韻劉涇〉一詩，自注曰：「涇之兄汴亦有文，（亦）死矣。」這個「亦」字寫得很詭異，究竟是哪個「亦有文」者亦「死矣」？分析詩句，「千古華亭鶴自飛」隱含了西晉著名文學家、書法家陸機在軍中被陷害致死的典故，臨刑時，陸機感嘆道：「華亭鶴唳，豈可復聞乎？」清代學者查慎行注釋說：「詩中有富貴危機之語，又引華亭鶴，乃陸機臨刑事，若不得其死者。而他無可考。」（蘇軾，1986：728）意即蘇軾引用陸機的典故暗示劉汴非尋常之死。果如此，「亦有文，（亦）死矣」的「亦」當指陸機和劉汴

倆人。根據這首詩是否可推測劉汴去世當在一〇七七年春季？這年四月蘇軾在宿州見到劉巨濟，得知他的哥哥劉汴不幸去世的消息，有感而發「晚覺文章真小技，早知富貴有危機」，結尾一句「為君垂涕君知否，千古華亭鶴自飛」（蘇軾，1986：727-728）可見蘇軾對劉汴之死情感的強烈，和內心的痛徹。如果劉汴去世在一〇七〇年，蘇軾卻以「不覺出涕」一筆帶過，轉敘他事，似與七年後的「為君垂涕君知否」的深切不相稱。當然，這一年劉巨濟也可能為其他親人守喪，有待方家考證。綜上所述，蘇軾信中所謂「其不朽當以累足下」「然足下豈待人者哉」，是否是應和劉巨濟書信，促其為兄「千古華亭鶴自飛」的冤死做翻案呢？果如是，當時蘇軾與劉巨濟的父親劉孝孫正同朝為官，劉孝孫因支持王安石變法而受優待，蘇軾和司馬光等對王安石變法持不同意見者備受排擠而終於自我放逐，蘇軾如此建議豈不怪異？

第三，如果這封信寫於一〇七〇年，蘇軾信中提到的「〈與吳秀才書〉論佛大善」就需方家考證，究竟是蘇軾何時寫與何人的。如前所述，現在保留下來的〈與吳秀才書〉是寫於蘇軾被貶黃州之時，也即一〇八〇年之後，又如何能在一〇七〇年就提到這封信？也或者此吳秀才非彼吳秀才？目前尚無資料能證實，蘇軾在吳芘仲之外，另有吳秀才與他通信，且能如老友般「論佛大善」。

第四，如果這封信寫於一〇七〇年，書信尾部提到的家氏三個堂兄弟，一同來到京都參加尚書省禮部試，其中家定國與蘇軾於一〇五七年同年中進士，何以在一〇七〇年，王安石熙寧變法期間又去參加科舉考試？這或許與宋代官員升遷制度有關。根據當時的官僚體制，科舉考試不是一次性的，家定國等三兄弟想要升職或得到新的任命，仍然需要參加科舉考試或獲得免試資格。但以史料較多的家定國為例，他與蘇氏兄弟一起中舉後，常年在外任職，並沒有資料佐證他參加了一〇七〇年的科考。

最早提出蘇軾〈答劉巨濟書〉寫於一○七○年的，當為當代學者孔凡禮。他在《蘇轍年譜》和《蘇軾年譜》中依據這一年蘇轍「差充省試點檢試卷官」，認為信中「舍弟差入貢院，更月餘方出」一句即指此事。但是年譜中同時記錄了正月九日蘇轍任職，二十六日即應詔為「陳州教授」，與「月餘」時間並不相符，所差甚多。又云信中說劉巨濟「少年」，與他這一年的年齡相合。[7]一○七○年，劉巨濟二十七歲，蘇軾三十五歲，何以對方就「少年美才」，自己就「僕老拙百無堪」？此時，蘇軾兄弟倆雖受王安石排擠，但仕途上還是一路上進、大膽敢言，忙於進諫爭辯，以「僕老」自居不符合他曠達不拘的天性，且言「自一二年來，絕不復為」也與事實不符。

綜上所述，筆者認為，蘇軾這封信並非寫於一○七○年。

（二）立：這封信當寫於元佑元年（1086 年）初春

一○八五年三月七日，年僅十歲的哲宗趙煦繼位，由祖母皇太后當政。皇太后起用六十七歲的司馬光，十月下詔除授門下侍郎（即副宰相）。為了實現徹底廢除王安石新法的政治主張，司馬光把因反對新法而被貶的一干老臣陸續召回朝廷。蘇軾於十二月抵京師任禮部郎中，在朝半月，除起居舍人。與此同時，在司馬光的舉薦下，是年八月「蘇轍以承議郎為秘書省校書郎」（孔凡禮，2001：291），尚未到職，十月十六日又「以蘇轍為右司諫」（孔凡禮，2001：297），可見司馬光用人之急迫。但是蘇轍一○八六年正月中下旬就到京了[8]，卻到二月十四日「始就任右司諫」（孔凡禮，2001：305），這大約一個

7　參見：孔凡禮：《蘇轍年譜》（北京：學苑出版社，2001年），第81頁；孔凡禮：《蘇軾年譜》（北京：中華書局，1998年），上冊，卷3，第175頁。

8　參見：孔凡禮：《蘇轍年譜》（北京：學苑出版社，2001年），第304頁：「回至京師，約為正月中、下旬事。」

月的時間裡他的行蹤成了謎，沒有真切的記載。筆者以為這期間他應該恰好是蘇軾所謂「舍弟差入貢院，更月餘方出」。

在蘇軾兄弟倆風光回京、加官進爵的同時，司馬光新興勢力正拼命壓制王安石集團的人物。一〇八六年春正月丁末，此前雖然沒有大的升遷，但一直比較安逸的劉巨濟，剛被任命為太學博士，就被御史王岩叟以「不協眾議」的罪名罷官。[9] 隨後劉巨濟被貶出京，此後一路仕途坎坷。蘇軾和劉巨濟倆人之間的這封往來書信，當寫於此時：元佑元年（1086）春正月。

正因時隔六年，所以蘇軾才會把一〇八〇年寫給畢仲舉「論佛大善」的書信誤記為同一年寫給吳秀才芘仲的書信。

此時，蘇軾以禮部郎中被召還朝，又以起居舍人身份在皇帝身邊工作，表面上步步高升，春風得意，但其實都是閒職，沒有實權。在人生的跌宕起伏中，經歷過太多人生大起大落，特別是剛剛經歷過烏臺詩案、喪子之痛，年過半百的蘇軾在給劉巨濟的回信中生發出「僕老拙百無堪」的感嘆就很自然了。劉巨濟黯然離京，蘇軾有心無力，自然有「恨僕聲勢低弱，不能力為發揚」的感慨，更有寂寞之中接到劉巨濟的來信，而有「因風時惠問」等語。至於「都下相知」一句，或是讓劉巨濟向重掌實權的司馬光等推介劉汴，以尋求翻案的機會；也或者是讓劉巨濟借助劉汴與司馬光等曾經「相知」的關係，為自己東山再起尋求機會，所以才又有「足下豈待人者哉」一句。

關於蘇軾這一時期的狀況，是年三月，他不意「免試」為中書舍人，即免試獲得去中書省起草詔令之職，卻寫《辭免中書舍人狀》，描述了本人離開「貶所」之後的快速升遷，自襯「出入禁闥，三月有餘；考論事功，一毫無取。」（1986：662）即自「擢為右史」以來，

9　參見：李燾：《續資治通鑑長編》（北京：中華書局，1992年），第15冊，卷364，第8714頁。

自己出入朝廷三個月，並沒有什麼考查論證方面的成績。如今從起居舍人「直授」具有更多參與核心機密權的中書舍人，知世故而不世故的蘇軾深知「非次之升，既難以處，不試而用，尤非所安」（1986：662），故而推辭不受。但這也只是表層說得出的原因，深層原因還是他看到新興勢力不但盡廢新法，而且拼命壓制王安石改革派的人物，認為與所謂「王黨」不過一丘之貉，不願同流。蘇轍在〈東坡先生墓誌銘〉中記述了蘇軾與司馬光走向分裂的過程：元祐元年，司馬光「方議論改免役為差役」，蘇軾「獨以實告」：「差役行於祖宗之世，法久多弊」，司馬光「始不悅矣」，繼而「忿然」，蘇軾曰：「昔韓魏公刺陝西義勇，公為諫官，爭之甚力，魏公不樂，公亦不顧。軾昔聞公道其詳，豈今日作相，不許軾盡言耶？」責備司馬光做了丞相就不許人說不同意見了。隨後，司馬光「笑而止。公知言不用，乞補外。不許。君實始怒，有逐公意矣，會其病卒乃已。」[10]若不是司馬光這一年十月病逝，蘇軾就會被再次放逐出京。由此可知，蘇軾何以在信中生出諸多無力疲憊的感慨，讓劉巨濟直接求助於司馬光和劉攽。〈辭免中書舍人狀〉中「考論事功，一毫無取」一句也與蘇軾〈答劉巨濟書〉中「自一二年來，絕不復為」相印證。

　　一〇八五年秋，那些曾因與王安石政見不同而放棄科舉考試或被打壓的人，因司馬光重新還朝看見生機，紛紛試圖通過科舉再尋升遷之道。在這樣一個時來運轉的時機，家定國、家安國和家勤國三兄弟或通過「免解」或通過「州解」，於一〇八六年春聚集到京都參加禮部試，與蘇軾倆兄弟重拾少年友誼，就是很自然的了。特別是家定國，此前坐罪罷官，隱居多年，終於有機會重出江湖。

10　參見：〔宋〕蘇轍撰，曾棗莊、馬德富校點：〈亡兄子瞻端明墓誌銘〉，《欒城集》（上海市：上海古籍出版社，2009年），第3冊，欒城後集，卷22，第1415頁。

　　宋代科舉制度按種類劃分，主要有貢舉、制舉、武舉、童子舉等。其中，貢舉是定期舉行的，也被稱作「常科」考試，取士數量最多，延續時間最長，社會影響也最大。每當開科之年，一般士人只要品行端正、身份清白、身體健康、不為父母服喪者，都可以參加，既不問家庭出身，也無須他人推薦。

　　關於一〇八六年的這一場貢舉考試，家氏三兄弟當中只有家定國順利中舉，次年（1087）春知懷安軍，蘇轍作〈送家定國朝奉西歸〉詩云：「我懷同門友，勢如曉天星。老去發垂素，隱居山更青。退翁聯科第，俯仰三十齡。」（1987：355）詩中暗示家定國曾罷官隱居，並敘述倆人從一〇五七年一同中舉到如今，「俯仰三十齡」，再次「聯科第」。蘇軾和詩一首，作〈次韻子由送家退翁知懷安軍〉云：「吾州同年友，粲若琴上星。當時功名意，豈止拾紫青。事既喜願達，天或不假齡。今如圖中鶴，俯仰在一庭。」並加詩注曰：「吾州同年友十三人，今存者六人而已，故有琴上星、圖中鶴之語。」（2001：1413-1414）家安國雖有「博學」之名，但卻「舉進士不第」，於是「後隨韓存保征，乞第得官」，意即追隨宋代名將韓存保出征，成為武官。不過，一〇八六年五月和十月，王安石和司馬光先後去世，呂公著獨自當權，於一〇八七年廢除王安石科考的《詩經》和《尚書新義》，恢復「制科」。制科不是常規選拔，必待皇帝下詔才舉行。具體科目和時間均不固定，屢有變動。應試人的資格，初無限制，現任官員和一般士人均可應考，並准自薦。後限制逐漸增多，自薦改為要公卿推薦；布衣要經過地方官審查；御試前又加「閣試」。家安國就是在這種情況下，經「諸公舉之，得成都教授」（蘇軾，2001：1474），意即通過新恢復的「制科」考試，很快也入仕為成都教授。一〇八七年深秋時節，家安國赴成都任職，蘇軾作〈送家安國教授歸成都〉，以「別君二十載，坐失兩鬢青。吾道雖艱難，斯文終典刑」追懷兩人志

同道合的多年情意，又以「一落戎馬間，五見霜葉零。夜談空說劍，春夢猶橫經」一句述說對方的從軍壯舉，最後以「新科復舊貫，童子方乞靈。須煩凌雲手，去作入蜀星」（2001：1474-1475）作結，敘述對方借助新恢復的「制科」和早年的「童子功」（即免試資格）得以中進士。蘇轍也作〈送家安國赴成都教授三絕〉，詩注記載：「微之先生門人，惟僕與子瞻兄、復禮與退翁兄皆仕耳。」（1987：368）唯獨沒有提到家勤國。顯然，家勤國一直沒能中進士。一〇七七年秋，蘇軾在徐州（古稱彭城）時，得到家鄉長輩任伋（字師中）和同學舊友家勤國（字漢公）兩位眉州同鄉的款待，作五言古詩〈答任師中家漢公〉（一題：〈奉和師中丈漢公兄見〉）。長詩開篇言：「先君昔未仕，杜門皇佑初。道德無貧賤，風采照鄉閭。」這是回憶父親蘇洵絕意仕途、閉門讀書期間的往事，又何嘗不是對不曾中舉的家勤國的安慰？（2001：730-733）家勤國仕途不順，轉而著書作文。《宋史》記載：「熙甯、元豐諸人紛更，而元佑諸閑矯枉過正，勤國憂之，為築室，作《室喻》，二蘇讀之敬歎。」（脫脫等，1977：11949）

不過，家氏三兄弟一〇八六年初春科考後出仕、著書都是後話，在寫〈答劉巨濟書〉時，這些都還是未知數。

解讀蘇軾〈答劉巨濟書〉的具體內容，釐清其寫作背景和寫作時間，有助於準確理解這封信的核心觀點──蘇軾的應用文寫作觀。

四　芻議：一封書信見蘇軾的應用文寫作觀

理解蘇軾應用文寫作觀，追索其思維的局限，有助於我們把握中國文化傳統中的精神脈絡，發掘其應有的傳統文化「骨骼」，也有助於反思中國傳統文化中的「腸梗阻」，為今天應用文寫作中作者的價值抉擇，樹立應有的精神標高。

關於應用文，蘇軾信中的核心觀點是：「近時士人多學談理空性，以追世好，然不足深取。時以此取之，不得不爾耳。」在他看來，士人研讀用以取士的應用文是「不得不爾耳」，但這類應用文以「談理空性」為時尚，並不值得士人深入研究。孔凡禮（1998：175）說：「書云：『天下近世進人以名，平居雖孔孟無異，一經試用，鮮不為笑。』或指王安石。」筆者以為，蘇軾這句話是針對王安石改革科舉考試的內容對世俗風尚的影響而言的，並非諷刺王安石個人。

（一）蘇軾認為應用文能影響「世好」

如同中國當下的高考，大宋國家科舉考試也是士人追逐學習的風向標，考什麼學什麼。蘇軾（1999：366）曾言：「夫科場之文，風俗所系，所收者天下莫不以為法，所棄者天下莫不以為戒。」正因如此，歷來以教化為己任的改革者莫不重視科舉考試的改革，寄望以此養成「習俗」，影響後世。所以王安石及其追隨者提出：「古之取士，皆本學校，道德一於上，習俗成於下，其人才皆足以有為於世。」（脫脫等，1977：3618）他們希望通過把取士和養士都歸於學校，通過廢除無用的「詩賦論」，以考試內容的「專經義」引導人們思想的「道德一」，從而養成習俗，影響後世。

關於王安石這場改革對後世的影響，見仁見智。易中天在《大宋革新》中讚賞其內容改革說：「唐代進士科是要考詩賦的。這就不但要有天分，有才華，還要有修養，而大多數家境貧寒的士人很難受到良好的教育和薰陶。王安石變法以後，儒家經學成為官方唯一指定內容，大門終於向所有人敞開。」（2016：66）但這顯然是事後的關照，並不是王安石改革的目的初衷。針對王安石、呂惠卿改革科舉考試，廷試進士始用策，罷詩賦論三題，蘇軾於一〇六九年作〈議學校

貢舉狀〉）[11]提出不同意見。在蘇軾看來，詩賦、策論對於政務都沒有用，都不過是用以取士的應試文字，「自古堯舜以來，進人何嘗不以言，試人何嘗不以功乎？」因此王安石「必欲以策論定賢愚，（決）能否」（1999：380）的觀點是站不住的。顯然，熙寧年間的蘇軾，反對王安石等改革科舉考試內容的舉措，但他主要警惕改革對世道人心的誤導，並沒有否定策論本身，特別是沒有對自己應試時所寫的策論進行反思和否定。這也可視為〈答劉巨濟書〉當不可能寫於一〇七〇年的例證。蘇軾對自己所寫策論的徹底否定和反思當在「烏臺詩案」之後。從立論的角度看，蘇軾〈議學校貢舉狀〉引經據典、舉例精準，他「承認詩賦考試沒有現實意義，同時懷疑經義考試的現實意義，因為歸根結底，考試不過是一種文學練習而已。」（楊春俏等，2007：92）但其「祖宗之法不可變」的基本立論在邏輯上顯然也是站不住的，對於改革派而言這一點也是不容置辯的。

有趣的是，蘇軾要維護的是科舉取士自堯舜以來的傳統，而王安石改革科舉則同樣是為了「今欲追復古制，則患於無漸。宜先除去聲病偶對之文，使學者得專意經術，以俟朝廷興建學校，然後講求三代所以教育選舉之法，施於天下，則庶幾可以復古矣。」（脫脫等，1977：3618）保守派要捍衛傳統，改革派也要「復古」，這恐怕就是中國古代知識份子最大的「腸梗阻」，他們沒有條件「向外看」，也缺乏能力和膽識「向前看」，臆想出一個輝煌燦爛的古昔，不斷地在「為往聖繼絕學」的基礎上「復古」，從來沒有擺脫過「窮則獨善其身，達則兼濟天下」的儒家思維怪圈。蘇軾、王安石、司馬光等這樣聰明睿智的知識份子何以走不出這個怪圈？他們打不開的眼界，與他們十多年甚至幾十年的學習都只為一場科舉考試裡挾了自己的人生分

---

11 參見：冀潔：〈蘇軾《議學校貢舉狀》並非熙寧四年奏上〉，《北京大學學報》（哲學社會科學版）第5期（1982年），第97頁。

不開，而這種由「一心只讀聖賢書，兩耳不聞窗外事」的冬烘先生主導的應用文寫作訓練對士人思維挾制的力量不可小覷。

　　迪特・庫恩在談到唐宋古文運動時指出：「一位士人要經過多年的辭章學習和薰陶，才能寫出一篇可以獲得主考官賞識的優秀散文」。蘇軾等同時代宣導古文運動的士大夫，包括王安石，都希望「通過有意模仿古文，重拾古典文學，力爭達到理論與實踐、內容與形式的統一」，「挖掘出儒學經典的內隱價值，使之成為士大夫處世的基礎。」（2016：129）這些古代先賢都想通過「古文運動」回歸傳統，復興儒學精神。他們天然地認為「儒學精神」是值得追求的，少有批判和反思。也就是說，蘇軾在應用文寫作的價值追求上與王安石是相通的，只是在如何通過改革科舉考試影響風俗的具體操作層面上，兩人看法不同。

　　一○七○年三月蘇軾又作〈擬進士對御試第一道（並引狀）〉上奏皇帝，對於「昔祖宗之朝，崇尚辭律，則詩賦之工，曲盡其巧」有微詞，但對於「自嘉祐以來，以古文為貴，則策論盛行於世，而詩賦幾至於熄」更有不滿，認為「所試舉人不能推原上意，皆以得失為慮，不敢指陳闕政，而阿諛順旨者又率據上第。」對於科舉考試改革「今始以策取士」，他憂心忡忡地表示：「臣恐自今以往，相師成風，雖直言之科，亦無敢以直言進者。」換句話說，蘇軾反對的不是改革本身，他反對的是如此改革對士人的影響，「利之所在，人無不化」，擔心的是「風俗一變，不可復返，正人衰微，則國隨之，非復詩賦策論迭興迭廢之比也。」（1999：366）他的諫言不可謂不耿直，但以今人的眼光來看，未免空泛，缺乏足夠的邏輯說服力：何以策論取士就會「多以諂諛得之」，而輔以「詩賦」就可以避免這一弊端？為什麼不可以通過改進對策論的考試內容和形式來引導避免「以諂諛得之」？他沒能透徹地說明「專經義」必然導致對人思想的束縛，也沒

能闡明「詩賦論」對於激發人創造性思維的功能，也就沒能對王安石的「道德一」做出有力的反擊。也或許非不能也，實不敢也。皇權專制下，誰又敢質疑「道德一」的合理性呢？

蘇軾所受到的科場應用文寫作訓練，讓他學會了動則鴻篇巨制，文字章法森然，卻不擅長邏輯嚴謹、說理透徹，更缺少「跳出三界外」的眼光。因此，蘇軾的奏議沒有被採納也是在情理之中的。一○七一年二月朝廷正式罷詩賦及明經諸科，以經議論策試進士，置學官使之教導。但是蘇軾對「雖直言之科，亦無敢以直言進者」的深深憂慮恐怕另有隱情。宋神宗熙寧年間，王安石提出了包括科舉考試在內的一系列改革舉措。「為了推行其改革，他不斷清洗諫官中的反對者，前前後後被他清洗掉的諫官達十九位之多。」「發展到後來，竟然動用特務機關監督對改革有怨言的老百姓，『凡市道之人謗議新法者，執以刑之』」（盧周來，2012），以至後來曾支持他改革的人也紛紛倒戈，包括劉巨濟的父親劉孝孫。

（二）蘇軾認為應用文「不足深取」

蘇軾曾在一○八○年〈答李端叔書〉中回憶說：「軾少年時，讀書作文，專為應舉而已。既及進士第，貪得不已，又舉制策，其實何所有。」（1986：1432）一句「其實何所有」，將「制策」，也就是以「策論」取士的科舉制度，也是他自己藉以成功進階的方式，全盤否定了。這與他後來在〈答劉巨濟書〉的態度是一致的：「向在科場時，不得已作應用文，不幸為人傳寫，深可羞愧，以此得虛名。」那麼，蘇軾為什麼以策論取士卻又如此否定以策論取士呢？這與他的取士經歷和仕途坎坷是分不開的。

一○六一年八月二十五日，蘇軾和蘇轍等在崇政殿接受宋仁宗的「御試對策」。年少氣盛的蘇轍在策論中對仁宗、朝臣和後宮多有議

論，宰相胡宿「以為不遜，請黜之」，即認為對皇帝不恭，要求黜落他，但仁宗說：「以直言召人，而以直言棄之，天下其謂我何？」（脫脫等，1977：10822）最終，兄弟倆均中進士，一個二十六歲，一個二十三歲˙得到仁宗皇帝的首肯，更是鼓勵少年得志、意氣風發的蘇軾兄弟倆，在仕途中大膽追求直言極諫。然而這種人治的現實，決定了事情的發展必然是因人而異的，此一時也彼一時也。

元豐年間，一〇七九年四月，蘇軾因自徐州移知湖州，寫了一封例行的〈湖州謝上表〉。此表為謝恩而寫，卻也歷述自己的坎坷遭遇。後御史中丞李定，御史舒亶、何正臣等人摘取蘇軾表中語句和此前所作詩句，以謗訕新政的罪名逮捕了蘇軾，更有一眾小人推波助瀾，引發後來的「烏臺詩案」。蘇軾九死一生，被貶黃州。一〇八〇年十二月，收到李端叔的書信，大約談及蘇軾當年科舉考試「一鳴驚人」的盛況，驚魂甫定的蘇軾，痛定思痛，在回信中反思「制科」考試養成了「制科人習氣」：

> 其科號為直言極諫，故每紛然誦說古今，考論是非，以應其名耳。人苦不自知，既以此得，因以為實能之，故譊譊至今，坐此得罪幾死，所謂齊虜以口舌得官，真可笑也。然世人遂以軾為欲立異同，則過矣。妄論利害，攙說得失，此正制科人習氣。譬之候蟲時鳥，自鳴自己，何足為損益。軾每怪時人待軾過重，而足下又復稱說如此，愈非其實。（1986：1432）

這一科的考試冠名為「賢良方正直言極諫科」，參加這一科考試的人學習「誦說古今，考論是非，以應其名」，以為國家既然以此取士，就是鼓勵士人在取士之後當能賢良方正、直言極諫，於是養成了「妄論利害，攙說得失」的「制科人習氣」。然而「人苦不自知」，

「譊譊至今，坐此得罪幾死」。蘇軾看透了統治者設立這一考試制度的虛偽性，用「齊虜以口舌得官」的典故來自嘲：劉敬，本名婁敬，原是齊人，曾向劉邦獻策建都關中，被劉邦賜姓劉，封關內侯。後來劉邦要出擊匈奴，讓他再次出使匈奴刺探情況，他回來後實言相告：「匈奴不可擊也。」結果劉邦大怒，罵劉敬曰：「齊虜以口舌得官，今乃妄言沮吾軍。」信中，蘇軾以劉敬自比，深悔自己拿起棒槌就當真，以「直言極諫科」中舉就養成了「制科人習氣」。所以他告訴李端叔，「足下又復稱說如此，愈非其實」，「又復創相推與，甚非所望。」回顧自己從年少即開始準備科舉考試，學習應用文的寫作，至今三十多年，蘇軾覺醒到自己所做的一切不過是以讀書人的病態「取妍於人」，他覺今是而昨非，提醒李端叔不要「聞其聲不考其情，取其華而遺其實」，「足下所見皆故我，非今我也。」（蘇軾，1986：1432-1433）

　　事過境遷，一〇八六年寫〈答劉巨濟書〉的時候，蘇軾已經沉靜下來，不再有〈答李端叔書〉時的慷慨激憤。然而劉巨濟和李端叔一樣，對蘇軾的內心和言行變化「不察」，「猶以所羞者譽之」，再次引發蘇軾發表對應用文的批判性觀點。在蘇軾看來，國家以「談理空性」的策論取士是「不得不爾耳」的權宜或權謀之計，是一種倡導「賢良方正直言極諫」的姿態，但「談理空性」的策論文風不值得深入研究，因為它不但「以口舌得官」誤導士人引火燒身，而且對於士人自己「譬之候蟲時鳥」，不過是「自鳴自己」，對國家或他人又「何足為損益」？因此他對於自己曾以此浪得虛名，此時覺得「深可羞愧」。

　　按說寫作〈答劉巨濟書〉時，司馬光召還舊部，倚重二蘇，蘇軾應該春風得意、重振雄風，怎地依舊感嘆「僕老拙百無堪」呢？一則，剛剛經歷過一系列的人生大變故，蘇軾元氣大傷，更兼對人生大徹大悟，不再對統治者和當權者抱有幻想，更不再有初出道時「我當

憑軾與寓目，看君飛矢集蠻氈」（蘇軾，2001：3）的閒情和豪氣。二則，司馬光雖與王安石政見不合，但司馬光主要是針對王安石「以一家私學，令天下學官講解」，至於王安石科舉改制的基本舉措和理念他還是贊成的。他認為：「神宗專用經義、論策取士，此乃復先王令典，百王不易之法。」（脫脫等，1977：3620）如此，司馬光與蘇軾在科舉應試內容改革上有根本上的觀念衝突，而以蘇軾的「制科人習氣」，是不可能俯就的，倆人之間難以調和的矛盾可想而知。以蘇軾的脾氣秉性，繼熙寧改制之後再次自覺邊緣化也是必然的。

司馬光當政不久即廢除王安石科考的「一家之言」，恢復被王安石廢除的詩賦考和制科考，而且同樣不遺餘力地排除異已，這恐怕是中國傳統知識份子變革社會的另一個怪圈，從清洗「異已」開始，到被清洗結束。王安石、司馬光莫不如此，讓革新陷入「改過去再改回來」的循環。這一方面是因為缺少第三方制約機制，一朝天子一朝臣，他們沒有從容變革的時間，難免利用能夠「一言定邦」的機遇和皇帝不受約束的權利，抓緊時機急於求成，追求「成王敗寇」的既定事實；另一方面，這些受科場應用文寫作訓練的知識份子，養成了「妄論利害，攪說得失」的「制科人習氣」，習慣於表達一己之見，一朝大權在握，不僅不善於接受不同意見，更不習慣於寬容異已，往往將朝堂辯論變成了意氣之爭，並最終發展成你死我活的黨派之爭。

作為王安石科舉改革者，參與編纂《三經新義》的實際執行者之一，劉巨濟不但被排擠出國子監，而且眼看自己十年來在「修撰經義所檢討」的全部心血被付之東流，讓他「憂患相仍，情懷牢落」的恐怕不僅是家事。起筆給自己多年的師友蘇軾寫信，他也難免追想對方當年科場策論的輝煌，借此表達自己對當下司馬光科考改革的不滿，但卻沒有覺察到今非昔比，「猶以所羞者譽之」，反倒引發蘇軾對當年科場應用文的批判。

　　綜上所述，一〇七〇年蘇軾寫〈擬進士對御試第一道（並引狀）〉時，只是預見到這種科考內容上的改革，「非復詩賦策論迭興迭廢之比也」，憂慮所試舉人「皆以得失為慮，不敢指陳闕政，而阿諛順旨者又率據上第」（1999：366）。此時的蘇軾憂國憂民，激揚文字，並無對自身言行和參加科考的反思。如果〈答劉巨濟書〉寫於此時，其徹底悔其科場應用文的觀點未免突兀。一〇八〇年「烏臺詩案」後，寫〈答李端叔書〉時，蘇軾才痛徹心扉地反省自己當年熱衷制科考試，不知不覺中養成了制科人習氣，以至招來口舌之禍，所以在信末囑咐李端叔「自得罪後，不敢作文字。此書雖非文，然信筆書意，不覺累幅，亦不須示人。必喻此意。」（1986：1433）。時移世易，到了一〇八六年，重回京都並被委以重任，但依然堅持獨立思考和社會批判而不得志的蘇軾，在寫〈答劉巨濟書〉時，已然敏銳地覺察到自己當年所擔心的風俗之變已成現實，「近時士人多學談理空性，以追世好」，進而生發出「僕老拙百無堪，向在科場時，不得已作應用文，不幸為人傳寫」的感慨，悔恨自己當年所作的策論不以自己的意志為轉移，影響到後生學子，甚至可能貽害子弟，因而為之「深可羞愧」也就不足為奇了。如果說，在王安石改革的熙寧年間，蘇軾提出不同見解，還只是擔憂「自今以往，相師成風，雖直言之科，亦無敢以直言進者」，歷經十幾年的變革之後，他已經實實在在地看到了這種風俗之變。又若干年後，陸遊看到了更多。朱剛解讀陸遊對王安石科考改革對後世影響的見解時說：

　　　　當時按王安石之「新法」，廢除詩賦，以「經義」考試取士，這「經義」之文，是後來八股文的先驅，要求熟誦《三經新義》和《字說》，依其解試，扣住題面，作一篇文章，所謂「答義應舉，析字談經」。只是由於只用一家之說為正解，不

能自出己見，時間一長，考得多了，其文章難免陳陳相因，所以說是「以剟剝頹闒爛熟為文」；又因為全國上下都有官辦的學校來講授其說，大概也傳習「經義」文之作法，故又謂之「博士弟子更相授受，無敢異」。一旦與此有異，「少自激昂」，即有些個性，就會被叫作「元佑體」而擯落。（2013：390）

王安石改革的初衷或許是想引導士人擺脫「無用」之詩賦，走向「經世致用」之學，他「以律令研究取代詩、賦、論，之後考試科目又增加了時務策」（迪特‧庫恩，2016：5），但令他始料不及的是，這種應試文最終卻成為排斥個性的「八股文的先驅」。其中「元佑體」一般認為是指一〇八六年前後，蘇軾及其門下在相互唱和、相互影響下所形成的一種詩歌風格，講求「以俗為雅，以故為新」，消解所謂「世好」。但朱剛指出，所謂「元佑體」原本是指「與權威意識形態、主流文風不同的那種文章」，其典範是在宋徽宗時「被嚴令禁毀的蘇氏文章」（2013：393）。可以說，蘇軾一〇八六年〈答劉巨濟書〉徹底否定自己當年科場文字後，覺今是而昨非，努力擺脫多年應試訓練帶來的惡劣的行文習慣，在詩歌和文字上追求「自成一家」，並以此影響黃庭堅和陳師道等願意追隨他的後生學子，籍此修正當年應用文「不幸為人傳寫」的「深可羞愧」和「虛名」，追求知識份子真正應有的風骨。

蘇軾終其一生並沒有擺脫「儒家精神」的束縛和「窮則獨善其身，達則兼濟天下」的怪圈，但他以筆為馬、以文為風，乘風御馬，不與權勢合作、不為威權站臺，成就了自己無與倫比的寫作成就；以其「東坡處處築蘇堤」澤被後世，更讓整個大宋王朝圍繞科舉考試為選拔有用之才，此起彼伏、你死我活的詩賦、經義之爭變得無足輕重。千百年來，中華民族以科舉為選拔有用人才的唯一手段以及對於

人才的理想化要求，讓一場科舉考試承載了太多它原本承載不了的東西，更讓蘇軾的幾十篇應用文擔當了它擔當不了的罪責。唯此，一篇〈答劉巨濟書〉當蘊含著應用文研究最基本的問題，也是最前沿的問題。

參考文獻

〔元〕脫脫等 《宋史》 北京 中華書局 1977年

冀 潔 〈蘇軾《議學校貢舉狀》並非熙寧四年奏上〉 《北京大學學報》（哲學社會科學版）第5期（1982年）

〔宋〕蘇軾撰 〔明〕茅維編，孔凡禮點校《蘇軾文集》 北京 中華書局 1986年

〔宋〕蘇軾撰 〔清〕王文誥輯注，孔凡禮點校 《蘇軾詩集》 北京 中華書局 1986年

〔宋〕蘇 轍 《欒城集》 上海 上海古籍出版社 1987年

〔宋〕李燾 《續資治通鑒長編》 北京 中華書局 1992年

孔凡禮 《蘇軾年譜》 北京 中華書局 1998年

〔宋〕蘇軾 《蘇軾文集》 〔清〕紀曉嵐總撰，齊豫生、郭振海等主編 《四庫全書》（精編）北京 中國文史出版社 1999年 集部 第4輯

孔凡禮 《蘇轍年譜》 北京 學苑出版社 2001年

〔宋〕蘇軾 《蘇軾詩集合注》 〔清〕馮應榴輯注，黃任軻、朱懷春點校 上海 上海古籍出版社 2001年

粟品孝 〈劉光祖家世考〉 《西華大學學報》（哲學社會科學版）第1期（2004年）

黃坤堯 〈曾鞏、蘇軾、蘇轍同題作品《刑賞忠厚之至論》的高下比較〉 宋代文學學會 《第四屆宋代文學國際研討會論文集》 2005年

林語堂著，張振玉譯 《蘇東坡傳》 西安 陝西師範大學出版社 2006年

楊春俏、吉新宏 〈北宋中晚期科舉考試中的詩賦、經義之爭〉 《遼寧大學學報》（哲學社會科學版）第1期（2007年）

〔宋〕蘇軾撰，張志烈、馬德富、周裕鍇主編　《蘇軾全集校注》　．
　　　　石家莊　河北人民出版社　2010年

李之亮　《蘇軾文集編年箋注》　成都　巴蜀書社　2011年

盧周來　〈「改革」與「保守」之間的互換〉　《中國經營報》　B14
　　　　版　2012年5月28日

朱　剛　《唐宋「古文運動」與士大夫文學》　上海　復旦大學出版
　　　　社　2013年

〔德〕迪特・庫恩著，李文鋒譯　《儒家統治的時代──宋的轉型》
　　　　北京　中信出版社　2016年

易中天　《大宋革新（易中天中華史17）》　杭州　浙江文藝出版社
　　　　2016年

江　枰　〈二蘇對其《策論》的摒棄及二書的流行〉　《學術論壇》
　　　　第1期（2018年）

應用文的歷時對比與共時對比
——世界各地漢語應用文對比研究

港澳報章語文特色論析

楊兆貴

澳門大學教育學院

吳學忠

香港浸會大學語文中心

摘要

　　本論文集中探討香港和澳門地區主流報章非規範詞語的使用情況，從粵化句式、外來詞語的影響等方面分析報章的語文特色，以見其深受本土和外來文化的影響。我們認為：語文作為傳意工具，規範中文在傳達溝通方面扮演著重要的角色，不少港澳報刊社論的遣詞用字不合符規範，影響民眾學習規範中文。

關鍵詞：港澳報刊　語文　非規範中文　粵化

一　緒論

　　中文是大多數香港和澳門華人的母語，但港澳民眾大多不太重視中文規範問題，社會上書刊雜誌受到不同時代、不同地區語言文化潮流的影響，充斥著具有港澳社會語言文化特色的非規範中文。《港式中文與標準中文的比較》一書指出：香港非規範中文詞語非常有特色，有的跟粵語是相同的，也有的是香港特有的，（石定栩，2014：46）包含了粵方言、歐化、日化、本土化詞句和古漢語等色彩。本論文將從詞彙和句法特色兩方面探討港澳報刊非規範中文的使用情況。

二　詞彙特色

　　港澳報章常以新造詞語入文，用港澳民眾可接受的語言來表達一些事物或概念。

（一）新造詞語

　　新造詞語指過去並不存在、新創造出來的詞。大量新事物隨著社會的發展不斷湧現，人們為了表達這些新事物，就利用原有的語言材料創造新詞，以表達新事物或新概念。這些詞語反映了港澳地區社會的政治、經濟和文化色彩。例如新造詞「港事蜩螗」，二〇一六年的香港明報社論共有五處使用此詞，原文分別是「港事蜩螗內地浮躁銀行規避不確定性此事擴大化甚至到了荒謬的程度，確實不應該。」（明報社論 2016 年 2 月 17 日）、「港事蜩螗，需要集中精力應對的事情不知凡幾，但是行李事件卻欲斷難斷，孰令致之？」（明報社論 2016 年 4 月 27 日）、「此刻正是港事蜩螗，繁榮與穩定都備受挑戰，期望張德江此行帶來積極信息，強化港人對前景的信心。」（明報社論　2016

年 5 月 17 日）、「從社會持續發展角度審視，使人驚覺諸事紛煩折射出來的港事蜩螗，若說『一國兩制』之實踐成功，言之尚早。」（明報社論 2016 年 7 月 1 日）查考成語字典，並無「港事蜩螗」一詞，但與之相似的則有「國事蜩螗」，解作國家處於紛亂的狀態。由此推敲，明報社論作者應該是化用了「國事蜩螗」一詞，改為「港事蜩螗」，專指香港社會秩序紛亂。另外，「港事蜩螗」一詞的出處皆為與政治相關的篇章，也許是編輯或作者有意為之，以突顯個人的主觀意見。又例如二○一八年二月二十二日的東方日報社論指出：香港政府近年推出的置業計劃提供的住宅單位太少了，未擁有物業的市民依然只能「望樓興嘆」。此處將原本的「洋」改成了「樓」，保留了「感到無可奈何」的意思。又如「翹首以待」，形容殷切盼望。港澳報章多寫作「『引頸』以待」。「引頸以待」並非規範成語，例如：「呢排唔少政界中人同八方吹開水，都問九月五號去唔去睇騷。邊個天王巨星表演咁巴閉，搞到政界中人引頸以待呢？」（蘋果日報 2015 年 7 月 15 日）

此外，港澳報章大量使用了已在社會上形成主流的港式中文詞語。所謂港式中文，是指具有香港特色的漢語書面語，以標準中文為主體，但受到粵語、英語以及文言等方面影響的書面語。（石定栩，2014：7）下文列舉數例略述報章常見非規範詞語的使用情況：

1 「急增」

隨著離島居住及工作的人口急增，對各類服務需求與日俱增，但政府設置於離島區的辦公地點十分有限，多年來氹仔居民對於跨區辦理政府服務大感不便。（澳門日報 2017 年 11 月 23 日）

2 「狠批」

立法會多名議員就非政權性市政機構發表議程前發言，有議員狠

批諮詢文本內容粗疏、諮詢期短，並質疑成員全由特首委任，將扼殺居民參與市政的空間，冀政府二次諮詢。（澳門日報 2017 年 11 月 7 日）

3 「勁跌」

受政策調控和春節檔期影響，珠海樓市成交量今年以來大幅度下降，其中全市新盤住宅網簽量首兩個月僅一千一百九十二套，較去年同期勁跌約八成。（澳門日報 2017 年 2 月 28 日）

上列這些「形容詞搭配動詞」的結構新詞讓修飾限定成分的描寫更生動、刺激感更強烈，也使動詞獲得了更準確細微的表現力和感染力。（石定栩，2014：117）

4 「嚇怕」

去年上山乘搭的小巴速度極快，平均時速八十公里，嚇怕乘客。（澳門日報 2016 年 9 月 9 日）

5 「踢爆」

申訴專員公署完成調查報告，踢爆教育局以保護私隱為由，至今拒絕公開註冊教師資料，充當教育敗類的保護傘。（東方日報 2015 年 3 月 25 日）

6 「逼爆」

由於求診人數持續上升，公立醫院急症室被逼爆，病床超負荷，種種跡象顯示，流感高峰期還會持續一段時間，更大的疫情還在後頭。（東方日報 2015 年 2 月 5 日）

7 「唱衰」（到處說人壞話）

以往有境外媒體在報道中會「唱衰」中國經濟，但經過此行，真切感受到國家經濟發展充滿了勃勃生機，對澳門媒體做好日後的報道更有把握。（澳門日報 2016 年 10 月 30 日）

8 「企硬」（立場堅定）

而反對派則繼續企硬，指「袋住先」即是「袋一世」甚至「萬劫不復」。（東方日報 2015 年 4 月 23 日）

這些「動補結構」新造詞語中，特殊補充成分的使用常有令人眼前一亮的感覺。在表達方面，可體會到精確、生動和細緻。（石定栩，2014：118）

9 「灰爆」

眼下的香港，就是一個灰爆的社會，一個反常的社會，一個瀕臨失控的社會，說香港隨時暴動，並不是危言聳聽。（東方日報 2015 年 2 月 17 日）

「爆」、「硬」、「衰」等常充當港式詞語的補語成分，達至生動、活潑之效。

另有一些特殊搭配的「動賓格式」，若不瞭解香港地域文化的外地人，不加解釋往往很難準確理解。（石定栩，2014：120）例如：

10 「派息」

同時，港府不妨考慮將部分來自港鐵的派息回饋予乘客，以免年年忍受加價之苦。（東方日報 2015 年 3 月 28 日）

11 「派糖」

自從政府也學會做懶人包，越來越懂得擅用新舊媒體傳輸後，鋪天蓋地送到面前的派糖訊息，要視而不見也不容易。（澳門日報 2016年 11 月 16 日）

港式中文從粵語裡借用的動詞「派」，意思是逐個分發或者散發，常見的說法有「派單張」、「派報紙」等。這個用法源自古漢語中「派」的差遣、安排之意義。標準漢語的「派」保留了由上級指揮下級做事的意思，如「派款」是政府把要收取的款項分攤到每家每戶頭上。港式中文「派糖」只表示簡單的分發、散發，完全是一種自願行為，並不牽涉權力關係。標準漢語會說成「分糖」或「發糖」。（石定栩，2006：100-101。）

此外，還有一些詞語融入了特殊的地域文化資訊，不瞭解這些背景資訊就難以正確理解詞義，甚或產生歧義。（石定栩，2014：124）例如：

12 「風球」（香港使用的颱風警報標誌）

若是突然間掛起八號風球，豈不是天下大亂？（東方日報 2015年 6 月 10 日）

13 「水浸」（喻大量資金積壓）

新年過後，即將出爐的財政預算案成為焦點，在庫房嚴重水浸的情況下，社會要求還富於民的呼聲此起彼落，預算案是龍是蛇，是甜是苦，將成為港府能否回應民意的試金石。（東方日報 2015 年 2 月 22 日）

14 「綜援」（綜合經濟援助）

勞工及福利局局長張建宗表明，倘若預算案表決像去年般延至六月，綜援、生果金、長者生活津貼和傷殘津貼「出三糧」等惠民措施將無法於八月發放，呼籲議員「手下留情」。（東方日報 2015 年 4 月 16 日）

15 「維港」（香港維多利亞海港）

提起香港的旅遊景點，人們會列舉兩大主題公園、維港、山頂、星光大道等，可能也有人會說香港公園。（東方日報 2015 年 5 月 12 日）

上述僅列舉數例廣泛應用於港澳報章的港式中文詞彙，以見報刊非規範中文使用情況。

（二）外來詞

港澳報刊文章裡常見外來詞，例如「巴士」（公共汽車）（Bus）、「威士忌」（Whisky）、「朱古力」（巧克力）（Chocolate）、「曲奇餅」（Cookie）、「沙士」（非典型肺炎）（SARS）、「騷」（Show）、「按揭」（Mortgage）等等，這些外來詞多數是名詞，也多是音譯詞。而「曲奇餅」則是音譯添意詞，在音譯（曲奇）後面添加表示詞義類型的漢字（餅）。

外來詞的派生能力和組合能力特別強。（石定栩，2014：141）以下的例子中，「旅遊」與外來詞「巴士」組合，英語「Karaoke」簡縮為「K」，再配以動詞「唱」。例如：

16 「旅遊巴」

事實上，來港旅遊成本不菲，如果團費低廉甚至零團費，旅客必

須以購物來彌補團費的不足，而旅行社、導遊乃至旅遊巴司機通過旅客購物的回扣賺取收入，這早已是業界公開的秘密。（東方日報 2015年4月24日）

17 「唱 K」：（Karaoke）

事實上，民航處新總部多處違規僭建，包括目不暇給電視城、美輪美奐唱 K 房、超豪大浴場、專業舞蹈室等等，沒有最豪華，只有更豪華，沒有最混帳，只有更混帳，如果不是港府包庇，官僚不可能如此膽大妄為。（東方日報 2015年2月12日）

這些新生外來詞豐富了港澳地區非規範中文的詞彙量。

（三）同形異義詞

同形異義詞指書寫形式與標準中文完全相同，但意義不同的詞語。例如：

18 「致電」

事實上，個別南亞裔律師近年成為大部分南亞裔酷刑聲請者的律師代表，曾有個別聲請人尚未抵港，已有律師致電入境處，預告他有「客戶」即將抵港並會提出聲請，要求入境處不要遣返其「客戶」，當中有何蹊蹺，可想而知。（東方日報 2015年3月30日）

「致電」本指「給對方打電報或發電傳等」。（《現代漢語詞典》第六版：1680）；隨著政府首腦間專線電話的開通，也出現指打電話的含義；香港使用電報的情況非常少，因此「致電」多為打電話，也無「致意」的莊重色彩。（石定栩，2014：90）

19 「非禮」

〇六年至去年，本港發生一百多宗涉及教師的風化案，包括偷拍裙底、非禮、與未成年人發生性行為、孌童等，當中九成案件於涉案教師任教的學校發生，受害人為其學生，留下終生的心理陰影。（東方日報 2015 年 3 月 25 日）

「非禮」本指「不合禮節」、「不禮貌」，為形容詞（《現代漢語詞典》第六版：375）；港式中文用的是引申義，指「調戲婦女」，屬動詞。

20 「街市」

食衛局局長高永文表示，當局正委託顧問研究提升食環署街市的營運效率，及考慮改變部分街市用途，包括變身熟食中心。（東方日報 2015 年 4 月 4 日）

「街市」本指「商店較多的市區」（《現代漢語詞典》第六版：660）；港式中文特指「菜市場」。

21 「人工」

香港租金貴人工貴，嚴重削弱競爭力，過去名店門前旅客大排長龍的場面已不復見。（東方日報 2015 年 4 月 1 日）

「人工」指「工作量的計算單位」（《現代漢語詞典》第六版：1090），港式中文一般指「工資」。

（四）保留古漢語

港澳地區報章文章保留了許多古漢語的色彩，這也許跟港澳地區通行的粵語中包留了相當多的古漢語有關。例如：

22「細」

本指「（條狀物）橫截面積小，跟『粗』相對」；港式中文指「微、小」。（石定栩，2014：172）例如：

港府有意再推辣招，今次目標指向細價盤，原因不難理解。（東方日報 2015 年 2 月 23 日）

23「飲」

在規範中文裡不能單獨作動詞使用，對應的是「喝」。例如：

案發本週三，身為新移民的被告在駕駛考試時表現不佳，取出五百元給運輸署考牌主任，稱要請他「飲茶」，結果被廉署以涉嫌觸犯《防止賄賂條例》罪行拘捕。（東方日報 2015 年 2 月 14 日）

24「食」

規範中文裡表示「吃」的意思，不能單獨作動詞使用。例如：

設想在維港海旁，旅客一邊欣賞兩岸風光，一邊食著牛雜、菠蘿包或者雞蛋仔等地道美食，那是多麼的稱心愜意，多麼的令人回味。（東方日報 2015 年 3 月 3 日）

（五）詞語誤用

港澳報刊詞語誤用的現象十分普遍，甚至形成了「習非成是」的地步，例如：

1 「無時無刻」

原意為沒有任何時刻，但經常被誤作「時時刻刻」的意思。下引香港蘋果日報社論便是典型的誤用例子：

「隨著智能電話的誕生、相片的通用，拍照已成主流活動，無論三歲到八十歲，也會無時無刻拿著電話大拍特拍。」（蘋果日報 2015年1月17日）

「女兒還是嬰兒的時候，我想讓她學會自己睡，外婆卻堅持要無時無刻地抱著。」（蘋果日報 2015年1月3日）

如以成語的本意去理解以上句子，它們的意思便變成「雖然拍照成為主流活動，但人們從不會拿著電話拍照」，及「外婆堅持不要時刻抱著女兒。」與作者想表達的意思大相逕庭，甚至意思矛盾。

2 「上下其手」

原意是「玩弄手法，顛倒是非」，但漸漸演變為「侵犯」的意味，例如：

「鼠王芬席間仲話，佔領過後成日同前線警員傾偈，引述有男警話喺前線被挑釁，返屋企又被網上欺凌，有女警則稱曾被上下其手好屈辱，部份想喊甚至想辭職，但忍辱負重完成任務，大讚警隊好克制。」（蘋果日報 2015年1月28日）

例子中的「上下其手」表達了遭受侵犯的意思，而非「玩弄手法，顛倒是非」這本意。

總的來說，港式詞語包涵了港澳地區的文化色彩，本地人讀起來覺得格外親切，與規範中文相比顯得更加活潑而諧趣。

三 句法特色

港澳報刊文章除了出現較多西化的句式外（黃煜：1997），尚有下列行文特色：

1　行文中英夾雜

　　余光中先生曾指出近代中文「毛病百出，而愈是大眾傳播的時代，愈是如此。」（余光中　1994：283）他認為文章出現「不順」、「不妥」、「不通」的句子，是由於「西化」所導致。香港和澳門地區大部分華人均略懂英文，因而在寫作中文時難免會受到英文詞彙、修辭和語法方面的影響，甚至在句子裡直接引用英文。例如：

　　「操控方便，Walk Car 以重量和壓力感應控制，用家一踏上「浴室磅」，它便會向前滑行。由於滑行速度慢，它似乎不設速度控制，不像 Segway 或 SoloWheel 般向前傾便加速，向後傾便減速。」（東方日報 2015 年 7 月 3 日）

　　從這個例子中我們不難看出，這類文字主要是在個別地方採用英文，例如單詞、品牌、地名等，但大體上並不影響讀者對全文的理解。

2　粵語口語入文

　　由於港澳地區民眾口頭語言主要為粵語，不少人不諳普通話，基礎教育多以母語教授中文，謹詞造句往往受到粵語口語的影響，行文常出現粵語口語詞，這一類文字的主要特點是行文中夾雜著粵語詞語或者句式，似乎不使用這些詞彙就不能夠彰顯作者的思想。這類文字在港澳報章裡比比皆是。例如：

　　「記者翻查過地政總署圖則，呢個野戰場除咗約一千五百平方米嘅辦公室屬於私人土地外，周圍過萬平方米『戰場』都係官地，簡直係蛇吞象。」（東方日報 2015 年 7 月 3 日）

　　再以明報社論中為例，編輯有意識地以口語入文。二零一六年七月明報的兩篇社論〈回歸周年檢視困局港人渴望善策良方〉和〈回歸周年檢視困局港人渴望善策良方〉中，出現「口口聲聲、離地、鑽空

子、講數」諸類字眼；八月的社論〈真正愛護香港要對「港獨」說不！〉中用到「亂套、夾硬嚟、搞、鬧革命」等口語；九月的〈沉默大多數發揮作用香港有機會重回正軌〉和〈橫洲疑團基本釋除高層扞格影響管治〉兩篇社論則有「格局、出位、拖死、拍板、摸底、跪低、捱打、講大話」等；十月社論〈新一屆立會碎片化黨派利益更難整合〉和〈宣誓粗口辱華不應詐傻扮懵〉中則有「各唱各調、最激、一小撮支持者、大鬥特鬥、拖死、臨尾香、詐傻扮懵、開鑼、玩玩吓、伎倆、過界、加料、翻舊帳」等；十一月〈境外資金攪動房地產遏制炒賣治標不治本〉和〈迪士尼成無底深潭納稅人不應再貼錢〉用了「攪動、治標不治本、超活躍、加辣、炒家、辣招、見識過、掃貨、貼錢、起碼、溝淡、七除八扣、搞、身為、龍頭、蝕錢、攤大手掌、埋單」等口頭語；十二月社論〈自願醫保失神髓市民福祉擱一旁〉和〈細眉細眼難扭轉困局開拓土地須大刀闊斧〉亦有「縮水、爆煲、抽起、封頂、貼夠、差池、跪低、貼錢、埋手、明知道」等。

這種直接以粵語口語詞入文的寫作方式，也許能營造與讀者直接對話的氣氛，增強親切感，從而產生共鳴，以達到吸引讀者閱讀的目的。

3 文白夾雜

粵語中保留了部分文言色彩的詞彙，港澳報刊文章經常出現文白夾雜的情況，主要是粵語中保留的文言色彩詞彙。例如：

「不過，摩根大通發表環球資產配置報告指出，政治風險升溫，令環球股市回吐，但今次與傳統的去風險情況不同，例如今次美元匯價下跌、高投資級別債券息差未有大變動……」（東方日報 2015 年 4 月 19 日）

「去年度公司盈利及派息均見可觀增長，今年首季經營亦能延續

去年度升勢，股價才升得有道理，現價計往績市率約十三倍，息率接近三厘，進可攻退亦可守。風險因素乃公司約三分之一交易收入來自境外，若國際貿易關係趨緊張，出口業務或添不明朗因素。」（東方日報 2016 年 4 月 19 日）

這些文字中的「令」、「亦」、「乃」、「若」、「或」等文言色彩的字詞都是港澳報刊文章常見的，形成了一套較為固定的中文表達形式。此外還有「經已」、「若果」、「今次」等，也是港澳報章編輯所偏好採用的非規範詞語。

總的說來，港澳報刊上出現的非規範中文在句式和修辭方面和標準的中文書面語言的差距不小，經常出現粵普夾雜、中英夾雜以及文白夾雜等現象，深受英文、粵語和普通話三者的影響，也是香港和澳門廣大民眾樂於接受的書面語文形式。

四　小結

港澳地區社會語言混雜，書寫語言受到不同時代、地區語言的影響，組成具有香港和澳門社會文化和特色的中文寫作生態。

綜上所述，港式中文在香港和澳門社會中是一種廣泛流通、使用的文種。港澳社會中不少人習慣用港式中文而非標準中文進行寫作，這是一個不爭的事實，也是港式中文能夠在香港和澳門社會成為客觀存在的重要原因。我們認為，語文作為傳意工具，規範中文在傳達溝通方面扮演著重要的角色。不少港澳報刊文章的遣詞用字不合符規範，影響民眾學習規範中文。要在香港創造出一個只用標準中文而不用港式中文的語言環境只是一個理想化的假設，在相當長的一段時間只能是沒有辦法實現的。運用港式中文能增加讀者的親切感，迎合港澳地區讀者的口味，展現港澳獨特的歷史、文化和社會背景。外地讀

者若想了解香港和澳門的文化特色，多閱讀港澳地區出版的書刊可能
是一個很好的渠道。

參考資料

余光中　《從徐霞客到梵谷》　臺北　九歌出版社　1994年

黃煜、盧丹懷、俞旭　《香港中文報章的語言與報道問題評析》　香
　　　　港　三聯書店　1998年

石定栩　《港式中文兩面睇》　香港　星島出版有限公司　2006年

石定栩、邵敬敏、朱志瑜　《港式中文與標準中文的比較》　香港
　　　　香港教育圖書公司　2014年　第2版

田小琳　〈港式中文及其特點〉　《暨南大學華文學院學報》第3期
　　　　（2008年）

于君明　〈「港式中文」的一斑〉　《語文建設通訊》第47期（1995
　　　　年）　第59-62頁

中葡應用文文種的差別與規範

張卓夫

澳門寫作學會

　　數百年來，中葡文化、藝術在澳門互相影響，互相促進，產生不少好現象，這無疑是事實。例如，享負盛名的大三巴牌坊，就是融會中西文化藝術而成的建築文物和旅遊勝地。然而，有些人認為，在應用文寫作尤其文種的規範方面，也可以「中西合璧」，這樣，文壇中習非成是的謬誤就產生了。

　　我國應用寫作核心期刊《應用寫作》二〇一四年第一期所載鄧景濱《應用寫作的八項原則》說得好：「漢語應用寫作必須符合中文規範和漢語習慣，符合各文種的主要特徵和基本要求，文種的主要因素必須齊備。」在應用文的文種方面，中文與葡文的傳統不同，規範不同，當今應用文的撰寫者尤其回歸後澳門公文的撰寫者，應當承傳中、葡文不同的傳統，遵循不同的規範，才是硬道理。否則，就像一個人上身穿唐裝衫，下身穿牛仔褲一樣，脫離了真善美的標準，顯得「Nove não bate oito」（九唔搭八）。

　　應用文中，葡文文種的稱謂沒有中文的那麼細緻、繁雜，更沒有那麼嚴格規範，正如中國人將與父母同輩的男性旁系親戚細分為叔、伯、舅等，將與父母同輩的女性旁系親戚細分為姨、嬸、姑等，葡、英等國則一概分別只稱為 tio／uncle 和 tia／aunt，中外傳統與規範的

區別很值得注意。例如若將葡文應用文的文種 anúncio 譯成中文，既可以是布告，也可以是通告，甚至可以譯作廣告；edital、edicto 和 edito 都既可以譯作布告，也可以譯作告示。同樣地，中文的布告、通告、通知、告示都可以任意譯作 anúncio 或 comunicação 等。英文也有類似的情形。總之，葡文、英文應用文的文種和中文應用文的文種其實至今沒有固定的相應譯法。

澳門回歸前後，一些應用文撰寫者尤其機構的文秘人員死板地按照字典、詞典來將葡文或英文的應用文文種譯成中文文種，並長期襲用，於是犯上違反中文規範的錯誤，沒有將公告、通告、布告、通知等不同文種的特點和規範分清楚。

以下試舉一些違反中文應用文文種規範的實例：

公告

　　銀 X 娛樂場股份有限公司藉此告知，自 2013 年 6 月 30 日 06：00 起，金 X 娛樂場將暫停服務直至另行通知。

銀 X 娛樂場股份有限公司謹啟

二〇一三年六月二十九日

以上應用文只是一間公司將旗下一間娛樂場暫停營業的消息告訴有關顧客，以發文者的身份級別、受眾的範圍、告知事項的重要性、對受眾的強制程度等因素來衡量，文種不宜用公告，看來只宜用布告。布告和通告的受眾範圍相約，兩者主要的區別是：若帶強制性的，例如財政局叫汽車車主依期繳納年度行車稅，宜用通告；澳門基金會叫比賽參加者前去領獎，宜用布告。

筆者不揣淺陋，試將以上應用文修改如下：

布告

　　本公司屬下金Ｘ娛樂場自二〇一三年六月三十日早上六時起，將暫停服務，直至另行公布。

　　此佈

　　銀Ｘ娛樂場股份有限公司

　　二〇一三年六月二十九日

　　還可以舉兩則例子：一、房×局公共房×廳公布將兩個輪候社會房屋的家團除名（見圖二）；二、市民吳×新陳述他與人聯合擁有的氹仔新世紀酒店股權已進入法律訴訟程序（見圖三）。這兩篇應用文的文種用公告都不適宜，而較適宜分別用布告和聲明。

　　即使在澳門回歸多年之後，公告作為應用文文種仍有被個人或低級別機構擅用、濫用的情況，甚至廁所要關門維修，也在門口貼上「公告」，以為應用文文種可以隨便亂套，這就很有檢討的必要了。筆者記得我國國家主席宋慶齡逝世，全國人大常委會、國務院、中共中央等高級別機構才就此向傳媒發表聯合公告；在第二次世界大戰末期（一九四五年七月廿六日），美、中、英三國共同發出促令日本無條件投降的文書叫《波茨坦公告》。由此可見，公告作為應用文文種不是普通機構和個人可以隨便使用的。

　　另一個較常被錯誤使用的應用文文種是「告示」。這文種原本只在封建時代通行，現在是人民當家作主的時代，公僕對民眾說話怎可以稱「示」？內地公文分十五種：命令、公報、公告、通告、決定、通知、通報、決議、請示、批覆、報告、議案、意見、函和紀要，沒有一種叫「告示」。現在港澳教科書都已不存在「告示」，澳門行政暨

公職局編印的《中文公文寫作手冊》所列十八種公文也沒有「告示」，相信現在所用的「告示」，是從舊字典中抄下來的。

茲將 XX 總署於二〇一三年發布的「告示」抄錄如下：

告示

　　茲通告，XX 總署於二〇一四年農曆新年期間在下列地點設置爆竹、煙花及火箭燃放區，所有燃放爆竹、煙花及火箭之活動，必須在指定燃放區及時段內進行。

　　（各燃放區地址、時間從畧。）

　　　　　　　　　　　　　　　　　　　　管理委員會代主席

　　　　　　　　XXX

　　　　　　　　　　　　　　二〇一三年十一月十四日

試將該「告示」修改以便對照：

通告

　　本總署在二〇一四農曆新年期間，特設爆竹、煙花及火箭燃放區，所有燃放爆竹、煙花及火箭之活動，必須在下列指定燃放區及時段內進行。

　　（各燃放區地址、時間從畧。）

　　特此通告

　　　　　　　　　　　　XX 總署管理委員會代主席 XXX

　　　　　　　　　　　　二〇一三年十一月十四日

　　綜上所述,現在我們在將葡文應用文文種**翻譯**成中文文種,或在已從葡文譯成中文的文種中選用文種時,要充份認識中葡兩國文化不同的傳統和特點,要有與時俱進的觀念,要符合應用寫作的文本原則,要方便受眾選擇閱覽,千萬不要依賴、偏信字典。其他事物名稱的翻譯、選用也應該這樣做。例如葡文 Institúdo,字典有學會、機構、學院等多個中文解釋,以前澳葡將主管文化的政府部門——Institúdo Cultural de Macau 譯成「澳門文化學會」,是錯的。現在該部門葡文名稱依舊,中文名稱改為文化局才對。同樣地,以前的「發行機構」,現在改稱金融管理局才比較適當。

從適切原則看兩岸四地的標語文化

魏漪葦

澳門大學

摘要

　　標語是應用文中與生活具有緊密聯繫並且常見的一類。由於標語帶有各個時代特有的烙印，所以廣泛流傳的標語可視作一個時代的縮影。所謂「到什麼山上唱什麼歌」，標語的製作與推廣應當符合因人而異，因時、因地制宜的原則。本文將從語用學的角度選取兩岸四地一些具有代表性的標語，利用源於維索爾倫「順應視角」後由鄧景濱教授提出的適切原則作為判定一則標語是優抑或是劣的標準。

關鍵詞：標語文化　語用學　順應視角　適切原則

一 引言

　　提到標語文化，真的是從古至今，無處不在。「標語」是用簡短文字寫出的有宣傳鼓動作用的口號；而常和「標語」連用的「口號」，意為供口頭呼喊的有綱領性和鼓動作用的簡短句子。[1]標語和口號本質上同源共流，就像是一條河的兩岸：左岸是口號凝聚成的文字標語，右岸則是標語發出的聲音口號。由於口號須以音頻資料佐證，故本文分析的主要對象為標語文化。

　　標語有各式各樣的載體：從古時常用的旗幟、匾額、碑刻、燈籠到現今最常見的橫幅、標語牌、壁報等，都屬於呈現標語的具體形式。[2]隨著社會科技的發展與進步，用以承載標語的媒介也越來越豐富，如可在建築物上懸掛，在報紙、雜誌上刊登，或是在 LED 電子顯示幕以及網路頁面上都可展現形形色色的標語，下圖為幾則圖例。

圖1　最常見的橫幅類標語　　　圖2　標語牌類標語

1　見中國社會科學院語言研究所詞典編輯室：《現代漢語詞典》（2012年），第85、745頁。

2　見王志強：《中國的標語口號》（2010年），第10頁。

圖3　電子顯示幕類標語　　　　　圖4　山體類標語

除此之外，還有一些別出心裁的載體：如寫著「賓至如歸」、「歡迎光臨」等標語的門墊，用油漆刷出交通標語的公路，宣示自家車庫「主權」的捲簾門，還有山體上經人工設計的圖畫或樹木種植標語等等，各種現代化的傳播手段與標語文化相結合，既豐富了其內涵，又拓寬了形式的外延。

圖5　地面類標語　　　　　　圖6　門墙類標語

同時，廣告是和標語非常相近的一種傳播方式。兩者的主要區別在於廣告屬於經濟利益導向，其目的是為了廣而告之，從而獲得一定的經濟利益。除了非盈利的公益廣告，廣告都需要支付廣告費。而標語雖然也是為了實現宣傳的目的，但主要為思想價值導向，例如校訓、企業精神、公共的價值觀等，通常是利用標語的形式呈現。另外標語僅需要支付製作成本費，而不用額外再給仲介機構支付宣傳的費用。

例如以下兩張圖中的文字均為廣告而非標語，因為兩者均帶有商業性質，是為了通過宣傳的手段實現盈利的目的。

圖 7 　　　　　　　　圖 8

從漢字濫觴於殷之始，標語亦應運而生。雖然標語還算不上一門博大精深的文化，但由於其源遠流長，人們屢見不鮮，故而習以為常。然而所謂「生活處處皆學問」，不論是在港澳臺地區，還是在內地，人們對各種標語司空見慣，可很少有人會去深思背後豐富的文化內涵。其實，標語文化作為一種特殊的社會文化現象，承載著如價值觀念、語言習慣、法令規範等多種文化因素，是一種日新月異、與時俱進的文化符號。本文主要對一些典型性的標語進行分析，不足之處，還請就正於方家。

二　理論背景

應用文是呈現語言運用過程的一種文體，因而必須遵守語用學的基本指導原則。歐陸學派語用學家維索爾倫將達爾文在生物進化論中提出的「順應視角」（「適者生存，不適者淘汰」），或譯為「適應概念」，引入到語用學研究中，提出了語言順應理論。維索爾倫認為「語言使用是語言發揮功能的過程，或者說是語言使用者根據交際語境的需要不斷選擇語言手段，以達到交際意圖的過程。這裡的『順

應』就體現為語言的使用環境和語言結構選擇之間的相互適應。」[3]
（李捷，2011；何自然，2011；霍永壽，2011）也就是說，我們在運用語言時必須順應不同的目的和語境，否則將會在社會的「自然選擇」中被淘汰，成為歷史的污點。相應地，當我們深入探討兩岸四地的標語文化時，也不能忽略至關重要的適切原則，否則可能因為不合時宜，最終貽笑大方，甚至是在不知不覺中宣傳了一種負面的價值觀以致造成惡劣的社會影響。所以標語的寫作也應該順應不同的時間、場合及人物身份等因素，遵循適切原則。

適切原則是鄧景濱教授從宏觀與微觀兩個層面，對維索爾倫的語言順應理論在應用文寫作上的指導概括。「適切」有兩個方面的含義，既包含了對適應的要求，同時顯示出切合實際能達到的得體效果。[4]適切原則要求言語表達者根據自己的表達目的不斷選擇自己的語言手段從而與實際情境相協調，使受眾能夠真心實意地接受並肯定該標語，從而銘記於心進而化為實際行動。如若能夠將語言調整到最適切的模式，就能恰如其分地令標語產生宣傳鼓動的效果。從該意義上來說，適切原則是一條用以鑒別判斷標語優劣的評價原則。一則好的標語必須適應現代化的需要，宣導積極向上、健康和諧的價值觀，同時適應受眾的心理特點，通過自然得體的表達手段打動人心，化育民眾。

三　實例評析

（一）適應不同的時代

白居易在《與元九書》中提出「文章合為時而著，歌詩合為事而

---

[3]　見李捷、何自然、霍永壽《語用學十二講》（上海：華東師範大學出版社，2011年），第132頁。

[4]　見鄧景濱：〈應用文寫作八原則〉，載《應用寫作》第1期（2014年）。

作」，這說明寫作必須適應作者所處的時代背景。標語屬於應用文寫作的一種形式，故而也必須緊扣時代的脈搏。換個角度看，我們可以通過各個時代流行的一些標語還原當時的歷史面貌。

下面，筆者將選取近現代幾則著名的標語，結合當時的社會背景看其是否符合適切原則以及有何時代意義。

1 「打土豪，分田地」

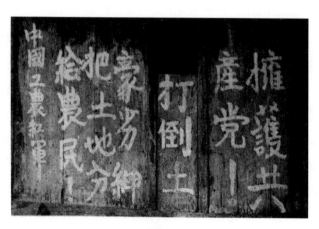

圖 9

土地是農業社會最基本的生產資料，只有合理分配土地才能滿足農民基本的生存條件進而解決所有百姓的吃穿問題。「打土豪，分田地」這則標語最初見於一九二七年的文家市，是秋收起義時中國工農紅軍使用的綱領性標語。據東漢班固編撰的《漢書・食貨志》所載：當時「富者田連阡陌。貧者無立錐之地」，由此可見在舊社會，把持地和田是統治階級剝削奴役農民的根本手段。為了順應民心，中國工農紅軍提出「打倒土豪劣紳」的目的是為了「把土地分給農民」。由於該條標語符合當時大部分農民對田地的渴望，所以能在廣大底層人民中產生極大的共鳴，最後死心塌地「跟著黨走」。

農民從共產黨手中拿到土地以後不僅努力生產使紅軍有了經濟保障，而且積極參軍使紅軍有了充足的後備兵源。[5]這些都是利用適切原則所擬標語起到的巨大作用！

2 「小平您好」

圖 10

「小平您好」這條標語誕生於一九八四年的國慶大典，是北大生物系學生在遊行隊伍中意外的樸素傑作。按照規定，遊行人員不能把除花束之外的東西擅自帶入天安門廣場。由於這條橫幅很不規整，而且對領導直呼其名，當電視鏡頭掃過時負責人立即切換畫面，許多記者也紛紛愣住。[6]所幸有驚無險，最後那些打出標語的學生不但沒被逮捕反而讓這則「小平您好」定格在了改革開放的史冊中，深深地銘刻在大家的記憶裡。

5　見李安義：《踉蹌，晚清以來中國人的夢想與超越》（2015年），第205頁。
6　見郭欣：《當代北京天安門史話》（2014年），第115頁。

這偶然的畫面之所以能成為人們膾炙人口的經典，正是因為朝氣蓬勃的學生代表根據他們內心的聲音，用最直接的表達方式對當時的領導人鄧小平先生發出了最簡單的問候。「小平您好」這四字雖短，卻創始性地在公眾面前挑戰文革以來「官本位」的思想，是對自由、平等及民主等價值觀念的呼喚。這則標語發自肺腑，代表了那個年代人的心聲，因此才能被視為珍貴的瞬間載入史冊。

3 從「又快又好發展」到「又好又快發展」

「又快又好發展」這則標語的淵源為一九九二年鄧小平的南方談話：「我們國內條件具備，國際環境有利，再加上發揮社會主義制度能夠集中力量辦大事的優勢，在今後的現代化建設長過程中，出現若干個發展速度比較快、效益比較好的階段，是必要的，也是能夠辦到的。」這則標語體現出在我國社會主義現代化建設初期，求「速度」的特點，是經濟方針路線的縮影。

二〇〇七年開始，中央明確提出要努力實現國民經濟「又好又快」發展。這次的標語將「好」放在「快」前，體現了可持續發展觀念，有利於節約資源和保護環境，因此得到了大家的認可。從「又快又好發展」到「又好又快發展」，一字之差，體現出我國探索經濟發展規律的歷程，是與時俱進，適應時代發展需要的表現。下圖為某縣宣傳推動經濟社會「又好又快發展」以喜迎十八大的標語：

圖 11

　　然而近幾年依舊有個別地區的標語不夠嚴謹,將「又好又快」寫成「又快又好」,如此一來便落後於時代的腳步,變成宣導急於求成的錯誤價值觀,違背了「可持續發展」的綠色環保理念。如某地宣傳黨建文化的海報中的標語就沒能把握適切原則,和經濟發展的客觀規律脫節。針對此類不合拍的標語,應該引以為戒。

(二) 適應不同的對象、情境

　　《論語‧鄉黨》第二章有言:「朝,與下大夫言,侃侃如也。與上大夫言,誾誾如也」又「孔子於鄉黨,恂恂如也,以不能言者。其在宗廟朝廷,便便言,唯謹爾」,這說明對待不同的人和在不同的場合,要採用不一樣的交際態度和方式。以下將選取內地高中課堂、各地公路和農村地區以及其他情境的一些代表性標語,根據適切原則加以分析。

1 交通安全標語

　　自從卡爾‧本茨發明了汽車之後,每年在飛馳的車輪下喪生的生

命不計其數。所以各地都會在路上懸掛一些橫幅標語以警醒駕駛員，提高安全意識。筆者精選了幾則內地與臺灣有關交通安全的標語，將根據適切原則進行對比分析：

前兩則為內地的交通標語，「你若酒駕，我就改嫁」：這是從妻子的角度對駕駛員提出的玩笑性的警告。對於風塵僕僕的駕駛員來說，看到這樣的標語不禁想起家中妻兒。只要是有責任心的男人都會放慢行駛速度以求安全。「天堂不遠，超速就到」也是一條構思巧妙的交通標語：因為傳說中的天堂是很美好安寧的，看似很令人嚮往，但此標語用了反語，表示只要超速就能上天堂，此處的「天堂」諱指「死亡」。在奔波的路上設置這類充滿人情味的標語牌想必甚得人心。如下圖：

圖 12   圖 13

後兩則標語為臺灣地區的交通標語，一是臺灣捷運站嚴肅的警告：「除自殺外，擅入者究辦」，一是某馬路前的「闖紅燈者，石頭伺候」。從適應原則方面來看，四則標語都能起到警示的作用；但從得體方面來看，前兩則內地的標語更勝一籌。如下圖：

圖 14　　　　　　　　　　　圖 15

當然，寶島也不乏內容形式俱佳的交通標語，如下面兩幅圖，前者點出在一流的都會，遵守交通規則既是一流市民的義務，後者說明「珍愛生命」也是「愛護家人」的責任。

圖 16　　　　　　　　　　　圖 17

除此之外，筆者還收集了內地其它的一些生動有趣的交通標語，以饗讀者：

圖 18　　　　　　　　　　　圖 19

圖 20　　　　　　　　　　　圖 21

2　農村地區的標語

　　在農村地區，很多農民把一些鄉村標語當成政策法規的「通俗讀本」。然而有的標語卻不太規範，違反了適切原則，顯得粗俗可鄙。以下四則為筆者挑選的例子：

圖 22　　　　　　　　　　　圖 23

　　針對「你亂砍，我亂罰」這則標語，首先得強調的是亂砍濫伐屬於違法的錯誤行為，然而這並不能代表村委會就可以亂開罰單。現代社會是法治社會，一切制度都得在法治的框架中運行，沒有人能恣意妄為，搞特權。當然，也沒有哪條法律寫明「讓全村都懷上二胎是村支書不可推卸的責任」，之前實行一胎化的計劃生育政策時打出了一些不合情理的標語，現在開放了二胎政策也不能重蹈覆轍。

　　此外，在農村中還能看見「毀樹一行先死他娘」、「路上倒垃圾死爹」這樣狠毒的標語，為此應該通過教育提升村民的素質，讓他們知道如此取標語是極不恰當的：雖然考慮到農村受眾的文化水準，標語應通俗隨意些，但通俗隨意不等於粗鄙下流甚至是對他人不祥的詛咒。將心比心，設身處地地為他人著想，農村的標語文化才會向著和諧共贏的方向發展。

圖 24

圖 25

　　若想提高村民的文化素質，就必須貫徹國家的「義務教育」制度，讓每個農村孩子都能有上學讀書的機會。以下兩則標語「讀完初中，再去打工」、「再窮不能窮教育，再苦不能苦孩子」就是順應國家教育政策的宣傳措施體現。

圖 26

圖 27

　　除了教育問題，農村地區還存在「重男輕女」的問題，因此有的村莊打出了「生男生女一個樣，不然兒子沒對象」這般生動形象、易懂易記的標語，點明了男女平等的重要性。這也是在推翻封建統治王朝後，對毛澤東提出的「婦女能頂半邊天」思想的肯定。再有「酒肉穿腸過，開車易闖禍」，和上則宣揚男女平等的標語一樣，這則標語同樣句尾押韻，讀來朗朗上口。這兩則標語的用詞都富有鄉土生活氣息，貼近村民的日常用語，既考慮到了對象又適應了情境，是兩則不錯的農村宣傳標語。

圖 28

圖 29

3　其他情境的標語

圖 30

圖 31

「個人簽約一小步，全村發展一大步」，這是一則關於「三舊改造」政策，建設發展城中村的標語。該城中村位於廣州市珠江南岸，因村落狀似琵琶，故被稱為「琶洲村」。此標語模仿首位登月者阿姆斯特朗「我的一小步，是人類發展的一大步」將其改為字數相等的句子，表明每位琶村的村民的決定都舉足輕重。如果大家都能響應政策，將迎來一個發展的契機，實現共贏。

「接待就是生產力」出自甘肅省天水市某招待所，最早在二○一二年六月十九日被網友發布到網上。由於該標語涉及到「三公消費」，彷彿是在宣告「接待」是公款吃喝堂而皇之的藉口，因此引發軒然大波。黨政幹部本應為人民的公僕，這則標語卻大張旗鼓地宣傳：拿著納稅人的錢作接待是生產力，這嚴重違反了「為人民服務」的精神，最後在二○一二年六月二十一日，該辦公室知趣地撤下了這則雷人的標語。

圖 32

圖 33

社會主義核心價值觀的標語為筆者所拍。其中法治的「治」字打成了法制的「制」，為圖方便，標語製作者直接在「制」外貼了一張「治」。適切原則在不同情境的應用中包括內容的適應。「法制」和「法治」雖然一字之差，但卻完全是不同的概念。「法制」是法律制度的簡稱，而「法治」指嚴格按照法律治理國家的原則。由於理解和

把握的不準確，在宣傳核心價值觀時常常能看到混用的現象。個人建議為了宣傳真正的核心價值觀，各個單位應嚴謹對待標語中的每個字，畢竟「差之毫釐，謬以千里」。

「此處勿施捨」取自臺灣[7]，是一則提示人們不要亂倒垃圾的標語。此中的「施捨」二字針對倒垃圾的行為沒有從正面譴責或是控告，而是類比了施捨者給乞討者丟錢的舉動，成功把握了倒垃圾者的慚愧心理，因此有感動人心的力量。

（三）「入鄉隨俗」，適應不同的地域、語言

由於不同的地區有不同的用字標準，比如在中國內地，使用「規範漢字」系統，而在港澳臺地區則使用的是「傳統正字」系統，所以兩岸四地的標語牌上使用的字也不同，這就使四地的標語都帶上了地域特色。

1 兩岸四地之「煙」

筆者發現港澳地區香煙的「煙」是火字旁的「煙」，而臺灣地區則使用草字頭的「菸」，但在臺灣，倘若表達「煙火」、「煙花」，則還是使用火字旁的「煙」。內地使用的規範漢字「烟」。具體例圖見下：

---

7 見吳哲良：〈民族志詩文——生痕標語〉，《文化研究》（2009年）。

圖 34

圖 35

圖 36

圖 37

　　據筆者臺灣的朋友解釋，「菸草」最初是由草本植物而來，所以用草字頭。而在「煙火」是由火藥引導發射至天空綻放成花，故用火字旁。筆者由此聯想到在抽「煙」和「烟」時必須先點燃，由此亦能體現漢字形義間的邏輯。雖有文化差異，但漢字總歸同源共流，還是能求同存異，相互理解。

2 港澳地區的粵語方言

另外，在香港和澳門地區，常常能看到一些帶有粵語方言的標語。如下圖：

圖 38   圖 39

第一則標語「最抵讚」是香港地鐵站的提示標語，意為非常值得讚嘆，其中抵在粵語中讀作〔dai2〕。這類方言標語對於本地人來說，非常的親切。相應地，當看到這類標語時，其宣傳效果也比較好。

圖 40   圖 41

第二則標語中的「系」不讀 xì，在粵語中讀〔hai6〕，意為「是」。而「撐」也是粵語方言（粵音〔tsaŋ3〕），意思是「支持」。第

三則標語中的「返工」在普通話裡是指產品品質不合格，需要返回來重做。而粵語中的「返工」指的是去上班，「返工」在粵語中讀為〔fan2〕〔guŋ1〕。最後這則標語也是香港地鐵的提示語，標語中的「咪」不是貓叫聲，而是否定副詞「不要」的意思，粵音讀作〔mai5〕。

3 臺灣的閩南語、客家話以及注音符號

港澳地區有粵語方言的標語特色，在臺灣也有臺語（閩南語）和客家話方言的標語。

如下圖：

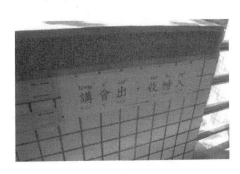 

圖 42　　　　　　　　　　　圖 43

上圖「講會出，收燴入」是臺語標語，其中「燴」字是方言用字，取「勿會」的合音，意思是不會，讀作〔be7〕。整句話的意思是「講得出，收不回」，也就是表示說話要慎重，避免禍從口出。

圖 44 　　　　　　　　　　　　圖 45

上圖有些標語中出現了「顧巴肚」一詞,「巴肚」(閩音〔pa1〕〔tou2〕)就是閩南話中「肚子」的意思,「顧巴肚」指的是要解決溫飽問題。另外一則林園員警分局的提示標語出現了注音符號「ㄛ」,而「ㄛ」的發音相當於「喔」,顯得非常輕鬆俏皮,很有地方特色。

4 帶有外語翻譯的標語

標語中還有一類比較特殊的就是帶有外語翻譯的標語,如澳門大學的垃圾回收站的標語「垃圾分類廢變寶,資源再生齊讚好!」下面還依次附有葡文、英文的翻譯:

圖 46

　　當標語中有兩種以上的語言，就必須考慮到不同地域的文化差異以及是否和具體語境貼切，否則會讓人像丈二和尚一樣摸不到頭腦。

　　如圖 47 中的標語「便後隨手沖，春泥了無痕」是臺南孔廟某衛生間的提示沖廁的標語。由於臺南孔廟平日會有許多外國遊客來訪，為照顧到來訪對象使用的語言情況，衛生間貼出了帶有英文翻譯的提示標語。

　　該標語的中文部分本身很有詩意：將出恭之事的遺留物稱作「春泥」，令人會心一笑。然而細看英文翻譯──「然後方便地沖洗，春天的泥沼沒有痕跡」，不知老外看了會不會一頭霧水？因為英文語境中的「convenient（方便的，便利的）」並無「如廁」之意，同時「mire」在《牛津高階英漢雙解詞典》中意為「an area of deep mud」，即「泥潭，泥沼」，頓時失去了美感。

圖 47

　　為了不讓國際友人笑話，建議要認真對待帶有外語翻譯的標語，如此才符合中華傳統中熱情好客的禮儀。筆者試譯了一下，不妨這麼說：「After the toilet flushed, there is no trail of spring mud.」

四 結語

　　達爾文說：「適者生存，不適者淘汰」，以上選取的這些標語有的已經成為歷史的痕跡，而有的還是現實的存在。對於這些形形色色的標語，我們必須進行規範，就像人買衣服需要量體裁衣一般，必須有一定的判斷標準。醫生看病要對症下藥，老師教書須因材施教。在編輯製作標語時也應該根據不同的對象，不同的情境以及不同的時間，不同的地點採取不同的方式。這種相應的適應目的和得體態度就是適切原則的核心觀念。兩岸四地有各種各樣的標語，適切原則放之四地而皆準。

　　當然，在適切原則的基礎上，尚需遵循法規原則，即不能違反相關政策。如現今內地已全面開放二胎政策，就不宜再打出強制性的「一胎化」標語，同時要有穆如清風的人文關懷，這樣才能真正發揮標語宣傳的作用。此外，文本原則也得在嚴格遵守法規的前提下應用，比如澳門地區的公共標語在排列文字時須按照中、葡、英的行款格式排列，因為這在澳門的基本法中有明文規定。總之，在評析標語時，我們在必須「取法乎上」，在守法的原則上把握適切原則。既肯定推許良好的標語，同時針對粗鄙、淺陋者，要及時淘汰改進，以正視聽。

參考文獻

鄧景濱　〈應用寫作八原則〉　載《應用寫作》第1期（2014年）

馮廣藝　《語用原則論》　暨南大學出版社　2009年　第1版

郭欣撰　當代北京編輯部編　《當代北京天安門史話》　北京　當代中國出版社　2014年

李　捷　何自然　霍永壽　《語用學十二講》　上海　華東師範大學出版社　2011　第1版

李安義　《踉蹌，晚清以來中國人的夢想與超越》　南京　江蘇文藝出版社　2015年

王志強　《中國的標語口號》　北京　中央文獻出版社　2010年　第1版

吳哲良　〈民族志詩文──生痕標語〉　載《文化研究》第9期　2009年

中國社會科學院語言研究所詞典編輯室　《現代漢語詞典》　商務印書館　2012年　第6版

與時俱進和法定俗成
——從建國以來黨政機關公文工作一體化進程看文化自信

李曉華

重慶三峽學院

摘要

　　公文是黨政機關管理國家、處理公務時使用的重要工具，其種類、格式、行文規則、處理程序等都有明確的標準。建國後，黨政機關建立了適用於我國國情和人民民主專政國家所需要的新的公文體系。經過近七十年的發展，黨政機關公文逐步規範並實現一體化。本文以《黨政機關公文處理工作條例》及建國後出臺的黨政機關公文工作規範性文件為研究文本，結合黨政機關公文擬制與處理的實踐，從黨政機關公文處理工作的文件頒布、內容結構、標題擬制和公文套語等方面進行分析研究，探討黨政機關公文一體化進程中所體現出來的人民民主專政社會主義國家的文化自信，體現了與時俱進和法定俗成的特點。

關鍵詞： 文化自信　黨政機關公文　與時俱進　法定俗成

　　眾所周知，目前我國黨政機關公文處理工作所依據的綱領性文件是中共中央辦公廳和國務院辦公廳聯合印發《黨政機關公文處理工作條例》（中辦發〔2012〕14 號），在《黨政機關公文處理工作條例》（以下簡稱《條例》）第四十二條中明確我國機關公文處理工作黨政合一：本條例自二〇一二年七月一日起施行。一九九六年五月三日中共中央辦公廳發布的《中國共產黨機關公文處理條例》和二〇〇〇年八月二十四日國務院發布的《國家行政機關公文處理辦法》停止執行。《條例》第一次統一了黨政機關公文處理的共同規範標準，將黨政機關公文的種類合併為十五種。雖然表面上只是黨政機關公文處理工作的一體化進程，但實際上體現了與時俱進與法定俗成的特點，鮮明地表現了中國共產黨執政以來的道路自信、理論自信、制度自信和文化自信進程。本文主要探討建國以來黨政機關公文一體化進程中的文化自信。

　　道路自信、理論自信、制度自信和文化自信既是中國共產黨的執政信念，也是中華民族的一種精氣神。習近平總書記在慶祝中國共產黨成立九十五週年大會上發表的重要講話中指出：「全黨要堅定道路自信、理論自信、制度自信、文化自信。」並進一步指出文化自信「是更基礎、更廣泛、更深厚的自信。」他還在訪問歐洲時強調：「我們要保持對自身文化的自信、耐力、定力。」建國以來，我國曾多次頒布關於黨政機關公文處理的《辦法》或《條例》或其他相關文件。[1]在近七十年的黨政機關公文處理工作科學化、規範化、制度化的歷史進程中，可以清晰地梳理出四個自信的發展脈絡：堅持走中國特色社會主義道路、日漸成熟的中國特色社會主義理論體系、逐步完善的中國特色社會主義制度、不忘本來吸收外來著眼將來的中華文

1　參見表1：建國近七十年來黨政機關公文工作法規檔頒布情況統計。

化。而「文化自信是道路自信、理論自信、制度自信的基礎,是不僅
滲透於道路自信、理論自信、制度自信的方方面面,而且更廣泛地深
入到人的一切物質活動和精神活動」(仲呈祥,2016)。

一 從建國近七十年來黨政機關公文工作法規文件頒布情況看文化自信

表 1 建國近七十年來黨政機關公文工作法規文件頒布情況統計

名稱 年代	1950年代	1960年代	1970年代	1980年代	1990年代	2000年代	2010年代
黨的機關規範文件	《關於糾正電報、報告、指示、決定等文字缺點的指示》《關於規定黨內文件的紙型與格式等問題的通知》《中國共產黨中央和省（市）級機關文書處理工作和檔案工			《中國共產黨各級領導機關文件處理條例（試行）》	《公文主題詞表》《中國共產黨機關公文處理條例》	《機關公文二維條碼使用規範》	《黨政機關公文處理工作條例》

名稱 年代	1950年代	1960年代	1970年代	1980年代	1990年代	2000年代	2010年代
	作暫行條例》《關於黨內文書改為橫寫、橫排的通知》《中國共產黨縣級機關文書處理工作和檔案工作暫行辦法》						
國家行政機關規範文件	《政務院關於中央人民政府所屬各機關發表公報及公告性文件的辦法》《公文處理暫行辦法（草案）》《公文處理暫行辦法》	《公文處理試行辦法》《關於請勿使用圓珠筆、鉛筆擬寫文件的通知》		《國家行政機關公文處理暫行辦法》		《國家行政機關公文處理辦法》（國家檔案局《電子公文歸檔管理暫行辦法》）	《黨政機關公文處理工作條例》

　　從表 1 我們可以看出，中共中央和中華人民共和國政務院或國務院在建國之初的一九五〇年代，密集地出臺了一系列公文處理工作的相關文件，在百廢待興之際，體現了中國共產黨領導中國人民當家做主後，仍然「始終對自身文化有著強烈的認同感和自豪感，這集中反映了中國共產黨人對國家、對民族與人民高度的責任感和使命感。」（韓美群，2018）一九六〇年代只有一九六四年國務院出臺了《公文處理試行辦法》和《關於請勿使用圓珠筆、鉛筆擬寫文件的通知》，但基本上對公文處理工作沒有起到什麼規範作用。一九七〇年代黨政公文處理方面的文件都是空白，在改革開放的一九八〇年代黨政都出臺了新時期下的公文處理工作新文件，中共中央在一九九六年和國務院在二〇〇〇年對一九八〇年代的文件進行了修訂並正式頒行。二〇一二年頒行《黨政機關公文處理工作條例》，黨政機關公文合一。

　　中共中央對公文處理工作出臺的文件主要是「條例」，政務院或國務院出臺的公文處理工作文件則幾乎是「辦法」。條例是指國家權力機關或行政機關依照政策和法令而制定並發布的，針對政治、經濟、文化等各個領域內的某些具體事項而作出的，比較全面系統、具有長期執行效力的法規性公文，它的制發者是國家最高權力機關、最高行政機關（國務院各部委和地方人民政府制發的規章不得稱「條例」）。辦法是指國家行政主管部門對貫徹執行某一法令、條例或進行某項工作的方法、步驟、措施等，提出具體規定的法規性公文，辦法重在可操作性。它的制發者是國務院各部委、各級人民政府及所屬機構。由此可見，中共中央在公文處理工作的文件一直是處於領導地位，國家機關的公文處理工作文件則更加具體。從「條例」和「辦法」這兩個名稱的選用上，也能看出中國文化的博大精深與細緻入微。

（一）建國近七十年來中共中央公文工作法規文件頒布情況

　　中共中央從一九五○年四月下發了《關於糾正電報、報告、指示、決定等文字缺點的指示》，對黨的公文進行了統一規範，從「不許濫用省略」「必須遵守文法」「糾正交代不明的現象」「糾正眉目不清的現象」「凡文電必須認真壓縮」等方面對公文語言和文風作出規範指導，既傳承幾千年來公文運作中中華優秀傳統文化，又把握新的時代脈搏促進公文處理工作進行了創造性轉化和創新性發展。一九五四年八月又下發了《關於規定黨內文件的紙型與格式等問題的通知》，一九五五年《中國共產黨中央和省（市）級機關文書處理工作和檔案工作暫行條例》將文書工作與檔案工作統一起來。一九五六年一月，《關於黨內文書改為橫寫、橫排的通知》黨政機關公文書寫格式統一改為橫排橫寫，公文用紙統一為十六開單頁或八開雙頁，公文體式得到進一步規範，明確體現了與時俱進和約定法成的特點，同時這本身就是一種取其精華棄其糟粕的文化自信。一九五六年十一月，《中國共產黨縣級機關文書處理工作和檔案工作暫行辦法》發布，對文檔工作的規範化、制度化、科學化要求延伸至縣級，對文書處理工作和檔案工作從業人員在文化學習方面也有了更高的要求。

　　但在一九六六至一九七六「文革」這一特殊歷史時期，黨政機關組織一度處於癱瘓半癱瘓狀態，黨的機關公文處理系統出現錯亂，公文的規範化進程遭受挫折。

　　從上面我們從網路上下載的文革期間的中共中央文件[2]來看，這個時期的公文形式主義嚴重，公文的科學化、規範化、制度化都是非常嚴重的破壞，個人崇拜和一切以階級鬥爭為綱到了無以復加的地步。公文不是為人民服務、為社會主義革命和建設服務，大部分公文在格式上極為隨意，幾乎每一份中共中央文件的標題上方都有毛主席批示並作套紅處理，公文的標題要麼簡單得不知所云，要麼就是繁冗不通或者出現語法錯誤，比如《農村社會主義教育運動中目前提出的一些問題（中共中央政治局召集的全國工作會議討論紀要一九六五年一月十四日）》，在社會主義道路和制度出現偏差的時候自然很難談得上文化自信。

2　中共中央檔的搜索結果_360圖片（http://image.so.com/v?q=%E4%B8%AD%E5%85%
　　B1%E4%B8%AD%E5%A4%AE%E6%96%87%E4%BB%B6&src=tab_www&correct=
　　%E4%B8%AD%E5%85%B1%E4%B8%AD%E5%A4%AE%E6%96%87%E4%BB%B6
　　&cmsid=c94d797c290c24ce3c25c6eced026767&cmran=0&cmras=0&cn=0&gn=0&kn=6
　　#id=6ebda16e08c0487319b2bfbc94a30b17&itemindex=0&currsn=66&jdx=118&gsrc=1&
　　fsn=66&multiple=0&dataindex=118&prevsn=0）。

　　一九七〇年代末，十一屆三中全會決定我國開始實行的對內改革、對外開放的政策。在中國共產黨的領導下，社會主義市場經濟體制初步建立，經濟實現了持續快速增長，經濟政治文化建設成效顯著，在公文處理工作方面也與時俱進，取得了長足的發展並彰顯了文化自信。此時，辦公自動化概念傳入我國，黨政機關開始利用電子計算機、微機、影印機等設備開展公文工作。一九八五年，為提高公文檢索、處理和存儲的效率，黨的公文開始把能代表其內容特徵的、最能說明問題的、起關鍵作用的詞標注為主題詞，一九九三年五月，中共中央辦公廳秘書局發布了黨的《公文主題詞表》，並於一九九八年對該主題詞表進行了一次修訂，其編制原則一是「詞表結構務求合乎邏輯，具有較寬的涵概面，便於使用」，二是「詞表體現文檔管理一體化的原則，即詞表中主題詞的區域分類和類別詞可分別做為檔案分類中的大類和屬類」。共十五類一千〇四十九個主題詞，這也是對漢語詞彙的一次集中篩選，不僅體現了文化的自信，也體現了與時俱進和法定俗成的文化自覺。

　　一九八九年四月由中共中央辦公廳印發《中國共產黨各級領導機關文件處理條例（試行）》，運行數年之後，由中共中央辦公廳一九九六年五月發布《中國共產黨機關公文處理條例》，將黨的機關公文在運行過程出現的一些問題和情況加以修訂，以更加適應中國特色社會主義國家的政治、經濟和文化建設。隨著互聯網＋和電子經濟的發展，二〇〇五年，《中共中央辦公廳秘書局國務院辦公廳秘書局關於印發〈機關公文二維條碼使用規範〉的通知》（中秘文發〔2005〕56號），黨政機關公文處理工作又邁入了新的文化自覺、文化融合與文化自信時代。

（二）建國近七十年來國家機關公文工作法規文件頒布情況

　　一九五〇年元旦，在國家機關公文處理工作方面，先是出臺了《政務院關於中央人民政府所屬各機關發表公報及公告性文件的辦法》，特指定：凡屬中央人民政府及其所屬各機關的一切公告及公告性新聞，均應交由新華通訊社發布，並由《人民日報》負責刊載。如各種報刊所發表的文字有出入時，應以新華通訊社發布、《人民日報》刊載的文字為準。因為語言即思維，表明了新中國在公文處理上的規範與文字表達上的細緻與準確。一九五〇年十二月，政務院以一九四九年二月印發的《華北人民政府公文處理暫行辦法（草案）》為基礎，發布了《公文處理暫行辦法（草案）》由各地人民政府試行，並在試行中提供補充修正意見。[3]

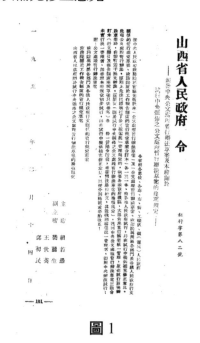

圖1

3　圖1山西省人民政府令，1951年2月14日。

　　一九五一年四月，政務院在北京召開了全國省、市人民政府秘書長會議，討論通過了《保守國家機密暫行條例》《公文處理暫行辦法》《加強文書和檔案工作的決定》《政務院所屬各部門各級政府行文關係的暫行規定》等一系列文件，一九五一年九月由政務院發布《公文處理暫行辦法》，這是建國後第一個國家行政機關公文工作規範性檔，對公文處理工作起到了積極作用，尤其是對各級各部門從戰時工作狀態轉型到建設國家狀態的文書、檔案工作的工作人員來說，更需要他們逐步意識到有據可依的文化自信。一九六四年一月二十四日國務院秘書廳國家檔案局聯合發出的《關於請勿使用圓珠筆、鉛筆擬寫檔的通知》，則基本上是一份軟弱無力的文件。（楊玉昆，1994）一九六四年二月由國務院辦公廳發布的《公文處理試行辦法》，將公文種類規定為十類十二種，但基本上只有少數的指示類的公文被頻繁使用。一九八一年二月，由國務院辦公廳發布《國家行政機關公文處理暫行辦法》，運行過程中，出現了一些新的現象和新的問題，一九八七年二月，由國務院辦公廳發布《國家行政機關公文處理辦法》。進入新世紀的二〇〇〇年八月，根據新的形勢，國務院發布《國家行政機關公文處理辦法》，作為新的國家機關公文處理標準。因為電子辦公的日漸普及，國家檔案局於二〇〇三年七月二十八日發布了《電子公文歸檔管理暫行辦法》，二〇〇三年九月一日施行。二〇一二年四月，由中共中央辦公廳、國務院辦公廳聯合印發《黨政機關公文處理工作條例》。近七十年來行政機關公文處理工作規範性文件的出臺歷程，也正是我國文化自信日漸增強的過程。

二　從建國近七十年來黨政機關公文工作法規文件內容結構看文化自信

　　歸納從建國近七十年來我國黨政機關公文處理工作規範化文件雖有近二十個。一九五〇年代，中共中央辦公廳和國家政務院出臺的文件都標有「暫行」字樣，為「暫且實施、執行」之意，這也充分表明了中國共產黨、中央人民政府在黨和國家建設中「摸著石頭過河」的科學化、制度化和規範化，而且「暫行」二字也本身屬於中國傳統文化中的字眼，如〔明〕張居正《文華殿論奏》:「皇上所謂常例者，亦近年相沿，如今年暫行，明年即據為例，非祖宗舊例也。」

　　一九九〇年代，我國經濟、政治、文化等方面的發展已步入快車道，在新時期的公文處理工作中也積累了很多的經驗，中共中央和國務院都分別頒行了正式的「工作條例」和「處理辦法」。雖然，國家機關公文處理工作都是在黨的領導下，除了一九五〇年代，黨的機關公文規範性文件的頒行數量上比國家機關公文處理規範性要少，頒行時間也靠後，修訂次數也少些。

　　從文件的具體內容編排來看，都有總則，概括性介紹文件的指導思想和適用範圍、主要內容等。除一九五一年頒行的《公文處理暫行辦法》外，都有附則，主要對實施日期、有關專門術語以及與過去相關法律的關係等內容作出規定。總則和附則，都是法律的基本部分，可見，在文字上具有權威性和法律性，體現文化自信力和公信力。中間的內容雖然用章節表述，實際上相當於法律的分則。

　　在一九五一年頒行的《公文處理暫行辦法》中，則有總則、種類、體式、辦理程式、行文關係、催辦檢查、檔案保密等八章，沒有附則，但有十個附件。特別需要說明的是附件五《標點符號用法》，更能體現在建國之初堅強的文化自信。標點這兩個字，始見於宋代。

《宋史·何基傳》:「凡所讀,無不加標點,義顯意明,有不待論說而自見者。」指的是閱讀古書時添加的句讀符號,即所謂舊式標點。而《標點符號用法》則非常詳細地對主要模仿西方的書寫習慣而借用的十四種新式標點符號進行了解釋和舉例,包括可能有的異形及原因都有說明,還有關於標點符號位置的格式等注意事項,還有對印刷中標點符號如何能夠有「更好的格式」使文件更加美觀醒目、方便讀者的內容,在「橫行文和標點符號」這部分內容中,已經注意到雖然「本篇的話全是就直行文稿說的」,但「現在文稿橫行書寫的也不少,應該補說一下」,不僅為一九五六年中共中央辦公廳頒發的《關於黨內文書改為橫寫、橫排的通知》奠定了基礎,而且也表現了建國之初中央人民政府外國文化和新文化的吸收與創新。章節最少的是一九五五年頒行的《中國共產黨中央和省(市)級機關文書處理工作和檔案工作暫行條例》,除第一章總則和第四章附則外,第二章為「文書處理工作」,共分三節,第三章為檔案工作,共分四節表述,還有十個附表,對中央文件格式、地方文件格式、函件格式、案卷封面、備考表、卷內目錄、案卷目錄、中共中央辦公廳檔案室流水登記簿、調卷單、銷毀清單等十個方面進行了圖示。而章節最多的是一九九六年頒行的《中國共產黨機關公文處理條例》,共十二章,除第一章總則和第十二章附則外,第二到第十一章分別對公文種類、公文格式、行文規則、公文起草、公文校核、公文簽發、公文辦理的傳遞、公文管理、公文立卷歸檔、公文保密等內容進行了規範。雖然表面上我們看到的內容結構只是物化載體,但實際上將道路自信、制度自信、理論自信通過文字、詞語、結構、表述等方式表現出的文化自信。

我們還可以看出,黨政機關公文處理工作規範文件從最初的黨政分開,又將文書、檔案、保密等工作完全糅合在一起,到二〇一二年黨政合一進行公文處理,除了第一章總則和第七章附則外,則將公文

處理工作簡要而明確地歸入公文種類、公文格式、行文規則、公文辦理、公文管理等五章中，而檔案工作和保密工作雖然也與公文處理工作密不可分，但有了更加專業的分工以及專門的法律法規保障。大學裡的文秘專業也開設了諸如《應用文寫作》《秘書學》《檔案學》《保密法》等專門的課程這既與我國社會主義建設的新形勢分不開，也與學習借鑒國外相關學科與研究成果相關。王蒙說：「我們的文化自信，包括了對自己文化更新轉化、對外來文化吸收消化的能力，包括了適應全球大勢、進行最佳選擇與為我所用、不忘初心又謀求發展的能力。」（王蒙，2018）

從黨政機關公文處理工作各個文件的總則來看，無論黨的機關公文還是國家行政機關公文，都非常注重公文處理工作科學化、制度化、規範化，提高公文處理工作的效率和公文質量。仔細比較會發現，黨的機關公文處理將科學化置於最前面，而行政機關公文處理則將規範化置於最前面，在二○一二年《黨政機關公文處理工作條例》中，則完全是按照此前黨的機關公文處理工作科學化、制度化、規範化排序的。這不僅只是一個語言順序的問題，同樣也是一種文化自信，在中國共產黨領導下的社會主義是科學社會主義，那麼公文處理自然也應該是科學化的。

我們還可以注意的是一九五一年頒行的《公文處理暫行辦法》在總則中給「公文」下的定義是「是政府機關宣布和傳達政策、法令、報告、商洽和指導工作，交流經驗的一種重要工具」。特別強調了各級人民政府的工作人員在公文處理工作中的態度：「須本實事求是、認真負責、為人民服務的態度，正確掌握運用，以達到密切聯繫群眾，有效地貫徹政令與改進工作的目的。反對脫離群眾、脫離實際的官僚主義和以辦理公文為唯一工作的文牘主義；同時應克服粗枝大葉、推諉、迂緩、紊亂等不良作風。」這種表述，與中國共產黨的宗

旨高度一致，而且將文言詞語與成語、書面語與口頭語等結合起來，在領導廣大人民當家做主的新中國，實事求是、認真負責、為人民服務就是最大的文化自信。

三　從建國近七十年來黨政機關公文工作法規文件標題擬制和公文用語看文化自信

（一）建國近七十年來黨政機關公文工作法規文件標題擬制情況

二〇一二年七月一日施行的《黨政機關公文處理工作條例》規定，公文標題由發文機關名稱、事由和文種組成。這一規定使我國黨政公文標題第一次有了統一的格式規範，公文標題的規範化水平上升到一個新的階段。長期以來，從古代《尚書》到民國公牘，公文一直處於「無題」狀態。（楊述，2016）一九五一年四月《公文處理暫行辦法》是在一九四九年二月印發的《華北人民政府公文處理暫行辦法（草案）》的基礎上形成的，在第三章「體式」中沒有直接涉及到題目的問題，但在第五條則間接地表明了題目的要素：「公文用紙第一頁須包括文種、發文字號、事由、附件、主送機關、擬辦、批示等欄（見附件六）。」已經有了而今公文標題的「三要素」，不過這三要素還沒有形成嚴密、固定、簡明、扼要的整體。比如一九五一年八月三日，當時華東軍政委員會教育部長吳有訓向軍政委員會上報的簽報（即後來的請示）事由欄填寫如下內容：

事由：為對中國銀行就華僑回國求學所提四項問題簽注意見請察鑒由

　　到底什麼是「事由」呢？很多公文寫作者往往將之望文生義為「事情的起因」，但是公文用語「事由」則是指本件公文的主要內容，指內容摘要，也叫由頭或者摘由。這也是對建國前根據地政府公文格式的繼承和發展。比如，《華北人民政府公文處理暫行辦法（草案）》就有出現「標題」字樣，它規定「公文除便函便簽而外，一般應作標題式的摘由」。但是沒有具體表述如何規範標題式的摘由。

　　其實，黨政機關公文標題的變化、發展與定型，也體現了公文處理工作中的既繼承中國優秀傳統文化，並與時俱進吸收外來文化進行創新，最後通過法定俗成的方式使之在一個歷史時期固化、物化、常態化。一方面，與民國以來的「稿面摘由」「文首敘事」的公文改良實踐活動分不開，而民國時期公文格式改良又是對秦漢以來逐步形成的公文首稱、文首敘事、貼黃、引黃的改革、繼承和發展。（楊述，2016）另一方面，在中國共產黨成立以來的很多文件，已經形成了「發文機關名稱＋事由＋文種」標題格式，如一九二五年一月發出的《中共第四次大會對於列寧逝世一週年紀念宣言》，雖然這個標題的文種還不是我們今天的法定公文文種，但三要素的格式已經完備。而一九三八年四月發出的《中共中央關於開除張國燾黨籍的決定》則和今天的黨政公文標題格式完全相符。在具體的公文運行中，因為沒有統一規範，所以格式甚多。如一九五一年「山西省人民政府令　秘行字第八二號」的標題是：「——頒發中央公文處理暫行辦法草案及本府關於試行中央頒布之公文處理暫行辦法草案的幾項規定——」，此標題有兩個內容，前一半貌似語法上殘缺，而後半部分則是一個「三要素」俱全的標題形式。此外，我國公文處理工作當時也主動向蘇聯學習，如中辦秘書廳負責人的曾三在《中共中央辦公廳秘書局關於全國檔案工作會議向中央的報告》中說明，一九五五年《中國共產黨中央和省（市）級機關文書處理工作和檔案工作暫行條例》是「根據蘇

聯經驗結合中國實際的統一的條例」，該條例規定「發文須加注『標題』或『事由』（便函除外）」。

此後，我國公文標題一直在踐行傳神、顯性、好記、便用的文化特徵。一九五六年十月二十二日，國務院秘書廳發布《關於對公文名稱和體式問題的幾點意見（稿）》則明確「所謂『標題』，就是發文機關、公文事由和公文文種三者所構成的文件名稱。」但對標題的功能、結構和寫法，未作具體規定。一九八一年國務院辦公廳發布《國家行政機關公文處理暫行辦法》，明確把標題確定為公文格式要素之一，並規定：「公文的標題應當準確、簡要地概括公文的主要內容，並標明發文機關名稱和公文種類。」一九八九年《中國共產黨各級領導機關文件處理條例（試行）》，規定標題的標準格式為：「文件標題一般由發文機關名稱、內容和文種三部分組成」。為了便於準確理解和擬寫「內容」，一九九六年發布《中國共產黨機關公文處理條例》將「內容」改為「公文主題」，規定「標題由發文機關名稱、公文主題和文種組成」，應該更便於理解和便於操作。二〇一二年中辦發布的《黨政機關公文處理工作條例》規定，「公文標題由發文機關名稱、事由和文種組成」。黨政機關公文標題的三要素結構形式至此統一。第二要素則經過了從「事由」「摘由」到「內容」「公文主題」再到「事由」的過程。當然，這並不僅僅是文字上的一種變化，也是思想認識上的發展和成熟，更體現出三要素的標題構成規範是經得住實踐考驗的文化自信。

（二）建國近七十年來黨政機關公文用語看文化自信

「辭命體，推之即可為一切應用之文。應用文有上行，有平行，有下行。重其辭乃所以重其實也。」（劉熙載：44）清代學者劉熙載在《藝概·文概》中認為應用文（實際上此處主要是指公文）有一定

的格式、行文方向以及語言形式。這也說明了公文自古以來就具有程式化的特點，而公文程式化的表示最明顯的語體特徵之一就是公文慣用語、文言詞語、單音節詞、成語俗語等的不可避免和不可或缺。而這些公文語言經過與時俱進的吸收與揚棄，已經法定俗成我們公文處理中既重其辭又重其實的公文語體，體現了作為禮儀之幫的語言之美。「基於文化自信，我們也應有起碼的語言自信，因為語言自信是文化自信的一個核心維度，是文化自信發展與變化的必然產物。語言自信反過來也會有力地提升文化自信的深度與廣度。」（鐘書能，2018）

建國近七十年來，我國頒行黨政機關公文處理工作規範化文件都要求草擬公文：「情況確實，觀點明確，條理清楚，文字精煉，書寫工整，標點準確，篇幅力求簡短。」（1993 年）「內容簡潔，主題突出，觀點鮮明，結構嚴謹，表述準確，文字精煉。」（2012 年）雖然沒有明確規定在公文草擬中是否使用公文套語或慣用語，但長期以來的公文實踐已經形成了一系列行之有效、約定俗成的公文語言。

1. 開端慣用語：根據、為（為了）、按照（依照、遵照）、茲因（茲有、茲定於）、欣值、頃接、現將、鑒於等。2. 稱謂慣用語：第一人稱用本、我；第二人稱用你、貴；第三人稱用該、他等。3. 結尾慣用語：此（復、令、布）、特此（通知、通告、公告、函復、函達）、為（要、盼、感、荷）、希（研究執行、貫徹執行、遵照辦理、參照執行）、「以上報告，請審查」、「以上意見當否，請批復」、「敬請函復」、「此致敬禮」等。4. 歸納慣用語：總之、總而言之、總括、縱上所述、據上所述、以上各點、如前所述、由此可知等。5. 徵詢慣用語：當否、可否、妥否、是否、能否、是否可行、是否妥當等。6. 公布慣用語：公布、發布、頒布、頒發、頒行，宣布、布告等 7. 引敘慣用語：前接（現接、近接）、近悉（欣悉、敬悉、驚悉）等。8. 經辦慣用語：經、茲經、業經、責成、現經、擬定等。9. 承啟慣用語：為

此、據此、對此、有鑑於此、答覆如下等。10. 表態慣用語：同意、
可行、不可、照辦、迅即辦理、現予轉發等。11. 期請慣用語：請
（懇請、擬請、即請）、希（懇希、務希、尚希）、望、盼（切盼）
等。12. 單音節詞替代雙音節詞：凡（凡是）、概（一律）、貴（你
們）、含（包括）、亟（急切）、視（根據）等。13. 文言替代白話：屆
期（到預定的時期）、經辦（經手辦理）、屆滿（限定的日期或規定的
擔任職務的任期已滿）、不貸（不寬恕）、此布（就這些內容予以公
布）、付諸（把它用在、用它來）、逕與（直接和）、均經（都已經經
過）、明令（明白而公開的命令）、傾接（剛剛收到）、如期（按照預
定的日期）、茲就（現在針對）等。

表 2　民國公文所用套語統計表

	上行文	平行文	下行文
起首語	为呈请（报、覆）事，呈为据情转呈事，为……恭呈仰祈鈞鑒事	为咨请（覆、送、商）事，迳启（覆）者，敬启（覆）者	为令遵（行、饬）事，为通令事，呈悉、电悉，为布告事
叙案語	窃、窃维（思、按），查（窃查、案查）	（案）查，按	（案）查，照得
引叙語	（案）奉……开	（案）准……开	（案）据……称
引叙来文收束語	等因、等语	等由、等语	等情、等语
承转語	奉此、奉令前因，兹奉前因	准此、准咨（函）前由	据此、据呈前情
经办語	遵经、奉经，遵查，正遵办间，下、到	当经、业经，去后……到、过	当经、前经，去后……前来、来
请示、商承或准驳語	是否有当，可否之处	可否之处，敬表同意，无法照准	应准照办，著无庸议，实难照准，呈候核夺，殊属不合
收束語	理合	相应	合行（亟）
祈请語	察核施行，核准备案，鉴核示遵，伏乞、仰恳	函达，希即查照办理，办理见复	令仰、着即，遵照办理，一体周知
补助語	为祷，不胜……之至，实为德（公）便，再合并陈明	为荷，实纫公道	有厚望焉，毋违、毋得，切切，是为至要，毋得玩忽，致干咎戾，懔遵毋违
附件語	附呈、附陈	附送、检送	附发

（侯吉永，2013）

　　我們將上面列出的黨政機關公文用語與表 2 民國公文所用套語統
計表進行比較，會很明顯地發現，一部分生命力強、普適度高、簡潔
優美、有禮有節的公文慣用語、文言詞語保留下來，對中國特色的社
會主義政權的統治和鞏固具有不可替代的作用，在新時代為實現中華

民族偉大復興而煥發青春。另一些封建色彩濃厚、陳舊迂腐、不合時宜的公文用語被棄用。自我國歷史上第一部公文集《尚書》開始，歷朝歷代不乏公文的創作名篇和理論名篇，並就此逐漸形成各個歷史時期的行文理念。新中國成立以後，在對以往公文理念的繼承、發揚、摒棄、創新的綜合作用下，逐漸發展出自己的一套行文理念，即體現政治性、規範性、實踐性、時效性、莊重性和簡明性。（歐陽程，2007）

新中國成立後，一九五一年中央人民政府政務院頒布的《公文處理暫行辦法》第七條規定：「公文以用語體文為原則，並加注標點符號。舊公文套語如：『仰』、『理合』、『合行』、『相應』、『等因奉此』和模棱兩可的語句，如：『大致尚可』、『尚無不合』等，均應廢除。」在第八條中也明確了公文寫作的原則：「公文寫法務求簡潔、明確、條理清晰、合於文法，切忌冗長雜亂。」第九條強調「公文程式應力求簡易」。表明新中國成立之初，黨和國家就有了清醒明確的意識，對封建的、陳舊的、繁冗的、紊亂、迂緩的公文語言進行揚棄，因為「語言的背後是有東西的，而且語言不能離開文化而存在」。（美國語言學家 E. Sapir, 1921 年）而正是漢語承載和代表中華民族文化的中華文明是世界上唯一沒有中斷而發展至今的文明。

總之，從建國後出臺的近二十個黨政機關公文工作規範性文件到二〇一二年《黨政機關公文處理工作條例》實現了黨政公文一體化，黨政機關公文從文件頒布、內容結構、標題擬制和公文語言等方面既體現了黨政機關公文與時俱進和法定俗成一體化的進程，也體現出來的人民民主專政社會主義國家的文化自信。黨政機關公文的文化自信既蘊含著中華民族文明幾千年沉澱下來的中華傳統公文文化，又包括著在黨和人民偉大鬥爭中孕育出的公文文化和社會主義建設中先進公文文化，因而也是更基礎、更廣泛、更深厚的文化自信。

參考文獻

仲呈祥　《中國藝術報》　2016年7月15日

韓美群　〈準確把握新時代文化自信的深刻內涵〉　《光明日報》
　　　　2018年6月25日

楊玉昆　〈一份軟弱無力的文件——評《關於請勿使用圓珠筆、鉛筆
　　　　擬寫文件的通知》〉　《中國檔案》第5期（1994年）

王　蒙　〈中國的文化自信是一種怎樣的自信？〉　《解放日報》
　　　　2018年3月12日

楊　述　〈漫談公文標題的規範化進程〉　《應用寫作》第7期
　　　　（2016）

〔清〕劉熙載　《藝概》　上海　上海古籍出版社　1978年　第44頁

鐘書能　〈論中華文化自信中的漢語語言力量〉　《中國外語》
　　　　2018,15（01）　第4-10頁

侯吉永　〈簡論民國公文的舊式套語及其簡化進程〉　《學術園地》
　　　　第6期（2013年）

歐陽程　《當代行政公文詞彙研究》　成都　四川師範大學　2007年

轉引自鐘書能　〈論中華文化自信中的漢語語言力量〉　《中國外
　　　　語》　2018,15（01）　第4-10頁

中央人民政府　《公文處理暫行辦法》　北京　人民出版社　1951年

楊　明　《公文寫作中的不規範現象研究》　蘭州　西北師範大學
　　　　2006年

蘇永來　《建國以來我國行政公文發展探究》　哈爾濱　黑龍江大學
　　　　2010年

楊劍　《建國以來我國公文制度研究》　合肥　安徽大學　2010年

王興偉　《黨政公文一體化可行性研究》　長春　長春理工大學
　　　　2012年

馬國金　〈黨政公文處理規範統一後機關公文的形式變化〉　《秘書》第9期（2012年）　第34-35頁

岳海翔　〈我國當代公文法規建設的重大變革——學習新的《黨政機關公文處理工作條例》〉

欒照鈞　〈《黨政機關公文格式》缺憾瑕疵探析〉　《秘書》第5期（2013年）　第9-13頁

〈《黨政機關公文格式》國家標準應用指南〉　《辦公室業務》第3期（2014年）　第254頁

欒照鈞　劉偉　〈《黨政機關公文處理工作條例》實施細則出臺情況綜述（上）〉　《秘書》第4期（2016年）　第6-10頁

欒照鈞　劉偉　〈《黨政機關公文處理工作條例》實施細則出臺情況綜述（下）〉　《秘書》第5期（2016年）　第3-5頁

鄭觀應家訓的文種、特點及其價值

梁金玉

澳門近代文學學會理事長

摘要

　　古代中國以嚴謹格式寫作的家訓，於南北朝時期開始出現，以《顏氏家訓》這部經典為開端，其後不斷發展，到了清代為鼎盛時期。中國近代歷史名人鄭觀應的家訓寫於清代後期、民國初期，他的家訓體裁和載體多樣性，有家書、囑書、家訓詩、散文、匾額和楹聯，其內容繼承了中國傳統家訓文化的精華，同時具有先進的理念，是值得學習的典範。本文探討鄭觀應家訓的文種、特點及其價值，期望通過學習先賢的家訓，提倡在當代的家庭教育中，貫注深厚的中國傳統家訓文化內涵，充分發揮中國傳統文化的積極作用。

關鍵詞：鄭觀應　家訓　家庭教育　家書　家訓詩

一　鄭觀應家訓的特殊性

家訓的寫作目的是進行家庭教育。家訓是某一家庭或家族中父祖輩對子孫輩、兄輩對弟輩、夫輩對妻輩所作出的某種訓示、教誡，教誡的內容既可以是教誡者自己制定的，也可以是教誡者取材於祖上的遺言和族規、族訓、俗訓或鄉約等文獻中的有關條款，或者具有勸諭性，或者具有約束性，或者兩者兼具。它包括口頭家訓和書面家訓兩種形式。[1]以嚴謹格式寫作的家訓，於南北朝時期開始出現，顏之推撰寫的《顏氏家訓》是歷史上首部有系統地將訓言分為卷、篇的家訓。此後家訓不斷發展，唐代的家訓詩或詩訓被廣泛應用，宋、元、明、清等各時期皆有大量家訓。

中國近代維新思想家鄭觀應（1842-1921），其代表作《盛世危言》開拓了救國之道，以「商戰」作為戰略核心，指出振興商務有助國家富強，從而排除外敵的侵略，他提出一系列大膽創新的改革建議，對國家的進步有重大貢獻。鄭觀應的家訓寫於清代後期、民國初期，繼承了中國傳統家訓文化的精華，體裁和載體多樣化，同時具備先進的理念。由於清代後期受到西方文化的影響，傳統家訓文化開始衰落，現搜集到鄭觀應家訓，文種及數量豐富，亦能反映當時的社會情況及鄭觀應思想，因此是十分珍貴的家訓材料及文化遺產。

二　鄭觀應家訓的文種

鄭觀應的父親是教書先生，品格高尚。鄭觀應自幼接受良好的家庭教育，並打下深厚的文學根底。他與父親一樣，擁有強烈的家國情

1　朱明勳：《中國家訓史論稿》（成都：巴蜀書社，2008年）。

懷，亦十分重視家庭教育。鄭觀應在外工作期間，時常寫家書和家訓
詩教導弟弟和子侄。晚年時，他總結自己一生的心得，在囑書中用了
大量篇幅訓誡子孫後代。在澳門鄭家大屋，仍然懸掛著一些木製的家
訓匾額及家訓楹聯。同時，鄭觀應部分著作的序言，以及他出席活動
的講辭，亦具有家訓教誨的作用。經搜集到的鄭觀應家訓逾兩萬七千
字，文種包括家書、囑書、家訓詩、散文、匾額和楹聯等。以下將鄭
觀應家訓的文種、相關數量及字數進行統計：

表 1　鄭觀應家訓的文種、篇數及字數統計表

文種	篇數	字數
1. 家書	13	15,452
2. 囑書（只選錄家訓內容，略去財產分配內容）	1	4,674
3. 家訓詩	43	3,928
4. 散文	4	2,772
5. 匾額	3	180
6. 楹聯	4	66
總計	68	27,072

表 2　鄭觀應家訓文種及篇名一覽表

文種	篇名
1. 家書	（1）致內子葉夫人書並錄《婦女時報》治家格言 （2）致天津翼之五弟（談兒女後輩應「自立」）書 （3）訓兒女（擇交宜慎）書 （4）訓長男潤林書 （5）訓長男潤林並錄寄月岩弟（增強體質） （6）訓次兒潤潮（競爭須注意道德）書

文種	篇名
	（7）訓子侄（勉學） （8）訓子侄（讀書做人） （9）與月岩四弟書（談教育及捐助辦學） （10）訓子侄（立身處世） （11）答曜東弟書（談國家理財政策） （12）與子侄論商務書 （13）致天津翼之弟書（開礦關乎國計民生）
2. 囑書	中華民國三年香山鄭慎餘堂待鶴老人囑書
3. 家訓詩	（1）衛生歌 （2）傷賭嘆 （3）鴉片吟 （4）雜感 （5）自警 （6）勵志 （7）乙酉還家書以自勉 （8）自勖 （9）自責 （10）世欲希道德而又不能忘情於酒色財氣故作四箴以自警兼勉同志 （11）讀寒山詩自勵並訓後人 （12）別粵寄內並示諸弟 （13）寄示長男潤林肄業日本 （14）訓子 （15）余涉歷世事備受艱虞聊賦長歌以誡兒輩 （16）訓子侄之肄業日本者 （17）箴言寄紀常侄
4. 散文	（1）《富貴源頭》序 （2）重刊《陶齋誌果》序 （3）《救時揭要》序 （4）《招商局公學開學訓詞》

文種	篇名
5. 匾額	（1）崇德厚施 （2）餘慶 （3）仁者壽
6. 楹聯	（1）惜食惜衣不獨惜財還惜福　求名求利必須求己免求人 （2）何須建參贊事功但安所遇　若果明修齊道理無忝爾生 （3）鍾靈得地　積善傳家 （4）現陰陽而合道　借樓閣以撐天

三　鄭觀應家訓的特點

根據上述資料，鄭觀應家訓的文種包括家書、囑書、家訓詩、散文、匾額和楹聯等，數量和字數較多，共六十八篇，逾兩萬七千字。作為撰寫者，鄭觀應學識廣博，品格高尚，理念創新，有很高的個人修養。他的家訓內容條理清晰，語言顯淺易懂，亦使用比喻、成語、排比句等優美的語文。主題照顧到多方面，包括關心家人的健康、做人、做事、學習、工作、治家、價值觀等，耐心傳授人生經驗。他寫作家訓的材料豐富，有分享個人經驗的，有闡述社會情況的，也有借鑒他人優秀的家教方法。

總括鄭觀應家訓的內容，主要有六個方面，第一，培養良好的品格。第二，保持良好的生活習慣，不得沾染不良的陋習。第三，交友、用人、辦事必須清楚及謹慎。第四，做人要務實，學習謀生本領。第五，女子要讀書。第六，重視婚姻擇偶。他的家訓貫穿著做人是根本，道德是做人的核心。

維新思想家鄭觀應身處外憂內患、西風東漸的時代背景，其家訓具有鮮明的特色，主要特點為：第一，家訓的體裁和載體多樣性，包

括家書、囑書、家訓詩、散文、匾額和楹聯等。第二,具有承傳性,注重修身齊家、行善積德、勤儉耐苦、立志上進等儒家文化傳統。第三,具有發展性,從傳統的忠孝仁義的基礎上,提出救國的理念,要有氣節、有良心和取之有道。第四,具有適應性,重視學習謀生本領,增強個人的競爭優勢,以適應社會的變化。第五,具有先進性,鼓勵實踐「商戰」理念,樹立嶄新的辦事作風,重視栽培子孫。第六,具有勸喻性,語調溫和,態度坦誠率真,喜歡使用比喻手法,引用中外名人雋語,或列舉事實等,來說明深邃的哲理。

四　鄭觀應家訓的價值

家訓蘊含父祖輩的知識、經驗、心得、目標和期望,激勵子孫成為卓越的人。家訓從兩方面對社會產生作用,首先,對當時的社會產生正面的影響力,家長通過家訓教育兒女,為社會作出貢獻。其次,對後世社會產生正面的影響力。家訓在家庭以至家族培養優良的家風,子孫人才輩出,每代都有建樹;而每個世代的族人所作的貢獻,對後世社會再產生正面的影響力。

鄭觀應的家訓具有強大而深遠的影響力,他以身作則,一生卓越的事蹟為子孫做了傑出的榜樣。鄭觀應耐心教導弟弟和兒子,啟發他們樹立遠大的志向。他的三弟鄭思賢(1845-1920),號曜東,學業優秀,任職官員,參與賑災捐款及鐵路的籌建。四弟鄭官桂(1859-1948),號月岩,任江西九江招商局局長,實踐鄭觀應提出的「商戰」理念。五弟鄭慶麟(1859-1877),號翼之,在洋行工作,發展航運,為天津巨富,他開墾荒地耕種和畜牧,關懷鄉里,並積極實踐「商戰」。鄭觀應的長子鄭潤霖(1884-1916)及次子鄭潤潮(生於1890 年,卒年不詳),具專科學歷,精通外語。三子鄭潤燊(1902-

1990），大學畢業，投身教育事業。四子鄭潤鑫（1904-1978），又名鄭景康，是傑出的攝影藝術家及攝影記者，以照片揭露日寇侵略中國的罪行，並反映抗日救亡活動，發表了多部攝影理論著作及舉辦了多個攝影展。

鄭觀應逝世後，其家訓思想繼續引導子孫發奮上進。當中，他的孫兒鄭吉祥，大學畢業，為高級工程師，一九八三年被評為上海市勞動模範。鄭吉祥銘記祖父的訓導，繼承發揚鄭氏「富強救國」「崇德厚施」的優良家風。鄭觀應的曾孫鄭克魯，為大學教授，博士生導師，學術單位領導，當代著名翻譯家，出版了大量著作，獲得多個國內外學術獎項和榮譽。

綜合上述鄭觀應族人的事跡，證明他們認真實踐鄭觀應家訓，特別是家訓中提及的「學習英語」「必須勤儉」「讀書畢業」「業精一藝」等，並繼承了鄭氏父祖輩「熱心公益慈善」「強烈的家國情懷」等崇高品德。鄭氏族人所作的貢獻，推動了當時社會的進步，並繼續在今天造福社會。

五 鄭觀應家訓獲得認同

筆者於二〇一三年以鄭觀應家訓為畢業論文的研究主題，其後於二〇一四年發表著作《鄭觀應家訓研究》，並於二〇一六年再發表著作《鄭觀應家訓的價值》，期望借鑒鄭觀應家訓，改善當代家庭教育的素質。發表著作後，鄭觀應家訓開始受到關注，並得到社會的認同，筆者有機會到澳門旅遊學院向學生進行推廣。此外，澳門及中國內地的傳播媒介，相繼以鄭觀應家訓為專題作廣泛介紹宣傳。其中，澳門廣播電視於二〇一五年的《開卷有益》電視節目專門介紹宣傳《鄭觀應家訓研究》這本書，邀得澳門大學鄧景濱教授作為專家點

評。中山廣播電視臺亦於二〇一六年專門拍攝一輯共上、下兩集的電視節目《中山故事——鄭觀應家風家訓》，筆者及多位專家學者參與接受訪問。二〇一七年六月《香山》雜誌以專題形式大篇幅介紹鄭觀應的生平及其家訓，筆者亦參與撰寫。

圖1　澳門廣播電視《開卷有益－鄭觀應家訓研究》電視節目截圖

圖2　中山廣播電視臺《中山故事——鄭觀應家風家訓》
電視節目截圖

　　鄭觀應家訓逐漸受到重視，二〇一七年七月十一日，《鄭觀應家訓》登上了中央紀委監察部網站的「中國傳統中的家規」專欄，題為「廣東中山鄭觀應《盛世危言》讓人警醒」。南粵清風網同步推送。該專欄介紹鄭觀應的事蹟及其家訓，鼓勵人們學習鄭觀應家訓，特別是鄭觀應一生謹守的「清、慎、勤三字」。筆者和鄧景濱教授參與了有關專題的拍攝，並且在「專家觀點」欄目聯合發表〈晚清思想家、實業家鄭觀應怎麼教兒子進行「商戰」？〉

圖3　《鄭觀應家訓》登上了中央紀委監察部網站的「中國傳統中的家規」專欄

六　充分發揮鄭觀應家訓的積極作用

　　綜上所述，近年鄭觀應家訓已推廣至全國，並獲得廣泛認同，在當代社會產生強大而深遠的影響力，具有重要的價值。由於鄭觀應家

訓文種多樣，數量及字數較多，理念創新，是值得學習的典範，因此，建議借鑒鄭觀應寫作家訓的方法，在家庭教育中，不僅採用身教及言教，更需要使用寫作形式的家訓教育，貫注深厚的中國傳統家訓文化內涵，進一步發揮鄭觀應家訓的積極作用。

參考文獻

鄧景濱、李靜　《應用文研究》　澳門　澳門近代文學學會　2010年

鄧景濱　《鄭觀應詩類編》　澳門　澳門近代文學學會　2012年

梁金玉　《鄭觀應家訓研究》　澳門　澳門近代文學學會　2014年

梁金玉　《鄭觀應家訓的價值》　廣州　廣東人民出版社　2016年

夏東元　《鄭觀應文選》　澳門　澳門歷史學會、澳門歷史文物關注協會　2002年

夏東元　《鄭觀應年譜長編（上下卷）》　上海　上海交通大學出版社　2009年

中山市鄭觀應文化學會　《鄭觀應與近代中國：紀念鄭觀應逝世95周年暨鄭觀應與近代中國學術研討會論文集》　廣州　廣東人民出版社　2016年

朱明勳　《中國家訓史論稿》　成都　巴蜀書社　2008年

信函格式的異化和優化

——以兩岸領導人信函為例

潘夏芊

澳門大學

摘要

　　信函是應用文中使用最普遍的文種。傳統信函已累積成一套固有結構格式，使信函寫作條理清晰、用語得體，符合習俗和禮儀，達到信函傳遞訊息、交流思想的目的。但因時代變化，人們已漸漸忽略信函傳統文化，忽略禮貌原則，導致異化情況出現。本文以兩岸領導人信函為例，搜集了習近平、胡錦濤、溫家寶、馬英九、洪秀柱、朱立倫、吳敦義共二十二封信函原件，根據鄧景濱教授提出的應用文八項原則及應用文口訣，分析各領導人的信函格式，探討其在格式上的異化現象及趨向，並提出個人的優化意見。信函書寫要傳承及弘揚中華傳統信函文化。

關鍵詞：兩岸領導人　信函　結構格式　異化　優化

書信是人與人彼此間聯絡感情、溝通消息、表達情意的一種應用文。（林安弘，2005）它是應用文中最重要且最普遍的。中國大陸及臺灣地區領導人都會以信函方式與人民、機構、團體或相互之間作溝通、傳達情意用途。信函特性主要是有一定的對象、有一定的格式、有具體的事宜、有專門的用語。（林安弘，2005）在信文格式及用語中可表現發信人對收信人的尊敬及禮貌。鄧景濱教授在應用文寫作研究上提出了應用文八項原則和應用文口訣，信函格式應遵守應用文八項原則的文本原則和禮貌原則。

本文搜集了當代中國大陸及臺灣地區的領導人信函，包括習近平、胡錦濤、溫家寶、馬英九、洪秀柱、朱立倫、吳敦義等共二十二封信函原件，探討其在信函格式上的異化及需優化之處。對於信函傳統格式的重視程度可看出其待人處事的態度及風度，特別是在領導人作為公務交往信函當中可彰顯個人素質及氣度。信函寫作應繼續承傳中華傳統信函文化。目前，信函傳統格式的異化現象應引起重視。

文中根據信文文首、正文及文尾三部分結構來探討信函原件的異化現象。主要以四個表格來說明：表1是領導人信函原件一覽表，表2是闡述原件格式異化現象，表3是異化現象綜合分析，表4是信函原件出處。本文主要以鄧景濱教授的應用文八項原則中的文本原則及禮貌原則，以及文本口訣分析之。先分析各領導人信函，然後探討原件格式的異化現象，並以「取法乎上」及「臻於至善」作為優化的標準。

一　傳統信函的結構格式

信函一直以來累積了一套傳統格式，結構大體分為文首、正文及文尾三部分。本文主要探討的信函格式為前稱式信文，以清末民初領

導人及名人信函作例子,歸納出傳統前稱式信函格式。

　　清末民初信函主要以豎行信文為主。以曾國藩、魯迅、毛澤東及周恩來等親筆信為例,見下圖:

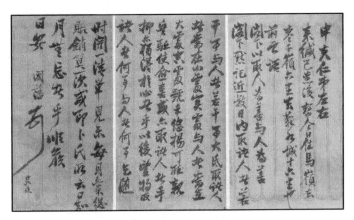

圖 1　曾國藩致曾紀澤信函原件[1]

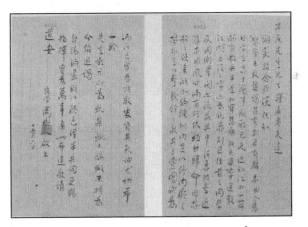

圖 2　魯迅致蔡元培信函原件[2]

1　網易訂閱:〈曾國藩為何被世人奉為「千古第一完人」?〉,(http://dy.163.com/weme
　　dia/article/detail/BLCCPL3F052386FT.html)。

2　新浪收藏:〈文人雅士手筆的豎藏與投資:以魯迅書法為例〉,(http://collection.sina.
　　com.cn/plfx/20131010/1726129456.shtml)。

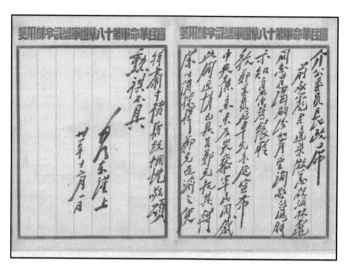

圖3　毛澤東致蔣介石信函原件[3]

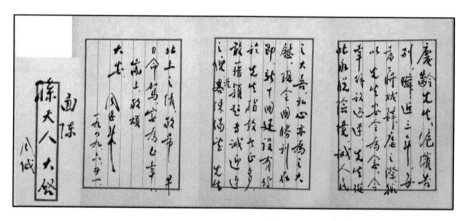

圖4　周恩來致宋慶齡信函原件[4]

3　壹讀：〈毛澤東給蔣介石的手稿真跡，難得一見！〉，（https://read01.com/KKDD8d. html），來源：蘭花公社。

4　看客：〈周恩來寫給宋慶齡的信〉，（http://550667.net/read/55309033/），圖片來源： （http://bbs.sanww.com/）。

以上述四個例子歸納信函豎行行款格式如下：

敬詞＋姓名＋尊稱＋提稱語＋啟事語：

□□……………。（開首語）

……………………。

……………………。（主體文）

……………………。

……………（結束語）祝語

頌語（祝頌語）

謙稱（職銜）、姓名、啟告語

日期

以毛澤東兩封信函及周恩來信函的橫行信文作例子，見下圖：

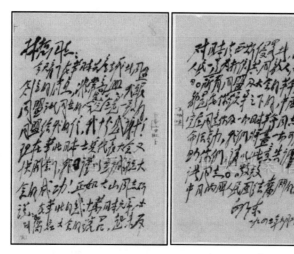

圖5　毛澤東致林彪信函原件[5]

圖6　毛澤東致李鼎銘信函原件[6]

5　抗日戰爭紀念網：〈1942年6月25日：毛澤東關於在華日本共產主義者同盟創立等問題給林哲的信〉，（http://www.krzzjn.com/html/14464.html），來源：中央檔案館。

6　上海中醫藥大學圖書館：〈李鼎銘故居陵園〉，（http://lib.shutcm.edu.cn/zhongyilvyou/detail.aspx?id=5）。

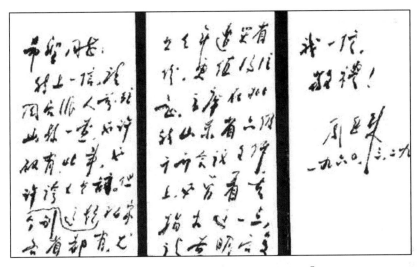

圖7　周恩來致曾希聖信函原件[7]

　　橫行信函格式亦參考了豎行信文例子，基本結構一樣。歸納的信函橫行行款格式如下：

敬詞＋姓名＋尊稱＋提稱語＋啟事語：
□□ ⋯⋯⋯⋯⋯⋯⋯。（開首語）
□□ ⋯⋯⋯⋯⋯⋯⋯
⋯⋯⋯⋯⋯⋯⋯⋯⋯⋯⋯⋯
⋯⋯⋯⋯⋯⋯⋯⋯⋯⋯⋯⋯。（主體文）
□□ ⋯⋯⋯⋯⋯⋯。（結束語）
□□ 祝語
頌語（祝頌語）

　　　　　　　　　　　　謙稱（職銜）、姓名、啟告
　　　　　　　　　　　　日期

7　新浪中心：〈史海鈎沉：周恩來在困難時期解決中國大飢荒（圖）〉，（http://news.sina.com.cn/c/2002-07-03/0831623569.html），來源：千龍新聞網。

從文首、正文及文尾結構中看，信函傳統格式在文首方面有敬詞、姓名、尊稱、提稱語、啟事語；在正文中有開首語、主體文、結束語及祝頌語；而文尾部分有署名（謙稱／職銜、姓名、啟告語）及日期。從上述信函豎行和橫行行款格式中，可見祝頌語有兩種格式，第一種是祝語緊接正文書寫，頌語轉行頂格書寫；第二種是祝語另起一行空兩格書寫，而頌語亦是轉行頂格書寫。第一種格式是傳統格式，第二種是當前最通行而且禮貌程度較高的格式。（鄧景濱，2015）兩種格式亦可。另外，從文尾結構上看，在私人信函中，在姓名前須加上適合彼此關係的謙稱或稱謂，以表明身份關係。但在公務信函當中，特別是作為中國大陸及臺灣地區之間的交往信函上，姓名前應書發信人職銜。兩者有分別。

二　兩岸領導人信函的結構格式

（一）信函資料一覽

表 1 中根據中國大陸及臺灣地區領導人作排序，先以中國領導人習近平、胡錦濤及溫家寶的次序作排列，後以臺灣領導人馬英九、洪秀柱、朱立倫、吳敦義作次序排列，分別各以時間作先後順序。共搜集了二十二封信函資料，分別為習近平五封、胡錦濤三封、溫家寶七封、馬英九三封、洪秀柱一封、朱立倫兩封及吳敦義一封。信函有簡體字及繁體字兩種字體，中國大陸領導人主要是簡體字字體信函，而臺灣地區領導人則是繁體字字體，符合各自用字習慣。在行款格式中有橫行和豎行規格，溫家寶的手寫信均是豎行信文。以下論述先以領導人信函作分析，後再分析信函原件的異化和優化。

表 1　領導人信函原件一覽表（以領導人排序）

序號	年日月	發信人	收信人	信函字體	行款格式
1	2012.11.15	習近平	馬英九	簡體字	橫行
2	2013.10.01	習近平	中央民族大學附屬中學的全體同學們	簡體字	橫行
3	2015.01.17	習近平	朱立倫	簡體字	橫行
4	2015.09.09	習近平	「國培計劃（2014）」北京師範大學貴州研修班全體參訓教師	簡體字	橫行
5	2017.05.20	習近平	吳敦義	簡體字	橫行
6	2006.10.14	胡錦濤	中央社會主義學院	簡體字	橫行
7	2007.04.07	胡錦濤	吳伯雄	簡體字	橫行
8	2012.11.15	胡錦濤	馬英九	簡體字	橫行
9	2007.09.14	溫家寶	楊福家	簡體字	豎行
10	2008.07.13	溫家寶	劉小樺	簡體字	豎行
11	2010.08.27	溫家寶	袁隆平	簡體字	豎行
12	2011.06.11	溫家寶	福島佳代（日本小朋友）	簡體字	豎行
13	2013.12.27	溫家寶	吳康民	簡體字	豎行
14	2014.04.20	溫家寶	葉嘉瑩	簡體字	豎行
15	2015.10.24	溫家寶	盛天民	簡體字	豎行
16	2012.11.15	馬英九	習近平	繁體字	橫行
17	2013.07.20	馬英九	習近平	繁體字	橫行
18	2016.05.10	馬英九	翁啟惠	繁體字	橫行
19	2016.03.26	洪秀柱	習近平	繁體字	橫行
20	2015.01.17	朱立倫	習近平	繁體字	橫行
21	2015.10.13	朱立倫	國民黨黨員	繁體字	橫行
22	2017.05.20	吳敦義	習近平	繁體字	橫行

（二）習近平信函

在習近平的五封信函中，以編號 5 的原件格式為最佳。原件 5（見圖 8）中有提稱語及祝頌語，但祝頌語格式異於傳統信函格式。此函是習近平給臺灣地區領導人吳敦義的信函。作為公務交往信函，在文首中應有收信人職銜、姓名及尊稱，在文尾上亦應有發信人職銜及親筆簽署，表示禮貌及尊敬。（陳耀南，1995）

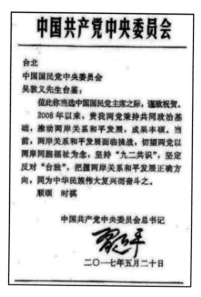

圖8（原件5）[8]

在習近平給臺灣領導人的原件 1 及原件 3 中文首、文尾亦有職銜結構。原件 1、原件 2 及原件 4 均省略祝頌語。而原件 3 與原件 5 一樣，祝頌語格式有異化情況。但在原件 3 中，文首與正文間有空行。五封信函格式均省略啟告語。

8　來源請詳見附錄，下同。

（三）胡錦濤信函

在胡錦濤的三封信函中，以編號 7 的原件格式較為佳。原件 7（見圖 9）是胡錦濤給吳伯雄的信函，在文首中有分行書收信人所在地區、職銜、姓名及尊稱，而在文尾上有發信人職銜及姓名。但原件 8（見圖 10）是胡錦濤給臺灣領導人馬英九的信函，在文尾中則省略發信人職銜。

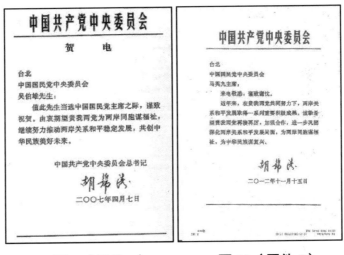

圖 9（原件 7）　　　　圖 10（原件 8）

原件 7 及原件 8 都是公務交往信函，在結構上理應相同，應擇優從之。原件 6、原件 7 及原件 8 在結構上均省略提稱語、祝頌語及啟告語。胡錦濤的信函沒遵循傳統信函格式，在格式上有異化情況。

（四）溫家寶信函

在溫家寶的七封信函中，以編號 9 的原件格式為最佳。原件 9（見圖 11）在結構上有祝頌語，且符合傳統信函格式。日期在署名的下一行，低於署名位置或與署名位置平行，符合傳統格式。（談彥

廷，1999；鄒兆玲，1999）但原件 10、原件 11 及原件 13 在日期格式上有異化情況。

圖 11（原件 9）

　　原件 10（見圖 12）在文尾結構中姓名與日期同行，而原件 11（見圖 13）的日期則年份與月、日分行，與原件 13 異化現象相同。日期格式應在署名的下一行由上至下全書年月日。（陳耀南，1995）

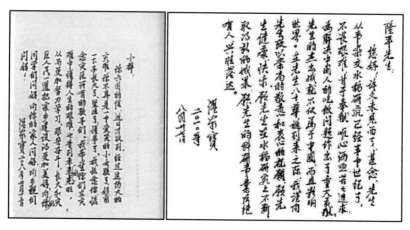

圖 12（原件 10）　　　　**圖 13（原件 11）**

　　原件 13、原件 14、原件 15 在日期上亦有大小數字混雜情況。日期格式不符合傳統應有的信函格式。在原件 10、原件 11、原件 12、原件 13 及原件 15 中均省略祝頌語。溫家寶的信函省略提稱語及啟告語，在禮貌原則上並未完善。

（五）馬英九信函

　　在馬英九的三封信函中，以編號 17 的原件格式較為佳。在原件 17 中（見圖 14），結構上有提稱語、祝頌語及啟告語，文尾署名上有發信人職銜，但信文段落間有空行。

圖 14（原件 17）

　　在其他信函中，原件 16 省略提稱語及祝頌語。原件 18 則省略啟告語成分。在信函中應盡量遵循信函傳統行款格式，遵守文本原則。

（六）洪秀柱信函

　　在原件 19 洪秀柱給中國領導人習近平的信函中（見圖 15），在

結構上有提稱語及祝頌語，在文首上有收信人職銜，而文尾有發信人職銜結構。但祝頌語格式有異化情況，在信文段落中有空行情況，而且省略啟告語成分，格式不佳。

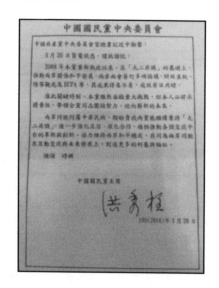

圖 15（原件 19）

（七）朱立倫信函

在朱立倫的兩封信函中，編號 20 的原件格式為最佳。原件 20（見圖 16）在信函結構上遵循傳統格式。文首有提稱語，正文有祝頌語，且格式正確，文尾有啟告語，而且在文首收信人姓名前及文尾署名上有職銜，遵守禮貌原則及文本原則，對中國領導人習近平表示尊敬及禮貌。

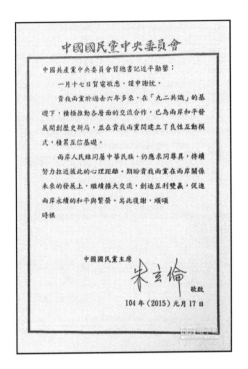

圖 16（原件 20）

　　但在另一信函原件 21 中則格式異化。開首語在文首上，省略提稱語、祝頌語及啟告語，且信文段落間有空行，在格式上未為莊重。

（八）吳敦義信函

　　在原件 22 吳敦義給習近平的信函中（見圖 17），文首有提稱語，祝頌語格式符合傳統格式，文首及文尾有收信人及發信人職銜結構，但段落間有空行的異化情況出現，文尾中省略了啟告語成分。

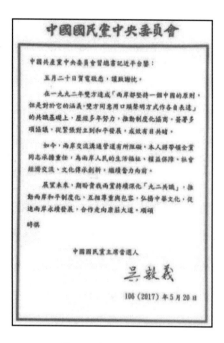

圖 17（原件 22）

三 兩岸領導人信函原件格式的異化現象

在二十二封原件當中，只有編號 20 的原件格式最為規範，格式符合傳統信函格式，在結構上亦遵循禮貌原則及文本原則，原件 20 的信函分析在第二部分的朱立倫信函中可見，在此不作重複論述。而其他二十一封原件中均有格式異化現象，具表之。表中根據信文的文首、正文、文尾結構來分析異化現象，在異化現象論述中分別以當中例子作說明。

表 2　原件格式異化現象

序號	結構	異化現象	編號	總數
文首				
1	姓名	字型加粗	16	1
2	提稱語	省略	1，2，4，6，7，8，9，10，11，12，13，14，15，16，21	15
3	整體	文首全句字型加粗	4	1
4		文首結構分行	1，3，5，7，8	5
正文				
5	開首語	放在文首句末	21	1
6		與文首間有空行	3	1
7	主體文	段落間有空行	17，19，21，22	3
8	祝頌語	省略	1，2，4，6，7，8，10，11，12，13，15，16，21	13
9		格式有異	3，5，19	3
文尾				
10	署名	缺失職銜成分	8	1
11		省略啟告語成分	1，2，3，4，5，6，7，8，9，10，11，12，13，14，15，18，19，21，22	18
12	日期	大小數字混雜	13，14，15	3
13		日期分為兩行	11，13	2
14	整體	署名與日期同一行	10	1
其他				
15	整體	信文上有標題	6	1

（一）文首結構

1 收信人姓名字型加粗

以原件 16 馬英九給習近平的信函為例（見圖 18），從文首看，「中國共產中央委員會習總書記近平先生」中，發信人特意將收信人姓名以粗體字型表示，而其職銜、尊稱等則以幼體字型表示。以字型分輕重，有層次之分，表現出對收信人的禮貌及恭敬。

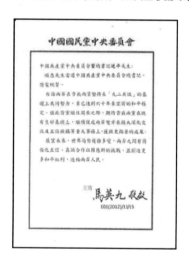

圖 18（原件 16）

2 省略提稱語成分

文首在姓名、尊稱後加以提稱語有表示發信人恭請收信人察閱信文的意思。（林安弘，2005）以原件 1 及原件 16 為例（見圖 19、圖 20），原件 16 是馬英九給習近平的賀信，而原件 1 是習近平給馬英九的回函。如圖所示，兩者文首結構中只有姓名及尊稱部分，而其後卻沒有提稱語，從禮貌原則看，後應加有提稱語以示尊敬。此可看出中國大陸及臺灣地區在使用提稱語有省略的趨向。

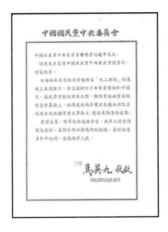

圖 19（原件 16）　　　圖 20（原件 1）

3 文首全句字型加粗

　　字型的粗幼、大小，當有重輕、層次之分。（鄧景濱，2010；李靜，2010）信文中的粗體字型，突顯文字有重要意思，有強調作用。原件 4（見圖 21）中文首全句字型以粗體顯示，藉以強調對收信人的禮貌及尊重。

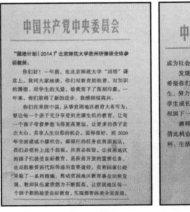
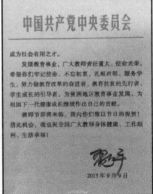

圖 21（原件 4）

4 文首結構分行

　　以下圖為例，原件 1 習近平給馬英九的信函中，信文文首根據收信人所在地區、職銜、姓名和尊稱結構順序分為三行，整齊排列，使信文文首清晰呈現收信人資料。而傳統格式的文首結構是排在一行或一列，由左至右或上至下書寫，可見這與傳統信函的文首格式不同。這種文首分行書寫方式使信函信息更為清晰，是一種優化的表現。

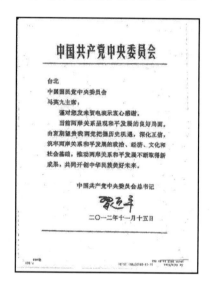

圖 22（原件 1）

（二）正文結構

1 開首語放在文首句末

　　在原件 21 朱立倫給國民黨黨員的信函原件中（見圖 23），在文首「敬愛的黨代表先進同志」後，有「你好」字句，這應屬正文開首語句子。可見此函件將開首語放在文首句末，是一種不必要的異化現象。

圖 23（原件 21）

2 開首語與文首間有空行

以下圖為例，在原件 3 習近平給朱立倫的函件中，文首及正文內容有空行分隔。文首和正文間不必空行，根據文本原則，文首和正文間空行應予取消，兩者之間應緊接以展示文面的緊湊。

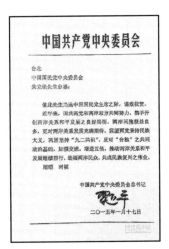

圖 24（原件 3）

3 信文段落間有空行

以原件 17 馬英九寫給習近平的信函為例（見圖 25），在文首與主體文、主體文中的三段段落及與祝頌語間均有空行作分隔。信文為表完整性段落應緊接。根據文本原則，信文的行款格式，文首和正文及每段段落之間的空行可全部取消。

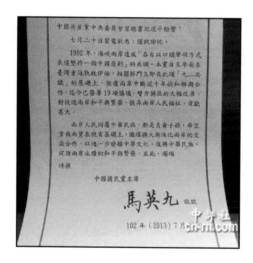

圖 25（原件 17）

4 省略祝頌語成分

信函寫作應遵循「信前有稱呼，信後有祝頌」（摘自鄧景濱《應用寫作的文本原則》〔原載《應用寫作》2005 年第 5 期〕之「文本口訣」增訂稿，見鄧景濱教授上課堂講義）的格式。但現時信函寫作中省略祝頌語的情況越來越普偏。以原件 10 溫家寶寫給汶川地震受災羌族女孩小樺的信函為例（見圖 26），其中省略正文祝頌語部分，而用結束語「向你的同學們問好，向你的家人問好，向鄉親們問好！」來代替祝頌語。這也是一種現時常見的異化現象。

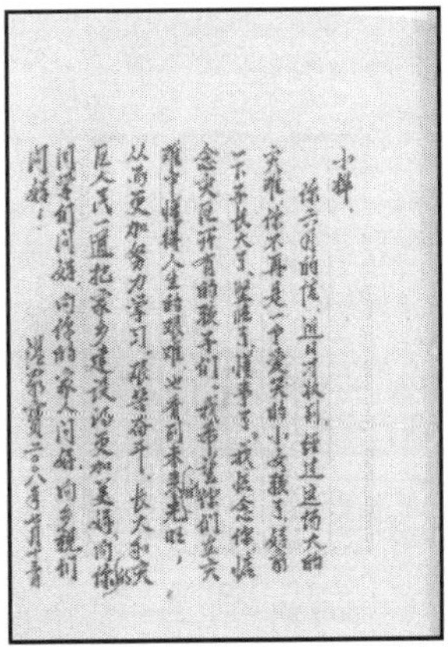

圖 26（原件 10）

5 祝頌語格式有異

以原件 3 為例（見圖 27），信函中祝頌語的頌語結構並沒有遵循傳統信函的平抬（頂格）格式。祝頌語在形式上有明確規定，祝語緊接著正文結束語或另行空兩格格式，頌語則以另行平抬（頂格）格式。（談彥廷，1999；鄒兆玲，1999）此函的頌語結構使用了挪抬格式，禮貌程度比平抬格式稍遜。

圖 27（原件 3）

（三）文尾結構

1 缺失職銜成分

　　作為公務信函，在文首上有收信人職銜，在文尾簽署上亦應有發信人職銜部分。在其他作為兩岸交流信函中，均有此結構。但在原件8 胡錦濤給馬英九的信函中（見圖 28），在文尾簽署上省略了發信人職銜結構。此在本文第二部分的胡錦濤信函分析上有作論述，在此不作累贅說明。

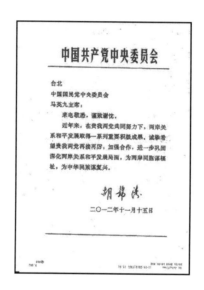

圖 28（原件 8）

2 省略啟告語成分

　　啟告語是表示敬禮或告白的言辭。（林安弘，2005）以原件 16 及原件 1 兩封信函為例（見圖 29、圖 30），馬英九信函在下款署名後有啟告語，習近平信函則忽略了此部分。在二十二封原件資料中，中國大陸領導人的信函全沒使用啟告語，而臺灣地區領導人的信函雖有忽

略此結構的使用，但大多數在署名後也有此結構。省略啟告語的異化現象在中國大陸已為普遍，可見現時中國大陸領導人對於傳統信函格式承傳已逐漸淡化，而臺灣地區相對重視繼承信函文化。在禮貌原則上臺灣地區較佳。

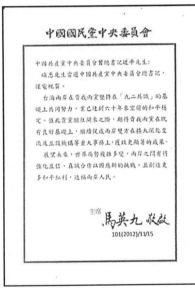

圖 29（原件 16）

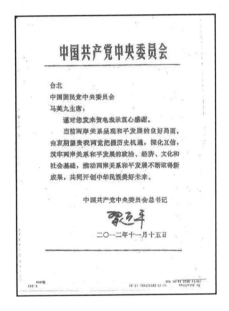

圖 30（原件 1）

3 日期大小數字混雜

以原件 15 為例（見圖 31），文尾日期「二零一五年十月廿四日晚」中「零」字實為中文大寫數目字，而其餘的則為中文小寫數目字，可見數目用字前後不一致，大小寫混雜使用。

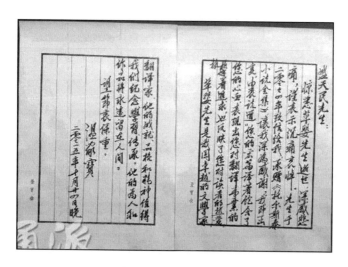

圖 31（原件 15）

4 日期分為兩行、署名與日期同一行

這兩種現象在溫家寶信函可見。原件 11 及原件 13 中的日期格式依年份及月、日分為了兩行，而原件 10 中署名與日期同在一行。在本文第二部分溫家寶信函分析當中有作相關論述，在此不作重複說明。

（四）其他

1 信文上有標題

在信文傳統結構格式當中，並沒有信文標題結構成分。但在原件 6（見圖 32）中在信文內容上有「致中央社會主義學院建院 50 周年的賀信」標題，並以粗體顯示，以示寫信目的及信文主題。這是一種公函式格式，日後在信函格式中會有增加的趨勢。

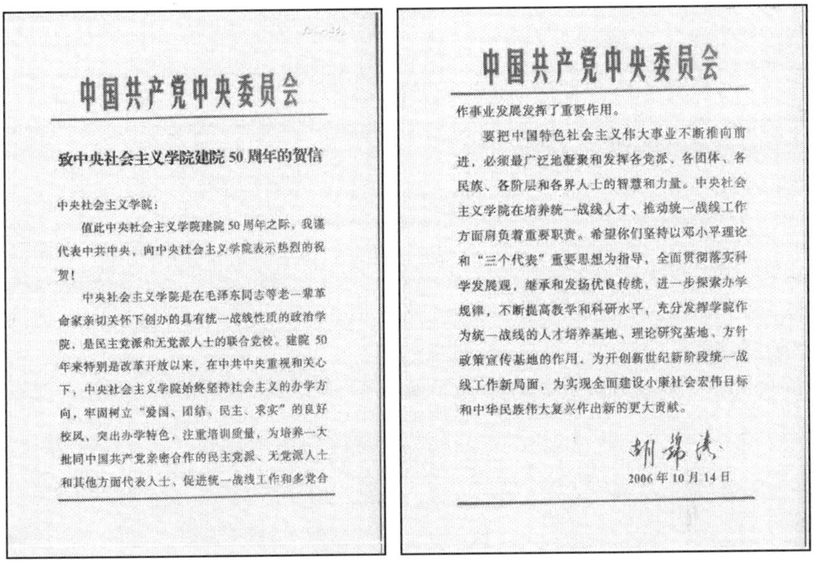

圖 32（原件 6）

四　對信函異化現象的分析

　　將本文所探討的十五種異化現象進行歸納總結，按異化程度不同，從優、中、劣三個方面作綜合分類，分為「值得肯定、推廣」、「現時趨勢」、「可進行優化」、「必須優化」四個層次。「值得肯定、推廣」是屬於異化程度優的異化現象，是值得學習、傳承的；「現時趨勢」及「可進行優化」是屬於異化程度一般中等、可優化的異化現象，「現時趨勢」是指現時人們寫作信函時常出現的信文格式；而「必須優化」是屬於比較差的異化，屬於格式需要優化改善的異化情況。

表 3　異化現象綜合分析

		結構		異化現象
優	值得肯定、推廣	文首	姓名	收信人姓名字型加粗
			整體	文首全句字型加粗
				文首結構分行
		整體		信文上有標題
中	現時趨勢	文首	提稱語	省略
		正文	祝頌語	省略
		文尾	啟告語	省略
	可進行優化	文尾	署名	缺失職銜成分
劣	必須優化	正文	開首語	放在文首句末
				與文首間有空行
			主體文	段落間有空行
			祝頌語	格式有異
		文尾	日期	大小數字混雜
				日期分為兩行
			整體	署名與日期同一行

　　先從程度優的異化現象作分析，如表 3 所示，值得推廣的主要有文首及信文標題異化格式。文首姓名、全句字型粗體變異及文首結構分行可加強禮貌程度，完善禮貌原則。信函書寫根據信文內容加插合適標題，可突出信文主題及寫作目的。但要視乎信函信息內容，作為賀信用途的函件加插標題可加強祝賀之意。標題位置在信函上部信文內容以外書寫為佳。

　　再從中等程度異化情況看，現時在信函寫作上已省略書寫文首結構啟事語，對於提稱語、祝頌語及啟告語上亦省略使用，雖不符合傳

統信函格式，但這是現時信函寫作簡約趨勢。對於祝頌語的使用，已漸漸異化為由結束語代替其作用，雖在禮貌原則上並不完善，但在信函上有接近祝頌用意，這是現時信函寫作趨向。可進行優化的格式，在於領導人作公務或兩岸交往信函上，在文尾署名結構前加以發信人職銜為佳。

從必須優化的異化現象看，正文上有開首語在文首句末、與文首間有空行、主體文段落有空行、祝頌語格式有異，及在文尾上日期大小數字混雜、日期分為兩行及與署名同在一行的情況全都是信函異化嚴重的格式，必須進行優化。

異化程度好的主要是從原有信函結構格式基礎上進行優化及臻善，異化程度中等的主要是現時寫作趨向及未完善的格式，異化程度劣等的主要是格式上必須進行優化改善的現象。分析理論依據在於鄧景濱教授提出的應用文寫作八項原則當中。信函有固定文面格式，要遵循傳統行款格式，在書寫過程中要符合格式要求。根據收信人對象不同，在信文上要有尊卑之分，對不同身份的對象表達不同禮貌程度。另一方面，信函寫作傳遞信息要適量、切題，信息要有完整性、真實性，在信文上表達必要的信息內容，可從異化信函格式上加強信息傳遞。但要視乎是否切合不同的對象、內容，根據寫作對象、信息不同，所使用措辭、信息表達方式亦不相同，特別在於標題的使用上，在一般信函中不須加插信函標題。信函重在應用和實效，在達到信函交際目的下，內容格式上可盡量言簡意賅，簡練寫作格式，形成信函格式中結構省略趨向。在格式異化上是根據應用文八項原則的文本原則及禮貌原則來判別，對於異化好壞亦要從信息原則、適切原則及經濟原則等作分析。其餘的目的原則是著重在信函寫作上，與格式異化沒有直接關聯；法規原則與文本原則在信函格式中用意相同，同樣要遵循寫作上傳統格式及規則；優化原則是對於未完善及較差異化現象上進行臻善，優化傳統信函原有格式。

五　結語

隨著現代通訊技術的發展，人們可運用電話、電子郵件等快速方式傳遞信息，但信函仍有其獨特、不可替代的地位。（談彥廷，1999；鄒兆玲，1999）隨著時代改變，異化是必然存在的，對於異化格式要採取客觀態度進行分析。優化及改善異化情況嚴重的格式，接受好的異化格式，對於現時異化趨勢則暫時讓其並存，留待日後隨時代的發展趨勢再作選擇。

本文以兩岸領導人信函作探討對象，對於本文論題更有說服力及影響力。在當代領導人的二十二封信函當中，除了溫家寶的信函為親筆信外，其他信函內容均為電腦打印，只有文尾親筆簽署能判別發信人身份，內容是否本人親自寫作難以判斷。在信函寫作上，特別是作為公眾或兩岸交往信函上，信函寫作應遵循傳統文面格式，以彰顯個人良好素質及風度，並使傳統信函格式不斷臻於至善。

參考文獻

（1-8中有書籍及期刊論文出處，9-15為網上信函圖片出處）

陳耀南　《應用文概說》（最新增訂本）　香港　山邊社　1995年

林安弘　《應用書信及公文》　臺北　全華科技圖書股份有限公司　2005年

談彥廷、鄒兆玲　《活學活用應用文》　香港　香港教育圖書公司　1999年

鄧景濱　〈應用寫作的文本原則〉　載《應用寫作》第5期（2005年）　第4-8頁

鄧景濱、李靜　《應用文研究》　澳門　澳門近代文學學會　2010年

鄧景濱　〈應用文寫作八項原則〉　載《應用寫作》第1期（2014年）　第10-13頁

鄧景濱　《澳門青少年信札佳作選》　澳門　郵政局　2015年

鄧景濱　〈應用文歌訣〉　載《應用寫作》第5期（2016年）　第62-64頁

看　客　〈周恩來寫給宋慶齡的信〉　http://550667.net/read/55309033/　圖片來源　http://bbs.sanww.com/

網易訂閱　〈曾國藩為何被世人奉為「千古第一完人」？〉　http://dy.163.com/wemedia/article/detail/BLCCPL3F052386FT.html

壹　讀　〈毛澤東給蔣介石的手稿真跡，難得一見！〉　https://read01.com/KKDD8d.html　來源　蘭花公社

新浪收藏　〈文人雅士手筆的鑒藏與投資：以魯迅書法為例〉　http://collection.sina.com.cn/plfx/20131010/1726129456.shtml

抗日戰爭紀念網　〈1942年6月25日：毛澤東關於在華日本共產主義者同盟創立等問題給林哲的信〉　http://www.krzzjn.com/html/14464.html　來源　中央檔案館

上海中醫藥大學圖書館　〈李鼎銘故居陵園〉　http://lib.shutcm.edu.
　　cn/zhongyilvyou/detail.aspx?id=5

新浪中心　〈史海鈎沉：周恩來在困難時期解決中國大飢荒（圖）〉
　　http://news.sina.com.cn/c/2002-07-03/0831623569.html　　來 源
　　千龍新聞網

附錄 1　信函原件出處（表 4）

信函編號		出處
原件	1	360doc個人圖書館：http://www.360doc.com/content/12/1116/16/10309_248234995.shtml
原件	2	國家民委政府網：http://www.seac.gov.cn/art/2013/10/31/art_7202_193751.html
原件	3	中時電子網：http://www.chinatimes.com/newspapers/20150118000252-260102
原件	4	中國青年網：http://picture.youth.cn/qtdb/201509/t20150910_7098783.htm
原件	5	風傳媒：http://www.storm.mg/article/269904
原件	6	壹讀：https://read01.com/A04oem.html
原件	7	中國評論新聞網：http://hk.crntt.com/crn-webapp/doc/docDetailCre ate.jsp?coluid=7&kindid=0&docid=100344160
原件	8	360doc個人圖書館：http://www.360doc.com/content/12/1116/16/10309_248234995.shtml
原件	9	溫家寶，《溫家寶談教育》，臺北市：老古文化事業股份有限公司，2015年。
原件	10	溫家寶，《溫家寶談教育》，臺北市：老古文化事業股份有限公司，2015年。
原件	11	新華網：http://news.xinhuanet.com/fortune/2010-09/07/c_12528011.htm
原件	12	新浪新聞中心（來源：新華網）：http://news.sina.com.cn/c/2011-06-18/182922664598.shtml
原件	13	鳳凰資訊：http://news.ifeng.com/mainland/detail_2014_01/18/33133277_0.shtml
原件	14	北方網（來源：城市快報）：http://news.enorth.com.cn/system/2014/05/09/011870497.shtml

（續表4）

信函編號		出處
原件	15	澎湃新聞（來源：甬派客戶端）：http://www.thepaper.cn/newsDetail_forward_1389378
原件	16	360doc個人圖書館：http://www.360doc.com/content/12/1116/16/10309_248234995.shtml
原件	17	中國評論新聞網：http://hk.crntt.com/doc/1026/4/0/0/102640021.html?coluid=93&kindid=2910&docid=102640021&mdate=0720202051
原件	18	聯合新聞網：https://udn.com/news/story/1/1684514-%E5%87%86%E7%BF%81%E5%95%9F%E6%83%A0%E8%AB%8B%E8%BE%AD-%E9%A6%AC%E7%B8%BD%E7%B5%B11200%E5%AD%97%E4%BF%A1%E5%87%BD%E5%85%A8%E6%96%87%E6%9B%9D%E5%85%89%20http://www.setn.com/News.aspx?NewsID=145344#prettyPhoto
原件	19	華僑網：http://www.chinesepress.com/a/zhong_xin_/20160326/88752. html
原件	20	中時電子網：http://www.chinatimes.com/newspapers/20150118000252-260102
原件	21	自由時報：http://news.ltn.com.tw/news/politics/breakingnews/1474685
原件	22	風傳媒：http://www.storm.mg/article/269904

附錄 2　原件縮印

原件 1

中国共产党中央委员会

台北
中国国民党中央委员会
马英九主席：

謹对您发来贺电表示衷心感谢。

当前两岸关系呈现和平发展的良好局面。由衷期望我两党把握历史机遇，深化互信，筑牢两岸关系和平发展的政治、经济、文化和社会基础，推动两岸关系和平发展不断取得新成果，共同开创中华民族美好未来。

中国共产党中央委员会总书记

习近平

二〇一二年十一月十五日

原件 2

中国共产党中央委员会

中央民族大学附属中学的全体同学们：

你们好！

你们给我的来信收悉，得知同学们朝气蓬勃、富有理想、精进学习、团结友爱，我感到十分欣慰。

在你们学校建校100周年之际，我向你们和全校教职员工，表示热烈的祝贺！

中央民族大学附属中学作为全国唯一一所面向各少数民族地区招生的民族中学，自建校以来，培养了大批少数民族优秀人才，他们在各条战线上为人民解放、国家发展、民族团结、人民幸福作出了重要贡献。

我国是统一的多民族国家。我国各族人民同呼吸、共命运、心连心的奋斗历程是中华民族强大凝聚力和非凡创造力的重要源泉。我国各民族多姿多彩的文化是中华文明的重要组成部分。希望学校继承光荣传统，传承各民族优秀文化，承担好立德树人、教书育人的神圣职责，着力培养造就中国特色社会主义事业合格建设者和接班人。

"学如弓弩，才如箭镞。"希望同学们珍惜美好时光，

中国共产党中央委员会

砥砺品德，陶冶情操，刻苦学习，全面发展，崇尚真才实学，努力成为建设伟大祖国、建设美丽家乡的有用之才，栋梁之材，为促进民族团结进步、实现共同繁荣发展作出应有贡献。

祝同学们身体健康、学习进步。

习近平

2013年10月1日

原件 3

中国共产党中央委员会

台北

中国国民党中央委员会

朱立伦先生台鉴：

　　值此先生当选中国国民党主席之际，谨致祝贺。

　　近年来，国共两党和两岸双方共同努力，携手开创两岸关系和平发展之良好局面，两岸同胞获益良多，更对两岸关系发展充满期待。冀望两党秉持民族大义，巩固坚持"九二共识"、反对"台独"之共同政治基础，加强交流，增进互信，推动两岸关系和平发展继续前行，造福两岸民众，共成民族复兴之伟业。

　　顺颂　时祺

中国共产党中央委员会总书记

二〇一五年一月十七日

原件 4

中国共产党中央委员会

"国培计划〔2014〕"北京师范大学贵州研修班全体参训教师：

　　你们好！一年前，在北京师范大学"国培"课堂上，我同大家座谈，你们对教育的执着、对知识的渴望、对学生的关爱，给我留下了深刻印象。一年来，你们取得了新的进步，我感到很高兴。

　　你们在来信中说，从事贫困地区教育大有可为，要让每一个孩子充分享受到充满生机的教育，让每一个孩子带着梦想飞得更高更远，让更多的孩子走出大山、共享人生出彩的机会。说得很好。到2020年全面建成小康社会，最艰巨的任务在贫困地区，我们必须补上这个短板，扶贫必扶智。让贫困地区的孩子们接受良好教育，是扶贫开发的重要任务，也是阻断贫困代际传递的重要途径。党和国家已经采取了一系列措施，推动贫困地区教育事业加快发展、教师队伍素质能力不断提高，让贫困地区每一个孩子都能接受良好教育，实现德智体美全面发展，

中国共产党中央委员会

成为社会有用之才。

　　发展教育事业，广大教师责任重大、使命光荣。希望你们牢记使命、不忘初衷，扎根西部、服务学生，努力做教育改革的奋进者、教育扶贫的先行者、学生成长的引导者，为贫困地区教育事业发展、为祖国下一代健康成长继续作出自己的贡献。

　　教师节即将来临，我向你们致以节日的祝贺！借此机会，我也祝全国广大教师身体健康、工作顺利、生活幸福！

2015年9月9日

原件 5

中国共产党中央委员会

台北
中国国民党中央委员会
吴敦义先生台鉴:

　　值此你当选中国国民党主席之际,谨致祝贺。2008 年以来,贵我两党秉持共同政治基础,推动两岸关系和平发展,成果丰硕。当前,两岸关系和平发展面临挑战,切望两党以两岸同胞福祉为念,坚持"九二共识",坚定反对"台独",把握两岸关系和平发展正确方向,同为中华民族伟大复兴而奋斗之。

　　顺颂　　时祺

中国共产党中央委员会总书记

二〇一七年五月二十日

原件 6

中国共产党中央委员会

致中央社会主义学院建院 50 周年的贺信

中央社会主义学院:

　　值此中央社会主义学院建院 50 周年之际,我谨代表中共中央,向中央社会主义学院表示热烈的祝贺!

　　中央社会主义学院是在毛泽东同志等老一辈革命家亲切关怀下创办的具有统一战线性质的政治学院,是民主党派和无党派人士的联合党校,建院 50 年来特别是改革开放以来,在中共中央重视和关心下,中央社会主义学院始终坚持社会主义的办学方向,牢固树立"爱国、团结、民主、求实"的良好校风,突出办学特色,注重培训质量,为培养一大批同中国共产党亲密合作的民主党派、无党派人士和其他方面代表人士、促进统一战线工作和多党合

作事业发展发挥了重要作用。

　　要把中国特色社会主义伟大事业不断推向前进,必须最广泛地凝聚和发挥各党派、各团体、各民族、各阶层和各界人士的智慧和力量。中央社会主义学院在培养统一战线人才、推动统一战线工作方面肩负着重要职责。希望你们坚持以邓小平理论和"三个代表"重要思想为指导,全面贯彻落实科学发展观,继承和发扬优良传统,进一步探索办学规律,不断提高教学和科研水平,充分发挥学院作为统一战线的人才培养基地、理论研究基地、方针政策宣传基地的作用,为开创新世纪新阶段统一战线工作新局面,为实现全面建设小康社会宏伟目标和中华民族伟大复兴作出新的更大贡献。

胡锦涛

2006 年 10 月 14 日

原件 7

中国共产党中央委员会

贺　电

台北
中国国民党中央委员会
吴伯雄先生：
　　值此先生当选中国国民党主席之际，谨致
祝贺。由衷朔望贵我两党为两岸同胞谋福祉，
继续努力推动两岸关系和平稳定发展，共创中
华民族美好未来。

中国共产党中央委员会总书记

胡锦涛

二〇〇七年四月七日

原件 8

中国共产党中央委员会

台北
中国国民党中央委员会
马英九主席：
　　来电敬悉，谨致谢忱。
　　近年来，在贵我两党共同努力下，两岸关
系和平发展取得一系列重要积极成果。诚挚希
望贵我两党再接再厉，加强合作，进一步巩固
深化两岸关系和平发展局面，为两岸同胞谋福
祉，为中华民族谋复兴。

胡锦涛

二〇一二年十一月十五日

原件 9

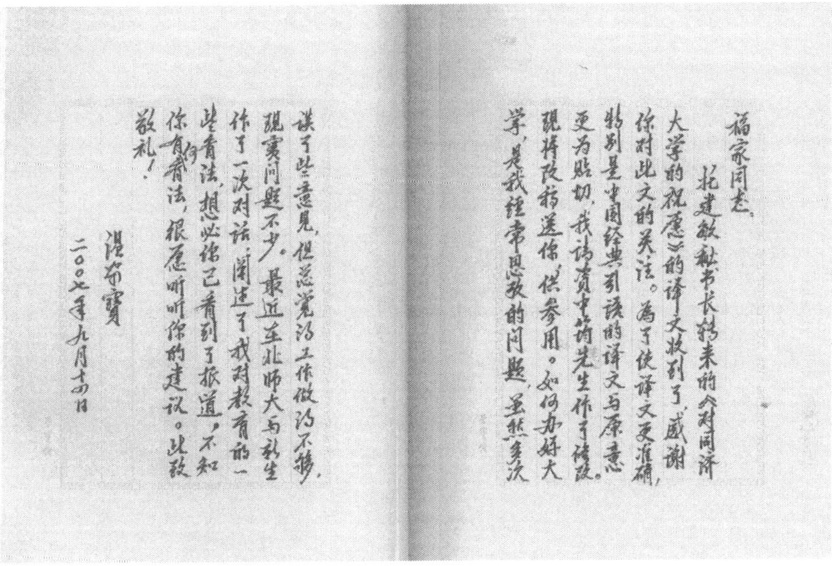

福家同志：

托建敏秘书长转来的《对同济大学的祝愿》的译文收到了，感谢你对此文的关注。为了使译文更准确，特别是中国经典引语的译文与原意更为贴切，我请贵中钧先生作了修改。现将改稿送你，供参用。如何办好大学，是我经常思考的问题，虽然多次谈了些意见，但总觉得工作做得不够，现实问题不少。最近在北师大与新生作了一次对话，阐述了我对教育的一些看法，想必你已看到了报道，不知你有何看法，很愿听听你的建议。此致

敬礼！

温家宝

二〇〇七年九月十四日

原件 10

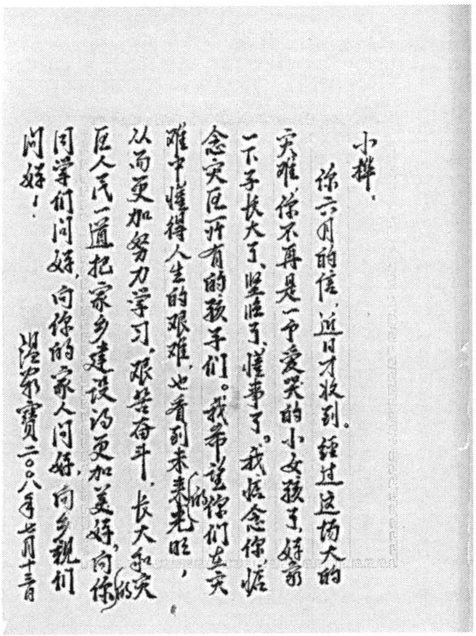

小群：

你六月的信，近日才收到。经过这场大的灾难，你不再是一个爱哭的小女孩了，好象一下子长大了，坚强了，懂事了。我很念你，惦念灾区所有的孩子们。我希望你们在灾难中懂得人生的艰难，也看到未来的光明，从而更加努力学习，艰苦奋斗，长大和灾区人民一道把家乡建设得更加美好。向你的同学们问好，向你的家人问好，向乡亲们问好！

温家宝 二〇〇八年七月十三日

原件 11

隆平先生：

您好，許久未見面了，甚念。先生從事雜交水稻研究已經半個世紀了，不畏艱難，甘於奉獻，嘔心瀝血，若非進來，為解決中國人的吃飯問題作出了重大貢獻。

先生的傑出成就不僅屬於中國，而且影響世界。在先生八十華誕到來之際，我謹向先生致以崇高的敬意和衷心的祝願。願先生生健康快樂，願先生至水稻研究上不斷取得更多的成果，祝先生的科研事業再攀新，有人興勝茂達。

溫家寶
二〇一〇年
八月廿六日

原件 12

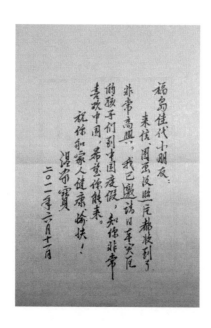

福島佳代小朋友：

來信、圖畫及照片都收到了，非常高興。我已邀請日本受災區的孩子們到中國度假，知你非常喜歡中國，希望你能來。

祝你和家人健康愉快！

溫家寶
二〇一一年六月十一日

原件 13

前總理溫家寶致吳康民信函

康民先生：

在香港《文匯報》上，看到先生一篇題文《洪遠願書》，甚感親切。先生《談論的改》一書，我的兒女皆已讀我。其中，談到我的兒女皆已不識在目錄中西介紹文章，老實說，我不…而且互…內市用紅線括起重點，先生如此細心，讓我感動。在此，一併致謝。

我任職最高領導工作的住已往九年多月了。退職時間我至家中過着一千退休老人的生活，鍛煉、讀書習作，會友，我仍十分關心國內外大事我希望國家不致有巨度的…和平發展，實力而且有高度的文明和…的道德。我希望社會要團結、友愛、包容，惟其如此，才能凝聚人心，才有力量。

康民先生，我奉獻國家數十年，努力工作，鞠躬不敢懈怠。我熱愛祖國和人民，進求社會公平正義，必甘願把自己的一切貢獻給祖國。勿顧我這一切我追求完美，是做人的，而奇羊的完美，我永遠沒有忘因為沒有任何完美的完美，我追求自己的信念，而我來沒有也不會做一件以權謀私的事，始終堅守我的信念，這是遇人的，下來于我愛走好人生最後一段旅程，赤子之累列世上。干的來別人間。

康民先生，我常在香港報刊看到您的文章，透過那些聯聯諍言，感受到您對國家和香港命運的關注，到您對社會和人民的責任感，您對社會和人民的支牽，給人們以深刻的...也留下鮮明...

前些時代神記。我的常想念念先生，顧先生健康長壽。新年特至，祝您民感的全家秋平年好，新春快乐。

溫家寶
二零三零年
十二月廿七日

原件 14

嘉瑩先生：

来信敬志，远走為戲，知先生
報桑決定晚年回國定居，願為祖國
古典文化和教育事業再作有戲，
甚為高興，亦深受鼓舞。

先生從事教育事業近七十年，
培養了一大批中國傳統文化和古典
文學的人才，深受學生愛戴，可谓

桃李满天下。七十年来，先生一边孚
育桃李，一边从事研究，為传揚中國
文化作出重要貢獻。

南开与海外友人協同為先生
建一教桑科研藏書，居住金為一体
的現代書院—边陵学舍，有利于
学校教学，科研，资料俣存和学術交流。

中國古典文化，是中華民族的
實貴財富，她集文學史棠哲學
美學，自然科学之大城，融汇國
俢身立德，启智思辯為一體。她
薪传教千年，录一盏眼刘亮了
中國文化营展的道路；文系一个
火炬，传承了中華民族之文化的开
需要办传统文化，也有条件承全國
高等院校，科研單位一起，把这门学

问信承传展下去。促進心传承中國
古典文化，在德法国那的是研之多今
草的学子，促这些通往中國古文化
研究的道路上致力得求，誦人不缓德
已经青列至这条道路上有更多
的人全潜心鑽研為傳真直前，
中國古典文學的研究是开放的，
她是該学习传墓现代文学和世界

一切文化的精華，堅持百家争鳴百花
齐放，兼容并蓄，伏目己的发展及
坚实，更包容，更有活力。

您已届九袟高龄，您前心其生
说净的德的志向是高尚的，您的诗
词铨人以力量，您育己多雅真真真
蓝盖的一生特教育后人，值此漢秀盖
先生九商壽誕暨中诗教國際研讨会"

召开之際，我谨向您未示祝贺，向南開
全體师生和與會各界朋友致以表
此问候，奉此，敬颂

健康長壽

洪深賓
二零一四年四月廿日

原件 15

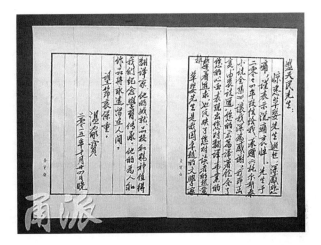

原件 16

原件 17

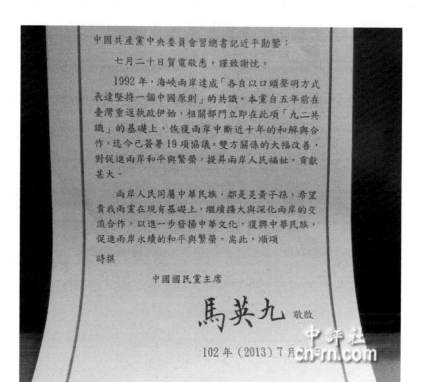

原件 18

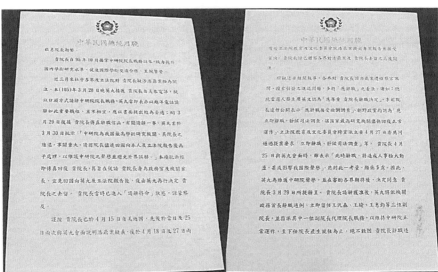

原件 19

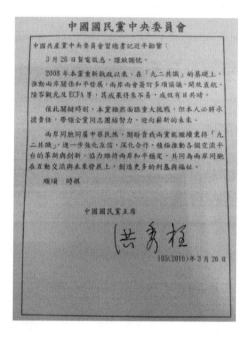

原件 20

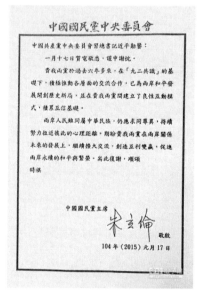

原件 21

敬愛的黨代表先進同志，您好：

　去年11月29日本黨敗選之後，基於徹底檢討，大破大立的信念與精神，立倫參選黨主席，希望和全黨同志一起打拚，重建創黨精神，讓國民黨再起。這段時間以來，立倫本於「有黨無我」的理念，秉持促進黨的團結，按照制度辦理總統初選，提名了勇敢、真誠的洪秀柱同志代表本黨參選總統。

　自初選開始，洪秀柱同志勤奮地宣揚理念，爭取選票，全黨同志無不欽佩她的努力。而自7月19日全國黨代表大會正式提名洪秀柱同志以來，自中央到地方，黨籍同志對洪秀柱同志全力相挺、積極輔選，其共同決心就是希望能夠團結勝選。

　然而，不容否認的是，這段時間大家的努力仍然無法扭轉局勢。此次基於黨內多數意見和中常委的共同決定，召開臨時全國黨代表大會，重新討論本黨大選布局，責在是擔苦、卻又不得不然的決定。由於個人努力不足，溝通不夠，立倫

一定要向所有黨員同志和支持者們致歉，更要向洪秀柱同志表達最誠摯的歉意。

　面臨此次大選的嚴峻形勢，本黨必須真心團結，才能勝選。面對黨內眾多不同意見，更是一定要真誠交流，凝聚共識。此次召開臨時全國代表大會，就是希望凝聚共識、團結勝選。中國國民黨是一個大家庭，我們都是家庭中的一份子，不論面對任何困境，相信只要我們能夠誠心面對、理性溝通，必能找到共同克服、解決困難的方法。

　2016大選攸關中華民國的未來發展方向，更是本黨生死存亡關鍵一戰，立倫感謝各位黨代表先進同志一直以來的相挺與付出，更懇請全體黨代表先進同志，共同努力讓臨時全國代表大會順利召開，實現「凝聚共識、團結勝選」的目標，立倫必一定會奮戰承擔，努力邁前，帶領全黨同志爭取本黨的勝利，爭取中華民國的美好未來。

朱立倫
104.10.13

原件 22

中國國民黨中央委員會

中國共產黨中央委員會習近平總書記台鑒：

　五月二十日賀電敬悉，謹致謝忱。

　在一九九二年雙方達成「兩岸都堅持一個中國的原則，但是對於它的涵義，雙方同意用口頭聲明方式各作各自表達」的共識基礎上，歷經多年努力，推動制度化協商，簽署多項協議，從緊張對立到和平發展，成就有目共睹。

　如今，兩岸交流溝通管道有所阻礙，本人將率領全黨同志承擔重任，為兩岸人民的生活福祉、權益保障、社會經濟交流、文化傳承創新，繼續奮力向前。

　展望未來，期盼貴我兩黨持續深化「九二共識」，推動兩岸和平制度化，互相尊重與包容，弘揚中華文化，促進兩岸永續發展，合作走向康莊大道。順頌

時祺

中國國民黨主席當選人

吳敦義

106（2017）年5月20日

要重視文面美[*]

陳鐸　鄧景濱

澳門大學

　　文面，是指一篇文章出現在讀者面前的整體外觀形象。一篇文章留給讀者的印象，好比一個人與他人見面時展示出來的臉面。愛美之心，人皆有之。文面的美觀，簡稱「文面美」，是吸引讀者的第一印象。

　　文面的視覺美，不僅僅是文章的外在形式美，而且是通過標準規範的外在形式，更好地體現所表達的內容的主次層次、撰文思路、邏輯順序等的重要手段。特別是對於應用文這種應用功能十分突出的文種，更需要用清晰明瞭的形式展示文章內容，讓讀者更加高效地接收文章信息，實現應用文的應用功能。同時，文面美，是作者對細節重視程度的重要體現，也展現出了作者的寫作態度和工匠精神。

　　文面美，不僅是文章的形式美，同時也展現了文章內容的準確和層次結構的清晰，更是對讀者的一種禮貌和尊重，是應用寫作禮貌原則的重要體現。

　　文面美主要體現在對字體、行款、格式、層次、標點的正確運用等五個方面。本文著重於較易忽略的方面進行析述。

---

* 　本文已刊《應用寫作》2019年第9期。

一 字體標準

一篇文章映入眼簾，最直接的印象是文字本身。字體標準統一規範與否，將給讀者留下十分直觀印象。

（一）正字

二〇〇九年第十期的《應用寫作》，刊登了澳門大學鄧景濱教授的《應用寫作的文本原則》。作者對用字標準作了詳盡解釋。用字標準，首先就要注意不同國家的用字標準。同是漢字，日本和韓國有些漢字的筆畫與中國的漢字寫法就有不同。我們切不可將寫法不同的日本漢字當成中國漢字去使用。例如：中國漢字的「藝」字，日本寫作「芸」。其次，要注意不同區域的用字標準。同是在中國領土上使用的漢字，臺灣海峽兩岸四地的用字亦有所差異。目前中國漢字使用的現狀，客觀上存在著兩套不同的用字系統：一套是內地的「規範漢字」系統，一套是臺港澳的「傳統正字」系統。如圖所示：

	傳統正字		-----------
	沒有繁簡字對應的	有繁簡字對應的	
	傳承字	繁體字	簡化字
臺灣	V	V	
港澳	V	V	
大陸	V		V
聯合國	V		V
海外華人	V	V	V
	規範漢字	-----------------------	規範漢字

但是，不管是在哪個區域，都應特別注意使用正字的「四不」原則。

1 不繁簡混用

除了沒有簡體字對應的古今傳承字外，寫有繁簡對應的字時，應只採用繁或簡字之一，避免繁簡體字混用。如：「應用文寫作」五個字中，除了「用、文、作」三個傳承字外，繁體字「應、寫」對應的簡體字是「应、写」。又如本文是在澳門地區發表，採用的是傳統正字，因而書寫的是「應、寫」二字。在正式公文中，應統一使用同一系統的字體，保持字體的一致性，千萬不要繁簡混雜。

2 不寫錯別字

以往以手寫為主的輸出方式，常見的錯別字，以添減筆劃為主，如：給「琴」多添一點，給「吃」多添一橫，給「猴」多添一豎，給「武」多添一撇……給「添」減去一點，給「真」減去一橫，給「舞」減去一豎，給「象」減去一撇……或者是因添減筆劃而誤寫成形近字，如：己-已，代-伐，今-令，川-州-卅，渴-喝……

當今錯別字現象，隨著電子時代的到來，也呈現了新形勢。越來越普遍的電子化辦公，讓文字多以列印的方式呈現出來。相比於電子時代初期的「五筆輸入法」而言，如今的「拼音輸入法」，讓操作者在使用字音輸入時，容易忽略字形的正誤，從而造成音近的錯別字氾濫，如：嗯-恩，拜拜-掰掰，激動-雞凍，同學-童鞋，版主-斑竹……另一方面，由於對同音字的字義瞭解不到位，從而混淆同音字的使用範圍，造成錯別字的出現，如：做-作，克-刻，再-在，以-已，座-坐，帶-戴，必-畢，競-竟，進-近……

3 不寫生造字

網絡語言的蓬勃發展，速度之快、形式之多，一度展現了漢語言文字的旺盛生命力。然而，網絡語言的娛樂性和隨意化，也製造了不少語言亂象。

如：囧，古同「冏」。囧，是象形字。許慎《說文·囧部》：「窗牖麗廔，闓明也。」囧，義為光明，明亮。韓愈〈秋懷詩十一首〉有詩句「蟲鳴室幽幽，月吐窗冏冏。」然而，現今網絡上盛行的「囧」，拋開了其本義，僅從字形理解，將「囧」看作是一張小八字眉下長著一張口的臉，賦予新義為尷尬、鬱悶的表情義。

類似「囧」的字有不少。如「槑」，本為「梅」的異體字，現形容人比呆更呆。如「兲」，本為「天」的古文字，現為王八義。如「烎」或「烎」，本義光明，現為遊戲玩家用字形「開火」形容充沛的競技狀態和不服輸的精神。

網絡語言是否經得起時間的檢驗，是否能得到全社會的認可和接受，是否能進入到規範、嚴謹的書面語使用範疇，還需要一個漫長的驗證過程。在此之前，這些生造字，不宜使用，尤其對於應用文這種嚴格、規範的文種，更應該避免。

4 不寫變異漢字

中國的漢字早在戰國時代就已經進入日本，但日本對於漢字的使用，經歷了一個「全面引進漢字、熟悉使用漢字、並根據日本原有語言對它消化和再創造的過程」。日本歷史上曾出現過用漢字給特殊的人名、地名標音，而與漢字的本義無關，如「萬葉假名」。[1]同樣的，

---

1 陸曉光：〈漢字傳入日本與日本文字之起源與形成〉，《華東師範大學學報》（哲學社會科學版）第7期（2002年）。

傳入韓國後的中國漢字，語義也發生了變化，如在中國使用，則會造成歧義和誤會。[2]新加坡華語的詞彙使用，也與中國稍有差異。

　　例如下表各字，上為中國漢字，下為日本漢字，其中點劃之差，很容易引起混淆。尤其在臺港澳地區，日本產品的說明書和日文書籍均會對學生和年青人造成較大的影響，甚至誤用。

步	涉	頻	賓	濱
步	涉	頻	賓	濱

上表日本漢字均比中國漢字多一點。

寬	戾	淚
寬	戾	淚

上表日本漢字均比中國漢字少一點。

德	徵	殼	穀	專	惠
德	徵	殼	穀	專	惠

上表日本漢字均比中國漢字少一橫。

歲	歷	曆	每	薰
歲	歷	曆	每	薰

　　上表前三字日本漢字比中國漢字少一撇；後二字將兩點變一撇，末字則將兩點變一橫。

2　陳榴：〈韓國漢字詞語的語義變遷〉，《漢字文化》，2006年6月25日。

表格一

獸	繩	樂	藥	關	氣	肅	圖	亞	惡	實	礦	團	邊	壓	廳
兽	绳	乐	药	关	气	肃	图	亚	恶	实	矿	团	边	压	厅
獣	縄	楽	薬	関	気	粛	図	亜	悪	実	砿	団	辺	圧	庁

上表及以下三表排列相同：第一行是中國繁體字，第二行是中國簡體字，第三行是日本的簡體字。

表格二

棧	殘	雜	榮	營	螢	勞	儉	檢	險	驗	劍
栈	残	杂	荣	营	萤	劳	俭	检	险	验	剑
桟	残	雑	栄	営	蛍	労	倹	検	険	験	剣
擴	戰	總	聽	從	擊	鹽	釀	讓	齊	濟	齋
扩	战	总	听	从	击	盐	酿	让	齐	济	斋
拡	戦	総	聴	従	撃	塩	醸	譲	斉	済	斎
讀	續	處	歸	繹	譯	釋	驛	傳	轉	惱	舉
读	续	处	归	绎	译	释	驿	传	转	恼	举
読	続	処	帰	釈	訳	釈	駅	伝	転	悩	挙

（二）正書

正書，是對於手寫應用文而言，要求書寫的字體要端正，清楚，容易識別，不要馬虎潦草，更不要龍飛鳳舞。蘇軾在〈唐氏六人書後〉中，評論書法「真如立，行如行，草如走，未有未能行立而能走者也。」楷書像人「站立」，行書像人「走」，草書則像人「跑」，沒

有誰在還不能行走或站立的時候，就可以跑的。可見，書寫者，應端正態度，從楷書開始練寫，札實寫好每個字、每個筆劃開始，忌好高騖遠，書無章法。

此外，書寫應注意筆劃清晰、字態美觀，避免筆劃黏連不清，盡量避免塗改，避免墨漬殘留。

二　行款規範

（一）格式統一

1 傳統式

按照漢字傳統的行款格式書寫，例如：上款居尊位，要平抬；起段低兩格；祝頌語的頌詞要居尊位平抬，表示對對方的尊重。下款則居卑位，表示謙卑；日期放在簽署下一行，等等。這是最常用的一種格式。

2 居中式

出於追求視覺上的勻稱、均衡和美觀，加上電腦操作的方便，一些短小的，帶有宣傳廣告性質的文種，如廣告、啟事、告示、海報、請柬之類的製作，可以參考西方文字的處理方式，往往將文字作居中處理。在澳門，以這種處理方式製作的請柬超過半數以上。

3 齊頭式

齊頭式的行款仿傚外文的電腦技術處理，每行文字均在左邊齊頭，文面有整齊感，電腦操作也較方便。此式在澳門請柬中佔的比例僅次於居中式，名列第二。齊頭式請柬要求正文每一行均能齊頭，一般不應例外。

4 齊尾式

此式數量甚少，多出現在澳門的中葡雙語請柬中：葡文在左頁齊頭，中文在右頁齊尾，煞是美觀。澳門蓮藝文化協會等單位於二〇〇二年六月派發的「荷香樂滿城——第二屆澳門荷花節」請柬和澳門民政總署於同年十一月發出的「路氹展新姿」請柬，均屬此例。如果能將請柬內中葡文的位置對調，就更能體現《澳門特別行政區基本法》第九條所說的「除使用中文外，還可使用葡文」的精神。

（二）標題醒目

標題，可分為總標題、副標題、小標題。文章必備的是總標題，而副標題和小標題，則視文章具體情況而定。

以電子輸出的橫式標題為例，總標題用三號字體以上，加粗，居於行中央，標題過長時應轉至第二行，並居中；副標題在總標題下，另起一行，比總標題小一到兩個字號，加粗，跟在破折號之後，並居中，一般不再轉行；小標題，因處於文中，一般與正文字體大小一致，但為與正文區分，則獨佔一行，並將字體加粗。

手寫的標題，特別是在稿紙上的書寫，字體大小會受方格限制。為使標題更突出醒目，可從頁面的第二行開始書寫，同時在標題（如有副標題，則亦包括）與正文之間空一行。小標題則只能用獨佔一行的方式來凸顯，不宜與正文之間空行。

（三）起段空兩格

在民國初年，由當時的教育部所頒布的行款格式，規定「凡起段都需低兩格」。鄧景濱教授在《應用文歌訣》中亦有歌訣「起段縮兩格，抬頭有五種」，提到每段起行空兩格，以示段落分明。

（四）落款、日期、蓋章等有關規定

根據應用文具體使用場合，各式應用文不同類別的落款有不同的要求，但都有個共同點是：落款一般在正文末尾的右下方；撰文機構和撰文時間各占一行；如有蓋章，章應該蓋在撰文機構和撰文時間上，且章印位置端正，墨跡清晰；如有多枚蓋章，章之間不可重疊或覆蓋，不可出到頁面之外。

另外，重要且長篇幅、多頁數的文章或文件，為確保原件的唯一性，可將章蓋在文章或文件的側面，確保每一頁的唯一性。

（五）註釋、引文

註釋是對文章篇名、作者或文章內某一特定內容作必要的解釋或說明，可在文內加圓括號「（）」註明，也可以在該頁末加腳註或在篇末加註釋，並用阿拉伯數字標明次序。

引文包括引用原文和引用原意。引用原文，應用雙引號標註，並註明出處。引用原意，則應注意所引用的原意的完整性和準確性，以尊重作者，不可斷章取義。如果是轉引，也應將轉引的出處註明清楚。引用時，特別是轉引，應特別留意所引內容的真實性、可信性和權威性，防止「以訛傳訛」。

三 層次分明

（一）段落清楚

段落不僅是句子的延伸和發展，也是語篇的濃縮。如 Leon Mones 所說：「段落是縮小了的文章，它具有一篇文章的一切要素，

體現了該篇文章所體現的一切構造原則。」[3]換句話說，段落建立起了篇章的層級結構。尤其是較長篇幅的文章，內容越多，結構層次越多，更需要有層次分明的段落來展示語篇內容。

在段落清晰的基礎上，若要表達更多一層的層次結構，也可在段落間空一行，區分開前後兩個段落群。

（二）序列清晰

除了分明的段落，為將文章的結構表現得更清楚，在段落之前，還可以加序次語作為標誌，更清晰地體現文章的結構層級。在二○一一年十二月三十日發布、二○一二年六月一日實施的新版《標點符號用法》（國家標準）中，明確舉例了三個序列中三套序次語的使用。如下：

1. 第一，……；第二，……；第三，……
2. 其一，……；其二，……；其三，……
3. 首先，……；其次，……；再次，……；最後，……

以上三套序次語（詞語）後面宜用逗號。此外，一般習慣使用的序次語還有：

4. 一、……
　　（一）……
　　　　1……
　　　　（1）……
　　　　　　A……
　　　　　　　①／a.……

3　高芳：〈段落意識與寫作教學〉，《四川外語學院學報》第9期（2001年）。

在常見的這四套序次語中，第四套序次語共有六個層級，是最常用來表現文章的結構層級的。這六個層級的序次語，可根據具體需求從中選用，但只可順序使用，不可逆序。在這套序次語中，漢字序次語後面宜用頓號，阿拉伯數字和拉丁字母序次語後面宜用下腳點，而加了括號的序次語後則不需要使用加其他符號了。

此外，還有中國傳統使用的序次語，如序次語第五、六套。這兩套序次語雖然在現代應用文中使用得很少，卻是傳承的中國傳統文化，體現了中國漢字系統的內在完整性。並且，相比第一、二、三套序次語，第五、六套序次語簡潔明瞭，清晰醒目，序列之間區分度大，不易混淆或混亂，其在實際行文中也是使用方便的。這兩套序次語均由漢字構成，其後宜用頓號。

5. 壹、……；貳、……；參、……；肆、……
6. 甲、……；乙、……；丙、……；丁、……

（三）字型適宜

字型的選擇，具體可從字號、字體、粗細等幾個方面考量。根據應用文使用場合較為嚴肅的特點，應用文正文一般採用莊嚴、穩重、大方的五號宋體字，不加粗；總標題使用三號加粗宋體，副標題和小標題使用小四號加粗宋體；全文使用單倍行距。

（四）善用留白

要善用空行、空位、空格。因為空行表層次，空位有其特定的功能，空格或表停頓，或表挪括，所以要善用。另外，文面的四邊，應適當留空，以方便裝訂、修改、眉批和旁批等。

四　標點正確

標點符號是現代文本不可或缺的輔助工具。它能夠幫助文本正確、精密地表達作者的思想內容及感情色彩。標點符號是「標號」和「點號」的合稱。

標點符號由來已久，早在先秦時期已開始萌芽。二〇〇二年由四川師範大學文學院管錫華教授著述，並由巴蜀書社出版的《中國古代標點符號發展史》，較為清晰詳實地介紹了標點符號的歷史，值得參考與借鑒。到目前為止，標點符號的種類、書寫、佔位、使用規則等，也都日漸規範，形成標準，得到了學界的廣泛認可。

鄧景濱教授在《應用寫作的文本原則》中提到，應用文的文本能正確使用標點符號，不但可以使文本的文意清楚，便於閱讀，而且還可以巧妙地反映文本的思想內容及情緒、節奏、韻律與色彩。誠然，要正確使用標點符號，還必須注意不同文字系統的標點差異。

中英文標點符號相同的有逗號、分號、冒號、問號、感嘆號、破折號、括號、引號、連接號九種符號，不同的有句號、省略號兩種；又如中文的句號是中空的圓點，英葡文的句號則是實的圓點；中文的省略號是六個圓點，英葡文的省略號則是三個圓點。

另外是標點用法的差異。中文有頓號、著重號、專名號，英葡文都沒有；但英文有撇號，中文則沒有撇號。中文書名號用《》，英葡文卻用斜體或引號表示。中文在直接引語之前，以及提示語之後，往往用冒號；但英葡文卻往往用逗號。

（一）寫法得當

常用的點號（頓號、逗號、分號、句號、冒號、問號、嘆號）和標號（引號、括號、書名號、連接號、間隔號、著重號、破折號、省略號）。

　　標點符號的書寫和佔位，不僅有礙文面的美觀，也對作者語意的表達有直接影響。

1　書寫方面

　　（1）點號：除了句號是空心圓以外，其餘的頓號、逗號、分號、冒號、問號、嘆號都是實心點；其中頓號、逗號、分號、句號、冒號均寫在格子的左下方，問號、嘆號均寫在格子的左半格。

　　（2）標號：除了引號寫在格子的左上角或右上角、著重號寫在字下面以外，其餘的括號、書名號、連接號、間隔號、破折號、省略號均應寫在格子中央；除了線以外，點均為實心點。

　　書寫正確，還要注意中文系統與非中文系統的標點符號仍存在不少差異，我們千萬不要將非中文系統使用的標點符號照搬套用，以免造成混淆。中文與葡英文標點的主要差異可參見下表。

	中文	葡文	英文
句號	。	.	.
引號	「」『』＇＇＂＂	＇＇＂＂	＇＇＂＂
省略號	……	…	…
書名號	《》或波紋線	＂＂或斜體	＂＂或斜體
頓號	、	無	無

2　佔位方面

　　有學者將標點符號佔位時應特別注意的事項，總結成了六句順口溜。

　　「七點」不能居首行；「三標」前後有講究；連接、間隔寫中

間；著重用在字下頭；破折、省略均連寫，一行兩格處中游。[4]

也就是說，七種點號都不能寫在一行的開頭位置。引號、書名號和括號，這三種標號的前半部份可以寫在一行的開頭，但不能寫在一行的末尾；後半部份都不能放在一行的開頭，都可與行末最後一個字擠佔一格。連接號和間隔號都應寫在一格的中間。著重號雖與間隔號形似，但應寫在文字的正下方。破折號和省略號均占兩格，寫在格子中間，並應兩格連寫，避免分占上下兩行。

（二）用法和位置正確

二〇一六年由北京大學出版社出版的《標點符號規範用法 19 講》，由郭愛民和丁義浩合著。作者在該書中，對標點符號的規範使用，做了非常詳實的闡述說明，且十分全面。現總結如下表：

標點符號的用法		
標點符號		主要使用位置
點號	頓號	並列詞語之間、需要停頓的重複詞語之間、某些序次語之後、數字之間
	逗號	複句中銜接緊密的並列單句之間以及分句與分句之間
	分號	複句內部並列關係等分句之間，以及並列的多重複句中的分局之間
	冒號	總說性詞語和提示性詞語之後，表示提示下文
		總括性詞語之前，表示總結上文
		稱謂語、稱呼語、說話者姓名之後，表示提起下文或引出講話內容
	句號	陳述句末尾

4　國學：〈標點符號的書寫及位置〉，《青年科學》，2008年12月8日。

標點符號的用法		
標點符號		**主要使用位置**
問號		設問句、反問句、選擇問句、正反問句、倒裝問句、是非問句、特指問句等末尾
嘆號		感嘆句、祈使句、標語、問候語、祝願語等末尾
標號	引號 單引號 雙引號	直接引用的內容、特殊含義的詞語、擬聲詞等
	括號	標示註釋內容或補充說明、序次語、引語出處
	破折號	註釋說明或補充說明、插入語、聲音的延長、話語的中斷或間隔、副標題前、引文或注文後、歇後語的兩部份之間
	省略號	標示省略、說話時的斷斷續續或沉默不語或餘意未盡、聲音延長
	連接號 短橫線 「一」字線 浪文線	2011年12月20日，新的國家標準《標點符號用法》（GB/T 15834-2011）正式發布，自2012年6月1日起實施，取消原來連接號中的二字線。
	間隔號	外國人名或少數民族人名內部、書名與篇（章、卷）之間、詞牌（曲牌或詩體名等）與題名之間、表示事件活動節日的月日簡稱之間
	書名號	標示人名、地名、朝代名、國名、地區名、民族名、宗教名、年號、廟號、官署名、組織名等
	著重號	標示語段中重要的、需要指明的文字
	分隔號	分隔詩行、音節節拍、供選擇或可轉換的兩項、層級或類別、項目名與項目說明、標題前後部份、國家標準的代號、表示年月日的阿拉伯數字、期刊的年份和期數
	隱諱號／避諱號／叉號	代替作者不願意、不需要、不便於直接寫明的字
	虛缺號	標示缺失的文字，或者有意空缺的文字

標點符號的用法	
標點符號	主要使用位置
示亡號	標示對近期逝者的緬懷和悼念之情
代替號	標示代替相同的字或詞
標示號	標示某頁註腳

五　文面整潔

　　文面整潔，不管是印刷文面，還是手寫文面，整潔程度直接影響到閱讀者的閱讀體驗。特別是手寫文面，更應特別注意。

（一）布局勻稱，空白適當

　　文章的布局，也就是文章的結構與組織形式，直接體現在文章段落的安排上。段落的安排，透露著文章材料之間的聯繫，即文章內容的內在邏輯關係。因而，根據文章材料和內容，進行恰當的梳理歸類，以恰當的段落形式加以表現，十分有必要。避免通篇成段，或是段落零碎。勻稱的布局，讓文章不失衡。

（二）字跡工整，墨色鮮明

　　手寫文面的美，很大程度上是由書寫者的字跡決定的。俗話說，「好字半篇文」，說的就是好的字跡對於文章的重要性。工整的字跡，讓閱讀者心曠神怡。同時，書寫的工具，也決定了書寫者是否能寫出一手好字。一支好的鋼筆，其收藏價值不低於一塊好的手錶，因為二者若都有優秀的工藝品質，就都將成為工藝上品。鋼筆的書寫，遠比當下流行而便捷的簽字筆更能體現書法的美。此外，顏色鮮明純淨、墨跡持久不褪的墨水，讓文面更有質感。

（三）無圈點畫，少增刪改

手寫文面，特別講究「下筆如有神」。文章通篇流暢、清晰，「落筆定音」，避免圈圈點點、塗塗畫畫，避免過多增刪或修改痕跡，對文面美有直接幫助。

（四）頁碼明晰，標註清楚

給文章標上頁碼，對於長篇的論述，特別是大部頭的書稿來說，尤為重要。不僅幫助作者在寫作過程中把控結構，也是便於讀者理解與查閱的重要輔助，不可缺失，更不可錯亂。此外，文章中的各種需要特別說明的地方，也要標註清楚。這不僅體現作者治學的嚴謹態度，也體現出文章內容的可信程度，還方便閱讀者的追根溯源、查閱瞭解。

六 結語

文面美，對於一篇文章來說，是不可或缺的重要組成部份。作為一種形式美，它承載的是重要的內容的表達。就好比是「門內藏錦繡」，門面賞心悅目，會引人駐足、好奇窺探，才發現內有乾坤；門面破敗不堪，人們行色匆匆，不願久留，哪怕是再妙的玄機，也難被揭示，豈不可惜。曾有學者將之戲稱為「門面功夫」，實是幽默傳神！

「美」與「追求美」，在這世間都是永無止盡的。文面美的研究，雖然至今已約定俗成地形成了一套基本規範和標準，但隨著時代的變化和發展，文面美的標準也會與時俱進。在使用者不斷的嘗試與優化中，在研究者的不斷探索與修正中，都會讓文面美的標準和規範日臻完善。

參考文獻

鄧景濱　〈日本漢字的影響〉　載《語叢》第10期（1991年）

駱小所、曹曉宏　〈論標點符號變異使用的美學功能〉，載《雲南師範大學學報》（哲學社會科學版）第1期（1999年）

郭　攀　〈二十世紀以來漢語標點符號系統的演進〉　《中國語文》第6期（2006年）

鄧景濱　〈應用寫作的文本原則〉　載《應用寫作》第10期　2009年

汪梅枝　〈從「囧」、「槑」、「莯」等字的流行看網路用字〉　《作家雜誌》第6卷（2010年）

羅簪宇　〈網路生造字的創意與生成：概念整合視角〉　《隴東學院學報》第9期　2010年

杜永道　〈公文序次語的正確使用〉　《秘書工作》第5期（2011年）

鄧景濱、朱丹　〈應用文歌訣〉　載《應用寫作》第5期（2016年）

香港報刊社論成語應用情況分析

吳學忠

香港浸會大學語文中心

趙殷尚

韓國培材大學校

摘要

　　本論文調查香港主要報刊社論的成語使用情況,利用慧科新聞搜尋網站,分析近年香港主要報章社論中出現的褒貶誤用以及異體成語等現象,以窺見香港社會語文應用面貌。有些成語在社論中重複使用率極高,社論中又以貶義成語佔多數。使用成語可達到言簡意賅的效果,正確使用成語能精準表達文章作者的識見,在應用寫作上扮演了極為重要的角色。

關鍵詞:香港報刊　社論　成語　應用

一　緒論

　　報章社論是一種獨特的文體，既提供資訊，也對特定議題作評論。香港報章社論運用了不少成語，以達到言簡意賅的效果，當中包括異體成語。異體成語的出現主要是作者為了配合香港的地方俗語，讓讀者讀起來更覺親切、更容易掌握文章內容。

　　本論文統計了香港《東方日報》、《明報》和《香港經濟日報》三份暢銷日報於二〇一八年一月至三月期間報刊社論使用成語情況，從成語使用頻率、褒貶色彩運用、異體成語等現象探討報刊社論使用成語情況。

　　《東方日報》創辦於一九六九年，由一九七六年起連續四十多年銷量第一，讀者人數超過三百萬人，是名副其實的香港人報紙。《明報》由金庸及沈寶新於一九五九年創立，主要讀者是中產階層如專業人士和管理層人員，相比其他報章，《明報》的政治立場較中立。《香港經濟日報》則是香港的財經報刊，在一九八八年創刊，是一份以財經資訊為主的報章，其讀者群為中產及專業人士。

二　報刊社論使用成語頻率

　　《東方日報》二〇一八年一月至三月共有九十篇社論，《明報》共有八十八篇社論，《香港經濟日報》則有七十二篇社論。

　　我們以《漢典》和《成語典》收錄的成語作為統計基礎，《東方日報》九十篇社論使用了六百九十二次成語，共有三百八十一則成語，每篇社論平均使用成語次數約為八次。每篇社論中，成語使用量少者僅有兩則，多者二十則。在八十八篇《明報》社論裡，成語使用量為七百四十八次，合共四百九十八則成語。每篇社論約使用成語八

點五次。《香港經濟日報》七十二篇社論中，六十二篇使用了成語，合共有一百〇四則成語，總成語出現次數實為一百三十八次。有一篇社論用了六則成語，十篇社論沒用上成語，平均每篇社論僅使用兩則成語。與《東方日報》和《明報》比較，《香港經濟日報》社論少用成語，可能是《香港經濟日報》社論以經濟新聞為主，以數據和客觀資料支持評論者的觀點。

三　成語的重複使用

《東方日報》社論中使用六次或以上的成語有十八則，其中「逍遙法外」重複使用二十一次，「烏煙瘴氣」出現十一次，「層出不窮」和「不言而喻」重複使用十次，「撥亂反正」和「有恃無恐」重複使用十次。而《明報》社論使用的四百九十八則成語中，重複使用的成語共有一百四十三則，佔總體不到三成。而這一百四十三則重複使用成語的總出現次數為三百九十二次，平均每則只重複使用了三次。可見《明報》社論擅用同義詞，即使重複使用某成語，次數也很有限。《香港經濟日報》社論中也有不少成語重複使用，有些成語例如「火上加油」在一篇社論中就用了三次。十七則重複出現的成語共用了五十三次，平均每則重複使用了三次。

四　非四字成語

《東方日報》的社論少用非四字格成語。三字格成語有「肉中刺」和「眼中釘」，五字格成語有「一言以蔽之」，六字格成語有「無所不用其極」、「一發不可收拾」，這些成語均使用三次或以上。另外，還有十一組由兩則四字格成語組成，包括：「福無雙至，禍不單

行」、「萬事俱備，只欠東風」、「江山易改，本性難移」、「差之毫釐，謬以千里」、「食之無味，棄之可惜」、「一夫當關，萬夫莫敵」、「道高一尺，魔高一丈」、「水能載舟，亦能覆舟」、「其身不正，何以正人」、「視而不見，聽而不聞」、「金玉其外，敗絮其中」。《明報》的社論也不常用非四字成語，在四百九十八則成語中，僅有二十六則非四字成語，佔整體成語數量約百分之五。這些非四字成語包括：「守財奴」、「牽一髮（而）動全身」、「一刀切」、「不可同日而語」、「水至清則無魚、水太清則無魚」、「拒人於千里（之外）」、「順我者昌逆我者亡」、「雷聲大雨點小」、「金無足赤，人無完人」、「換湯不換藥」、「小巫見大巫」、「長江後浪推前浪」、「不分青紅皂白」、「知無不言、言無不盡」、「家醜不可外揚」、「前事不忘，後事之師」、「天有不測之『陽光』（天有不測風雲）」、「言者諄諄，聽者藐藐」、「多一事不如少一事」、「遠水難救近火（遠水救不得近火）」、「項莊舞劍，意在沛公」、「此一時彼一時」、「明修棧道，暗渡陳倉」、「哀莫大於心死」、「『急驚風』與『慢郎中』（急驚風撞著慢郎中）」、「依樣畫葫蘆」。這些非四字格成語中，「守財奴」的使用次數最多，達十四次。可能是一至三月的社會議題皆評論政府的財政預算案，《明報》社論將政府形容為「守財奴」，諷刺政府坐擁大量財政盈餘，仍不願投放資源改善民生，反而過度量入為出，造成民怨沸騰。由於二〇一八年財政預算案於二月二十八日公布，故一至三月的社論都談及政府的理財方針，這個關於理財的三字格成語便經常出現，例如於一月十三日的社論《劃一增撥資源　小心官僚》中，作者以「守財奴」諷刺政府今年財政盈餘逾一千億元，卻沒有靈活地增撥資源予不同部門以改善福利、教育和醫療服務。至於《香港經濟日報》社論則較少使用非四字格的成語，僅「損人不利己」、「一刀切」、「遠水難救近火（遠水不救近火）」和「莫入寶山空手回（如入寶山空手回）」。

雖然三份報刊社論在這三個月內較少使用非四字成語，但全部都運用恰當，使文章簡潔有力。

五 報刊社論標題使用成語情況

除了在社論內文使用成語，社論標題同樣可以使用成語，以達到言簡意賅的效果。我們發現：三份報刊社論標題均少用成語。在《東方日報》社論標題中，共用了十則成語，列表如下：

標題	使用之成語
綠置居製造不公　高樓價火上加油	火上加油
英政客說三道四　反對派引狼入室	說三道四、引狼入室
天災人禍頻示警　禮崩樂壞港沉淪	禮崩樂壞
魚目混珠無眼界　啟德之死在官僚	魚目混珠
施政無能遭圍攻　巧言令色鮮矣仁	巧言令色
萬民有口終須說　莫謂黑手能遮天	隻手遮天／一手遮天
斬毒草必須除根　掃港獨腰桿要硬	斬草除根
大學教育太失敗　一味姑息自取辱	自取其辱

在《明報》社論中，也僅有十篇社論的標題使用了成語，列表如下：

標題	使用之成語
膠袋耗量是減是增　政府切勿自欺欺人	自欺欺人
僭建風波有損公信水清無魚難成託辭	水清無魚
東鐵信號系統更新不能如老牛破車	老牛破車
黃鐘毀棄傷筋骨禮崩樂壞害民主	黃鐘毀棄、禮崩樂壞

標題	使用之成語
春運四十年滄海變桑田	滄海桑田
華府魚與熊掌難兼得　環球資產盛宴難永享	魚與熊掌
對車禍慘劇痛定思痛打造最安全出行城市	痛定思痛
理財迷思須戳破勿當「守財奴2.0」	守財奴
政府未遏私家車增長電動車政策弄巧反拙	弄巧反拙
扭曲扶貧基金宗旨「補漏拾遺」治絲益棼	治絲益棼

除了社論標題使用了成語外，《明報》共有二十篇社論小標題使用了成語，列表如下：

小標題	使用之成語
粉嶺高球場租約將滿續租安排須合情合理	合情合理
政府自我感覺良好易犯掉以輕心錯誤	掉以輕心
中央芭蕾舞團「潑婦罵街」折射公營機構缺法治意識	潑婦罵街
買屋不知僭建難服眾知法犯法質疑是大忌	知法犯法
天網恢恢勿心存僥倖社會精英不能「離地」	天網恢恢
學校社署未阻虐兒「責不在己」各執一詞	各執一詞
放寬按保須對症下藥貿然出手恐刺激樓價	對症下藥
官方早作結論徹底否定諱莫如深扭曲後代認知	諱莫如深
當日倡無視禁制令「有識之士」誤人子弟	有識之士、誤人子弟
鄧小平南巡講話精神深圳今成就中流砥柱	中流砥柱
風波政治化情況堪憂勿為息事寧人捨理想	息事寧人
中國製造2025美國心腹大患重點打擊	心腹大患
土地問題需各方妥協既得利益應先作讓步	既得利益
實事求是求突破勿為反對而反對	實事求是

小標題	使用之成語
總結經驗揚長避短打好兩場硬仗	揚長避短
王岐山楊潔篪劉鶴安排人事破例安排用心良苦	用心良苦
任期限制行之有效貿然改動恐留後患	行之有效
措施立竿見影不容易政府應有中短期目標	立竿見影
政府但求息事寧人	息事寧人
美國背離「競爭性共存」南海臺灣迎多事之秋	多事之秋

而《香港經濟日報》則有八篇社論的標題或小標題使用了成語，簡列如下：

標題	使用之成語
一面倒看淡美滙　反彈勿掉以輕心	掉以輕心
美歐保護主義　升值雪上加霜	雪上加霜
兩韓若走太近　美或從中作梗	從中作梗
華府撐弱美滙　各國坐以待斃？	坐以待斃
對華磨刀霍霍　京勿掉以輕心	磨刀霍霍、刻不容緩
改善公共交通安全　刻不容緩	刻不容緩
周邊大舉填海　港宜急起直追	急起直追
壞消息接踵來　去年升得太多	接踵而來

我們認為：香港報刊社論標題較少使用成語可能是由於標題字數有限，通常以十五字為上限，而標題又多分為兩句，兩句字數相約、句型相似，增加使用成語的難度。如兩句都使用四字格成語，便已佔標題一半字數。然而，若標題使用成語得宜，可更清晰地帶出社論的主題和立場。

六 報刊社論成語褒貶色彩

《東方日報》社論中使用的成語以中性和貶義詞佔多數，其中：褒義成語佔百分之十五點九，中性成語佔百分之四十三點九，貶義成語佔百分之四十點二。而《明報》社論中使用的成語以中性詞為主，佔半數，其次為貶義成語，兩者共佔百分之八十四，褒義詞只佔百分之十六，與《東方日報》類近。我們認為這與《明報》的政治立場息息相關，由於《明報》向來提倡理性討論，多用中性詞有助讀者理性思考，符合其辦報理念。（馬傑偉、呂大樂及吳俊雄，2009）。同時，適當地運用貶義詞針砭時弊則能吸引對政府施政或社會現狀不滿的讀者，有助擴大讀者群，提高報紙銷售量，符合商業考慮。至於《香港經濟日報》社論使用的一百〇四則成語中，褒義成語佔百分之二十八點二，中性成語佔百分之三十點八，而貶義成語佔多數，達百分之四十一。

語言文字往往隨著歷史文化發展而發生變化，成語也不例外。成語歷史悠久，部分成語在流傳過程中改變了褒貶色彩，香港報刊社論中不少成語體現了這種語言的變遷。

例如：「半壁江山」多用以形容國土殘破。《明報》二〇一八年三月四日社論「中國的票房仍然很依賴進口外國片，二〇一七年的總票房，國產片只佔百分之五十三點八四，近半壁江山還是靠進口片。」此處很明顯是將貶義詞當中性詞使用，指半個天下。

「步步高升」原指職位不斷上升，用於祝福。《明報》二〇一八年一月十一日社論「政府希望協助他們實現置業夢，本非壞事，然而放寬按保始終有一定風險，有可能刺激樓價『步步高升』，甚至抵消放寬按保的效果」，此處以褒詞貶用的方式作諷刺之用，並以引號標示褒詞貶用的成語。

　　「一言九鼎」是形容說話很有分量，帶褒義。《東方日報》二〇
一八年一月四日的社論「法官『一言九鼎』，說你有罪你就有罪，說
你無罪你就無罪，旁人是不敢輕易批評的，否則隨時有一頂『藐視法
庭』的大帽子扣下來」一段中的「一言九鼎」，雖然也是指法官的說
話很有分量，但意思是諷刺法官一言堂，可以獨斷專行決定被告是否
有罪，而他人卻不可批評他們的判斷，這是貶義的用法。

　　另一個成語「無為而治」意思是「以德化民，不施加刑罰，而能
平治天下」，是褒義詞。《東方日報》一月十五日的社論有一段「對派
糖有保留也就罷了，陳茂波連房屋問題都擺出『無為而治』的態度，
叫市民『不要幻想減辣』，才是最令人失望。」這裡的「無為而治」是
諷刺陳茂波沒提出對策解決香港房屋問題，不理市民訴求，為貶義。

　　此外，我們還發現有些社論誤用了成語。例如「不絕如縷」比喻
局勢危急或比喻聲音細微悠長，似斷非斷，《東方日報》二月十三日
社論「每逢大事發生，港府例必成立類似委員會煞有介事調查一番，
南丫海難、鉛水事件以至不絕如縷的醫療事故等莫不如此，最終都流
於一紙空文」一段中，「不絕如縷」是指醫療事故接連不斷，明顯誤
用此成語。再如「見縫插針」，《國語辭典》解釋為「比喻善於把握一
切可以利用的時機、空間」，而《東方日報》在三月二十七日的社論
批評香港政府不收回哥爾夫球場蓋房子，舒緩市民居住問題，反而要
毀人家園、破壞大自然或在市區「見縫插針」建屋，同時聲稱土地不
足。此處的「見縫插針」指政府用盡市區的空間建造高樓大廈，與原
意不符。

　　我們分析了報刊社論中的成語褒貶色彩，可以看出：有時作者故
意褒詞貶用或貶詞褒用，以達至諷刺之效。但有些社評作者很明顯是
望文生義，誤解了成語的原意或褒貶色彩而誤用了成語。

七　社論中的異體成語

成語經歷了不同時代、不同地區語言文化的變遷，形成了異體成語。盧磊（2006）指出異體成語是相對通用成語而言的，即通用成語的其他形式，如改變的同源或同義近義的成語都視為異體成語。異體成語的出現有兩個原因，分別是語言習慣及文化差異與作者為配合文章內容改變成語詞形。

有關語言習慣及文化差異方面，因成語定形的過程中受到不同形式及方言區的地理、社會文化、歷史發展的影響，故不同地區的部分成語不盡相同。根據袁燕萍（1999）的研究，其中一式的成語因較為人熟悉習用，成了常式，至今用於普通話而成為標準詞形，故其他詞形便成了異體，但部分異體卻通行於粵方言區，為港人所習用。此外，袁燕萍（1999）還指出方言用語上的習慣也會衍生異體成語，如社論中使用「興波作浪」，但中國內地卻通用「興風作浪」；又如香港常用成語「白手興家」，但中國內地卻多用「白手起家」；或例如香港會以廣東口語「講」代替「說」及「道」，故中國內地會採用「說三道四」，但香港則常用「講三講四」。

此外，社論作者為了配合社論主題及文章內容，故意將原有的成語改作與文章內容相呼應的成語，或改變成語原有的意思或原本的詞形，使文章更簡潔，增添閱讀趣味。例如《明報》二〇一八年一月六日的社論《換肝調查報告留疑團　追究醫生責任勿護短》，作者用「醫醫相衞」指出當醫生犯錯時，其他醫生不應因他們相同的身份而包庇對方，應該客觀對待事件，重視病人權益。「醫醫相衞」很明顯是由「官官相衞」改變而來。「官官相衞」原指做官的人互相遮掩過失，社論作者透過更改原來通用的成語，由「官官」轉為「醫醫」，使成語更貼近文章內容，更能順暢地表達作者的用意，敦促醫生不要互相包庇。

又如「擇惡固執」，此成語原型是「擇善固執」，意指選擇好的、正確的事去做，且堅持不變。《東方日報》二〇一八年三月三日社論使用此改編成語，批評政府的財政預算案忽視市民意見，「明知民怨沸騰依然『擇惡固執』」。此處將成語由褒義改作貶義，從而達到諷刺的目的。

茲將各篇社論異體成語列表如下：

異體成語	成語原型	異體成語	成語原型
老羞成怒	惱羞成怒	門堪羅雀	門可羅雀
再生節枝	節外生枝	雞飛狗走	雞飛狗跳
以恩報怨	以德報怨	一波多折	一波三折
莊子夢蝶	莊周夢蝶	源源不斷	源源不絕
比翼齊飛	比翼雙飛	彰彰明甚	彰彰可據
時移勢易	時移世變、時移世易	歸根究底	歸根結底、歸根結蒂
瞬息萬變	瞬息千變	接踵而來	繼踵而至、接踵而至
興波作浪	興風作浪	臨崖勒馬	懸崖勒馬
白手興家	白手起家	非比尋常	非同尋常
拋諸腦後	置之腦後	望樓興嘆	望洋興嘆
醫醫相衛	官官相衛	理曲氣壯	理直氣壯
天有不測之「陽光」	天有不測風雲	搔不著癢處	搔著癢處
多管齊下	雙管齊下	引以為鑑	引以為戒
三思後行	三思而行、三思而後行	仗勢壓人	仗勢欺人
口出粗言	口出狂言	貴人事忙	貴人善忘

八 小結

　　成語向來構詞穩定，蘊含深厚寓意及豐富的文化知識，而香港報刊社論作者往往靈活應用成語，或褒詞貶用，或改動字詞，讓作者藉此更貼切地傳遞意思。

　　香港報章社論採用香港人較常用的成語的形式，但我們可以留意不同地區在使用成語上的差異，了解成語的起源及含義，明白褒貶用法，以免錯用成語或扭曲原意。我們也要接受成語會依隨社會的演變而發展，讓異體成語得以流傳，令社會大眾能繼續以恰當、精簡的成語來傳遞信息。報章作為傳播新聞資訊給大眾的重要媒界，具有一定的公信力。因此，報章在採用每一個字、詞和成語時，都應確保使用得宜，意思正確，運用恰當更有助表達文章立場和意見，讓大眾能透過閱讀報章，了解正確的成語用法，學習成語，更可充分體現香港的獨特語言文化。

參考資料

劉潔修 《成語》 《漢語知識叢書》 北京 商務印書館 1985年 第1版 第1輯

袁燕萍 中港臺成語習用形式的差異 《中國語文通訊》第49期 （1999年3月）

馬傑偉、呂大樂、吳俊雄 《香港文化政治》 香港 香港大學出版社 2009年

教育部成語典 http://dict.idioms.moe.edu.tw/cydic/index.html

漢 典 http://www.zdic.net/

澳門創思公文電子範本的
設計與應用
——中外公文電子範本的優化

麥芷琪　金偉德　鄧景濱

澳門培正中學　略進科技　澳門大學中文系

摘要

　　中外公函範本眾多,為創設一個網路化、標準化、智能化的公函範本,我們搜集並研究中外公函範本的現狀,概括歸納現時中外公函範本的優點。在此基礎上,探討並設計澳門創思公文電子範本的優化模式,以人性化、時效化、智慧化為目標,設計適合在地學校、政府機關、公司企業之公函範本。本文為我們在此探索過程中的一些階段性成果。

關鍵詞:中外公函範本　網路化　標準化　智慧化　優化模式

一　前言

　　一直以來，公文應用之廣泛程度與我們生活息息相關，它的種類極為廣泛，與我們日常生活和學習有關，是人類在長期社會實踐活動中形成的一種文體，有公函、報告、通告以至請假條、留言條、申請書、決心書、感謝信、表揚信、讀書筆記、會議總結等。每種應用文都有一個固定的格式。隨著時代轉變，電子平臺之普及更是我們日常生活不可或缺之必需品，因應此需要，應用文需要規範外，更應該需要創新，規範指的是格式、內容上的規範，而創新便是因應時代的步伐結合公文的規範要求在智慧化方面更上一層樓的實際結果，規範與創新互相結合，公文應用可得到更完善的發展及普及。

二　研究目的

（1）藉由資料分析瞭解中外電子公函系統範本之優缺點。
（2）建立澳門電子系統範本，從創新智慧理念出發，優化電子
　　　公函系統範本。
（3）藉此次研究結果，澳門創思公文電子範本可作為先導示範，
　　　推廣智慧公文系統。

三　電子範本與傳統範本之比較

（一）範本之種類：

　　1. 傳統範本：傳統範本通常以 Microsoft Word 檔案形式而成，以填充形式出現，見表 1 臺灣範本，一般公函格式：（共有兩類），此類

範本格式及內容簡單，但指引度不太足夠，建構者把範本上載網路供人下載使用。

表1　（**出自臺灣模板**）：

上款（可加提稱語。一般可用「大鑒」；對上司或表示對方的尊敬可用「尊鑒」；對父母及至尊長輩則用「鈞鑒」。

正文

祝頌語。如上款用了提稱語，下款則應加祝頌語。祝頌語當與提稱語相配。如提稱語用了「大鑒」，祝頌語就用「大安」，用「尊鑒」，就稱「尊安」，若用「均鑒」，就稱均安。此外，對普通人士亦可用「春安」、「夏安」等。另外，也可按收書人的職業來致祝頌語。如收信人是教師，可用「教安」、從事商業活動，可用「商祺」，從事文化活動，可用「文祺」等。

下款（先寫職銜，繼寫姓名。職銜與姓名一般分開兩行來寫。假如寫在同一行，則職銜之後須隔一格。姓名之後可加上啟告語。視乎輩份而定。若是平輩則用上或啟，若是上司、長輩，則用謹啟，若是下屬，則不必用啟告語）

日期（包括年、月、日）

敬啟者：

正文

此致

上款

下款（先寫職銜，繼寫姓名。職銜與姓名一般分開兩行來寫。假如寫在同一行，則職銜之後須隔一格。姓名之後可加上啟告語。視乎輩份而定。若是平輩則用上或啟，若是上司、長輩，則用謹啟，若是下屬，則不必用啟告語）

日期（包括年、月、日）

（二）電子範本：

（1）具一定規範，可給予使用者特定之指引。

（2）可節省時間，為使用者帶來方便、直接的寫作形式，在範本的指引下完成公函寫作。

（3）格式已有具體規定，使用者不需另建構一個寫作形式框架。

四　中外公函範本之不足之處

（一）兩岸四地應用文範本電子化發展的不足之處：

1. 範本雖有一定規範，但未能做到可供使用者多元選擇的內容，例如在提稱語部分只有提示使用者在此處可寫「提稱語」，若使用者對公文寫作未有充分認識，便對「提稱語」之使用可能會出現誤用情況，或需一定時間搜尋正確的提稱語用法，方可在公函範本的提稱語位置寫上正確的提稱語內容。

2. 現時坊間公函電子系統範本形式多樣，使用者網上搜尋相關內容，瞬間展現眼前的選擇多不勝數，選擇眾多或者會讓使用者眼花撩亂，隨意選擇一個罷了；若所選的範本在格式、內容、用語等規範上未盡完善，公函內涵對使用者而言便會失去意義及價值，導致因形式多而致使使用者未能用上絕對正確的範本的結果。

3. 現時兩岸四地的電子範本多是 Microsoft Word 編排文檔，使用者上網下載合適文檔使用，使用該類範本時由於需要下載文檔或需直接在文檔上輸入內容，該類範本文檔可視為一個基本工具，生成所需要文檔的大致框架，但未能在方便程度或即時性問題上解決問題。

4. 中國大陸公函範本多會在固定之處空出位置，如上款、主辦單位、下款、日期等（見圖4），使用者根據相應位置寫上資料便可。

5. 公函範本多會在固定之處空出位置，並在該位置後列出標示指引使用者在此處應當寫上什麼，例如中國大陸公文有的在上款位置會標示「『XXXX』（主送單位）」（見圖 5），在正文位置會標示「『XXXX』（請求批准事項的必要性、可行性及其意義）」，或是澳門公文（見圖 6）也是如此，言簡意賅指出此處該寫的是什麼內容，此類範本有具體指引方向，使用者對所需要的填寫內容一目了然。

6. 公函範本直接在上款設定「先生／女士」（見圖 1 及圖 2），有些則連上款位置也沒有，這種範本在本是應有的內容上反是缺少了，缺漏較多。

（二）公文分類的依據和標準，四地公文的文體功能和結構模式比較：

	中國大陸	臺灣	香港	澳門
首部	標題、主送機關兩部分	標題、主送機關兩部分	標題、主送機關兩部分	標題、主送機關兩部分
正文	開頭、主體、結尾	開頭、主體、結尾	開頭、主體、結尾	開頭、主體、結尾
尾部	結語、落款	落款	落款	落款
版面設計	有固定格式	有固定格式	根據現時政府公函格式	根據現時政府公函格式

從以上表格內容可知兩岸四地公函在首部、正文及尾部大致相同，對方同為市屬單位，即同級，不需要「此致敬禮」或祝福語。如為有隸屬關係的上級，要寫「此致敬禮」。「務希研究承復」「敬請大力支持為盼」等。唯臺灣政府文書格式在版面設計上有以下具體規定：

邊界：

1. 上緣：紙張上緣保留　2.5 公分±0.3 公分。

2. 下緣：紙張下緣保留　2.5 公分±0.3 公分。

3. 右緣：紙張右緣保留　2.5 公分±0.3 公分。

4. 左緣：紙張左緣保留　2.5 公分±0.3 公分，裝訂線至左緣保留 1.5 公分±0.3 公分。

圖 1　（出自中國大陸模板）

尊敬的＿＿＿＿先生(女士)

我公司主要生产＿＿＿ ＿＿＿ ＿＿＿等产品,现特邀请您到我公司生产车间及总部参观洽谈业务,望您在百忙之中抽空给予指导,我公司全体员工竭诚欢迎您的到来!

此致

敬礼!

＿＿＿＿＿公司 呈上

圖 2

尊敬的 先生/女士：

您好!

我们很荣幸地邀请您参加将于5月15-16日在北京21世纪饭店举办的"第28届联合国粮食及农业组织亚太地区大会非政府组织磋商会议"。本次会议的主题是：从议程到行动——继"非政府组织粮食主权论坛"之后。此次磋商会议由联合国粮农组织(fao)和国际粮食主权计划委员会亚洲分会(ipc-asia)主办，中国国际民间组织合作促进会协办。届时，来自亚太地区80多个民间组织的100余名代表将参加会议。本次会议宣言将在5月17-21日召开的27届联合国粮食及农业组织亚太地区大会上宣读。

本次会议的主要议题包括：

1.亚太地区粮食和农业领域的非政府组织如何在地区和国家层面执行"全球行动议程/公民社会战略"。

2.亚太地区粮食和农业领域的非政府组织如何根据目前形势确定今后行动的参与者。

3.参会机构起草非政府组织建议书提交给第27届联合国粮食及农业组织亚太地区会议，继续呼吁维护农民的利益。

真诚地期待着您的积极支持与参与!

国际计划委员会亚洲分会代表 中国_____

圖3 （出自中國大陸模板）

关于商洽代培统计人员的函

××金融管理干部学院:

得悉贵院将于 3 月份举办统计人员讲习班,系统培训统计工作人员。国务院《关于加强统计工作的决定》下达后,我厂曾打算集训现职统计工作人员,但由于力量不足,未能实现。现在贵院决定办讲习班,我厂拟派 15 名统计人员随班学习,请你们代培。如同意,将是对我厂统计工作的有力支持。代培所需费用由我厂如数拨付。盼于复函。

此致

敬礼

×××机床厂(公章)

圖 4 （出自中國大陸模板）

××市人民政府关于在铁路压煤改线

×××站建立交桥的函

[××××]××

×××委员会:

××铁路压煤改线×××工业站,位于我市×县×××镇。由于该站的建设,原有的×××站西侧的平交道口按设计要求将要封闭。这样就阻断了沟通南北三乡一镇的交通要道,给乡镇企业和商品经济的发展造成了困难。另外,铁路以南五个村的大面积耕地在路北,由于铁路所阻,给群众的生产生活造成了很难克服的困难。工业站在设计在 dk308+893 处虽有一座净高 2.5 米,宽 6 米,长 220 米的单孔立交兼排水涵洞,但因纵深太长,宽度较窄,高度很低,农机车辆不能通行,农忙秋收人畜难以通过。

为此,请贵委员会给予照顾,在 dk308+430 处(原×××站西侧的平交道口处)建立交桥一座,以适应当地生产和需要。可否盼复。

××市人民政府

圖5　（出自中國大陸模板）

××××（主送單位）：

　　为了××××××（目的），根据××××××（依据），我们拟组织开展×××活动、工作（或研究制订了《××××××》），现就××××问题征求你们的意见（或现将《××××××》转去），请认真研究提出意见。借此感谢贵公司多年来对我公司给予了大力的支持和帮助。

　　联系人：×××

　　电　话：×××××××××

　　特此函告，务请函复。

圖 6　（出自澳門模板）

（部門用箋）

（收文人地址）
（收文人的任職機構和職銜）台啟
或
（收文人姓名＋先生／女士）台啟

來函編號 Sua referência	來函日期 Sua comunicação de	發函編號 Nossa referência	澳門郵政信箱 463 號 C. Postal 463 – Macau
		XXXX/XXX	XXXX 年 XX 月 XX 日

公　函

事由：
Assunto　**XXXX**

（收文人的任職機構和職銜）：
　　　　　或
（收文人姓名＋先生或女士：）

（正文）

（結尾用語）

（發文者職銜）

（簽名）
─────────────
（發文者姓名）

圖 7　（出自臺灣模板）

電子發文函

行政院研究發展考核委員會　函

地址：臺北市中正區濟南路 1 段 2 之 2 號 6 樓
傳真電話：
聯絡人及電話：

受文者：行政院大陸委員會

發文日期：中華民國　年　月　日
發文字號：　　字第　　　號
速別：
密等及解密條件或保密期限：
附件：議程資料

主旨：本會訂於本(93)年 7 月 14、15 日分梯次辦理「推動公文橫
　　　式書寫資訊作業研習營」，惠請派員參加，請　查照。

說明：

一、依據「公文橫式書寫資訊作業實施計畫」第 5 點實施方式
　　暨推動時程之(三)辦理。

二、檢附本次研習營議程資料詳如附，請　貴機關依規定梯次
　　指派文書、檔案主管人員及研考、資訊主辦人員各 1 名，
　　至電子化公文入口網最新消息中，點選「推動公文橫式書
　　寫資訊作業研習營」，填寫報名資料。

正本：總統府第二局、行政院秘書處、立法院秘書處、司法院秘書處、考試院秘書處、
　　　監察院秘書處、行政院各部會行處局署暨省市政府、各縣市政府
副本：檔案管理局、本會資訊管理處、公文 G2B2C 資訊服務中心

圖 8

尊敬的读者朋友：

　　非常感谢您长期以来对《世界经理人》杂志的支持！

　　为了回报您对我们的拥护，我在这里很荣幸地邀请您成为我们上线 1 周年的尚品·人生网的尊贵会员，您将享受到我们仅为尚品·人生网站会员提供的所有优惠和特权，更有机会在尚品·人生网的社区中结识其他与您一样成功的精英人士！

　　您只要点击"接受"，便可自动成为 尚品·人生网站的尊贵会员。

　　作为世界经理人网的姊妹网站，尚品·人生网以"享受成功品味生活"为使命，让成功人士在取得财富成果的同时，也能尽情享受丰盛的人生，得到生活与事业的和谐平衡。

　　非常感谢您的关注，期待您加入尚品·人生网！

此致

　　敬礼！

　　兩岸四地公函範本主要以 WORD 格式為常態，使用者可下載文檔，在範本上因應個人需要增刪內容，格式有一定規範。

（三）國外應用文範本電子化發展的不足之處：

　　國外應用文範本電子化發展的歷史比較長。早在一九九一年，已有企業與科技公司合作將客服方面的通訊郵件電子模版化。綜合多方面探索，模版電子化可分從自動化的程度去分以下五類：

1. 填充型 ── 最基本的模版。像 Microsoft word 裡的 mail merge，沒有任何智慧。

2. 根據人工輸入的句子模版為基礎，用簡單的電腦程式組成文章。很多企業內部的商業通訊檔，就是用這一類的產品生成。Quark 是一個國外市場上領先的產品。

3. 能自動校正文法（比較適合西方語言）。這種系統開始懂得語言上文法的應用。有一些文章更正系統，如 Grammarly，基本上也屬於這個範疇內。

4. 自動句子生成與組合。這種系統除了能夠自動生成句子外，還能有智慧地將各個它們連在一起，放入正確的連接詞與代名詞。

5. 完全自動文章生成。如谷歌 Gmail 裡的 Smart Compose，是兩個月前剛剛推出的產品。使用者在編寫電郵時，系統會稱謂到結束，自動建議並生成完整的句子，組成一封完整和連貫的電郵。到了這程度的技術，叫做「自然語言生成」（natural language generation）。當然，谷歌這個產品有其局限性，未能夠生成一些邏輯上較複雜的文章或應用文。

市面上市占率最大的產品，基本上都是第二類或第三類。第四或第五類是自然語言生成系統，市面上的產品比較少。

（四）中外應用文範本電子化發展的比較：

	兩岸四地	國外
應用文電子範本現況	多以Microsoft Word編排文檔，用戶需以填充形式完成公函。	已發展至自然語言生成系統
應用文電子範本之格式	應用文格式有一定規範，如提稱語、正文、祝頌語內容已有固定格式。	與兩岸四地應用文電子範本格式比較，規範較少及簡單。

中外應用文範本電子化發展的比較總結而言，兩岸四地在形式規範上佔有優勢，雖然未有統一規範，但適當保存應用文寫作原則（鄧景濱教授論文《應用寫作八原則》），而國外公函範本在智慧系統技術方面已有一定經驗，操作漸趨成熟，可算智慧範本的模範。澳門創思

公文電子範本因應現時中外公函範本的狀況設計適合在地使用的電子範本，繼而推廣之。

五　澳門創思公文電子範本的設計優點

（一）澳門創思公文電子範本的設計項目包含以下內容：

　　進一步就是完善公文系統中格式安排、禮貌原則、教學理念、網路化原則內容，是次論文主要研究智慧公文系統的優化及作用，設計適合澳門，乃至成為亞洲地區的智慧電子公文範本。

（1）格式安排

　　澳門創思公文電子範本採用政府辦公運用的信函格式，使用規範的用語。

（2）公函內容包括以下專案：

> a. 主題欄：主題明確，公函的標題要包括發文機關、事由及文種類別，一目了然。
> b. 稱謂：切不可含糊不清。
> c. 主體：簡明，扼要，或可因應內容需要，加上序號把內容列出，看得清楚便可以了。
> d. 祝頌語：設定了相關祝頌語供使用者使用。
> e. 落款：公司名稱或個人姓名，日期。

　　在設計智慧系統電子公函範本上注意那些原則，形成一封方便且具規範的電子郵件。

(二) 澳門創思公文電子範本的設計優點：

1. 人性化。因應個人需要在網路介面上選擇所需的電子範本，確認個人需要，繼而在該範本上根據指引建構公函。另外根據受文者而在上款位置可準確輸入提稱語，同時考慮到受文者地位或個人與受文者之關係，系統在設計上可讓用戶在祝頌語位置因應不同之受文者而設置相應的祝頌語。

2. 條理化。設計過程考慮次序安排，使用者先點擊文檔種類選項，然後按部就班選取正文內容，對使用者而言過程條理分明，功能貼心。

3. 時效化。電子公文範本的出現在處理公文的效率上有了大大的提升，在設計上也突破了過往空間及時間限制。在設計上可增添「電子郵箱」一專案，讓使用者利用範本完成公函後可即時發送郵件，在時間上佔有有利優勢，且可即時成功把信函發送受文者；另可增添「列印功能」一專案，同樣取其快捷、即時、有效之條件，完美無瑕地完成一封公函。

4. 智能化。澳門創思公文電子範本的設計方針也強調應用文學習內容的重要性，每選項內容也附加了對該項內容的解釋，當使用者把把游標指向該內容時，系統自動解釋該內容，如圖 9 所示，滑鼠指向「鈞鑒」時，系統便會自動對「鈞鑒」此項展示「向收信人恭敬地查閱信件內容」解釋。該系統除了實踐使用之成果外，還結合教學功能讓用戶在建構公函同時也可以收學習之效，對用戶形成明確的瞭解，進而累積有關知識點，乃至企業、行政機關，使用者可透過應用此公文範本系統，在使用同時學習並鞏固應用文知識，此舉以收教學模範之用，及打造一個教與用的實踐平臺。另外如表 1 所示，臺灣模板顯示上款可加提稱語，這個指引是正確的，但這裡顯示用戶可對上司或

表示對方的尊敬可用「尊鑒」；而對父母及至尊長輩則用「鈞鑒」。這裡指引非正確，若可以智能化系統寫作，便不會出現此情況。

（三）以澳門創思公文電子範本的設計概念為例說明：

1. 使用者在清單方塊按一下「政府常用公函」，然後按一下「下一步」進入介面，在彈出的檔案類型列表中選取公函類型。

2. 按一下功能表中的功能表項目，從文檔清單方塊中選中所需文檔，按一下按鈕打開它。選擇功能表中的命令，如圖 10 及圖 11 所示，在「收信人位址」一項中根據指示輸入內容，完成這版面的所有內容後便按一下「下一步」進入正文。

3. 選中選項卡，再按一下選擇圖示，如圖 12。此時，滑鼠游標指向如圖 10 及圖 11 中的「答謝函內容」一項時可見已設置的內容，使用者可根據個人需要增刪該內容。

4. 填寫全部內容後，按一下「下一步」按鈕即可創建一份公函。

圖 9 （出自澳門創思公文電子範本模板）

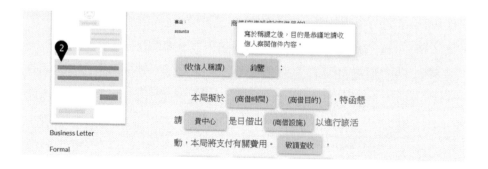

圖 10 （出自澳門創思公文電子範本模板）

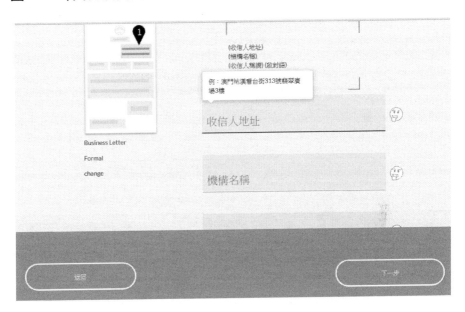

圖 11

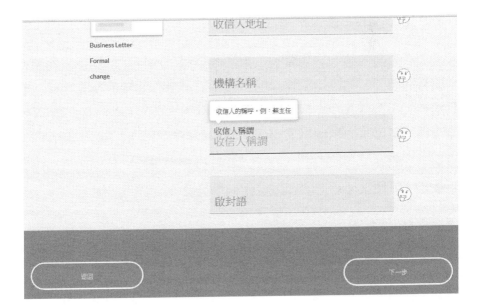

圖 12 （出自澳門創思公文電子範本模板）

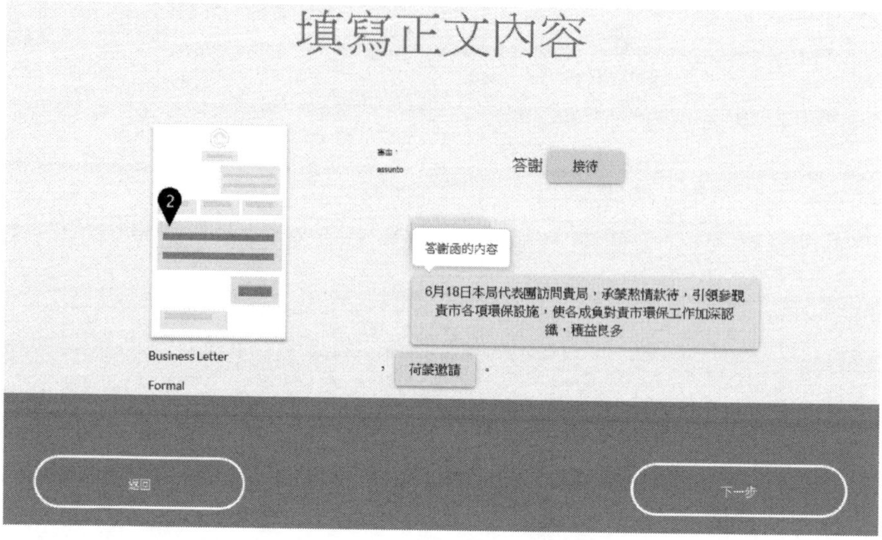

六 澳門創思公文電子範本的設計難點

（一）在選項裡置入哪些內容

由於公函內容、規範繁多，事前收集每項內容之準備工夫需要相當充裕的時間。如應用文寫作的一個特點，是有明確的受文物件。寫信給別人，自然存在人我關係，如何稱呼對方才算得體，遣詞用句恰當與否，都是不能不細心考慮的。留意輩份稱謂，祝頌語「鈞安」對提稱語「鈞鑒」；祝頌語「大安」對提稱語「大鑒」。且需在每項內容下批註，方便使用者選取，以上種種都需要一定時間準備。

（二）語言自動生成系統

自然語言生成是自然語言處理的一部分，從知識庫或邏輯形式等

等機器表述系統去生成自然語言。可以在句子選擇的過程中除去句子冗餘性問題，豐富信函內容。豐富及優化語言生成系統，當使用者輸入關鍵字時，系統會因應關鍵字而生成與此可配搭的內容，整理出部分或完整的片語或語句，使用者可憑這結果完成此部分內容。生成文本的過程可以簡單到取用已準備好的章句，再用連結的文字組合起來。採用語言自動生成的模式較過去傳統的公函範本富更大優勢，當使用者在智慧範本的上款（可加提稱語。一般可用「大鑒」；對上司或表示對方的尊敬可用「尊鑒」；對父母及至尊長輩則用「鈞鑒」。其後在祝頌語。如上款用了提稱語，下款則應加祝頌語。如提稱語用了「大鑒」，祝頌語就用「大安」，用「尊鑒」，就稱「尊安」，若用「均鑒」，就稱均安。此外，對普通人士亦可用「春安」、「夏安」等。另外，也可按收書人的職業來致祝頌語。如收信人是教師，可用「教安」、從事商業活動，可用「商祺」，從事文化活動，可用「文祺」等。由於祝頌語當與提稱語相配，假設上款後的提稱語選擇「大鑒」，使用者則在祝頌語一欄可即時選擇跟「大鑒」配對的「大安」，由於根據提稱語選項而決定祝頌語之使用，這樣可給使用者免去了對書信用語未能瞭解而誤用祝頌語的情況，由於使用情況精準度高，使用者可減省了思考選擇的時間。

七　澳門創思公文電子範本的未來展望

從使用者觀點角度來看，在急速的生活節奏下，使用電子公文範本有助減少用語誤用機會，而且可減省時間建構一個新的公函格式，文合為時而變，但公函禮貌原則、格式規範應該保留，澳門創思公文電子範本不用生僻詞語，不需冗長繁雜，達至文雅莊重、簡潔凝練，同時適當運用淺白和通用的文言詞語，應用文涵義及時代需要互相結

合，繼而優化公函寫作。

　　增加「儲存」、「發送電郵」、「列印」、「附件上載」、「回執處理」等選項，方便使用者在完成公函後可即時保存、發送郵件，同時擴大使用範圍，提高效能。增設 APPS 工具應用，或搭建其他多媒體平臺如在微信設置智慧公文範本，以推廣且能普遍使用為目的，達到使用快捷、操作簡易的效果，並保留公文原則精神，發展一套與時代同行的智慧公函平臺。

　　引入正規化程式設計解決現在並未完全有規範性的這個問題，使用者只需要花一點時間根據指引把資料登錄，便可接受全面、系統化、條理性的支援，可作為本地政府機關、社會團體或學校電子公文寫作的協作平臺。

八　結論

　　傳統範本建構為我們在生活上帶來了便利，隨著網路普及，電子範本應運而生，兩岸四地在電子範本設計上也有其與在地化的特點，設計澳門創思公文電子範本，為的是在澳門範本的基礎上帶來更適應時代步伐的應用，讓我們看見更多關於智慧公函應用的建構及成果，也為智慧化公文應用樹立了更快捷的方向及更準確的應用目標。雖然是智慧的東西，卻又包含了人文科學的內涵，以正統的應用文思維思考創思公文電子範本的設計模式，在創思理念的創作模式下，結合規範的應用文格式及用語，以規範的公文書寫形式透過什麼方法傳遞語言。我們相信創新的系統範本可在傳統的公函應用層面推廣至智慧平臺上，以適合現今社會步伐，創建具智慧化公函系統的智慧澳門，乃至可以從學校、社區推廣至其他層面，甚至與亞洲地區接軌，更成為智慧公文平臺的模範。

參考文獻

鄧景濱　〈應用寫作的八項原則〉　載《應用寫作》第1期　2004年

金振邦　〈網路化、標準化、一體化──談信息時代兩岸四地公文的
　　　　發展趨勢〉　2001年

李向玉　《中文公文寫作教程》　澳門　澳門公職局　2005年

萬劍聲　《常用公文寫作技巧與範例大全》　2010年

總結辭

國際漢語應用文研究
高端論壇學術總結

張江艷

國際漢語應用寫作學會秘書長

各位尊敬的論壇代表：

我受大會委託，負責組織本次論壇優秀論文評獎工作，並向各位總結本次論壇的學術研究成果，彙報本次論壇優秀論文評獎委員會的評獎意見。

論壇定位為國際漢語應用文研究高端論壇，原計劃五十人的規模，但學者們積極參與，經澳門大學鄧景濱教授、譚美玲教授的團隊廣開資源、大力籌措和學會相關負責人卓有成效的認真協作，最終擴充為六十五人（實際到會五十九人）。在這期間，我們不得不遺憾地婉拒了十多位想要參與本次論壇的學者。

令籌委會全體成員非常欣慰的是，各位到會的學者們，在百忙之中堅持學術研究，每一位都帶來了個人或團隊或扎實的研究成果或獨到的學術見解。

在學會的倡議下，論壇確定了「探討本學科最基礎和最前沿的課題」的主題。在這個主題之下，銜接去年在重慶科技學院召開的學會第十二次學術研討會上，洪威雷教授在〈開幕詞〉中提出的學科建設

的三大課題和一大使命，籌委會設定了論壇的五個研討議題。會議中，大家圍繞論壇的主題和議題，發表了自己豐富而精彩的見解，開展了真誠而深入的學術切磋。我以為，一個全體與會人員能把主要精力放在學術研討上的學術會議一定是成功的會議，一個學會領導能把主要精力放在團結和引領學術同仁，擔當學科使命、探究學科學術問題的學會，一定是富有活力的學會。

論壇分三個階段，在第一階段，論壇主題演講和大會發言階段，籌委會安排了十七位具有不同代表性的學者的發言（實際參與十九人——團隊合作發表）。這些學者向大會展示了他們對不同學科問題的不同層面的思考和研究。其中香港珠海學院黃湘陽教授，北京師範大學桂青山教授，香港大學岑紹基教授，澳門大學鄧景濱教授，湖北大學洪威雷教授，中南財經政法大學古遠清教授，他們都是學會令人尊敬的前輩，他們融合著豐厚的知識學養的思考和實踐，讓我們感受到沉甸甸的學科積澱和涵養，感受到學科研究綿延不絕的生命力。

論壇的第二階段是分論題研討，籌委會設立了兩個分會場四個研討主題，有三十六位代表在分會場發表了自己的學術論文（實際參與三十七人——團隊合作發表），並和其他與會代表就共同感興趣的話題展開了討論。這一階段的發言，以中青年學者為主，包括來自香港大學和澳門大學的研究生、本科生，都是學會的棟樑之材，也是學科的中堅力量，他們的研究或傳統或現代、或基礎或前沿，或精細或精銳，代表著學科研究的當下，也讓我們看到學科研究欣欣向榮的未來。這是本次論壇最富活力的一個階段。

論壇學術研討環節的第三個階段是各分會場選派的代表作大會發言和大會的自由發言。每位代表的發言時間非常有限，大家對這個機會也格外珍惜。這是本次論壇最精煉和最精彩的環節。

通過這三個階段的學術研討，我們領略了不同地域、不同年齡、

不同性別的學術研究特色和各自的學術魅力。但是，有人擅長說，有人擅長寫。既會說又會寫，是難得的人才，更擅長說或更擅長寫的，同樣是學科和學會不可或缺的人才。當然，說和寫的評價標準，有重疊之處，也有各自的不同要求。對於文科學術論文而言，不但是仁者見仁，智者見智，而且是自古以來「文無第一、武無第二」的困難事。要想從這麼多優秀學者的學術論文中，評選出優秀、評價出等次，這個評價結果還要想得到大家的普遍認可，實在是一件難上加難的事。

通過論壇籌委會提名及學會理事會討論授權，我們組成了論壇優秀論文評選委員會。這項工作，既需要有相對統一的評價標準，又考驗每一位成員的學術眼光和學術水準，也考驗大家的體力和耐力。所有的成員都犧牲了自己的休息時間，而且都是無償的奉獻。經討論，評委會達成了以下評審意見：

一、本次論壇的論文題材廣泛，論壇設計的五個議題都有學者涉獵，並且研有所得。

關於應用寫作人才素養的當今話題，有的學者提出要提倡沉浸式閱讀，有效提升應用文撰寫者的綜合素養；有的學者從寫作主體與客體、寫作主體與受體、寫作主體與載體三大關係入手，探討實用文的新特質；也有的學者或基於「寫作育人」的教育理念，提出應用寫作教學改革的舉措；或針對信息時代應用寫作教學存在的問題，提出對策；還有的學者針對期刊編輯在組稿、約稿及編輯稿件時使用的應用文體寫作，分析提出了期刊編輯提高應用文寫作能力的對策。這些研究論文都從不同角度為應用寫作人才培養的創新研究提供了思路。

關於新技術背景下的應用寫作研究，有學者分析機器人寫作的發展與 AI 技術的原理，探討機器人寫作與記者寫作之間的關係，分析受眾對機器人生成新聞的信任和可信度問題，指出社會物理學時代，

機器人寫作面臨的困境，提出我們對 AI 技術的應用要有一個理性的態度，對機器人寫作的使用要有一定限度；有學者利用慧科新聞搜尋網站，分析近年香港主要報章社論中出現的褒貶誤用以及異體成語等現象，帶領我們窺見香港社會語文應用的面貌；也有學者通過分析數字化新技術下申論寫作知識的傳播特點以及申論寫作教學的諸多不適，提出了申論視角下的應用寫作教學發展思考；有學者分析時代潮流與科技進步背景下應用文變遷，提出互聯網＋正在深刻影響著我們的日常工作方式和生活方式，教育工作者也必須與時俱進；還有學者分析文科學術論文的內部架構特徵，提出比較高級的論證方式其作者往往是比較資深的大家，閒適當中包蘊深刻，使讀者能在輕鬆的氣氛中去領悟作者的觀點；也有學者從當代應用寫作接受文化的角度，探索其形成的深層原因，發掘接受文化的價值和意義。他們的研究雖然並非都涉及到新技術，但都體現了應用寫作文本研究的時代特質。

關於應用文與傳統文化對接研究，相對集中在《文心雕龍》上，兩位學者居今探古，都試圖在打通「龍學」與寫作學方面對學科研究有所貢獻；也有學者分析了宋代歐陽修對古代應用文理論建設的貢獻。我本人也想從小處著手，從細節入手，通過解讀蘇軾〈答劉巨濟書〉，破除其中的烏龍和研究誤讀，追索蘇軾應用文寫作觀的局限，反思中國傳統文化中的「腸梗阻」，為今天應用文寫作中作者的價值抉擇，探求應有的精神標高。此外，還有學者或以行政公文語言表達的特點為研究對象，或以應用文寫作的篇章修辭與矛盾修辭為研究對象，進行橫向和縱向的對比，以期從語法和修辭入手，有效提升應用文寫作者的寫作能力；也有學者關注創意寫作，提出樹立「大創意」寫作觀，在創意寫作的理論視域下，建構科學合理的應用寫作課程體系。這些學者在應用寫作理論和實踐的傳承與創新研究方面做出了可貴的探索。

關於應用文的歷時對比與共時對比，有學者對比粵港澳大灣區三地的用言特點，針對個案進行闡釋與辨析，倡議制定共同的應用文本指引；有學者對比香港和澳門地區主流報章非規範詞語的使用情況，從粵化句式、外來詞語的影響等方面分析報章的語文特色；也有學者以建國後出臺的黨政機關公文工作規範性文件為研究文本，探討黨政機關公文一體化進程中與時俱進和法定俗成的特點；還有學者以公司文書為切入點，探索從古至今公文外延顯著擴展的發展趨勢，指出公文外延擴展的背後是「公共權力」逐漸從獨佔走向分享，從集權走向民主。更有已畢業多年或仍然在讀的學生在導師的指導下，根據鄧景濱教授的應用文八項原則及應用文口訣，或從語用學的角度選取兩岸四地一些具有代表性的標語作優劣分析；或從弘揚中華傳統文化的角度，分析兩岸領導人信函的格式，探討其在格式上的異化現象及趨向，提出個人的優化意見。

第二，就題材而言，成果最為引人關注的還是集中在應用寫作教學實踐與研究方面。針對以華語學習為第二語言的學習者，如何因材施教，把知識轉化為能力，臺灣師範大學洪嘉馡在「自傳」類應用文寫作教學中，不僅採用「階層式語法點」教學法，強化文本結構內的基礎語法和段落結構間的連貫語法，而且借助以臺師大「華語文寫作語料庫」團隊開發的「華語文寫作自動評分與教學回饋平臺（Automated Essay Scoring for Han, AES-Han）」，即數位平臺（大陸地區稱為數字化平臺），一步步引導學生完成「自傳」的寫作。洪嘉馡這一基礎知識與前沿科技相結合的教學方法，不但提供老師與學生的雙向教學，也提供學生自主學習的空間，在教學上達到了事半功倍的效果，有效提升了應用文寫作課程的整體教學品質，對與會人員如何提升應用寫作教學實踐與教學研究，提供了一個範例。在針對非華語學生展開應用寫作教學實踐和教學研究方面，香港大學教育學院岑紹

基團隊的系列研究成果非常引人矚目,也非常令人震撼。他們不但以團隊的形式提交了三篇相互呼應的論文,而且也有個性化的研究成果;他們不但致力於提高學生的應用寫作能力,也為學會挖掘和培養應用寫作研究人才,帶領研究生、本科生參與到應用寫作研究中。岑紹基研究團隊從上世紀九十年代開始就致力於嘗試進行各類型的應用文教學研究,不但與香港本土,也與中國內地以及海外不同的專家學者合作,共同研發了各類應用文教學材料,出版了不同的研究專著。本次論壇,學者們在寫作教學實踐與研究方面所取得的成果,讓我們感覺到應用文寫作教學實踐的探究雖然早已不是一塊處女地,但依然有許多待開發的領地,依然是一項生機勃勃的學科研究領域。談到團隊合作,除了鄧景濱、譚美玲教授的團隊,不能不提到香港浸會大學吳學忠博士分別與韓國和澳門學者的鬆散學術聯合,也給大會帶來了令人耳目一新的學術成果。

第三,本次論壇的學術論文,就整體水平而言,雖瑕不掩瑜,但也還是存在一些需要指出的問題。在篇章結構上,作為提出問題、分析問題和解決問題的學術論文,有些論文的論述不夠集中,過於分散;有的論文問題意識不強,有堆砌材料之嫌;有些論文對問題的剖析不夠深入,資料功夫作的不夠扎實,不能層層深入探究問題的本質。在語言表達上,不但存在重複囉嗦不精煉的問題,還存在標點符號不規範的問題,例如書名號是適用於書籍、報刊雜誌和文章名稱的,不能用於文體、文種或課程名稱,這在以往的會議中也有學者指出過,但在提交的文章中還是出現了這個問題。在學術規範上,有些論文引用資料存在標注不規範甚至不標注的問題。再比如論文摘要寫作規範問題,對應用寫作研究者和教育工作者而言,應是基本規範。我們體諒各位代表在繁忙的工作之餘開展學術研究很不容易,但是這些小問題,看似不起眼,對於專業讀者來講,都是讓論文等級打折扣的地方。

本次論壇學術成果豐厚，共收到學術論文四十一篇。經評委會成員的認真審讀和評議，最終有二十六篇論文獲得本次論壇的優秀論文獎，具體獲獎名單和等次將由余國瑞教授宣讀，我謹向各位代表總結彙報評委會的上述評審意見。時間有限，水平也有限，我的分析主要針對提交論壇的文字文本，彙報不夠全面、不夠準確的地方，還望大家海涵。

需要說明的是，本次論壇延續學會一貫的傳統，在評獎中堅持以下幾種情況不評獎：第一，本學會會長（含常務副會長）、副會長、秘書長及論文評獎委員會成員的個人成果不評獎；第二，不是以應用文相關內容為研究對象的論文不評獎；第三，不達學術論文基本標準的不評獎；第四，個人申明不評獎或僅提交論文不參加會議的不評獎。

美好的相聚總是短暫。在短短的兩天時間裡，論壇不僅有來自大陸、澳門、香港和臺灣各地區的五十二位代表發言（實際參與五十五人），正式發表了自己或團隊的學術成果和學術見解，而且首創了來自新加坡的學者向大會隔空發表學術成果的先例（但是學會不鼓勵這種形式）。我相信，像以往的會議一樣，在發表成果、學術研討、自由交流中，學者們會上會下的學術交流與學術碰撞，一定擦出了不少學術的火花，埋下了不少學術的種子，這些火花和種子會在明年的會議中綻放、結果。我想，這就是大家不遠千里萬里、不辭烈日炎炎，從非洲、美洲，從祖國各地，彙聚到今夏美麗的橫琴，相聚在處處彰顯人文內涵的澳門大學，進行動態學術交流的重要意義。在本次論壇開幕式的講話中，洪威雷教授又提出了四個學科最基礎的研究課題，這些也將是學會下一次研討會的關注熱點。

我們期待明年的學術盛會，期待大家明年學術成果的更上層樓。

感謝各位代表的認真參與、聆聽和奉獻！

感謝澳門大學各級領導、老師和同學的熱情款待！

感謝澳門大學鄧景濱、譚美玲團隊成員的無私奉獻！

感謝我們優秀論文評審委員會全體成員的辛苦付出！

感謝論壇籌委會成員為這次會議的召開付出的所有努力！

最後，特別鳴謝澳門大學伍宜孫圖書館為本次論壇設置場內外學者贈書展臺並頒發感謝狀，以此推進國際漢語應用文最新研究成果的學術影響力，深化國際漢語應用文研究領域的學術交流，為論壇增添了別樣的風采！

謝謝！

二〇一八年八月二日　澳門大學

媒體系列報導

A3 澳 聞　澳門日報　二〇一八年七月三十日 星期一

應用文高端論壇今澳大舉行

【本報消息】具三千七百多年悠久歷史的漢語應用文，是與中華民族息息相關的傳統文化，且素有"經國之大業，不朽之盛事"（魏文帝曹丕《典論·論文》）的美譽。為傳承並發展這項重要的中華傳統文化，國際漢語應用寫作學會、澳門大學人文學院中國語言文學系、澳門寫作學會將於七月三十日至八月二日在澳門大學聯合舉辦國際漢語應用文研究高端論壇。會議主題為探討本學科最基礎和最前沿的課題。

本屆論壇共有六十多位專家學者參與。有新加坡、韓國，以及台灣、香港、北京、上海、重慶、武漢、廣州、成都、昆明等地代表。本澳亦有十多位代表參加。

澳門大學歷來重視漢語應用寫作教學、應用和研究。十年前，澳門大學舉辦了國際漢語應用寫作學術研討會暨中國應用寫作研究會第十三屆學術年會，受到海內外與會代表的好評。

為推進國際漢語應用文最新研究成果的學術影響力，深化建立兩岸四地與海外學術交流及友誼，國際漢語應用文研究高端論壇還與澳門大學伍宜孫圖書館在會議期間在澳門大學伍宜孫圖書館聯合舉辦應用文書籍展覽。歡迎有興趣者前往參會參展。

■ 二〇一八年八月一日　　星期三　■ │ 濠江日報

【特訊】由國際漢語應用寫作學會、澳大人文學院中文系、澳門寫作學會主辦的"國際漢語應用文研究高端論壇"，於7月30日至8月2日在澳門大學舉行。論壇以"應用文學科最基礎和最前沿的課題" 為主題，邀請來自海內外的66位專家學者，共同交流和推廣國際漢語應用文最新研究成果；進一步提升漢語應用文的理論、實踐、研究和教學水準。

論壇開幕儀式昨日上午九時半在澳門大學舉行，高教辦職務主管丁少雄、澳門基金會研究所處長黃麗莎、文化局文學藝術顧問李觀鼎教授、教青局教育研究暨資源廳代廳長黃超然、澳大校董會主席林金城、副校長倪明選、人文學院院長靳洪剛、國際漢語應用寫作學會常務副會長洪威雷、澳門寫作學會監事長鄧景濱等出席主禮。

洪威雷致辭時表示，是次論壇主要探討在新的歷史時期應用文研究的新觀點，應用文寫作教學新方法，推動應用文寫作理論研究、教學方式方法革新深入發展，促進應用文寫作更好的為社會發展服務。應用文寫作教材編寫和應用文寫作課堂講授，以及應用文寫作理論研究，既要講透 "術" ，也要講清 "道"。具體說來，應用文寫作中的 "道" ，應體現在兩個方面，一是應用文撰寫者的為人之道，二是應用文內容上符合 "天道"。應用文撰寫者在應用文寫作過程中應當關注人的生存、尊嚴、自由、權利，事的曲直，理的正歪，法的良惡，不為功利所引誘、權力所屈服，實事求是。國家主席習近平講 "我們要把實事求是當作理念來堅持。" 由此可知堅持實事求是就是堅持誠，就是堅持道，老子說的 "道法自然"，就是要遵循自然法則， "自法自成，自成自如，自然而然，順其自然。" 因此應用文寫作研究，不僅要遵守 "人道"，而且要敬畏 "天道"，按客觀規律行文、行事，就必然促進人與人、人與社會、人與自然的和諧發展。

澳大社會科學及人文學院中文系主任徐杰表示，現今是信息化互聯網的時代，互聯網的迅速發展加劇信息溝通工具的革新，使得傳統應用文不斷呈現前所未有的變化，包括內容上的持續更新及樣式的日益多元。是次論壇以 "應用文學科最基礎和最前沿的課題" 為主題，圍繞「國際化」與「現代化」的社會背景延展開來討論，希望達到一個新層次的飛躍，相信這對深化提升國際漢語應用文的理論、實踐、研究和教學水平等方面均有借鑒與啟迪作用。

二〇一八年八月一日　星期三　　濠江日報

團體辦論壇研究應用文寫作

■主體嘉賓在論壇開幕式上合影

■與會嘉賓大合照

二〇一八年八月一日 星期三　澳門日報

嘉賓與學者在論壇上合照

針對現代社會背景探討教學課題
國際漢語論壇研大數據應用

【本報消息】由國際漢語應用寫作學會、澳門大學人文學院中國語言文學系、澳門寫作學會合辦的「國際漢語應用文研究高端論壇」昨日開幕，以探討應用文學科的基礎和前沿為課題，邀請逾六十位專家學者與會，各抒己見。

開幕式昨日上午九時半在澳門大學劉少榮樓演講廳舉行。高教辦職務主管丁少雄，澳門基金會研究所處長黃麗莎，文化局長代表李觀鼎，教育局教育研究暨資源廳廳長黃超然，澳大校董會主席林金城、副校長倪明選、人文學院院長靳洪剛、呂志和書院副院長譚錫忠、學務部教務長院家榮、圖書館館長吳建中、中文系代主任譚美玲，國際漢語應用寫作學會常務副會長洪威雷、副會長桂青山，澳門寫作學會監事長鄧景濱，香港珠海學院中國文學系教授黃湘陽等出席。

靳洪剛表示，澳大歷年來重視漢語應用、教學及應用，從〇八年至今，主辦三次國際漢語應用寫作學術研討會暨中國應用寫作學科基礎和前沿的課題。是次高端論壇重點探討應用文學科基礎和前沿的課題，從科技、大數據、互聯網結合應用，到探索應用文時代話題的研究，以及討論應用文教學研究對人才培養等。

洪威雷提出四個基礎的研究課題，包括「重視大資料和互聯網＋應用文寫作的研究」、「重視『術』與『道』的研究」、「重視讀與寫的研究」、「重視將知識轉為能力的研究」。認為是次高端論壇是一次難得的交流機會，感謝全體人員為高端論壇付出努力。

黃湘陽表示，一直重視文學寫作與文學應用的各個方面，是次論壇特以帶來一套應用文書籍獻給大會作為紀念及參考，祝願大會圓滿成功。

譚美玲代表澳大社會科學及人文學院中文系主任徐杰致詞表示，是次會議團繞國際化與現代化的社會背景討論。期望透過高端論壇達到一個新層次的飛躍，相信對深化和提升國際漢語應用文的理論、實踐、研究和教學水平等方面，均有借鑒與啟迪作用。

儀式上，桂青山宣讀國際漢語應用寫作學會會長陳瑞端祝賀信。

語文教學叢書 1100018

應用寫作理論、實踐與教學
——2018 國際漢語應用文研究高端論壇論文集

主　　編　　譚美玲

責任編輯　　馬雲駿、張艷蘭、蕭明玉

特約校對　　曾湘綾

發 行 人　　林慶彰

總 經 理　　梁錦興

總 編 輯　　張晏瑞

編 輯 所　　萬卷樓圖書股份有限公司

臺北市羅斯福路二段 41 號 6 樓之 3

電話 (02)23216565

傳真 (02)23218698

發　　行　　萬卷樓圖書股份有限公司

臺北市羅斯福路二段 41 號 6 樓之 3

電話 (02)23216565

傳真 (02)23218698

電郵 SERVICE@WANJUAN.COM.TW

香港經銷　　香港聯合書刊物流有限公司

電話 (852)21502100

傳真 (852)23560735

ISBN 978-986-478-326-7

2020 年 2 月初版

定價：新臺幣 1200 元

如何購買本書：

1. 劃撥購書，請透過以下郵政劃撥帳號：

帳號：15624015

戶名：萬卷樓圖書股份有限公司

2. 轉帳購書，請透過以下帳戶

合作金庫銀行 古亭分行

戶名：萬卷樓圖書股份有限公司

帳號：0877717092596

3. 網路購書，請透過萬卷樓網站

網址 WWW.WANJUAN.COM.TW

大量購書，請直接聯繫我們，將有專人為您服務。客服：(02)23216565 分機 610

如有缺頁、破損或裝訂錯誤，請寄回更換

國家圖書館出版品預行編目資料

應用寫作理論、實踐與教學——2018 國際漢語應用文研究高端論壇論文集 /譚美玲主編.-- 初版.-- 臺北市 ：萬卷樓, 2020.02

面 ；　公分.-- (語言教學叢書 ；1100018)

ISBN 978-986-478-326-7(平裝)

1.漢語 2.寫作法 3.應用文 4.文集

802.707　　　　　　　　　　108019481